宋焘 说你傻我
我爱你
你傻堆
红柳仰依

〜霸

你没有必要太在意别人的看法
成功的路本来就是孤独的
有人给你鲜花
有人向你扔石
把这些石头收起
踩在脚下
你才能站得更高
看得更远
成为更优秀的人

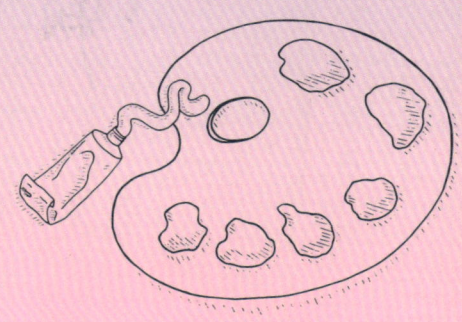

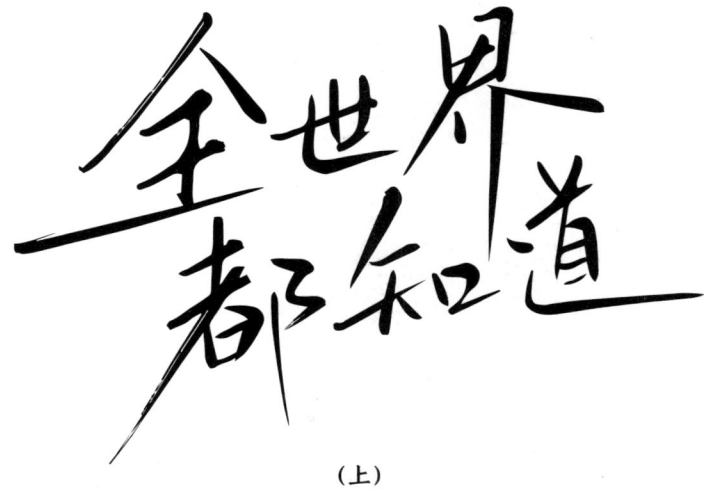

（上）

鱼霜 著

目 录
CONTENTS
上册

第一章　接风宴 …… 001

第二章　风波起 …… 049

第三章　看电影 …… 105

第四章　送钢琴 …… 131

第五章　山水画 …… 171

第六章　开天窗 …… 211

第七章　下台阶 …… 253

第八章　闹风波 …… 301

第一章

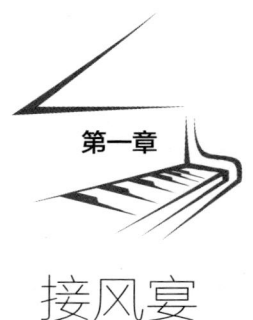

接风宴

"据悉,江柳依环球巡演于二十四日上午十点结束,之后她将回国……"

嘀!正在播放的页面暂停了。屏幕上江柳依穿着一件青白色长风衣,风衣领子竖起,遮到红唇处,里面是线衫搭配修身牛仔裤,前凸后翘的好身材一览无余,再配上高跟鞋,戴上墨镜,拒人于千里之外的生冷气息扑面而来,连屏幕都挡不住她的冷漠疏离感。

主编袁红放下遥控器,下巴冲屏幕一抬:"大家怎么看?"

杂志社的其他人坐在会议桌的四周,何小英说:"江柳依现在的热度非常高,尤其是她以前没接受过专访,如果这次我们能成功,肯定会开门红!"

其他人也附和:"确实,我昨天'吃瓜',发现她回国的消息一出,居然把其他艺人的热度都压下去了!"

"江柳依长得好看啊，你不知道有多少人喜欢她。"

"而且她这次亲口承认了有对象，肯定是一个大爆点！"

"我也想投江柳依。"

主编刚想拍板，又听见有人说："可是真的请不到啊！"

那人几乎是哀号："你们是不知道，我连她助理都没见到！"

其他人颓然："上次对面《美秀》想邀请她接受专访，请了这么久。"她伸出六个手指。

其他人咋舌："六周？"

"六周算什么！"她咋呼，"是六个月！"

"就连这样都没请到她，所以我们还是老老实实地请张素素吧。"

主编沉默，总监站起来说："我也推荐张素素，主要张素素以前和我们有过一期合作，大家知根知底的，而且最近张素素不是有恋爱绯闻吗？我们可以从这方面下手。"

"听说张素素的绯闻男友是个富二代，可以挖一挖。"

"张素素吧，比较聊得来，也容易挖。"

主编扫了一眼众人，犹豫了一会儿。大家的话不无道理。她拍板定下："那就张素素吧。"

她看向何小英："还是你主笔，去联系张素素。"

何小英起身，虽然有些遗憾，但是她确实没那个能力请到江柳依，眼看第一期栏目就要排版了，她可不敢让杂志开天窗，为稳妥起见，还是请张素素吧。

她点头："知道了。"

主编说："散会。"

说完她看向会议室最后排的人："宋羡，你等一下。"

宋羡正和身边的同事打招呼，这时看到主编走过来了。

袁红说:"辛苦你了,这次拍摄还是要麻烦你了。"

"没关系。"宋羡的嗓音清淡,听不出任何情绪,"互相帮忙,应该的。"

宋羡的本职不是摄影师。《漫彤》杂志分两大版块,一个是童书,另一个是时尚娱乐。《漫彤》是做童书出版起家的,不过这几年童书出版的行情不好,入不敷出,所以前两年开了新刊,做起了时尚娱乐,这个版块的销量一直不错。这次主编接到总部的来电,决定在新刊上添加名人专访。宋羡之前是童书出版的美编,也负责插画部分,现在主力军都在新刊这边,她就经常被拉过来帮忙。

前阵子有一个摄影师同事回家生孩子了,老板又不肯招新人,就让宋羡过来帮忙。

袁红拍拍她的肩膀:"拍摄不容易,下次请你吃饭。"

宋羡笑了:"真没关系。"

袁红:"我可不是说笑。不过我有件事,我那个表弟啊,他上次见到你,非让我帮他要你的微信……"

"主编,"宋羡的态度温和,"我已经结婚了。"

"什……什么?"袁红有些诧异,"结婚了?什么时候的事情?"

宋羡说:"上个月。"

袁红真的被惊到了:"怎么也没请大家吃饭啊?"

宋羡淡淡地道:"也不是什么大事。"

主编离开后,宋羡回到办公室,身边的何小英立马转动椅子移到她的座位旁边,笑嘻嘻地说:"又被主编留了?"

主编家里的亲戚不少,有次她表弟过来送文件,看到宋羡之后缠着主编介绍,之后就没完没了了,还误把宋羡的照片发在了朋友圈，惹得主编家没结婚的亲戚齐齐出动，甚至还惊动了部分家长。

一想到这件事何小英就觉得好笑："这次又是用什么理由回绝的？"

宋羡神色如常："我说我结婚了。"

"选个好的理由……啥？啥结婚？"

宋羡看向何小英，淡淡地道："我结婚了。"

何小英闻言惊呆了："啊？！"

不出一个小时，《漫彤》杂志社所有人都知道了：他们杂志社最漂亮的一朵花被摘了。

总监泡咖啡的时候装模作样地走到她的身边，问："真结婚了？"

宋羡点头，不管被问多少遍都没有不耐烦，而是很平静地回复："嗯，真结了。"

总监又问："是社里的？"一句话，周围人的耳朵又竖起来了。虽然大家平时好奇宋羡的私生活，但宋羡很少主动开口，她不想说的时候那张嘴就是河蚌，无论如何都撬不开。

别的女神是"高冷一朵花"，宋羡不高冷，但却是最难摘的那朵花。

现在她突然结婚了，搁谁谁不好奇？

宋羡摇头："不是社里的。"

总监想笑又只能忍着，她喜欢社里的一个策划，奈何策划一门心思扑在宋羡的身上，嘘寒问暖不断，不管被拒绝多少次都能热脸贴冷屁股，总监只是干生气，倒是从没找过宋羡的碴儿。

一来这宋羡是童书出版的美编，和她不在一个部门，她压根儿管不到；二来宋羡的专业能力过硬，不管是拍摄，捕捉别人的神色细节，还是最后的修图都无可挑剔，她压根儿没理由为难。

当然，最重要的一点，宋羡长得好看啊，能吸引到别人，也不是她的错，虽然总监很喜欢那个策划，但她心里门儿清，所以日常也就是对宋羡的态度冷淡一点。

现在听说她结婚了，总监立马心花怒放，笑容压都压不住了，还想再八卦。何小英说："叶总监，张素素的联系方式你还有吗？"

叶总监转头："好像在我电脑里，我发给你。"

她说着终于离开了宋羡的座位。

何小英见她走了立马抬起头八卦："叶总监这次又要出击了吧？"

她对面的人抬起头："肯定啊，你没看到刚刚叶总监都笑成花儿了。"

何小英看向宋羡："不过你动作怎么这么快啊，说结婚就结婚了？你们认识多久啦？"

宋羡想了一会儿："两个月。"

何小英："……"

美女都是这么超凡脱俗的吗，连结婚都是闪婚？

何小英小声地问："那你们是一见钟情吗？"

宋羡低下头："不算吧，各取所需。"

何小英："……"

经历了两次心塞，何小英仍不死心地挣扎："总有优点吧，总不是随便找个人就结婚？"

宋羡认真地想了好一会儿，才淡淡地道："嗯，声音很好听。"

何小英："你是声控？"

宋羡平静地回答："不是。"

何小英:"……"

一连三败,何小英不说话了,收到叶总监发来的消息后就去联系张素素了。

这下宋羡的身边终于安静了。

什么结婚,无非是她用来搪塞的借口,她正处于事业上升期,可没心思恋爱、结婚。

宋羡起身后看向屏幕,是早上主编放的那段新闻,屏幕里江柳依坐在候机室里,正低着头看手机,周身是压不住的倨傲和骨子里散发出来的自信。

江柳依年少成名,第一站就是巴黎音乐节,此后有好几个著名乐团向她邀约,但她还是决定回国发展,当时也有人不看好,但江柳依还是甩出了漂亮的成绩单。

年仅二十六岁,已经开办环球巡演,个人场和乐队场,场场爆满,尤其是个人场,被网上誉为极致的听觉盛宴。

宋羡和她认识纯属意外。宋羡不爱做饭,所以习惯上班路上从朋友的面包店拎一袋面包当早点。那天去的时候,江柳依也在。

两个人志同道合,从面包店出来后她问江柳依要不要找个地方坐一坐。

这一坐,两个人就成了朋友。

宋羡放在电脑旁的手机亮起,一阵振动,她拿起来,是刚刚那屏幕里的人给她发的消息。

江柳依:"刚回来。你今天几点下班?"

宋羡打字,几秒后又删掉,给她重新发消息:"五点半。"

发完刚准备关掉屏幕,另一个好友给她发消息:"我今天烤了个新口味,很适合做早餐,你下班过来拿?"

宋羡没有丝毫犹豫,直接回复:"不过来了,我今天有事。"

宋羡进家门时刚好六点。这房子是江柳依买的,现房,买之前她俩还没成为朋友。后来江柳依听说宋羡的住处附近发生了几起盗窃案,她家正好有地方,所以就邀请宋羡搬来合住,租金她只象征性地收了一点儿。

门推开后,没见到江柳依,宋羡不禁有些纳闷。她放下包往里面走,靠近房间时听到了水声。

江柳依在洗澡。

宋羡走出房间,去阳台收拾衣服,听到卫生间的门被拧开了,江柳依问:"回来了?"

她只套着一件浴袍就出来了,湿漉漉的头发用干毛巾裹着。

宋羡说:"吹风机在这里。"

江柳依走到梳妆台前坐下,接过宋羡递来的吹风机,打开,暖风呼呼地吹着。宋羡叠好衣服放进柜子里,随手扯出一件睡衣,对江柳依说:"我去洗澡。"

十几分钟后,宋羡从里面走出来。

她走到梳妆台前,散开秀发,简单地拨弄。宋羡的头发是标准的黑长直,而且浓密,上学时同学总爱拖着她去做大波浪,结果没几天就恢复成直发了,此后她也没弄过头发,只是平时稍加保养。

宋羡搁下梳子和毛巾,问:"最近行程忙吗?"

"还好。"江柳依说,"只不过最近的绯闻越来越离谱了。"

公众人物没什么隐私。

两个人聊了几分钟，江柳依问："几点了？"

宋羡说："七八点了吧？"

江柳依从抽屉里拿出手机："八点半了。"

因累极了，宋羡索性躺在床上，江柳依说："起来吧，我点外卖。"

宋羡不爱做饭，江柳依也很少进厨房，所以两个人经常点外卖。

在等外卖的间隙，宋羡将衣服全部塞进洗衣机里，连同刚刚江柳依脱下的睡袍。

江柳依想起梳头发的梳子被她落在卫生间，又进去取。手机在她进卫生间时响了好几声，宋羡瞥了一眼屏幕上面的名字。如果没记错的话，第一次见面时，江柳依就对她叫了这个名字，随后说抱歉，认错人了。

手机没完没了地响，电话那端的人似乎有急事，宋羡坐了好几分钟还是决定给江柳依递进去。

"你的电话。"宋羡说，"两个未接来电了。"

江柳依看到来电显示，秀眉轻蹙，却还是接起来。

宋羡识趣地离开了卫生间。

没过多久江柳依从里面走出来，她匆匆地走到衣柜旁边，从里面拿了一件红色长裙和深色外套，坐在梳妆台前上了淡妆。

宋羡回房间拿书时听到江柳依叫："宋羡。"

她转头，梳妆镜里的江柳依面若桃花，漂亮迷人。

江柳依说："我要出去一趟。"

宋羡点头："知道了。"

江柳依刚想说什么，手机又传来消息，她起身："回来再说。"

宋羡神色依旧："好。"

江柳依说完拎着包从宋羡的身边擦过，门轻轻地合上。宋羡坐在沙发上看了一会儿电视，好巧不巧，刚好转到娱乐频道，主持人说："新晋画家余白已于今天下午四点回国，据传这次回国是要开办画展，她在纽斯……"

余白，江柳依刚刚电话里的名字。

身后传来门铃声，她皱起眉头，走过去才发现是江柳依点的外卖。

接过外卖盒子后宋羡坐在桌边，打开一看：青椒牛柳、青椒土豆丝。

很好，完美地踩雷，没有一道菜是她会吃的。

同住一个屋檐下两个月，江柳依居然连她不吃青椒都没记住，还记得第一次出去吃饭时，她就和江柳依说过不喜欢吃青椒。

宋羡听着电视机里传来的声音，将这些打包好，直接扔进了垃圾桶，表情没有丝毫变化，一贯的清冷淡然。

不喜欢的东西，她从来不会有半分留恋。

江柳依和余白从警察局走出来，助理对余白说："那我先去打车。"

余白刚想点头，江柳依说："我开车来的，我送你们吧。"

助理瞄了一眼余白的神色，见她没意见才说："那麻烦江小姐了。"

三个人走到停车场，江柳依按下遥控器，一辆深灰色轿车发出亮光，天太黑了，看不清车牌，江柳依说："上车吧。"

余白微诧："你换车了？"

江柳依之前开的是一辆白色的轿车，二十岁生日那天她陪着去买的，江柳依当时说不到报废不换车。短短几年，她就换了。

江柳依点头："想换就换了。"

上车时助理说："白白，你坐前面吧，我怕江小姐不认识公寓，你告诉她怎么走。"

江柳依转头："哪个小区？"

余白说："滨江。"

江柳依设置好导航，余白说："依依，今天晚上谢谢你了。"

她刚回国，车在路上被撞了，对方是个二流子，不肯赔偿还威胁她，甚至想动手，她的助理挡在前面才没事。

江柳依平静地回复她："没关系，朋友之间应该的。"

余白的双手拧在一起，用余光瞄向开车的人。两年没见，江柳依变了不少，性格更闷了，以前她虽然不是很喜欢聊天，但和自己在一起还是有话说的，现在只剩下了沉默。

而且，她也不关心自己了。若是以前，江柳依见她第一面就会问她有没有事，但今天直到现在，她都没问。

是还在生她的气吗？

余白看向窗外，不禁有些委屈。

两年多来她独自待在国外，最想念的就是江柳依，却一次都不敢联系，因为当初不告而别的是她。

是朋友给她的勇气。

朋友说："余白，你真的想一辈子就这样吗？柳依以前对你多好，你这次低个头不行吗？"

是啊，她也想低头，可给江柳依发了很多消息都石沉大海，后来才知道，江柳依换电话号码了。

朋友又说："朋友一场，柳依肯定心里惦记着你呢。"

余白信了，从国外赶回来，谁知道一回来就遇到这样的事情，不过也不完全是坏事，至少她坐上了江柳依的车。

助理在后面看风景，见余白什么都没说，她干着急，便主动问："今晚要不是江小姐，我们还不知道闹到几点，要不我们一起去吃个夜宵？"

十点多，晚饭时间早就过了。

余白瞄了一眼江柳依，开口："是啊，我们还没吃晚饭，一起吃夜宵吧？"

以往江柳依听到她说没吃晚饭，立马就会拉她出去吃饭，但是这一次，江柳依却平静地说："不了，我朋友还在家里等我。"

余白一口气憋着。

她侧头看向窗外，闷声闷气地问："哪个朋友啊？"

江柳依神色平静："你不认识，一个杂志社的朋友。"

余白不禁有些好奇："杂志社？做什么的？"

江柳依还真不知道宋羡的具体工作内容。

"她的工作内容比较杂。"

助理很会做人："白白，我们工作室不是正缺人吗？"

余白点头，刚想开口，江柳依说："她喜欢现在的工作，应该没有兴趣。"

一句话堵死了余白即将说出口的话。

余白没再开口。

很快，车子到了滨江小区门口，助理下车后拉着行李箱，见余白没有开口的意思，她主动问："江小姐要不要下来喝杯茶？"

江柳依只是平静地说："不了，我先回家了。"

车子掉头，画出弧度，开向另一边，助理看到车开远了才跺脚："白白！不是让你放下架子吗？你这么端着，还怎么示好啊？"

示好？从小到大她都是被众星捧月的那个。

她和江柳依从小一起长大，她们的父母也认识，后来她随着做生意的父母四处跑，只有过年时才会见到江柳依。

那时候她一门心思都扑在画画上，去哪里都带着画画的资料，江柳依说认真的她最漂亮，而她心安理得地接受江柳依对她的崇拜，甚至觉得这个人会永远是她的追随者。

出国的机会是她好不容易才争取到的，所以她义无反顾地走了，甚至没有告诉江柳依。

这一别，就是近三年。

她一直觉得江柳依会在见面时给她一个拥抱，会对她说"欢迎回家"，或者会假装生气，让自己哄一哄。

可是她没想过，江柳依现在对她这个朋友这么冷淡。

余白低下头，心里有些酸楚。

助理说："白白，泥人还有三分脾气呢，你这一走就是两三年没消息，她肯定生气啊。"

余白的眼圈发红，双手攥着行李箱的拉杆。手机响了两声，她拿起来，发现是江柳依的妹妹发来的消息："回国了吗？"

余白的心情顿时平复了一些，回复她："嗯，回国了。"

妹妹："回国了好呀！什么时候来我们家吃饭呀？我妈今天还说起你呢，夸你事业有成了。"

余白这三年出国是去进修。纽斯美术大学邀请白烨做客座教授，消息刚出来，纽斯美术大学的申请就火爆了，她也堪堪得到一丝机会。外界都在说，如果能得到白烨的指导，那以后在艺术界就能道路畅通。因此无数学子从全球各地慕名而来，希望能够得到他的指导。余白不仅想得到白烨的指导，还想做他的徒弟。白烨在全球一共收了六个徒弟，其中两位是精心培养的。这些徒弟个个都是艺术界翘楚，尤其是那两位关门弟子，白烨曾多次公开称赞"他们早已青出于蓝"。余白自知无缘关门弟子的殊荣，即便能成为普通弟子，也心满意足了。只可惜，她的造诣不够，没选上。

饶是如此，光是被白烨指导就已经能远胜于艺术界的其他人了，足以让她有底气回国。

妹妹还在等回复，余白低下头打字："嗯，有时间我会去的。"

妹妹："别有时间啊，一定要来！我让我姐也回家！"

余白："你姐应该很忙。"

妹妹："忙什么？忙着闹绯闻啊？"

余白郁闷一晚上的心情终于轻松了一些。

她想了一会儿还是给江柳依发了一条消息："依依，今天谢谢你，改天请你吃饭。"

江柳依收到她的消息时刚下车，看到这条消息，她的目光瞬间变得晦暗，随后收起手机回家。

宋羡还没睡觉，正趴在沙发上看电视。江柳依推开门，放下钥匙，宋羡转头："回来了。"

江柳依点头，问："你晚饭吃了吗？"

宋羡依旧趴着："吃了。"

江柳依在厨房四处看看，发现她没给自己留一点。

宋羡转头："你吃了吗？冰箱里还有水饺。"

江柳依说："我不饿。"

宋羡"哦"了一声，关掉电视，赤脚走向房间："那我回房间休息了。"

宋羡没有做早饭的习惯，每天上班她都是到朋友的面包店，匆匆地拎一袋面包。

次日到店时，她的好友已经装好面包了。

顾园园招呼："哟，看看谁来了？春风满面啊！"

宋羡站在她的面前任她打量，拨了拨秀发。

顾园园将装好的面包递给她。

早上来店里买早点的人不少，来来去去的男女都将目光放在宋羡的身上。

宋羡穿着一件高领毛衣，遮住修长的脖子，低头时下巴也被挡了一半。她身材高挑，宽松款的毛衣套在身上，下面搭了一条紧身牛仔裤和一双休闲鞋，如走秀的模特，十分惹眼。她一进面包店就吸引了所有人的视线，仿佛自带聚光灯，使面包店都亮堂了不少。

宋羡接过面包，顾园园拉着她走到旁边，说："就在这吃吧，我给你倒杯牛奶。"

客人因为她都愿意多买两袋面包了。

宋羡看了一眼腕表，时间确实还早，她也就顺势坐下了。

顾园园端过来一杯牛奶："温的，喝吧，补充补充营养。怎么样？和大艺术家成为朋友是不是很有意思？"

宋羡睨了她一眼，没反驳，通常她不反驳，就是默认。

顾园园不禁感慨："不容易啊，啥时候带你的艺术家朋友给我们见见？"

宋羡咬了一口面包："目前没打算。"

顾园园又问："你和白老师怎么样了？真不打算和白老师联系？

你可是他的关门弟子。"

宋羡吃面包的姿势一顿,她放下面包,看向顾园园。

顾园园摆手:"好好好,不说了。"

宋羡继续吃面包,她手指纤细,骨节分明,都说江柳依那双手上了天价保险,谁都不知道宋羡这双手才是真正的无价之宝。

面包店里人来人往,好几个人跃跃欲试,想过来和宋羡搭话,碍于她清冷淡漠的神色又给憋了回去。顾园园坐在她的对面玩手机,看到一个熟悉的名字:"余白?"

她抬起头:"艺术界新秀,她的个人画展还邀请白老师了,你说白老师会不会来?"

宋羡平静地回复她:"不知道。"

顾园园抬起眼皮看她,知道这是她不愿意提及的话题,便不再问了。几秒后,她嘀咕道:"不过这个余白,为什么这么耳熟啊?我以前在哪里听过?"

她左思右想,抓耳挠腮,却始终想不起来,一脸苦恼。

宋羡起身拎起包,对她说:"余白是江柳依从小玩到大的朋友。"

顾园园闻言想起来了。

她奇怪道:"余白怎么这个时候回来?"

她说完噌的一下站起身!

宋羡被吓了一跳:"干什么?"

顾园园:"不是说江柳依从小就崇拜她吗?她倒好,不告而别,说走就走,怎么现在看江柳依成名人了,她又出现了?交朋友这么爬高踩低,一看就目的不纯。"

宋羡闻言被逗笑了。她清冷的五官舒展开来,看她的人更多了,目光直接而炙热,宋羡全都视而不见,只对顾园园说:"我先去上班了。"

顾园园在她的身后挥手:"晚上见!"

宋羡到杂志社先去了一趟老部门,仅有的几个老员工和她打招呼,她淡笑着回应。

几年前她来到这座城市,什么都不想做,顾园园发现她意志消沉,就主动搬过来陪她,变着花样给她准备吃的。画儿童插画是一次意外,她在公园里看到几个孩子在玩闹,顿时有了兴致,也没想过发表,是顾园园帮她注册了账号,发在微博上,没多久,就有杂志社的人找来问她有没有兴趣合作。

这个杂志社,就是《漫彤》。

她给《漫彤》画了两年插画,后来美编辞职,顾园园让她多试着和人接触,就让她面试看看。

面试非常顺利,她就过来上班了。

这一工作,就是好几年。她最喜欢的莫过于老部门的环境,不过这两年,老部门中熟悉的面孔要么被调去其他部门,要么被挖走,《漫彤》也从童刊前几名掉到了现在不尴不尬的位置。

"宋羡!"老部门的主管看到她便跟她打招呼,"来这么早啊?"

宋羡拿出买好的面包:"多买了一些。"

"客气啥!"主管四十来岁,很有童心,她立志要把童刊重新做起来。不过显然现在老板更喜欢时尚娱乐刊物,童刊岌岌可危。

主管问:"在那边还习惯吗?"

这也不是宋羡第一次被调过去了,因为有摄影证,她经常被拉过去拍摄。宋羡很优秀,所以那边不想放人,一有机会就把她叫过去。

宋羡点头："挺好的。"

那边的主编和同事都很好。

主管说："好就行，好的话你可以考虑留在那边。"

宋羡摇头："我还是更喜欢这里。"

主管笑了："你这孩子，别人有机会都是往外走，往高处爬，你怎么还要回来呢？"

宋羡说："我还是想和您一起做童刊。"

主管的鼻尖顿时一酸，童刊好久没有收到新订单了。同事们纷纷离开，只有几位老人还在坚守。杂志虽是童刊，但做得毫无朝气和活力，又如何能做出优秀的作品？

然而宋羡却不这么想，她说："会有机会的。"

主管拍拍她的肩膀："行了，快去工作。"

宋羡走了几步之后又停下，转头看了看，才离开。她去新部门报到，一进门就察觉到不寻常的气息，坐在她对面的同事嘀咕："故意的吧？哦，咱们开新栏目，他们也开新栏目；咱们要采访张素素，他们也要采访张素素；那咱们要采访江柳依，他们怎么不去采访啊？"

何小英生气地说："这又不是第一次了，《美秀》就这样！"

《美秀》是对面的杂志社，也做时尚娱乐领域，经常和他们撞模特，有时候彼此看中同一个模特，就得争个头破血流。

这次《漫彤》开新栏目，专访名人，那边也立马开了新栏目，明摆着开战。

"不行，我忍不下去了！"何小英说，"我去找张素素！"

她说完看向宋羡："你和我一起去，把你之前的作品都带着，我们双管齐下！"

宋羡拍出来的照片能让模特美出新高度，所以和她合作过的模特都愿意再次和她合作。何小英觉得和宋羡去肯定更稳妥些，没想到去了也没见到本人。

何小英坐在张素素公司的休息大厅，给张素素的助理打电话，疑惑地问："不是在公司吗？"

对方笑着解释："素素是在公司呢，不过她还在健身房，没出来。"

在公司就好，何小英生怕被截和，她说："那我在这里等她。"

助理捏着嗓子说："那麻烦您等会儿了。"

何小英给宋羡递了个眼色："我们坐，张素素一会儿过来。"

宋羡刚坐下，就见到大厅门口闪进来两个身影。何小英一看到其中一人就翻了个白眼，咬牙切齿的。

"真是阴魂不散！"她气呼呼的。

宋羡看过去，问："谁啊？"

何小英从鼻子里哼了一声："还不是《美秀》那主笔，余彩。"

宋羡不认识。

何小英的话音刚落，手机铃声就响起，助理说张素素出来了。何小英忙站起身，没几分钟就看到电梯到了一楼，她立马颠颠地跑过去，门打开后，看到张素素穿着一身短袖短裤，头发扎成马尾，额头上还有汗水，显然刚从健身房出来。

何小英忙着自我介绍："张小姐，我们是《漫彤》杂志社的，我之前和您的助理聊过。"

她说着主动递上名片，张素素接过来，启唇："何小英？"

何小英点头，招呼宋羡过去。

宋羡还没到她身边，另一个人站到张素素的另一侧："张小姐，我们是《美秀》杂志社的,之前也联系过您的助理。"

张素素漫不经心地说:"听说了。你们也是巧了,赶在一起来。"

何小英忙说:"张小姐,是我们先邀请的您。"

余彩笑了:"张小姐想接受哪边的专访,不是应该看开出来的条件吗?又没签合同,先邀请后邀请的,有什么关系呢?"

何小英最看不惯余彩这无赖的样子,她说:"条件方面我们自然也是最好的,而且我们的摄影师也是国内最棒的,张小姐可以看看她的作品,您肯定会满意。"

余彩看向她,说:"张小姐这么漂亮,又不是靠摄影,我觉得双方合作,也要了解对方的人品。"

何小英心想:人品?就你余彩?就你《美秀》杂志?还谈什么人品!

何小英强压住情绪,展颜说:"我们《漫彤》在圈内也是数一数二的……"

余彩赶忙开口:"我可没说你们《漫彤》,我说的是你们请来的摄影师。"

何小英闻言怒不可遏:"余彩,你什么意思?我们摄影师怎么了?"

余彩看向宋羡,目光里满是怨气:"怎么了?你们摄影师人品有问题!就这样的人,还给张小姐拍摄?做专访?曝光出去,张小姐还会受到牵连!"

何小英顿时发飙:"余彩!你放屁!"

余彩也不甘示弱,增大了音量:"我又没说错!"

所有人都看过来,大厅里异常安静。

余彩趾高气扬地说:"她挑拨我姐和她最好的朋友的关系,趋炎附势，满肚子坏水！"

何小英回到《漫彤》，将包狠狠地扔在桌上，咬牙切齿："卑鄙！她怎么能这么说？"

其他人凑到她的旁边，就连主编都走了过来，问她出什么事了，何小英的眼角都红了，说："《美秀》的人居然造宋羡的谣！"

"什么情况？"办公室的其他人顿时站起来，宋羡可是他们办公室的一朵花，岂能让别人欺负了去？虽然宋羡平时性子冷冷的，但人很好，只要是拜托她的事情，她都会帮忙，这么有能力且友善的人，居然还被造谣？！不能忍！坚决不能忍！

办公室的气氛一下子被点燃，主编沉声问："怎么回事？"

何小英的眼角依旧红红的，她刚想开口，一个同事举着手机问："是余彩说的？她说宋羡趋炎附势，挑拨……"

办公室有一瞬间的安静，众人看向宋羡。

沉默中，何小英看了一眼众人，她对面的女孩说："不可能！"虽然声音不大，但很坚定，"我不相信宋羡是这样的人！不可能的！"

其他人也如梦初醒，想到宋羡的为人，他们都站在宋羡这边，就连一直和她不对盘的总监都站出来说："耳听为虚，我们不会听信别人而怀疑自己的同事。宋羡，你自己说，到底是怎么回事？你真的……"

宋羡语气平静地开口："没有这回事。"

总监有些疑惑："那怎么……"

何小英终于憋不住了："是因为她朋友以前和余彩的姐姐是非常要好的朋友！"

同事们不禁有些好奇："然后呢？"

宋羡淡淡地道："然后在我朋友最艰难的时候，余彩的姐姐出国了，现在她回来了，知道我朋友飞黄腾达了，想和她重归于好，但我朋友不理她，她就以为是我从中挑拨。"

同事顿时炸开了锅："就这？"

何小英垮着肩膀："可是张素素不肯接受我们的专访了。"

这倒是大事，主编袁红的脸色微变，问何小英："就因为这事？"

何小英点头："就因为这事。"

袁红说："那我给张素素打个电话，我们吃过饭，她应该会给我两分薄面。"

另一个同事站出来，小声地说："其实我听到了一些传闻。"

袁红看着她："什么传闻？"

她看了一眼众人："说是张素素今早就和《美秀》签了，那边开的价格高。"

"那张素素怎么还同意见面？"

众人瞬间明白过来，肯定是张素素还想以后合作，不知道怎么直接拒绝，所以才借题发挥。

大家都是新栏目，都想做个开门红，这无可厚非，但张素素这件事做得就让人很生气。

何小英说："怪不得呢，故意把我们晾在大厅里，故意让余彩说那么大声，原来是这样！"

她看向宋羡："委屈你了。"

宋羡摇头，众人刚刚对她的信任给她的心头添了不少暖意。

袁红说："这张素素，太过分了！"

奈何她也说不出狠话，更不可能说以后不合作，只能生闷气。

袁红站出来安抚大家："先联系其他备选的人。"

她离开前对宋羡说:"这种小插曲别放在心上。"

宋羡来这个部门,其实没有多少归属感,总是把自己隔离在外,不过对工作她都是全力以赴,所以大家都喜欢和她合作。

袁红那么多次给她牵红线,她一次都没同意,饶是如此,袁红还是在这个时候安慰自己,宋羡心底很是感激。宋羡抬起眼睛看她,点头:"谢谢主编。"

袁红笑笑:"客气什么,不过你要请客!最好叫上你那飞黄腾达的朋友让我们见识见识。"

何小英也说:"就是,我今天都为你哭了,要请客!"

其他人附和:"请客,必须请客!"

宋羡点头:"好。"

袁红这才拍手:"工作,继续工作!"

何小英也低下头开始给认识的人打电话。宋羡坐在椅子上,转头看了一眼四周,这些熟悉的同事,真是让人暖心。

中午吃饭的时候,她顺手给江柳依发了消息:"醒了吗?"

江柳依回复:"醒了,我在公司。"

宋羡打字:"可以和你说点事吗?"

江柳依坐在办公室里,助理给她泡了咖啡,她抿了一口,单手打字:"你说。"

宋羡:"就是我同事,他们想让我叫上你一起吃顿饭。"

江柳依托着手机,办公室的门被推开了,她的好友林秋水走进来,问:"看什么呢?一来就忙着看手机。"

"没什么。"江柳依收起手机。

林秋水啧了一声,看向江柳依:"余白回来了,你知道吗?"

办公室有一瞬间的安静，助理瞄了一眼江柳依，又瞄了一眼林秋水，最后默默地道："我去给林小姐泡咖啡。"

门一开又一合，林秋水侧头看，江柳依平静地坐在沙发上，目光凉如水。她今天没演出，只上了淡妆，简单的素色长裙，高领，遮住了脖子，秀发散在身后，双手放在膝盖上，瞧着倒是很稳重，但是林秋水可知道江柳依以前做过什么。

余白在外面写生，她能坐十八个小时的火车赶过去，只为给她送一套画具。

余白生日，她提前半个月张罗，亲手做蛋糕。

余白不告而别出国，她特别伤心。

林秋水知道她崇拜余白，其实余白也没错，为了喜欢的事业而奋斗，谁都挑不出毛病。

江柳依神色自若："知道，我们昨晚见面了。"

林秋水有些错愕："见面了？"

刚回国就见面，她还以为依江柳依的脾气，怎么也得故意拖延一段时间。

江柳依点头："她昨晚车出了点问题，是我去处理的。"

林秋水看了她一眼，原本想说今晚给余白接风，但想想还是准备给江柳依一个惊喜。

她改口："知道了。今晚有个聚会，一起参加吧。"

她们这个圈子一起长大的朋友有好几个，平时天南地北地飞，偶尔才会聚在一起。江柳依刚想说不用，又想到宋羡，带她认识一下自己的朋友也好。

江柳依点头："好，你把地址发给我。"

江柳依低下头给宋羡发信息："好，我知道了，时间地点你定。"

宋羡吃完饭就收到了这条消息，目光平静，没两秒，江柳依又发来一条消息："今晚我有个聚会，你有时间吗？一起过来？"

宋羡放下筷子给江柳依回复："可以。"

江柳依："那我等会儿给你发地址。"

宋羡答应后关掉了手机屏幕，坐在她对面的何小英问："谁啊？"

"我那个朋友，我问她有没有空，我们一起吃个饭。"

何小英的眼睛一亮，好想知道对方是何方神圣！

她问："什么时候？在哪里吃饭？"

宋羡睨她："还没定呢。"

何小英说："我知道几个地方还不错，回头推给你。"

宋羡淡淡地道："好。"

何小英见她云淡风轻的样子忍不住问："她是做什么的？"

宋羡诚实地回复她："钢琴家。"

何小英的目光顿时一亮："艺术家啊！真不错！"

随后她想到上午的事情又闷闷地哀号："一提这个我就想到专访，江柳依那种级别的咱们不敢妄想，赐我一个和张素素知名度差不多的可以吗？"

这样也不至于被《美秀》压得太难看。

宋羡看她晴转多云的神色，随后低下头看手机。

或许——

让江柳依接受专访，并不是妄想。

何小英推了几个吃饭的地方给宋羡，宋羡回到办公室准备安排饭店。坐在两个人对面的同事抬起头："小英，那个黎小姐，打电话问了吗?"

何小英探头:"哪个黎小姐?"

同事招招手,把她叫过去,两个人低下头讨论。宋羡把何小英发过来的饭店名字记在备忘录里,抬起头看看,众人都在因为临时换人的事情而忙得团团转,这次余彩故意把脏水泼到她的身上,但大家一句怨言都没对她说,宋羡想了几秒,给好友发消息。

顾园园正吃着面包喝着奶茶,收到宋羡的消息,她回复:"问问又没事,不过先别和你同事说,万一江柳依不来,让人家空欢喜一场。"

宋羡打字:"知道了。"

顾园园:"说起来,你同事知道你现在和谁一起住吗?"

宋羡:"不知道。"

顾园园:"?"

宋羡想了一会儿:"她们没问。"

顾园园:"……"

行吧,她为什么要对宋羡抱有幻想,这人向来是死鸭子的嘴,硬得很。

和顾园园聊完之后,何小英恰巧路过宋羡的办公桌,扫到她正在看的资料,何小英问:"这不是江柳依吗?"

宋羡偏头:"嗯,我想知道她为什么不接受采访。"

何小英笑了:"这官方的资料上怎么可能会写。据我所知吧,她以前刚弹钢琴的时候也接受过采访,后来不知道为什么就全部推了。"

她说完看向对桌的同事:"你知道江柳依为什么不接受采访吗?"

对桌的同事摇头:"不知道。"

宋羡单手轻轻地敲了两下桌面。

何小英问:"你看这个干什么?"

宋羡回过神来:"你不是说,想采访她吗?"

何小英笑起来:"是的,你知道的,第一期嘛,上面看得有多重,都想开门红。现在艺术界名气最大的就是江柳依了,而且咱们和《美秀》竞争,我不也是想压他们一头吗!"

宋羡能理解。

何小英感慨:"不过这只是我想想而已,人家那么多专访都推了,怎么可能看得上我们这小杂志社?"

何小英的年纪比宋羡大一岁,但童心重,爱玩,又长了一张娃娃脸,现在五官拧在一起,不免有些滑稽。

宋羡回过神来,拍拍她的肩膀:"工作吧。"

何小英耸耸肩膀,继续工作。

临近下班时,宋羡接到了江柳依打来的电话,问要不要过来接她。宋羡看了一眼车钥匙,拒绝了,同江柳依确定好酒店地址之后她准时下了班。

酒店订在一个商场里,宋羡去的时候赶上下班高峰期,堵车,开一分钟停三分钟,就这么晃晃悠悠地往前开,早就能看到商场了,愣是开不到前面去。

好不容易前面的车流动了,宋羡轻踩油门,车滑出几米,又停下了。这样反反复复,好脾气的她打开车窗,呼出一口闷气。

临近十月份,天黑得早,路灯亮起,商场上硕大的LED灯牌发着光,悬在正中央的液晶显示屏闪烁了两秒,有画面播放出来。

是一款洗发水的广告。宋羡用的就是这款,她多看了两眼,广告后是一些报道。

"知名画家白烨现身京都，同行者是国画俱乐部的林主席，美术协会的姚理事……"

宋羡的手一抖，没握住方向盘，她的脚用力踩在刹车上，车停住了。

"这是白烨'怦然心动'世界画展结束后首次回国，随行有三个徒弟，值得注意的是，其间依旧没有见到他的关门弟子，据传，他的一位关门弟子莎尼娅在画展上有作品被拍卖至四千万……"

随即大屏幕上播放了那几幅作品，还有白烨挺拔的身影。

宋羡的目光定定地看着显示屏。

"我们了解到收藏莎尼娅作品的是一位华侨，出价四千万，同时另一位收藏家也在到处寻找莎尼娅的作品，莎尼娅有望成为白烨老师的接班人。"

莎尼娅，英文 Shaniya，寓意为"上帝的礼物"。

白烨曾对她说："宋羡，你这双手就是上帝送给你的最好的礼物，你以后就叫莎尼娅好不好？"

"嘀嘀嘀！"喇叭声让宋羡从回忆中回过神来。再抬起头，液晶显示屏已经播放其他广告了，她用纸巾擦掉额头上的细汗，开车离开了。

到了停车场，宋羡给江柳依打电话。

江柳依从林秋水身边站起，对着手机说："我来接你。"

等人走了，林秋水好奇地问："谁啊？"

赵月白看她："江柳依不是你叫来的吗，她要带谁来你不知道？"

林秋水说:"余白吗?"

其他三个人看向她,赵月白皱起眉头:"余白给她打电话,让她去接?"

"不可能吧?"

林秋水说:"有什么不可能的?余白那性子你又不是第一天知道。"

大家好久没见了,其中一个朋友说:"我有小礼炮,等会儿余白来,咱就放。"

其他人也附和:"好啊!"

林秋水给江柳依发消息:"回来没?"

就在这时,手机铃声在门外响起,朋友示意众人打开小礼炮,在江柳依推开门的刹那间就听到"啪啪啪"几声,丝带从她和宋羡的头上纷纷落下。

赵月白见到是江柳依和宋羡,一愣,随即急中生智地说:"新年快乐!"

江柳依神色凝重,对她们说:"别瞎闹。"又转头问宋羡:"没吓着吧?"

宋羡神色平静地对众人点了点头。

有人之前见过宋羡,她一直都是这样,安安静静地坐在旁边。

"来来来,坐。"赵月白打圆场,"再等两个人我们就可以开饭了。"

江柳依刚想坐过去,就被林秋水拽了过去:"你怎么把她叫来了?"

等会儿余白也会来,这是什么尴尬的场面?

江柳依听到这话莫名地不高兴,问林秋水:"什么叫'把她叫来了'？不能吗？"

林秋水说："不是不能，就是等会儿还有一个人会来。"

到了这时候，林秋水也不瞒着了，对江柳依说："其实今天是给余白准备的接风宴。"

江柳依听完，脸色变得有些不好看。她平时不笑就特别唬人，眉眼锋利，此时英气的俏颜满是不悦，那双淡色的眸子压抑着怒火，更添了几分威慑力。

看宋羡坐在一侧，赵月白朝她伸出手："你是叫宋羡？我叫赵月白。"

她们这些朋友，有的是同学，有的是职场中认识的，反正都是一个圈子的。

宋羡握住她的手，礼貌性地点头，目光清冷疏离。

赵月白看着她，乍看她的轮廓和余白有些相似，但气质和余白完全不同。

余白是从小被捧在掌心里长大的，性格骄纵，以前朋友们还会戏称她"余家大小姐"，后来被余白骂了几次才把这个绰号骂没了，但大家心知肚明，余白就是需要时时刻刻被捧着。

可宋羡就不一样了，看起来清清冷冷的，话不多，目光平静，在这样的环境里一点都不局促。她们这个圈子里的人虽然没人有江柳依那么大的成就，但一个个也算小有名气，可宋羡看她们的目光就好像在看普通人，神色都没有波动一下。

哪里有外界说的小家子气，登不上台面？

赵月白觉得某些人的偏见实在是太深了。

她开口问："听说你是在杂志社上班？"

宋羡转头："对。"

江柳依听到余白会来，不禁有些烦躁，她起身说："我们回家吧。"

她一站起来，其他几个人不干了，有人说："怎么了？好好地吃顿饭都不行啊？依依，你现在成大忙人了，没点个人时间吗？"

话里话外嘲讽宋羡不识趣，今天是她们的聚会，还非要跟着来。

奈何宋羡压根儿不接招，看都没看几人，她对江柳依说："你想回家，我们就回家。"

林秋水正想说话缓和氛围，身后包厢的门被推开了，高跟鞋清脆的声音响起。

余白走进包厢，看到江柳依先是一喜，继而看到了她身边站着的人。

林秋水连忙介绍："白白来了，这是宋羡，你们没见过，认识一下吧。"

宋羡站在原地，看向余白，眼底平静如水。

余白往前走了两步，站在宋羡的面前。两个人面对面，气氛陡然剑拔弩张，说不上来的压迫感袭来，赵月白忍不住咽了咽口水。

余白伸出手，先开了口："你好。余白。"

宋羡握住后，淡淡地道："宋羡。"

余白点头："我听朋友说过你，你很漂亮。"

宋羡说："谢谢。"

之后宋羡连看都没看她，转头问江柳依："还回家吗？"

林秋水推了推江柳依："大家难得聚聚，别扫兴了。"

江柳依看向宋羡。宋羡说："我都行，你说了算。"

毕竟这是她和朋友的聚会。

江柳依看了一眼几人，都是多年的朋友，而且她和余白以后肯定还会遇到。

她说:"那一起吧。"

而且她也想在今晚把话说清楚。

大家随后落座。林秋水招呼服务员上红酒,她一身小西装干练笔挺,在公司又是江柳依的老板,所以江柳依也不可能真的不给她面子。

"红酒没问题吧?"林秋水说,"明儿周末,都没事,大家今晚痛快玩一玩!"

赵月白看向江柳依,又看向宋羡:"她第一次和我们吃饭,含蓄点,别太闹。"

"闹什么呀?"一个朋友不满地说,"几个月没见,赵月白你怎么还是这样?"

赵月白不满地回击:"我怎么了?"

那个朋友理了理秀发:"磨磨叽叽。"

赵月白闻言有些不高兴,林秋水按住了她:"干什么!今天是余白的接风宴,都安静一点。"

余白的接风宴?

宋羡听到这句话看向江柳依,一时有些搞不懂她为什么要带自己来吃这顿饭。

宋羡还在思索,听到林秋水问:"能喝红酒吗?"

她还没说话,江柳依说:"她开车了,不喝酒。"

宋羡继续保持沉默。

余白说:"秋水,给我倒一杯。"

林秋水点头:"好。"

宋羡不喝酒，江柳依给她点了一瓶牛奶。坐在余白身边的女孩笑了："多大了还喝奶？"

说话的小申是余白的闺密，自从知道江柳依和余白闹掰后就说江柳依没良心，说余白以前帮过江柳依那么多，她转头就当白眼狼了，所以见到宋羡忍不住挑刺。

"她想喝什么就喝什么，和你有关系吗？"

江柳依的一句话如一道闷雷，炸得其他人有些猝不及防，全部愣在了原地。

余白的脸沉下来，深吸一口气，刚想站起身走人又被小申一把拽住，让她坐在椅子上。

小申小声地说："看不出来我们依依这么厉害，这还是第一次看她这么伶牙俐齿。"

她余下的话没说，但意思很明白。她没料到，这句话说出口后，余白的脸色更差了。

这时，赵月白忍不住说："宋羡，你别介意，小申她就是口无遮拦。"

宋羡看向她，点头："没关系。"

赵月白拉着江柳依的袖口，凑到她的耳边说："大气！看看，多有格局！真给你面子。"

江柳依偏头看宋羡，想问她要不要先回去，林秋水却在这时说："好了！你说大家一年到头聚在一起不过两三次，这几年余白又一直在国外，她刚回国你们就不太平了是吧？"

她说完看向小申："和宋羡道歉。"

小申撇了撇嘴。

余白主动捧起杯子，端到宋羡的面前，说："小申年纪小，说话直接，我替她赔不是。"

宋羡端起牛奶，和她碰了一下，出于礼貌喝了一点。

余白仰起头喝了一杯。没过几秒，她又倒了一杯，坐在一旁默默地喝完了。

她抬起头看向江柳依，有一瞬间觉得她好陌生。她们以前那么要好，共同度过那么多艰难的时刻，现在怎么就变成这样了？

林秋水端起杯子问："白白，这次去国外，收获不少吧？听说你得到白老师的亲自指导了？"

余白深呼吸，平复下情绪，抬起头，自信大方地说："只是稍微指点，不算指导。"

林秋水说："别谦虚了，我们还有谁不知道。对了，你那个画展，还邀请白老师参加了？"

小申插话："是啊，邀请白老师参加了。白老师说有空过来。"

宋羡听到这句话手一抖，杯子碰到桌角，发出一声清脆的声响。小申看过去，扬眉吐气地说："听说宋羡也是学插画的？那你知道白烨老师吗？"

现在还有人不知道白烨吗？张贺老先生的徒弟，在艺术界享有盛誉，只要是学画画的都曾梦想得到白烨的指导。上次的画展，世界各地的很多艺术爱好者都奔过去了，最后门票千金难求。

宋羡淡淡地开口："知道。"

小申说："谁能不知道呢？不过咱们知道也没用，在座的可能只有白白见过白烨老师。"

林秋水问："听说上次画展拍卖价格最高的是他的弟子莎尼娅的一幅画，四千多万？"

坐在旁边的人说："原本应该是迟总的拍得最高，八千万，最后迟总没卖。白老师的作品大多数也都只是展览，所以他这个弟子的就拍了最高价。"

小申对众人说："莎尼娅啊，白老师的关门弟子，肯定不一样啊，不过咱们白白也不差，你们看过白白的新作吗？白老师都说她和莎尼娅有些神似。"

莎尼娅虽然是白烨的弟子，但她画风多变，色彩大胆，和其他徒弟的风格完全不一样，也正是这种独特的风格，她的画才能脱颖而出，作品被拍到了四千万的高价。

当年白烨的成名作也不过拍了三千万。

余白说："小申又瞎说，我怎么能和莎尼娅相比呢，她的作品浑然天成，让人望尘莫及。"

赵月白点头："我也听说过莎尼娅这个关门弟子。业界对她的评价十分高，说她天赋极高，连白老师都说自己年轻的时候比不了她。"

宋羡垂在饭桌下的双手紧紧地攥着，脸上没什么表情。听她们还在继续讨论莎尼娅的作品，她转头对江柳依小声地说："我去趟洗手间。"

江柳依转头："我陪你去？"

宋羡说："不需要。"

她一走，小申就耸耸肩膀："档次不一样啊，我们聊天的内容她又听不懂，又插不上话，不乐意听也正常。那种性子敏感的，听两句还以为我们在嘲讽人家没知识呢。"

江柳依噌的一下起身，忍无可忍地喊道："钱申！"

钱申看向她："怎么了？"

林秋水忙拉住江柳依，对钱申说："你闭嘴！"

她的年纪是在场几个人中最大的,大家心里都当她是姐姐,所以钱申不爽也只能憋着。赵月白起身说:"行了,大家聚在一起就是为了看你们吵架吗?如果是为了吵架,那下次聚会不要叫上我。"

江柳依拎起包说:"我先走了,以后聚餐也不要叫我。"

她说完不顾林秋水的拉扯就要走,余白着急地喊道:"依依。"

江柳依的动作一顿,攥紧包的边缘。

江柳依没说话,只是拎着包离开了。

余白站在原地,不敢相信江柳依就这么走了,她的双手抓紧桌布,咬唇不语。

身侧的钱申推她:"白白,你愣着干什么?快去追啊!"

余白一咬牙,踩着高跟鞋小跑着出了包厢,没看到江柳依的身影,倒是见到刚从卫生间里出来的宋羡。

宋羡刚从卫生间出来就接到了江柳依的电话,让她直接下楼,不用回包厢了。她准备去乘电梯,却听到身后有人唤:"宋羡!"

转头,宋羡打招呼:"余白,有事吗?"

余白缓和了心情,深呼吸,尽量让自己看起来优雅大方。她抬手拨了拨秀发,露出漂亮的脖颈,耳坠在灯光下闪闪发亮,衬得她精致明艳。她说:"没什么,我是想替小申向你道歉,刚刚她的话你不要放在心上。"

宋羡不是很在意,平静地开口:"没关系,我没有放在心上。"

余白的心里越发堵,她说:"不知道柳依有没有和你说,我接下来和她合作的事情。"

宋羡只是平静地"哦"了一声。

余白定定地看着她,又忍不住追问:"你没话对我说吗?"

宋羡看向她,想了几秒后微微一笑,真挚地开口:"希望你们合作愉快。"

宋羡到车库时,江柳依正站在车旁边,低着头,绷着脸,整个人很压抑,似乎刚刚和人吵了一架,极度不悦。宋羡猜想,可能是她离开之后,江柳依和那些朋友闹了些不愉快。

朋友都是帮亲不帮理,她和余白,一个对她们来说是多年好友,一个是刚见面的陌生人,所以宋羡能理解那些朋友的想法,她们是极端了一些,但她并不在意。宋羡走到江柳依的身边,问:"饭局结束了?"

江柳依转头,宋羡就站在半米开外,车库的灯光不算明亮,光影斑驳,明暗交织,有些光落在宋羡的侧脸上,模糊中添了一丝平静。

宋羡一向如此,刚刚在饭桌上也是,被钱申那么针对,她也是安安静静的。

突然,江柳依对宋羡说:"这里没人了。"

宋羡皱起眉头:"什么?"

江柳依说:"这里没人,所以你想骂谁就骂吧。"

宋羡:"……"

她不想骂谁,她只是觉得江柳依有些莫名其妙。

江柳依以为她不好意思骂自己的朋友,便主动说:"我知道她们今天过分了。"

宋羡这才明白过来:"没关系。"

"你别憋着。"

宋羡狐疑地看了她一眼。

江柳依说:"也可以骂我,对不起,我不知道今天是余白的接风宴。"

如果知道，她不会过来，更不会带宋羡过来。

宋羡微微地点头，不是故意的就好。她抬起头看江柳依："不要多想，那些都是你的朋友，我们回家吧。"

江柳依上车后靠在座椅上，偏头看着窗外的风景。宋羡开车不快，很稳，这符合她的性格。

江柳依不是第一次坐宋羡的车，有一次她从外地回来，让宋羡来接她，就是宋羡开的车。想起来，那天还是工作日，宋羡请假过来的。

朋友都说宋羡和余白很像，其实一点都不像。余白喜欢被人捧着，时时刻刻都要人哄她，有点不开心就能折腾许久，所以朋友圈里一向都把她当成公主。

而宋羡不同，她安静，话不多，做了很多事情，也不会主动说出来，她这样的朋友更让人安心。

江柳依偏过头看宋羡，窗外的灯光偶尔跃进来，宋羡的侧脸线条清晰，轮廓分明。

手机振动了两下，江柳依拿起手机，微信群里有人艾特她。

林秋水 @ 江柳依："依依，别生气了，刚刚你走后我们骂过小申了。"

赵月白 @ 江柳依："我做证，她刚刚被骂哭了。"

钱申 @ 江柳依："对不起。"

江柳依 @ 钱申："你没什么对不起我的，你应该和我朋友说对不起。"

群里瞬间安静。

与此同时，余白握紧手机，咬紧嘴唇。

钱申绷不住了,问:"这江柳依什么意思?"随后不可理喻地咆哮,"她该不会想让我给宋羡道歉吧?她在做梦!"

钱申和余白一样,从小骄纵惯了,尤其是钱申,家里有钱,所以被宠得无法无天。

林秋水看向钱申:"你今天是过分了。"

钱申一向我行我素,林秋水的公司当年原本开不起来,还是她托父母帮忙才有的现在的公司。公司有她的股份,她算半个老板。江柳依就这样对她?

钱申嗤笑:"过分?难道不是江柳依恩将仇报?当年她想学音乐,她爸妈死活不同意,是我们这些朋友每天找理由帮她,后来暑假我们被罚两个月,你们忘了?"

另一个朋友说:"就是啊,当初她被赶出家门,没有我们帮她,哪有她现在的成绩?"

赵月白听不下去了,她噌的一下站起身:"少给你们脸上贴金!就问问你们今天干的什么事!还好意思说!柳依带着新朋友来,你们冷嘲热讽不说,还一个劲地针对人家!"

她说到最后声音拔高,气愤至极。钱申看了她一眼:"赵月白,你胳膊肘往外拐啊?你和宋羡才认识多久,见过几次啊?你是忘了咱们一起长大的情分了吧?"

赵月白闻言更生气了,双眼微红,走到钱申面前就想和她理论。钱申被她来势汹汹的样子吓到了,还是余白先一步拽住了赵月白。

"闹够了没有?"林秋水呵斥,"月白说的没错,我们今天是过分了。你钱申还想和江柳依说话,就老老实实地去给她朋友道歉!"

钱申的脸绷着,眼里满是火气。

林秋水不甘示弱地看回去,说:"至于当年公司那点事,凭良心说,这么几年,柳依带来的效益早就够了,钱申你也别总抓着那点不放。柳依之所以回国发展,别人不知道,我们心里没数?她是白眼狼?这么多年,多少公司开高价挖她离开,她动摇过吗?不就是因为当初我们帮她,她感恩!至于她和余白……"

余白安静地坐着。林秋水说不出苛责的话,缓了缓语气:"余白刚回来,还是先忙好画展的事情,其他的静观其变吧。"

赵月白看她们到现在都还护着余白,没忍住踢开了椅子。钱申还想骂两句,被林秋水按住了。赵月白冷着脸从她们的面前走过。

身后的钱申声音尖锐刺耳:"疯了吧,她?"

赵月白走出酒店,突然觉得刚刚在群里为钱申说话一点都不值,这群朋友早就不是刚认识的模样了,时间和金钱已经腐蚀了她们。现在的她们,只让赵月白觉得一切都已经面目全非。

她掏出手机,想了一会儿,给江柳依发消息:"帮我和你朋友说声对不起。"

江柳依看到这条消息微微地皱了皱眉。身侧的宋羡说:"下车了。"

她回过神来,收起手机,这会儿酒精发挥作用了,她刚下车就没站稳。宋羡不禁皱起眉头:"你别动。"

江柳依真就乖乖不动,站在车门旁边。宋羡锁好车后走到她的身边,语气平静:"先回家,一会儿我出去买醒酒药。"

江柳依说:"不用,我没有很醉。"

宋羡没再坚持。

到家之后她帮江柳依换好鞋子,脱掉外套挂在架子上,扶着江柳依走进房间。床单和被套都是新的,闻起来有淡淡的洗衣液味道。宋羡把江柳依扶到床上,让她好好休息。

江柳依微闭着眼睛,似乎在养神,却突然叫了一句:"宋羡。"

宋羡看过去,她那双眼睛比平时更亮了一些。江柳依的五官此刻显得更深邃,因此在沉默时会给人一种不易亲近的感觉,显得锋利冷漠,但脆弱时也格外明显。

她说:"谢谢你,晚安。"

次日,两个人都睡到中午,江柳依先醒,想找手机,摸了半天都没摸到,然后发现自己不知道怎么睡在了地板上。

她蹑手蹑脚地起身,走出房间,洗漱后坐在客厅的沙发上看林秋水发来的消息。昨天晚上她就把群消息给屏蔽了,所以林秋水便单独发私聊信息。

林秋水:"柳依,小申确实过分,我们已经说过她了。"

林秋水:"还在生气呢?"

林秋水:"别气了,赵月白为你差点和小申打起来。"

林秋水:"看到给我回复啊,过几天赵月白生日,你去吗?"

赵月白的性格容易冲动,但对朋友是实打实的好。江柳依记得当初被赶出江家时,是赵月白和余白一起过来接她,就因为这事,赵月白和余白比其他人多罚了两周下乡体验。

自从她和余白的关系破裂后,群里每次聊到她们以前的话题,赵月白总会岔过去。江柳依又不是木头,而且赵月白的生日礼物她早就选好了。

想了想,她给林秋水回复:"会去的。"

没一会儿,林秋水回复她:"终于回复我了,再不回复,我就要报警了。依依,我知道昨晚你不高兴,但我们公司还有小申一半股份呢,以后抬头不见低头见的……见到了你就当没见到,别生气了。"

江柳依拨弄着手机，没回复。

正发愣间，手机又嘟嘟两声，她垂下眼睛，看到赵月白发给她的消息："听秋水说我过生日你会来？"

江柳依简短地回复："嗯，会去的。"

没过几秒，赵月白又发来了信息："还有件事，你在的那个公司不是有钱申的股份吗？她那人特别小心眼，你要是待得不开心，我求我哥给你换个公司？"

江柳依盯着这句话看。

回国前，其实有很多公司邀请她，但都被她婉拒了，因为当初她离开江家，是这些朋友接济的她，做人不能忘本，所以她一直没换公司。

如果钱申真的找麻烦……江柳依想了好一会儿才回复："再说吧。"

赵月白没再继续这个话题。江柳依把手机扔在茶几上，听到门口有手机铃声，她走过去，发现是宋羡的手机，屏幕显示着"何小英"。

江柳依拿着手机走到卧室门口，想到宋羡还在熟睡，顿了几秒后，接通了电话，刚想开口说"不是本人"就被那边噼里啪啦一顿话说蒙了。

"宋羡啊，我约了个律师，他上周刚打赢一个官司，现在还有热度，热度不低哦，人也挺帅的，精英人士，听说年薪很高，应该可以好好宣传，就是知名度比张素素低很多……"何小英说到这里咬牙切齿，"都怪那个余彩！忒不要脸了！"

何小英骂完对着手机喊道："宋羡？你怎么不说话？"

江柳依回过神来:"宋羡不在。"

何小英愣了一下:"你是?"

江柳依简短地说:"我是她朋友。"

何小英"哦"了几声:"不好意思不好意思,我等会儿再打过来。"

江柳依在她挂电话的前一秒问:"你说余彩,她怎么了?"

何小英一顿:"余彩啊……"

江柳依安静地听完事情的经过,握着手机的指腹发紧。她沉着脸,眼睛压着淡淡的火气。

"是余彩说的?"她问。

何小英气愤地道:"对啊!就是余彩说的,害我们丢了张素素。"

江柳依压着怒火:"我知道了。"

何小英说:"哎,那等宋羡醒了,你让她给我回个电话可以吗?"

江柳依说:"可以。"

何小英挂了电话。

江柳依放下手机快步走到沙发旁边,在自己的手机联系人里找到余彩,毫不留情地拉黑,然后盯着余白的名字看了一会儿……

这么多年,她哪怕换了手机,也会第一时间存余白的电话号码。

"你怎么了?"身后的声音微哑,带着两分刚清醒的含糊。江柳依转头,看到宋羡赤着脚走出来。

她放下手机对宋羡说:"你同事刚刚给你打电话,让你回电。"

宋羡点头,走向卫生间洗漱。江柳依听着哗啦的水声,想到之前宋羡同事对她说的一些话——

"宋羡是不是没有和你说这些事啊?"

"没有。"

"她那是怕你觉得她有挑拨的嫌疑,所以才没告诉你。"

宋羡一直都是这样,心甘情愿地委曲求全。

江柳依心里不是很舒服,她在宋羡出来后倒了一杯温水递给她。宋羡抿了一口,听到江柳依问:"刚刚你同事打电话是说专访的事情,我不小心接听了。"

宋羡的目光平静:"没关系。"

江柳依润着嘴唇,想说余彩的事情,但猜想她应该不想听,所以沉默了两秒后,说:"听你同事说,这次专访的对象要是名人?"

宋羡点头。

江柳依问:"我可以吗?"

宋羡喝水的姿势一顿:"你?你不是不接受采访吗?"

江柳依没想到宋羡居然连自己不接受采访都知道。

江柳依说:"以前不接受,现在可以。"

宋羡抬起眼睛,清亮的眼神里透着喜悦:"真的吗?"

江柳依突然很想和她分享当初不接受采访的原因。她点头:"真的。"

宋羡很高兴,笑着道:"那我给何小英回个电话。"

江柳依点头,看着宋羡。

宋羡打电话时察觉到了她的灼灼目光:"怎么了?"

"你……"江柳依缓了缓,"你不想问我,当初为什么不接受采访吗?"

宋羡冷静地开口:"一定要知道吗?"

江柳依话都到了嘴边,却又吞回去了:"也不一定。"

宋羡点头,低下头看手机,说:"那我不想知道。"

江柳依一口气没提上来,被自己呛到了。

江柳依不明白，她转头看宋羡走到窗边推开窗户，暖风习习，将宋羡的发丝吹起。宋羡勾了勾不听话的秀发，拨至耳后，听到手机那端传来何小英的声音。

"宋羡？"何小英不确定地问。

宋羡回复她："是我。"

何小英说："刚才你朋友接的电话，你朋友的声音还蛮好听的。"

宋羡侧头看江柳依："嗯，我知道。"

何小英说回正题："那她有没有告诉你，我打电话说了什么？"

宋羡淡淡地道："没有，你说了什么？"

何小英："其实也没什么，就是我以为接电话的是你，不小心说到余彩了……我发誓，我没有添油加醋，只是实话实说。"

宋羡这才明白江柳依为什么会突然接受专访。

她说："我知道了。"

何小英说："我刚才打电话给你，是想说我这边联系了一个律师，挺不错的，人帅年薪高……"

宋羡打断了她的话："不请江柳依了吗？"

何小英一顿："我想请啊，那也得人家愿意来是不是？"

宋羡说："那你推掉其他人吧。"

何小英疑惑："为什么？"

宋羡回复她："我帮你请到江柳依了。"

电话怎么挂断的，宋羡已经不太记得了，只觉得耳边嗡嗡的，好像鞭炮突然在耳边炸开一样。她放下手机，阳光落在身上，暖洋洋的。

宋羡很喜欢这样的天气，阳光和煦，风也正好。

江柳依坐在沙发上，垂着眼睛，手机屏幕上跳过赵月白发来的消息，赵月白说她生日不请钱申，让她方便的话把宋羡一起带过去。

江柳依想了一会儿："好，我会问她的。"

赵月白："你和她说，她肯定会来。"

江柳依思忖着：宋羡那么给我面子吗？那她为什么不想知道自己当初不接受采访的原因？

江柳依拨弄着手机，实在想不明白这个问题，干脆问赵月白，赵月白立马回复她："那不是很简单吗？要么就是她知道原因，要么就是她觉得这是你的伤心往事，怕提起你会伤心，不想提呗。"

原来是这样。江柳依顿时恍然大悟。

江柳依转头看宋羡，开口叫她。宋羡转过头，阳光在她身上镀了一层光，细碎的光影从她的发丝间穿过。

宋羡问："怎么了？"

江柳依起身说："你中午想吃什么？"

宋羡想了一会儿："去楼下吃？"

江柳依没意见，下去走走也好。两个人下楼时江柳依的手机铃声响起，宋羡瞥了一眼屏幕，是她妹妹打来的，江柳依直接挂了。宋羡也没问，两个人下楼后往美食街走去。她们小区后面就是美食街，美食街对面是一条河，风景还不错，来的人多，所以美食街的生意格外好。

江柳依问："想吃什么？"

宋羡看向一家中餐馆："这个可以吗？"

江柳依点头："当然可以。"

两个人一同走进去。刚刚江柳依答应接受采访，宋羡觉得自己也应该有所表示。

她们选了一个靠窗的位置坐下，可能不是饭点儿，人不是很多。

位置不错，一转头就能看到窗外的风景，风一吹，杨柳拂过水面，泛起阵阵涟漪。

宋羡将菜单递给江柳依："你点菜吧。"

江柳依点了一道麻婆豆腐和烧鸡，抬头问宋羡："鱼，吃吗？"

宋羡说："都行。"

是自己请江柳依吃饭，她现在就算点青椒，自己也不会有意见。

当然，江柳依没点，她最后点了一碗青菜汤，又把菜单递给宋羡："你看看。"

宋羡合上菜单递给服务员，等着上菜。

江柳依看了她几秒，问："什么时候开始采访？"

宋羡说："最近两天，你有空吗？"

江柳依点头，最近她的巡演结束了，正在休息。宋羡说："那定好时间我发给你。"又道，"我们拍摄完，一起吃饭可以吗？叫上我的同事。"

江柳依说："好，时间你安排吧，需要我订饭店吗？"

宋羡摇头："不用，我已经订了一家私房菜。"

两人说话间饭菜已经上齐了，江柳依看着她突然说："过几天就是赵月白的生日，赵月白你还记得吗？昨天坐在我旁边……"

"记得。"宋羡皱起眉头，"是想让我一起去吗？"

江柳依点头："没几个朋友。"

宋羡低下头吃鱼，语气平静："好，我知道了。"

两个人吃完饭后都不急着赶回去，于是沿着河边散步。她们身材高挑，穿着讲究，又都是泡在艺术里长大的，气质和旁人迥然不同，来往的路人忍不住将目光落在她们的身上。

江柳依说："我第一次接受专访是在巴黎音乐节之后，那时候不懂,所以什么话该说,什么话不该说,我也不知道。采访过后,那个记者写了一篇报道,把我批评得一无是处,故意歪曲我的意思,后来全网都在骂我。比如,采访时我说了句喜欢艾森,她就内涵我作品有剽窃嫌疑。"

"那时候太年轻,太稚嫩,受到一点点打击就感觉天崩地裂了,之后也就不再接受采访了。"

宋羡不明白她为什么会突然解释这个,但还是做出了反应:"哦。"

她说完转过身,和江柳依面对面站着,神色平静而认真:"不过我认为你没有必要太在意别人的看法,成功的路本来就是孤独的,有人给你献花,有人向你扔砖,把这些砖收好,踩在脚下,你才能站得更高,看得更远,成为更优秀的人。"

她刻意缓了几秒,才继续说:"况且你本来就很优秀,这是有目共睹的。"

骄阳肆无忌惮地洒下来,炙热刺目,江柳依纹丝未动。

"你很优秀。"

"你就是天生的音乐家。"

这么多年,这些话听了没有一千遍也有八百遍了,但和现在完全不一样。

她更喜欢宋羡的安慰。

第二章

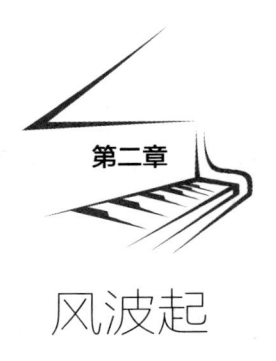

风波起

两个人到家之后，宋羡修图，江柳依去琴房练习。琴房隔音效果非常好，外面听不到一丝声音。宋羡的屏幕上是当红模特，也是这期杂志的封面人物。刚修一半，电脑右下方的微信图标闪烁起来，她随手点开，里面聊得热火朝天。

"何小英，你说的是真的还是假的？是那个弹琴的江柳依，不是同名同姓的？"

"天啊！何小英，你厉害！你是怎么请到的？"

何小英在群里一改平时的姿态，发了个挥手的表情包："低调，低调，不许传出去啊，万一被《美秀》知道……"

"知道了，给大佬捶背。这次还不能把《美秀》压在下面？"

主编袁红也出来说："还没开始采访，一切都有变数，刚刚我和上面的领导商议，决定这次改秘密专访，在杂志出来之前，任何人不得透露半点消息！"

主要还是怕《美秀》会使坏，《美秀》这几年和他们抢模特，出高价、各种阴招的方式都用过了，所以为保险起见，这次他们决定先不公开。

群里大家都没意见，宋羡看没自己什么事就关了微信群。退出时她瞥到微信置顶的两个人，下面那个是白烨，最后的对话在三年前。

她发的信息是："老师，对不起。"

白烨回复她："宋羡，想通了就回来。"

她的目光晦暗，关掉微信，却不想再修图了。

客厅安静，静到她能清晰地听到自己的心跳声。宋羡回到房间里，想午休，奈何窗外的麻雀叽叽喳喳的。她掀开薄被起身，坐在飘窗前，看着一群麻雀飞过去，"呼啦"一声。

铅笔就在床头柜的抽屉里，还有空白的画纸，宋羡低下头看了好几秒才拿起那支铅笔。

江柳依走出琴房没在客厅见到宋羡，她踩着拖鞋走到卧室的门口，远远地看到宋羡正在低头画画。

宋羡画画的姿态很随意，她靠在飘窗旁，两条腿蜷起，画本抵在腿上，笔尖轻触纸张，发出窸窸窣窣的声音，画面看起来惬意美好。

江柳依不是第一次看人绘画。

余白非常喜欢画画，以前她经常陪余白画画。余白每次绘画前都要做好一切准备，用她的话说，态度要端正、虔诚。她就看她忙东忙西，最后笔直地坐在画架前，落笔，细描，和宋羡完全不同。

江柳依离开房间，回到琴房时却很难静下心来继续弹琴。曲谱躺在钢琴上方，江柳依坐下，无意识地弹奏，杂乱的音符飘在琴房里，并不好听。

一曲毕，她放下琴盖，合上琴谱，放在一旁桌上的手机又喧闹起来，好似预示打电话的人耐心也快告罄了。

她接了电话，妈妈的声音随即传来："舍得接电话了？"

江柳依沉默了两秒："妈。"

妈妈被气笑了："妈？你眼里还有我这个妈？你是不是打算永远不回家了？"

江柳依说："没有。"

妈妈深吸一口气，缓和了语气继续说："没有吗？你都多久没有回过家了？"

江柳依说："有时间我会回家的。"

妈妈问："最近没空？你在做什么？秋水说你刚巡演结束，正在休息。"

江柳依憋着一口气："在忙。"

"忙什么？"妈妈质问，"你能忙什么？你除了每天弹那破钢琴，还能忙什么？"

江柳依抿着嘴唇，不是很想说话，因为一开口就会吵架。

很小的时候，她就被禁止碰与音乐相关的东西，更别提弹琴了。她有一次去赵月白家，看到赵月白的姐姐正在弹钢琴，她非常有兴趣，就喜欢上了，之后偷偷地练习，用所有的零花钱去上补习班。父母忙着生意，没空管她，等到发现她爱上弹琴时，她已经代表学校参加比赛了。

从那之后，家里的争议就没断过。有一次学校有比赛，她偷偷地找了地方训练，她爸喝多了找到她，也不知道从哪里找来的棍子，发了狠想打她的手，是余白帮助她，她才顺利地完成了那次比赛。之后她被赶出了江家……

江柳依回过神来，听到妈妈的声音逐渐变得歇斯底里："好，你现在弹琴是有成绩了，不想换工作，我们也不勉强你，但是你的婚姻大事呢？让你相亲你也不去，上次直接把我介绍的人给拉黑了，你是不是有点太冲动了？"

是有点冲动，江柳依没说话，但默认了。

妈妈继续说："你还是要听话一点，让我和你爸省点心。"

江柳依突然很头疼，她坐在椅子上，对电话那端的人说："妈，我现在很好。"

"你还不知悔改？"妈妈生气了，"你到底什么意思？故意气我和你爸？"

江柳依尽量压着脾气："我没有。"

"没有？那是什么？"

江柳依的沉默换来母亲更大声的指责，她直接将手机放在一边，任她骂。反正，她也习惯了。

不知道过了多长时间，手机那端终于沉默下来。江柳依挂了电话，走出琴房时天色已经转黑，她走到卧室门口，看到宋羡还是下午时的那个姿势，蜷起的腿都没有变过，她突然想到她妈妈质问的那些话。

她只是想过自己喜欢的人生，有错吗？

江柳依摒弃杂念，轻手轻脚地走进房间，站在宋羡的背后，看着她画画。

她还以为宋羡在画窗外的风景，没想到她居然在画下午的那条河。一汪水，一条河，河岸边的石子路，路旁垂柳荫荫，路上行人三两，旁边是众多商铺，商铺前的照片和横幅里的标志都精准无误。江柳依不敢相信，宋羡只用一下午的时间，居然把街景全部记下来并且画出来了，这幅画就好像一张照片。

区别不过是照片是彩色的，而她面前的这幅画是黑白的。

江柳依眼看宋羡画完了，倏而伸出手问：“怎么想起来画这个？”

宋羡神色如常：“闲着没事，瞎画。”她说完准备将纸揉成一团。

江柳依不禁皱起眉头：“画不要了？”

宋羡说：“不好看。”

哪里不好看了？江柳依还是懂一点画的，刚刚那幅画没有功底可画不出来，简直可以说是惟妙惟肖，她顺手拿过来，说：“你不要，那可以送给我吗？”

宋羡看了她几秒：“随便你。”

江柳依将那幅画收好，正准备放到一边，宋羡突然"嘶"了一声。

她转头："怎么了？"

宋羡的声音比平时低了一些："我坐久了，腿麻了。"

江柳依："……"

江柳依待在家里的时间并不多。她要准备巡演，经常去公司或者在世界各地飞来飞去，最近还是少有整个周末都待在家里的情况。

林秋水周一早上打来电话，江柳依正在换衣服。

林秋水问："来公司吗？"

江柳依偶尔在休息时会去公司，公司有单独练习的房间，但她最近不想去。

江柳依淡淡地道："不去了，我等会儿要接受一个采访。"

林秋水转笔的速度缓下来:"什么采访?"

江柳依说:"是一个专访,详细情况等我结束后再和你说。"

林秋水只好同意。江柳依鲜少安排自己的行程,她一向听从公司的安排。林秋水知道,她除了音乐其他都不爱,而且第一次专访还出过那样的事,对江柳依影响可不小,所以后续所有的采访她都给推了,就连余白的妹妹余彩来邀请,她都没同意。为此余白还打电话问江柳依,是不是因为生她的气,所以不接受她妹妹的采访。实话实说,林秋水也不知道,但她不想冒险,在江柳依和余彩之间,她还是知道该站在谁那边的。

不过现在江柳依都同意专访了,想必当初的心结多多少少应该解开了。这是一件好事。

江柳依放下手机,走出房间看到宋羡正在热面包,桌上有泡好的牛奶。她走过去,闻到奶香味,看到宋羡端着两个盘子过来,盘子上放了几个面包片,刚加热好,松软又香甜。她看了几秒突然问:"吃煎蛋吗?"

宋羡的声音微哑:"都行。"

江柳依走进厨房,打开冰箱。里面都是冰水、饮料,只有最下面放了几袋面条和半抽屉鸡蛋。

江柳依在家里穿着比较随意,淡蓝色家居服,短袖,没系围裙,阳光从窗户照进来,落在她的侧脸和手臂上。

宋羡看江柳依煎好一个鸡蛋放在盘子里,转头又拿了一个,抬手时家居服往上蹭,那动作好像跳舞一般优雅、漂亮。有些人的气质就是很难模仿和超越,尤其是常年泡在艺术里的人,和寻常人就更不一样了。

宋羡看着她,问:"好了吗?"

又看了一眼腕表，上班时间快到了。

江柳依端着两个盘子走过去，把其中一盘放在她面前的桌上："尝尝。"

宋羡低下头咬了一口，估摸火大了，表层焦了，边缘泛起一圈深色。

江柳依问："怎么样？"

她虽然很久没下厨了，但对自己煎蛋有信心，她以为宋羡会非常满意，谁知宋羡抬起眼睛看她，语气平淡地说："一般。"

江柳依已到嘴边的谦虚话又憋了回去。

宋羡吃完煎蛋起身，问江柳依："今天的专访，你需要我回来接你吗？"

江柳依想了几秒钟："我开车去。"

宋羡说："那你别忘了时间，我会提前给你打电话。"

江柳依点头："我要去杂志社吗？"

宋羡说："直接来摄影棚吧，我把合同带去棚里。"

江柳依没意见。

宋羡离开后，江柳依独自在家里吃完了早点，回房间换衣服时她突然想到宋羡画的那幅画，她从书桌抽屉里找了出来。

她画得十分细致。路人脸上的皱褶、头发的长度、衣服的款式——这些江柳依都没记住——还有饭店里的一些小细节，宋羡竟然都画出来了。

如果没记错，这应该是"默画"。

她知道默画是因为余白。余白其实很有天赋。她记得以前美术班经常有默画比赛，就是拿一幅画，给半个小时的时间看，然后默画出来，谁画的细节最多，画得最相似，就是谁赢。

余白参加默画比赛一向十拿九稳,几乎每次都会赢。她的名气也逐渐打出来了,其他系都知道美术系有个默画天才余白。

江柳依将画平放在桌上,看了好几遍之后才叠好夹在书里。桌面上的手机屏幕闪烁,跳出熟悉的名字,江柳依只是看了几眼,没接。

没一会儿,宋羡给她发消息:"我给你微信发定位了。"

她看到微信里的定位,给宋羡回复了一个"好"字。

宋羡放下手机,身边的何小英就凑了上来,小声地说:"群里都在问是谁请到江柳依的,我能不能说是你啊?"

从宋羡和她说起这件事后她就觉得不可思议,可是随后江柳依的助理就给她打电话确定了专访的时间。

何小英只跟主编和几个要好的私下说了,江柳依是宋羡请来的,但没对其他同事说,主要是摸不准宋羡的态度,她还是想先问问。

宋羡转头,漫不经心地道:"随你。"

何小英有些好奇她是怎么请到江柳依的,想了几秒,还是问了出来。宋羡思索了一会儿,对何小英说:"是江柳依主动接受专访的。"

"主……主……主动接受?"闻言何小英连讲话都结巴了。她怎么也没想到会是这样,她还以为是宋羡求爷爷告奶奶才把这么厉害的人给请过来的,合着是江柳依主动!

"为什么呀?"她不明白。

宋羡说:"因为余彩吧。"

"余彩?"何小英皱起眉头,和余彩有什么关系?不过她倒是知道余彩以前一直想采访江柳依。难道余彩和江柳依有过节,所以江柳依才选择了《漫彤》？

何小英一拍手，刚想说结论，对面的同事问宋羡："晚上是在小阁楼吗？"

宋羡回过神来："对，小阁楼，七点半。"

"好，那我让我朋友直接送我过去。"对面的同事眉开眼笑，一脸喜色，又转头对宋羡说，"对了，还有件事想麻烦你。"

宋羡抬起眼睛，目光平静地问："什么事？"

同事尴尬地挠挠头："就是那个，我朋友吧，她——"

何小英皱起眉头："你磕磕巴巴说啥呢？直接点。"

同事一咬牙："就是我朋友是江柳依的粉丝，能不能拜托你下午拍摄的时候帮我要个签名啊？"

何小英蒙了一下："不是我主笔吗？我采访，怎么让宋羡要？"

"宋羡负责拍摄啊。"同事说，"你不靠谱。"

何小英顿时反应过来，立马要打对面的人："好你个吴猫猫！什么叫我不靠谱！"

吴莹往后面靠，躲过了何小英的文件夹。她平时喜欢猫，和朋友养了七八只，所以大家都喜欢叫她"吴猫猫"。

何小英一击没中还想继续，吴莹说："好了，别闹了。"她看向宋羡，又问了一遍："可以吗？"

其他几个知情的同事也凑了过来，眼巴巴地看着宋羡和何小英："我也想要。"

"我女儿也想要。"

大家用可怜兮兮的眼神看着她，宋羡顿了顿："我不知道她会不会签名，不过你们想要的话，可以当面问她。"

吴莹挥手："我也想呢，但摄影棚不让进。"

宋羡解释："我的意思是，晚上吃饭的时候你们可以当面问她。"

吴莹一愣："吃饭？江柳依也去吗？"

其他人的目光也都亮了。

宋羡说："她说今晚专访结束后请你们吃饭的。"

何小英率先反应过来，她看向宋羡，声音发抖："你前段时间说交了一个新朋友，因为住处失窃所以搬去同住，我还让你带出来介绍大家认识认识，该不会那个人就是江柳依吧？"

所有人的目光刹那间炽热起来，如同熊熊燃烧的火焰。宋羡依旧一脸平静，只是微微点头，对何小英说："嗯，她就是我朋友。"

办公室瞬间鸦雀无声，宋羡身边倏地传来"砰"的一声！

众人转头，看到何小英一屁股坐在地上，椅子翻了过来，旋转底座正在慢悠悠地转动，配上何小英那张呆若木鸡的脸，十分滑稽。

何小英勉强从地上起来，颤颤巍巍地对宋羡说："她昨天提到我了吧？"

所以昨天接电话那位，就是江柳依本人？

她昨天还说了很多余彩的坏话，添油加醋的，江柳依会不会觉得她嘴碎啊？

何小英顿时生无可恋，遗憾刚刚怎么没一屁股坐晕过去，要不然等会儿换主笔好了。

宋羡说："提到你了。"

算了，还是再坐一屁股吧，没准能晕过去。

宋羡平静地开口："她说你做事很靠谱，所以才会接受这次专访。"

何小英诧异了两秒,满血复活:"真的?"

宋羡偏头看她,语气淡淡的:"真的。"

何小英顿时扬眉吐气,谁不知道宋羡从来不说谎,那肯定就是真的了。其他同事听她们聊天也很好奇,忙问怎么一回事,何小英的尾巴顿时翘上天了:"秘密。"

对面的吴莹扔了一个文件夹,何小英稳稳地接住了,她也不卖关子了,主动说:"就是周末我给宋羡打电话,是江柳依接的。"

"你还和江柳依通电话了?"

"她声音是不是真的很好听?"

何小英点头:"真的很好听啊,你们是没听到,不愧是搞艺术的,那声音可以去唱歌了!"

宋羡听她们八卦没吭声。

不知何时叶总监站在众人的身后:"都不用工作了?"

大家瞬间作鸟兽散,何小英坐下后,看到叶总监走到宋羡的面前。

叶总监和宋羡一向不对盘,此时在宋羡的桌前站定:"听说你朋友是江柳依?"

宋羡云淡风轻地点头。

叶总监心底激动,脸色却极其正经。她心满意足地离开后,何小英立刻用手戳了戳宋羡的手臂,宋羡关掉一个电脑页面,转头听到何小英问:"你和江柳依认识多久了啊?"

"两个月。"宋羡打开下一个页面,开始修图。

"那你们还挺一见如故的。"何小英着手准备采访需要的资料,偶尔转头问宋羡,"你朋友忌讳什么问题?"

宋羡摇头:"不清楚。"

何小英闻言皱起眉头。

半晌，她仍不死心地又转头问："你朋友能接受多大尺度的话题？"

宋羡从桌子上抽出一张便笺，迅速地写了电话号码，递给何小英。

何小英蒙了："什么啊？"

宋羡说："她的电话号码，你有话直接问她。"

何小英："……"

对面的吴莹对着电脑"噗"一声笑了，何小英看过去："笑什么？"

吴莹说："看《美秀》官博了吗？"

何小英听到这话立刻打开《美秀》的官博，看到他们公布了这次的采访对象——张素素，还提到，大家有什么小问题想问张素素可以留言，他们会在评论区随机抽取一两个问题采访。

这是拉活跃度的惯用手段，随机抽到的问题会在杂志里刊登，所以参与提问的读者都会提前预订一本，看自己有没有"中奖"。

张素素的知名度挺高，粉丝也多，没一会儿官博下面满是粉丝，问题千奇百怪，热度比以往任何一次都高。

"我没看错吧？《美秀》下期有素素？"

"听说单独开的专人采访哦，我们素素厉害了！"

"想问素素喜欢的对象类型，我没别的意思，就是想说姐姐我可以！"

余彩拨弄着手机，看到一刷新就是十几条新留言，点赞更是没一会儿就破了千，她随手买了推广服务。身边的摄影师说："余彩，咱们下期热度挺高的，刚刚社里说这次预热效果特别好！"

废话。余彩心想，热度高不高她还能看不到？以前哪次预热能有这么好的效果？看来《漫彤》还真是有点商业嗅觉，知道开名人专访。现在的名人早就和从前不一样了，粉丝多又广，而且其中一部分不是艺人，都是实打实的艺术家，如果碰巧颜值再高一点，那粉丝更是数不胜数。

只是可惜了，余彩原本想邀请江柳依，如果能请到江柳依，现在网上已经爆炸了吧？

奈何江柳依不接受采访。

余彩叹气。摄影师坐在她的身边："怎么了？是不是主编说不买热搜服务，生气了？"

因为这事，刚刚余彩和主编吵了一架。余彩主张买热搜服务，她们这期能邀请到张素素是多大的爆点啊，微博互动都能看出来热度有多高，买个热搜不是更有利于宣传？

主编说钱都用来请张素素了，没有多余的资金了。

余彩说："就是抠！抠死了！"

摄影师笑嘻嘻的："别气了，没热搜咱们下期也稳了，压过《漫彤》一点都没问题。"

余彩转过头："《漫彤》这期请的谁？"

摄影师说："听说是个律师，我让朋友问了下，不出名，没啥成绩，就最近打赢了一个官司，《漫彤》才请过去。"

余彩这才放下心来，她说："怎么还没宣传？"

"不好意思吧。"摄影师嗤笑，"他们邀请的和我们邀请的都不是一个级别，现在宣布出来也是打脸。不用想，咱们下期的销售榜肯定稳了！"

余彩点头，不稳也得稳，而且是必须稳。请张素素这事她和总编打了包票，而且为了请张素素杂志社砸了那么多钱，不稳估计主编都想把她活剥了！

想到这里，余彩还是想下个双重保险，她拿起手机说："我出去打个电话。"

摄影师说："那你别走太远，一会儿张素素就来了。"

余彩回复她："知道了。"

她出了电梯，给余白打电话时扫了一眼对面的摄影棚，是《漫彤》专用的，上面还挂着一个大标志，很明显。

江柳依下车后沿着宋羡发来的位置寻找。骄阳似火，她的额头上渗出了细汗。她抬起手挡在眼前，透过指缝看向远处的标志。

离停车场还挺远的。手机振动，江柳依接起电话，宋羡问："到了吗？"

江柳依说："马上到楼下。"

宋羡看了一眼四周的车流说："我有些堵车，大概还需要几分钟，你不想先上去可以在楼下的奶茶店等我。"

江柳依抬起眼睛，果然看到不远处的奶茶店，天热得冒火，去坐会儿也好，江柳依应下："知道了，你想喝什么？"

宋羡喜欢水果味的冷饮，不是很喜欢甜腻的奶茶，于是说："菠萝沙冰吧。"说完她转头问何小英："你喝什么？"

开车的何小英手一抖，江柳依给她买奶茶吗？这事可以在社里吹一年了吧？

她稳住心神，笑了："江小姐买什么我就喝什么。"

还能挑的？江柳依买的都是恩赐！

宋羡淡淡地道："那就和我一样吧。"

江柳依边打电话边走进奶茶店，买了两杯沙冰和一杯冰咖啡，坐在靠窗的位置，刚好可以看到对面《漫彤》的摄影棚。坐下后她挂了电话，低下头看到林秋水给她发来一条新消息，是说和余白的合作事宜。

这件事林秋水很早以前就和她说过，余白开画展，希望她能谱个曲子做画展音乐。林秋水说："依依，不看僧面看佛面，余白以前也帮了你不少，你爸喝醉那次，她替你受伤，在医院待了一周多，后来公司的事情她也出力了，现在想合作，我确实没办法拒绝。"

她沉默了许久，告诉林秋水："你接了，我只能公事公办。"

林秋水说："公事公办就行了。"

接着林秋水问她什么时候有空，想开个小会。

江柳依看了一眼时间，给林秋水回复："再说吧。"

林秋水问："下午有事？"

江柳依："在专访。"

林秋水睨了一眼站在窗口打电话的余白，有些尴尬，顿了顿才回复："挺好的。"

江柳依收到消息刚好见到宋羡从停车场出来，她拎着打包好的三杯凉饮走过去。另一边的拐角，余彩正和余白打电话，用余光瞄到《漫彤》摄影棚门口闪过一个熟悉的身影，她皱起眉头，揉揉眼睛，怀疑自己看错了。

刚刚走进去的人，是江柳依吗？

余彩说话说到一半突然卡住，不说了。余白把手机稍稍挪开，看了一眼屏幕有没有挂断，见还在通话中，她喊道："余彩？"

"嗯，姐。"余彩恍惚了两秒，《漫彤》楼下那个人已经不见了。是她眼花，还是真的是江柳依？

她不确定地问:"姐,江柳依是不是不接受采访?"

余白不知道她怎么突然提到江柳依,但还是点头:"嗯,秋水说她对以前的事情有点阴影,所以不接受采访。"

那就是自己看错了。

余白问:"怎么了?"

余彩说:"没事,我认错人了。"

余白的眉头一皱:"什么认错人?"

"就是在摄影棚旁边,我还以为看到江柳依了。"余彩说完,余白的心咯噔一跳,下意识地转头看向林秋水,她刚和江柳依发完消息。余白捂着话筒转头问:"秋水,你刚刚是不是在和柳依联系?"

林秋水抬起头:"嗯。"

余白问:"她在哪儿啊?"

林秋水原本想说她在专访,一想到余白的脾气,肯定又要哭了,她不想看到,于是干脆说:"在家练琴,她还能在哪儿!"

余白莫名地松了口气,电话那端的余彩听到后也笑自己糊涂,真是太紧张了,居然会犯这种低级错误。

她说:"那姐,你别忘了答应我的事情,我去工作了。"

余白:"知道了。"

余白放下手机,林秋水问:"余彩?"

她点头:"嗯,是小彩。"

林秋水说:"前阵子她还缠着我呢,非要采访柳依。"

余白说:"她有阵子也和我说过,不过柳依不接受采访,我们都知道。"

林秋水转头看她:"其实也不一定。"

余白看着她,林秋水摊开手:"都过去那么久了,事情总有变化的一天嘛,说不定她现在愿意了呢?"

她原本是想间接告诉余白,江柳依现在接受采访的事情,但余白听到这话脸一白,眼圈发红。

林秋水拍拍她:"余白?"

余白抬起眼睛,泪水还挂在眼睫毛上,晶莹剔透,和以前一样,哭起来也是漂亮的小公主。林秋水的声音软下来:"怎么又哭了?"

"没事。"余白深呼吸,"秋水,你们是不是觉得,都是我的错?"

林秋水看着她,欲言又止。

余白说:"我知道你们都怨我,柳依也怨我,当初是我不好,一心只想画画。"

林秋水忍不住开口:"余白,这几年柳依过得也不是很好,你走之后她失眠严重,每天靠吃药才能睡得着,后来发疯地练习,每天把自己关在琴房里,一待就是一天。"

余白走的时候,江柳依正与家里闹得很僵。那时她还没有现在的成绩,只是刚崭露头角,作为一颗冉冉升起的新星,前途未卜。林秋水那时候真怕她因此放弃,但她没有。后来江柳依胃穿孔时,身边没人,林秋水和其他朋友各有项目要忙,没人能抽身照顾她。于是她给余白打电话,希望余白回来一趟,可是被拒绝了。

那时候,她转头看到江柳依站在自己的身后。之后,江柳依就再没提过余白。

有时候她问江柳依,怪不怪余白。江柳依说:"怪有什么用!大家各自有想要过的人生。"

她又问江柳依:"想让她早点回来吗?"

那时候江柳依只是看着前方,没回话。

余白低下头:"对不起,秋水,我……"

林秋水说:"余白,你们之间的对错,我不知道,我只知道现在还年轻,还有纠正的机会,所以……"

余白咬牙点头:"我知道,我知道……"

林秋水看她这副样子于心不忍,转头看向窗外,阳光从细碎的树叶缝隙跳进办公室里,一闪一闪的。

江柳依站在窗户边,回过神来,听到身侧的何小英小声地问:"江小姐,您觉得这些问题可以吗?"

她笑了:"不用叫我江小姐,既然是宋羡的同事,你就叫我名字吧。"

"那怎么行!"平时在办公室叫江柳依就算了,当面还是得叫尊称的,何小英说,"那我叫您江老师吧?"

江柳依没辙了:"好。"

何小英一脸的喜色:"那江老师我们开始采访了。"

宋羡在一旁摆弄着照相机,看镜头里的江柳依。她一身白色过膝裙,秀发微微地绾起,刘海遮住了饱满的额头,垂在双鬓处。她坐在椅子上,身体靠着右边的扶手,姿态轻松,显得优雅从容。她的五官给人感觉偏深邃,妆容干练一些就显得侧颜更加锋利,宋羡盯着照相机好一会儿,说:"等一下。"

何小英转头:"怎么了?"

宋羡说:"妆不行。"她说完看向窗户,"打光也不太好。"

主要江柳依穿的一身白,容易反光。

宋羡让打光的工作人员往后面退一点,对何小英说:"这样,你先采访,采访完再拍照。"

江柳依第一次看宋羡工作，她吩咐事情有条有理，举止间从容淡定，似乎有超出她这个年纪的沉稳。江柳依先前对宋羡的工作一直有误解，以为拍摄就是简单地拍几张照片，修一修，现在才发现自己错了。

江柳依垂下眼睛，蓦然露出淡淡的笑容，何小英捕捉到了，忙问："江老师，等会儿采访里可以聊一些您生活中有意思的事情吗？"

江柳依点头。

何小英大喜，立马问了几个准备好但是不敢问的问题。

江柳依也没端着，有话直接回复，双方有来有往，采访气氛十分融洽。

很快，江柳依的采访环节结束了，何小英心满意足。宋羡和打光师也确定好角度，她走到江柳依的身边，说："我给你换个妆。"

何小英眨眨眼睛："宋羡，你全能啊！"

社里谁不知道宋羡厉害，会画画，会拍摄，修图一绝，平时其他人有问题找她也能很快解决，都说宋羡厉害，没想到连化妆都会！

何小英是真心佩服。

宋羡冲她一笑，拉江柳依去化妆台。这里的化妆品齐全，一般用来补妆，宋羡瞥了一眼已经用过的化妆品，还是从下面拿了一套没拆封的。江柳依的妆容一般都由专业化妆师负责，她日常出门都是淡妆，现在在宋羡的巧手下，她那让人觉得深邃的五官逐渐变得柔软，眉眼温和，古典美人的气质扑面而来。

何小英站在一侧看宋羡如魔法师一般，不由得惊叹："太厉害了吧！"

这么一看，江柳依现在和刚刚的气质简直判若两人。江柳依爱好古典音乐，刚刚的采访重点也是这方面，配上这个妆容绝了！

何小英忍不住鼓掌，宋羡看向她，何小英很自觉："我去修稿子。"

周围没了其他人，江柳依看了看镜子里的自己，这妆容她不是第一次见到，每次上台前，她的化妆师都会根据演奏风格变换她的妆容，但化妆师给她化妆和宋羡给她化妆感觉完全不一样。

宋羡放下化妆品说："好了。"

江柳依看了一眼镜子，妆容完美，没有瑕疵，她起身。宋羡又说："等会儿。"

两人面对面站着，江柳依还不知道宋羡要做什么，看到她左右看看，突然脱掉衬衣递给她。

"穿这个。"淡粉色的衬衣。宋羡里面还穿着白色背心打底，露出白净的手臂，江柳依愣了一下，宋羡已经将衬衣套在她的身上，帮她穿好，没系扣子，只是在下摆那里打了个结。

拍摄的进度很快，宋羡非常专业，找好角度拍了几张递给江柳依看，询问她的意见。宋羡的目光盯着照相机的显示屏，绷着脸，表情严肃，江柳依站在她的身边，听宋羡问："怎么样？这组照片可以吗？"

照片里的她坐姿随意优雅，宋羡的抓拍技术十分了得，堪称完美。江柳依挑不出问题，她点头说："可以。"

宋羡说："那再拍两组，就结束吧。"

她说完指挥打光师，喊了一遍没人应，江柳依转头，看到那个打光师正看着宋羡，目不转睛。

江柳依回头，发觉宋羡还穿着白色背心，不是暴露的款式，但她的身材太好了，高挑，肩窄，腰细，曲线明显，认真起来更显迷人。

江柳依咳了一声，喊道："何小姐？"

何小英立马颠颠地跑过去："江老师，有什么事吗？"

"你能扶着打光板吗？"

何小英本来还有些不懂，随后看到那个打光师看宋羡的眼神，立刻意会，她点头："我试试。"

宋羡却皱起眉头："你又不会，你试什么？"

何小英说："活到老，学到老！"

宋羡："……"她想说别添乱，又不能阻止别人好学。

何小英站在那个打光师旁边："我扶着，你出去给我们买两杯奶茶。"

打光师有些不舍地看了一眼宋羡，但还是松开了手。

接下来的两组拍摄非常快，电脑上很快就同步了拍好的照片，宋羡问："喜欢哪些照片？"

何小英插话："宋羡，你们晚上回家选，我们先去吃饭的地方怎么样？"

宋羡看了一眼腕表，六点多了，七点半的饭局，她们还要提前过去点菜。宋羡看向江柳依，后者点头："OK。"

"那就走吧。"宋羡说完准备收拾笔记本，手腕却被江柳依抓住了："等下。"

她转头，看到江柳依脱掉衬衣递给她。

餐厅离摄影棚有半个多小时的车程，她们到的时候已经有两个同事先进包厢了。同事看到江柳依进来立刻站起身,有些拘谨。

何小英今天和江柳依待了半天,感觉她就是看着冷漠一些,实则性格挺好的,这么一想,她和宋羡有些相似。不过宋羡不会给人过于冷淡的感觉,她是平静而淡然,而江柳依的气质还是稍显凌厉。

所以那两个同事在江柳依进来后一直没开口。

何小英说:"别拘着,吴莹呢?"

"吴莹等会儿到,我们先结束了。"

何小英点头,进了公司群,看到对面两个拘谨的人正在群里狂发消息:

"我看到江柳依了!"

"窒息了,快来啊!"

"你们能不能快点!她的气势真的好足,臣妾扛不住!"

"是不是特女王范?我来了,女神!"

消息"唰"一下就飞上去了,何小英放下手机问宋羡:"我们先点菜?"

宋羡点头,她将菜单递给何小英。何小英颤颤巍巍地递给其他两位,其他两位哆哆嗦嗦地又递给江柳依。江柳依不知道她们的口味,让她们先点。

两个同事把菜单发到群里,根据大家的喜好点了七八道菜之后递给江柳依,其中一个同事看她选了几道之后偏头问宋羡:"可以吗?"

宋羡扫了一眼:"可以。"

今天公司有个会议,主编袁红到的时候其他同事也刚下车,大家纷纷和她打招呼。

吴莹说:"何小英说江柳依脾气挺好的,那等会儿要签名稳了。"

旁边的同事说:"我不敢,我还是怕。"

"你个胆小鬼。"袁红笑骂,带着众人走进去。

此时包厢里一共有五个人,江柳依和宋羡不知道在说什么,袁红径直走到江柳依面前,主动伸出手:"江小姐。"

江柳依看向她,宋羡解释:"这位是我们的主编。"

江柳依同袁红握手:"你好。"

宋羡随后帮她挨个介绍,其他人都站在江柳依的身边,期待和她握手。一顿寻常饭局颇有几分见面会的架势。袁红说:"好了好了,今儿来聚餐,大家不要太拘束,既然江小姐和宋羡是朋友,那也是我们《漫彤》的一分子,你们说是不是?"

其他同事纷纷笑着说是,宋羡神色淡然,江柳依看向她,突然觉得四周也不是那么吵闹了。

重新落座,袁红坐在江柳依的另一侧,她对众人说:"其实我两年前见过江小姐。"

江柳依偏头,袁红说:"你在台上,我在台下。"

吴莹伸出手:"那我其实也见过,她在电视里,我在电视外。"

其他人被逗笑了,气氛瞬间活跃起来,没一会儿上了菜,何小英还点了红酒。宋羡原本想着开车不喝酒,何小英说:"那不行,你们俩今天都是主角,等会儿结束我给你们叫代驾。"

宋羡没辙了,只好也倒了半杯。

她的酒量显然没有江柳依好,喝一点就上脸,双颊红扑扑的,但那双眼睛又出奇地冷静,让人一时分不清她到底是能喝还是不能喝。

叶总监在袁红敬酒结束时忙跟上:"我也敬两位,多谢江小姐这次接受我们杂志社的专访！"

宋羡抬起手，和她碰了杯："谢谢。"

"还有我，还有我！"吴莹跳出来，"敬我的女神和宋羡一杯。对了，等会儿能不能有个小请求？"

江柳依问："什么？"

其他人纷纷道："签名！"

江柳依失笑了："好。"

吴莹喝了酒立马把明信片掏出来："一会儿喝醉我怕忘了，现在签可以吗？"

江柳依接过笔和明信片，三两笔签好，字迹娟秀有力，干脆利落，吴莹捧着明信片傻笑："字如其人，漂亮死了！"

其他人也眼巴巴地看过来，江柳依只好给她们都签好。

没了要操心的事情，大家喝得更多，也更放心地玩闹了，话题偶尔聊到《美秀》，新仇旧恨免不了一起开骂，宋羡坐在旁边安静地听着，偶尔端起面前的酒杯抿一口。何小英说："不过我们这次能请到江老师，多亏了宋羡，主编你得给宋羡加工资！"

袁红被她们哄着点头："加加加，这次销量第一，给你们都加！"

何小英拍着手笑，宋羡左右看看，江柳依问："怎么了？"

宋羡抬起眼睛："想上厕所。"

她双颊绯红，江柳依不放心，说："我陪你去。"

宋羡乖乖地点头："哦。"

两个人出了包厢，门一开，风吹进来，江柳依清醒过来，她陪宋羡到卫生间门口，问道："要扶你进去吗？"

宋羡摇头，独自走进去，江柳依站在外面洗了手，没一会儿，宋羡从里面走出来，洗了手，擦拭干净之后对江柳依说："回去了。"

江柳依走出几米远，转头问："你醉了吗？"

宋羡停顿了几秒："没有啊。"

江柳依收回视线，和宋羡一起回到包厢。包厢里众人正在闲聊，宋羡坐下后袁红问："没喝多吧？"

宋羡摇头："没有。"

袁红这才放下心来，又对江柳依道歉："对不起，她们是闹腾了一点儿。"

都是年轻的姑娘，有几个还非常喜欢江柳依，而且这期杂志有望冲销量榜第一，大家的情绪确实激动了一点。

江柳依说："没关系。"

袁红又看了一眼宋羡："那麻烦你好好照顾宋羡。"

江柳依转头，宋羡又在偷偷地喝酒。她拿走宋羡的杯子，宋羡似有不满，但也没说什么，只是静坐在椅子上听其他同事聊天。

江柳依问宋羡："你是不是醉了？"

宋羡眨眨眼睛："没有啊。"

江柳依发笑，她说："那你亲一下何小姐。"

坐在宋羡另一边的是何小英，宋羡闻言听话地转头，想凑过去时又被江柳依掰了回来。

都这样了还说没喝醉。

江柳依眼底含着笑意，她没想到宋羡喝醉居然是这样的。

宋羡被拨正身体，不解地问："怎么了？"

有点晚了，江柳依拉起宋羡说："我们先走吧。"

何小英连忙站起身："这就走啦？等会儿KTV不去了吗？"

江柳依摇头："不去了，你们去玩吧，今天我和宋羡请客，可以回头找宋羡报销。"

袁红紧跟着问:"宋羡是不是醉了?"

宋羡站在江柳依的身边,双颊酡红,但那双眼睛出奇的明亮,和平时瞧不出两样。

何小英小声地问:"你醉了没?"

宋羡摇头:"没有。"

何小英拍拍胸口:"那你好好带江老师回去,她好像有点醉了。"

江柳依也喝了几杯,红酒上脸,她纤细的脖子都染上了淡淡的绯色,宋羡转头看江柳依,好半天才点头:"知道了。"

江柳依对众人说:"那你们接着玩,我们先走了。"

何小英在后面喊:"代驾……"

江柳依说:"已经叫好了。"

何小英这才放下心来。

江柳依带宋羡直接到停车场,代驾还没到。月光朗朗,夜风徐徐,宋羡仰起头看着月亮,突然不走了。江柳依转头,顺着她的目光抬起头,问:"在看什么?"

"看大饼。"宋羡说,"我想吃了。"

圆月确实和大饼似的。

江柳依闻言虚手一晃,转头对宋羡说:"我把大饼抓到了。"

宋羡转头,眼巴巴地看着她。江柳依把手伸到宋羡的面前:"吃吗?"

"吃。"宋羡乖巧地说。她隔空咬了一口,又委屈地说:"我吃不到。"

"那我等会儿去给你买……"

代驾到的时候就看到两个醉鬼靠在车旁瞎扯淡,还说什么吃大饼。她见过无数醉酒的人,已经习惯了,哄着两人上车后设置好导航终点。半路上江柳依非要下车去买饼,代驾拗不过,只好带两人去找卖饼的商店,超市里那种的宋羡还不要,非要摊好的大饼。这深更半夜的,去哪找?

好在江柳依还有一点意识,给代驾加了好几倍的钱。代驾这一单赚翻了,一高兴,立马带着两人挨个街道去买饼,终于在一条美食街上看到摊大饼的。宋羡想下去买,江柳依已经先一步下去了。美食街人多,代驾不放心,就随江柳依一起过去了。

江柳依买好饼回来,宋羡已经睡着了,她拎着大饼坐在宋羡的身边,这次宋羡没吵没闹,安安静静地让代驾送她们回去了。

到家门口宋羡也没醒,代驾把车停进车库,好心地问要不要扶一把,江柳依客气地说:"不用了,你走吧。"

车库门合上,车里面没光,黑漆漆的,江柳依打开车内灯,宋羡睡相恬静,她靠在座椅旁,偏着头,刘海遮住了额头,双目紧闭。江柳依很少看到宋羡睡着的样子,她推了推宋羡,很小声地喊她的名字,说到家了,让她醒醒。

宋羡挥开她的手,很不耐烦,另一只手扯了扯衣领,似乎是热。

江柳依又说:"到家了。"

宋羡点头,听到江柳依问:"还想吃饼吗?"

她看向江柳依,诚实地说:"想。"

江柳依把手放在包装袋上方,几秒后还是没给她。

她说:"回家吃。"

宋羡醉酒后请了半天的假。

袁红接到电话说:"今天就别过来了,不是还要给江小姐选图吗?你们在家里把图选了。"

宋羡摸着微疼的脑袋说:"好。"

挂了电话,宋羡梦游似的走到冰箱旁边,拉开门拿出一瓶冰水,仰起头灌了几口,终于有些清醒了。昨天晚上怎么回来的?做了什么?她只记得一些,好像江柳依频繁下车给她买东西,买了什么?

宋羡的头又坠疼起来,她靠在流理台旁边,将水喝完,把瓶子扔进垃圾桶里,她转头看江柳依的房间,里面没动静,江柳依应该还没醒。

有微弱的光从卧室门缝跃出来,宋羡悄声走进去,坐在江柳依的身侧,喊她的名字。江柳依很累,没回复她。

宋羡只好将昨天回来散乱丢放的衣服都一股脑儿塞进洗衣机里,她又进卫生间冲了个澡,出来时江柳依的手机一直在响,她拿着手机进了房间,推了推江柳依。

江柳依睁开茫然的眼睛看着她,宋羡说:"电话。"

她问:"谁啊?"

宋羡看了一眼屏幕:"你妹妹。"

江柳依反应迟钝,就着宋羡握手机的姿势接了电话,江柳冰的声音随之响起:"姐,你怎么不接我电话啊?"

她的意识逐渐清醒,只是全身还很乏力,对着手机说:"什么事?"

宋羡原本想让她自己拿电话,但看她这副累极的样子沉默了几秒,电话那端的声音却传过来:"找你有事啊,余白回国了你知道吗?"

她的声音很大,房间又安静,所以宋羡肯定听到了。江柳依瞪了一眼宋羡,拿过手机,态度严厉:"江柳冰,好好的你提她干什么?"

江柳冰一愣,她姐怎么反应这么大?她有些气,却又不敢造次,只好乖乖地说:"姐,你能不能帮我和余白说一声?"

江柳依皱起眉头:"说什么?"

"她的工作室不是刚开吗?我想过去。"

国内受白烨指导过的人屈指可数,余白刚回国便因受到白烨指导而受到了特别报道。艺术界也有门槛,白烨的艺术成就和贡献不用多说,任何关于他的简介都能令人印象深刻。目前,艺术界最为瞩目的就是他那两个关门弟子,尤其是莎尼娅,其作品色彩大胆鲜艳,风格多变,拍卖价格甚至超过了白烨的成名之作。

除了他那两个宝贝关门弟子,其余六个徒弟中,最普通的职位也是国画俱乐部主席,在艺术界都是令人仰望的存在。

至于余白,因为去纽斯得到白烨的指导,她在艺术圈里的地位迅速提升。回国开办画展的消息传开后,引起广泛关注。所以她的工作室刚开,电话就被打爆了,有慕名打听的,有想免费提供帮助的,也有应聘的。先前余白曾透露,白烨有可能会过来,所以圈内圈外人士都十分关注她这次画展。

江柳冰原本可以直接去找余白要个机会,凭余家和柳家这么多年的交情,肯定没问题。但她想知道江柳依和余白到底怎么了,所以故意说:"姐,你是不知道,我昨天去工作室,门槛都快被人踏平了,我根本就没见到余白姐。姐,你还不知道余白姐现在有多厉害吧?"

反正肯定比宋羡厉害。

宋羡在杂志社画插画,还是童刊,她真是想不通她姐为什么要和这种人做朋友,简直自降格调。

江柳依说:"想去你给余白打电话。"

"我打了啊！"江柳冰说，"但是电话一直占线，她最近很忙，我听秋水姐说你们后续会合作，那你和余白姐见面时，帮我说一声呗。"

江柳依张了张口，没说话。

她妹妹比她小几岁，从小成绩就不好。她父母对她失望透顶后转头培养江柳冰。然而，江柳冰高考两次都没考上重点大学，最后选择了艺术学院，专攻画画。

也许是因为和余白同一个专业，她非常崇拜余白，甚至有些盲目。以前她对余白比对她这个亲姐姐都要好很多。

江柳冰喊道："姐？"

她回过神来："嗯。"

江柳冰说："你听到没有啊？能不能帮我和余白说说啊？"

江柳依握着手机："等有机会见面再说吧。"

"别有机会啊！"江柳冰说，"秋水姐没和你说，中午找你吃饭吗？"

江柳依皱起眉头："中午？"

江柳冰口快："对啊，我刚刚给秋水姐打电话，她说中午要和你商量合作的事情。我有事去不了，姐，你帮我和余白姐说说呗？"

江柳依说："知道了。"

"姐最好，爱你！"江柳冰嘴甜地挂了电话，江柳依将手机随手搁在床头柜上。

她走出去，听到宋羡问："吃面包吗？"

江柳依低下头，看到她面前桌子上有一袋面包，还是熟悉的店铺标志，她知道那家店的老板叫顾园园，是宋羡的朋友。

她走过去说："我先去洗漱。"

宿醉后多少有点不舒服，刷牙时江柳依干呕了几声，收拾妥当才走出卫生间。

宋羡转头："有空吗？过来选照片。"

江柳依刚要说话，手机铃声响起，她无奈地道："等会儿。"

宋羡看她拿手机进房间接通了电话，对手机那端说："几点？好，我知道了。"

她说完挂了电话，走出房间，宋羡看着她，问："有事？"

"秋水叫我出去谈合作的事情。"

宋羡点头："那先来选照片吧，下午我就修了。"

江柳依看了一眼腕表，还有一个多小时，就订她们小区附近的饭馆，所以时间来得及，她说："好。"

宋羡把照片一张张给她看，平心而论，拍得都很不错。妆容柔和了江柳依原本深邃的五官和锋利的气质，照片上的她多了几分温婉。江柳依问："你觉得哪些好？"

宋羡闻言打开第二个文件夹，里面是她以专业眼光挑选出来的照片。江柳依看完说："就这组吧。"

"好。"宋羡也没意见。江柳依选完起身去换衣服，出来时看到宋羡正在认真地修图，神色严谨，她喊道："宋羡。"

宋羡抬起头，江柳依穿了一身淡橘色的长裙，外面套了长风衣，秀发扎起，刘海拨至耳后，露出白净的额头。江柳依说："中午我和秋水一起吃饭，她要和我谈最新合作的事情。"

明明先前已经和宋羡说了，但江柳依还是又强调了一遍。

宋羡不明所以，点头说："好。"

江柳依问："给你带饭吗？"

宋羡想了一下："不用了。"

她刚刚吃了面包，不是很饿，况且昨天宿醉，现在有点头疼，想着等会儿修完图再睡一觉。

江柳依"哦"了一声:"那我先走了。"

宋羡目送她离开,门"砰"的一声关上。她继续坐在电脑前修图,同事群里陆陆续续地开始有人冒泡,都在讨论昨晚的饭局。何小英给宋羡发信息:"宋羡,我们昨晚没失礼吧?"

失礼?昨晚上是她和江柳依先走的,要说失礼,也是她们失礼。

宋羡简短地回复:"没有。"

何小英说:"没有就好。"

宋羡继续修图,过了好一会儿,又有人给她发消息,她还以为是何小英,点开是一张照片,顾园园惊讶地说:"宋羡,你看我碰到谁了!这不是江柳依吗?她对面那个是余白吧?她们不是闹掰了吗?怎么又见面了?"

照片上,江柳依和余白面对面坐着。

江柳依看向对面的余白,秀眉拧起:"秋水呢?"

余白看手机上的时间:"她不是应该半个小时前就到了吗?"

江柳依的眉头越拧越紧,从包里拿出手机给林秋水打电话,那端很吵。林秋水说:"抱歉啊,柳依,我刚刚在大厅里遇到了熟人,她喝多了,我现在送她回去。"

多大人了,居然还来这一招。

江柳依有些生气,她想也没想站起身说:"秋水回去了,我们下次聊吧。"

余白低下头,轻声地喊:"依依。"

江柳依顿住了,余白抬起眼睛,看着她说:"现在我们连一顿饭都不能在一起吃了吗?"

江柳依抿着嘴唇,却没再往外走半步。她转过身看余白,问:"你想吃什么?"

余白说:"先坐下再说。"

服务员递过来菜单,余白低下头说:"我记得你以前特别喜欢吃酸菜炖排骨,这家也有,我还没吃过,等会儿……"

"我已经不喜欢吃了。"江柳依看向余白,阳光斜斜地从窗口照进来,落在余白的身上。从前她很依赖余白,被爸妈赶出来后,是余白和赵月白帮她找的训练场地,吃住在一间不大的屋子里。余白经常过来,会给她带一些吃的,她对余白心存感激,后来她爸不知道从哪里知道了那个地方,拎着棍子赶过来,二话不说要打她的手,是余白扑在她的身上……

送余白去医院后,她在病房外面站了很久,不敢进去。

她听到余白醒了,第一句话就问:"依依没事吧?"

她就在那一刻想,以后要好好地对余白。

可是余白没有给她这个机会。

江柳依回过神来,看向余白,淡淡地说:"我已经不喜欢了。"

余白垂下眼睛:"那你想吃什么?"

江柳依说:"点你想吃的吧。"

余白沉默了几秒,仓促地点了几道菜。

江柳依问她:"画展的地方定了吗?"

这声音忽近忽远,余白好半天才回复她:"定了,姚理事提供的场地。"

美术协会的姚理事,也是个名人,江柳依不陌生。服务员上菜,给她们递了筷子,江柳依习惯性地用开水烫了烫,递给余白。

一直在另一桌观察的顾园园立马给宋羡汇报情况:"她们开始吃

了。宋羡你人呢？！"

宋羡淡定地回复："在修图。"

顾园园："江柳依去见余白，你难道不好奇吗？"

宋羡宿醉后的头又开始疼了，她起身倒了一杯温水，手机已经被顾园园刷屏了，一会儿照片一会儿语音，多到看不过来。

她揉揉发疼的头，回复："江柳依说是去谈合作的事情。"

顾园园噼里啪啦地打字。

顾园园发完消息，问服务员屏风后面的位置有没有人坐，服务员摇头，顾园园立刻拎着包闪了过去。

和江柳依就隔着一道屏风，她们说话大声点她就能听见。可是顾园园侧着耳朵，听了半天都不知道身后的人在聊什么，她只好继续耐心偷听。

两个人正在低头吃饭，余白问："你最近还好吗？"

江柳依淡淡地回复："挺好的。"

她说完又对余白道："你把想要的风格直接发给我助理，或者发给秋水。"

余白看她吃了几口便放下筷子，好似吃完了，内心不禁有些难受。她吃饭慢，所以以前和江柳依一起吃饭，江柳依总会等她，有几次江柳依吃完了，她还问："你怎么吃这么快？"

江柳依每次都会笑着说："没事，我等你。"

"那你下次吃慢一点，不许撂筷子。"

江柳依点头："知道了。"

从那之后她很少会主动撂筷子，哪怕吃完也会等自己，可现在……

江柳依低着头看手机，估摸回去的时间，招呼服务员过来，低声点了一份蛋包饭。余白在服务员离开之后说:"柳依,你不着急回去的话,能不能陪我去看看会场?我记得你以前说过,我如果办画展,你想第一个参加。"

这句话江柳依确实说过。

那时候大家都在憧憬未来,一群朋友坐在一起闲聊。钱申说自己没多大志向,就想赚钱,交一个小奶狗男朋友就行。赵月白笑她不正经,然后她们把视线放到江柳依身上。

她说:"我想开世界巡演。"

那时候以为梦想很远,远到触不可及,所以说得豪情万丈。

余白说:"那我就开个画展,全国最大的画展,我还要把最厉害的白烨老师请过来指导!"

江柳依转过头,对余白说:"行啊,那你开画展,我第一个参加。"

如今时过境迁。

她们都实现了当年的梦想,只是她没办法做第一个参加的人了。

江柳依说:"我等会儿还有点事,就不过去了。"

余白有些失望,她紧紧地捏着筷子,她抬起头看江柳依,说:"嗯,你有事那先去忙吧。"

江柳依起身,说:"那我先走了。"

江柳依打完招呼走去前台结账,手上还拎着一个打包的盒子,等余白回过头,江柳依已经走出饭店了。

出去后江柳依给宋羡发了一条消息,问她吃过没有。宋羡很快回复:"还没。"

江柳依打字:"给你带了蛋包饭。"

宋羡垂下眼睛看了两秒,回复:"谢谢。"

她发完消息放下手机,动了动脖子,看到顾园园发来一长串消息，她挨个听，顾园园说到最后都快上气不接下气了。她给顾园园打了个电话，那端信誓旦旦的："反正你要小心，小心再小心！"

宋羡应下："知道了。"

挂了电话后，她重新看屏幕。修图修久了，眼睛有点花，都出现叠影了。宋羡从一旁的抽屉里拿出滴眼液，仰起头，瓶口靠近眼睫毛时，突然听到身后的开门声。她的动作一顿，滴眼液悬在空中，不小心多滴了好几滴，眼药水充满了眼睛，让她觉得很不舒服。她连忙用纸巾擦掉多余的眼药水。

江柳依一回家就看到宋羡对着电脑，电脑屏幕里是她的照片，而她一边看照片一边用纸巾擦着眼角。

江柳依顿住了。宋羡是哭了吗？

她快步走过去，询问："怎么了？哪里不舒服？"

宋羡有些莫名其妙，转头看江柳依："我没事，你吃完饭了？"

江柳依的声音闷闷的："嗯。"

宋羡说："我还没吃。"

就早上塞了点面包，喝了几杯温水，不过倒也不饿。

江柳依说："我给你带了蛋包饭。"

宋羡摇头："我不想吃这个。"

江柳依内疚地问："不吃吗？"

宋羡放下滴眼液，合上电脑，对江柳依说："我想吃别的。"

江柳依对上她那双眼睛，突然想到第一次和宋羡见面，她认错了人，对宋羡说"抱歉"，宋羡却主动和她打了招呼。

"我和你认识的人很像吗？"

她说："只是乍看像。"

侧颜是有两分相似，但细看却能辨别出不同，而且气质也有很大的差异，宋羡很安静，如水的安静。

她还以为和宋羡的缘分仅限于那两句话，没想到她接着问："是你什么人？"

她当时愣了一下，说："很好的朋友。"

宋羡又问："那后来呢？"

她想了一下，"各奔前程。"说完看向宋羡，"有事？"

宋羡说："我没事，你没事的话，要不要找个地方坐坐？"

她以为和宋羡这么安静的人交朋友，生活不会掀起波澜，但她认知错误，两人独处时的宋羡一点都不安静，就如随时煮沸的开水，每天都充满活力和热情。

手机铃声响了，是袁红打来的电话，问宋羡的图修得怎么样了。

宋羡坐下后对袁红说："还有一点就好，我等会儿发给你。"

袁红笑了："好，你也别太辛苦了，今天头疼吗？"

宋羡按了按太阳穴，平静地开口："还好，不疼了。"

袁红闻言松了口气："那江小姐没事吧？小英她们就爱闹，昨儿玩疯了。"

宋羡淡淡地回复她："都没事。"

"没事就好。"袁红放下心来，"那我不打扰你了，明天见。"

宋羡放下手机，打开电脑继续修图。忙活一阵后，她突然觉得饿了，便看向江柳依带回来的蛋包饭。简单加热后，她坐在桌子前一边吃一边修图。

江柳依的图特别好修，因为她长得漂亮。

宋羡迅速地修好图，发给袁红。袁红刚到家，才坐下就接收到宋羡修的图，她打开，手上的动作明显慢了，眼底闪过一丝惊艳。

她昨晚还和江柳依一起吃饭呢，但当打开图片，看到照片时，还是有一种被电击的感觉。也太好看了吧？！

不愧是宋羡拍出来的。美编每次都说和宋羡合作得特别好，因为每次都对她拍摄的照片有心动的感觉。以前袁红还笑美编太夸张了，但刚刚打开这组图片，她承认这不是夸张。

她还真的心跳加速了几秒，虽然很快趋于平静，但这些图片给她带来的惊艳，是没法抹去的。真会拍！真会修！长得真好看！

袁红高兴地把照片发给美编，果不其然，对方发来一串"啊啊啊啊啊啊"。

"救命！这真的太好看了！每天都被宋羡的手艺折服！"

确实很厉害。袁红回复："好好排版，你别给我掉链子。"

美编："那怎么可能！袁姐你信不信，就是这样啥都不排放上去，都能畅销！"

袁红："别说有的没的，快去排。"

美编："好的，袁姐；遵命，袁姐。"

袁红被她逗笑了，转头给宋羡发信息："辛苦了，效果很好，我发给小李了，她夸你拍得好。"

宋羡刚吃完蛋包饭，看到这条消息动作一顿，回复后划了过去。屏幕上还显示着白烨最近的行程消息，她看了几眼，关掉手机屏幕。

江柳依披着睡衣走出房间，看到宋羡刚吃完，走过去问："晚上就吃这个？"

宋羡转头："醒了？"

江柳依揉揉头发，"嗯"了一声，问："吃饱了吗？我等会儿再点一些吃的？"

宋羡放下勺子："吃饱了。"

江柳依"哦"了一声。

她转身进卫生间洗漱，出来时宋羡已经将桌上的饭碗都收拾好了。宋羡吃过了，江柳依也不是很想独自点餐，她去厨房煮了一碗泡面。煎荷包蛋时她探出头看向坐在电脑前的宋羡："你吃荷包蛋吗？"

宋羡头也没回地说："不吃。"

江柳依："……"

好，那她自己吃。

宋羡还在对着电脑忙活，江柳依问："你的工作还没结束吗？"

宋羡抬起头，看向她，淡淡地说："结束了。"

只不过她这组照片太好看了，何小英托她把照片做成电脑壁纸，原本美编就可以做，但小李忙着排版没空，所以何小英就找到她了。她做完一张发过去，又被其他同事找，所以到现在还没歇下。

江柳依有些不解："结束了你还做什么？"

宋羡说："在做壁纸。"

江柳依捧着泡面碗走到她的身后，看到宋羡正在用自己的照片做电脑壁纸，选的是一张侧面照，看起来像是在眺望远方，意境很不错。

她没想到宋羡居然会用自己的照片做壁纸。宋羡转头问："怎么样？"

江柳依清了清嗓子："还行。"

宋羡说："我也觉得还行。"

看宋羡保存好图片，江柳依说："你也给我发一份吧。"

宋羡不假思索地点头："好，就这张吗？"

江柳依问："还有其他的？"

宋羡将刚刚做好的几张都给她看了一遍，江柳依说："那就都发给我吧。"

她说完端着面碗离开了。宋羡将做好的几张图全部发给江柳依。江柳依洗好碗坐在厨房的流理台边缘，习惯性地漱口，吃了一颗含片。清凉感瞬间在舌尖蔓延，凉飕飕的。

她一抬起头，看到宋羡还在电脑前忙活。江柳依低下头看手机，只见林秋水刚刚给她发来一条消息，说对今天的事情感到抱歉。她没回复，心头却泛起一阵说不出的滋味。

再下面一条是赵月白的消息："柳依，帮我看看哪套礼服好看。"她过生日要穿的。

以前，这样的消息赵月白都是发在群里。江柳依想到这一点，便点进群聊看了一眼。她发现赵月白和钱申吵了一架后就没有再发言了，甚至连自己过生日的事情都没说。

江柳依在红色和白色之间选了红色，赵月白立马发消息："我也觉得这套不错，那就这套了。你干吗呢？一下午没回复消息。"

江柳依回复："睡觉。"

赵月白："真把你能的。"

江柳依捏着手机，突然发了几张图片过去，赵月白回了一个问号。

她说："帮我选一张电脑壁纸。"

赵月白："用自己的照片做壁纸，你好自恋。"

江柳依："你管我？"

赵月白："……"

无奈，赵月白给她选了三张，还说比自己选礼服还要困难。江柳依看着她选好的壁纸眉眼弯起。

赵月白问："听说你今天和余白又见面了？"

江柳依好半晌才回复:"工作需要。"

回复完信息她突然想到了什么,拿着手机走去客厅。

宋羡刚合上电脑,听到江柳依问:"结束了?"

宋羡点头:"嗯,结束了。"

江柳依犹豫了一会儿,开口叫她:"宋羡。"

宋羡转头,江柳依说:"今天中午本来是秋水约我,但我过去的时候,秋水有事先走了,所以我和余白一起吃的午饭。"

手机屏幕亮起,是林秋水的信息。江柳依一天都没有回复林秋水,那边坐不住了,给她发了好几条消息。

江柳依握着手机站在窗前,看楼下车水马龙、灯光绚烂,过了好一会儿,她才给林秋水回复:"下午忙,没看到,我和余白说过了,让她选好风格发给你。"

林秋水拿着手机沉默了,余白闹着要和江柳依单独吃饭。她刚好有事,就给她们俩约了。还以为余白会好好地把握住这次机会,让两人的关系有所缓和,但怎么看都像把江柳依惹生气了。

林秋水轻轻地叹气,给江柳依发信息:"知道了。这几天来公司吗?"

江柳依之前有时间都会待在公司的练琴房,但这次回国,她好像就没来过。林秋水估摸着是因为钱申的关系,她又说:"钱申不在。"

江柳依低下头,想了一会儿才打字:"不去了。"

在哪里练琴都可以,也不必非去公司。还有一点,她现在不是很想面对林秋水。

林秋水以为她累了,便安慰她:"那你这几天在家好好休息。"

江柳依关掉了和林秋水的聊天对话框，点了一下赵月白的头像，不小心拍了拍对方。手机振动，她缩回了手指，赵月白的信息已经发过来了："怎么了？"

她打字："不小心碰到的。"

赵月白："干什么呢？"

江柳依："喝水。"

赵月白明显不信："我看你魂不守舍的。依依，你老实说，你现在有没有原谅余白？"

江柳依看到这句话怔了几秒。

也谈不上什么原不原谅吧。余白离开的时候是她事业最艰难的时期，她经常酗酒，甚至喝进了医院。大家都忙，顾不上她，就连给余白打电话，她也能听到她和新同学说说笑笑的。各奔前程没有错，可她就是一时接受不了。曾经无话不谈、互相扶持的好朋友，突然好几天都没有联系。在她身体不舒服倒下的时候，也没有得到一句安慰的话。

她垂下眼睛，打字回复："也没什么大不了的。"

赵月白看到这句话莫名地眼眶一红，突然觉得鼻子发酸。上学那会儿，余白和江柳依的关系最好，因为江柳依喜欢弹琴，经常去余白家做客。那时候不懂，以为好朋友会一直在一起。她还记得，有一次她问江柳依："为什么喜欢和余白交朋友？"

江柳依想了好久才说："你还记得余白为我受伤吗？"

她点头："记得，难道就是因为这个？柳依，友谊不是感激，不必用这种方式回报。"

江柳依看着她笑了，摇头："当然不止这些，但就是那一刻，我觉得我要对她好。"她说得赤诚而专注。

她做到了。江柳依对余白的好是全心全意的。

但谁都没想到,大家现在会变成这样。

以前赵月白也没多嘴过,现在知道江柳依已经不在乎过去的事情了,她不禁松了口气,但也有些感慨。

赵月白:"能放下也挺好的。依依,其实我有时候会想,如果当初你父亲要伤害你时,先一步到的人是我,我也会像余白那样做。"

江柳依看着这条消息眉头皱得更紧了。赵月白又说:"我觉得这是一个朋友应该做的。"

江柳依低下头,沉默了一会儿回复她:"知道了,谢了。"

赵月白说:"那就好好谢,记得我生日那天买点贵的礼物。哦,对了,别忘了带你朋友一起来,人多热闹。"

江柳依喝完杯子里的水,转头回到房间。宋羡不知道什么时候已经换了新床单。江柳依发现她对有些事情过分执着,比如每天要换床单,不管她多困,都要换。

第二天一早,宋羡睡醒后发现脖子又酸又疼。

江柳依也醒了,走出房间问:"今天上班吗?"

宋羡走到衣柜旁才发现没开灯,她拉开窗帘,阳光透过窗户照进来,满屋子亮堂。宋羡说:"上班。"

她随手拿了一身浅蓝色的职业套装,下装是包臀裙。穿上后,一双大长腿被衬得修长笔直。看她连丝袜都没穿,江柳依嘀咕:"不冷吗?"

都十月份了。

宋羡穿好外套,冷静地回复她:"不冷。"

江柳依又问:"那你拍照……"

宋羡偏过头:"今天没有拍摄。"

江柳依说:"哦。"

宋羡换好衣服进卫生间洗漱,没一会儿出来化妆,动作娴熟。江柳依看着她忙碌,看了一会儿后去帮宋羡先把面包热上。

宋羡走出房间,看到江柳依正在泡牛奶,她在流理台前愣了一下,这还是她第一次看到江柳依一早醒来在厨房忙碌。

以前的早上,江柳依不是在睡觉就是已经离开,厨房一般只有她自己。

现在熟悉的地方突然多了一个人,宋羡一时还有些不习惯。

江柳依举着杯子:"过来吃早饭。"

宋羡点头:"来了。"

江柳依把牛奶放到她的桌前。宋羡转头,看到她将面包平放在盘子里,涂黄油,放火腿片,还放上一个煎蛋,又把另一块面包盖在上面,像汉堡包一样。

宋羡早上只要两块面包、一杯牛奶就可以解决,哪里会做得如此繁杂,那黄油买回来,她都没有开封。

没想到加了黄油的面包,还挺香。

宋羡又咬了一口,江柳依问:"怎么样?"

"挺好的。"宋羡夸她。

江柳依想到赵月白的邀请,说:"赵月白生日,你要不要挑一件礼服?"

宋羡低下头吃面包,一小口一小口地咀嚼,闻言抬起眼睛,说:"下班我去买一件。"

江柳依问:"要我陪你吗?"

宋羡想了一下:"下班再说吧。"

宋羡吃完早饭走到沙发旁收拾电脑。阳光从窗外洒进来，金色的光线落在宋羡的身上，映衬出她姣好的身材和安静的气质。江柳依突然喊："宋羡。"

　　宋羡刚收拾好准备去上班，听到江柳依叫她，转过头："怎么了？"

　　江柳依垂在一侧的手握起："希望我最近的情绪没有影响到你。"

　　宋羡想到，今早江柳依为自己做早餐也不容易，于是她拍拍江柳依的肩膀，以示安慰。

　　江柳依说："去上班吧。"

　　宋羡目光平静，拎着包离开了。刚上车，她就接到了顾园园的电话，对方开口就问："不来拿面包吗？"

　　自从江柳依回来后，宋羡每天早上都会去带面包。今早顾园园左盼右盼都没有盼到来人，不由得打电话过来。

　　宋羡戴着蓝牙耳机，语气平静："一会儿就到。"

　　顾园园看腕表："要给你牛奶吗？"

　　宋羡回复她："不用。"

　　两个人碰面后顾园园拽着她："昨天江柳依有没有说她见了余白？"

　　宋羡拎着面包看她，淡淡地道："说了。"

　　昨天顾园园在屏风后面观察，发现江柳依好像吃完饭就回去了，还给宋羡带了蛋包饭。

　　有其他顾客被宋羡吸引，不停地打量她。宋羡拎起面包，说："我先走了。"

　　顾园园挥手："晚上还来吗？"

　　宋羡迟疑了两秒："你晚上有事吗？"

　　顾园园顿住了："没事啊。"

宋羡说:"那你晚上陪我去买套礼服。"

顾园园探出头:"礼服?"

宋羡说:"参加江柳依朋友的生日。"

"那必须穿得好看。"顾园园说,"市中心有一家还不错,下班我带你去看。"

宋羡点头:"好。"

两个人分别之后,宋羡去了杂志社。一天没去上班,大家看她的眼神和看新人似的,何小英还故意和对面的吴莹说:"瞅瞅谁来了?"

吴莹立马送上奶茶,笑嘻嘻地说:"刚买的,还热着呢。"

宋羡接过来,淡然地道:"谢谢。"

吴莹站在她的身边,就差没有帮她揉肩膀了。宋羡抬起眼睛:"还有事吗?"

"没没没。"吴莹说完脸红了,"就是,江小姐回去有没有提到我们啊?"

她们太能闹了,喝了点小酒,好几个还醉了,也不知道有没有说什么冒犯的话。虽然袁红说没有,但哪有宋羡说的有说服力。

宋羡摇头:"没有。"

吴莹挠挠头,放下心来。何小英伸出手和她击掌。两个人正说着话,小李走进来,累极了的样子,还带着黑眼圈。

何小英转头:"熬夜了?"

小李笑了:"熬夜了。你不想快点拿到实刊?"

何小英咋呼起来:"怎么不想!你不知道我和闺密提了一嘴,她让我留一百份!"

"你闺密?"小李皱起眉头,"你哪个闺密?"

吴莹插话："就是那个音乐博主，粉丝还挺多的，好像有三四十万，专门做测评的，她很喜欢江柳依，所以提前订一百份转发抽奖用。"

小李闻言立马拍了拍何小英的肩膀："你告诉她了？那你不怕……"

何小英笑了："别担心，请示过主编了，主编说没问题，本来也就是今天或者明天开始发宣传，这样我们还省了一笔宣传费。"

小李问："靠谱吗？"

吴莹拿出手机："靠不靠谱，马上就知道了。"

宋羡正在喝奶茶，奶茶味道很甜，她抿了两口放在一边，打开电脑准备修图。何小英说："看手机！看手机！"她还戳了戳宋羡，"看，跟你朋友有关的。"

宋羡偏过头，看到何小英的手机屏幕上是一个博主的微博，博主两分钟前发了一条新的微博："我的天哪！你们绝对想不到这期《漫彤》邀请谁做专访？我最最最心爱的女神的！"

这不是小博主，她拥有四十多万的粉丝，原本就十分活跃。她喜欢的音乐家有很多，但能称得上最心爱的女神的，则只有一位——江柳依。

微博下面立马展开了叽叽喳喳的讨论。

"什么什么？是江柳依？真的是江柳依？她刚结束环球巡演，我姐姐都没买到票！"

"凤凤，是不是江柳依？我好吃她的颜啊！"

"什么？我们依依？我的天啊！！"

博主没再回复任何一条留言，任由这个未经证实的消息四处蔓延，营销号嗅到气味也立马转发——

江柳依首次专访。

是蹭热度还是定锤？

如果是江柳依专访，你买吗？

这些投票的热度一上去，原博主的热度没一会儿就飙到了热搜第十的位置。

何小英说："袁姐真舍得下血本！"

袁红从门外走进来，刚好听到这句话，不由得一乐："什么血本？我还没买呢。"

其他人也有些诧异："这不是我们杂志社买的吗？"

袁红开心地说："当然不是。"

还没买热搜服务，光靠江柳依本身的热度，这条微博就上了热搜第十，还是一个博主似是而非的爆料。这要是真的官宣那不得炸了啊！

杂志社的同事兴奋起来，小李立马把排好版的文件发给印刷厂。袁红看她们干劲十足，不由得笑道："都仔细一点，不能出错。"

她说完看向宋羡："宋羡，你和江小姐那边说一声，我们十点开始预热，之前和她说过，让她帮忙转发。"

宋羡点头："应该的。"

袁红一拍手，众人赶紧忙碌起来。何小英看微博下面涨起来的评论数，突然有一种要打仗的错觉。这么多年《美秀》明着暗着给她们使绊子，这次还直接把张素素挖走了，她那天肺都气炸了，委屈又没地方说。这一巴掌，现在终于可以狠狠地扇回去了！

爽！非常爽！神清气爽！

何小英想到这里还不忘对宋羡说："谢啦。"

宋羡转头看了她一眼，莫名其妙，倒是没多问。十点整，官方正式发布了消息，宋羡联系江柳依，江柳依在琴房，一只手无意识地滑过琴键，一只手拿着手机。

"几点？"

圆舞曲的调子响起，宋羡听得入神，反应过来刚刚江柳依的问话："什么？"

江柳依问："几点开始？"

"十点，已经开始了。"

江柳依说："好。"

宋羡挂了电话，耳边似乎还有音符在跳动。她在家里听过江柳依弹琴，但刚刚的旋律和平时听到的不太一样，显得更加悠扬和独特。

她摇摇头，放下手机。网上的热度正在逐渐升温，这次《漫彤》没有选择提前预热造势，而是直接官宣，这让很多人猝不及防，尤其是同行业的竞争者。

《美秀》自然也收到了消息。

余彩正在忙着写采访稿，主编踩着细高跟鞋走进办公室，怒气冲冲，猛地将手上的文件扔在桌子上，发出"砰"的一声巨响！

其他人眼观鼻，鼻观心，不敢动弹。余彩抬起头，看到连大气都不敢出的众人，皱起眉头，困惑地问："怎么了？"

"怎么了？！"主编直接冲她喊，"余彩，你给我打的包票，说我们这期稳压《漫彤》，结果呢？！"

余彩被骂得一脸蒙，她愣愣地站起来。主编将文件甩在她的身上，砸得她的身体晃了一下。主编说："睁大眼睛看看，《漫彤》请的是谁！"

她低下头，听到同事小声地提醒自己："是江柳依。"

"不可能！"她的声音因为夸张而变了音调，尖锐刺耳，"她们不可能请到江柳依！江柳依根本不接受采访！"

主编冷笑："马上实刊都出来了，你要不要买一份好好看看啊？"

余彩被骂得脸色一白，想到《漫彤》真的邀请到了江柳依，她往后退了两步，心慌得厉害。见主编还死死地盯着自己，余彩强忍憋屈，说："我给江柳依打电话。"

余彩给江柳依打电话，对方却一直都是占线状态。她没辙了，只好给林秋水打过去。

林秋水了解了来龙去脉后，说："我问问柳依。"

江柳依接到林秋水的电话时刚从琴房出来，屏幕闪烁了半分钟后她才接通。林秋水找话题："干吗呢？"

"练琴。"江柳依问，"怎么了？"

林秋水干笑："没什么事，就是刚刚余彩给我打电话，说联系不上你。"

江柳依平静地说："嗯，我拉黑她了。"

"拉黑？"林秋水有些错愕，"为什么啊？"

江柳依义正词严："她欺负我朋友。"

林秋水被一句话堵得哑口无言。

余彩反应过来自己被拉黑后，立马就给余白打电话诉苦。

"姐！肯定是宋羡让她拉黑的！"余彩不服气地说，"估计是宋羡用她的手机拉黑的，江柳依都不知道这件事！"

她可是余白的妹妹，以前江柳依对她那么好，怎么可能会主动拉黑她？

余彩死活不相信，还坚持要给江柳依打电话，余白听了她的话皱起眉头说:"我先给她打个电话。"

她挂了余彩的电话打给江柳依。陌生的感觉袭来。

这次回国,她明显感觉到江柳依和从前不同了,不仅对她,对钱申那些老朋友也是。外界都传她性子冷漠,和人有距离,不说话时特别严肃,让人不敢造次。其实她知道,江柳依的性格很好,私下的她体贴人、温柔,也很细心,一些小事她只是念叨过,江柳依都会放在心上。

她们做朋友这么多年了,从没吵过架,因为江柳依一直都在包容她。

每次她和江柳依有点分歧,那些朋友都会去找江柳依,然后她就会主动联系自己。或许就是因为这样,她才一直觉得江柳依会原谅她。

电话响了两声,有人接了。

江柳依稍显冷淡的声音响起:"喂。"

从前的她态度从不会这样,每次接自己的电话她总会笑着问:"余白,怎么了?"

强烈的反差让余白一时有些失神,她张了张口,好几秒都没说话。江柳依皱起眉头,又冷漠地问:"有事吗?"

她回过神来,压下心底的酸涩,说:"依依,小彩是不是做错事了?"

江柳依的语气依旧冷淡:"你去问秋水吧。"

余白的呼吸一窒,握着手机的指腹有些发疼,她缓和了一下情绪,轻声地说:"嗯,我知道了。"

江柳依问:"还有事吗?"

余白咬着嘴唇,强烈的委屈涌上来,鼻子一酸,她哽咽道:

"没事。"

她都要哭了，会没事吗？江柳依难道听不出来吗？

电话被猝不及防地挂断了。

她一怔，偏过头不敢相信地看着手机，眼眶发热，任风吹了好久才把情绪吹散。

林秋水刚把事情调查清楚就接到了余白的电话。那端问江柳依为什么会拉黑余彩，林秋水说："余彩没告诉你吗？"

余白皱起眉头："小彩做了什么？"

林秋水简单地把事情经过说了一遍，还特别强调，江柳依这次接受采访，就是因为余彩挖走了张素素，并在那么多人的面前挖苦宋羡。

"她也不是小孩子了，什么话该说，什么话不该说，难道不知道吗？"

余白被训得一肚子火。

林秋水说："余白，这事确实小彩做得不对，于情于理，她都不应该这样，而且还让《漫彤》丢了张素素，柳依一时怄气，也是应该的。"

余白垂下眼睛，委屈地说："我知道了，我会和小彩说的。"

"嗯，你好好说说她，可以的话，让她主动道个歉。"林秋水语重心长，"余白，柳依一向吃软不吃硬，不要把她越推越远，那我们就谁都帮不了你了。"

余白从前是高傲的，就是一只仰着头的孔雀，被朋友放在手心，从来没有主动示软过，这是第一次，她向江柳依低头。可是江柳依会接受吗？

余白不确定，她捏了捏手机，有些茫然："秋水。"

林秋水刚要挂电话，听到叫声问："嗯？"

余白说："我和柳依，还能和好吗？"

林秋水沉默了好半天，突然问余白："你当初为什么疏远柳依？"

余白咬着嘴唇，没说话。

林秋水问的，是她们一直没有想通的问题。余白当年的发展前景十分好，刚毕业没多久就得到去纽斯进修的机会，而且白烨还被纽斯聘为客座教授，很可能得到白烨的指导。这是多少人梦寐以求的机会，她当然不会错过。还记得她拿到纽斯的通知书时，所有人都很高兴，尤其是江柳依，她抱着余白说："太棒了！"

可让所有人都没有想到，余白会在走后疏远柳依。

这三年，林秋水一直都想问余白当初这么做的理由。

余白沉默了好一会儿才开口："秋水。"

林秋水握着手机，"嗯"了一声。

余白微哽："不要问理由了好不好？我知道我对不起柳依，对不起你们，我会弥补的。"

林秋水低下头。

那个高傲的小公主，现在哀求她不要再问了。她还如何问得下去？余白在她心里好比亲妹妹，她以前就特别照顾她，舍不得苛责，现在她都要哭了，林秋水只好挂了电话。

余白握着手机靠在窗边，仰起头看骄阳，烈烈如火。

好一会儿她才回过神来，给余彩打了电话要到《漫彤》杂志社的联系方式，随后打了过去。

袁红刚回到办公室就接到了余白的电话。她诧异了几秒，随后不确定地问："余小姐？"

余白三言两语地解释了余彩犯下的错，并道了歉。袁红一时也不知道该说什么。余白又说想要弥补余彩的错误，所以想推荐好朋友的姐姐给《漫彤》做下期专访。

袁红愣了一下:"钱离?"

余白说:"嗯,是钱离。"

袁红当然知道她,这位娱乐圈的新晋小花拍过一部电影,目前流量很好,而且钱离属于有背景的那类艺人。所以,寻常的杂志还真请不到她,只有国内排名靠前的那几家才有机会。至于《漫彤》,连想都不敢想。

现在这么好的机会落在自己的手上,袁红的心跳微快,她说:"那余小姐和钱离……"

余白说:"她妹妹是我闺密。"

所以她和钱离也算相熟,拜托她接受一个采访,应该是没问题的。

袁红自然乐意,原本第一期请到江柳依就是把底盘拉高了,老板那边正在愁第二期的采访对象,如果是钱离,那分量足够了。

不过她还是决定先问问宋羡的意见。

宋羡被叫到主编办公室,听到袁红的问话后,她说:"可以。"

袁红一诧:"你是说,你不介意是吗?"

宋羡闻言不解地看向袁红:"为什么要介意?"

袁红被她理直气壮的反问问住了,不过不介意就是好事,这样事情的进展会快很多。袁红说:"那这样,还是你和小英合作,她主笔,你拍摄,好吗?"

宋羡语气平静:"好,我知道了。"

她回到位置上,何小英戳戳她:"袁姐叫你干什么?"

宋羡转过头:"商讨下期采访的对象。"

何小英"噗"一声笑了:"我看袁姐这是一点不想放你走。"

对面的吴莹说:"袁姐才舍不得。宋羡,你要不打个申请,就待在这边。"

宋羡抬起眼睛看两人,低头笑笑,没说话。

手机振动,她拿过来看了一眼,是江柳依发来的:"几点下班?"

她简短地回复:"五点半。"

江柳依托着手机想,五点半下班,她们一起去买礼服,大概七点左右就可以结束,在外面吃晚饭,还可以看一场电影。她和宋羡还没一起看过电影呢。想到这里她打开应用软件,找了半天也不知道宋羡喜欢哪种类型的电影,干脆截图把几部电影海报都发给了宋羡。

宋羡对着手机皱起眉头,发了个问号过去。

江柳依问:"你觉得哪一部好看?"

宋羡仔细看了看:"中间那部恐怖片还不错。"

是一部经典恐怖片的续集,宋羡在网上看过片段。江柳依盯着那部恐怖片看了好几秒,深呼吸,既然宋羡喜欢,那就这个吧。

她订了两张票,给宋羡发消息:"等会儿我去接你。"

宋羡问她:"为什么?"

江柳依:"陪你买礼服啊。"

宋羡:"不用,园园会陪我去。"

江柳依戳着手机,陡然有两分小小的不高兴。

第三章

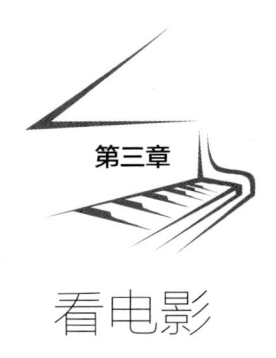

看电影

顾园园五点半准时出现在杂志社门口,她往里面看,前台笑着问:"小姐,您找谁?"

"宋羡。"顾园园指着手表,"五点半了,她还没下班啊?"

前台显然知道宋羡,整个杂志社谁不认识宋羡啊?长得最漂亮的那个。她说:"我帮你打电话问问。"

"不用不用。"顾园园摆手,"我自己打。"

她刚说完,就看到熟悉的身影从门里走出来。顾园园招手:"宋羡!"

宋羡抬起头,身边的何小英问:"哎,你朋友?"

顾园园的长相颇为秀气,很有小家碧玉的感觉,尤其笑起来,两边的脸颊还有小梨涡,特别吸引人。宋羡对何小英说:"嗯,我朋友。"

何小英羡慕道："长得怪好看的。"

顾园园走到她身边听到这句话时笑得眼睛眯起，问宋羡："下班没？"

宋羡点头，对何小英说："那我先走了。"

何小英等到宋羡离开后和前台站到一起，感叹："漂亮的人站在一起，真养眼。"

前台睨她："你也好看啊。"

"那怎么能比？"何小英摇头。

前台八卦兮兮地问："哎，听说宋羡和江柳依关系很好？"

何小英转身："你怎么知道？"

"社里都在说，是真的吗？"

何小英耸耸肩膀："当然是真的，不然你以为江柳依怎么会接受采访？都是因为她朋友啊！"

前台双手合在一起："我说呢，原来是这样。"

没多久，江柳依因为宋羡接受《漫彤》专访的消息就在业界传开了。

业界可能不认识宋羡，但江柳依没人不认识啊。很快宋羡的一张工作图就传了出去，业内人士纷纷感叹，长得好美！他们感叹完，又要担心下期的销量了，《美秀》首当其冲。

他们之前太过高调，请到张素素以后，几乎要买热搜服务庆祝了。现在被压得死死的，连大气都不敢喘。业界还有谁不知道《美秀》和《漫彤》的恩怨？原本大家还以为《漫彤》这次必输无疑，没想到绝处逢生。就连总论坛都连续开了四五个帖子。

那是匿名论坛，以前快要倒闭的论坛，有一次两家杂志社有矛盾，来这里互相撕扯，反而把这个论坛给盘活了。因为是匿名制，众人也乐于在里面吃瓜，久而久之就成了所有杂志社的总论坛。

只是以前的瓜无外乎抢资源或者匿名爆料谁出轨，这次《美秀》请到张素素，论坛里还开过帖子，当时所有人都觉得《漫彤》输了，谁能料到会是现在这样？

"《漫彤》开门红啊！听说江柳依的朋友不少，这要是再来两个，《漫彤》的业绩稳了。"

"就喜欢看《漫彤》和《美秀》较劲，连续剧都没有这么好看。"

"哎哎哎，你们知道《美秀》是怎么把张素素请到手的吗？听说《美秀》那个主笔叫余彩，她有个姐姐，画画的，余白你们知道吧？就那个前阵子报道的画坛新秀，她和江柳依以前关系很好！"

八卦一向使人沸腾，原本还沉浸在宋羡美颜之下的业界同行纷纷冒泡。

"然后呢？说话啊！人呢？别冒个泡就走啊！"

"人呢？人呢？"

"来了，催魂呢！就是余彩在张素素的公司大闹一场，非要说宋羡离间她姐和江柳依。然后就有人去问宋羡。宋羡说，是啊，江柳依以前是和余彩的姐姐关系好，不过人家三年前就不怎么来往了！"

余彩看到这些留言火冒三丈，一双眼瞪着电脑屏幕，简直要射出火来。

气死她了！这些人说话有必要这么难听吗？

余彩气不过，匿名往上冲。

"你们懂什么？那个江柳依和余白关系好着呢！而且你们肯定不知道，江柳依为什么和宋羡交朋友，就是因为宋羡长得像余白！"

她敲出这行字，心里的郁气得到纾解，畅快了许多，随后下面的跟帖快把她气晕了。

"你在说什么？宋羡长得像余白？哪里像？"

这个人还顺便发了一张宋羡的侧颜工作照，她神色严谨认真，穿着单色衬衫，一个抬眼的动作显得飒气十足。放的余白的对比照是她在机场的照片，虽然也很清晰，但和宋羡的气质不太一样。

"有一说一，宋羡比余白好看好几倍，只要是眼不瞎的人都知道。说像谁就更没必要了，如果江柳依真的是因为宋羡长相跟老友相似才和她交朋友，何必答应专访？"

"对啊，我记得《美秀》的那个主笔，不是余白的妹妹吗？如果江柳依顾念以前的情谊，不应该答应《美秀》的专访吗？"

其他人琢磨出不对劲来，想要扒出说这话的人。余彩脸色一白，立马找到自己发的帖子全部删掉。虽然是匿名，但别人点进主页会看到她以前发过的帖子，很多都和《美秀》有关。她仓皇地删除，如丧家之犬，狼狈极了。

电脑另一端，何小英和对面的吴莹击掌，两个人一脸打了胜仗的高兴表情。其他同事看到，问她俩："干什么呢？这么嘚瑟！"

吴莹挑眉："秘密！"

江柳依在沙发上连打了好几个喷嚏，她揉揉鼻子，换了个姿势躺着，不时地看向手机。

她接受了《漫彤》的专访之后，很多人给她发消息，之前合作过的一个电视台都给她发来邀请。

江柳依躺在沙发上，抬起头看着水晶灯。闻到窗外飘进来某种食物香味，她感觉有些饿了。原本订好的饭店也用不上，江柳依只好随手点了外卖，点完餐后她翻到电影票下单页面，琢磨着宋羡什么时候回来。

宋羡和顾园园已经买好礼服了，两个人商量了一会儿要去什么地方吃晚饭。顾园园用手机搜着："附近有家火锅店还不错，我刚在网上订了位置，不过要半小时后。咱们先逛逛。"

她说完问："你去参加江柳依那朋友的生日会，买生日礼物了吗？"

宋羡摇头："还没有。"

"走走走，咱们去选个礼物！"

宋羡被她架着进了一家首饰店，顾园园问："她长什么样？有照片吗？"

"没有。"

顾园园小声地问宋羡："你有江柳依照片吗？"

宋羡偏头看她，神色平静地道："我为什么要有她的照片？"

顾园园："……"

两个人进店之后顾园园说："那选个不容易出错的礼物，手链怎么样？"

宋羡想到那天晚上见面，赵月白手上有腕表，另一只手戴着手链，款式是很久以前的，应该很珍惜。她说："看看项链吧。"

顾园园和她并肩走到项链柜台前，柜员看到两位，笑着问："小姐想看什么款式的？"

宋羡低下头说："有没有秀气一点的款式？"

柜员说："这边。"

宋羡和顾园园坐下，看柜员拿了好几款项链放在玻璃柜上，顾园园看中一款星星吊坠的项链，链子偏细，银质的。她问宋羡："怎么样？"

宋羡觉得链子太细了，皱起眉头，低下头去看其他的项链，手一伸："我要这款……"

身边响起一道声音："麻烦帮我拿一下这款。"

是个女人的声音，很熟悉，宋羡偏过头，居然是余白。

余白穿着奶白色长裙，妆容精致。她站在宋羡的身侧，顾园园看到她愣了一下，没开口。

余白看到她："宋羡？"

宋羡冲她微微点头。

余白说："你也来买项链？月白要过生日了，我想买个生日礼物送给她。这款和她挺配的，能不能让给我？"

这套说辞，一般的朋友肯定会让给她，但宋羡想都不想地摇头："不能。"

她看向柜员，说："就这款吧，帮我包起来。"

余白站在她身边握紧了手，指甲掐进掌心里，钻心地疼。她脸色发白，全身绷着，尽量维持着往日的优雅与平静。宋羡却看都没看她一眼，兀自跟在柜员身后去了收银台，付钱走人。

余白彻底绷不住了！

她给林秋水打电话过去诉苦，红着眼睛说："我只是想给月白买个生日礼物，没想到……"

林秋水闻言站到窗边，对余白说："那你就换个礼物。"

余白咬着嘴唇："可是那个特别适合月白。"

她还是很不甘心。

似乎她失去的不仅仅是礼物，还有更宝贵的东西。林秋水说：

"特别配也被她买了,你换其他的吧。"

余白沉默了,她似乎总是迟一步。

迟一步回国,迟一步选中那款项链。

她咬破了嘴唇,说:"我还是想要。"

林秋水皱起眉头,语气颇为严厉:"余白!"

余白被她叫到晃神,死死地咬着嘴唇。

林秋水听出了她的声音不对劲,语气缓和了几分:"好了,再去选个其他的礼物。适合月白的那么多,又不是非要项链。"

她这么安慰余白,实则也在想江柳依的事情。

江柳依明显和以前不同了,最近她很少联系自己,也几乎不回复她的消息,这是从前没有过的。细想,就是从余白回来之后才开始有的转变。

刚开始她也会想,是不是江柳依还在生气,故意不理余白,不理她们这些朋友。

但今天那通电话,江柳依拉黑余彩的原因,是她没想到的。

江柳依说:"她欺负我朋友。"

她说得那么自然,好像为朋友出气是应该的。之前确信的一个问题,林秋水现在突然不确定了。

因为她明显感觉到,江柳依在远离她们这些朋友。

以前朋友聚会,江柳依虽然不是每次都到,但只要有时间,都会赶过来。而现在却不是这样了,自己发了很多条消息,江柳依也只是回复一两条。她在刻意地疏远她们。

江柳依是做不出撕破脸皮的事情的。以前她们帮过江柳依,江柳依不可能和她们呛声,如果真的不高兴也只是不理她们。

她还记得有一次钱申喝多了乱说话,惹江柳依不高兴,江柳依当时要离开,还是赵月白打圆场才过去。但从那之后,她就没有再主动和钱申说过话了。

她虽然性子闷,但想法很简单。譬如对余彩,不爽就直接拉黑。

林秋水突然不知道该怎么面对眼前的境况了。她轻轻地叹气,听到电话那端余白还在说话,突然感觉头疼,她说:"我还有个会,先挂了。"

余白张张口,没出声。

她不懂自己只是出国三年,为什么回来所有人都不一样了,赵月白不理她,江柳依对她冷淡,现在就连林秋水都不护着她了。

如果是以前,林秋水肯定不会看到她受委屈还无动于衷。

林秋水挂了电话盯着手机看,一肚子的问题想问江柳依,最后翻到她的头像却又什么都问不出来。头疼加剧,她最后还是给江柳依发了句:"依依,在吗?"

江柳依偏头看到屏幕亮起,她还以为是宋羡发来的消息。看到闪过林秋水的名字,她默了默:"有事?"

林秋水问:"在家干什么呢?"

江柳依在沙发上换了个姿势:"躺着休息。"

林秋水:"聊聊?"

江柳依垂下眼睛,几秒后发过去:"聊什么?"

林秋水把字打出来又删除了。江柳依看到聊天对话框,上方一直显示"正在输入",但没有一条消息过来。江柳依沉默了一会儿,发信息:"如果和余白相关,除公事外,不需要和我说。"

林秋水看到这条消息,攥紧手机,几秒后,她发消息:"依依,你对宋羡什么想法?"

江柳依觉得莫名其妙:"什么意思?"

林秋水:"宋羡和余白相比呢?"

江柳依皱起眉头,不懂为什么每个人都要拿她们相比。她以为自己已经摆明态度了,这些朋友应该明白她的意思,可是显然她们没在意,所以这段时间江柳依也有意识地疏远林秋水。

她直接回复:"宋羡就是宋羡,没有可比性。"

林秋水一直没回复江柳依,江柳依也没在意。她犹豫了一会儿还是决定给宋羡发消息:"礼服买到了吗?"

宋羡和顾园园面对面坐下。

顾园园嗤笑:"什么人哪,还让给她?"

宋羡点头。手机有振动,她低下头看,是江柳依的消息,问她礼服有没有买到。她单手回复:"买好了。"

江柳依看着这条消息,戳手机屏幕。

买好了,应该马上就回来了吧?

她从沙发上坐起身,顿了顿,给宋羡发消息:"你到哪里了?"

宋羡看了一眼四周:"在吃饭。"

江柳依问:"和顾园园?"

与此同时,顾园园也皱起眉头:"和谁聊天呢?"

宋羡头也没抬,说:"江柳依,她问我有没有买好礼服。"

"她还挺关心你。"顾园园说,"不过我看那个余白不是省油的灯,这次要去她朋友的生日宴,你得注意一点。"

宋羡漫不经心地点头:"知道了。"

服务员上菜,顾园园接过肥牛卷,下在滚烫的火锅里。过了一会儿,又捞起肥牛卷,放到宋羡的碗里:"吃完饭要不要再逛逛?"

宋羡周末休息，不过她都是赖在家里，这次也是难得出门逛。

宋羡还没开口，见到手机屏幕又亮起，江柳依发来信息："没收到消息吗？"

上面一条是："和顾园园？"

她忘了回复。宋羡单手打字："嗯，和园园在吃晚饭。"

江柳依收到消息后走到窗边，看着楼下万家灯火，灯一盏一盏地亮起。美食街上的标志也闪烁着红蓝色。她低下头看手机里的电影票截图，犹豫了一会儿，还是憋不住主动问宋羡："几点回来？"

顾园园看到宋羡的手机屏幕亮起，调侃道："怎么这么忙，吃饭都有人一直找，谁啊，该不会又是江柳依吧？"

宋羡睨了她一眼，没说话，低着头看手机。

宋羡打字："马上吃完了，一会儿回家。"

江柳依舒了口气，立马发消息："我下午订了电影票，等会儿你回家，我们去看电影吧。"

宋羡正在吃冻豆腐，偏头看了一眼，被汁水呛到了，一连咳嗽了好几声，眼里浮上泪花。顾园园看她呛到，忙递给她温水，宋羡喝下去，嗓子还是有火辣辣的烧灼感。冻豆腐里面浸满辣的汁水，碰到温水，简直火上浇油，宋羡的脸颊咳得通红。

顾园园又给她倒了一杯冰牛奶，宋羡抿了一口含在嘴里，顿时舒服多了。

"怎么了？"顾园园不解地问，"怎么好端端的呛到了？现在没事了吧？"

宋羡摇头，刚咳过嗓音微哑，她平静地说："没事了。"

宋羡丝毫没有犹豫地给她发消息："不行。"

江柳依惨遭拒绝。她不明白为什么，于是问宋羡："为什么不行？你不喜欢这个电影吗？"

她发了一张剧照给宋羡，正是下午宋羡选的那部电影。宋羡咬着豆皮，皱起眉头，好半天才给江柳依回复："几点的票？我直接到影院门口。"

江柳依于是回复："先回来把礼服放家里，带着不方便。"

宋羡偏头看凳子上的礼服，同意江柳依的意见，发完一个"好"字，她放下手机。

顾园园说："你们这期杂志几号上？"

宋羡说："下周一。"

顾园园说："要不要我多买几本，配合你的工作？"

宋羡睨她："不用。"

是真不用，自从下午官宣了采访对象是江柳依，订购专线都响一下午了，销量应该没有问题。吃饭前何小英还在群里说这件事，还说《美秀》那边的人都气坏了，尤其是余彩，听说还被扣了奖金。何小英去买晚饭碰到了余彩，余彩看她那眼神，恨不得吃了她！

顾园园耸耸肩膀，宋羡不说谎，不用就是不用。她放下筷子说："那我去结账。"

宋羡拎起椅子上的包，还没起身，听到有人叫她："宋羡。"

她抬起头，居然是余白。怎么又碰到了？

余白主动说："有时间吗？我想和你聊聊。"

宋羡看了一眼腕表，对余白说："十分钟够吗？"

余白的呼吸一窒，她咬牙："够了。"

宋羡转头朝收银台叫："园园。"

顾园园结好账就看到余白站在宋羡的面前，她刚要拉下脸，就听到宋羡云淡风轻地说："你帮我把这些先带去车上，我一会儿就来。"

"哦。"顾园园虽然不放心，但说到底这些都是宋羡的私事，她不方便插手，就拎着包和礼服去停车场了。

余白问："要不要找个地方坐下说？"

宋羡摇头："就坐这儿说吧。"她问余白，"什么事？"

两个人面对面坐下，余白低下头沉默了两秒，才开口："是关于我和柳依的事情。我和柳依从小一起长大。"

宋羡目光平静地看着她。

余白接着说："后来我随父母经常出国，和柳依见面的机会不多。直到后来我们一起上学，才重新熟悉起来。"

宋羡不咸不淡地开口："嗯。"

余白双手掐着掌心，她缓和了一下情绪，启唇："柳依的家人不让她弹琴，所以从小到大，她都是偷偷弹，兴趣班也是偷偷报。再后来她被赶出江家，也是我们几个朋友收留的她。柳依其实是很念旧的人，这么多年一直有其他公司高薪挖她，她都没去。"

余白认为这些话说得十分清楚了，哪料宋羡依旧没有半点反应。她继续说："所以我们之后还会有其他合作，可能会很久，我们两个家庭也会有走动。"

宋羡点头，听明白意思了，她说："我知道了。"

说得干净利落，余白微诧，抬起头对上宋羡清明的双眼。宋羡说："余小姐不用担心，你们正常合作就好。她不和你合作，也会和其他人合作。"

余白咬着嘴唇："你知道的，我和她始终都是好朋友。"

宋羡抬起眼睛："有什么不一样吗？在我看来，你们都是其他人。"

明明也不是怼人，只是陈述的语气，却把余白气得七窍升天，她死死地攥紧包的边缘，准备开口，宋羡却站起身说："时间到了，我先走了。"

余白不可置信地看着她就这么离开了。

刚刚在首饰店，她的离开就像是一巴掌，狠狠地打在余白的脸上。所以余白才会跟出来，看宋羡吃完饭也想让她不痛快，谁知道又被扇了一巴掌！怎么会有这样的人？

余白气得想原地跺脚！

宋羡走到顾园园身边时，顾园园问："她找你干什么？"

她转头，看向火锅店的方向，说："聊聊。"

顾园园"啧"了一声："我看她就是找事。"

宋羡听着熟悉的碎碎念，摇了摇头，开车回家。

她先把顾园园送到面包店门口，顾园园拎出一袋刚烤好的面包给她。宋羡不想听她啰唆，直接一脚油门踩下去，回家了。

江柳依正坐在衣柜前选衣服，听到门口有动静，她起身，对进门的宋羡说："回来了？"

宋羡抬起眸子看她，换好鞋子后点头："嗯，等我换件衣服。"

江柳依说："不着急。"

她想起来自己也没换衣服，就跟在宋羡的身后进了房间。宋羡打开衣柜，铺展开礼服。江柳依低下头看了两眼，深蓝色，无袖，裸肩，衣摆是短鱼尾。虽然还没上身，但她能估摸出宋羡穿这件礼服的样子。宋羡高挑，皮肤白皙，这个颜色只会衬得肌肤更白皙如玉。到时候再盘起秀发，一定会显得优雅端庄。

江柳依见她要挂起来，说："挂我这边吧。"

因为有些款式比较长，所以衣帽间设了一个单独的衣柜。此刻，柜子里只有两身礼服。

宋羡把衣服递给江柳依。

江柳依合上柜门，看到宋羡选了一件休闲装，她也从衣柜里拿了同色系的衣服。两个人换好衣服后一道出门。车是江柳依开的，她边开边问："晚上吃的什么？"

宋羡低着头，正在群里回复何小英的问题，语气平静："火锅。"

江柳依没再问。

两个人到了电影院的停车场，江柳依看到人手抱着一桶爆米花，她问宋羡要不要，宋羡说："都行。"

江柳依去买了爆米花，又买了两杯饮料。两只手都占着，她让宋羡在包里拿手机取票。宋羡站在她的对面，低下头在她包里找到手机，让江柳依解开锁后去取票。江柳依就捧着爆米花提着饮料站在原地等宋羡。

等待中，她用余光瞄到宋羡身边站了一个男人。那个男人也不像是要取票的样子，涨红着一张脸跟在宋羡的身边。江柳依刚走过去，就听到男人问："小姐，一个人看电影吗？"

宋羡转头看他，语气平淡："不是。"

又说了些什么，男人讪讪地离开了。

江柳依顿在原地。她突然想到有一次她和余白出去吃饭，有个男人搭讪，和余白要电话号码。余白只是说不好意思，手机没带，男人最后留下自己的电话号码，余白放在桌上和她炫耀。

江柳依低下头，听到宋羡说："票取好了，进去吧。"

她说完拎起一杯饮料，两个人经过检票口，进去后找到位置坐下。电影是恐怖片，又是大晚上，看的人不多。前面只零星坐着几个人，她们坐在中间位置。

江柳依放好饮料和爆米花，身后有女孩经过，说话声音不大，她们说："听说这是今年最恐怖的片子，等会儿你别被吓哭了。"

另一个笑嘻嘻地说："才不会呢，肯定是你被吓死。"

电影还没开始，陆陆续续地有人进来。江柳依抱着爆米花，问宋羡："吃吗？"

宋羡转过头，黑暗中江柳依的眼睛分外明亮，里面漾着水一般，干干净净的。她摇头："你吃吧。"

她从旁边拿过饮料，冰冰凉凉的可乐沁人心脾，宋羡抿了一口。电影报幕开始了，她身体放松。上次看电影，是什么时候？

宋羡都快要记不得了，更多的是在家里一边吃饭一边随便找个电影。像这般到电影院看，还是她来到这座城市的第一次。

电影正式开始了，幕布漆黑，突然从里面伸出一只手。江柳依本能地攥紧宋羡的手，宋羡偏头，看到她神色波动，轻声地问："很怕吗？"

很怕为什么要来？

随后宋羡想到以前的室友，也特别害怕恐怖片，但每次寝室里组织一起看，她比谁都积极，就如现在的江柳依这般。

宋羡想了一会儿，伸出另一只手放在江柳依面前，试图挡住她的视线，让她不至于那么害怕。江柳依转头，黑暗中对上宋羡的目光。屏幕里传来滴答滴答的水声，才把两个人的注意力拽回去。

宋羡问:"还怕吗?"

江柳依的声音稍低:"没害怕。"

宋羡说:"那我不挡着了?"

江柳依假装若无其事地说:"嗯,好。"

宋羡收回手,坐正身体,看向大屏幕,神色平静无波,只是看到过于恐怖的场面她会皱起眉头。

电影很长,一百多分钟,两个人换了好几个坐姿。

电影结束时宋羡活动了一下胳膊,两个人跟着人群走出去。前面两个小姑娘正在讨论剧情,江柳依转头想问剧情,发现自己压根儿没怎么看进去。

江柳依问:"好看吗?"

宋羡认真地回复她:"还行,不过剧情可以再恐怖一点。"

这还不恐怖吗?她记得身后有个小姑娘都被吓哭了。江柳依觉得自己摸到一点宋羡的喜好了,原来她喜欢看恐怖片。

回去的路上,宋羡背靠在座椅上休息,窗外的风景掠过,一幅幅场景往后倒退,她突然反应过来,转头问江柳依:"这不是回家的路?"

江柳依点头,说:"带你去个地方。"

宋羡皱起眉头,没说话。

半个小时后,宋羡昏昏欲睡,江柳依停下车说:"等我一会儿。"

她看着江柳依慢跑到一个摊子前,几分钟后,她手上拎了一个袋子走回来。宋羡突然想到那天喝醉酒,似乎也看到过这个场景。

"想吃大饼?好,我去买。"

"这个不要吗?那我去买别的。"

"这里没有就去其他地方找,你带我们在城里逛一圈。"

"宋羡,我买到了。"

"我们回家吃。"

明明是醉酒后的记忆,现在却无比清晰。江柳依走到车窗前,敲了敲。宋羡降下车窗,江柳依淡笑的脸出现在窗外,将袋子递给她:"你想吃的大饼。"

宋羡接过饼,垂下眼睛说:"谢谢。"

语气比平时柔软。

江柳依笑了:"吃吧,吃完我们回家。"

宋羡低下头咬了一口,是咸味的,表层撒了芝麻,特别香。她慢条斯理地吃着,偶尔抬起头看江柳依:"你吃吗?"

江柳依低下头,原本在电影院吃了一肚子的爆米花,现在不饿,但她还是说了句:"可以吃一点。"

宋羡掰了一点给她,两个人一个坐在车里,一个站在车门旁,谁都没说话,就这么默默地吃着大饼。

很快,江柳依吃完了,她上车系好安全带,转头问宋羡:"回家?"

宋羡点了点头。

车慢慢地离开美食街,往另一个方向驶去。吃饱喝足后,就容易犯困,宋羡靠在座椅上,恍惚中回到了以前作画的房间,窗户半开,冷风习习,她坐在飘窗口,往下看,那人正在铲雪。

半小时后,那人拍拍身上的雪回到房间里,教育她:"怎么又开窗了?感冒刚好,又想去医院是吧?"

她只是低下头继续画画,淡笑。

那人走到她的身边:"画我呢?"

她应下:"嗯,好看吗?"

说完她抬起头,想看面前的人,却只看到一团模糊的影子。宋羡一个激灵,醒了。

江柳依停好车,说:"到家了。"

宋羡脸色微白,拎着包下车。江柳依走在她的身边,一起上电梯时才问:"刚刚睡着了?"

"眯了一会儿。"

江柳依:"做噩梦了?"

宋羡沉默了一会儿,说:"也不算。"

江柳依不禁好奇了:"梦到什么了?"

宋羡说:"梦到以前认识的一个人。"

江柳依转过头看宋羡,一时有些好奇。

到家门口时,江柳依还是没忍住问:"是以前的恋人吗?"

宋羡摇头,语气平静地说:"我以前没谈过恋爱。"

江柳依和宋羡认识了这么久,两个人好像都没说过感情方面的事情。江柳依有点惊讶:"你以前没有谈过恋爱?"

宋羡静静地看着她,说:"没有。"

江柳依"哦"了一声。

江柳依说:"我以前谈过一个。"

宋羡莫名其妙地看向她:"哦。"

她说完放下包,对江柳依说:"我先去洗澡。"

江柳依看着她进了卫生间,很难相信宋羡居然没谈过恋爱。她这么优秀,竟然没谈过恋爱。

宋羡只是冲了个澡,很快就披着浴巾出来了。她说:"灯没关,你进去吧。"

江柳依捏着睡衣进去了。

出来时宋羡正敷着面膜，躺在贵妃椅上，用一只手玩手机。江柳依坐在梳妆台前吹头发。

宋羡换了个姿势，刷完群里的消息，把该回复的消息都回完才放下手机。转头看江柳依的头发也吹得差不多了，她走到卫生间里卸掉面膜，掬一捧凉水冲洗，仔细擦干净脸上的水珠才走出卫生间。

宋羡生活惬意，气色就显得更好了。周一上班时何小英忍不住瞄她，对吴莹说："书上说皮肤嫩得掐出水，我还觉得夸张呢，看看我们宋羡！"

吴莹笑了："人逢喜事精神爽啊，我最近皮肤都好了。"

"那必须的。"其他同事也笑起来。

何小英说："你们不是人逢喜事，你们是压倒《美秀》就爽了！"

《美秀》这一次确确实实被压下去了。自从请了张素素高调宣传后，那边的人一直都是横着走，在总论坛里更是耀武扬威，时不时拉踩《漫彤》。

"第一期名人专访，《漫彤》没请到人吗？怎么都没宣传？不会吧？真没请到嘉宾？"

"《漫彤》第一期名人专访是想开天窗？"

"为什么还有人拿《漫彤》和《美秀》比？完全不是一个档次啊！"

以前嘲讽《漫彤》的话，这次原封不动全部还回去。都不需要何小英她们动手，只需要把帖子顶上一顶，效果就立马出来了。

"《美秀》这波打脸，我愿称之为业界典范。"

"姐妹们，今天是不是两家同发第一期？"

"是的是的，坐等十点钟！"

何小英也刷着论坛，同时把全副心神都放在即将发的新刊上。新刊分线上和线下销售，线下的销售一时间不好估算，但线上销售情况很容易掌握。

通常杂志供线上销售的首印在三万左右，遇到特殊情况会加印，最多到五万。江柳依这期就是特殊中的特殊，首印量直接加到五万五。

他们五万五，《美秀》那边还是三万。如果《美秀》先售完，说不定对方又要阴阳怪气了，所以大家都很关注这次的销量。

袁红刚进办公室就见到他们紧张兮兮的样子，唯独宋羡，始终安静地坐在电脑前，目光平静如水，动作慢条斯理，说话也是淡淡的。

袁红从她身边经过，情绪不自觉地缓和下来。

有的人真有神奇的魔力，能让人安定，宋羡就是这样的人。

反观她身边的何小英，上蹿下跳，像猴一样。袁红走过去还是没忍住折回来，对何小英说："稳重一点，看看人家宋羡，哪像你？"

何小英摸了摸鼻子，还是没底气地说："主编，你说咱们五万五是不是多了点？"

都快是《美秀》的两倍了。不是她不相信江柳依，其实已经有好多朋友打电话让她帮助预订了，她就是害怕关键时候掉链子。

袁红也是首次开五万五的首印，心底有点打鼓，但还是说："相信江老师。"

吴莹说:"能不能让江老师在十点前帮我们预热预热?"

说完她有些不好意思。

袁红看向宋羡,欲言又止,还是何小英说:"宋羡……"

宋羡听到她们聊天,发现一双双眼睛都在盯着自己看,她语气平静:"怎么了?"

何小英说:"能不能让你朋友帮我们预热一下啊?"

合同里没有这条,理论上江柳依完全可以拒绝。但怎么说也是宋羡的朋友,所以何小英就"不要脸"地问了。宋羡淡笑:"我问问。"

袁红乐了:"哎,你问,你问。"

吴莹就差托着手机送她耳朵边上了。宋羡在众人期待的眼神里给江柳依打电话,一样的语气,一样的冷静淡然,她问:"醒了?"

江柳依已经坐在琴房了,没想到宋羡会给她打电话。她右手摸在琴键上,说:"嗯,怎么了?"

"杂志今天十点开售,你知道吗?"

江柳依合上琴盖:"知道,需要帮忙预热?"

没想到她这么懂,宋羡顿了顿:"如果方便的话。"

"方便。"江柳依的微博极少发布个人消息,但粉丝很多。这些粉丝一部分是真心喜欢她音乐的,还有一部分就是纯粹想看她的照片。上次她发了专访的消息后,那些粉丝乐坏了。因为这是她首次专访,粉丝们都好奇着呢,每天蹲她微博。

所以她微博的粉丝近期十分活跃。

江柳依上微博就看到私信一堆,除了粉丝留言,多数都是来谈合作的，还有访谈邀请。她一向不是很关注这些，于是关掉私信，发了个预热链接，转发的是《漫彤》官微。没一会儿，官微下面就热闹起来了。

"几点开始？"

"是十点吧？是十点吧？求求姐妹们别和我抢，我只买一本！"

"我们依依首次专访，这就是唯一啊！"

一般扯到"第一次""唯一"这些关键词，多少就有点值得收藏的意义。所以就算不是她的粉丝，网友们也有了兴趣。

袁红看着热热闹闹的官博说："江老师还挺好说话的。"

何小英点头："你们不知道，我第一次看到江老师觉得她应该很凶，就是那种贼美艳的凶。其实一点也不，江老师本人性格挺好的。"

"对对对，我记得去敬酒，话没说出来，她还让我别紧张。"

众人大谈对江柳依的第一印象，吴莹问宋羡："你第一次看到江老师，是怎么想的？"

宋羡从电脑屏幕前抬起头，听到吴莹的问话，想了几秒说："我就觉得她声音好听。"

吴莹咋呼："人呢？你没觉得惊艳，眼前一亮吗？！"

宋羡淡淡地道："还行。"

吴莹被这话噎住了。

她们插科打诨，不知道谁说了一句："马上十点了！"

何小英一屁股坐下，扳正电脑，死死地盯着屏幕。袁红就站在她的背后，也不想回办公室了，干脆在她电脑前看起来。美编也来凑热闹，几个人挤在何小英的电脑前。宋羡偏头看到这一幕，觉得很滑稽。

宋羡原本平静的情绪也被众人带得有些波动,转头定定地看着。

何小英连说话都不利索了,她不停地刷新页面,"开售"两个字,始终是灰色。总论坛还有人开帖问两家谁先售完,站《美秀》的也不少,毕竟《美秀》的首印量低。

还差十秒钟,宋羡捧起杯子,抿了一口,目光清亮。坐在电脑前的何小英身体绷着,心悬起,双手紧紧地握住。袁红也忍不住咽口水,众人一瞬不瞬地看着屏幕。

"开售"两个字亮起。

五万五的库存数量瞬间下去一小半,三万五,三万,两万五,不一会儿就剩几千册了。吴莹说:"买到了吗?你们买到了吗?"

何小英这才想起自己应该买一本支持。她刚把鼠标点在"开售"的框上,两个字突然黑了,页面弹出消息:已经售罄。

整个办公室有两秒的寂静,随后何小英站起身,"啊啊啊"地乱叫。她绕着办公室跑了一圈,兴奋地和每个人击掌庆祝,最后站在宋羡面前,一把抱住她,激动坏了。

想也知道,她主笔的这期,线上五万五全部卖完,那奖金不知道翻了多少倍!

何小英抱着宋羡说:"谢谢江老师!江老师是神仙!我要请江老师吃饭!"

宋羡看她高兴得胡言乱语的样子想笑。她轻轻地摇头,手机嘀嘀两声传来振动。宋羡低下头,看到屏幕上闪过江柳依的名字。

江柳依问:"卖完了?"

宋羡被刚刚的何小英"传染",回答她:"嗯,卖完了,谢谢江老师。"

宋羡放下手机,听到其他人在说《美秀》和奖金。

"《美秀》也卖完了，不过晚了我们三分多钟。"

"我要被《美秀》笑死了，她们居然还好意思在论坛上说差不多！"

何小英看过去，吴莹正在看总论坛，一个人匿名开了帖子，说把《漫彤》传得这么神，其实和《美秀》没啥差别。《美秀》虽然落后了几分钟，但也售完了。

"酸，这还差不多？我们首印几乎是他们的两倍！"

"就是，让他们也首印五万五，估计这时候抱着杂志哭呢！"

何小英越想越气，无语地发帖："首印三万和五万五差不多？相差三分钟是差不多？眼睛被什么糊了？是你吗，余彩？"

余彩看到这条回复，心惊了两秒。随后想到自己是匿名，还把之前的帖子都删了，她怕什么？立马和何小英撕扯起来。

论坛的其他人拱火，没一会儿这个帖子的热度飙升上去，蹿成了热门帖。何小英不服气，撸起袖子就准备怼人。袁红挂断电话赶过来，皱起眉头问："干吗呢？"

吴莹诉苦："《美秀》又在胡说！"

袁红一点都不气，反而笑着说："让她说呗，又不会少块肉。"

何小英看她高兴的样子问："是不是有什么好消息？"

袁红点头说："刚刚售完，网友闹得很，又开了预售。你们知道现在预售多少了？"

其他人都看向她，袁红的眼神贼亮，说："也就十来万吧。"

"我的天！"一道声音打破了寂静，何小英立马把这条消息发出去，"哎呀，刚刚听朋友说，《漫彤》线上追印超十万，还在上升呢，《美秀》这次追印多少啊？"

余彩死死地咬着牙，看着这条消息，气急败坏地删除了帖子。

何小英乐了,拍着手笑。袁红说:"不过闹归闹,这次最大的功臣确实是宋羡。"她低下头看向宋羡,从包里拿出一个盒子:"奖励。"

第四章

送钢琴

袁红给宋羡和江柳依送了礼物,其他同事琢磨,要不要合起来送一个。何小英和宋羡关系最好,所以其他人拉她进了一个小群,问她:"送什么礼物比较好?"

何小英原本就准备送,不仅因为宋羡这次帮了他们大忙,还因为宋羡是她朋友,应该送份礼物。只是这两天她一直犹豫,送什么比较好。

"送个实用的吧,买点家里能用上的?"

"我觉得送点有意义的,怎么样?"

何小英一看这个"有意义",顿时来兴致了,她转头问宋羡:"你平时在家,最喜欢做什么?"

宋羡在忙碌中转头,目光平静,清冷地开口:"最喜欢做什么?"

她一时还真想不到。

无奈之下,最后何小英挑了两套经典的床品四件套,还算实用。其他同事商量好送了一个照相机。何小英虽然单独买了礼物,但也凑了买照相机的钱。午饭时宋羡被众人拥着,一边吃饭一边听同事八卦。

"余彩又被扣钱了,我爽死了。哎,你们刚刚有没有听到袁姐打电话?"

吴莹有些不解:"她打电话不是很正常吗?"

小李笑问:"你们猜是谁来电?"

其他人纷纷讨论。

"难道是《美秀》那边的人?"

"反正不可能是余彩。"

小李看向宋羡:"宋羡,你也猜猜?"

宋羡看众人都望向自己,她斟酌了两秒:"钱离?"

这是袁红之前说的下一期采访对象。吴莹皱起眉头:"钱离不是那个明星吗?"

小李"噗"的一声笑出来:"当然不是她,是张素素!"

"她还有脸打电话?别说宋羡那件事她不知情!"

小李说:"我听袁姐的意思,是来道歉的,估计还想和咱们《漫彤》合作。"

也是,这次请到江柳依,硬生生地把杂志的门槛提高了,张素素想和他们合作下一期,也说得过去。吴莹问:"那下一期就是张素素?"

"不是。"小李笑了,"袁姐回掉了,说有机会再合作,还说下一期已经定了。"

"真爽，谁让她上次胡说八道？"

"就是啊，这次看咱们销量好了，想和我们合作，凭啥啊？和《美秀》继续合作去呗。"

"你没看今天她的微博啊，阴阳怪气，内涵《美秀》不会宣传呢。"

吴莹翻了个白眼："《美秀》就差拿大喇叭吹了，还不会宣传？"

她身边的同事好奇地问："那咱们下一期有人选了吗？"

小李看向宋羡："你刚刚说钱离是怎么回事？是不是有什么内幕？"

宋羡吃完了，放下筷子，语气平静地说："没什么内幕，是主编说的，下期采访钱离。"

吴莹眨眨眼睛："就最近挺红的那个——钱离？"

宋羡不太了解，她对娱乐圈并不关注，但从袁红的态度来看应该比较有名气，她点头："嗯，是她。"

同事们又高兴起来。

宋羡捧着托盘说："那我先回去修图了。"

吴莹"哎"了一声："等会儿给你带杯奶茶，要冷的还是热的？"

宋羡说："热的吧。"

天凉了，适合喝热的，也适合取暖。

宋羡回到办公桌，何小英凑过来，说："我给你买了份礼物，不过还没到，到了我给你。"

她说得神秘兮兮的，宋羡神色平静地点头："知道了。"

何小英嘀咕："不是很贵重的，就怕你不喜欢。"

毕竟宋羡看起来月明风清，很正经又御姐的样子。何小英还真不知道她会不会喜欢，宋羡淡淡地笑了："没关系，用得上都喜欢。"

何小英一乐："用得上，肯定用得上！"

宋羡低下头，目光落到红色的锦盒上，是袁红送她的礼物。宋羡拿过来，打开。何小英转头："转运珠？这款好好看。"

盒子里果然是一对转运珠，用红色绳子系着。转运珠并不大，宋羡低下头看，上面居然刻了一个"宋"字，另一个珠子上刻了"江"字。宋羡记得以前上学的时候，被很多人表白，其中就有人送这种转运珠，不过上面没有刻字。

何小英笑了："袁姐还挺用心的。"

宋羡合上锦盒，何小英问她："江老师会喜欢吗？"

江柳依吗？宋羡好像没看到江柳依有什么喜欢的首饰，她平时出门也是戴腕表。

江柳依坐在窗口边，正在接赵月白的电话。

赵月白说："宋羡前几天碰到余白了，你知道吗？"

"余白？"江柳依闻言坐正身体，"什么时候？"

赵月白说："就前几天吧，她们在一家首饰店碰上的，说是看中同一款项链了。余白还给林秋水诉苦，说给我买的生日礼物，被你朋友抢了。"

江柳依皱起眉头："不可能。"

宋羡就不是会抢别人东西的性格。

赵月白冷笑："管他可不可能，抢了最好，也该让她睁开眼睛看看，这个世界不是围着她转的。"

余白刚回国时赵月白的那点开心，已经被钱申和林秋水她们挥霍完了，她现在甚至都有点看不起余白。当年说走就走，只言片语都没留下。其实赵月白曾经偷偷地联系过余白,在江柳依要过生日的时候给余白留话,希望她能回来,余白回复说会尽量。赵月白以为余白是想给江柳依一个惊喜,就没告诉江柳依。结果,没告诉是对的,余白没回来。

所以她现在越来越看不上余白,反而对宋羡很有好感。

赵月白说:"你也别管,随她们去,你过好你的日子就行了。你这几天怎么样?"

江柳依垂下眼睛:"挺好的。"

"好就行了。"赵月白说。

赵月白那端有人叫她,她挂了电话,江柳依也收起了手机。

江柳依心情愉悦,回到沙发上躺下,刷了会儿微博,又回复了几条其他同行的消息。退出微信时,她瞄到手机壁纸,还是宋羡做的。宋羡给她做了手机壁纸,自己是不是也应该给宋羡做一个?

没毛病。

江柳依这么想着,就去翻相册,才发现手机里没有宋羡的照片。

她给宋羡发消息:"在干什么?"

宋羡低下头,看到跳出来的消息,云淡风轻地回复:"工作。"

江柳依抿着嘴唇,又发消息:"你有照片吗?"

宋羡说:"你的照片?"

江柳依说:"你的。"

宋羡蒙了一下,要自己的照片干什么?她很少拍照,手机里几乎都是存的工作照片,没有私人的。她回复江柳依:"没有。怎么了?"

怎么连照片都没有?看来只能晚上回来拍了。

江柳依回复信息："没事，你上班吧。"她发完看到手机上的时间，快五点半了。她又问："是不是快下班了？"

　　江柳依等了一会儿，等到宋羡一句奇怪的问话："你平时喜欢看书吗？"

　　她拧起眉头，实话实说："闲下来会看。"

　　宋羡说："我推荐你几本。"

　　她立马发来一个电子文件，江柳依打开，书名是《情绪》《学会做人，情绪的自我调理》《调整情绪的一百种方法》。

　　江柳依看着发过来的书，满头的问号。

　　宋羡发给她这几本书，是什么意思？她最近的情绪没控制好？

　　她想了又想，干脆问宋羡："你买的电子书？"

　　宋羡看到这条消息迟疑了几秒，为照顾江柳依的情绪，她没直接说，而是委婉地回复："嗯，最近情绪不太好，我买来看看，顺便发给你。"

　　江柳依皱起眉头：宋羡的情绪不好？和余白有关系吗？

　　肯定是了，她们认识这么久，宋羡什么时候情绪不好过？也就是最近。江柳依非常自责，她拿着手机躺在沙发上，完全没有练琴的心思。

　　五点半了，宋羡该下班回来了。

　　江柳依不时地看向门口，手机里的书只看了几页，她没劲地翻着。微信里，江柳冰不时地找她。江柳依退出看了两眼，还是让她去说情的事。

　　上次她走得匆忙，没有和余白说，她现在也不想私下联系余白。

　　手机一直振动，江柳依轻轻地叹气，回复江柳冰："什么事？"

　　江柳冰打字："姐，你干吗呢？到现在才回复我。"

江柳依说:"休息。"

江柳冰说:"妈让你周末回家吃饭,你这次回国还没回过家呢,爸妈又说你了。"

她还另外约了余白,不过没告诉江柳依。

江柳依想了一会儿,确实很久没回去了。她和父母的关系一直不太亲密,尤其在学习钢琴的问题上曾有过不小的争执,那次她爸闹了一场之后,把她带回去了,虽然没有再禁止她弹琴,但也并不支持。因此,那时的她经常去赵月白家练习钢琴。

高中毕业后,江柳依上了大学,赵月白她们凑钱给她买了架钢琴,于是她搬出去住了。从那以后,她和家里的联系一直都是这样的状态——回国时会回去一趟,平时很少打电话,因为每次打电话都会吵架。

其实她不喜欢吵架。

江柳依回过神来,看向手机,回复她:"知道了,等月白过完生日,我回去一趟。"

江柳冰高兴了。

江柳依关掉和她的聊天框,点开了和宋羡的聊天记录。往上翻了翻,发现宋羡说话特别严肃,一板一眼的,和她的性格还挺像的。

江柳依看了两秒,看到上方显示正在输入,她陡然坐正了身体。

宋羡在给她发消息。

江柳依正猜测她会发什么,信息来了,宋羡说:"我迟点回来,晚饭你自己吃。"

顾园园看到宋羡在发消息,笑着说:"给江柳依发信息啊?"

宋羡抬起头:"今晚估计晚点回去,说一声比较好。"

顾园园问她:"怎么想起来请我吃饭了?"

宋羡放下手机,动了动脖子,手碰到后脖颈,还有些疼。她说:"想放松。"

"也对。"顾园园说,"工作再忙也要有点私人空间。"

宋羡轻轻地笑了,说:"点餐吧。"

服务员递来菜单,顾园园低下头点菜,问宋羡:"要不要给江柳依带一份?"

宋羡头也没抬:"不用。"

顾园园"哦"了一声,继续点菜。

宋羡偏头看,刚刚江柳依给她回了一条:"知道了。"

她看完关掉了手机屏幕。

江柳依独自在家里吃了晚饭,点的是经常吃的那家外卖。老板还给她多安排了一道菜,她吃完躺在沙发上继续看书。

宋羡回家时就看到江柳依半趴在贵妃椅上,低着头认真地看着手机。她换好拖鞋走进去,江柳依抬起头,坐起身:"回来了?"

她挂起包,将礼物放在茶几上,问江柳依:"吃饭了吗?"

江柳依说:"吃过了。"

宋羡点头,去阳台找睡衣准备冲个澡,这时包里的手机响起,是顾园园打来的。她问宋羡是不是有东西落下了,宋羡看向茶几,问:"什么东西啊?"

"一个红色的盒子。"顾园园说,"我打开看看?"

宋羡记起来了,是袁红送她的礼物。她说:"我明天下班去你那儿拿。"

"行啊。"顾园园说完一拍头,"忘了,明天我休息,你朋友明天在家吗？要不我明天送过去。"

宋羡道："好，我问问她。"

她捂住话筒，转头："你明天在家吗？"

江柳依说："在。"

她最近都没行程。宋羡说："那你明天送过来吧。"

顾园园笑了："那行，就这样，我先挂了。"

宋羡挂断了电话。

窗外倏地升起烟花，江柳依捧着杯子走到阳台上往外面看，灯红酒绿，霓虹灯闪烁，烟花升至高空爆炸，发出"砰"的一声巨响。

宋羡也端着茶杯走过来，晚风吹起她的长发，发梢在空中扬起弧度。江柳依看到这一幕突然喊道："宋羡，你站这儿。"

她指了指身边的位置。

宋羡看过去："怎么了？"

江柳依将她按在自己刚刚站的位置，拿过她手上的手机，让她一只手端杯子，一只手端杯托。宋羡莫名地看着她，随后就看到江柳依往后面退了几步，拿起手机准备拍照。

"拍照？"宋羡问。

江柳依点头。

宋羡说："我照相机就在茶几上，用那个拍。"

江柳依同意了，她快走两步去茶几上拿宋羡的照相机包。宋羡跟了进去，从包里拿出照相机，低下头设置。她动作很快，熟练自然。

宋羡很快调好照相机，对江柳依说："你站那里去。"

江柳依一愣："不是拍我。"

宋羡说："我知道，我看下效果。"

还挺专业,江柳依笑了。她走到阳台处,外面的烟花还在绽放,只是声音没那么大了。宋羡找了好几个角度,她穿着单薄的睡衣,衣服被风吹得贴在身上,显出姣好曲线。江柳依微微垂下眼睛,听到宋羡说:"OK,这个角度不错。"

她说完拍了两张。

江柳依走过去。镜头里的她是侧颜,让人觉得深邃,明明是她自己的照片,居然看着有两分陌生感。

她接过照相机,对宋羡说:"你站过去,我拍一张。"

宋羡也没问她拍照片要做什么用,下午她就问过照片的事情了。她听话地站过去,江柳依刚准备拍,她问:"需要换衣服吗?"

江柳依一顿:"不需要。"

宋羡点头,依旧是先前的姿势。江柳依站在宋羡的位置,按下快门,"咔咔"两声,屏幕里出现手捧杯子的宋羡,优雅安静,气质温婉。

拍好之后,她让宋羡把照片传给自己,宋羡问:"要照片做什么?"

江柳依接收到照片,低下头找滤镜,说:"做手机壁纸。"

宋羡愣住了,转头,疑惑地问:"手机壁纸?为什么做壁纸?"

江柳依没找到合适的滤镜,发现还是原本的最好看。她头都没抬地说:"礼尚往来,你不是也用我的照片做了壁纸吗?"

还做了好几张。

宋羡皱起眉头:"我没啊。"

江柳依转头:"你那天不是给我看了?"

宋羡明白江柳依误会了,她忙解释:"那是何小英她们觉得照片好看,让我帮忙做的。"

江柳依突然有些尴尬。

她低下头沉默了好几分钟，最后还是做好了壁纸，她给宋羡看了一眼："怎么样？"

递过来的手机里显示着江柳依刚刚帮她拍的照片。照片中，宋羡站在天台边缘，手捧杯子，长发飘飘，意境还不错。宋羡实话实说："还不错。"

江柳依收回手，问："那你要不要也换个壁纸？"

宋羡对壁纸这些并不在意，但她不想扫兴，说："好啊。"

江柳依发来一张最满意的照片给她："换这个。"

宋羡不太熟练，还是江柳依帮她设置的。

江柳依心情极好，睡了一个好觉。

早晨，江柳依还没醒，闹钟先响了。宋羡被吵醒后，走进来关掉闹钟，听到身后的人问："几点了？"

宋羡回复她："六点半。"

江柳依翻了个身，看到宋羡走进衣帽间拿了一件淡黄色的运动服，长袖长裤。

她问："今天有拍摄？"

宋羡"嗯"了一声，挂上衣架说："下午有拍摄。"

她说完看向江柳依："你今天都在家吗？"

江柳依迟疑了几秒，点头："都在。"

说完望着宋羡，看她手脚麻利地收拾衣服，问："怎么了？"

"园园可能会过来送东西，你给开个门。"

江柳依昨晚就知道了，刚想开口问是什么，宋羡已经提着衣服进卫生间了。她起身下床，倒了两杯温水，等宋羡出卫生间时递给她，然后进去洗漱。

原本想给宋羡做早餐的,她从卫生间出来时,宋羡已经吃上了。

江柳依只好坐在她的对面,一边低着头吃面包,一边用余光观察宋羡。宋羡正低着头看手机,群里的同事知道下次采访对象是钱离,但不知道钱离是余白介绍的,所以一个个都乐滋滋的。

"心情好,今天请你们吃下午茶。"

"好啊好啊,铁公鸡拔毛啦!今天好好宰一顿。不过听说钱离的性格不是很好,你们有没有什么内部消息?全部发给我!"

是何小英。她主笔,也要负责提前调查钱离的喜好,免得到时候采访发生什么问题。其他人在出谋划策。

"内部消息啊!我听说她有点大牌,有点看不起人。"

"不是有点,你们还记得前阵子肖老师内涵某艺人没有艺德,对象就是她。"

"我想起来了,去试镜结果非要加戏,是这件事?"

"不过她流量是真的好,毕竟是娱乐圈的人,咱们就多捧着。哦,小英,去采访记得少问她私人感情的事情,多问问和工作相关的事情。这样才不容易出错。"

何小英看到收集到的消息,咬咬牙,给宋羡发消息:"怎么比张素素还难搞?"

宋羡抿着嘴唇笑了,听到江柳依问:"明天要去赵月白那里吃饭,你没忘吧?"

宋羡抬起头,看向江柳依,点了点头,说:"记得。"

江柳依见她喝完牛奶,又说:"去过赵月白那里,我想回趟家。"

宋羡"哦"了一声,没说话。

江柳依低下头说:"你有没有兴趣跟我回老家逛逛?"

江柳依的老家也是旅游城市,这几年发展得很好。既然江柳依邀请,她正好也有假期,那就去吧。

宋羡点头:"行。"

宋羡吃完早饭,走到茶几旁边收拾相机包。临走前她看向江柳依,想问江柳依还有没有其他的事情,没想到江柳依已经站在她的身后了。

江柳依把相机包递给她,往后退了两步,对宋羡说:"上班去吧。"

宋羡点头,离开前交代一句:"记得看书。"

江柳依错愕了两秒,宋羡已经拎着包离开了。

今天上午有一组图赶着要,宋羡连屁股都没离开过凳子。才忙得差不多,何小英又让她帮忙看看采访的稿子。两个人核实了好几遍,确认没有什么问题之后,她收到了顾园园的消息,说到她家门口了。她拿起手机就给江柳依打电话,让江柳依开门。

江柳依从琴房出来,推开门看到了顾园园。这是一个挺可爱的女孩子,五官秀气,笑起来嘴边有两个小梨涡。她看向屋内:"没打扰你吧?"

"没事。"江柳依说,"喝点什么?"

顾园园走进去,站在沙发旁。江柳依说:"坐吧。"

"哎。"顾园园笑笑,"我不喝了,我就来送个东西。"

江柳依走到流理台边:"喝杯茶吧。"

她倒了一杯茶,还是温的。顾园园接过之后,瞄了一眼江柳依,还记得第一次见到江柳依是在店里,她的店员聚在一起,说进来一个漂亮的人。漂亮的人她见得多了,宋羡就足够漂亮了。然后她看到江柳依,气质很不错,和宋羡不一样的美,就是看着怪冷淡的。

江柳依穿着居家服,看起来没电视上那么凌厉,在家里的她好像更随和一点。顾园园偷偷地观察了一会儿才问:"你一个人在家啊?"

江柳依点头说:"嗯,宋羡去杂志社了。"

她的音色十分好。顾园园喝完杯子里的茶说:"我是送这个来的。"

她说着将一个礼盒袋递给江柳依。江柳依低下头看,里面有个红色的锦盒,也不大,方方正正的。江柳依看到后,问:"这是什么?"

"不知道,昨天吃饭时宋羡落下的,可能是她买的吧。"

江柳依微微点头:"谢谢你送过来。"

顾园园摆手:"没事,顺路而已,省得她下班还要再跑一趟。"

说完她左右看看,放下杯子说:"那没其他的事情,我就先走了。"

江柳依还想给她再添一杯茶,顾园园笑着说:"茶就不喝了,我先走啦。对啦,宋羡每年休年假都会出去玩,你的时间应该也蛮自由吧,今年你们会一起出去玩吗?"

江柳依还没反应过来,顾园园又说:"她可是一个很注重仪式感的人呢!"

江柳依愣了愣:"仪式感?"

"对啊!"顾园园一本正经,"她没和你说吗?"

江柳依摇头:"没有。"

"哎呀,她没和你说,那估计是因为你工作忙,不想打扰你!"

宋羡确实很会照顾她的工作和情绪,反观自己……

江柳依送她到门口,目送她上了电梯之后思考她的那些话。

第四章 送钢琴

回到家里,她就抱着电脑开始搜索,看起来好像都不错,她选了几个旅游地发给宋羡。

宋羡:"?"

江柳依问:"你喜欢哪里?"

宋羡问:"这是什么?"

江柳依:"找个地方,一起出去玩。"

宋羡看到江柳依发过来的消息,皱起眉头。

这又是什么?为什么突然想出去玩?江柳依是待在家里太闲了吗?

宋羡没回复江柳依,她要赶着拍摄,模特摆好造型,宋羡皱起眉头,亲自上前帮她理好头发,然后找好角度。模特非常配合,圈子里谁不知道上期《漫彤》破了销售纪录,现在这些模特都想和《漫彤》合作。而且宋羡拍出来的照片,找的角度非常好,谁都乐意和她合作。

模特乖乖地配合,宋羡省心多了。她工作起来严肃又认真,也没空回复江柳依。

江柳依左等右等,没等到回复。难道这些地方宋羡都不喜欢?依照宋羡的性格,会喜欢哪里?江柳依突然发现,她对宋羡的了解很少。

她们当初见面之后,各自聊了一些以前的事情。宋羡说她以前是画画的,现在在杂志社工作。她当时也不知道为什么,鬼使神差地就说了自己的事情。她们当天交换了联系方式,后来又碰了几次面,自然就成为朋友。

现在一想,她对宋羡的了解,还是太少了。

江柳依轻轻地叹气，刚低下头，赵月白就给她发来消息："出来吗？"

她随手回复："不出来。"

赵月白问："在公司练琴？"

江柳依说："在家里。"

赵月白说："闷在家里干吗呢？出来逛逛啊，最近 HI 上新货了，要不要去看看？"

江柳依没兴趣，她的衣服多数都是定制款，而且她还有更重要的事情。江柳依想到这里，同意了和赵月白见面，不过是邀请她来家里。

赵月白还没去过她的新家呢，当下也不想去逛街了，立马开车来找江柳依。

进门之后她左右看看，说："还不错嘛。"

江柳依新家地段是市里最好的，交通便利，楼下有超市、游乐场，还有条美食街，尤其江柳依买的是精装房，家具俱全，所以价格不菲。

江柳依给赵月白倒了一杯温水，说："过来帮我选个地方。"

赵月白抿了一口水："什么地方？"

江柳依说："旅行的地方。"

"噗——"赵月白一口水差点喷出来。随后她不禁有些疑惑，自己这么大反应干什么。

赵月白暗骂自己大惊小怪，随后坐在江柳依的身边："你选了哪里？"

江柳依摇头，皱起眉头说："还没想好。"

她俏颜绷着，似乎在做什么重大的决定。本就深邃的神情显得很严肃，赵月白放下杯子有点看不过去，说："你自己去啊？"

"和宋羡。"

"那你问问她呗！"

江柳依看向手机，宋羡还没回复她，不知道是不是对她选的地方不满意。

赵月白灵光一闪："等会儿！你就直接发这些过去给她看？"

江柳依皱起眉头："不然呢？"

赵月白似乎有些无可奈何。江柳依看她："说话。"

赵月白说："我问你，如果要去旅行，需要做什么？"

江柳依不懂："要做什么？"

"什么时候去？去几天？这些你问过宋羡吗？"

江柳依回想，好像这些都没有，她确实有些独断专行。

赵月白摇头："所以啊，你们能不能坐下来好好商量商量？"

江柳依倏然想到顾园园走之前说的，宋羡特别在乎仪式感。

越想越头疼，江柳依沉默下来。赵月白转头说："不过嘛，这些事都是可以弥补的。亡羊补牢，为时不晚。"

江柳依点头，声音微低："嗯。"

赵月白转头，问："对了，宋羡是哪里人？"

江柳依想了一会儿："隔壁江城人。"

"江城啊。"赵月白说，"那边有钱人老多了。"

江柳依自然知道，虽然隔了一座城，但江城和她们这里完全不一样。江城是娱乐圈的不夜城，很多人做梦的开始，进入那里就是进入一个纸醉金迷的世界，有人一朝成名，有人一夜破产。

赵月白问："那你去过她家吗？"

江柳依沉默了，还真没有，宋羡也从来没有说过自己父母的事情,是和父母关系不好吗?和她一样,还是其他的原因?

越是问下去,江柳依就发现自己对宋羡毫无了解。

她抿着嘴唇说:"没有。"

"那择个时间你和她去呗。"

江柳依点了点头,说:"等你过完生日,我打算先回家一趟。"

赵月白点头,担忧地问:"你和父母和解了?"

江柳依一笑,有些无奈地摇头:"还是老样子。"

从当初要学钢琴开始,她父母就没有支持过她的任何决定,不惜把她赶出江家,以为她会服软,没想到她就这么熬过来了。现在熬出头了,她和父母的关系也没有缓和。

赵月白知道她是想到那段时间的事情了,于是说:"也没事,你现在事业有成,就做自己想做的事情,挺好的。"

江柳依脸色阴沉。赵月白看着难受,她说:"先别想了,说点开心的。"她说完看向茶几,看到一个礼物袋子,问,"这什么?"

江柳依说:"宋羡买的。"

赵月白已经手快地拿过来了,抬起眼睛看江柳依:"是什么?送你的礼物?"

江柳依也不知道,先前还以为是宋羡逛街买的小礼品,突然听到赵月白说是送她的礼物,江柳依也不禁有些好奇。

"看看?"赵月白笑了,"估计是你朋友想给你的惊喜。"

江柳依打开了袋子,看到里面是个红色的盒子,方方正正的。她又打开盒子,里面装着手链,带转运珠的那种。赵月白调侃:"哎呀,还挺好看的。"

江柳依清清嗓子:"她本来就用心。"

赵月白说:"还有字呢。"

她瞅了瞅，"宋？"赵月白转头问，"你那个是什么？"

江柳依看到转运珠上面刻着"江"字。

赵月白"啧啧啧"了几声，她说："戴起来吧！你说，是不是老天觉得你以前日子过得太苦了，送个这么好的朋友给你啊？"

江柳依压根儿没听到她在说什么，而是低着头戴上手链。还不错，大小合适。转运珠凉凉的，贴在她温热的肌肤上，窗外的光跃在上面，一闪一闪的。

她戴好之后给宋羡拍了张照片发过去。还没等到回信，一个电话就打过来了，她还以为是宋羡，看到来电显示的名字，愣了一下，然后才接起。

林秋水被余彩折磨得烦躁，实在受不了才给江柳依打电话。她先例行问了两句寻常话，末了话锋一转："柳依，其实我打电话来是有件事想问问你。"

江柳依沉默了几秒，问："什么事？"

林秋水不知道为什么有些紧张，她说："是关于你之前接受专访的事情，这边也有个邀请……"

她说得很慢，江柳依冷淡地问她："谁？"

林秋水握紧了手机："余彩。"

江柳依想都没想，果断地说："不去。"

林秋水还想再说话，电话"啪"的一声，挂断了。

宋羡拍摄结束之后等模特选片，何小英坐在她的身边："晚上请你吃饭。"

她转头问："为什么？"

何小英说："谢谢你和江老师啊，我不是发奖金了吗。"

宋羡也收到了奖金，不过她没何小英那么多。中午何小英已经请大家喝过奶茶了，她惦记宋羡和江柳依的人情，想着也请她们吃顿饭。

宋羡想了一会儿："我要先问问她。"

江柳依看了一下午的旅游地，眼睛都要看花了，最后和赵月白选了几个地方。

赵月白刚被家里人叫走，江柳依就接到了宋羡的电话。

宋羡问："晚上有空吗？"

江柳依点头："有啊。"

宋羡说："那晚上我们在外面吃饭，地点我等会儿发给你。"

江柳依淡淡地笑了："好。"

挂了电话后，她回房间找衣服，最后选了一套奶白色的休闲服。棉质的衣服贴在肌肤上，柔软舒适。她换好衣服之后还坐在镜子面前，化了个很完美的妆。

除了上台，她平时都是淡妆，今晚却精致无比，好像等会儿就要上台演奏似的。江柳依看了好几眼，很满意。

她走到客厅准备拎着包出去，伸手时看到手腕上的红绳，末了将茶几上的盒子放进包里，去了饭店。

宋羡到了之后没见到江柳依，怕她找不到包厢，干脆站在门口等她。何小英先进去点菜，原本还想叫同事们的，结果等他们回社里，大部分同事都下班了。

江柳依远远地看到宋羡站在门口，她打开出租车门就快步走过去，喊道："宋羡。"

宋羡转过头。江柳依身材高挑，长发披散，虽然身穿休闲服，但她妆容精致，让人眼前一亮。好几个人频频地看向她们这里。

两个人都是大美女，很多路人都移不开目光。

宋羡说："进去吧，小英在里面等着。"

江柳依愣了愣："小英？"

宋羡点头："我同事，何小英。这次杂志销量很好，她请我们吃饭，表示感谢。"

江柳依跟在她的身后"哦"了一声。

两个人进去时何小英已经点好了菜，先前她们一起吃过饭，所以大概口味也知道，何小英点的是家常菜。江柳依刚进去就被招呼坐下，何小英江老师长江老师短地叫着。

江柳依笑了："不用这么客气。"

"那咱们喝什么？宋羡你开车了，要不我们今天不喝酒，喝点饮料可以吗？"

宋羡点头："可以。"

何小英又去找服务员点饮料，宋羡坐在江柳依的身边，刷了会儿手机，才看到江柳依给她发的消息。先前忙，她也没回复江柳依说的旅行的事情。一刷到底，看到江柳依发来的图片——那条手链。

宋羡用余光瞄向江柳依的右手，虽然被袖子挡住了一半，但很明显，她戴起来了。

宋羡放下手机，问江柳依："你下午说那个旅行目的地，是什么意思？"

江柳依蓦然想到赵月白的话。

江柳依说："没什么，最近太累了，想找个地方放松一下。"

话刚说完，何小英提着饮料进来了。她坐在两个人对面，边给她们倒饮料，边说："江老师你是不知道，宋羡把你拍得老好看了，而且这期杂志销量高,好多人想和我们《漫彤》合作。"

这次《漫彤》算是出了一次风头,从张素素被挖走,《漫彤》就处于劣势,没人想到他们还有后招,直到他们放出江柳依的消息,连业界都震动了。

还有不少人托《漫彤》的人,想和江柳依牵个线。袁红直接说,人家是看在朋友的面子上才接受的采访,牵不了线。然后没过半天,居然有其他杂志社的人试图挖宋羡,差点把袁红给气死。

宋羡当然没同意。

何小英倒好饮料递给江柳依。

江柳依看向何小英说:"销量好就行,我还怕你们销量不好呢。"

"怎么可能!"何小英咋呼,"江老师你是对自己多没有自信!你知道现在艺术界最受欢迎的是谁吗?除了你还有谁!上次的全球巡演,有多少人没抢到票!"

这可不是假话,虽然比江柳依优秀的人也有,但架不住江柳依不仅才华横溢,而且颜值高啊。现在始于颜值的人太多了,所以综合起来,江柳依当之无愧地最受欢迎!

何小英见江柳依不说话,还强调道:"就我闺密,我闺密是你的铁杆粉丝!天天睡觉都要盯着你的照片看,知道你接受采访,兴奋得几天没睡觉!杂志一出来她就买了一百多份!"

发现这段话有歧义,她赶紧解释:"就是欣赏,对艺术的欣赏。"

宋羡轻轻地笑了,江柳依的心情也愉快起来。她说:"那谢谢何小姐,谢谢你闺密。"

"别……别客气。"何小英脸红成了关公,她忙岔开话题,"菜怎么还没来?我去看看。"

她刚想离开,包厢门被打开了,服务员端着菜进来。菜是从江柳依这侧上的,她避开服务员,往宋羡身边靠了靠。

服务员捧着空托盘出去,何小英主动端起杯子:"吃吧吃吧。"

宋羡坐直身体,江柳依端起杯子和何小英碰杯。

何小英看到她手腕上的红绳觉得眼熟,随后想到是袁红送的。看来江柳依很满意这个礼物,何小英喜滋滋地发消息和袁红分享:"袁姐你送的礼物江老师戴上了!"

袁红看到消息后立马乐了:"真的啊?"

何小英说:"真的真的,我今晚约了江老师和宋羡吃饭看到的。"

送人礼物,看到别人珍惜,没人会不高兴。袁红自认和江柳依不是一个世界的人,没想到她居然戴自己送的礼物,哪怕只是一晚上,也足够了。

她给何小英发信息:"好好招呼江老师,招呼得不好扣你奖金。"

何小英看到这句玩笑话立马回复:"收到!"

一晚上的时间,她非常周到,添茶倒水,嘘寒问暖。江柳依都有些招架不住了,还是宋羡说:"好了,我们吃好了,该回去了。"

何小英问:"这就回去啦?不过也挺好的,早点休息。"

宋羡点了点头,何小英说:"还有个礼物送给你们,谢谢你们这次帮忙救场。"

她从包里拿出来,递给宋羡,宋羡接过礼物,一脸平静地说:"谢谢。"

"别客气。"何小英冲她笑笑,"那我先走了,下周一见。"

从饭店出来后,宋羡去开车,江柳依打车过来的,跟在宋羡身后,上车后她坐在副驾驶座。随后宋羡将车倒出停车场,上了主干道。

车里有淡淡的香水味,从空调吹风口吹出来,暖气还要等一会儿,但香味率先蔓延。宋羡在等红绿灯时调低了风速,江柳依看到她的手腕说:"礼物我收到了。"

宋羡转头,昏黄的路灯照进车子里,江柳依的侧颜忽明忽暗,她问:"什么礼物?"

江柳依微抬起手:"这个。"

宋羡点头:"这个是挺好看的,主编的审美一向很好。"

江柳依有些诧异:"主编?"

宋羡开口:"嗯,这是主编送给我们的答谢礼物,你喜欢就好。"

原来不是宋羡买的。江柳依垂下眼睛,盯着手腕上的红绳看,倏而转头问:"那你喜欢吗?"

宋羡愣了一下:"我?我也挺喜欢的。"

江柳依说:"那你要不要戴上?"

宋羡转头,想了想,说:"都行。"

江柳依立马从包里拿出那个盒子。宋羡还是开车的姿势,两只手放在方向盘上,不过在等红绿灯,车没动。江柳依低着头凑上前,将红绳系在了宋羡的手腕上。

她低着头,系好红绳,冲宋羡一笑:"好了。"

对面有车停下,光刚好照进车里,江柳依笑容清晰,目光明亮。

宋羡"哦"了一声。

等红灯的时间过长,跳转到绿灯时宋羡都没反应过来,还是身后的车喇叭催促,她才踩油门往家里开去。

半路无话,她们本就不是很喜欢闲聊的人,尤其宋羡,她做事很专心,开车就认真开车,江柳依则一直看着车窗外面。

车窗外面的风景还是从前那样,霓虹灯闪烁,五彩斑斓,人来人往的街道,长长的车流。

放在包里的手机倏然振动,江柳依低下头看,是赵月白发来的抱怨:"烦死了,我不让家里人请钱申她们,他们非说以后还有合作,已经邀请了。"

"还有那群人?"

"对不起啊,柳依,要不明天你让你朋友不要过来了,免得生气。"

江柳依垂下眼睛,钱申算是她们之中家境最好的,父母比较有钱,姐姐是个明星,所以养成的性格很刁钻,但不可否认,她们以前的朋友圈子里,很多人都巴结她。

赵月白的家里人邀请钱申,江柳依一点都不意外,她还是会和宋羡一起去,堂堂正正地去。

知道赵月白难做,江柳依便回复她:"没关系,我会和宋羡说一声。"

赵月白有些歉疚:"对不起啊,如果早知道,我就不请你朋友了。"

江柳依转头,看见宋羡侧颜平静,眸子在路灯的折射下闪烁着微光。江柳依说:"宋羡,明天去赵月白家,她生日……"她犹豫了几秒,接着说,"那些朋友也去。"

宋羡不是很理解江柳依的意思,那些朋友不是赵月白的朋友吗?她们去不是很正常吗,为什么要告诉她?她想不明白。

江柳依说:"我知道你对她们的印象不好,如果你明天不想去,我也……"

原来是这样。

宋羡开口:"没关系。"

江柳依一顿:"没关系吗?"

宋羡说："当然没关系。"

江柳依说："那明天如果你听到她们的闲话，不要太在意。"

宋羡一本正经："为什么要在意？"

她是很认真地询问，没有任何阴阳怪气的意思，江柳依听到她这句话心里一动，是啊，为什么要在意？她们说她们的，她为什么要在意那些人的话和看法？

还是宋羡的想法成熟。

江柳依想通之后也不矛盾了，给赵月白回复："她说没关系，我们会准时到的。"

赵月白放下心来，那群朋友里，她也只和江柳依的联系比较勤。前两天余白联系她，想从她这里找突破口，结果她把两年前请余白回国的对话截图发给余白，那边沉默了。

做了什么事情，就承担什么后果。

她余白凭什么以为江柳依会原谅她？

还有那群拎不清的朋友，要不是家里人邀请了，她一个都不想请。可这是她必不可少的交际。

赵月白内心复杂，她端起面前的红酒，一饮而尽，最后给江柳依发信息："明天见。"

江柳依没回复，关掉手机屏幕时刚好到家。宋羡先去洗澡，出来时江柳依从琴房走出来，手上拿了一个长方形的盒子，宋羡走过去，皱着眉头问："这是什么？"

"手模。"江柳依说，"再有两个月就是春节，电视台那边想让我去演奏。公司给我寄的手模，用来量尺寸，好定做首饰。"

宋羡不是很感兴趣，反而是江柳依偏头看她，见她想走，喊道：

"宋羡，你过来压住这里。"

宋羡睨了她一眼，却还是听话地走过去，压在模型上。顿时，模型另一边冒出手掌和手指，清晰可见。她突然想到上学那会儿和同学去外面玩，也玩过类似的游戏，不过那时候她们是用身体，非常解压的娱乐。

江柳依把宋羡压好的那个模型放在一侧，准备改天去量尺寸，给宋羡买个礼物。

她收拾好自己那份手模，放进琴房里。宋羡坐在沙发上看电视，看着她进进出出的。她的目光落在房间里，突然想到那次给江柳依打电话听到的音符。

调子宛转悠扬，能让人感觉到平静。她看久了，目光一时没收回来，江柳依出来时见她看向里面，便开口问："怎么了？"

宋羡回过神来。江柳依说："是不是想听我弹曲子？"

说起来宋羡还从来没有要求她弹奏过。宋羡问："可以吗？"

江柳依点头："可以啊，你想听什么？"

"就上次那首吧。"宋羡说，"我给你打电话请你帮忙预热转发的时候，你弹的那首。"

江柳依回忆了一下，立马想到，说："你想听那个啊，那个是圆……"

宋羡点头说："圆舞曲，我知道。"

江柳依微诧，虽然圆舞曲很有名，但一般人也不会辨别出是圆舞曲，她问："你也喜欢弹琴？"

宋羡回复她："以前有个长辈是弹琴的，听过一些。"

江柳依点了点头，走进琴房里，然后转头说："进来。"

宋羡走了进去。

为了不扰民，她弹琴总是关上房门。房间也经过了隔音处理，所以声音只在房间里回荡。

柔和的音符从江柳依的指尖溢出，她的落指速度娴熟自然，有一种飘逸的美感。宋羡站在一侧认真地听着，似乎陷入曲子里。

周遭只有音符在跳动，江柳依弹到一半看向宋羡，见她半倚在琴架旁，垂着眼睛，不知道在想什么。

这一刻的宋羡，好像沉浸在一个单独的世界里。

江柳依忍不住喊道："宋羡。"

宋羡转过头，对上江柳依的目光，"嗯"了一声，疑惑地看向江柳依。

江柳依问："好听吗？"

宋羡淡淡地笑了："好听。"

这人一向实话实说，还行就是还行，一般就是一般，那好听，也就是真好听。

江柳依满足地笑笑，指尖游走得更快了。圆舞曲结束后，她又给宋羡弹了一首差不多调子的曲子，宋羡就一直静静地站在旁边听着，没再说话。

曲子结束的时候，宋羡都没反应过来。江柳依不由得笑了，这么好听吗？都入神了。

她喊道："宋羡。"

宋羡转头，看到江柳依已经起身了，她也直起身。江柳依说："你想听明天再弹。"

反正她每天都有练习。

宋羡"哦"了一声，没说什么，江柳依和她一起离开了琴房。

出去后，江柳依拎着浴巾去洗澡，随后响起唰唰的水声。

次日，江柳依被闹钟吵醒，她率先起床，洗漱后做了早餐。她会做的也不多，而且冰箱里的食材不多，所以依旧是荷包蛋、加热的面包，还有一杯温牛奶。刚收拾好，正想去叫宋羡起床，就看到房门被打开，宋羡已经从里面走出来了。

她看到餐桌上的早饭一顿，看向江柳依。

江柳依笑了："早。"

宋羡点头："早。"

她进卫生间洗漱，刷牙时听到门外的动静，想到最近江柳依好勤快，不仅家务做得多，还每天做早餐，她也要勤快一点。

宋羡洗漱好出去，坐在江柳依的对面，低下头喝牛奶的时候，听到江柳依喊道："宋羡。"

宋羡喝牛奶的动作一顿，抬起眼睛看江柳依，听到她说："你和你父母，关系好吗？"

宋羡说："还行。"

她比较独立，从幼儿园开始就上半封闭式学校，初中就只有周末回家，高中她就出国发展了。和家人的关系谈不上热络，但也没有矛盾。

江柳依说："我还挺想去你家玩的。"她很好奇别人和父母相处是什么样子，毕竟她的原生家庭不是很和谐。

宋羡说："他们现在不在国内，要吃饭的话，可以等他们回国。"

江柳依点头，挺好的，等她把家里这边的事情处理好，就可以去拜访了。

可吃着吃着她觉得有哪里不对劲。如果宋羡和家人没什么矛盾，为什么她家里人都不怎么联系她？不关心她的近况吗？

江柳依抬起眸子，放下杯子说："宋羡，你父母知道你在这个城市工作吗？"

宋羡不明所以，还是平静地说："当然知道。"

江柳依"哦"了一声，有点好奇为人父母到底会怎么看待子女的工作。

她皱起眉头，又问："他们是怎么看待你的工作的？"

宋羡想了一会儿："他们说，我自己决定就好。"

江柳依："……"真好。

江柳依没话了。早饭吃过后她要练一会儿琴，原本想让宋羡进来听曲子，出了客厅就看到她抱着电脑，江柳依问："工作？"

宋羡转头说："还有两张图要修一下。"

江柳依说："那我进去了。"

宋羡看她走进琴房里，目光平静。

午宴十一点半开始，赵月白十点半就给江柳依发消息让她别忘了。江柳依换好衣服偏头看宋羡，见她穿着深蓝色的无袖款礼服，轻盈灵动，真如深海里安静的鱼。宋羡换好衣服后上了淡妆，见江柳依没动作，她问："你不化妆吗？"

江柳依说："你帮我吧。"

她还记得上次拍照，宋羡帮她化妆，动作快，手巧，最重要的是，给她上妆的时候特别认真。

宋羡也没多想，就用梳妆台上的化妆品给江柳依上妆。窗外有光溢进，落在江柳依的侧脸上，照得她的轮廓分外清明。江柳依闭上眼睛，仰起头，宋羡垂下眼睛忙碌着。

两个人到赵家时，赵家已经来了很多人。远远地看到赵月白在招呼别人，江柳依带宋羡走过去，她们送上礼物。

赵月白很高兴地收下了，她对宋羡说："你今天就好好地跟着柳依，我等会儿也来找你们玩。"

宋羡点头说："好。"

她优雅大方，配着她穿的一身礼服，刚进来就吸引了不少视线。很多人都不认识她，纷纷窃窃私语地打听她是谁。有几个认识她的就私下小声地给其他人"科普"。

"江柳依的朋友吗？怪好看的。"

"我之前听说她和余白长得相似呢。没地方像啊，比余白可好看多了。"

"余白？我听到一笑话，是余白她妹妹，闹人家公司去，还是江柳依站出来替她朋友撑腰。就杂志采访那事。你们不知道吗？说起来，余白是真够不要脸的，落井下石，这么多年了，还好意思让江柳依原谅她。"

余白刚好走过去，听到这些话死死地攥着手。钱申说："别听她们瞎说，一群阴阳怪气的人。"

今天赵月白生日，来了很多朋友，有圈子里的，也有圈子外的，还有以前的同学。有好几个人以前暗恋过江柳依，所以现在都向着她说话。

余白深呼吸，尽量压下自己的脾气。

钱申睨了一眼不远处的两人，计上心来。她拉了几个朋友寻找地方坐下，眼神示意其中一个，那人拿出纸牌。钱申说："玩两把？"

她说完让朋友去拿几瓶烈性酒放在桌子上，倒了满满几杯。一说到玩游戏，其他人都好奇，纷纷围过来。钱申对面坐着一个男人，二十五六岁，抽了两把，都输了，仰起头就是一杯酒，随后昏昏沉沉地离开了。

林秋水到的时候就看到很多人围在一起。钱申对面没人了,她站起来喊道:"柳依!"

江柳依转头,看到昔日的几个好朋友都站在钱申身边,钱申正在冲她招手:"柳依,这里!"

她皱起眉头,其中一个朋友已经走过来了,笑着对她说:"这就是宋羡吧?"

江柳依点头给两人介绍,她朋友说:"走,要不要去玩一会儿?"

宋羡神色平静:"玩什么?"

江柳依朋友笑着说:"玩纸牌。"

说话间宋羡已经被那些朋友带到桌子旁边了,江柳依只好跟着。好些年轻人围在一起,有她们以前的同学、朋友,还有很多圈子里的人。她们看到江柳依过来,纷纷和她打招呼,夸她和宋羡真好看。江柳依回应后,听到宋羡问:"她们在玩什么?"

"纸牌。"江柳依解释,"比大小。"

简单来说,就是一副牌,庄家抽两张,对面的人从庄家手里抽牌,抽到大的就算赢,小的就算输,很简单的规则。

宋羡会意,点了点头。

又是一轮结束,钱申将目光放在江柳依的身上,笑着问她:"来玩两把?"

其他人看过来,闹着说:"玩两把!"

都是些瞎起哄的,江柳依被架着,林秋水也走了过来,不过被挤在后面。众人把中间的位置让出来,江柳依就被推到那个位置。她还没坐下,钱申说:"就玩两把,谁输了喝一杯,怎么样?"

不痛不痒的惩罚。

江柳依坐下，钱申说："你做庄家吧，我抽牌。"

她说着把一副牌交给江柳依，江柳依刚想接过来，身边传来平静的声音，宋羡问："我能玩吗？"

江柳依转头，宋羡看向钱申，又问了一遍："我可以玩吗？"

钱申一愣，随后反应过来，她乐了，咬牙笑道："当然可以。"

等会儿喝不死你！

这可是烈性酒，酒量再好的人也撑不过两杯，看你等会儿喝醉怎么丢人！

钱申在心底打着如意算盘，看到江柳依问："你真的要玩？"

宋羡说："想试试。"

围过来的人更多了，这些有和钱申熟的，都知道钱申在玩纸牌上很少输。大家瞪大了眼睛，都想看看等会儿宋羡输了怎么办。大家的好奇心被吊起。

江柳依起身，让开位置。宋羡坐下，她对钱申说："我不太会玩，你做庄家，我抽牌。"

钱申皱了皱眉头。

原本让江柳依做庄家，她百分之百赢，现在换她做庄家，万一给宋羡误打误撞，抽中大的，那她可就输了。可现在这么多双眼睛看着，她只好咬牙答应："行。"

钱申把牌拿回来，洗了牌，迅速地从里面抽了两张。她看了一眼牌花，红桃10和黑桃8，她将两张牌放在桌上，对宋羡说："抽吧。"

宋羡低下头，目光平静，迅速地抽了其中一张牌。钱申翻过另一张，黑桃8，那宋羡抽的就是红桃10。

运气真好。钱申在其他人的哄闹中端起一杯酒,仰起头喝掉。

第二轮,方块 3 和红桃 7,宋羡抽了红桃 7。

钱申又喝了一杯。

她仍不死心,说:"再来!"

第三轮,梅花 2 和红桃 3,宋羡抽了红桃 3。

第四轮,方块 5 对上红桃 8,宋羡抽了红桃 8。

第五轮……

钱申仰起头喝下手中那杯烈酒。宋羡定定地看着她,声音平静地问:"还来吗?"

明明是很好听的声音,此刻却听来像是催命符。钱申的胃抽跳了一下,她没忍住,捂着嘴猛地冲进卫生间,背影狼狈。

赵月白听说这件事,端着酒走过来,靠近江柳依,说:"你朋友挺厉害的啊。"

江柳依抿着嘴唇笑笑,转头,看到宋羡从卫生间出来。她身边跟着好几个女人,都在夸她刚刚玩游戏特别厉害。

谁不知道钱申玩纸牌是强项,没想到遇到宋羡,她一局没赢,太厉害了。

宋羡和她们点了点头,没多说什么,很快走到江柳依身边。江柳依给她端了一杯饮料,赵月白问:"宋羡,你会看牌?"

她笑笑说:"不会。"

"不可能!"赵月白说,"你肯定会,要不你怎么把把赢?"

宋羡说:"她那个是道具牌。"

但也不纯粹是道具牌,有改动过,不明显。术业有专攻,玩过的才懂分辨,寻常人完全看不出来。

宋羡解释："以前上大学，和朋友一起玩过，懂一点。"

赵月白咋舌："你这是懂一点吗？"

她拍了拍江柳依的肩膀："我发现她是个宝啊，真不错。"

江柳依对宋羡说："要不要去坐会儿？"

午饭是自助式的，饿了就可以去吃。整个一楼有好几个娱乐场所，有人刚刚在玩纸牌，还有三五人坐在一起聊股票。赵家的关系比较杂，所以和各种朋友都有交集。

赵月白说："别坐这里了，去花园逛逛。"

她家后花园是她妈打理的，风景还不错，平时朋友过来都爱待在那里。赵月白说："我带你们去。"

江柳依淡淡地笑了，转头对宋羡说："走吧。"

宋羡自然无所谓，她跟在江柳依的身后出了客厅。

在两个人背后没多远的余白此时攥紧了手，身侧有人闲聊："江柳依的朋友看起来很不错，蛮聪明的。"

"哎呀，你以前是不是还给江柳依写过情书？"

"这有啥，都多少年前的事情了，再说我的评价很客观啊。"

谁不喜欢又漂亮又厉害的人？

她们夸赞的话传进余白的耳朵里，她只觉得分外刺耳。

余白背靠在墙上，钱申吐完了出来看到她颓然的样子，皱起眉头："怎么了？"

随后钱申看到不远处的几个同学，她翻白眼说："又是那几个人嘴碎？我和你说，余白，你就别听，那些人纯粹嫉妒你！"

钱申吐完也没觉得舒服，心头依旧攒着的一团火烧得正旺，她问："江柳依她们呢？"

"后院。"

余白没打算过去,钱申已经拽着她走了,两个人在路上碰到林秋水,林秋水给钱申端来一杯茶,递给她:"没事吧?"

"怎么可能没事?"钱申郁闷地说,"刚刚胃都要吐出来了!难受死我了!"

她越想越气,不能就这么让宋羡快活,她也要给她找点不痛快。林秋水看她放下杯子,问:"去哪儿?"

"去找江柳依。"

林秋水拽住她:"不准去!"

钱申转过头:"什么意思?"

林秋水看了一眼余白,声音柔软下来,劝她们:"我看宋羡也没得罪你们,你就别去添乱了。"

"添乱?"钱申看着她直摇头,"秋水,你几个意思?当初不是你在群里劝余白早点回来。宋羡像余白,也是你说的吧?"

林秋水皱起眉头:"那时候我不知道——"

"不知道什么?"钱申质问道。林秋水看着余白,哑口无言。

她那时候真不知道江柳依不会原谅余白。

钱申没耐心听了,她甩开林秋水的手:"余白是我最好的闺密,我不会让她受委屈。你林秋水帮她也好,不帮就别掺和!"

林秋水站在原地,看着钱申拽着余白离开了,她不放心,也跟了上去。

她们远远地就看到花园里站了不少人,好些年轻人站在宋羡和江柳依的身边,有人夸道:"江柳依,你朋友刚刚运气真不错。"

江柳依低下头笑了:"她运气一向很好。"

"那肯定啊。"那人身边的人用手臂捣她,"不好能和江柳依成为朋友吗?你是叫宋羡?"

宋羡点头，目光平静。那些人七嘴八舌的："我们和江柳依是老同学，以后一起出来吃饭啊？"

她淡淡地笑了："好。"

她一点儿不端着架子，随性温和，眼底平静如水，看着就让人十分舒服。

正闲聊着，人群中走出来一个人，赵月白远远地看到那个人，立马挥手："姐！"

她高兴得找不着北："姐！你什么时候回来的？不是说不回国吗？"

赵月明走过去，笑着说："演出有点问题，没开，我就回国了。"

赵月白的家庭关系简单，父母从商，她姐学的钢琴，虽然比不上江柳依，但她也经常受邀到国外去演出。赵月白生日前，她受老师嘱托，去赶一场演出，结果出了点问题，就顺势回国了。

平常两姐妹关系好得不行，赵月明要去参加演出，不能来参加生日会，赵月白还生气呢。知道是姐姐的国外老师相托才放人，现在看姐姐回来她真是太高兴了。

其他朋友也乐道："哎，月明姐，上次听你弹琴都是好久以前的事情了。今儿月白生日，弹一曲？"

赵月明笑着答应："可以。"

她说着走到花园里的琴房，没一会儿，里面站了好多人，都是赵月白的朋友和同学，大家年纪相仿，年轻有朝气。赵月明说："弹一首《生日快乐歌》吧，大家一起祝福月白。"

"没问题！"众人回应，声音挺大。

宋羡和江柳依站在人群里，赵月明眼尖地看到了，招手打招呼："柳依！"

人群中让开一条路,江柳依走过去,笑着说:"月明姐。"

她又给宋羡介绍,赵月明冲宋羡笑了笑,算是打过招呼。

江柳依跟她说完话就想走,赵月明拉住她,说:"别想跑,来和我合作。"

她无奈地看向宋羡,宋羡笑笑。江柳依只好坐在赵月明的身边,国内两大钢琴师坐在一起,众人都兴奋了,《生日快乐歌》唱得激昂无比。宋羡站在人群中,静静地听着。

钱申和余白到花园的时候就听到她们在唱生日歌,两个人没进去。

一首歌结束,众人闹着再来一首,两个人即兴弹奏了难度最高的一首曲子,配合得非常好。结束后,赵月明转头说:"还记得你以前没买钢琴,天天过来要我教你,现在你都成前辈了。"

江柳依松开手,说:"月明姐又在说笑了。"

她说话间不自觉地用余光瞄向宋羡,看到她站在身后不远处,便冲她喊道:"宋羡。"

宋羡走过去,听到她们在闲聊。

赵月白说:"柳依,还记得你的第一架钢琴吗?就是我姐的。"

那时候江柳依买不起钢琴,用的还是赵月明换下来的,后来大学才换新的钢琴。她点头说:"记得,说起来还要谢谢月明姐。"

不是她们,恐怕她也不可能坚持弹钢琴。

赵月明笑着合上琴盖,她说:"别客气,不过这次我见到老师,想从他手上买琴,没成功,抱歉。"

这钢琴是江柳依托赵月明买的,其实她也没抱什么希望。一位朋友听到她们这么说,诧异道:"什么钢琴啊?还有柳依买不到的?"

"还能有什么？"钱申站出来，嗓音尖细，"不就是刚刚江柳依弹的这款？"

众人低下头看，不懂行的人看不出什么区别。

钱申说："这款可是……"

"是我老师艾伦老前辈的 A2 系列，限量款，这款钢琴全世界不到五十架，全是珍藏品。老师那里还有几架，原本柳依的生日快到了，我想买一架送给柳依。"赵月明轻声解释。

众人听到这里才算明白，虽然不懂钢琴，但"限量""珍藏"，她们还是懂的。其中一个人说："我想起来了，A2 系列现在是有价无市，有阵子我还特别关注过。"

赵月明点头。

江柳依虽然惋惜，也没多说，倒是宋羡站在她的身边，低下头问："你喜欢这款？"

她的声音平平静静的，却极具穿透力，让在场的人听得很清楚。

四周寂寂，钱申嗤笑："怎么？江柳依都买不到，你还能买得到？"

宋羡却看都没看她一眼，只是问江柳依："你喜欢这款吗？"

江柳依定定地看着她，点头说："挺喜欢的。"

要不也不会特意让赵月明帮忙问。

宋羡说："知道了，那你生日我送你这款。"

在场的人无不倒抽冷气，钱申刚想说话就被余白拉住了。江柳依愣了愣，好半天没反应过来，还是赵月明打破了僵硬的气氛，说："好啊，我也可以帮忙和老师说一声。"

"不用。"宋羡的嗓音依旧淡淡的，很有安抚人心的效果，说完，她从包里拿出手机低着头发消息。没一会儿她对江柳依说："好了。"

在场没人回过神来，但突然有人低下头看手机，抬起头错愕地说："艾伦老师发朋友圈了。"

赵月明立马从包里拿出手机，也不知道为什么，心跳突然快了很多。在众人诧异的眼神里，她看到艾伦老师的朋友圈写着："孩子大了，都会给朋友要生日礼物了。还能怎么办，送！"

配图正是 A2 系列，江柳依刚刚弹的这一款钢琴。

第五章

山水画

宋羡被江柳依拉进房间里,阻隔了外面的一切声音。原本还有人质疑宋羡到底是不是在说谎,钱申也想等江柳依生日那天看笑话呢,没想到宋羡给了她们一个惊天大雷!

她居然认识艾伦老师!

在场的很多都是圈内人,不少人都有艾伦的工作号。艾伦拥有全国最大的琴行,生意早就做到国外了,同时他还是非常优秀的钢琴家,不过现在年纪大了,很少教学。赵月明是他带的最后一届学生,也属于他学生里年纪最小的那一批。

同学群里,她的人缘不错。现在大家被艾伦老师的朋友圈消息惊得猝不及防,随后就看到群里有人问:"什么情况?老师说的什么意思?送给家里人吗?"

"不太懂,不是说 A2 系列不外送吗?"

其中一个师哥说话了:"你们不知道艾伦老师有个侄女吗?老师之前答应过她,等她想要的时候会送她 A2 系列。"

赵月明皱起眉头,立刻给老师打电话,问他的侄女是不是叫宋羡。

艾伦老师回复她:"是啊,你认识羡羡?"

赵月明心下了然,和老师又说了两句。在场人多,她匆匆地挂了电话,其他人只能巴巴地看着她,小声地问:"真的假的?"

"真的。"赵月明说,"宋羡是艾伦老师的侄女。"

在场的人无不大跌眼镜,心里对宋羡的态度陡然就不一样了。

钱申不可置信地摇头:"不可能!"

如果真是那样,为什么还待在一个小杂志社里?这太荒唐了!

赵月白突然想到第一次见面,宋羡看她们的眼神,没什么波澜,就和看普通人一样。那样的家世出来的女孩子,恐怕她们在她眼里,真就是普通人吧?

钱申和林秋水还说宋羡融不进江柳依的圈子,现在打脸了吧?

她们估计得气死了。

随后她想,气死才好呢,平时一个个孔雀似的,高傲得不行。现在真金对白银,知道宋羡来自什么样的家庭了,看她们还有什么可瞧不起宋羡的?

赵月明看了一眼身边的人群,问妹妹:"柳依呢?"

赵月白回复她:"去房间了。"

众人看向房间。

房间里,宋羡和江柳依面对面站着,江柳依问:"你认识艾伦?"

宋羡点头,神色平静地说:"他是我大伯。"

江柳依的呼吸一窒，她抿抿嘴唇问："亲的？"

宋羡"嗯"了一声。

江柳依说："你怎么从来没说过？"

随后她想到自己也没怎么说过家里的情况。倒不是责怪宋羡，只是心里堵着一口气，闷闷的，这一刻的宋羡于她，突然添了不真实的感觉。

宋羡也皱起了眉头。

江柳依原本还想问问她家里其他人，随后想到艾伦，都不用问宋羡，只要上网搜索一下艾伦，就能知道她的家庭情况了。

早在宋羡说自己家在江城时，她就应该多问两句的。

宋羡问："你在生气吗？"

江柳依摇头："没有。"

宋羡说："我以为你会高兴。"

生日礼物她送江柳依最喜欢的钢琴，她还以为江柳依会很高兴。

江柳依听她这么说也不知道该作何表情，只好伸出手拉宋羡过来说："嗯，我是很高兴。"

江柳依的脑子乱糟糟的，她还是决定等冷静下来再和宋羡谈谈，而且现在是赵月白的生日宴，她们离开太久也不好。她带宋羡出去，外面的人看宋羡的眼神陡然就不同了。

在场的人还是有不少人听过艾伦的，虽然没见过面，但名字不陌生。艾伦是老艺术家、钢琴家，有全国最大的琴行，可以说，关于钢琴产业的一切都或多或少和他有点关系。

赵月白看到她们出来立马走过去，她姐也跟在身边。赵月明说："没想到，你就是老师的侄女。"

赵月明其实也听说过老师家里的情况，但万万没想到，他的侄女居然是宋羡。

宋羡点头，冲她们笑笑。周边的人蠢蠢欲动，都想来套近乎，他们中多半的人都是为了人际关系才来的。现在眼前有个现成的关系，大家都想来攀附。

赵月明说："今天来的还有两个也是老师的学生，要不要介绍给你认识？"

宋羡没意见。

江柳依被赵月白拽到一边，她咋呼地说："你别和我说，你不知道这事？乖乖啊，之前说到江城我怎么没想到呢？"

何止是她没想到，连江柳依都没想到。江柳依现在脑子有点乱，赵月白说什么她像是听进去了，又好像没听进去。赵月白拍她的肩膀："柳依？"

她回过神来，看向赵月白，看到她端着一杯饮料递给自己："是不是你朋友家里的事，你也不知道？"

江柳依摇摇头，喝完放下杯子说："我去下洗手间，你帮我照顾下我朋友。"

赵月白挥手说："去吧。"

江柳依离开之后，赵月白看向宋羡，她还被她姐和其他朋友包围着。她也没过去，就坐在一边，有同学上来问："哎，宋羡真的是艾伦侄女？"

她说："当然了，人家是真的千金，比某些天天翘着尾巴的人好多了。"

钱申听到这话咬着牙，想上前和赵月白理论，却被余白拉住手腕。余白拉着她直接走到花园角落。马上就到晚饭时间了，花园里没什么人了。钱申说："你别拉着我！赵月白她什么意思？搞笑呢，宋羡是艾伦的侄女，和她有什么关系？说给谁听呢？"

余白也没想到宋羡居然是艾伦的侄女，她当然听过艾伦的名字，她们这个圈子，谁没有听过？赵月明当初做了艾伦的学生，不知道有多少人心生羡慕，谁能想到呢？

钱申的眼睛一眯，她看向余白，说："不过我看这宋羡，在家里也没多受宠。"

余白转头看着她："为什么？"

"你傻啊！"钱申说，"如果宋羡真的受宠，那她会窝在一个小杂志社里？家里人能同意？有钱人的家里规矩最多，说不定她就是被赶出来的呢。"

余白听懂了，只是还颓着一张脸，精神不振。今天刚来这里，原本她就是焦点，很多人都来和她打听白烨的事情，可一切在宋羡和江柳依进来之后就不一样了，她被人遗忘在了角落。

她越想越难受，从小到大，她何时不是被捧在手心的公主？什么时候受过这等委屈？

余白难受得眼睛红了一圈，钱申搂着她的肩膀："别想那么多了，等你的画展开了，她们就知道谁是最厉害的了。"

余白"嗯"了一声，没再说话。

钱申接到一个电话，她走到花园门口的安静处接听，刚好和江柳依擦身而过。她想开口，但还是忍住了没说话，就那么看着江柳依往里面走。

她应该可以看到余白吧？

江柳依不是来找余白的，她从卫生间里出来没看到宋羡，问赵月明才知道宋羡来琴房这边了。刚走到门口，就看到钱申，联想到钱申最喜欢胡说八道，她的脚步略微快了一些，还没到琴房就听到了熟悉的声音。

"谁？"余白问。

她看向身后，宋羡从琴房里走出来，余白看到她愣住了，下意识地坐直身体。她倏地想到刚刚和钱申的谈话，试探地问："宋羡？你什么时候在的？"

宋羡只是觉得有点吵，来这里清静一下，没想到碰到了余白和钱申，两个人还聊得十分投入，她就没出去，现在被问住，她说："你们聊天的时候。"

平静的话在余白听来却像是兴师问罪，余白脸色一白，她起身说："我和钱申的话，你都听到了？"

宋羡没说谎，点头说："听到了。"

余白的双手掐着掌心，眼圈更红了，她眨眨眼睛，眼睫毛上沾着泪珠，一副令人心疼的样子。她说："对不起，我不知道你在里面。"

宋羡说："没关系。"

她说完就想越过余白离开，没想到余白叫住了她："宋羡。"

宋羡转过头，余白说："既然你听到了，我也不瞒着你，我就是不想看到你站在柳依身边。"

不远处的江柳依听到这话抬起头，目光落在宋羡的脸上。

宋羡的表情没什么变化，只是"哦"了一声，听得余白心里发堵，她宁愿宋羡反击，而不是让她一拳打在棉花上，憋屈得很。

宋羡刚想走，又转过身，站在余白的对面，她说："不过我觉得你在撒谎。"

余白一愣："什么？"

宋羡目光平静地说:"我认为,你在撒谎,你根本就不是真的为江柳依着想。"

余白整个人都蒙了,她掐紧掌心,脸都涨红了,咬牙说:"你凭什么这么说?"

宋羡语气平淡地说:"因为玩游戏的时候,你明知道她会输,输了就要喝酒。那酒是烈性的,江柳依有过胃穿孔的情况,她不能喝烈性酒,而你却没有阻止。"

"我……"

宋羡的一双眼睛明明很平静,她只是在陈述事实,但余白却不敢直视。她全身绷紧,被宋羡的眼神压住了所有的话,连半个字都说不出来。

两个人没注意到,不远处的江柳依已经转身离开了。

宋羡回到客厅时,晚宴刚开始,赵月白的父母正端着酒杯和人打招呼。她站在门口,江柳依拉她站在自己身边,偏过头说:"回来了?"

"嗯。"宋羡淡淡地回复她,没说其他话。

江柳依没忍住,用余光瞄她的侧脸,宋羡目光微垂,神色安静。江柳依想到刚刚宋羡和余白的碰面,她回来后却一句话都没说。

如果是余白,回来第一件事就要找她抱怨,说她被人欺负了,阴阳怪气的。

但宋羡,这种情况她一次都没有。

和她的朋友吃饭,宋羡被奚落,甚至刚刚和余白打的那个照面,宋羡也什么都没有说。

宋羡好像更喜欢自己消化负面情绪。想到这里,江柳依垂下眼睛，突然伸出手拉住宋羡。站在她身侧的宋羡目光落下，皱起眉头看向江柳依，想问些什么，这时赵月白的父母走到她们这边。他们性格温和，每天都笑呵呵的，看着就非常和蔼。他们说："宋羡，艾伦老师的侄女，是吧？"

宋羡接过江柳依递来的杯子，和两位碰了杯，淡淡地开口："是我。"

"今天人多，招待不周，等周末让月白接你们来家里玩。"

宋羡笑笑，江柳依接过话题，和赵月白的父母聊了几句。很快，赵月白的父母去其他地方了，赵月白走到江柳依身边，说："一会儿聊。"

江柳依点头，带宋羡落座。这一桌有好几个江柳依的同学，其中一个问："哎，柳依，怎么不去钱申那桌啊？"

众人看过去，钱申和余白在一起，还有林秋水她们。江柳依以前也是那个圈子的，现在突然坐在这里有点突兀，说话那人被别人捣了一下手臂，身侧的人说："瞎说什么呢！别乱说话。"

说话的人立马察觉到不妥，对江柳依道歉。

江柳依没说什么，饭桌上安静下来。灯光闪烁，台上的司仪正在讲话，她们这圈人年年都会办生日宴，不仅是庆祝生日，也是为了维护人际关系。再过不久就是江柳依的生日，依照以前的惯例，她肯定也会办，但现在江柳依想问问宋羡的意见。

宋羡闻言转过头，轻声地重复问："生日宴？"

江柳依点头，问："你觉得要不要办？"

宋羡说："随便你啊。"

江柳依好奇地看着她，问："你以前办吗？"

"没有。"宋羡摇头，说，"我们家不办生日宴。"

她的目光沉静，江柳依起了想问到底的心思，她好奇道："那你父母呢？过生日会给你买生日蛋糕吗？"

宋羡想了一会儿，说："小时候会买。"

她十岁之后，他们就再也没有买过了。

江柳依继续问："你父母是不是很忙？"

宋羡说："还好。"

江柳依实在没办法从宋羡提供的信息里揣摩出她父母的喜好，只能猜到一点性格特征，宋羡应该和他们一样。

江柳依说："那我今年也不办了，我们一起出去玩，怎么样？"

宋羡转过头看向她："出去玩？"

江柳依点头："旅游，我们还没一起旅游过。"

宋羡明白了，她说："行，不过你要告诉我时间和地点，我要做工作交接。"

江柳依笑了："知道了。"

两个人你一言我一语，在旁人眼里就是说悄悄话。坐在她们对面的女人小声地对朋友说："看她们的关系还挺好的。"

她旁边的人看向另一桌，说："刚刚看到余白没？眼睛红红的，一看就是哭了，你说这人怎么能几年之间变化这么大呢？"

"人家那圈子，都把她当公主呢，受点委屈都不行。我听说有一次江柳依和她出去，迟到了一小会儿，她居然就去哭诉了。你说江柳依以前为什么和她交朋友啊？整个一火海！"

女人摇头说："这就叫旁观者清，当局者迷吧？而且你不知道，江柳依以前被赶出江家，就是余白那些朋友照顾她的。江柳依这人看着冷，其实挺好的，懂感恩，要不以她现在的身价，还能待在林秋水的公司？说梦话呢！"

"也是,不过现在她也不错!长得好看,事业也发展得好!"

晚宴正式开始,也没多少规矩,就是吃吃喝喝。有人来敬酒,江柳依都挡了,说她要开车,喝不了酒。还有很多人都是冲宋羡来的,江柳依担心宋羡会喝醉,于是转头问她的意见:"喝一点行吗?"

宋羡点头说:"可以。"

但几杯酒下肚,宋羡脸上就红了,不过眼神倒是很清亮。旁人不知道她喝醉后什么样子,还以为她没醉,端着杯子就敬过来了,宋羡也不端着了,捧杯就和人碰,江柳依想拦都拦不住。

赵月白从其他桌走过来,看到宋羡在喝酒,笑着说:"我也来一杯,说起来上次聚餐,我都没和宋羡喝上酒。"

宋羡安静地坐在江柳依的身边,听到赵月白的话,马上端起杯子,给自己倒酒。她认真且严谨,目光直直地看着杯子,完全没有喝醉的迹象。

江柳依劝她:"别喝了。"

赵月白转头说:"柳依你这就不对了,我敬宋羡呢,你挡什么酒?"

江柳依想说宋羡已经醉了,还没开口,宋羡已经和赵月白碰了杯,仰起头一口喝了下去。赵月白直接竖起大拇指:"爽快!"

为了避免宋羡真的喝多了不舒服,江柳依在宴会没结束时就带她走了。赵月白皱起眉头说:"等会儿还有娱乐活动呢。"

江柳依说:"我们就不参加了,宋羡喝了不少,我怕她一会儿身体不舒服。"

赵月白不相信:"真的假的?"

她完全没看出来宋羡有喝醉的迹象。宋羡依旧站得笔直，目光清明，不过脸上的红晕很重，也有酒气。赵月白问："宋羡醉了？"

宋羡抬起眼睛看她，摇摇头，平静地开口："没有。"

江柳依无奈地道："你去陪其他人吧，我们先走了。"

赵月白只好送人，刚送出去，林秋水后脚就跟过来，问："柳依呢？"

"走了啊。"赵月白说，"干吗？想找她回来让她向余白道歉？"

林秋水的脸色不是很好看，她憋着一口气："没有，我没这么想。"

"没这么想？"赵月白翻了个白眼，"你们那些人我还不清楚？哪个不是向着余白？"

如果是之前，赵月白肯定越说越气，今天却没有。她不仅不生气，还开心得很，谁让今天钱申那群人被宋羡打脸了呢？还是无形中狠狠地打脸。太爽了！

赵月白也没打算和林秋水多废话，直接绕过她往家里走。林秋水看了一眼大门口的方向，叹了口气。

车上，江柳依转过头看了一眼，见宋羡坐得端正，说："系好安全带。"

宋羡低下头，找到安全带，扣在另一边。江柳依看她这副平静的神色，忍不住问："宋羡，你喝醉了吗？"

果不其然，宋羡还是和之前一样，她转过头看江柳依，眼神清明地说："没有。"

昏黄的路灯照进车子里，宋羡一本正经的样子让江柳依觉得有点可爱。

行至半途，宋羡突然解开安全带要下车，江柳依慌忙停下，问她："怎么了？"

宋羡下车在路边站了一会儿，不知想到了什么，说："我想回家。"

江柳依点头说："那上车呀，回家了。"

宋羡说："哦。"又踉踉跄跄地坐了进来。

江柳依发动引擎，开车回家。

到家后她扶宋羡下车。到屋里后她蹲下身，替宋羡换好拖鞋，仰起头问："要不要洗澡？"

一身的酒味，依照宋羡的性格肯定要洗，但她现在喝醉了，也不知道能不能听懂。

宋羡只是静静的，江柳依不知道她在想什么，半分钟后，宋羡点头说："要洗澡。"

江柳依说："那我陪你。"

宋羡摇头说："不要。"

江柳依皱起眉头："你这样洗澡会摔倒的。"

宋羡倔强地说："那也不要。"

江柳依问："为什么？"

宋羡回复她："卫生间不能关灯。"

洗澡关灯干什么？江柳依蒙了，宋羡已经趁这时间拿着睡衣走进卫生间了，江柳依跟上去，门已被关上，她摸了摸鼻尖。

江柳依正想敲门，宋羡已经裹着浴巾出来了。

江柳依说："我带你回房间。"

宋羡"哦"了一声。回房间后江柳依帮她吹干头发。她发量多，头发又直又柔顺，如丝绸一般，看来宋羡平时对头发的保养还是挺用心的。江柳依扶着她上床。

宋羡躺下，又坐起来，说："你没关灯。"

江柳依觉得有点好笑，帮她把灯关了，突然听到门外手机铃声响起。

她不想理会，可手机一直在响，大半夜的也不知道是谁，江柳依皱起眉头去拿，看到来电显示愣了一下，没想到是她爸。

她坐在沙发上接起电话。

她爸张口就问："你那个朋友是谁？"

江柳依皱紧眉头："什么？"

"我问你那个新交的朋友是谁？"她爸的语气称不上和善，甚至还有点凶，"她是艾伦的侄女？"

消息传得还真快，不过传到她父母那边也不奇怪。江柳依缓了缓呼吸，走到阳台，冷风一吹，清醒了很多。她说："嗯，是。"

"你之前就知道？"

江柳依说："不知道。"

她爸停顿了几秒，不知道那边有什么动静，他好像是站在窗口，风呼呼地吹。她爸语气严肃地说："你明天回来一趟。"

江柳依说："知道了。"

本来她也准备明天和宋羡回家的。对于她爸这个电话，她并不意外，至于这个态度，那就更不奇怪了。从她离开江家，她父母就没有给过好脸色。他们曾经还想篡改她的高考志愿，江柳依不知道为什么她的父母这么反对她弹琴，现在江柳冰也学了画画，他们却全力支持。

赵月白经常说搞不懂她的父母，区别对待也得有个度。别说她了,江柳依自己也从来没有搞懂过。

江柳依挂断了电话,看到赵月白给她发的消息,说钱申喝多了,想在她家闹,被林秋水带走了,还说如果林秋水给她打电话也别接,肯定是钱申又作妖了。

林秋水倒是没给她打电话,上次聊完后,两个人就没再联系过。今天在赵家碰面时,两人也没说话。江柳依放下手机,转头看向房间,宋羡还在熟睡,房门没有完全关上,客厅的灯从缝隙里照进去,江柳依能看到宋羡熟睡的样子。

宋羡睡得很沉,她醉酒后不耍酒疯也不说胡话,但特别能睡,次日江柳依从琴房出来,她还没醒。中午她们要去她父母那里吃饭,肯定不能去太迟,所以江柳依去房间叫宋羡起来。

她走到床边,喊道:"宋羡!"

宋羡从被子里钻出头,昨晚梳理好的秀发现在有些微乱,碎发贴在她的双鬓,衬得她的肌肤更加白皙如玉。她睁开眼睛看向江柳依,皱起眉头问:"几点了?"

江柳依说:"九点半了。起来我给你做早饭。"

宋羡关于昨晚喝醉的记忆所剩无几。她以前没喝醉过,也不知道自己的酒量到底怎样,大概不多吧。还好喝醉之后不难受,也不头疼,没有做什么出格的事情。宋羡掀开被子下床。江柳依倒温水时就看到宋羡赤着脚走出来,她喊道:"宋羡。"

宋羡顿住了,抬起头看她。江柳依走进房间里拿出一双拖鞋,对她说:"穿上。"

宋羡穿好拖鞋进卫生间里洗漱,出来时江柳依正在厨房里忙活。她走过去,问:"在干什么?"

江柳依侧过身,宋羡看到厨房里多了一个新鲜的东西。

她皱起眉头:"电饭煲?"

江柳依点头。不仅是电饭煲,厨房里还添加了很多电器,只是她还不太会用,刚刚还在看使用说明。她看向宋羡:"你会用吗?"

这时宋羡也摇头:"不会。"

上学那会儿顾园园就爱折腾这些,她从没动过手,后来就更不需要自己动手了。江柳依虽然一直知道宋羡不做饭,但听到她说"不会"时还是觉得有趣。

宋羡正低着头,看电饭煲上的红色数字一闪一闪的,江柳依说:"那是保温时间。"

她打开电饭煲,里面煮的白粥,还蒸了小笼包、两个鸡蛋。江柳依把里面的小笼包用盘子装好,又把鸡蛋剥开,放在小笼包旁边,盛出两碗粥,最后从冰箱里拿出宋羡也不知道是什么时候买的咸菜。

准备好一切,她站在饭桌旁,对宋羡说:"来吃饭。"

宋羡看着她忙好这一切,觉得有些新奇。她走过去坐在江柳依对面,江柳依给她递了一双筷子。宋羡问:"为什么要做早饭?"

江柳依被她的问话呛了一下,咳了两声,抬起头看宋羡,说:"你不喜欢在家里吃早饭吗?"

宋羡想了一下,说:"不是。但是我不会做饭。"

江柳依说:"没关系,你不会就不做。"

宋羡说:"我可以不做吗?"

不是应该江柳依做一天,她做一天吗?

江柳依笑了:"当然,你不会就不做,我也不太会,准备这段时间闲下来学一点。我们有一个会就行了,只要你不嫌弃我手艺不好就行。"

她还是初学,做得未必好吃。

宋羡"哦"了一声，低下头喝米粥。第一次在家里吃不是外卖买来的米粥和小笼包，感觉还是有点不一样的。她抬起眼睛看江柳依，蹙着眉头继续吃早饭。

她们吃完后，江柳依收拾好碗筷，两人换好衣服后，就准备去江家。

半路上，她和宋羡买了些水果。

到江家后，江柳依爸爸打开门后一直盯着宋羡看，眼神十分复杂。江柳依皱起眉头，将宋羡拉到身后，喊了一声："爸。"

宋羡也跟着打招呼。

江山态度冷淡："进来。"

江柳依拎着水果带宋羡进去，江柳冰听到动静走出来，看到两个人后张口喊道："姐！"

随后她的目光落在宋羡的身上。

江柳依环视一圈，问："妈呢？"

"妈去买两个菜。"江柳冰说，"一会儿就回来了。"

江柳依把水果放在茶几上，拉宋羡到沙发边坐下。

江山坐在她们对面，对江柳冰说："去倒茶。"

江柳冰不高兴地应下，去厨房给两个人倒茶。昨天在赵家的事情她已经知道了，本来昨天她也应该去的，但昨天一个朋友订婚，她就没去，回来就被宋羡的消息炸蒙了。

宋羡居然是艾伦的侄女！

怎么可能啊？她当初搜宋羡的名字，可是啥都没查到！

可她也知道，那么多人在场，钱申、林秋水都在，宋羡如果说谎，肯定会被扒得干干净净。而且还有赵月明，赵月明就是艾伦老师的徒弟,所以这件事肯定是真的。

她还是想不通,宋羡真是艾伦的侄女,那她为什么这么低调?

现在搞得她很尴尬。

她原本是看不上宋羡的,现在——

江柳冰心情复杂,端着两杯茶走出去,放在宋羡和江柳依面前的茶几上。

门口传来动静,江柳依转过头,看到她妈走进来,手上拎着几个外卖盒子。她父母平时会做饭,鲜少吃外卖,江柳依还记得江柳冰以前点外卖时,她妈就会说不健康,不让她们吃。

可现在她带宋羡回家吃饭,她却点外卖。

江柳依心头郁郁的,脸色沉了下来,五官更显锋利,那双眼睛也陡然添了几分不高兴。黄水琴进屋后看到坐着的两个人,动作顿了一下,说:"来了。"

江柳依和宋羡同她打了招呼,黄水琴说:"我去热菜,马上准备吃饭。"

她说完进了厨房,江柳冰跟着进去,她看到黄水琴把菜倒在盘子里,奇怪地问:"妈,你为什么要出去买这些啊?家里不是还有菜吗?"

"你爸不让做。"黄水琴说,"去去去,出去。"

江柳冰笑道:"我在这儿帮你端菜啊。"

黄水琴转过头看她,那眼神比平时还凶。江柳冰捂住嘴巴,不知道说错了什么,还想问,黄水琴推开她:"出去,一天到晚待在家里,什么都不会做,碍手碍脚。"

江柳冰:"……"

她都不知道自己怎么就被嫌弃了,莫名其妙。

她皱着眉头出去，她姐和宋羡正在喝茶，她爸冷着一张脸。

江柳冰摇头走过去。

江山站起身，对江柳依说："你来一下。"

江柳依放下杯子，转过头看宋羡，轻声地说："先坐一会儿。"

宋羡目光平静，点了点头。

江柳依跟江山去了书房。

书房就在一楼，江柳依进去后关上了门。书房的摆设和从前一样，红木桌，红木椅，一排书柜，就和江山的性格一样，古板，老旧。

她进去后，江山说："坐吧。"

江柳依坐在书桌前的红木椅上，看向江山，说："爸，你找我什么事？"

江山沉默了一会儿，问："昨天你说，你刚知道宋羡是艾伦的侄女，是不是真的？"

江柳依点头："是昨天才知道的。"

江山的脸色缓和了一些。本来她们做朋友，做父母的不应该过问。但现在知道宋羡的身份，他就不能不管。

江柳依见江山没开口，问："怎么了？"

江山看着江柳依，眼神如刺般尖锐，态度也是不容置喙，他说："既然是这样，我劝你们还是别有太多来往。"

江柳依皱起眉头："为什么？"

江山说："不合适。"

江柳依不敢置信地看着江山，疑惑地说："不合适？"

是不是在她父母眼里，不管是爱情、亲情还是友情都需要和金钱、地位挂钩？只要两边稍微不对等，就永远都不合适？

简直太荒谬了！

她不能理解这种价值观，江柳依摇头："我不会听你的。"

江山沉着脸。自从学了钢琴，江柳依就再也没见过爸爸对她笑了。从前江山也很严厉，但对她还是很好的，每次出差回来都会给她带礼物，可这一切随着她学了钢琴之后就消失了，家里只剩下无穷无尽的争吵。

刚学钢琴的时候，她爸还动手了。在这之前，她从来没想象过她爸动粗是什么样的，因为在她的潜意识里，这是绝对不可能发生的事情。可这件事就这么发生了。

现在好不容易，她的父母接受了她弹琴这件事，却又因为宋羡和她又闹起来。

江柳依的脸色非常难看，父女俩对视了几秒，江山冷声说："你能帮人家什么？她可是从小娇生惯养的大小姐。"

江柳依的态度也很冷淡，她说："我们是很平等的，宋羡也不需要我帮忙。"

"那是因为你们刚认识不久！"

江柳依"噌"的一下站起身："爸？"

江柳依的头突突地疼，回家前的一点点美好幻想彻底破碎了，她冷着脸，刀锋一般。看她要走，江山拉住她："去哪儿？"

她甩开江山的手："回家！"

江山冷笑："家？江柳依你为什么就是不听话呢？我和你妈什么不知道？你什么都不懂！"

江柳依转过头看江山，一瞬间，她对他有无比陌生的感觉。小时候，江山对她很好，虽然他对外人不冷不热的，但对她这个女儿却是有求必应。还有黄水琴，他们一直都很护着她，但从学琴开始，面前的人逐渐陌生,她甚至涌出一种从未和父母靠近过的错觉。

小时候,她分明也是被抱在怀里长大的。

江柳依对身后父亲咆哮的话语充耳不闻,直接走出书房。江柳冰听到声音转过头来,正好看见姐姐怒气冲冲地从里面走出来。

这样的场面,真是经常上演。她都不知道她姐到底是哪里惹父母不高兴,每次回家都是这副样子。有时候说好回家吃顿饭,饭也没吃上就跑了。

江柳冰迎上去,喊道:"姐。"

江柳依冷冷地"嗯"了一声,对黄水琴说:"我们不在家吃饭,回去了。"

黄水琴瞟了她一眼:"你爸都和你说了?"

江柳依不想提这个话题,她妈说:"你爸说的没错,我也是这么想的。"

"宋羡。"江柳依走到宋羡的身边,低下头,声音发抖,她说,"走吧,我们回家。"

宋羡仰起头,看了一眼江柳依,又看了一眼她身后的黄水琴,然后站起身。江柳依伸出手拉住她,想带她离开,宋羡却走出两步,转过身,对黄水琴说:"你们错了。"

黄水琴没想到宋羡会这样说。来了这么久,宋羡一句话都没说,就静静地坐在沙发上,黄水琴都怀疑她是不是哑巴。

黄水琴皱起眉头,声音充满不善:"什么?"

宋羡语气平静:"我说你们错了,交朋友没有合不合适,只有想不想。"

黄水琴被她一句话堵得半天没缓过来,等到她反应过来时,江柳依已经带着宋羡离开了。黄水琴被气笑了:"什么意思?她刚刚是回嘴？"

江柳冰憋了口气，看到江山从书房里走出来，问："爸，你和姐说什么了？"

江山看了她一眼，眼底还有怒火，显然和江柳依谈得很不高兴。江柳冰奇怪了，她说："爸，妈，你们不喜欢宋羡吗？"

江山冷哼一声，转身进了房间，从这态度就知道他肯定不喜。

黄水琴也满脸的不悦，去厨房忙活，江柳冰独自站在客厅觉得莫名其妙，让人家来吃饭，结果搞成这样？她干脆也回了房间。刚坐在床边，手机铃声响起，她看了一眼，是余彩打来的电话。

江柳冰顿了顿，原本今天她是请余白来家里吃饭的，但她父母说有话要和她姐说，不让请，所以她就给余白道了歉。现在余彩给她打电话什么意思？

她疑惑地接起电话。余彩问："你姐回家吃饭了？"

江柳冰说："嗯，怎么了？"

余彩说："气氛怎么样？"

江柳冰说："不怎么样。"

余彩有些诧异："为什么？"

江柳冰耸耸肩膀："我哪知道？"

余彩一想，这样也好，反正她是看宋羡不顺眼。

如果她姐和江柳依还和当年一样好，她也不至于邀请不到江柳依做专访，那《漫彤》拿什么和她们《美秀》比？何至于她现在沦为业界笑柄！

不过生气也没用，余彩眼珠子一转，对江柳冰说："那你姐现在还在家？"

"走了。"江柳冰说，"对了，上次我说去余白姐那里工作，你和她说了吗?"

余彩点头说:"说了,我姐说有消息通知你。"

江柳冰乐了。

她挂了电话看向窗外,路边还停着一辆轿车。

车内开着空调,江柳依坐在驾驶位上,身边宋羡安静地坐着。江柳依缓和语气问:"中午你想吃什么?"

宋羡说:"随便。"

江柳依手握方向盘,发动引擎时还是说了句:"对不起。"

她原本带宋羡过来是想好好地吃顿饭,没想到江山和黄水琴的态度会是这样。

江柳依垂下眼睛,嗓子像塞了棉花似的,哽得慌。从前她一个人回家,和父母吵架、被责骂,她都习以为常了,这次带宋羡回来,她突然觉得有些委屈。

真好笑,再过几年她都要三十岁了,现在还能因为父母的态度而感到委屈。

人果然很矫情,从前她被骂着骂着都习惯了,也会自我调节,但现在看到好朋友被忽视,涌上心头的愤怒少了,更多的是酸涩。

宋羡却说:"没关系。"

江柳依转过头,看宋羡目光如水,说:"走吧,我们去买菜。"

宋羡皱起着眉头:"买菜?"

很快她就跟江柳依进了超市,两个人都是厨房小白,压根儿就不知道该买什么菜。江柳依对着菜谱认真地挑选,称了五花肉,还买了半袋鸡翅,走到蔬菜区时她转过头问宋羡不吃什么,宋羡说:"青椒。"

江柳依看了她一眼，目光深幽，她说："知道了。"

最后她们买了一些青菜、土豆和其他蔬菜，又去调料区买了一大堆调料。最后付账的时候宋羡拿出钱包，江柳依没跟她抢，两个人拎着超市袋子回到车上。江柳依问："要酒吗？"

宋羡说："随便。"

江柳依就带宋羡一起去买酒，路上她收到赵月白的消息："回家吃饭了？"

她回复："嗯。"

赵月白："怎么样？知道你能攀上宋羡，你父母是不是高兴死了？"

江柳依在心底发笑。

她好不容易调节好的心情，被赵月白这通消息搅得乱七八糟。她走进店里，让宋羡挑酒，宋羡最后选了两款红葡萄酒，江柳依付钱之后和宋羡走出店门，两个人往车库走时，江柳依突然转过头喊道："宋羡。"

秋阳灼灼，阳光洒在两个人身上，宋羡看着江柳依，感觉她不是很高兴。

"怎么了？"

江柳依说："对不起，我的父母……"

宋羡神色清明，摇头打断了她："我不介意。"

江柳依瞬间松了口气，心情又调整过来了。

江柳依到家后把东西拎进厨房，宋羡过来帮忙。江柳依也不知道她该做些什么，两个人手忙脚乱地在厨房里折腾。江柳依拿出网上搜索的菜谱，对照着开始洗菜、切菜、调佐料，看起来有模有样。

然而刚开锅时，因为油温太高而燃起来，火苗一下蹿得老高，吓得她往后退了好几步！

宋羡看到她的动作，皱起眉头说："我们还是点外卖吧。"

江柳依看看她，又看了看还在冒火的锅，咬牙说："继续。"

既然想学，哪有半途而废的道理？不成功就再来一次，江柳依怀着这个念头。见宋羡还站在身后，她说："你先去客厅看电视，我做完饭叫你。"

宋羡欲言又止，低着头离开了厨房。

厨房只剩下江柳依一个人，她一边上网搜索一边学着炒菜。但她对油盐调料的比例实在把控不准，还好买的菜多，够她尝试两三次。等她终于做完午饭，已经是下午两点多了。

宋羡吃了两块面包垫肚子，闻着米饭的香味，她又有了特别饿的感觉。

江柳依做了回锅肉，没有青椒，是用蒜苗炒的。可能油少了，肉有些发黑，江柳依给宋羡递了筷子："尝尝？"

她也没指望能有多好吃，尤其宋羡这张嘴，一向实话实说，所以江柳依也没问味道如何。

宋羡吃了一口，皱皱眉头，江柳依的心都要跟着提起来了。她以为宋羡下一个动作就是放下筷子，没想到她又拿起筷子慢条斯理地吃着，其间还抬起头问："你不吃吗？"

江柳依顿了几秒，试探地问她："好吃吗？"

宋羡说："一般。"

江柳依："……"

多什么嘴，不问就当很好吃不行吗？

她还煮了西红柿鸡蛋汤，这个最简单，也最拿手。宋羡还没吃完，江柳依已经盛了两碗汤放在米饭旁边，等着吃完米饭再喝。

宋羡虽然说味道一般，但还是吃了一碗饭、半盘菜，最后还喝了一碗汤。江柳依吃完饭盘算着晚上该做点什么，中午买的菜全部被她用完了，却只做出这一点。

吃完饭，宋羡起身收拾碗筷。这时江柳依的手机响了，她看了一眼屏幕，是她妈的来电。

江柳依走到窗口接起电话。

黄水琴说："怎么中午就直接回去了，在家里吃顿饭有那么难吗？"

江柳依抿着嘴唇不语。

很小的时候，黄水琴对她说话是温声细语的，怕她饿着、冷着，每次去学校都要再三叮嘱。可后来她听得最多的话却是："为什么不听话？为什么这么不懂事？为什么要去弹那破琴！"

每次说到最后，黄水琴都会歇斯底里，让她逐渐忘了记忆中母亲的模样。

现在又开始了。

江柳依按着太阳穴："妈，我短时间内不会回去了。"

"怎么？"黄水琴冷哼一声，"不打算进我们江家了？"

江柳依说："不是。"

黄水琴深呼吸，说："我和你爸商量过了，你不是喜欢弹琴吗？可以，以后我和你爸再也不会因为这个事情和你吵架，你搬回家住。"

江柳依皱起眉头，她毕业之后就没有住在家里，因为待在家里只有无穷无尽的争吵，有时候话赶话也能拌起嘴来。

时间长了，江柳依有时候都不知道她父母到底是不想让她弹琴，还是否定她这个人。而且江山以前说过，只要她一日弹琴，就不准她住在家里，现在为什么改口？

黄水琴又说："不过我们也是有条件的。"

她此刻说话透着冷飕飕的感觉，江柳依听到她说："你和宋羡别联系了。"

江柳依被彻底气到了。

她就和当初坚持要弹琴的态度一样，告诉黄水琴："我不会听你的。"

怕黄水琴没听懂，她又强调了一句："以后都不会！"

宋羡洗完碗筷走到客厅，就听到她说这话，她抬起头看了一眼江柳依，她一贯单薄的身影此刻好像多了些平时没有的东西。

是坚定。

过一会儿，她还是坐在沙发上打开了电脑，开始修图。下一期的封面是名模照片，拍的时候模特十分配合，所以现在修图也很省心。随后她点开微信，看到何小英给她发来的一长串哭泣表情和文字。

何小英："受不了啊受不了！我真是服了，那个钱离不是主编请过来的吗？怎么好像对我们杂志社特别不满意？我的初稿全部被毙了！"

宋羡皱起眉头，回复她："全部？"

何小英又发来消息："宋羡，我要窒息了！这人怎么这么难伺候？是全部，你没看错！全部问题都被毙了！"

原本何小英还想着，这个钱离虽然大牌，脾气不好，但好歹是主编请过来的，怎么也应该给两分薄面，所以对方要求先给采访稿子时她还高高兴兴的，觉得钱离挺敬业。

敬业？一点都不！

鸡蛋里挑骨头就算了，还把她所有的问题都毙了。那些问题都是她和宋羡再三确认的常规问题，是不会出意外的！她就是故意搞事！

凭她多年的工作经验，立马就嗅出对方有故意的成分在里面，可她真的想不通，为什么钱离明明答应了合作，现在又故意搞事。有病吗这不是？！

她气得和宋羡吐槽，宋羡打字回复："先写其他稿子。"

何小英哭唧唧的："知道呢，写着呢，就是委屈。"

宋羡看到"委屈"这两个字，突然抬起头看了一眼江柳依。见她还在打电话，宋羡便低下头继续看电脑。对话框被何小英的控诉填满了，她说没正式开始，钱离就这么多事情，估计下周合作会特别不顺，她还让宋羡做好心理准备。

宋羡神色如常地回复她："知道了。"

何小英又问："你干吗呢？"

宋羡回复："修图。"

何小英说："行行行，那你先修，我去写稿子了。"

宋羡关掉了和何小英的聊天页面，继续修图。没一会儿，江柳依挂了电话，她转过身，走到宋羡身边，还没开口手机铃声又响起，江柳依皱起眉头，拿起手机问："还有什么事？！"

态度不悦，语气森冷。

林秋水被质问得愣住了，几秒后才喊道："柳依？"

江柳依移开手机，看到是林秋水，她缓了缓声音："什么事？"

林秋水问："怎么了？火气这么大？和谁吵架了？"

江柳依说："没谁。"

林秋水有些意外，从前的江柳依很少对她们有所保留，有什么说什么。其实她也能猜到,多半和家里有关。以前她还会多问两句,现在也不是很想问了。

江柳依说:"你给我打电话什么事?"

林秋水回过神来,定定心神才开口:"还记得和余白合作的那件事吗?"

江柳依抿紧嘴唇,沉默了一会儿说:"记得。"

林秋水继续说:"她的画展已经布置好了,想让你亲自过去一趟,看看适合什么风格,到时候再和她商量。"

江柳依没有直接拒绝。

合作这种事本来就需要亲力亲为,要去现场看画展的布局,还有作品风格,才能确定适合的音乐。她也不是第一次接到这类工作,之前让余白亲自定风格,为的也是避嫌,现在林秋水提出来,江柳依爽快地说:"知道了,你把地址发给我,一会儿我过去。"

林秋水听到这里松了口气。

她还能保持理性,总算不是太糟糕。

至于她和余白的那些事,林秋水也不打算插手了,她有预感,再插手只会将江柳依推得越远。她挂了电话给江柳依发了地址。

江柳依准备回房间换一件衣服,低下头看到宋羡正在修图,她对宋羡说:"我要出去一趟。"

宋羡"哦"了一声。

江柳依说:"是去余白的画展,之前秋水接的工作。"

宋羡听到这话才抬起头看了她一眼,过了一会儿才说:"好。"

江柳依看她又低下头,怕她一个人在家里无聊,干脆说:"要不你和我一起去吧?"

宋羡听到这话,修图的动作一顿,抬起头反问:"一起去?"

江柳依点头说:"嗯,应该不会太久,只是过去看看风格。"

宋羡不知道想到了什么,几秒后她说:"好,等我把图修完。"

江柳依只好先进房间换衣服,刚换好没多久就看到宋羡进来了,她有些诧异:"好了?"

宋羡说:"好了。"

江柳依还以为她要很久呢,没想到这么快。她站在镜子前,换了稍正式的打底衫,搭上一件淡蓝色的风衣,绾起秀发,上了淡妆。宋羡也站在衣柜前,她穿着淡白色的线衫和牛仔裤,都是亮色系的。她本来皮肤就白,整个人看起来就像在发光一样。

看宋羡还在选外套,江柳依伸出手拿了一件深蓝色的递给她:"穿这个。"

和她身上的颜色差不多,只是一个深色一个浅色。宋羡没拒绝,她接过衣服套在身上。江柳依收拾了钱包和手机,问宋羡要不要带包,宋羡点头,江柳依说:"那我的东西放你那里,就不用带两个包了。"

余白正在画展中心接受采访。刚刚吃饭的时候,她碰到几个记者朋友,都是钱申认识的,就一并邀请过来。他们对余白在国外接受过白烨先生的指导特别有兴趣,连着问了好几个问题。

钱申坐在余白的身边,给林秋水打电话,听到林秋水说江柳依一会儿就到,她眯着眼睛,笑着说:"知道了。"

放下手机,余白看了她一眼。钱申对几个记者朋友说:"口干了吧?我去给你们倒杯水。"

几个朋友笑着说:"谢谢小申。"

画展里的画还不能公开,所以他们现在在一个搭建的玻璃房的休息室里。坐在里面,他们能看到外面的人来人往。

其中一个记者摆弄手上的照相机,对着余白连拍了几张照,末了才抬起头对余白说:"对了,你怎么评价白烨老师?"

余白说:"白老师人很好,对学生也特别好。"

"那他的那两个关门弟子,余小姐见过吗?"

余白摇头说:"没有。听说他的两个关门弟子平时都待在宅子里画画,几乎不出来。"随后她想到一件事,说,"白老师的徒弟应该也很喜欢弹琴。"

记者立马追着问:"弹琴?"

余白点头:"有次我给白老师送资料,路过宅子,听到了钢琴声。"

其他的她就不知道了。白烨把这两个弟子当成宝贝,从来不舍得带出来。他说两个徒弟不是很喜欢面对媒体的镜头,她们更喜欢纯粹地作画,等什么时候两个弟子愿意露面,他会开记者会的。

几个记者都得到了心满意足的答案,正准备起身离开,却突然看到门外走来两个人,其中一个他们再熟悉不过了。

"江柳依!"记者的眼睛发亮,立马拿起照相机拍照。

钱申说:"柳依这次和我们余白合作,大家还是不要提前透露,也不要拍照了。"

众人虽然心下不乐意,但这里钱申说了算,也就纷纷放下了照相机。

这些都是钱申这两年结识的新朋友,都不知道余白和江柳依以前认识,也不知道她们以前是一个小圈子里的事情,所以转头问钱申:"你们好像和江柳依很熟?"

钱申说:"对啊,我们是很好的朋友。"

记者看了一眼钱申,都知道她家里有钱,她姐姐是艺人,而且背景还不错,所以大家才乐意捧她,没想到她和钢琴大师江柳依也认识。

江柳依看到大家后并无表情，只是从容地带着宋羡走了过去。

经过余白身边时，她说："直接进去吗？"

余白恍了神，她说："我给你开门。"

其他几个记者也纷纷说："余小姐，我们也可以进去看看吗？绝对不拍照！"

余白看着钱申，见她点头才说："好，但是麻烦大家把照相机放在外面。"

有工作人员站在门口，负责保管，其他人笑道："没问题！"

江柳依不认识那些人，猜想应该是钱申的朋友。钱申以前是她们那个小圈子里有名的社交达人，什么关系都有一点，所以并不感到奇怪。

她也不在意，只是看了一眼钱申，然后收回视线，对宋羡说："我们进去吧。"

宋羡点头，率先进了里面。

余白走在她们身后，她转头看钱申，似乎不懂为什么江柳依会把宋羡带过来。

她的胸口憋得慌，进去没多久，对大家说："你们先逛，我去趟洗手间。"

钱申顺势跟了过去："我也去一趟。"

两个人到了卫生间门口，钱申拽住余白："你干吗？这就想退缩了？"

余白皱起眉头："她把宋羡带来了……"

"带来就带来啊！"钱申恨不得戳余白的脑门，但又不舍得，咬牙说，"笨不笨哪！你忘了你的专业是什么了？你的专业就是画画！

她宋羡不就是家里有点钱吗?她画画不如你,现在这是在你的画展,你的主场!"

余白被她说动了,抬起头看她。钱申说:"我也没想到江柳依会带宋羡过来,不过现在带来,不是正好?宋羡不也是学画画的,就要刺激刺激她才好。"

闻言,余白憋闷的心情好转了一些,她点头,对钱申说:"我先进去清醒清醒。"

钱申说:"别太久了,我就在门口等你。"

余白踩着高跟鞋走进洗手间,镜子里的她妆容精致,身材姣好。然而,她昨晚根本没睡好,一闭上眼睛就会想到宋羡说的那句话:

"你根本就不是真的为江柳依着想。"

她怎么可能不为她着想?如果不是真心相交,她会回国就立马联系江柳依,甚至一次次卑微地向她道歉吗?宋羡什么都不懂!

就如她现在站在画展现场,却什么都不懂一样。

余白深呼吸,洗了手,补好妆才走出去。看到钱申还站在门口等自己,她说:"走吧。"

钱申拍了拍她的后背:"直起来!"

余白直起腰杆,骄傲得像一只孔雀,两个人重新进入展厅。江柳依和宋羡已经逛了两个展厅了。展场一共有三个展厅,最里面的展厅是特殊展厅,也是余白最骄傲的作品,就连姚理事来画展,都对这里面的画赞不绝口。

她或许对其他事情没有什么信心,但在她的专业领域,她很有自信。

余白一扫刚刚的阴霾,整个人明亮了很多。灯光打在展厅内,挂在墙上的画框四周微微反光,却不会显得刺眼,使整幅画的边缘有通透感。这是很高档的设计,在国内鲜少见到。

一个记者习惯性地想摸照相机,随后摸了摸后脑勺说:"这是美术协会的姚理事联系的设计师吧?"

余白点头说:"是的。"

"姚理事都好几年不关心画展方面的事情了,这次算不算是为余小姐破例?"

钱申说:"当然算。不过姚理事也是看在白老师的面上吧,谁让咱们余白是白老师的学生呢?"

众人唏嘘,当白烨的学生,是多少人的梦想啊!

他们感叹完,走到第三个展厅。江柳依一直在思考该用什么样的主题风格,对他们的谈话左耳朵进右耳朵出。宋羡跟在她的身后,自从看完第一个展厅后,她就没什么兴趣了,但江柳依还要进第三个展厅,她只好陪着。

众人挨个进去,都眼前一亮。虽然他们不是很懂画画,但其中一幅画让人身临其境。那种鲜活的气息扑面而来,这高山流水图就好似让人真的身在其中,耳边是潺潺的流水声。

"真厉害!"不知道谁小声地说了一句,其他人也感同身受地点头。

江柳依专注地看,余白的水平她知道的,不低,否则也不会收到纽斯的通知书,那可是传说中只招最优秀学员的学校。

众人纷纷感慨:"不愧是白老师亲自指导的。"

就连钱申也笑着说:"那肯定的,国内能见到白老师的都没几个,更别说亲自指导了。"

记者们点了点头。钱申转过头说:"对了,柳依,听说你朋友也是学画画的,要不让她来说说这幅画?"

江柳依闻言皱起眉头。

宋羡是学画画的没错,但她和余白又不一样,钱申分明就是故意的!

其他人也都好奇地看向宋羡,想听听她怎么说。宋羡接收了众人的视线,还有余白和钱申的灼灼目光,从容地问:"真的要我说?"

江柳依蹙起眉头,对宋羡说:"没事,你不想说也可以。"

钱申一笑:"柳依,你这就不厚道了。艺术嘛,就要听不一样的声音。我们这里都没几个会画画的,难得你朋友也是这个专业,让我们听听从专业的角度看,这幅画到底好不好。"

余白也站在钱申的身边,一副信心满满等着被夸的表情。

这里可都是她最优秀的作品。

其他人屏息静待,也跟着莫名其妙地紧张起来。众人的目光都看向宋羡,好像在等她说出一大堆专业名词或者赞美的话。

宋羡却只是看向江柳依,问:"我说了,你不生气吧?"

江柳依一顿:"不会。"

宋羡"哦"了一声,转过头看向余白,语气平静地说:"你这幅画,还好,但——不尽好。"

余白听到这句话,一时间有些愣住了,怀疑自己的耳朵出了问题。还是钱申嗓音尖锐地质问:"什么?不尽好?宋羡,你知道你在说谁吗?你知道余白……"

"知道。"宋羡打断钱申的话,声音依旧淡然,她说,"我知道她接受过白老师的指导。"

钱申拔高了声音:"你知道你还说不尽好?你知道白老师是谁吗?"

宋羡冷静地听她说完，看向余白，问她："你知道为什么不尽好吗？"

她的气势一点都不迫人，但却让人无法招架。余白莫名地想到那天在花园里的情景，她也是这样站在她的面前，语气平静地说："你在撒谎，你根本不是真的为江柳依着想。"

余白咽了咽口水，心跳快起来，莫名紧张得全身都在冒汗。钱申想上前一步，但江柳依迅速挡在她前面。

宋羡又问了一遍："你知道为什么不尽好吗？"

余白敛神，提气，有这么多人在，她不能怯场，她的声音尽量平稳，但细听之下，还是有些抖，她问："为什么？"

宋羡说："这幅画，有人帮你改了吧？"

余白的脸色骤变，她不敢置信地看着宋羡，没想到她居然一眼就能看出来有人帮她改画！

没错，这幅画是白老师帮她改的，她仿了他的徒弟莎尼娅的色彩风格，白老师看到之后忍不住帮她改了两笔。

连姚理事都没有第一时间看出来，宋羡居然能看出来？余白脸色发白，身体轻抖，她尽量克制自己的情绪，但很难。

宋羡转过头看着这幅画，抬起手指着山峰的位置："改了这里。"

山峰原本稍平，被改得很陡峭，笔触、手法和其他地方不尽一致，别人可能不易发现，但宋羡看得出来。因为改画的人是白烨，她的老师。

白烨的作画风格，她比谁都清楚。

说这幅画不尽好，其实是因为经过这么一改，余白的缺点就暴露了出来，她的画压不住白烨的那两笔，有一种莫名的割裂感，越看越突兀。

钱申不懂画,她问余白:"真的是白老师改的?"

其他人也看向余白,余白站在原地。这幅画改完之后,她只觉得眼前一亮,原本普通的画面突然变得生动起来,山峰陡峭,泉水潺潺,给人强烈的视觉冲击。因此,她决定将这幅画带回国,在画展上作为压轴展出。一来她可以用这幅画展示她和白烨的合作成果,二来她也可以借此机会邀请白烨参加画展。

不过白烨确实说过,这幅画改得不是很好。但她回国后给好几个人看,都说不错,姚理事也说,像她这个年纪,能创作出这么优秀的作品,已经很难得了。虽然有点瑕疵,但瑕不掩瑜。

所以她才坚持要把这幅画用在画展上。

但她没想到,宋羡居然一眼就看出来了。

宋羡不就是一个杂志社的插画师吗?

她张张嘴,却不知道说什么。钱申已经明白了,顿时有些气急:"你懂什么?白老师给我们余白改画,是看得上余白,你以为白老师那么闲,给谁都改画吗?这么多人排着队想让白老师改都没资格呢!"

宋羡点头。

确实,她的老师不是很喜欢帮人改画,他一般都是很温和地说:"重画。"

钱申看她点头,脸色缓和了一些,只是余白的脸色依旧不好看。她最得意的一幅作品,宋羡居然说一般,这口气她怎么都咽不下去。她看向宋羡,不知道她到底是有真才实学还是歪打正着。

想到这里,余白稍微点头,缓和了神色,说:"宋小姐说的没错,这幅画确实是白老师改的。"

记者们看她的眼神和刚才相比有了些微妙的变化。原本还想回去吹捧她为绘画天才,因为宋羡的话心里一咯噔。如果她的画真的平平无奇,那就没必要吹捧了,免得以后自我打脸。

余白看到他们的神色变化,就更气了。她站在宋羡面前说:"我看宋小姐对画画也很懂,不知道等会儿有没有事?"

宋羡看向她:"怎么了?"

"也没什么,好久没画画了,有点手痒,想和宋小姐交流交流。"

宋羡说:"怎么交流?"

余白问:"默画可以吗?"

学院里最常交流的一种,也是余白的强项。江柳依皱起眉头,立马说:"不行。"

宋羡却同一时间开口:"可以。"

江柳依看向宋羡,她的侧脸轮廓线条清晰分明,那双眼睛平静淡然,给人一种安心的感觉。她忽然想到在家里,宋羡坐在飘窗上绘画的样子,也是如此娴静淡然。在这一刻她紧张的心情,竟奇异地平静下来。

她相信宋羡。

一行人浩浩荡荡地又转到展厅旁边的画室,余白作为主人,说:"规则你知道吗?"

宋羡不太清楚她的规则,问:"有哪些?"

余白顿时无语,连规则都不知道,还比?真是可笑。

她说:"选画,半小时内看完,然后默画,在规定时间内谁画的细节最多最完整,谁获胜。"

宋羡点头:"知道了。"

余白说:"你选画吧。"

她带宋羡来到几幅画前,《山水行》《千里江山图》《雪景》都是国内最难临摹的画,更别说默画了,尤其是《千里江山图》,更是难上加难。宋羡直接挑战最高难度:"就《千里江山图》吧。"

余白诧异地问:"你确定?"

她到底是真小白还是装不懂?《千里江山图》她平时默画的时候,完整画出来最少需要四个小时,宋羡居然选了这幅?不过选这幅也行,这是她默了无数次的图,细节记得清清楚楚。

宋羡点头说:"我确定。"

余白看了钱申一眼,两个人的目光短暂地交接,钱申在心底冷笑,就连她再不懂画也看出了难度,宋羡可真敢选。又或许,她压根儿就不懂。

反正她肯定没有余白厉害,钱申心底笃定,于是站在两个人中间帮她们计时。所有人的视线都落在宋羡和余白身上。在场许多人敏锐地嗅到不寻常,他们左右看看,聚精会神,但没人注意到,玻璃房外面多了几个人。

为首的是一个中年女人,秀发一丝不苟地盘在头上,穿着米色的职业小西装,里面搭了件白色花边衬衫,她身边还有几个同行的人,其中一个人准备推开画室的门,被姚理事拦住了。

"等会儿。"她说,"再看看。"

其他人就站在她的身边。姚理事看余白和宋羡低着头看那幅画,都在细细地研究,她转头问身边同行的人:"你们说,她们谁会赢?"

同行的人并不认识宋羡,理所当然地说:"余白吧。"

"余白的潜力不错,听说上学的时候就是出名的默画天才。"

姚理事听到这话转头看了一眼说话的男人,轻笑地摇头。

男人有些不解:"姚理事怎么看?"

"我认为她对面的人会赢。"

同行的人纷纷讶异，皱起眉头，只有姚理事深深地看了一眼宋羡。

她还记得第一次看到这孩子是在宋家，她父母在吃饭，她在画画。她觉得好奇，走过去问宋羡："犯错了？爸妈不给你饭吃？"

宋羡转过头看她，摇摇头："没有，我不饿，等画完再吃。"

那时候的宋羡不过五岁，口齿伶俐，吐字清晰，而且很有条理，就是安静得不像一个孩子。但那对夫妻带出来的孩子，会这样也不奇怪。

她笑着问："你在画什么呢？"

"山水画。"五岁的宋羡抬起头看向她，"爸爸书房里的。"

她知道那幅画，宋先生刚拍下来的，她这次过来就是来处理后续事宜。她不经意地瞥了一眼画纸，宋羡是用铅笔画的，并没有任何手法，更没有技术，但十分相似，神韵、行韵、笔韵都像七八分，可以说那就是缩小版的山水图。她诧异地看向宋羡，惊呆了："这是你画的？"

宋羡不懂她的惊讶，点头说："嗯。"

她欣喜若狂，这么好的一个苗子，也太难得了吧！这是天生的艺术家！天生的画家啊！她立马就拿着那幅画到宋羡的父母面前，说："这天赋太好了！"

她激动得连声音都哑了，但她的父母却只是平静地看了她一眼。

她按捺住激动，说："宋先生，宋夫人有没有兴趣让宋羡学画画啊？"

宋羡的妈妈放下筷子说："问宋羡吧，她可以自己做决定。"

让一个五岁的孩子做决定？

这要是其他的人说这话，她肯定以为这人疯了，可是从宋羡的父母嘴里说出来，又无比自然。她又转头去和小宋羡商量，宋羡说：

"可以,不过不能耽误我学习。"

姚理事:"……"

感叹完基因的强大和这对夫妻的教育方法,她转头联系了张贺老先生。凭借着他们之间的一点关系,她想让已经不带学生的张贺老先生指点一二,毕竟这是她从事艺术行业以来见到的第一个天才!真正艺术上的天才!

然而张贺老先生那天临时有事,就让他的学生白烨过来看看,结果宋羡就做了白烨的关门弟子。

身侧一声惊呼,姚理事回过神来,看到她们已经正式开始了。很明显,宋羡的速度快很多,她几乎不需要思考,直接动笔,而且她不是从中心开始画,而是从边缘下笔。一般这种画法,不是庸才就是天才。

姚理事失笑摇头,她对身侧的人说:"通知各部门,做好准备。"

她身侧的人还没从惊讶中回过神来,愣愣地转过头:"什……什么?准备什么?"

姚理事看向宋羡,说:"准备好,白老师要回国了。"

第六章

开天窗

房间里,没人注意到玻璃门外的几个人在那里静静地站了差不多一个小时。姚理事始终安静地看着宋羡作画,宋羡还是她记忆中的那个少女,只是听说已经离开白烨好几年了。

这么优秀的人才,她不知道白烨是怎么舍得放人的。如果她是宋羡的老师,就算天天给宋羡捧着画架也要让她继续画画。

或许,天才和庸人的想法本就不同。

譬如宋羡,譬如宋羡的父母,譬如白烨。

姚理事摇头,随行的人腿都站麻了也不敢走,只小声地问:"理事,还进去吗?"

"不去了。"姚理事说,"回去吧。"

里面胜负已定。

宋羡用短短半个小时时间已经默画出了一半，她的神色轻松自然，目光沉静如水。而余白却只默画了四分之一，因为不专心，还有几处细节错误。

钱申见状立刻对记者们说："先回去吧，你们先回去吧，我们等会儿还要和柳依商讨音乐的事情。"

连她都知道余白输定了，余白怎么会不知道？

余白咬牙坚持到记者全部离开后才抓紧笔，要不是宋羡和江柳依还在，她现在指定已经发飙了！

她最优秀的一幅画被宋羡说"不尽好"，她最傲人的才能被宋羡碾压打击。她受不了这个委屈！

余白死死地攥着笔，咬着牙根，有丝丝血腥气从唇间溢出。她委屈得眼睛发红，眼角泪花闪烁。

宋羡还在默画，丝毫没有受到外界的影响，江柳依站在她的身边，喊道："宋羡，结束了。"

宋羡却没理她，宛如进入一个全新的世界，她正在那个世界发光发亮。江柳依沉默了片刻，决定不再叫她。

余白受不了委屈，扔下笔就往外面跑，却和送记者离开回来的钱申撞到了一起。

钱申问："怎么了？是不是刚刚我不在，江柳依她们说了什么？"

余白摇头说："没有。"

她睁着一双微红的眼睛，泫然落泪："我是不是很没用？"

"说什么呢！"钱申说她，"别乱想，我带你回去。"

余白离开前又看了一眼江柳依。可是江柳依却看都没看她一眼。余白心底涌上更为浓烈的不甘，她攥紧手，被钱申扶着离开了画室。

安静的画室里只剩下了宋羡和江柳依，宋羡低着头认真地默画，江柳依站在一侧，突然拿出手机对着宋羡拍了两张照片。还没收起手机，她就收到了赵月白的消息。

赵月白问："柳依，你朋友去踢馆了？"

江柳依皱起眉头："没有。"

赵月白说："啥没有！余白正在跟林秋水吵呢！"

江柳依顿了顿："你知道了？"

赵月白说："秋水来找我说事，就听见了。"

事实上从昨晚开始，林秋水就一直约赵月白见面，她听林秋水很有诚意，便抽空和林秋水面谈。两个人还没聊几句，钱申的电话就打过来了，问江柳依的行程安排，林秋水警惕地问她干什么。

江柳依在公司这几年，钱申可没有问过一次她的行程。听钱申现在这怒气冲冲的语气，不像是好事。林秋水不肯说，钱申就和她吵架，然后余白抢过了手机。

赵月白翻了个白眼，立马给江柳依打小报告："真受不了，不过你朋友怎么欺负她了？"

江柳依不知道该怎么解释，打了好些字又删掉，回复她："没欺负。"

赵月白说："也是，余白那性子，碰一下，她都觉得自己受欺负了。"

江柳依看到这句话沉默了片刻，随后她收起手机，站在宋羡身边继续看她默画，约莫过了半个小时她才画完。

宋羡抬起头，看到安静的画室，一时愣住了："人呢？"

"她们先走了。"

宋羡皱起眉头："我超时了？"

难道老毛病又犯了？一碰画笔就忘记了时间。

江柳依看了一眼时间，说："还没有。"

她和余白定的是一个小时，是余白自己受不了，在记者离开之后主动放弃了。

宋羡明白过来，点头说："那我们也走吧。"

江柳依低下头看画："这个不带走？"

宋羡说："只是废稿。"

江柳依却舍不得扔掉，她说："那我收着。"

宋羡云淡风轻地说："随便你。"

江柳依收拾好画纸，和宋羡一起走出去。上车后她问宋羡："你大学主修的美术吗？"

宋羡偏过头看她，说："不是，辅修，但是有老师单独上课。"

江柳依又问："默画也是那时候学的？"

宋羡说："从小就会。"

江柳依："……"

她发现自己好像很了解宋羡，却又好像一点都不了解。

宋羡当初自我介绍，说她以前学过画画，就职于《漫彤》。家庭关系简单，父母健在，独生子女……现在看来，好像每一条都没错。

确实学过画，只是比她想象中更厉害。父母健在，独生子女，确实是这样，可她表述得太简单了。

江柳依转过头喊道："宋羡。"

宋羡看向她，目光沉静："嗯？"

江柳依对上她那双眼睛，说："没事，想问你晚上想吃什么，我们去买菜。"

宋羡也不是很反感买菜这件事,她说:"都行。"

江柳依带着"都行"的宋羡去了超市,想让她选菜,结果发现她左看看右看看,什么都没买,神色有些茫然。江柳依觉得新奇,也没打扰她,而是静静地看着宋羡。

宋羡最后摆手:"不知道选什么。"

江柳依问:"中午那些菜还吃吗?"

她问完又保证:"比中午做得好吃。"

宋羡点头说:"可以。"

两个人辗转去买了和中午差不多的菜,还买了两块豆腐。江柳依看了菜谱,觉得豆腐鱼汤很简单。宋羡付钱时,江柳依的电话响了。

是江柳冰打来的,她问:"姐,你要搬回来住?"

江柳依一愣:"什么?"

江柳冰耸耸肩膀:"听妈说的。你要搬回来住吗?"

江柳依没想到她都说那么清楚了,黄水琴还固执己见。她想都没想直接说:"不回去。"

说完她又道:"你告诉爸妈,我的事情,以后不用他们管了。"

江柳冰已经习惯做传话筒了,她"哦"了一声,看向对面的黄水琴。黄水琴冷着脸,伸手掐断了电话。

宋羡已经先一步拎着袋子上车了。江柳依坐进车里时,看到宋羡正在看手机,听到断断续续的消息提示音,她问:"谁啊?"

"顾园园。"宋羡说,"我有两天没去拿面包了。"

以前雷打不动地去她店里,现在却两天不去了,顾园园还以为发生了什么事,给她发消息询问。当知道江柳依开始学做饭后,她发来一长串的惊叹号!

"她那双手居然用来做饭？你们太奢侈了！"

宋羡垂下眼睛。

顾园园又发消息："不过这样才对嘛，哪有人天天点外卖的？"

不能吗？宋羡不是很理解。她没回复，放下手机。

很快就到家了，回去后江柳依照旧进厨房忙碌，宋羡想帮忙，江柳依却说："你帮我系围裙吧。"

刚买的，套头的那种，要在后腰处打结。

宋羡站在她的身后，帮她打了结，江柳依低下头看了几眼，说："还行。"

说到这里她问："你以前在家里，你父母谁做饭？"

宋羡闻言看向她，说："家里有厨师。"

江柳依："……"她顿了顿，"厨师不在呢？"

宋羡说："去外面吃。"

江柳依皱起眉头："你父母没有做过饭吗？"

宋羡摇头："没有，他们觉得很麻烦。"

江柳依"嗯"了一声。

她居然一点都不奇怪这个回答。真是奇了怪了！

宋羡去客厅之后，江柳依开始洗菜切菜。她已经比中午熟练了很多，不用照着菜谱也能马虎地炒两个菜，就是调料放完后需要尝好几口才能确定没问题。

最后做豆腐鱼汤。她把食材准备好后，开始搜索菜谱，很快就做好了。

晚饭确实比中午的味道更好，江柳依学得挺快，尤其是最后的那碗鱼汤，还没上桌，浓郁的香味就飘满屋了。闻到香味，宋羡便放下笔记本走进厨房，正好看到江柳依正在端汤碗。她没戴手套，而碗的边缘很烫，放在桌上后，她就立刻吹了吹手指。

桌上放了两道炒菜，其中一道是中午做过的回锅肉，肉的色泽明显好看了很多，看起来让人很有食欲。

宋羡看了一眼饭桌，又看向进入厨房盛饭的江柳依，她的背影纤细，厨房的灯落在她的身上，添了一层光晕。

江柳依端着两碗饭看到宋羡站在门口，说："来吃饭。"

宋羡走过去，接过筷子，在江柳依的注视下尝了一口。江柳依还没问行不行，宋羡就说："好吃。"

江柳依奇怪地看了她一眼，有些怀疑自己刚刚是不是听错了，坐下好一会儿都没缓过神来，在宋羡又夹菜的时候才开口："你刚刚说好吃？"

宋羡抬起眼睛看她，"嗯"了一声。

江柳依笑了："不是哄我吧？"

宋羡神色认真："为什么要哄你？"

江柳依："……"

是啊，宋羡一向实话实说。

江柳依这么一想，乐了。那是真好吃。

江柳依晚饭多吃了半碗，有些撑，她便问宋羡要不要下去散步。宋羡想了一会儿同意了江柳依的提议。

江柳依收拾好厨房，拎着垃圾和宋羡一起下楼。十月份的天气逐渐转凉，但又不会很冷，空气中飘着不知名的花香，气氛安静惬意。

扔了垃圾，两个人沿着小区的石道走。正是晚上散步的时间，三五人一群走在路上，偶尔还有人抱着孩子从她们身边经过。

江柳依低着头走路，脚边忽然窜过一只橘黄色的动物，吓得她一个转身，差点和宋羡撞上！

宋羡看向她，说："怎么了？"

黑暗中传来一声"喵呜"，江柳依说："没事，猫。"

她缓缓心神，问宋羡："你喜欢猫吗？"

宋羡说："还行。"

以前白烨养过一只，就放在院子里，她还画过很多次。后来小猫因为生病走了，那些画她收在了家里。

江柳依说："我挺喜欢养狗的。小时候我养了一只金毛，特别听话，又乖，还会自己开门关门。那时候小，出去都是狗遛我……"

江柳依的声音很轻，似乎陷入了回忆里，娓娓道来。

她们走得慢，宋羡转过头看到路灯下江柳依的侧脸，平静温和。江柳依说："所以我一直都挺想再养一只的。不过我工作很忙，有时候飞去国外就是好几天，就没养。"

她说到这里看向宋羡，问："你介意我养狗吗？"

宋羡回过神来，摇头说："不介意。"

"那以后等我工作不忙了，咱们一起养一只。"江柳依说，"我们可以每天吃完饭就下来遛一遛，怎么样？"

江柳依畅想的是很久以后的事情，不在宋羡的计划内，所以她摇摇头。

江柳依笑了："我也就是说说，到时候再看。"

宋羡"嗯"了一声。

两个人沿着小区道路走了两圈，碰到了好些人，还有一些人在家长里短地聊天，这对宋羡而言，是很不一样的感受。

逛到第三圈时，江柳依问："还逛吗？"

宋羡说："回家吧。"

江柳依没意见，跟在她身后上了电梯。回家之前江柳依说："以后我们可以早点吃，吃完下去走两圈，对身体好。"

宋羡点头说："嗯。"

两人打开门，换好拖鞋进去。宋羡要去洗澡，听到江柳依说："明天早上不煮粥，给你做蛋炒饭行吗？"

宋羡转过头，江柳依就站在厨房门口。江柳依往里面走，她跟过去，看到江柳依打开冰箱门，宋羡问："你不怕麻烦吗？"

江柳依转过头问："什么麻烦？"

宋羡说："做早饭，不会很麻烦吗？"

江柳依一顿："怎么会麻烦呢？喜欢吃就好，所以明天早上吃粥还是蛋炒饭？"

宋羡看着她，冰箱门开着，幽幽的白光打在江柳依的身上，却让宋羡的心里一暖，她突然想尝尝江柳依做的蛋炒饭是什么味道。

她说："蛋炒饭吧。"

江柳依点头："行，你先去洗澡。"

宋羡回房间拿衣服洗澡，今天画画，手腕用了太长时间，到现在还有点酸。

江柳依还在外面忙活，她按照网上教程，把米饭用保鲜袋装起来放在冰箱里，准备妥当。

次日一早，宋羡被闹钟吵醒了，江柳依也起了床，跟在宋羡身后进卫生间洗漱。宋羡率先收拾好房间，出去后习惯性地想拿面包，江柳依突然走了出来，说："我炒饭。"

宋羡偏过头，江柳依从她身侧的冰箱里拿出昨晚的剩饭，合上冰箱门，让宋羡等一会儿。宋羡坐在饭厅的桌前，抬起头看江柳依炒饭，她的动作比昨晚更熟练了，她发现江柳依学什么都挺快的。

很快一道蛋炒饭端了上来，金黄色的炒鸡蛋，颗颗饱满的大米，还有一点葱花和火腿，色泽分明，闻起来就很香。

江柳依递给宋羡一个勺子，还另外端了温水放在旁边。宋羡低下头吃了一口，味道很好。江柳依坐在她的对面，问："还可以吗？"

宋羡说："挺好的。"

能从她嘴里说出夸奖的话，真不容易。江柳依满意了，探出头问："真的？我尝尝。"

宋羡还没反应过来，江柳依就拿起她的勺子，挖了一勺放进嘴里。

"确实挺好的。"

江柳依肉眼可见的心情不错，眉目间漾起了笑意。

宋羡顿了顿，继续用勺子低着头吃炒饭。

吃完早饭，宋羡开始收拾电脑包。放在茶几上的手机振动了两下，她偏过头，看到一个陌生人申请加她微信好友的提示。

申请理由：江柳依的妈妈黄水琴。

她垂下眼睛，身后的江柳依已经洗好碗了。看到宋羡盯着手机，江柳依问她："怎么了？"

宋羡抬起眼睛看她，江柳依一早上的好心情还没有敛去，说话时唇角微扬，一双眼睛晶亮清澈。

在这么一刻，宋羡突然觉得，那些让江柳依不高兴的事情都没必要告诉她，就让她这样开开心心的挺好。

宋羡摇头，态度平静地说："没事。"

直到到了社里宋羡才通过黄水琴的好友申请。那边自报家门，发来一条消息："我是江柳依的母亲。"

通过屏幕也能感觉到她的态度很强硬。

宋羡垂下眼睛，神色自若地回复她："知道了，有事吗？"

黄水琴看到这条消息心里仿佛堵了口气：什么话？这宋羡居然连招呼都不跟她打，直接问她有没有事情？真没规矩！

她深呼吸，问宋羡："那天你来我们家，应该知道我们对你的态度了，我们是不会同意女儿和你交朋友的！"

宋羡看到这些话皱起眉头，随后发了一个字："嗯。"

黄水琴看着这条消息感到莫名其妙。从江柳依和宋羡认识之后，她也从江柳依的那些朋友那里打听来不少消息，那些人都说了宋羡的不少坏话。

而且这个人居然是艾伦的侄女，那就更不行了！

黄水琴依旧气愤地打字："你现在住在柳依那里也不行，你赶紧搬走！"

宋羡低下头看消息，打字回复："哦。"

黄水琴的血压都要升上来了！她和宋羡沟通怎么这么困难，她是不是听不懂人话。她直接问："你在哪儿？"

宋羡说："工作。"

黄水琴说："行，你几点下班？我们见个面。"

宋羡叹气，还是回复了："五点半。"

那端迟迟没有回复，宋羡放下手机继续工作。办公室陆续来人了，袁红进门和她打招呼:"宋羡，早。"

她抬起头，看向袁红，淡笑着说:"早。"

袁红给她递了一杯奶茶，眨眨眼睛说:"别让何小英她们知道。奖励你的，也谢谢你请到江老师，这次钱离，还需要多费心。"

宋羡接过说:"谢谢主编。"

话音刚落，何小英就边打电话边走了进来，她拿着电话点头哈腰地说:"知道知道，几点？下午两点是吧？行行行，我们一定准时到。好咧，谢谢钱小姐。"

她挂了电话，立马委屈地和宋羡诉苦:"什么人哪！我主笔这么久还是头一次遇到这样的人！周末我的稿子交给她，她居然说还有问题，让我下午两点过去详谈。"

何小英说到这里看向宋羡:"你也要和我去，她说想知道摄影师的水平是什么样的。"

宋羡点头说:"知道了。"

何小英哭哭唧唧的，看到主编还站在这里，立马问:"袁姐，你这到底请的是专访对象还是请的菩萨啊？"

袁红也是知道钱离的脾气的，她们短暂地交流过。钱离的性子比较傲，但她那样的家庭，性子傲也正常。

"忍忍。"袁红说，"就这一期，现在她不是知名度很高吗？而且我们第一期就请江老师，现在一时半会儿也找不到其他合适的人来做第二期，忍一忍吧。"她脾气很好地耐心解释。

何小英不是不知道这些，但她有预感，这次专访肯定要出事，于是便焦急地说:"就钱离那个性子，如果一直以采访的稿子不合格为由把稿子退回来，到时候如果赶不上杂志印刷那可咋办？"

袁红说:"不会吧？我们都签合同了，如果真的到时间她不配合，我们只能采取其他办法了。"

再者，这不是余白介绍的吗？余白还说钱离是她闺密的姐姐，这次合作就当是帮余彩赔罪。理论上怎么样都不应该到撕破脸的地步吧？袁红暗想。

何小英叹气："希望吧，希望这次能满足她的要求，再改我都不知道咋改了。"

她说到这里抬起头问刚进来的吴莹："对了，你昨天在群里说，这次《美秀》邀请的是谁？"

吴莹放下包说："我也是听说的，好像是余彩的那个姐姐，余白吧。"

"余白？"何小英咋呼，"就那个……"

她看了一眼宋羡，没继续说。

吴莹说："好像是因为要开画展了，她还和白老师合作过，反正现在知名度还不错。"

何小英冲她眨眨眼睛，示意她别说了，但宋羡好像没听进去，依旧低着头修图。没一会儿，小李也进办公室了，她先到宋羡身边确定了几个图上的细节，才看到何小英和吴莹正在大眼瞪小眼。

"怎么了？"小李有些不解。

何小英拍手："上班上班！"

真是没活力的一句话。

九点一过，办公室里逐渐忙碌起来，电话也响个不停，宋羡顺着小李的建议添了几个元素进去，很快便修好图发给小李。

小李眉开眼笑，和宋羡合作真是很幸福的一件事，有时候连她自己都觉得没解释清楚，但宋羡还是能很快捕捉到她想要的效果，每次发来的成图都棒极了!

剩下的就是排版,她得心应手。吃午饭的时候她还夸宋羡技术牛,就算去给钱离拍照都肯定能让钱离挑不出一丝毛病。

一提到钱离,何小英就没食欲了,她匆匆地吃了几口准备回办公室。有人看她离开的样子心疼道:"小英也是可怜,碰到这么难搞的人。"

"我还记得小英刚来公司的时候对接一模特,那也是她的噩梦,她一边哭一边写采访稿。没想到噩梦重现啊!"

宋羡听到这话抬起头看了一眼说话的同事,又看看刚刚何小英坐的位置,不由得皱起眉头。

回去的路上,她给何小英带了一杯冰咖啡。进办公室时,何小英正趴在电脑前奋笔疾书,宋羡将冰咖啡放在她的桌前,何小英偏头的时候愣了一下:"给我的?"

宋羡点了点头,顿时何小英阴霾的心情有所好转,展颜道:"谢谢你,宋羡,我真是太爱你了!"

以前,她可不敢对宋羡说这么肉麻的话。别看宋羡总是冷淡的样子,但有时候还是挺有压迫感的,尤其是在她工作的时候,她那股专业的劲头一上来,能镇住不少人。

何小英还记得有一次拍摄一个模特,对方不肯配合,非要穿一件白色短袖上衣,宋羡不同意,两边就为这事发生了矛盾。那模特不依不饶,非要宋羡道歉,宋羡也不惧,就安静地看着那个模特发飙,最后等模特说完她才开口。她从专业的角度,把那件衣服在拍摄时会出现什么短板都交代得清清楚楚,最重要的是,影响打光和颜值。那个模特原本还张牙舞爪要求宋羡道歉呢,被宋羡这一说顿时有些虚了。

宋羨从来就是这样，严肃，正经，专业知识过硬，所以说什么都在理。

何小英刚和她接触时挺怕她的，但后来越来越喜欢和她聊天，宋羨说话直接，意见也不会瞎提，每次都能说到点上，最主要的是，人好。

整个社里谁不知道宋羨是人美心善的大好人！

现在收到冰咖啡的何小英恨不得抱住宋羨好好哭一场，但她还有工作，可不能情绪失控。宋羨低下头就瞄到她眼尾的红色，察觉她好像被气哭了，她说："怎么了？"

"没事。"何小英吸吸鼻子，"刚刚那个钱离的助理又给我打电话了。"

又把她批评了一通。

何小英进这行这么久，还是头一回碰到这种人，快被气死了。

宋羨看她这副样子问："需要帮忙吗？"

"帮啥啊，你给我买冰咖啡就是最好的了！"何小英说，"你别看现在是我们求钱离专访，等以后咱们《漫彤》做大了、做牛了，一堆人等着我们去专访，这个钱离要来，我还不同意呢！"

一句话把她自己给说笑了。

这种话也只是安慰安慰自己，不过何小英的心情顿时好多了，她对宋羨说："下午去你也要做好心理准备，钱离的团队可难搞了，尤其她的助理，还有她本人……"

宋羨点头说："知道了。"

何小英想，宋羨应该不会受到自己这样的待遇，她拍的那些照片，没有死角，想找问题都不可能，她这么想心情也变好了不少，便起身去卫生间里洗了把脸。

宋羡打开电脑，看到江柳依发来的消息，告诉她中午试了两道菜还不错，晚上等她回去尝尝。宋羡想起来自己还没和江柳依说晚点不回去的事情，她打字："晚上可能不回来吃饭。"

江柳依收到这条消息，回复："同事聚餐？"

宋羡回她："不是。"

江柳依皱起眉头："有什么事？"

宋羡想到江柳依面对家里人的态度，认为她知道了肯定很不高兴，打字的手一顿，删除已编辑好的内容，回复："和朋友一起吃饭。"

江柳依问："顾园园？"

宋羡说："不是。"

江柳依猜不到了，除了顾园园，她没听宋羡提过其他的朋友。该不会是自己做的晚饭不好吃，她想出去吃又没理由，所以才说和朋友出去吧？

江柳依又问："哪个朋友？我晚上没事，一起去？"

宋羡立马回复她："不行。"

果然！宋羡为了不吃她做的饭，都开始撒谎了！

江柳依的心情不美好，一下午都泡在琴房里。林秋水给她打了好几个电话她都没接到，中途她出去喝水才把手机拿到琴房，才看到了林秋水的来电。

她走到窗口，看窗外人来人往，突然想到赵月白的话：

"下次有人挖你走就直接走，别再顾着以前的什么交情了。你是顾着呢，人家把你当赚钱的机器，你难受不？"

"柳依啊，现在离开，还能保留一点以前的美好，不要等到撕破脸,那以后一个圈子,低头不见抬头见的,怎么办?"

江柳依低下头。

其实这几年陆续有公司给她发邀约,但她都婉拒了,因为当初答应林秋水待在她的公司,就没想过离开。

她不是知恩不图报的人。那几年如果不是林秋水、赵月白这些朋友,她根本就没机会碰到钢琴,所以她对林秋水的很多做法都是一再忍让。

但现在,她有些忍不了了。

余白的事情,林秋水每次都在踩她的底线上。

江柳依神色阴沉,她给林秋水回了电话,那端唤道:"柳依?"

"嗯。"江柳依说,"找我有事?"

林秋水说:"昨天去过余白的画展了?"

江柳依顿了顿,皱着眉头说:"去过了,余白不是都告诉你了吗?"

她的语气和平时稍有不同,林秋水顿时哑然。江柳依在她们这群朋友里是最耀眼的,也是最沉默的,哪怕不高兴也不会冲她们这些朋友撒火,但现在她能明显听出江柳依的不耐烦。

这样的江柳依,让她感到有些陌生。

林秋水心里咯噔一下,她有感觉,江柳依离她又远了一些。她缓缓心神,说:"余白昨天是给我打电话了,不过也没说什么,我今天打电话给你就是想问问有没有选好曲子风格。"

回归公事,江柳依也耐心地回复她,只是态度始终冷淡,不复以前的亲近。

挂了电话后,林秋水坐在办公室里,一时间都没反应过来和江柳依的关系为什么会搞成这样。办公室的门"砰"的一声被人推开了,助理拦着钱申不让她冲进来,钱申推开助理的身体,对林秋水说:"你什么意思?"

林秋水皱起眉头。

助理还在抱歉,林秋水说:"出去吧。"

钱申踩着细高跟鞋走到林秋水面前,趾高气扬地问:"你什么意思?我现在进这个公司是不是还需要经过你的同意?!"

林秋水抬起头看她,说:"当然不需要。"

"不需要?"钱申一贯的傲慢态度,"不需要为什么要驳回我的提议?我难道不是这个公司的副总吗?我现在是对一个员工都没有调配权力了?"

林秋水"噌"的一下站起身:"钱申,你够了没有?"

钱申冷笑,"我够了没有?"她盯着林秋水,笑出来,"林秋水,你什么时候这么听江柳依的话,她说东你不敢往西?我只是让江柳依接受一个专访而已,有什么问题吗?"

林秋水终于忍无可忍:"可那是余彩负责的专访!你明知道柳依不会同意的!"

"为什么不同意?"钱申皱起眉头,"不都是工作需要吗?她如果真的不想见到余白,为什么还要接下画展的演奏?"

林秋水没法和钱申讲道理,昨天两个人在电话里就吵了一架,现在双方都还有余火。林秋水说:"反正我不同意,你别想了,这件事就这样,我还要开会。"

钱申气笑了:"什么意思?所以我现在的提议,没有任何用了?行,明天开始,我回来上班。"

林秋水的眉头皱得紧紧的,她最后深深地看了一眼钱申,转身离开了。

钱申一屁股坐在沙发上,伸手从包里掏出打火机和女士香烟,要点燃时气得一下砸了打火机,安静的办公室里发出"哐"的一声响。她深呼吸,扭头看林秋水离开的方向,给她姐姐打了个电话。

钱离还在化妆,工作人员已经进来问第二次了:"钱姐,外面《漫彤》的何小姐和宋小姐……"

话还没说完,钱离偏过头看她,目光冷漠尖锐,工作人员只好说:"我让她们再等会儿。"

大厅里,何小英和宋羡安静地坐在会客沙发上,面前放了两杯水。何小英听到工作人员说"麻烦再稍等片刻"时笑着说:"没关系,没关系,我们再等一会儿。"

工作人员不好意思地转身离开了。

何小英在宋羡的耳边说:"我说什么!我说什么!我来之前就说了,我们肯定不会这么轻易就见到她的!我没说错吧!"

宋羡平静淡然,只是端起面前的杯子抿了一口水,她点头说:"嗯,没说错。"

何小英气炸了:"还不知道等到几点呢!一会儿见面,你看着,保准又是一大堆的要求。你说这人就这性格,为什么还有人愿意捧着?钱多烧得慌?"

宋羡也不明白,但是不明白的事情她从来不多话,只是安安静静地坐在沙发上,旁边的何小英龇牙咧嘴,表情滑稽。

两个人就这么干等着,又是半小时过去了。

何小英受不了,联系钱离的工作人员。工作人员小跑到化妆室门口,探头见到里面的钱离正在做面膜。

别说何小英和宋羡了,她都要疯了,明明是钱离这边约的人,现在又拖着不见人!她还不敢进去问,去问保准又是一个大冷眼。

工作人员欲哭无泪，何小英又是一个电话打过来，她站在门口急得团团转，都不敢接何小英的电话了。

何小英的电话没打通，闷闷地说："没人接。"

宋羡点头说："再等会儿。"

何小英今天一下午都准备耗在这边，就没想过走，倒是宋羡也跟着把时间浪费在这里怪可惜的，何小英说："要不你先走，我估计今天钱离不会见我们了。"

宋羡淡淡地回复她："没关系，再等等。"

这一等就等到四点多了。三个多小时，何小英的屁股都坐麻了。

宋羡转头看她坐立不安，蹙起眉头问："怎么了？"

"内急。"何小英说，"我去趟厕所。"

宋羡接过她的包，看何小英飞奔去了卫生间，她摇摇头。没一会儿，何小英脸色阴沉地回来了，开口就说："我真的气死了，你知道那个钱离在干什么吗？"

宋羡问："干什么？"

何小英没好气地说："我刚刚路过她的化妆间，她在玩手机！她在玩手机都不来见我们！她到底什么意思？"

这些气她也不敢对本人撒，只能和宋羡抱怨。

何小英说："不行，我还得给她助理打个电话。"

钱离的助理没接，反而站在门口的工作人员小心翼翼地进去，轻声地喊："钱姐。"她润润嘴唇，问，"你在忙吗？"

钱离抬起头扫了她一眼："什么事？"

她咽了咽口水："就是那个《漫彤》的宋小姐和何小姐，之前你约了她们见面。"

"哦……"钱离恍然，似乎才想起来，工作人员悄悄松了口气，听到钱离说,"是那个杂志社做专访的?"

工作人员猛点头:"对的,她们已经等了……"

"让她们等着。"钱离打断了她的话,"我现在没心情做采访。"

工作人员连忙说:"不是的,钱姐,采访不是今天做,今天是来和你讨论采访稿。"

"采访稿?"钱离说,"那你让她们再等会儿,我收拾好就出去。"

工作人员高兴了,立马"哎"了一声,出去传达了钱离的意思。

何小英一副大敌来临的样子,只是宋羡还是安安静静坐在她的身边。

"一会儿就来了。"何小英说,"可真不容易。"

宋羡淡淡应道:"嗯。"

她的手机传来振动,宋羡低下头,是黄水琴发来的消息,告诉她晚上在哪里见面,她回复了一个"好"字,放下手机。

何小英开启探头模式,忍不住往钱离的化妆间看去,左看没人出来,右看没人出来,她和宋羡对视了两秒。

钱离玩了两局游戏,终于赢了之后伸了一个懒腰,动了动胳膊和脖子,放下手机,叫工作人员进来,开口问:"几点了?"

工作人员回复她:"五点半了。"

五点半,她们一点钟来这里等她,才四个半小时,再等一个小时好了,钱离想到这里对助理说:"我要眯一会儿,一个小时后你带她们来见我。"

工作人员忍不住说:"钱姐,你是说带《漫彤》的宋小姐和何小姐吗?"

钱离睨了她一眼:"还有其他人?"

助理立马摇头，又说："可是……"

钱离蹙起眉头："可是什么？"

工作人员咬着嘴唇："可是她们已经走了。"

"什么？！"一声尖锐刺耳的声音从钱离的化妆室里传出来，"她们走了？什么时候走的？！"

工作人员低下头说："半小时前。"

半小时前？等了她四个小时就跑了？就这么点耐心还谈合作？

钱离气得呼吸不稳，随后目光一沉。

五点左右，何小英还想等，宋羡说："下班了。"

何小英有些犹豫，最后她一咬牙跟在宋羡的身后出了公司大门。

她们不是理亏，这件事就算说起来，也是钱离的不是。何小英就是这么想的，但她万万没想到，钱离居然会恶人先告状！

她和宋羡刚分开没多久就收到了吴莹在群里的消息："何小英、宋羡，你们今天没见到钱离？"

宋羡没冒泡。

何小英皱起眉头，立马发消息："你怎么知道？"

吴莹说："你看她微博。"

何小英登上微博，新关注列表第一个就是钱离。几分钟前，钱离发了一条微博，内涵现在部分杂志社太不专业了，约好采访，等她忙完就不见人了。

什么人哪！不讲理的何小英见过不少，但这种颠倒黑白还倒打一耙的她真是头一回碰到。她越想越气，立马就在群里解释今天等四个小时的事情，还说钱离就在休息室里玩手机，就是不出来。

吴莹皱着眉头说："现在微博下面都在问是哪家杂志社呢。"

有水军，也有钱离的粉丝，声势不小，都在嘲讽这家杂志社架子这么大，就算是迟到，那等一会儿总行吧？而且最近钱离的行程本就很满，杂志社先前不做好调查吗？果然不专业！

群里立马有人抱不平："不是她不见我们吗？现在合着是我们的错了？"

何小英皱起眉头，联系袁红，问她怎么办。

如果继续采访，那些粉丝就会知道现在钱离内涵的杂志社正是《漫彤》，到时候影响销量不说，肯定还会给《漫彤》带来负面影响，如果不采访，只凭没见到面为由，实在算不上对方违约。

这是在逼杂志社接招啊！

而且钱离的价格高，如果解约，还有巨额的解约费，真就离谱！袁红也想到了，她有些生气。袁红做了这么多年杂志，也算见识过很多人，但钱离这种的真不多见。

袁红现在颇为后悔当初怎么就听了余白的话，相信钱离会好好地接受采访，现在成了这副局面，她只能硬着头皮说："我来联系，你们先什么都不要做，回来吧。"

何小英说："宋羡已经走了。"

袁红蹙起眉头："去哪儿了？"

何小英想了一会儿："好像有约了。"

袁红点头说："那你回来吧。"

何小英应下，上车前给宋羡发了一条语音，告诉了她关于钱离的后续。宋羡正坐在桌前，黄水琴和她约的是六点钟，她提前到了，黄水琴还没到。服务员给她端了一杯温水，手机有振动，她拿起来看了一眼，听完了何小英的语音。

她还真没关注钱离的微博，搜索进入这个人的微博就看到了她刚发的消息,下面都是粉丝的安慰,诸如"这种杂志社不配和我们钱钱合作""什么杂志社如此不专业""等一会儿都等不了?什么杂志社如此大牌?求钱钱避雷"这样的言论。

她神色平静地往下翻,偶尔喝一口温水。

黄水琴赶到饭馆时就远远地看到了宋羡。

虽然她不待见宋羡,但不可否认,宋羡长得很漂亮,恬静淡然,身上有一种超脱凡尘的疏离感。

四周有不少人盯着她看,男人女人都有,含蓄的、露骨的,还有直接去和宋羡要联系方式的。

宋羡偏过头,整个人在灯光下显得异常淡漠,她的红唇动了动,不知道说了什么。

应该是拒绝吧。

黄水琴看到她身边的人拿着手机离开,一脸的遗憾,还不舍地频频回头。黄水琴心里的火和气掺杂在一起,酝酿成了复杂的感受。

还没见到宋羡之前她就听说过这个名字了,是江柳依打电话时说的。

只是当时她不清楚她的家庭,她也不好奇。

谁都没想到,她居然是那人的侄女。

服务员走到黄水琴身边,低声询问:"女士,请问几位?"

黄水琴一抬下巴:"我是那桌的。"

服务员忙领她走到宋羡那桌,宋羡见到她,面色平静地打招呼。

黄水琴听到她这声招呼,心里一堵,像塞了很多棉花似的,胀得慌,原本神色就复杂,现在更是沉着一张脸,冷声说:"点菜吧,吃什么?"

宋羨点了套餐,黄水琴点了家常菜,服务员看看她又看看宋羨,气氛真诡异啊。

服务员忙低下头去,没一会儿就给两个人上了餐具和茶水,宋羨给黄水琴倒了一杯茶,黄水琴问:"你是怎么和我们家柳依认识的?"

"面包房认识的。"

黄水琴胸口起伏,她深呼吸,说:"那我也不瞒着你,我和她父亲不同意你们来往。"

宋羨低下头,声音清浅地问:"喝汤吗?"

黄水琴还没说话,就看到宋羨端了一碗汤放在她面前。宋羨低下头喝汤,吃饭时慢条斯理的,黄水琴看着她这样不由得皱起眉头。

没一会儿,宋羨吃完了,看到黄水琴面前的饭还没动,她问:"要打包吗?"

黄水琴拎着包,冷声说:"不要。"

宋羨点头,去前台结账,身后还坐在凳子上的黄水琴看着宋羨面前的空碗发愣,她不是来和宋羨谈话的吗?怎么她就吃完了?

莫名其妙!黄水琴被气到,扭头走了,连招呼都没和宋羨打。宋羨回到吃饭的位置后没看到黄水琴,问服务员才知道她先走了,于是她也拎着包离开了。

上车后宋羨接到了袁红的电话,通知她明天早点去公司,开早会。

宋羨挂了电话看到顾园园发来的消息,问她晚上江大钢琴师给她做了什么好吃的,宋羨淡淡地回复:"我还没到家。"

顾园园忙问:"加班呢?"

宋羡坐在车里回复她:"没有。"

顾园园:"那你怎么还没回去?同事聚餐?"

宋羡想了一会儿实话实说:"江柳依的妈妈找我吃饭。"

顾园园一连发了几个问号过来,问:"什么情况?"

宋羡觉得打字麻烦,直接给她打了电话,简单地和她说了事情的经过,末了还说了今天吃饭时她们说的话。

顾园园说:"好家伙,鸿门宴啊!不是,她父母到底啥意思?"

宋羡说:"她父母觉得我不适合和江柳依做朋友。"

顾园园说:"合适不合适,旁人又不知道,再说怎么这种事父母也要干涉啊?"

宋羡到家时江柳依还没吃饭,一个人干坐在沙发上,听到身后有动静,江柳依转过头,说:"回来了。"

客厅的灯开了一盏,不是很明亮,电视机也关着,整个房间静悄悄的,宋羡换好拖鞋走进去,点头说:"嗯。"

江柳依问:"去哪吃饭了?"

宋羡说:"市中心的一家餐馆。"

江柳依心里有些郁闷:"好吃吗?"

宋羡说:"一般。"

闻言江柳依的心情好转了一些,她问:"跑那么远去吃饭,是去见哪个朋友?"

宋羡好奇地看了她一眼,觉得今晚的江柳依和平时不太一样,好像问题多了一些,不过宋羡还是很有耐心地回复她:"一位长辈。"

江柳依顿了顿,看见宋羡的目光清澈沉静,不像是在说谎,难道她之前想错了？宋羡就是真出去和长辈吃了一顿饭？

江柳依的心情忽上忽下，她看宋羡脱掉外套放下电脑包，坐在自己身边，问："你要工作了？"

宋羡"嗯"了一声打开电脑，今天下午的工作都压到晚上了，还以为能见到钱离，谁知道会吃闭门羹。

江柳依说："我还没吃晚饭。"

宋羡转过头看了她好几秒，开口说："我不会做晚饭。"

江柳依："……"

她抿着嘴唇："我没说让你做。"

宋羡点头："那我帮你点外卖？"

江柳依："……"

好像突然也不是那么饿了。

江柳依说："不用，我去切点水果。"

宋羡狐疑地看了她一眼，皱起眉头，看江柳依进了厨房打开冰箱，从里面拿出一个苹果和半盒牛奶，切好苹果后江柳依浇上鲜牛奶。此时电脑里的微信一直在闪烁，她回过神来，看到了群里吴莹发的消息。

吴莹："@所有人，论坛有人猜是《漫彤》了。"消息后附带一个链接。

宋羡点进链接，看到好几个帖子都在说这件事，当初请到江柳依之后这个论坛就比平时活跃，现在钱离的事情刚出来，论坛里就有人猜是《漫彤》。

"哎哎哎，你们觉得是谁啊？反正不是《美秀》，听说《美秀》第二期请的是余白。"

"余白？就是那个画坛新秀余白？和白老师合作过的余白？"

"对的对的,就是她,最近蛮火的,我看她粉丝也不少呢,所以肯定不是《美秀》。"

"其实吧,我和钱离合作过一次,这女人能红就非常奇怪,真的是非常非常难搞!我心疼这次被内涵的杂志社,跪求她离我们杂志圈远一点!"

"不管是谁,现在也不敢承认吧?这一波要是主动站出来不得被喷死!"

"看人下菜碟呗!你看如果这次是数一数二的杂志社,钱离敢这样吗?所以我猜肯定不是很出名。有没有可能是MT?"

《漫彤》的人看到这里心里一个激灵,立马截图发到群里艾特袁红:"袁姐袁姐,你看这个,现在怎么搞?"

如果现在承认,必然会被粉丝骂死,虽然很多网友不会被带偏节奏,但现在《漫彤》还处于上升期,尤其是名人专访刚开,真的经不起这种风浪。

袁红刚挂了老板的电话就看到群里的消息,她轻轻地叹气,眉头紧皱。下班都好几个小时了她还没离开办公室,一直在四处找关系压下这件事。最好的办法就是让钱离主动承认错误,说自己记错了采访时间,不是杂志社的原因,但不用想也知道,钱离不同意。

没办法,红人就要捧着,有气也得自己咽下去。

她又给余白打了电话,余白那边也不知道在忙什么,根本不正面回复,她挂了电话气得想摔手机!

另一边,老板还在催促她尽快解决。袁红在办公室里踱步,想了好几种补救方法,准备等明天上班开会说,完全没想到论坛那边还会发酵。

《漫彤》虽然不大不小,但牵扯的利益关系也不少,保不准就有人会趁机踩《漫彤》，真的是一刻都不能拖了！

袁红一定神，进群里问："都在吗？我们开个视频会议。"

何小英："在。"

吴莹："在。"

小李："在。"

最后宋羡打字："在。"

她从包里拿出耳机插在电脑上，接通视频后把视频框放在了右上角，屏幕正中间还是要修的图。耳机里众人七嘴八舌地说话，何小英尤其生气，直接对钱离来了一套"问候"，宋羡听着怪熟悉的，好像顾园园也很喜欢这么骂人。

江柳依边吃水果边刷手机，发现宋羡没吃之后把盘子往她那边推了推："不吃吗？"

宋羡从电脑边缘看到递来的盘子，江柳依见她双手还在电脑上，探身用叉子叉起一块苹果，递到宋羡的唇边，宋羡转头咬住，动作自然。

袁红说："你们说说还有没有其他的办法。"

何小英说："最好的办法就是换人，钱离她现在就是不想合作，我们换人吧。"

吴莹也支持："换人我同意，就是这个违约金的事情……"

众人沉默了几秒，钱离的违约金可不是小数目。

袁红说："违约金我和老板谈过了，我们是不可能出的，这件事于情于理都是钱离不对，她现在还在制造舆论攻击《漫彤》，本来就是她不按合同来。"

但也没办法说钱离违约，因为钱离没有指名道姓。最要紧的还不是这个，最主要的是临时找谁来接受采访？《漫彤》这几年的人脉，完全没有能压住钱离的，就算有那么几个，也不会乐意得罪钱家，所以老板的意思还是希望何小英和宋羡能去好好地道个歉，让钱离也发个澄清，这事就这么过去了。第二期照旧是钱离。

何小英当即反对："道歉？让我们和钱离道歉？袁姐，这不是打我们《漫彤》的脸吗？"

袁红怎么会不知道，可这是老板的意思。她的沉默让何小英心情不快，众人都沉默下来。宋羡在听着她们说话的同时也在认真地修图。

坐在她对面的江柳依玩着手机，偶尔用余光瞄宋羡。手机屏幕上方闪过一条消息，是她以前的同学发来的。她在班级群里极少有动静，现在同学突然给她发消息，江柳依感到奇怪，点开："江柳依，你真不厚道，家里人来我这里吃饭都不和我说一声。"

江柳依皱皱眉头，印象中，这个同学是开饭店的，难道宋羡今天是去她那里吃饭的？

反正她认识宋羡不奇怪，上次赵月白生日，好多同学都给宋羡递了名片，回去还让她推宋羡的微信给她们。她们都想认识宋羡，应该不会认错人的。

江柳依回了一个表情包过去。

同学立马发消息："下次来一定要和我说啊，给老同学免单不是应该的吗？"

江柳依回复："谢了，听说你那里的饭菜很不错。"

同学说："你朋友喜欢就好，不过你妈妈好像不是很喜欢。"

江柳依倏地坐正了身体。

宋羡今天是去和她妈妈吃的饭？

为什么和她妈吃饭不和她说？江柳依突然想到前一次回家，她和父母争论的样子,所以宋羡是不想让她不高兴,才不和她说,一个人去赴约的吗?

江柳依的心情复杂起来,她妈妈会说什么难听的话她再清楚不过了,肯定冷言冷语了,可是宋羡回来却什么都没说,问起来还说只是和一个长辈去吃饭。

长辈?是啊,还真是长辈。

江柳依心头哽住了,她放下手机,定定地看着宋羡。

宋羡正在听群里激烈地讨论要不要换人,讨论声此起彼伏,气氛紧张。

吴莹开口:"所以钱离当初为什么同意采访?"

就这态度?就这架子?何小英吃闭门羹也不是一两回了,如果真的不是有心合作,当初为什么同意接受采访?

群里其他人也表示这件事很诡异。

宋羡顿了顿想开口,袁红说:"是我联系的。"

其他人沉默了两秒,袁红继续道:"第一期的销售不错,所以第二期也不能掉链子,我就请朋友和钱离搭线。"

这个圈子说大不大,交际关系无非就那几种,让朋友牵线搭桥,很正常。

理是这么个理,再说当初大家知道是钱离不也挺高兴嘛,只是谁都没想到钱离会这么端着。

何小英沉默了两秒说:"反正我坚持换人。"

"袁姐,我和宋羡去道个歉没什么,但真的要这么做吗?这么做损害的可不是我们两个的颜面,更是《漫彤》的声誉。而且这还没开始采访呢,万一采访上再出点什么事,那第二期难道开天窗?"

袁红神色凝重，她也是这么想的，奈何老板不这么想。老板的想法她也能揣摩一二，虽然钱离耍大牌，但耍大牌的又不是钱离一个人，而且她的内涵也没指名道姓。因此真要解约，还会耗费精力和钱财。相比之下，让何小英和宋羡去道歉，哄钱离回来继续上第二期，就不会有这么多的麻烦事了。

站在老板的角度，她想继续，也能理解。

现在问题就卡在袁红这里。

袁红硬着头皮说："这样吧，我先和钱离那边再沟通沟通，如果她愿意解释清楚那条微博，我亲自上门道歉，如果她不愿意……"

何小英还想说话，被吴莹咳嗽打断了，吴莹说："听主编的。"

其他人也点头："听袁姐的。"

宋羡神色平静，要挂视频会议之前袁红给她发了消息："今天这件事不怪你和小英，是钱离的问题，你别放在心上。"

宋羡垂下眼睛，打字的动作顿了顿："我知道。"

袁红发消息："群里问钱离是谁搭线的，你也说是我。"

虽然最初是因为余白想为余彩的事情道歉，但答应这件事的人是她，和宋羡没有关系。她知道现在社里那些人情绪不好，万一再知道那些乱七八糟的事情嘲讽几句，两家本就撕扯，再扯上宋羡……没必要，完全没必要。

宋羡目光一柔，淡淡地回复："嗯，好。"

袁红说："那没事了，早点休息，晚安。"

随后，何小英就把宋羡拉到一个同事小组，先狂骂一顿钱离，然后说："哎，心疼主编。"

小李也难得发言："要不我们去请张洁？"

张洁以前是模特，后来被一位导演相中去拍电影了，现在名气还不错，就是行程比较满，而且她们都没有提前预约，谁高兴自己当替补？

这也是为什么她们不敢找社里老熟人的原因。

何小英说："我去联系试试，张洁以前和我们关系挺好的，看她愿不愿意帮忙。"

群里难得的沉默。

吴莹说："行吧，大家都试着联系联系。"

宋羡盯着这句话看了好几分钟，退出群聊时她去翻联系人，最后发了一条消息出去。

江柳依的余光一直瞄着宋羡，看她合上电脑才开口："结束了？"

宋羡抬起头，声音淡淡地说："嗯，刚结束。"

江柳依问："怎么突然开会了？"

这还是她头回看到宋羡开线上会议。

宋羡说："社里有点事。"

江柳依皱起眉头："什么事？要我帮忙吗？"

她的态度很自然，好像宋羡的事情就是她的事情，她理所当然要帮忙。宋羡却转头看了她一眼，想到自己刚发出的消息，摇头说："应该不用，明天就有回复了。"

江柳依"哦"了一声。

宋羡收拾好电脑包去洗澡，江柳依还看着手机，犹豫片刻后她放下手机去厨房下了一碗面条。宋羡洗完澡出来就看到江柳依在吃面，江柳依问她："吃吗？"

"不吃。"宋羡说，"我刷过牙了。"

她说着走到江柳依身边，倒了一杯温水，喝了两口。刚洗完澡的她，眉毛上挂着水珠，脸比平时更红润，眼睛清澈明亮，哪儿哪儿都好看。

江柳依不经意地扫了一眼，见宋羡打了个哈欠，便问："困了？"

宋羡点头，今天在那里干坐了一下午，刚刚洗澡发现好事造访，难怪身体困乏，没什么力气。江柳依说："先去睡觉吧。"

宋羡放下杯子，回到房间里，在床上坐了一会儿。

宋羡抬起眼睛，从门缝里看出去，见江柳依还坐在饭桌前吃面，还一边低着头看手机。

江柳依正在选礼物的款式。

她把手模寄给商家之后那边有了尺寸，就给她发了好多种款式过来让她选。原本她应该问宋羡的意见，但想给宋羡惊喜，所以就没告诉她。

款式太多了，她实在不知道怎么选，干脆发给赵月白。

赵月白惊愕地发来好多个问号，江柳依说："帮我选一款。"

"哦，那我看看。"

江柳依也在仔细挑选，按宋羡的性格，应该比较喜欢秀气一点的款式，她将选好的几款放在相册里，转身去洗碗，回来时赵月白已经选好了，选了十几种。

赵月白说："太难选了，我把合适的都选出来了，你自己参考。"

江柳依低头细看，发现好几款和自己选的差不多，看来赵月白对宋羡的印象和她不谋而合。她笑笑，把这些图片一起收入了相册里。

宋羡睡得很踏实，她有段时间失眠，在床上翻来覆去怎么都睡不着，得服用助眠药才能入眠，但是和江柳依认识之后她就没有再失眠过了。

她一睁开眼睛，都要天亮了，宋羡随手关掉闹钟。

外面传来江柳依的问话："怎么这么早？"

"要去公司开会。"宋羡回复她。

昨天晚上袁红交代大家早点过去。

宋羡说："你再睡会儿，冰箱里还有面包，我热了吃。"

不知道江柳依听没听进去，宋羡提着衣服去卫生间更换。正当她想赤脚走出房间时，倏而想到江柳依蹲在她面前让她穿鞋的样子，宋羡顿了顿，迅速穿好鞋出去并轻轻合上了房门。

她习惯性地走到冰箱面前，拿出面包，加热。

此时，江柳依从房间走出来，秀发微乱，睡衣最上面的扣子没系上，不经意间露出锁骨和白皙的肌肤。

宋羡问："你怎么起来了？"

江柳依一副还没睡醒的样子，但声音温和，她说："想起来昨晚给你买了东西。"

宋羡有些好奇："什么东西？"

江柳依说："你先去吃早饭，我泡好给你。"

宋羡看江柳依进了厨房，打开柜子，不知道在捣鼓什么，没一会儿她端着杯子过来，递给宋羡说："是这个。"

杯子冒着热气，白雾袅袅。宋羡嗅着味道低下头看，居然是一杯红糖水。杯子刚被放置在她手上，里面的糖水便轻微晃荡。宋羡抬起眼睛看着面前的江柳依。

江柳依说："喝吧，你体寒，喝过舒服一点。"

宋羡端起杯子抿了一口，甜味沿着舌尖蔓延进身体里，一种奇妙的感觉萦绕在胸口，暖暖的。

宋羡去杂志社之后江柳依便回房间补觉了。一觉睡到十点多，她被林秋水的电话吵醒了，林秋水要她去公司签合同。

过年期间，她要去电视台演奏，很久之前林秋水就和她说过这件事了。江柳依挂了电话后，便去换衣服。从卫生间出来时，她注意到手机上有一个陌生的未接来电，眉头不禁微蹙，心中并无回拨的打算。然而，没想到上车前那个号码又打了过来。

原来是快递。快递员问："江小姐，请问您什么时候有空？我们好帮您送过去。"

自己没买什么东西啊，难道是宋羡买的？江柳依拧起眉头问："是什么？"

快递员说："是钢琴。"

江柳依愣住了，握住方向盘的手一紧，心跳骤然加速，怦怦地跳着。毕竟是她最想要的那款钢琴，哪有不激动的。江柳依抿了抿嘴唇，说："下午一点，我在家。"

快递员一声"好咧"挂了电话。

江柳依赶去公司签合同，她心情不错，看到林秋水也没冷着脸，但态度俨然和从前不同了。

林秋水看见她便微笑着说："来了。"

她淡淡地点头，问："合同呢？"

林秋水把合同递给她，说："原本想让你的助理给你送去的，但考虑到你可能还有什么要求，就叫你过来看看。"

江柳依点头，她不是第一次上电视台演奏了，前年就上过一次，对合同也算熟悉，况且还有公司的律师把关，应该没什么问题。

林秋水问："没问题吧？"

江柳依低下头认真地看完后说："没什么问题。"

她签上自己的名字，递给林秋水，说："余白的曲子我已经选好了，在这里。"她递给林秋水一个U盘，说，"选了三首，你让余白听听，看符不符合她的要求。"

林秋水接过U盘，点头说："知道了。"

江柳依的脸色缓了缓，听到林秋水问："中午要不要一起吃饭？"

原本，如果江柳依没什么事，她应该会欣然同意和对方一起吃饭，但刚刚那通电话让她没心思待在外面。她摇头说："不了，我回家还有点事需要处理。"

林秋水的目光顿时黯淡下去，她叫江柳依来的另一目的就是想修复两人感情，但江柳依直接把她的计划扼杀在了摇篮之中。

林秋水心情有些复杂。江柳依起身说："那没事我先走了。"

林秋水只好说："回去吧，最近有空过来练琴。"

"不了。"江柳依说，"我在家练习也是一样的。"

林秋水张了张嘴，却说不出话来。

她目送江柳依离开，直至办公室的门合上，那一刻仿佛她和江柳依的友情也被无情地隔绝在了门外。

江柳依径直走到电梯口，钱申从拐角处出来就看到她了。江柳依一身奶白色风衣，秀发绾在脑后，身材高挑，大长腿笔直，还踩着高跟鞋，从侧面看气势十足。

钱申刚想走过去，却又顿住了，转头问助理："她怎么来了？"

助理小声地回答："钱总，我听说是为了电视台演奏的事情。"

"电视台演奏？把她的行程发给我。"

助理说："好的。"

两个人说完话，江柳依已经上电梯了。钱申没有冲上去和她说话，而是静静地看着电梯门合上。没一会儿，电梯到了地下车库，江柳依遇到几个同事，她点头打过招呼，然后上车离开了。

到家已经十二点多了，她简单地做了午饭，边吃边等着钢琴送来。一点左右，她的手机响了，江柳依握紧手机，听到电话那边问："江小姐，我们直接送上来吗？"

江柳依"嗯"了一声："送上来吧。"

没一会儿，快递员便把钢琴搬运到了门口，江柳依让他们把钢琴放在琴房里。江柳依签收好，看到了送货人的电话，署名：艾伦。

她盯着电话看了好几分钟，还是决定打过去。

电话拨号音响起，江柳依的心跳莫名地快了几拍，这还是她第一次联系宋羡的家人。很快，那端有人接了，一个男人的声音响起："喂？"

江柳依轻呼吸，问："是艾伦先生吗？"

艾伦说："对，我是，请问你是？"

江柳依说："我刚收到您的钢琴。"

"啊——"那端的人似乎是想起来了，笑声若洪钟，"是江柳依？"

江柳依没承想他知道自己，应下说："是我，突然打给您冒昧了。"

"冒昧什么？"艾伦笑呵呵地说，"你怎么和羡羡那孩子似的，都这么客气。"

听到这话江柳依的眉目弯起，眼底盛着笑意，她说："宋羡在家里也是这样吗？"

艾伦笑着说："就是这样，生疏极了，我可是她大伯，她都不和我亲近，不过她那性子随了她父母。"

江柳依道:"她的性子挺好的。"

"你觉得好就行。"艾伦说,"羡羡这孩子,不爱和人亲近,平时闷,很多方面可能和常人不太一样,但你对她好,她就会对你好,你要是有什么问题可以找我。"

找她父母,绝对没用。

江柳依说:"好,我知道了。"

艾伦笑着问:"听说你还是月明的朋友?"

江柳依说:"是,我和月明姐是一起长大的朋友。"

"她刚和我说买钢琴的事。"艾伦说,"没想到扭头羡羡就帮你要了,说明你和这架钢琴有缘。"

他似乎很信这个有缘之说,笑着说:"羡羡以前过生日都不要我们送礼物,有一年突然和我说要这架钢琴。后来又说,能不能以后再送给她。现在她将这架钢琴送给你,说明这架钢琴和你有缘。"

江柳依笑了。工作人员安装结束,让她去试一下,她便同艾伦告别,挂了电话。她试了几个音都没什么问题,工作人员留下电话号码就离开了。

江柳依给宋羡发消息,告诉她钢琴到了,然后她盯着手机回想到艾伦的话——"有一年突然和我说要这架钢琴。后来又说,能不能以后送给她。"

所以那时候宋羡要钢琴,是为什么?

江柳依皱起眉头,看到宋羡的回复:"嗯,知道了。"

她的手指放在屏幕上,想问却什么都没发,最后关掉了手机屏幕。

宋羡还在打字,回复另一个同事的消息。办公室里异常忙碌,早上开会之后袁红就走了，说是去找钱离，一直到现在都没回来。办公室里其他人都有些着急，好不容易，何小英终于说："联系上了！"

她指着手机说："我联系上袁姐了！"

其他人围在何小英的身边，听到她拿着电话问："袁姐，你在哪里呢？"

袁红说："我马上回来了。"

何小英听到袁姐的声音松了口气，她真怕袁姐也去受委屈。

她挂了电话对众人说："好了，袁姐回来了。"

话音落下没多久，袁红就踩着高跟鞋走进了办公室。她神色平静，只是眼尾泛红，何小英忙走过去："袁姐，没事吧？"

袁红温和地说："我能有什么事？"

她的声音微哑，比平时的声调低一些，众人听了心疼。谁不知道袁红的脾气是社里最好的，这么多年，她虽然是主编，但对同事就像是家人，上面有事她扛着，下面有事她受着，想到这，何小英瞬间红了眼眶。

袁红深呼吸，说："好了，大家也不要太担心钱离那边了，我已经和她们谈妥了，等她们解释那条微博，我再去道个歉。"

办公室有些安静，宋羡抬起眼睛看向袁红，淡淡地问："一定要道歉吗？"

道歉就等于打《漫彤》的脸。

袁红看着她，又看向众人，解释说："我知道这次大家都很生气，但工作就是这样，总会遇到各种各样的合作对象，这种事避免不了。"

何小英不平道："袁姐，其他我们都能忍了，但她这是明显找碴，我就怕到采访的时候又会出现什么幺蛾子，到时候我们第二期可能会开天窗。"

袁红点头说："这点我也考虑到了，所以我想道歉的时候和她再签一份合同。"

那钱离有多难搞，在场没人不知道，袁红居然还能争取再签一份合同，她今天遭遇了什么，大家多少都能明白了。

何小英尤其难受，她的眼睛红了一圈，问："袁姐，咱们换人吧，昨天我已经联系张洁了。"

袁红转头问："张洁回复你了吗？"

何小英说："还没。"

此时宋羡的屏幕上弹出一条消息。

她看向袁红，声色平静地道："主编，我可以推荐一个人吗？也是娱乐圈的，刚拍完戏，正在家里休息。"

袁红失笑，大家为这次突发事件努力的样子让她心头一暖，哪怕受到再多委屈她也觉得值得了。

何小英忙不迭地问："谁啊？"

袁红也看向宋羡，问："谁啊？"

宋羡把电脑上的图片展示给众人看，是一部电影的海报，上面有主演孔希颜和柴茵，还有三个配角。何小英的手不敢指向主演，只敢指旁边的配角："她吗？"

"不是。"宋羡语气平静，指着主演说，"孔希颜，可以吗？"

咚！安静的办公室里传来一声巨响。宋羡转头看去，何小英一屁股摔在了地上，椅子翻倒，旋转底座正在慢悠悠地转动着，配上何小英那张呆若木鸡的脸，十分滑稽。

第七章

下台阶

一张会议桌，袁红坐在主位，宋羡坐在她对面，其余同事坐在两人的身侧。大家一会儿看看宋羡，一会儿看看袁红，气氛凝重又紧张，像电影里的慢镜头，谁都没敢大喘气。

突然，一声喷嚏打破了沉寂的局面。

众人看过去，何小英揉揉鼻子："对不起，没忍住。"

众人深呼吸，表情各异，袁红坐在主位上，看向宋羡："你确定，你邀请的人是孔希颜？"

众人看向宋羡。宋羡点头："嗯，我确定。"

袁红咽了下口水，和同事们的目光碰上，哪个不是瞳孔地震。孔希颜哎！景烟的招牌艺人！她和景烟的老板迟总关系很好。迟总从小含着钻石长大，就算抛开国外的背景，光是国内，景烟也是娱乐圈的龙头公司。孔希颜本人就更不用说了，这几年她还获得了很多国际性的奖项。她的粉丝也是圈里独一份的，因为她们不打榜，不投票，也不搞周边活动。粉丝想花钱，可以，那就用来做公益。

她简直是娱乐圈的一股清流，电视台都不知道点名表扬过多少次了。这样的人，会到她们这个小杂志社来吗？袁红都觉得对不起人家那"咖位"。

就是现在国内数一数二的杂志社都不敢随便邀请她吧？

看到袁红皱起眉头，宋羡不解地问："不行吗？"

"当然不是！"袁红说，"那可太行了！"

她说完又有些犹豫："就是这个价格，我们……"

虽然她没和孔希颜接触过，但邀请她的通告费她还是了解的，那是娱乐圈里头部的头部，顶流的顶流，她就怕杂志社承受不起这个价格。

宋羡说："价格我已经和她说过了，就按照我们正常的价格。"

何小英不可思议地看着宋羡："你是说不加价？！"

真的假的！这天大的好事，她都不敢相信了。

何小英和身边的人说："快快快，掐我一下！"

身边的小李狠狠地掐了她一下，何小英跳起来："要死了，你下手那么狠！"

小李无辜地说："我这不是——也不相信嘛！"

谁敢相信啊？到现在大家都像做梦似的，感觉身体在飘。吴莹又小声地确认："宋羡，你真的……真的请到孔希颜了？不是骗我们吧？"

说完她又摆手："我不是怀疑你的意思！"

宋羡看她们这副模样，皱起眉头说："稍等。"

她说着在众人面前拿出手机，先打字发了一条信息，没一会儿那边弹了视频邀请，宋羡选择接受，屏幕上顿时出现孔希颜那张漂亮的脸。她的声音清透，打招呼道："嗨，宋羡。"

整个办公室的人腿都软了。袁红轻咳一声走过去，站在宋羡的身后，屏幕里不是孔希颜还能是谁！

孔希颜似乎在家里，背景有沙发和婚纱照。

宋羡说："对不起，打扰你了。"

"没关系。"孔希颜笑了，"你又不是不知道我的作息，平时都没人敢打扰我的。你们把时间确定好，不用联系我助理，直接发给我，我最近都有空。"她说完淡笑着又道，"采访地点是在家里，还是你们社里？"

一向专业的袁红被问得愣住了，卡了几秒才说："都行，都行。孔老师觉得怎么方便怎么来。"

孔希颜说："好，那听宋羡的吧，你决定好告诉我。"

宋羡点头说："知道了。"

她的语气依旧平静淡然，随后挂了视频。其他人却瞬间不淡定了，会议室里炸开了锅。袁红呵斥了她们好几声都没有止住，她只能无奈地笑笑。能请到孔希颜，那是她做梦都不敢想的事情，什么概念啊！简单来说，就是一步封顶了。她激动得眼睛发红，何小英催促她："快，袁姐，快去拟合同！"

"哦，对。"袁红如梦初醒，立马吩咐众人继续工作，众人哪里还有心思啊，都恨不得把宋羡问个彻底。

何小英架着宋羡，问："什么时候认识的孔老师？"

什么命啊！她还认识孔希颜！救命！想想就让人窒息！

宋羡说："几年前。"

那时候她还在白烨身边，一次白烨请景烟的老板迟晚照和孔希颜吃饭,她们见过一面,后来迟晚照的妹妹很想收藏她的画,但那时候她的状态不太好,就拒绝了。此后在国外她们也碰见过两次,她爸爸和迟晚照有合作关系,顺带着她们也熟悉了不少。

何小英不知道背后的关系,追着问:"那你们关系怎么样?"

肯定很好吧?要不然怎么会来救急?

宋羡说:"还行。"

毕竟她给孔希颜发邀请也只是抱着试试的态度,没想到孔希颜竟然答应了。

吴莹满脸好奇:"说说,你们怎么认识的?"

宋羡说:"就是一起吃过饭。"

众人:"……"

就算只是一起吃过饭,那也是很友好地一起吃饭!突然觉得她们杂志社倍儿有面子。何小英说话连气都粗了:"不问了!工作!我要给我们亲亲孔老师写采访稿!"

她上午还蔫了吧唧的像离开水的鱼,现在又重新活过来,精神焕发了。其他同事也是,高兴得不行。吴莹问袁红:"袁姐,那这次采访提前宣传吗?"

上次江柳依那事,众人都没敢提前宣传,这次大家也不确定。袁红抬起头:"宣啊!那必须得宣!鞭炮齐鸣地给我宣!"

她说:"我先给老板打电话汇报这个事,在此之前你们不要泄露消息。"

众人乖巧地点头。

何小英憋笑憋到内伤,她写稿子写到一半,听到吴莹发出动静。她抬起头,看向吴莹:"怎么了?"

吴莹小声地说:"看论坛。"

何小英点进论坛，看到昨晚的事情已经完全发酵了，这次大家不是猜测《漫彤》，而是直接挂出了《漫彤》的名字。

"是《漫彤》吧？我刚听朋友说，《漫彤》的第二期专访就是请的娱乐圈的艺人。"

是呢，是娱乐圈的艺人，还是最厉害的艺人！

"那惨了，《漫彤》血亏啊，人没采访到，还被泼了一身的脏水。"

"苍蝇不叮无缝的蛋，没准是《漫彤》做得不行，钱离忍无可忍呢。"

"打起来打起来！最喜欢看《美秀》和《漫彤》打架了，话说这期《美秀》请的余白，应该是没问题的。不过这么一闹，如果《漫彤》真的请钱离，钱离粉丝不把《漫彤》骂死才怪，怎么可能买杂志？那这次《美秀》稳了！"

"同意，《漫彤》在这个节骨眼儿出事，《美秀》这次赚大了！"

确实赚大了，原本余彩还因为没邀请到江柳依而生气，觉得江柳依太不近人情，现在气顺了。她姐虽然不是什么大名人，但粉丝也不少，而且马上就要开画展了。稿子她都写好了，就用画坛新秀和白老师合作做噱头。主编对她的稿子十分满意，现在看到论坛消息，她就更满意了。

余彩截了一部分论坛内容发到她们的小群里，说："谢谢钱离姐帮忙！"

是一个四人小群，有钱离、钱申、她和她姐。

余白没动静。钱申说："干脆这样吧，你要不就推掉算了？"

钱离看到钱申这条消息翻了个白眼。她是给《漫彤》出了点小难题不错，可是她还不想丢了这个专访，《漫彤》虽然在业界不算数一数二，但它开的人物专访第一期就是江柳依，声名大噪，她接档第二期，也算有面子。可钱申的缠人劲儿她见识过，烦得要死，如果不答应她帮忙，她就会一直嗡嗡嗡地在身边缠着她，所以她才会使绊子。

但她很有分寸，既堵住了钱申的嘴，还有台阶下。

现在也该是顺着《漫彤》台阶下的时候了。钱离放下手机转头叫助理进来，说："先把澄清的微博拟好，等下午《漫彤》的人过来再发。"

助理点头说："好的，钱姐。"

钱离舒了口气，躺在休息室的贵妃椅上眯了一会儿，直到门外人来人往。她听到声音，皱着眉头问助理："几点了？"

助理说："四点半。"

钱离脸色微变："四点半？《漫彤》的人来了吗？怎么没叫我？"

助理低下头说："《漫彤》那边……没来人。"

钱离拧起眉毛，声音拔高了几个度："什么？"

助理说："我给那边打个电话问问。"

钱离的脸沉着，眉头越皱越紧。

很快，袁红办公桌上的电话响起，但一直没人接。袁红上楼开会了，钱离助理琢磨着还是给何小英发了消息。何小英托着手机说："钱离的助理给我发消息了。"

其他人问："说什么了？"

何小英说："问袁姐下午为什么没去。"

众人都是无语的表情，何小英正在犹豫着怎么回复，宋羡的手机铃声响起，宋羡侧头看了一眼手机，目光沉静如水，随后举起手机给何小英，问："是这个号码吗？"

何小英愣了一下："嗯，怎么给你打电话了？你接了就说袁姐……"

话还没说完,就看到宋羡当着众人的面,神色平静地挂断了!

众人错愕地看向宋羡。何小英问:"你……你挂了?"

宋羡问:"你要接吗?"

"啊,不是。"何小英都不会组织语言了,她只是没想到宋羡会突然挂了电话。随后一想,挂了就挂了,她们之前等了四个小时,钱离都没说一句抱歉,转头还内涵她们不专业呢!

挂电话才多大的事!就该挂!

钱离的助理没联系上人,转头告诉经纪人,经纪人也试着联系《漫彤》,但始终没等到回复,也没人接电话。她觉得奇怪,拨弄手机时听到进来两个艺人,两人边倒咖啡边聊天。

"哎,听说《为凰》那部电影,你和钱离一起去了?"

经纪人往后面缩了缩,利用柱子挡住自己的身体,听到那两个人说:"是啊,一起去了,不过我看八成没戏。"

"别灰心了,虽然现在公司捧着钱离,但你明显比她强多了。"

"说到这个就生气,捧个有能力的我们还心服口服,就钱离……"

她余下的话没说出来,但两个人心知肚明。经纪人探出头看了一眼,这两位艺人也算是公司名人,平时和钱离有些资源上的争夺,不过上层厚待钱离,净把好资源给钱离,有人不服气也正常。

经纪人也不是头一回听到这种抱怨了,以往她都假装没听见,今天她本就心烦,现在又听到这些话,火气一下就上来了。她举着手机,装出打电话的样子,大摇大摆地走出去,说:"哎,我是钱离的经纪人,《为凰》啊,这个看导演您的意见,我们钱离当然是配合啦……"

她故意地从两个艺人面前走过去，嘴角漾着假笑。两个艺人端着杯子，直直地盯着她，等她走出去后才爆出一句脏话。

经纪人走出去很远才放下手机，转身进了钱离的化妆室，把刚刚的事情说了一遍，又说："钱离，这次《漫彤》再来人，你可什么架子都不能端着了。"

钱离岂能不懂，点头说："知道了。"

经纪人又说："我觉得咱们也可以提一提《为凰》。"

钱离很听话地答应："好。"

当然不能明面上提，毕竟《为凰》还没正式定下主角，经纪人就是想侧面提一提，让剧组看到自己的诚意。

钱离听到这里转头问："《漫彤》那边怎么回事？"

经纪人也觉得奇怪："没联系上人，电话没人接。"

钱离冷着脸："再联系。"

经纪人点头说："知道了。"

她又出去给袁红打电话，袁红刚从会议室出来，看到这个来电没有立马接，而是关掉了铃声，任其振动了一会儿。到办公室时众人围了上来："袁姐！怎么说的？"

吴莹睁大眼睛问："通过了吗？"

袁红说："能不通过吗？老板又不是傻子。"

一个是孔希颜，一个是钱离，任谁都知道选谁好吧！说到和钱离解约，老板大手一挥，答应付违约金，态度也和之前完全不一样了。

想也知道，这次如果真的和孔希颜合作成了，那杂志社有可能迎来前所未有的春天！

何小英拍着胸脯说："我就说稳了，没问题吧？你们一个个瞎担心。"

话虽然这么说，但就数她最咋呼，同事们围在她身边叽叽喳喳的。袁红从何小英的肩膀处看下去，见宋羡依旧在低头修图，神色平静。袁红喊道："宋羡。"

宋羡抬起头，袁红笑了："忙好来我这里一趟。"

"好。"宋羡低下头保存好文件，就起身跟袁红走到她的办公桌旁边。

袁红说："坐。"

她给宋羡倒了一杯温水，说："刚刚我和老板说了，是你介绍的孔老师，老板特别高兴，还说事成请你吃饭。"

宋羡对吃饭没什么兴趣，摇头说："不用了。"

"我也是这么说的。"袁红一直笑着，"我说啊，饭可以免了，但这奖金不能少！"

宋羡抿了一口温水，袁红慢慢地坐下，双手握在一起，再三犹豫还是开口说："其实老板……还问你有没有什么要求。"

背后的意思是，升职加薪都可以。

宋羡连想都没想，说："没什么要求。"

袁红皱着眉头问："你就不再考虑考虑？"

宋羡的目光沉静如水："就这样挺好的。"

袁红说："那我实话实说。我呢，是想让你留在新刊，想把你从童刊转到这边来，你觉得呢？工资方面，再上调百分之三十，奖金另算。"

这在业界算是非常高的待遇了，但袁红也算看出来了，宋羡来这家杂志社，压根儿就不是为了赚钱，否则以她的能力、人脉，随便做点什么不好？

虽然不知道宋羡是因为什么而纡尊降贵待在这家小杂志社,但既然缘分一场,她也舍不得放人,所以才和老板争取机会,希望把宋羡留在新刊这边。

老板的意思是,宋羡同意就行。但袁红不确定宋羡是什么想法。

宋羡不似刚刚那么干脆,她少见地犹豫了。她拧起眉头问:"留在新刊?"

"对啊。"袁红说,"新刊的情况你也了解了,也和我们处过一段时间,虽然不知道你对我们印象怎么样,但是大家都特别喜欢你,我也很喜欢你。"

说到这里,袁红解释:"不是因为你带来的人脉关系,而是单纯喜欢和你做同事。所以呢,我就想,你要不要转过来?"

宋羡没说话,她沉默了两分钟,似乎是很难做决定。袁红见状心里明白了,其实当初宋羡过来帮忙的时候,就问过以后她还会不会回童刊。

她当时一口答应:"等摄影师休完产假你就可以回去。"

宋羡喜欢童刊,而且是想回去的。

其实不止一个部门想挖宋羡,但都没成功,这次要不是部门摄影师休产假,她也没机会和宋羡接触这么长的时间。但接触的时间越长,她就越舍不得放宋羡走。

不过一切都要尊重宋羡的意愿。

袁红说:"这样吧,宋羡,这件事你回去好好考虑,不急在这一时,等考虑好了,你再告诉我结果。"

宋羡点了点头说:"好。"

袁红说完又道:"对了,孔老师的合同我拟好了,晚上你可以陪我一起去孔老师家吗?"

宋羡说:"没问题。"

袁红看了她一眼:"那你回去工作吧。"

宋羡起身回到座位上。何小英喜滋滋地问:"袁姐找你干什么?"

吴莹戳她:"还能干什么,关于奖金,是不是?"

宋羡点头。何小英又说:"发了请客!下午茶!"

其他同事也闹起来,办公室里一片温馨。宋羡抬起眼睛看这些同事,笑了笑,而后坐下继续修图。到快下班的时候她给江柳依发消息,告诉她晚上不回去吃晚饭了。

江柳依从沙发上坐起身。

昨天没回来,是和她妈妈见面,难道今天又和她妈妈见面?也说不定,毕竟她妈妈就是不达目的不罢休的性子。

她问宋羡:"又见朋友?"

宋羡回复她:"嗯。"

江柳依打字:"几点下班?我陪你去。"

宋羡愣了一下,随后想到是去孔希颜家,一起去也行。

她给江柳依回复:"正常下班,我就在公司门口等你。"

江柳依说:"行。"

宋羡刚放下手机,就听到何小英抱怨:"怎么没完没了啊!"

她转头和宋羡哀号:"钱离的经纪人又联系你了吗?"

宋羡摇头:"没有。"

她挂了电话,对方就没再打过来了。

何小英哭丧着脸,她没宋羡那么干脆,不敢轻易挂电话,但又不知道接了说啥,最后只能把手机放在桌上,任其吵闹。

钱离的经纪人因为打不通何小英的电话,不免急躁起来。原本她们是想好好接受这个采访的，要不是钱离突然闹出些幺蛾子，现在没准采访都结束了，她们可以顺势做好宣传。《为凰》再跟上，多好的档期啊，既能免费宣传，又能实现双赢。

可现在《漫彤》的电话打不通，就令人很烦躁。

她是没想过采访会出什么问题的，而且《漫彤》的主编上午还来过这里，说好了会亲自道歉，怎么现在又不见人影了？难道他们找到别人，不需要钱离了？

那违约金不是小数，杂志社乐意付？

还是真的把《漫彤》惹毛了？如果是这样，大不了让钱离退一步，不需要主编道歉，她发个澄清的消息，这事就当过去了。

经纪人左右着急，又给袁红打了个电话过去，这次响了几声后有人接了："喂。"

态度和上午不一样，有些冷淡。经纪人的心里咯噔一下，她说："袁主编，我是钱离的经纪人。"

"我知道。"袁红说，"抱歉，您打了好几个电话我都没接到，刚刚和老板在开会。"

闻言经纪人放软了态度："我说呢，怎么一直没人接电话，钱离耍脾气的事情我都知道了，我想让她给你们道个歉，然后……"

"不用了。"袁红说，"刚刚和老板商量，我们决定终止和钱小姐的合作了。"

经纪人的话被打断了，声音卡在嗓子眼儿，戛然而止。她不敢置信地大声问："什么？"

袁红态度冷淡地重复了一遍后，经纪人的脸涨得通红。她抬起头看了一眼窗户，只见窗户上的倒影里，自己的模样活像小丑！

《漫彤》突然提出解约要求是所有人都没有想到的。钱离出道这么久，也算经历过大大小小的事情，以前别说内涵合作方，就是和对方吵起来，也照常出席活动的例子比比皆是，所以《漫彤》甩出解约的方案，把钱离和经纪人都炸蒙了。

钱离不敢置信地问："解约？"

她的声音因为拔高而变了调："你确定是解约？杂志社愿意赔违约金？"

经纪人还蒙着，点头说："嗯，他们是这么说的。"

钱离气笑了："好啊，解约就解约，我倒想看看他们会邀请哪路神仙。"

经纪人瞪了她一眼："你还好意思说？"

钱离咬着嘴唇，说："那你帮我查查他们请了谁。"

这些都不用钱离说，经纪人挂了电话就去打听了。她首先打听的就是江柳依的朋友圈子。《漫彤》那边的整体实力他们调查过，能压住钱离的还没几个，而有档期的就更寥寥无几了。她原本笃定《漫彤》找不到合适的人选，才放任钱离端着架子。没想到现在，一份解约书竟然甩了过来。

钱离说："我也问问。"

她拿起手机问了几个好姐妹，都说没听说过这事，她不禁皱起眉头。

经纪人不满地抱怨："早和你说了别成天耍性子，你偏不信。"

钱离撇撇嘴，知道这件事是她理亏。

经纪人说："这事我看着办，你最近安分一点，《为凰》马上就要第二次试镜了，别在这时候出什么岔子。"

钱离"哦"了一声。

经纪人睨了她一眼，转头出去打电话。

外面天色渐黑，车流不息，最靠近红绿灯的是一辆深灰色的轿车。江柳依将蓝牙耳机塞进耳朵里，给宋羡打电话。

宋羡和主编刚从公司里出来，袁红说："开一辆车吧，我开车。"

宋羡转头说："江柳依开车了。"

袁红微微有些诧异："江老师也来了？"

宋羡点头说："她也想过去。"

"啊——"袁红有点明白了，孔老师是宋羡的朋友，没准儿也和江老师认识，优秀的人都是和优秀的人在一起。

两个人刚聊完，一辆车停在门口，随后江柳依从车上下来，看到袁红愣了一下。袁红冲她打招呼："江老师，晚上好。"

江柳依瞬间就想到昨晚视频会议的事，随后对袁红点头："晚上好。"

说完她走到宋羡的面前："怎么你们主编也在？"

宋羡说："我们要去送合同。"

江柳依愣了一下："送合同？"

合着不是去和她妈妈吃饭啊？

江柳依微闭上眼睛，神色带着些许尴尬。宋羡抬起眼睛看她："怎么了？"

"没事。"江柳依轻呼吸，偏过头对袁红笑了，"上车吧，我送你们去。"

袁红点头说："麻烦江老师了。"

江柳依轻咳一声说："没关系。"

江柳依打开副驾驶位的门让宋羡先坐进去，随后她将包都放了后备厢。

袁红见状忍不住说:"江老师真的很细心。"

宋羡点头:"嗯。"

袁红想到了以前,蓦然笑起来:"还记得我们刚决定邀请江老师的时候,大家对她的印象都是高岭之花。"

第一期的名人专访,那时候谁都不敢去请江柳依,从电视里看到她本人就感觉她有浓浓的疏离感,属于高不可攀的那种类型。何小英还说,艺术家天生就是让人敬仰的。

现在想想,江柳依除了话少,脾气也挺好的。

宋羡听到袁红的话淡淡地笑了。

江柳依上车后瞄到宋羡的眉眼弯着,她问:"笑什么?"

宋羡偏过头,声音淡淡地道:"没什么。"

袁红在后座听着两个人聊天,突然觉得同事们都错了,宋羡才是那朵高岭之花。

江柳依也不在意,习惯了宋羡这样的说话方式,她转头问:"去哪里?"

袁红说:"去孔老师家,这是地址。"

她把一张便笺递给江柳依,江柳依低下头把地址输入导航,问:"孔老师?哪个孔老师?"

袁红笑:"孔希颜,孔老师,我们第二期的专访嘉宾。"

"孔希颜?"江柳依说,"是演《黎明》的那个孔希颜吗?"

当年,孔希颜凭借一部《黎明》杀进电影圈,和影帝袁修俊合作。《黎明》上映没多久就挤进当年电影票房前五,如今,《黎明》里的所有角色都发展得风生水起,就连当初跑龙套的演员现在也都成主演了。

外界戏称,杨毅森导演最厉害的地方不是拍电影,而是选角。

现在那部电影也称得上大咖云集的典范，想要再看到那些明星聚首同一部电影中，恐怕是难上加难，因为请不起！

不过有传孔希颜和柴茵将二度合作，连宣传照都拍出来了。

江柳依不是娱乐圈的人，但音乐也属于文艺领域，这些消息也关注过一些，所以比较清楚。

袁红笑了："是啊，就是孔老师，难得她答应我们专访，现在马不停蹄地送合同去。"

江柳依点头。车上了正道，她也就没再开口，只认真地开车。

宋羡也不是喜欢说话的人，车里顿时有些安静，袁红心想还是不聊天打扰江柳依开车了，就低下头用平板处理公事。

只是她没想到，钱离那边还会联系她。

她还以为依照钱离的脾气，知道被解约得气疯，怎么都不可能主动联系她了，没想到一打开平板，就看到她经纪人的留言，说这次采访的事情能不能再商量商量，和之前的态度完全不一样。

袁红在这个圈子里一向不与人红脸，做事都会留一线，但她对钱离还真的无话可说。

袁红没回复，跳过这条消息处理其他事情。

宋羡歪着头，不小心碰到车门，江柳依问："想睡觉吗？"

她歪了歪身体，说："有点。"

江柳依看着前方的路况说："你座椅旁边有毯子，盖上睡一会儿。"

宋羡拿出毯子，正逢等红绿灯，江柳依还让袁红从后面拿出一个靠背给宋羡，垫在脖颈后方。

袁红的心情也是难得地放松，最近被钱离的事情搞得身心疲惫，现在终于能松口气了。

这一放松,她也就睡着了。

到小区时江柳依才叫醒两个人。宋羡眨眨眼睛,声音稍低地问:"到了?"

"到了。"江柳依说着给宋羡递了一个保温杯。

宋羡低下头问:"这是什么?"

江柳依说:"红糖水。"

宋羡垂下眼睛,打开保温杯,抿了几口,身体顿时暖了起来。

袁红也刚醒,她坐直了身子向江柳依道歉。江柳依淡笑着说:"下车吧。"

随后,三个人下车,此时路灯一盏盏亮起,淡黄色的灯光洒在她们身上,把身影拉得很长。

袁红说:"我还带了小礼物,也不知道孔老师会不会喜欢。"她说到这里问宋羡,"孔老师平时有什么其他爱好吗?"

宋羡想了会儿:"她喜欢看人画画。"

尤其喜欢看迟晚照画画。

袁红皱起眉头,看人画画?这是什么爱好?她轻轻地摇头。江柳依听到两个人聊天,问宋羡:"你怎么知道孔老师喜欢看人画画?"

宋羡说:"她以前说过。"

江柳依顿了顿,问:"你认识她?"

宋羡点头,袁红也看向江柳依,有些疑惑:"江老师不知道孔老师是宋羡请过来的吗?"

她还以为宋羡全都和江柳依说了。

江柳依还真不知道,她看向宋羡,眼底有些讶异,不过她很快调整好神色说:"没关系,现在知道了。"

说完她低下头问宋羡："孔老师就是你昨晚说的朋友？"

宋羡被她感染了，也压低声音说："嗯。"

江柳依皱起眉头："为什么不告诉我？"

江柳依的心情顿时有点闷闷的，但碍于袁红在，她也不方便多说什么，宋羡偏头问："怎么了？"

江柳依没有表现出不高兴，还想说什么，就听见有人叫她："宋羡。"

宋羡抬起头，看到孔希颜站在花圃处看着她们。她一身米色长裙，秀发披肩，精致的五官映在花朵旁边竟比花还漂亮，不愧是出道就站在巅峰的艺人，就这么单单站着，都是一道不容忽视的风景。

孔希颜看到宋羡后招手："这么晚还赶过来。"

袁红也跟着走过去，恭敬地喊道："孔老师，晚上好。"

孔希颜笑了："你就是袁主编？"

袁红点头："是我，我给您打过电话。"

孔希颜应下，看向江柳依，宋羡刚想介绍，孔希颜说："江小姐，你怎么过来了？"

袁红微诧："孔老师认识江老师？"

孔希颜点头说："认识，慕颜很喜欢江小姐的演奏，上次她国际巡演，慕颜感冒没去成，在家里哭了一天。"

提到迟慕颜，孔希颜无奈地摇头，笑里却有两分宠溺。

江柳依说："下次就可以去了。我可以给你们安排位置。"

孔希颜点头，高兴地说："好啊。"

说完又招呼她们："进进进，都进来坐。光顾着说话，吹半天冷风了。"

宋羡跟着走进去，刚进客厅就听到一个女孩脆生生的声音："我就吃一块！"

随后一道稍显清冽的声音响起："不行。"

迟慕颜憋了憋，冲迟晚照就要哭，一双眼里蓄满水花。迟晚照蹙起眉头，刚想开口就听到孔希颜叫她："小晚，宋羡来了。"

迟晚照抬起头，看到孔希颜领着三个人进屋了。

她认识宋羡和江柳依。她还记得去年给江柳依递了名片，询问她有没有换公司的打算，当时江柳依毫不留情地拒绝了她。

这两个人怎么会一起过来？

她没说话，凤眼定定地看着面前的三个人，几秒后点头："晚上一起吃顿饭吧。"

袁红忙道："不了，迟总，我们来就是给孔老师送合同。"

她说着看向迟慕颜，笑了："这位就是慕颜小朋友吗？"

迟慕颜原本没在迟晚照手里讨到巧克力，正想哭，陡然看到进来的江柳依，顿时收起了哭腔，喊道："江老师！"

她迈着小短腿跑过去，双眼像缀满了星星，亮晶晶的。

迟慕颜完美地继承了迟晚照的优点，才丁点大就出落得很精致，一张小脸娇娇嫩嫩的，可爱至极。袁红忍不住摸了摸她的头，迟慕颜仰起头，冲袁红甜甜地笑了。

太可爱了，袁红都想把她抱在怀里好好地揉揉，但是她不敢。

孔希颜说："叫袁阿姨，还有宋阿姨。"

迟慕颜乖乖地喊道："袁阿姨，宋阿姨。"

袁红的心都软了，她半蹲下身体说："既然你叫阿姨了，那阿姨送你个小礼物要不要？"

来之前她就想过了，送迟晚照或孔希颜礼物，都不如送迟晚照的宝贝女儿礼物。而且迟家什么礼物买不到，什么礼物没收过，所以她送的是自家杂志社出版的童话书，整整一套。

这礼物不贵重，孔希颜看了一眼迟晚照，笑笑，让迟慕颜收下了。

孔希颜说："礼物收下了，那晚上在这里吃顿饭吧，我们还没吃，一直在等你们呢。"

袁红本来还想婉拒，迟晚照问："吃过了？"

她摇头："没有。"

迟晚照的话不多，嗓音清冽地道："那就留下一起吃，有问题吗？"

袁红只好摇头。

宋羡看向江柳依，目光沉静问："没问题吧？"

江柳依笑了："没问题。"

袁红主动说："那我来帮忙。"

孔希颜笑了："好啊。"

其实菜做得差不多了。她最近没什么通告，一年只接一到两部戏，其余时间都在家里，时间很多，所以厨艺精进了很多，做的菜色香味俱全。

袁红走进厨房看到做好的菜称赞："比大厨做的还好。"

孔希颜听她奉承只是笑笑，转头对迟慕颜说："你陪陪宋阿姨和江老师。"

迟慕颜人小鬼大，冲孔希颜说："知道啦！"

迟晚照起身给两个人倒了茶水，对宋羡和江柳依说："坐吧。"

两个人坐下，迟慕颜凑到她妈妈的身边，和迟晚照有几分相似的脸上满是笑容，她问："妈妈，今天有客人过来吃饭，你开不开心呀？"

迟晚照偏过头，一眼识破了她的想法，摇头说："不行。"

迟慕颜噘着嘴，气哼哼地背对着迟晚照。

宋羡问："怎么了？"

迟慕颜控诉："妈妈小气。"

迟晚照睨了她一眼，虽然在公司她一向都是直接下命令，但现在却对迟慕颜耐心地解释："是医生说你的牙齿不能再吃甜食了，不是我小气。"

迟慕颜看向宋羡："宋阿姨，你小时候不吃巧克力吗？"

宋羡说："不怎么吃。"

迟慕颜瞪圆了眼睛："为什么？你妈妈也不让你吃吗？"

宋羡摇头说："不是。"

迟慕颜不解地问："那你为什么不吃？"

宋羡说："会蛀牙。"

她一本正经，目光沉静如水，和旁边的迟晚照没什么两样。迟慕颜寻找外援失败后，只好垂下头叹气。

江柳依看着她这副样子不知怎么突然想到了宋羡小时候。

她小时候是什么样子的？

难道也是现在这样，面对什么事情都波澜不惊吗？还是也会哭也会闹，会和父母撒娇？

身侧的小丫头动了动身体，似乎是看没人帮她，她就很不高兴，转头一个人往外面走。江柳依看到不免有些担心，她问迟晚照："迟总，没事吗？"

"没事。"迟晚照说，"闹性子而已。"

看来已经习惯了。

江柳依想到自己小时候也会闹性子，虽然不是为了糖，但也差不多。如果想要某样东西，就特别希望有人来哄自己，哪怕不给她买，让她感到自己被人注意，她也开心。

她说："我能过去看看吗？"

迟晚照抬起眼睛说："可以。"

江柳依和宋羡说了一声，跟在迟慕颜身后出了客厅。

迟慕颜进了一个稍小的房间，江柳依站在门口敲门，听到里面有跑动的声音。没一会儿，门打开了，迟慕颜仰起头："江老师。"

江柳依走进去说："在干什么呢？"

"我在看烟烟。"迟慕颜说着走到一个猫架子旁边，往里面喊，"烟烟。"

没一会儿，里面传出"喵呜喵呜"的声音，一只通体纯白的大肥猫晃晃悠悠地走出来，但看到生人它立马顿住。迟慕颜小跑过去，伸出手要抱它。

烟烟冲她叫："喵呜！"

迟慕颜说："这是江老师，她会弹钢琴，特别厉害！"

小孩子无心的话最动人，江柳依一直不知道自己有这么厉害，她失笑。烟烟又"喵呜"一声，这次声音明显低了一些。迟慕颜趁机想抱起它，但猫太大太沉了，她差点摔倒。江柳依扶住她的手臂，烟烟"喵呜"一声从迟慕颜身边蹿开，跑了。

迟慕颜跟在后面满屋子叫。

几分钟后她跑累了，坐在一张小椅子上。江柳依见状走过去，挨着她坐下。听到两个人没动静后，烟烟才从猫架子后面钻出头，时不时地看看江柳依。

江柳依说："我小时候也喜欢吃巧克力。"

迟慕颜转头看她，一双大眼睛眨啊眨。江柳依顿时心头一软，继续说:"然后就去医院拔牙了。"她看向迟慕颜,"你也要去吗?"

迟慕颜捂着嘴巴,似乎很害怕。江柳依笑了:"偶尔吃没关系,不能一直吃。"

"哦。"迟慕颜有些不高兴,闷闷的。她抬起眼睛看江柳依,问:"江老师来我家干什么呀?"

江柳依说:"我是陪宋阿姨来的。"

"宋阿姨?"迟慕颜点头,"刚刚的漂亮阿姨。"

江柳依脸上带着笑意:"嗯,就是刚刚你看到的那位漂亮阿姨。"

感觉手机有振动,江柳依掏出手机,是珠宝店那边发来的消息。之前她选了几款首饰,珠宝店用她提供的手模发了样品图过来。江柳依低下头看,每一款都很适合宋羡。她有些犹豫,突然转头问迟慕颜:"帮阿姨选一样东西好不好?"

迟慕颜眼神清透,嗓音稚嫩:"好啊。"

她已经忘了刚刚的不愉快。

江柳依把手机递给她看,说:"帮我看看,哪个最好看?"

迟慕颜问:"这是什么?"

"这是我准备送给宋阿姨的礼物。"江柳依说,"她之前送了我一架我很喜欢的钢琴,我也想送她一件她喜欢的东西。"

迟慕颜显然不理解:"你怎么知道宋阿姨一定会喜欢这些呢?"

"她——"江柳依对上迟慕颜亮晶晶的眼睛,声音突然卡住了。

温暖的房间里,江柳依突然手脚发凉,脸色微变。

迟慕颜没听到她的回话,仰起头看她,脸上满是好奇。江柳依垂着眼睛,喉咙里好似有什么哽住了,她缓缓地伸出手,放在迟慕颜的头上,揉了揉。

看她心事重重,迟慕颜走到她的身边,坐下转头问:"江老师,你怎么了?"

江柳依缓和了一下呼吸说:"没事,刚刚站久了有些头晕,我歇一会儿,你想玩先去玩。"

迟慕颜说:"我陪你。"

真是贴心的小棉袄,江柳依笑笑。

迟慕颜挨着她坐下,问:"江老师,你从小就会弹钢琴吗?"

江柳依温和地说:"是啊,阿姨从小就喜欢弹。"

"我也喜欢。"迟慕颜瞪着一双亮晶晶的眼睛,"我也希望以后和江老师一样,弹好听的曲子。"

江柳依点头,声音微哑:"好啊,以后阿姨有空就教你。"

迟慕颜乐了,小孩子的快乐总是很简单,刚刚还哭哭啼啼的,现在就漾着一张笑脸。江柳依心绪复杂,她看着迟慕颜去逗猫,也慢慢地露出了笑容。

宋羡来找江柳依时就看到她侧着头看向角落处。门是半开的,她从缝隙里看到江柳依靠在一个架子旁坐着。迟慕颜咯咯笑的声音响起,气氛温馨静谧。宋羡发现有江柳依在的地方很容易让人觉得温暖。

就连在这样一个陌生的小房间,她都觉得温暖。

站了没一会儿,江柳依的余光瞄到了门口的她,喊道:"宋羡。"

宋羡回过神来,定定地看向里面。迟慕颜抱着一只特别胖的大白猫,她人又小,差点儿抱不动。看到有人进来,迟慕颜乖乖地喊道:"宋阿姨。"

宋羡走进去,烟烟叫了一声,马上躲了起来,迟慕颜抓不住它。

宋羡说:"吃饭了。"

江柳依点头,撑着手起身,刚站起来,双腿没使上力,一个趔趄。宋羡快走两步，扶住她，问："怎么了？"

"没事。"江柳依说，"坐久了，腿麻。"

迟慕颜走过来，捶着江柳依的小腿："妈妈说捶捶就不麻了。"

江柳依失笑了，看向宋羡，神色复杂，说："走吧，我们去吃饭。"

三个人回到客厅，袁红正在端菜，看到她们过来，说："吃饭吧。"

太难得了，她居然在迟晚照家里蹭到了饭！袁红一晚上心情都没法平复。社里那些人知道她在这里吃饭已经炸开锅了，袁红被问烦了，干脆把手机调成静音，安安心心地吃这顿从没想过的饭。

江柳依和宋羡带迟慕颜去洗手，回来后，三个人落座。迟晚照已经坐下了，她看向迟慕颜，问："知道错了吗？"

迟慕颜娇气地"哼"了一声，几秒后转头说："知道了。"

孔希颜把最后一道菜端上桌，还给她们拿了饮料。孔希颜解释："家里没酒，这个可以吗？"

没人说不可以。袁红起身给她们都倒了一杯。

吃饭时袁红跟孔希颜说了一下拍摄的安排和采访时间，当然一切都是以孔希颜为主。

江柳依一直默默地吃饭，冷不丁地听到迟晚照叫她："江小姐，吃完饭可以聊聊吗？"

她点头："可以。"

她也能猜到迟晚照会说什么，去年她问自己的问题当时她并没有考虑，因为她没有想过离开林秋水的公司，但最近她却经常思考这个问题。

饭后，袁红把合同递给了孔希颜，宋羡也坐在了袁红的身边。

江柳依端着一杯茶坐在旁边的会议厅，迟晚照陪迟慕颜吃完饭才起身。平日在公司不苟言笑的迟总，在家里对一个孩子却显得无可奈何。

江柳依等她的时候，不知道在想什么，想得有些入神，听到迟晚照叫她才抬起头。

迟晚照要说的还是那些话。

她问："回去有考虑吗？"

江柳依点头："有。"

和宋羡接触久了，她发现自己和说话简短的人沟通还挺自如的。

迟晚照说："条件还可以再商量，另一方面，我女儿特别喜欢你，我也想给她请个好老师，不知道江小姐的意思？"

江柳依也挺喜欢迟慕颜的，她不介意教迟慕颜，只不过换公司的事情不是小事。

她说："我回去再考虑考虑。"

迟晚照说："好，随时可以联系我。"

两个人的谈话很快就结束了，那边孔希颜还没签完合同。

等孔希颜在合同上签了名字，对袁红说："明天我会把合同拿到景烟盖章，如果你们需要提前宣传，可以把宣传的内容直接发给我。"

到底是在娱乐圈摸爬滚打出来的，配合得这么好让袁红都没话说了，只能一个劲地应声说"好好好"。

孔希颜又问："还有其他的问题吗？"

"没有。"袁红收起合同，对孔希颜说，"那就先这样？"

孔希颜点头说："好。"

宋羡看向会议厅的方向，恰巧江柳依从里面走出来，两个人的目光碰撞上。江柳依移开视线,对身后的迟晚照说:"那我们先走了。"

迟晚照问孔希颜:"聊完了?"

孔希颜笑了:"刚谈完。"又对袁红说:"再坐会儿?"

袁红摆手:"不了,今晚已经打扰二位很长时间了,我们也该回去了。"

宋羡点头,似乎是同意她的说法。江柳依走到她身边,同孔希颜和迟晚照道谢。迟慕颜小跑着出来,奶声奶气地喊道:"袁阿姨、宋阿姨、江老师,下次再来吃饭!"

江柳依点头应下:"好。"

她说完看了一眼宋羡,敛起了笑意。

三个人上车后江柳依得知袁红的家就在杂志社附近,于是开车先把她送回去。

袁红到家后,邀请两个人上去坐坐。

江柳依说:"太晚了,下次吧。"

目送袁红离开之后,江柳依开车往回走,身侧的宋羡一直很安静地坐着。江柳依用余光瞄到她的侧脸,平静淡然。

江柳依目不斜视地开车,问:"你上次说你什么时候去看你父母?"

"下个月。"宋羡说,"他们年前会回江城,我已经和他们说过了。"

一路无话,到停车场时宋羡刚好接到了袁红的电话,问她们有没有到家,看她们一直没消息,所以有点不放心。

宋羡回复她："刚到家。"

"到家就好。"袁红说，"那我不打扰你了，明天见。"

宋羡挂了电话，发现群里早就聊炸了，他们先是聊江柳依送袁红去孔希颜家这件事，然后又聊迟总和孔希颜，消息一条接着一条，有时候还会艾特她和袁红。宋羡简单地看了看，见没有什么需要回复的问题就放下了手机。

身侧，江柳依用余光瞄着她，看到她放下手机说："今天迟总和我说那个孩子想跟我学钢琴的事情。"

江柳依以前只是指导过别人，还没有带徒弟的经验，她问宋羡："你觉得呢？"

宋羡转过头，神色平静地说："你想带她吗？"

江柳依说："挺想的。"

主要是迟慕颜乖巧懂事，还很聪慧，就是不知道有没有这方面的天赋。

宋羡说："想就带。"

她依旧是很平静的态度，江柳依却突然发现，宋羡好像从来没有说过工作上的事情，无论烦恼还是开心的事情，好像都没有说过。

之后，江柳依去厨房洗保温杯，她对宋羡说："你先洗澡吧。"

宋羡点了点头，进房间拿换洗衣服。

宋羡拿了换洗衣服，走出房间，到卫生间门口，她打开门。

江柳依往后面退了两步，用余光瞄着卫生间的方向，看到宋羡摘掉发绳，秀发散在身后，背影纤细，宋羡走进卫生间，关上了门。

水龙头还开着，水已经热了，她走过去，继续洗保温杯，末了关掉水龙头。烧了一壶水，宋羡还没出来。她给宋羡泡好红糖水，搁在一边。

手机亮起,她意兴阑珊地拨弄,突然看到一条消息:"人呢?到哪里了,还在不在啊!回话回话,电话也不接,逗我玩呢?"

她皱起眉头,退出消息页面,没看到有未接电话。

江柳依回复了一个问号,赵月白看清楚是谁后立马回复:"抱歉抱歉,我看错了,晚上眼神不太好,怎么发到你那里去了!"

什么乱七八糟的?

江柳依看到她的回复心情就更不好了,原本还想怼两句,打出来的字却又没发出去。

江柳依把信息一个字一个字地删除掉,问赵月白:"干什么呢?"

赵月白立马发过来一条消息:"没干什么,今天一朋友失恋了,约我喝酒,我就过来看看,到这里半天都没找到人。"

江柳依问:"在哪儿喝酒?"

赵月白说:"就我楼下的清吧,没什么人,挺清静的,你问这么多干什么?你又不能出来。"

江柳依皱起眉头:"我为什么不能出来?"

赵月白笑着说:"姐姐,你晚上跑出来喝酒像话吗?你朋友放心让你跑出来喝酒吗?"

才不会,宋羡才不会这样。

宋羡从卫生间出来就看到江柳依正低着头看手机,客厅的水晶灯灯光落在她的身上,镀了一层光晕。江柳依不知道在看什么,一直皱着眉头,她走过去喊道:"江柳依?"

江柳依回过神来,转过头。

宋羡刚洗完澡,秀发湿漉漉的,用干毛巾裹着,露出白净的额头,眼睫毛上还挂着晶莹的水珠,一张俏颜被热气熏成了绯色,眼底水光潋滟，又清透又干净，明亮得很。

江柳依对上这双眼睛，说："洗完了？"

宋羡点头："嗯，洗完了。"

江柳依说："厨房里有给你泡的红糖水，你喝了再睡。"

说完想起宋羡晚饭吃得不多，她问："要不要再吃点东西？"

"不用。"宋羡说，"我不饿。"

她生理期身体就会不舒服，食欲也会下降。

江柳依点头："那去把水喝了早点休息。"

宋羡走进厨房里，放在流理台上的红糖水已经不烫了，她抿了一口，水温刚好，暖暖的，甜甜的。

江柳依看她一口一口地喝着红糖水，突然想到刚刚赵月白发的消息，她喊道："宋羡。"

宋羡抬起眼睛，透过厨房门看她。江柳依停顿了几秒才说："刚刚赵月白给我发消息，让我过去一趟。"

宋羡没问她去干什么。她只是照常点头说："知道了。"

江柳依从茶几上拿了车钥匙，看了一眼宋羡，闷闷地起身离开了。

出了家门她才发现没地方去，她之前住的房子卖了，换的现在这套房子，又不可能回家。本来也没打算去找赵月白，现在却变成了只能去找赵月白。

赵月白听到她要过来的消息，杯里的酒差点洒了，她连忙喝掉，给江柳依打电话："你来找我？干什么？"

江柳依说："不干什么，喝酒。"

"喝酒？"闻言赵月白更诧异了，"你那身体还能喝酒？"

自从那次胃穿孔，江柳依就很少碰酒了，多是在酒席上喝一些，点到为止，这般突然要过来找她喝酒，倒让她很不习惯。

她问："和别人吵架了？"

江柳依说："没有。"

赵月白说："那你跑出来干什么，这大晚上的？"

江柳依深呼吸，说："出来找你喝两杯也不行吗？"

"行啊。"赵月白单身狗一个，朋友失恋都找她安慰，有啥不行的，只是她没想到江柳依会出来。依照她对江柳依的了解，这人宁愿在家里练琴都不愿意出来逛街，现在提出喝两杯，肯定有问题。

她挂了电话，身侧的朋友问："谁啊？"

"江柳依。"赵月白说，"你不认识。"

"谁说我不认识？"朋友微醉，掰着手指头想，抬起头说，"上次你生日她还来了。她朋友叫啥来着？就那个艾伦的侄女？"

赵月白点头："宋羡。"

"对，就是宋羡。"朋友说，"那天好多人打听她的消息，你都没和我们说过你认识艾伦的侄女。"

赵月白睨她："这有什么好说的？我姐还是艾伦的徒弟呢。"

虽然她也是那天才知道宋羡是艾伦的侄女，但还能保持淡定。

身侧的朋友说："那天我还和她们打招呼了，宋羡怪好看的。"

"那是。"赵月白说，"柳依也好看啊。"

江柳依进清吧时看到赵月白站起身，冲她挥手："这儿！"

她定神看，清吧人不多，五六桌的样子，环境很好，音乐是安静的，灯光也偏暗，整个人融入进去，有一种静心的感觉。

江柳依走过去，看到赵月白对面坐着一个女人，只顾着喝酒，面前已经放了好几个空杯子了。赵月白冲她无奈地笑笑，耸耸肩膀，示意自己也没辙。

她突然想起来，赵月白电话里说过，她正在陪一个朋友，因为朋友失恋了。

喝酒的女人应该就是她失恋的朋友。

她坐在赵月白身边，伸出手就要拿酒。

"哎哎哎。"赵月白说，"我可不敢让你喝这些酒。"

她说着冲酒保招手，让酒保端两杯低度的鸡尾酒过来。江柳依也不是真想买醉，就是突然想解解心里的憋闷，她喝了一口，感觉甜滋滋的，又喝了一口。

坐在赵月白对面的女人抬起头，一张脸通红，明显醉了，带着明显的哭腔说："凭什么就要分手？凭什么？难道我就这么靠不住吗？还没出国呢，还没有其他矛盾呢，怎么就要分手了？"

她一边哭着一边说话。

闻言，江柳依拿杯子的动作顿住了，垂下眼睛看那个说话的女人，认出来她那天也去赵月白家吃饭了，好像还和自己打了招呼，不过她没记住这个女人的名字。

赵月白干笑几声，安慰她："那是对方不知好歹，配不上你！"

好耳熟的话。

赵月白还在旁边安抚失恋的人，两个人说到激动的地方，赵月白说："分就分！不就是分手，搞得好像世界末日了似的，谁离了谁还不能活了？"

"我不能活。"女人哭着看向赵月白，"你又没对象，你根本不懂！"

赵月白闻言卡壳了。

她冷哼一声，没说话。女人有些颓然，又说："月白，对不起。"

赵月白拍拍她的肩膀。

和喝醉酒的人计较什么？要计较也要等她清醒了再说！

女人被她拍了拍，情绪似乎真的稳定下来了，也不哭不闹了，就安安静静地坐着。她喝了一口酒，突然痴痴一笑："我还记得我们是在花店碰到的。"

江柳依抿了一口酒，听到赵月白安抚她朋友，赵月白实在不解，问："所以对方为什么要和你分手？"

"大概是觉得我不够优秀吧。"女人心灰意冷，声音嘶哑，"对方一直都觉得我不够优秀，带不出去，你知道有一次我们出门碰到他的导师，这人怎么介绍我的吗？"

赵月白心底有些难受，她问："怎么介绍的？"

女人轻轻地叹气："就说，我是他朋友。"

赵月白说："既然对方觉得你不够优秀，那你就努力一点，争气一点，以后站得更高！等对方过来求着你复合，你都坚决不同意！"

她的朋友侧头看向她："我可以吗？"

"当然可以！"赵月白说，"我和你说……"

赵月白："我一朋友，就是你这种情况，她以前有个恋人，和你们一模一样，出国就要分手，你猜现在怎么着？"

女人抬起头，泪眼蒙眬，问："怎么着？"

"现在我那朋友可厉害了！事业有成，长得很漂亮，身后一屁股的追求者，她看都不看，你知道为什么吗？"

女人问："为什么？"

"结婚了啊！"赵月白说，"对象好看又优秀，最重要的是爱她啊，现在两个人的小日子过得不要太好！别人羡慕死了！"

江柳依抿了一口酒，听到女人问："那我以后也会遇到这样的人结婚吗?"

江柳依呛了一下,咳嗽了一声。她可真会抓重点。

身边的赵月白安慰道:"肯定会有的,而且比以前的人更好!当然前提是你必须变得更优秀!"

女人被她架起来,狠狠地点头:"我要更优秀!"

江柳依扯了扯嘴角。

真是一个敢说,一个敢听。都什么乱七八糟的?

她到底为什么要想不开过来找赵月白喝酒?听她们聊这些只觉得更烦了。

一整晚的时间,江柳依都在听赵月白安慰对面的人。她坐在旁边,偶尔抬起眼皮看一眼,偶尔端起面前的杯子抿一口,跑了几趟厕所,身边的赵月白好奇地问:"你不回家吗?"

她没回话,只是坐在卡座里,拨弄着手机。

赵月白又继续说:"你说你这么大个人了任性什么?还夜里跑出来喝酒?"

江柳依没好气地睨了她一眼,听见她说话就烦。

赵月白还在不停地嘀咕:"柳依啊,不是我说,你这样不行啊,深更半夜不回家……"

江柳依从桌上拿起一把爆米花直接塞进了赵月白的嘴里。

赵月白:"……"

她吃下去,酒也喝得差不多了。对面的人"砰"的一声倒在桌上,赵月白叹气:"得,晚上又要照顾醉鬼了。"

江柳依说:"我帮你送过去。"

赵月白转过头:"行,送我公寓吧,就在楼上。"

江柳依帮忙架着赵月白的朋友上电梯,赵月白站得不稳,东倒西歪的，还要扶着她朋友，进电梯之后两个人一起倒在电梯旁边的扶手上，幸好江柳依及时拉住了她们。

赵月白笑了一声："嘿，柳依。"

江柳依转过头，听到赵月白说："你还记得你之前喝醉那次吗？"

"你喝得比她还多，不过你酒品不错，不哭不闹的，啥话都不说。"

那时候的江柳依，面临人生低谷，也不弹琴了，也不交流，朋友找她就是去喝酒，最后成功地把自己喝进了医院。在医院躺了半个月，江柳依突然说，她想弹钢琴。

当时赵月白诧异地问："你说什么？"

江柳依只是转过头，平静地说："我想弹琴。"

她还以为江柳依只是说说而已，没想到她真的从此振作起来了。有一次过年，赵月白和余白视频，看到江柳依过来连忙掐断了，还冲江柳依尴尬地笑笑。

江柳依问："余白吗？"语气平静，没什么起伏。

赵月白有时候想，江柳依对余白，到底是感激多一点，还是不甘多一点？不过不管是哪一种，她觉得在那一刻，江柳依是已经放下这段友谊了。

所以后来听说江柳依交了一个和余白相似的朋友，她感到万分惊讶。

可是见到宋羡后，她认为宋羡和余白一点儿也不像。

她完全相信江柳依选择宋羡做朋友真的是因为欣赏。

她看向江柳依，直白地问："柳依啊，你欣赏宋羡吗？"

江柳依转过头，听到赵月白的问话，却抿着嘴唇，没说话。

赵月白皱起眉头:"怎么不说话啊?"

江柳依睨了她一眼,冷着脸。她神情深邃,不笑的时候特别唬人,轮廓锋利,气质也比平时迫人。

赵月白只觉得身上一寒,摆手说:"不问了不问了。"

刚说完,电梯到了,江柳依扶着两个人进屋。赵月白把房间让给朋友,走到客厅里看到江柳依还没走,错愕地问:"今晚不走?"

赵月白见她没说话也沉默了,两个人在沙发上坐了良久。江柳依起身,赵月白一愣:"你去哪儿?"

江柳依说:"回家。"

"哎,你喝了酒……"

江柳依已经走到门口了,她晃着车钥匙,说:"代驾。"

赵月白点头说:"那行。"

她也喝了不少,头晕晕的,还没忘记嘱咐江柳依:"到家给我回个电话。"

江柳依转过头:"为什么?"

赵月白莫名其妙地看着她:"报个平安啊。"

江柳依没再回话,低头下楼,进车里等代驾。

车窗外面寒风瑟瑟,她转过头,看着枯叶被风卷起,没几秒,玻璃上出现了雨珠。

突然一阵雨,宋羡从床上起身,披着衣服走出房间。她居然失眠了,躺在漆黑的房间里,翻来覆去没有睡着。时间好像瞬间倒回到过去,她需要吃药才能入眠。

她很讨厌失眠,讨厌这种不受控制的感觉,但她也知道,失眠就是如此,即使闭上眼睛,脑海也会无比清醒。

所以要弄清楚原因。

是因为生理期来了吗？

有可能，她生理期期间身体会格外疲乏，浑身无力，但又没办法睡着，因为小腹坠疼。宋羡关上阳台上的窗户，冷风细雨瞬间被阻挡在外面，雨水落在玻璃上，发出轻微的声响，她转头看了两眼，去厨房泡红糖水。

江柳依将红糖放在柜子门边，一打开就能看到。宋羡拿出来，泡了一杯，用勺子搅拌，红糖很快晕开了，热气上涌，扑面而来。

宋羡端着杯子坐在沙发上，喝了一口，甜味和之前的稍有不同，但还是甜的。她喝了半杯觉得小腹舒服多了，只是还没有睡意。

她仰起头喝了一杯，去卫生间片刻。出来，回到床上，又一次翻来覆去。

宋羡倏而想到今天袁红和她说的话，问她愿不愿意留在新刊。她从来没想过会在其他的部门久待，以前出去帮忙最多也就一周的时间，但这次在新刊，明显时间很长了，长到她又重新认识了一些人，并且和他们逐渐熟悉。

可她并不想离开童刊。

童刊对她而言，意义不一样。她重新有灵感，想要画画，就是因为一群孩子，那些孩子仰着小脸笑得比骄阳还灿烂。他们在她身边跑来跑去，活力四射。是这些孩子，让她重新有想画画的冲动。

待在童刊的时候，她每天画着简单的插图，享受鲜艳色彩所带来的快乐。这种快乐，是在其他部门所没有的。

新刊也没有。

但她还是没有立马做决定，因为那些同事。

宋羡非常难得地在睡觉时间拿起手机，点进群里，看到那么多条消息，很多都和她有关。

"孔老师是明天还是后天来啊？我得借宋羡半天，去拍个模特。"

"宋羡的修图一绝，上次给我修的江老师的屏保，我妹看到都疯了，非要我传给她。"

"哎，明天想请宋羡帮我拍几张照片。"

"干吗？你又要相亲用啊？"

"废话，还是宋羡拍的最好看，都不用修图！"

宋羡顺着消息看下来，有一种和大家融为一个集体的错觉，这就是她没有立马回复袁红的原因。窗外风雨飘摇，吹得窗户直响，宋羡关掉手机，躺下睡觉。

十一点，她关了所有的灯，房间里一片漆黑，四周寂寂。她想起暖气温度没调，又下床，在黑暗的房间里穿梭，很快便找到了遥控器，调高了温度。

十一点十分，床上的人翻了个身，轻轻地叹气。

十一点二十分，床上的人夹着被子，翻身侧卧，把头埋进枕头里，好似窗外的雨声打扰了她的睡眠。

十一点三十分，她掀开被子起身，打了个哈欠，走到卫生间，把昨天晚上换下来的衣服全部扔进了洗衣机，听着洗衣机搅动的嗡嗡声，她的周身似乎也在振动。

转头看，门口有灯光，江柳依回来了。

江柳依走进客厅看到卫生间的灯还亮着，诧异地问："你还没睡呢？"

宋羡说："把衣服洗了再睡。"

什么强迫症，大半夜洗衣服？更何况还在生理期，身体不舒服。江柳依突然有些担心，说："你去睡吧，衣服我看着，一会儿洗好了我晾起来。"

宋羡没拒绝，点了点头。

她走到江柳依身边时皱起眉头，闻到一股酒味，侧头看，江柳依眼底清明，不像是喝多了的样子，细闻，好像是果酒的香味。

这个度数的酒，应该没什么大问题。宋羡没说话，低着头进了房间。

江柳依目光随着宋羡进了房间，随后她抬起手臂，往两边闻了闻，酒味挺明显的啊，宋羡连这都不问吗？

宋羡回房间之后听着门外熟悉的声音闭上眼睛，这次很快就有了困意。

江柳依晾好衣服，又洗完澡，之后她没回房间，而是去琴房练习。曲子一遍遍地从她耳边掠过，她想到宋羡对她的事情也不是完全无动于衷。

她挺喜欢自己弹琴的，还有这架钢琴是宋羡送的礼物。

窗外的雨声更大了，睡意来袭，江柳依也不再和身体作对，决定回房间睡觉。

此时，宋羡睡得很香，只是觉得很热。

她看了一眼头顶的骄阳，那烈烈灼热的光芒，烫得马路都反光了。不时有人从她旁边经过，当她看到前面的咖啡厅时，便径直走了进去。

满身的凉气，舒服极了，她站了好几秒，察觉到手机有振动，低下头看，是她妈妈发来的消息，告诉她堵车，要迟一会儿到。

她没在意，先去前台点了两杯咖啡，靠窗坐着，等她妈妈。窗外行人匆匆，没几个能承受住这么大的太阳，没一会儿，窗边走近了一个身影。

她喊道:"妈。"

来人直接走到她的对面,坐下,问:"今天不用画画吗?"

"今天不用。"她说着把咖啡递给妈妈,"爸没来吗?"

"他刚出差。"妈妈问,"找我们什么事?"

她放下杯子,抬起头说:"我要搬家了。"

妈妈的神色略微波动,重复问:"搬家?去哪里?"

"和朋友一起。"

妈妈皱起眉头:"什么朋友?"

她说:"一个很重要的朋友。"

妈妈想了几秒,重新端起杯子:"如果是你很欣赏的朋友,你决定了就好。"

全程是很简短的交谈。她和父母的相处模式就是这样。谈完,妈妈接了个电话,说是组里有事,交代了两句就先离开了。

回去的路上,她正低着头发消息,突然听到旁边一声巨响,转过头,是车祸!

她脸色一变,走上前看有没有人受伤。两辆车相撞,一辆黑色,一辆白色,黑色的车门被撞瘪了,一只手从车窗里垂落出来。她朝四周看看,偌大的街道居然一个人都没有,四周安静得有些不正常。她连忙报警,随后走到那辆黑色的轿车旁边,低下头瞄到了眼熟的发卡,她的手一抖,拨开被头发挡住的脸。

居然是她自己。

宋羡一个激灵,醒了,还出了一身的汗,她很不舒服地动了动身体,走出卧室就看到了江柳依。

宋羡看了一眼时间,比平时早醒半小时,左右睡不着,她决定去卫生间洗漱。

江柳依问:"今天也要提前去?"

"不用。"宋羡说,"我只是想洗澡。"

江柳依又问她:"你早餐要吃什么?"

宋羡说:"都行。"

江柳依抬起眼睛看她,压下想说的话,点了点头。

她起得早,时间充足,熬了粥。她又照网上的教程做鸡蛋饼,第一次做得不是很好看,味道也不是很好,第二次才算成功。她把成功的鸡蛋饼放在宋羡面前,自己面前放了第一次做的。

宋羡坐下后看了一眼江柳依面前的鸡蛋饼,又看看自己碗里的,她说:"一人一半吗?"

江柳依抬起眼睛:"什么?"

宋羡将自己碗里煎好的饼撕开一半,递给江柳依,又从江柳依的盘子里撕了一半做得并不好看的那张饼。

江柳依尝过自己盘子里的饼,并不好吃。可是宋羡却丝毫没有嫌弃地吃着,就和寻常吃早饭一样。

江柳依问:"好吃吗?"

宋羡说:"一般。"

她看宋羡慢条斯理地吃完鸡蛋饼,又喝了一碗粥,手边的手机亮起,她侧头,见是赵月白发来的消息。

"醒了没?"

江柳依回复:"什么事?"

赵月白:"你昨晚什么事啊?我越想越不对劲,你肯定是有事。"

江柳依吃完鸡蛋饼,回复她:"没事。"

赵月白:"真没事?"

江柳依:"真没事。"

赵月白:"不应该啊!"

江柳依被问烦了,索性没再回复。

宋羡放下筷子时就看到江柳依低着头看手机,从昨晚开始,江柳依就一直很忙。她皱起眉头,吃完后起身去厨房洗碗,这时江柳依的声音飘来:"搁着吧,等会儿我洗。"

宋羡说:"没关系,我顺手。"她洗了碗回房间换了衣服,没一会儿就出来了。

天气冷又下雨,所以宋羡穿的保暖线衫和牛仔裤。牛仔裤是修身款,衬得她的长腿笔直。

江柳依喝粥时呛了一口,她低下头,嗓子有点痒,想咳嗽。

宋羡走到茶几上收拾电脑包,没一会儿,她把两个包都挂在肩膀上,却转头看见江柳依还坐在饭桌上。两个人对视了几秒,宋羡说:"我上班了。"

江柳依看着她,脸上没什么表情。她的神情深邃,脸一沉更明显了,宋羡总觉得她今天和平时不一样。

她没细想,看到江柳依点头就转身离开了。

宋羡心里有事,坐在办公桌前还有些心神不宁,何小英叫了她两声都没听到。

何小英凑到她面前,晃了晃手:"宋羡!"

宋羡回过神来,偏头看何小英,神色淡然:"怎么了?"

"想什么呢?叫你半天都没理我。"何小英说,"袁姐有没有和孔老师确定时间啊?"

她是迫不及待想见到孔希颜了。昨晚她一夜没睡,光顾着和几个朋友聊天。这种极度激动的心情把她的朋友都感染了，陪她唠了一夜，现在何小英的脸上还挂着黑眼圈呢。

宋羡想了一会儿，说："主编还没定。"

何小英激动地双手合十："快点快点。"

吴莹也忍不住问："在哪里采访？是在棚子里，还是去孔老师家里？我听说迟总那个女儿，被保护得特别好，一直都没有媒体拍到照片，你们昨晚看到了吗？"

宋羡点头："看到了。"

迟慕颜很小的时候她就见过了，只是那时候迟慕颜太小，对她没印象，所以昨天看到她就像是看到陌生人。

袁红进办公室时就刚好听到她们在讨论孔希颜，她带着刚盖好章的合同走进来，拍手说："开会。"

众人收拾好东西，就跟在袁红的身后进了会议室。

请到了孔希颜，那宣传肯定和平时不一样。大家各抒己见，提了几种方案。袁红看向宋羡，问她："你有没有好的意见？"

宋羡摇头，她对宣传不是很懂。袁红见她摇头才说："那就这样吧，你们刚刚说的几种方案我都报上去，估计下午出结果。"

何小英笑着说："袁姐，我都和朋友说过了，没事吧？"

袁红说："没事，合同都签了，孔老师请定了。"

会议室热闹起来，每个人的情绪都很高涨。宋羡出去后刚坐下，叶总监就走过来问："听说孔老师是你请的？"

她这段时间出差，刚回来就听到了这个消息，人都蒙了。怎么宋羡净认识些大腕？江柳依就不用说了，还有孔希颜！上面领导的意思是，宋羡乐意待在这个部门就待在这里，想回去就回去，谁都不准强迫她。

谁敢强迫啊？老板现在都想把宋羡供起来。

宋羡闻言点了点头说："是我请的。"

叶总监看她云淡风轻的样子，咽了咽口水，心想自己以前怎么就眼瘸了，竟然把她当作假想敌。还好没因此闹出矛盾，现在还能友好地交流。

叶总监说："那什么，我听袁姐的意思，希望你留在新刊。"她别别扭扭地说，"我也希望你留在这儿。"说完，觉得不自在，便立马离开了。

她的这番话就像一颗炸弹，其他同事纷纷围了过来。

"什么意思？"

"宋羡，你要调过来吗？"

"宋羡，你是不是不回去了？"

众人的表情都很高兴，宋羡看着一双双热忱的眼睛，把到嘴边的话压了压，说："还没确定。"

"留下来嘛。"何小英笑着说，"留下来我们一起上班啊，每天看到你就心情贼好。"

"就是就是！"其他同事附和。

宋羡抬起眸子扫了一眼，没说话，淡淡地笑了，其他同事见状只好岔开话题。

何小英说："对了，宋羡，江老师的生日是不是快到了？有没有想好给她送什么礼物？"

宋羡想了想，说："已经送了。"

"送了什么？"

宋羡说："钢琴。"

同事们纷纷竖起大拇指，夸她厉害。

吴莹说："钢琴，江老师用得上，收到肯定很高兴吧？"

宋羡点头，收到钢琴时江柳依给她发了消息，好像是挺高兴的。

江柳依很多事都会问她的意见，早上吃鸡蛋饼都会问她好不好吃。她要不要也问问江柳依？

宋羡难得地面对手机露出了犹豫的神色。

这边，江柳依手机响了一声，低下头看到宋羡发来一条新消息，问她收到钢琴高兴吗？

江柳依立马回复："挺高兴的，下班你回来，我给你弹新曲子？"

宋羡说："好。"

这就没了？

江柳依叹气，刚想关掉手机，铃声响起，看到来电显示，她皱起眉头接了。电话那端的江柳冰问："姐，你在哪儿呢？爸住院了。"

江柳依从沙发上起身，皱着眉头说："住院？"

"嗯，就是爸妈吵架，爸高血压发作，住院了。"她小声地说，"爸还不让我告诉你。"

江柳依回房间换衣服，拿上车钥匙，说："我马上过来。"

挂了电话她就开车去了医院。

这几年江山的身体不是很好，他很容易发脾气，有时候吵着吵着高血压发作，就得进医院，所以大小事情家人都会依着他，江柳依也会减少和他打电话的次数。

因为一打电话，他们就会吵架。

这次虽然不知道江山和黄水琴为什么吵架，但多半和自己有关系吧？江柳依走到病房门口就听到江山在吼："谁让你给她打电话的？滚出去！"

是在骂江柳冰。

江柳冰皱着眉头说:"爸,姐也是你女儿啊。"

"女儿？有她这种女儿吗？天天就想着怎么气我！"江山气息不稳,他用一只手捂着胸口,眼看着又要晕过去。黄水琴忙给他拍胸口:"好了,柳冰,你先出去。"

江柳冰不满意地嘟囔了两句,转身出门,刚打开病房门,就看到江柳依站在门口,她干干地叫了一声:"姐。"

病房里江山和黄水琴转头看过来,江山重重地"哼"了一声。

江柳依走进去,喊道:"爸,妈。"

江山手上还在打点滴,说:"过来干什么？看我死了没？"

江柳依深呼吸,缓缓地开口:"爸,我没这个意思。"

"你没这个意思,那你是什么意思？从小到大,你什么时候听过话？把你养大了干什么？就是为了气我和你妈吗？"

江柳依垂下眼睛。

江山还在喋喋不休:"平时见不到人,比谁都忙,也不知道是真忙还是假忙,你妈不是说你最近没有演奏吗？连家都不回？"

老生常谈的问题。

江柳依皱起眉头,黄水琴说:"是啊,柳依,我上次不是让你搬回家住吗？"

江柳依看向两人,说:"爸,妈,我有自己的家。"

"你那是家吗？！"江山说着又急起来,"你是因为什么,要和那个宋羡来往？"

江山的火气冲上来:"小冰什么都和我们说了！你说说你,做的什么混账事！当初不让你弹琴,非不听。现在好了,更不听我们的话了,想跟什么人来往就跟什么人来往,对方什么来路你都不知道,真是没人管得了你!我们养你这么大,图什么?就图你气我们?"

江柳依说:"小冰都是瞎说的。"

"你和那个宋羡认识才多久?啊?你知道人家是什么样的家庭吗?不是一个阶层就不要硬往上凑,小心别人看不起你!还有,你考虑过我和你妈的感受吗?是不是在你眼里,我们都是空气啊?"

江柳依深呼吸,咬牙说:"我没有。"

"你有!"江山激动得眼前一阵眩晕。黄水琴连忙拍他的胸口,对江柳依说:"出去,先出去。"

江柳依被赶出了病房。

江柳冰守在外面,看到她出来眨眨眼睛干笑:"姐。"

"你和爸妈说了什么?"江柳依沉着脸,目光冷下来。

江柳冰顿时头皮发麻,说:"没……没说什么啊,就秋水姐她们说的嘛。"

江柳依的脸更阴沉了。

江柳冰看着心惊,说:"姐,对不起,我保证以后再也不瞎说了!"

话音刚落,病房门打开了,黄水琴从里面出来,说:"你们该上班的上班,该回家的回家,你爸这儿有我呢。"

江柳冰问:"爸要住几天院啊?"

"两三天吧。"黄水琴的脸色发黄,看着就没有休息好。

江柳依说:"你回家吧,我在这里照顾爸。"

"你照顾?"

黄水琴刚想说话就被江柳冰抓住了手腕。

"让姐照顾。妈,你不是好几天没睡好觉了吗?就让姐照顾爸吧。"

没准还能缓和父女关系呢。

她姐和家里这关系她早就受不了了,一直没机会突破,现在好不容易有机会,没准她爸就被她姐照顾得感动了呢?

黄水琴没再开口。

江柳依说:"就这么定了,我回家拿两套换洗衣服,一会儿过来。"

她说完转身就走,江柳冰连忙跟上,说:"姐,反正你要走,顺便送我一程吧?"

江柳依点头:"去哪儿?"

等上了车,江柳冰高兴地说:"我有导航。"

江柳依听着导航一路往前面开,开着开着觉得路很熟悉,她左右看看,居然是余白的画展的方向。

第八章

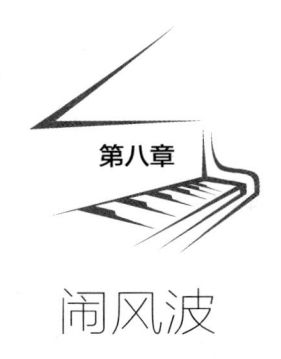

闹风波

余白开画展的地方和工作室是连在一起的,现在,她正坐在办公室里接受采访。

余彩说:"姐,这些我能拍吗?"

余白点头:"拍吧。"

余彩让摄影师把那些画都给拍上,还不忘告诉余白:"姐,钱离姐那边还没动静呢,下期《漫彤》可能会开天窗。"

说到这里她就想笑。

钱离爱面子,还没有和她们说自己被解约的事情,也不在群里说话了,所以余彩还不知道她和《漫彤》不合作的事情,以为《漫彤》还没搞定她,这让余彩觉得《漫彤》下期开天窗的可能性就很大。

就算是临时拉人过来,那也没有她姐名气大,总不能期期运气那么好，碰上江柳依这样的人吧？

余白听到她的话心情好了一些，之前和宋羡在这里比赛输了，她有几天不想来画展现场，后来还是被朋友劝着才过来的。现在余彩的话让她的心里舒服多了。

余彩见她脸色好些了，继续说："姐，你放心，这次我铆足劲给你宣传，绝对不给你丢人！而且你想啊，学画画的那么多，但只有你和白老师合作过，这本来就是多少人羡慕不来的呢。"

余白轻轻地"嗯"了一声。

余彩投其所好，又开始吹彩虹屁，旁边的摄影师也笑了："是啊，余小姐年轻有为，而且还这么漂亮，光是这两点就让人羡慕了。"

余白漂亮的脸上终于有了一丝笑容。

余彩夸完了，问："对了，听说江柳冰来工作室了，怎么没看到她？"

余白说："今天来，快到了吧。"

话刚说完，办公室的门被敲响了，江柳冰探出头喊道："余白姐，我来了。"

江柳冰走进来，余彩说："怎么现在才来？"

"我爸不是有点事吗？"江柳冰说，"还是让我姐送我来的。"

余彩转过头："你姐也来了？人呢？"

余白看向江柳冰，江柳冰尴尬地一笑，说："送我到门口就走了。"

她说完余白就拉开门跑出去了。江柳冰还想说话，却被余彩拖住了。

余白赶到门口没见到江柳依的车，正有点失望，余光却瞄到画展门口出现的熟悉身影，那人走了进去。

是江柳依。

余白心绪复杂，也跟着进了画展。

她远远地就看到江柳依站在画室门口，自从和宋羡在这里比赛后，她就很厌恶这个画室。

因为这个画室带给她屈辱的感觉，现在看到江柳依站在门口，不知道为何，她觉得脸颊火烧似的疼，好似狠狠地被人打了一巴掌。

她没走过去，刚想叫江柳依就听到身后有人叫她："余白？"

转头一看，居然是姚理事。

余白一愣，连忙问："理事，您怎么来了？"

"刚刚在附近开会，顺道过来看看。"姚理事对画坛新秀都颇为照顾，尤其是对余白，这不仅是因为她受白烨指导，更重要的是这孩子确实有天赋。

但有一点不太理想，余白心性不定，最近这两年她的天赋似乎被遏制了，有些刻意模仿莎尼娅的画风。

她倒不觉得模仿有什么问题，但纯粹的模仿毫无意义。

姚理事更想看到余白发挥自己的灵感，所以在她说要开画展时倾力相助。

她不希望看到任何一个好苗子被埋没。

余白点头笑了："那我陪您走走？"

姚理事说："行啊，最近有画画吗？"

"有在画。"余白说完看了一眼江柳依站立的方向，原本想去她那边的脚步顿了顿，最后还是转身跟在了姚理事的身后。

姚理事说："我来这里还有一件事。"她边说边给余白递了一张邀请函。

余白低下头，一愣："这是……"

"年度艺术节。"姚理事笑了，"希望到时候你能带着作品来参加。"

余白有些错愕："年度艺术节？我吗？"

她很惊喜，因为年度艺术节也不是随便什么人都能参加的。大多数受邀者都是得到美术协会认可的艺术家。每年全国参加艺术节的新秀不足三十人，他们都是精英中的精英。届时，会有老艺术家进行点评，前几年贺老先生甚至亲自露面，而被他指导过的新秀现在都造诣极高。

因此，这是所有画坛新秀梦寐以求的艺术盛会。

余白自然也想参加，没想到机会来得这么快，她难掩笑意。

姚理事说："余白，不管做什么，最重要的就是静心，希望到时候能看到你最好的表现。"

余白点头："谢谢姚理事。"

姚理事身侧的助理凑到她耳边小声地说了句话，随后，姚理事对余白说："不好意思，接个电话。"

余白站在一侧，转头看，江柳依已经不在画室门口了，她脸色微变，左右张望，看到江柳依低着头走出了大门。

仿佛这人来就是为了看一眼画室。

可画室有什么好看的？里面只有两张桌子，什么作品都没有。

余白皱起眉头，到底还是没有跟出去，而是等在姚理事的身边。

姚理事挂了电话，助理问："是白老师吗？"

她点头："是啊。"

助理说:"您上次说他回国……"

姚理事深呼吸,没回答这个问题,反而说了句:"搞不懂。"

她的助理也蒙了。

看姚理事打完电话,等在一边的余白上前两步,就听姚理事说:"今天就到这吧,我还有个会。"

余白跟在她的身后送她出去,转头看江柳依停车的地方,人已经走了。

余白拿着邀请函回去,余彩看到邀约整个人都蹦起来了:"年度艺术节?姐,你好厉害啊!"

余白被她夸得刚刚产生的那点不悦都散去了。

余彩说:"这件事可以写在采访里吗?"

余白点头:"可以。"

余彩顿时眉目飞扬:"好,那我先回去做宣传方案。"

她效率很高,当天下午就完成了宣传材料的制作,还特别联系了营销号,打造了一个"画坛新秀荣登杂志"以及"曾与白老师携手合作"的宣传噱头。

原本"画坛新秀"的身份曝光后并未挤上热搜,但白烨的名字一出来,立刻引起无数人的兴趣。

《美秀》的官博热闹非凡,比上次请到张素素时还火爆,不少人都在搜索余白的身份。

经查,余白是某某学院的学生,且被誉为默画天才。她刚毕业没多久就收到了纽斯的通知书。

更值得一提的是,她确实受过白烨的指导,是白烨的学生。

这次宣传给她增添了很多好感度,粉丝量上涨得很快。尤其当她在微博上晒出日常照后,更是让新粉连连尖叫。

随后不久,她的过去也被挖了出来。

原来,在她出国留学期间,和国内好友产生分歧,被好友背刺。

起因是论坛下有一条留言:"余白啊,前不久朋友采访过她。我也了解了一下,她人长得漂亮,脾气也好,温温柔柔的。就是运气不太好,留学期间被朋友背后捅刀子。听说她在国外那几年过得挺辛苦的。"

本是空穴来风的事情,却越传越离谱,如燎原之火,很快就在业界烧起来了。

有人在论坛匿名发帖:"余白?这名字我怎么这么耳熟啊。"

"余白?不就是余彩的姐姐?上次余彩和《漫彤》闹起来那件事你们忘了?"

"不会吧?网上说的被朋友背刺不会说的是江柳依吧?"

"看不懂,我看微博讨论还挺激烈的。"

确实激烈,已经激烈到《漫彤》杂志社的人都知道消息了。

何小英一拍桌子:"放屁!江老师怎么可能会背刺朋友!"

其他人也替宋羡和江柳依生气,微博有小号的直接撸起袖子去网上和这些网友对峙,很快两边开始了激烈的争吵。

何小英说:"这余彩怎么这么不要脸不要皮?这件事绝对是她故意放出来的!"

当初能在公司冤枉宋羡,现在就能在网上造谣。

吴莹说:"宋羡是不是还在开会呢?"

"嗯。"何小英说,"在和小李、袁姐他们开会呢。"

是关于后续拍摄的计划，所以她这个主笔没参加。吴莹有点担心："希望网上的事情尽快平息吧，不然那些人说什么的都有。"

这倒是真的，很多时候有些事都解释清楚了，网上很多人还非要激情发言，一副真理掌握在我手中的架势。

会议室里，袁红把拍摄方案定下，转头和宋羨说："就按你们说的安排。"

宋羨和小李点头，这时袁红的手机铃声响起，她说："那就先这样，你们出去吧，我接个电话。"

两个人起身。

出了会议室的门，宋羨的手机有振动，她拿出来看了一眼，居然是微博私信，发私信的是个陌生账号，连名字都没有，只是一串数字。

信息是："听说你是江柳依的朋友？她背刺好友可是出了名的，你和她交朋友小心有一天被她卖了都不知道。"

宋羨的眉头没动，神色平静如常。

两个人回到办公室，众人看到她们进来表情都有些紧张，刚刚还围在一起，突然如鸟兽散，各忙各的。

何小英还装模作样地打电话："喂喂喂，信号不好，我出来说。"

小李察觉到诡异的气氛看了一眼宋羨，发现宋羨压根儿没注意到这些同事的异常，她依旧神色平静地回到位置上，坐下，打开电脑开始修图。

众人看到她的举动一阵沉默。

是她们多虑了,为什么会觉得宋羡会在乎网上那些评论呢?宋羡应该是稳如泰山的那种人。

不过网上的言论,看着也着实令人生气。

很快,网站的话题区就频繁地出现江柳依的名字。

有人站出来说余白以前最好的朋友就是江柳依,她出国的事情江柳依起初不知道,那时江柳依在国内发展遇到瓶颈,而余白出国后大放异彩,就算是最亲密的朋友也会在心里较劲,慢慢地就产生了隔阂。不久之后,余白在国外名气打响,却在一次画展上画作被毁,调查后发现是熟人作案,虽然并未曝光作案人姓名,但外界都在传说是江柳依暗中设局故意破坏。

这么多年,关于她们俩过去的猜测就没有停止过,结合余白回国后和江柳依几乎没有来往,大家就更笃定她们之间的矛盾根深蒂固。

在吃瓜这件事上,凭借一点蛛丝马迹,网友们就能将各种信息串联成一条线。

更有甚者通过强大的人脉关系,查到江柳依现在和朋友一起住,而这位朋友宋羡恰好在杂志社工作,也就是江柳依先前接受专访的杂志社。

忽然间,话题就集中到了《漫彤》身上。

宋羡还对网上的事情毫不知情,只是办公室其他同事的键盘敲得噼里啪啦,她四处看看,最终把目光落在何小英身上。

何小英连咳了好几声,脸都涨红了。

宋羡问:"什么事?"

吴莹终于忍不住了,说:"宋羡,我给你发链接。"

宋羡收到链接点开,是一个博主的主页,上面汇总了这件事的来龙去脉。

宋羡定神,往下翻了翻评论,多是在质问这些事到底是不是真的,随后这个博主又在评论区发了一张照片,正是余白和江柳依几年前的合照。

至此,余白的微博下面多了上千条评论,都是在询问这件事的真实性,但她并未解释。

当然江柳依的粉丝也没有任其污蔑,纷纷反击。

宋羡盯着屏幕看完了始末,身侧的何小英说:"你先别气,我们已经联系《美秀》了。"

宋羡偏过头看手机,犹豫着要不要和江柳依说这件事,依照她以前的性格,肯定不会过多关注,但今时不同往日。

她想了想,还是给江柳依发了消息,单刀直入,直接问:"微博上的事情,需要我给你处理吗?"

江柳依回家收拾了几身换洗衣服,开车到医院时收到了宋羡的消息,还有赵月白连发的语音。

她点开,赵月白略显急躁的声音响起。

"不是,这个余白什么意思?"

"柳依,你看微博了吗?现在都在骂你呢。"

"不会又在琴房练琴吧?"

她退出微信,登录许久没上的微博,居然在热搜里看到余白的名字,点开评论,最上面的一条就有她名字的缩写。

"所以余白和 jly 闹掰了?果然没有永远的朋友只有永远的利益。听说现在 jly 身边最好的朋友是艾伦的侄女,瞧见了吧?还得有背景才能入得了人家的眼。"

利益？什么利益？

江柳依眉头皱起，脸色微沉，俏颜满是不悦。

随后她顺着评论看到来龙去脉，瞬间被气得说不出话来，难怪刚刚赵月白给她发语音带着火气，她现在就一肚子火。

真会胡乱带节奏，当初明明是她先出国，国外那场画展也是有人看不惯她太过高调才故意破坏的，完全和她无关，现在怎么成了她背刺朋友？还连累了宋羡被骂。

难怪一向什么都不是很在乎的宋羡会给她发消息，问要不要她来处理。

肯定是影响到她工作了。

江柳依给林秋水打电话，张口就问："秋水，网上的事情，你看到了吗？"

林秋水说："我正在处理，最迟半小时内发声明。"

江柳依说："那你先发声明。"

不管怎么说，现在她还待在林秋水的公司，由公司出面解决最好。

林秋水自然也知道事情的轻重，她已经联系余彩那边问情况了，但余彩没接电话，她只好打给余白。

余白歉疚地哽咽着说："对不起，我也不知道为什么会爆出这样离谱的事情。"

"我知道。"林秋水态度稍冷，"更何况，事情本来就是子虚乌有，那次画展上的事是意外，她也没有对不起你。"

余白忽然就不知道说什么了。

林秋水说："稍后我们公司会发声明，你和余彩说一声。"

她只是做好通知，并不是真的在乎余白的心情。或者说，她现在有些想逃避和余白沟通，因为内疚。她对江柳依内疚，对余白也内疚。之前她不清楚内情，所以才会和余白说江柳依现在的好友宋羡和她很像，也因此牵连出近期的风波。

这段时间她一直犯头疼，就是不知道如何面对江柳依和余白。

她说完就挂了电话，余白好一阵恍惚。从前的林秋水，是不会先挂她电话的。

她忍住委屈，还是给余彩发了消息，余彩一直观察着网上的动向，此时收到各方的来电，她却一个都没接，只在线上和钱申联系。

她不确定地问："钱申姐，这样行吗？"

钱申回复她："为什么不行？我早就看江柳依和宋羡不爽了，等骂完我们再澄清。"

余彩没敢忤逆她，只得放任这件事情继续发酵下去。

江柳依一直在等公司方面的澄清，半小时都快到了也没看到林秋水所谓的声明。她皱起眉头，想给林秋水打电话，拨号的时候顿了顿，没打出去。

林秋水正在关注网上的动向，看到自己批下的声明还没有发，便给助理打电话："公关部的人呢？"

助理小心翼翼地回复她："林总，公关部都去开会了。"

林秋水站起身："谁开的会？"

助理说："是钱总。"

林秋水气得想摔电话，自从钱申进公司后，就把公司搞得一团糟，还在会议室和自己呛声，这些她都忍了，现在居然连江柳依的事情都要管？

偏偏她还拿钱申没办法。

林秋水咬牙切齿地问:"在哪儿开会?"

助理报了一个会议室的名字,林秋水起身冲过去。她这边迟迟没有发声明,网上的猜疑已经越来越离谱了。

江柳依盯着手机看,已经超出了和林秋水约好的时间,她干脆果断地登上微博,直接发了一条新微博。

江柳依:"网传消息不实,勿扰。和余小姐曾是好友,但因理念不同已各自发展,并无私下联系。接受 @《漫彤》采访是朋友所托,请大家不要打扰她。"

这条微博发布后迅速升温,江柳依如今的知名度远超余白,本人亲自出面并以坚决的态度澄清,让粉丝们倍感满足,纷纷在微博给她回了不少暖心的评论。

江柳依看着这些评论,正犹豫着要不要和宋羡说一声,但想到宋羡的性格,估计她会觉得很麻烦。自己半夜喝了那么多酒回来,她都没问一句,现在这些事情,她肯定也不会关注。

但江柳依想错了。

宋羡不仅关注了,还在考虑该怎么做。

刚想转发那条微博,又想到江柳依此时正是需要被支持的时候。

她犹豫了两秒,在转发的文字后面加了一个拥抱的表情包。

江柳依收到"@《漫彤》宋羡"的转发感到十分意外,她皱着眉头点进主页,确认是宋羡的微博无误,宋羡不仅转发了,还把那条转发置顶了。

《漫彤》宋羡:嗯 [拥抱]//@ 江柳依:"网传消息不实,勿扰。和余小姐曾是好友,但因理念不同已各自发展,并无私下联系。接受@《漫彤》采访是朋友所托,请大家不要打扰她。"

莫名其妙地,江柳依的心情就好了起来。她低下头,没忍住,把这个页面截图保存了。

KUWEI
酷威文化
图书 影视

全世界都知道

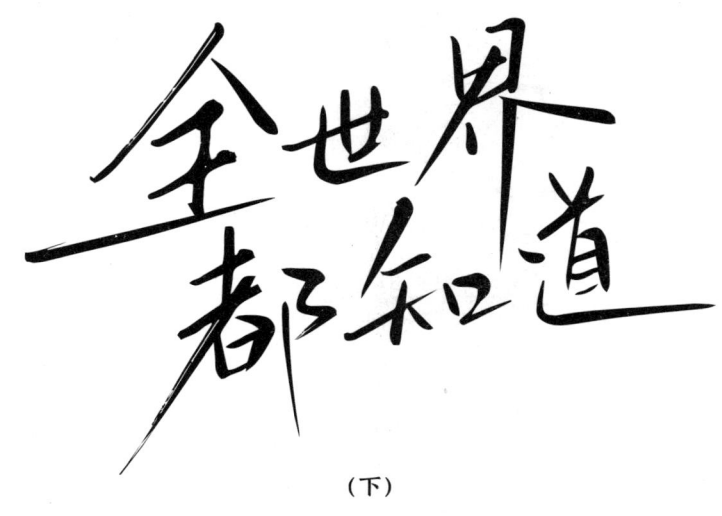

(下)

鱼霜 著

目 录
CONTENTS
下册

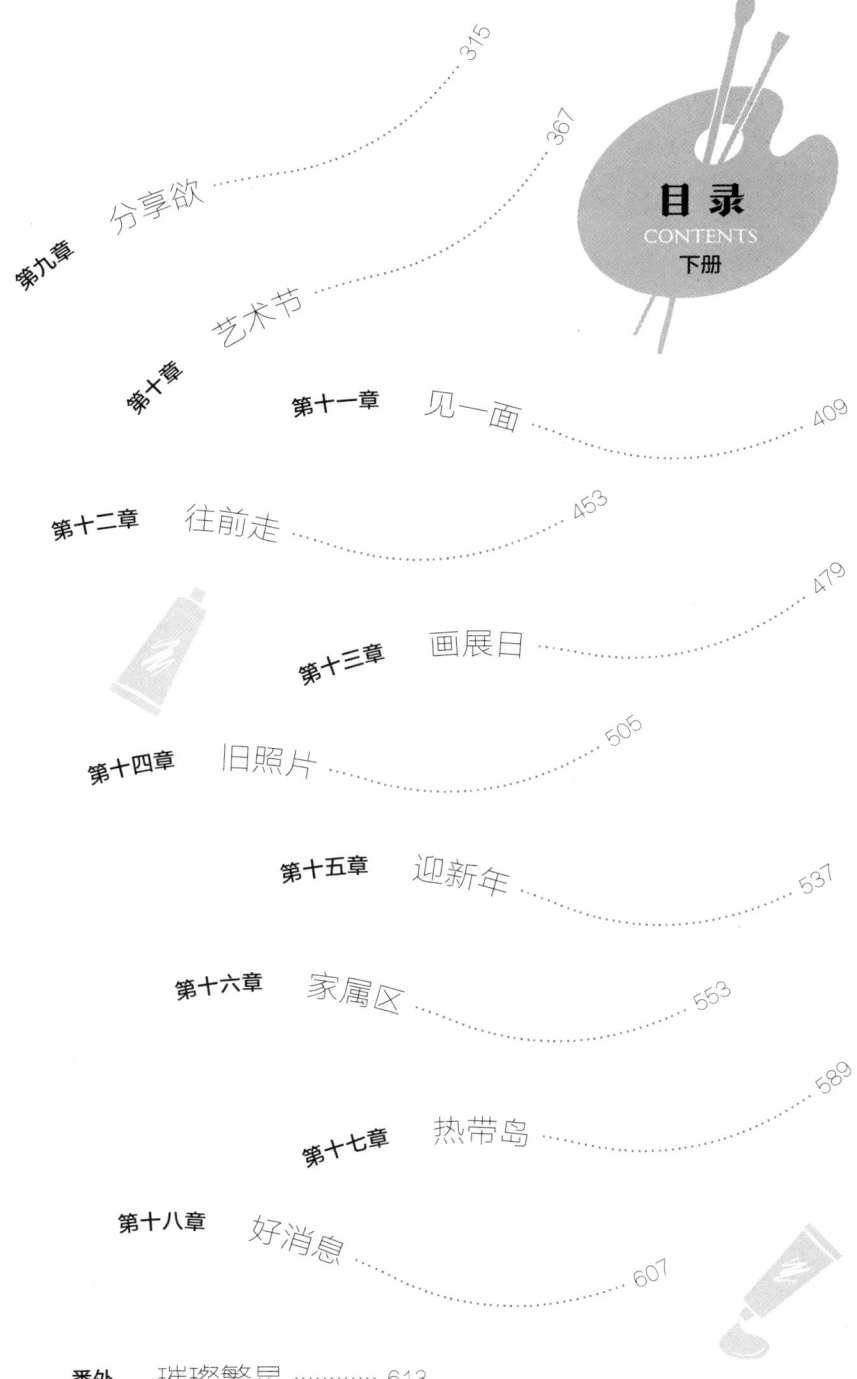

第九章　分享欲 ………… 315

第十章　艺术节 ………… 367

第十一章　见一面 ………… 409

第十二章　往前走 ………… 453

第十三章　画展日 ………… 479

第十四章　旧照片 ………… 505

第十五章　迎新年 ………… 537

第十六章　家属区 ………… 553

第十七章　热带岛 ………… 589

第十八章　好消息 ………… 607

番外　璀璨繁星 ………… 613

第九章

分享欲

江柳依的澄清言简意赅,显然她并不想在这件事上过多纠缠。随后,神通广大的网友查出当年余白国外画展事件的完整经过,据称有人看不惯余白行事高调,便利用画展安保的疏忽,故意向那幅画泼了油漆。被误导的网友回过味来,开始骂第一个带节奏的人。

"打听到一些细节,听说当年江柳依为了坚持钢琴梦和家里不和,国内演出机会紧缺,她那段时间为了获得更多机会天天应酬,身体也不好,正是需要支持的时候,可是余白一走了之,问都没问过她。"

江柳依的老粉被这些言论提醒,开始心直口快地反击。

"余小姐是有被迫害妄想症?"

"拜托,我就没听到过江柳依有什么负面新闻,她多清高的一人,根本不屑做那些事好吗?这次简直是无妄之灾,让人忍不住怜爱。"

江柳依倒是不需要被人怜爱,事情解释清楚了就好。这件事来得快去得也快,在她发微博没多久后,谣言就不攻自破,连带宋羨也涨了不少粉丝。

宋羨并不是很在意这些,压根儿没再关注。

不过一个新粉给宋羨微博的留言却引起了不少讨论。

那人留言说:"不知道小姐姐还记不记得我?我是前阵子接过你们的代驾。你晚上不肯回家非要买饼,你朋友满城帮你找。"

这条留言顿时被好些人转发,尤其是江柳依的粉丝。江柳依极少活跃在公众平台,微博更是摆设,只发宣传,从没发过日常。这么一件日常小事,顿时挑起了粉丝们的好奇心。

"说说,说说,怎么回事啊?我们依依买饼?"

"那天两人喝得有点多,是我开的车,开到一半,宋小姐说要吃饼,然后江小姐就满城帮她找!"

江柳依就这么莫名其妙地多了个执着买饼的人设。

随后江柳依的公司也发了声明,解释江柳依和余白早已没有私下联系,只不过最近余白回国,江柳依因为工作关系和余白有些接触。两个人虽因理念不同各自发展,但有合适的项目,还是会建立合作,请大众不要过度解读。

公司的声明一出来,《美秀》只得转发。

余彩松了口气,随后对上主编阴恻恻的眼神,不禁头皮发麻。

主编冷笑:"谁的主意?"

余彩下意识地咽口水。

主编拍着桌子指着电脑:"知道现在论坛怎么说我们吗?为了给余白造势,卑鄙无耻,阴险下流!余彩,这一次我给你姐一个面子,不与你计较,等这期销量出来,压不过《漫彤》,你赶紧滚!"

余彩被骂得狗血淋头,回到座位上,有委屈也没处说。原本事情出来的第一时间她是可以控制的,都是钱申,压着她不让处理。

现在到了这个局面,真是头疼。她电脑还开着,论坛的帖子她压根儿不敢刷新,不用看都知道网友肯定都在嘲讽《美秀》。

这期的杂志必须好好地宣传,如果再压不过《漫彤》,她真就要卷铺盖走人了。

余彩皱紧眉头,听到主编的电话铃声响起,好像催命符,她心里七上八下的。

主编远远地瞪了她一眼才接起电话。

是《漫彤》打来的。

袁红笑道:"没招也不能这么损吧?"

此时,何小英瞥了一眼后面的办公室,戳了戳宋羡:"解决了?"

宋羡点头,轻轻地"嗯"了一声,目光都没从电脑屏幕上挪开。

本来也没什么大事,主要是没及时发声明,导致网友的猜疑声越来越大。现在江柳依和公司都发了微博,这件事很快就平息了。

吴莹说:"该,偷鸡不成蚀把米,这余彩脑子里装的是糨糊吗?"

何小英也有些无语:"她难道想走黑红路线?可余白也不是娱乐圈的,瞎凑什么热闹。"

众人不能理解她们这个脑回路,宋羡是压根儿就没想过。

她照常工作,正常和同事沟通,发图给小李。何小英不由得对她竖起大拇指,这境界,常人不能及啊!

宋羡忙完工作已临近下班时间,窗外又开始飘起了细雨。她收拾好东西没有立即上车,而是先给顾园园打了电话。

顾园园惊奇地道:"今儿怎么想起来联系我了?"

宋羡说:"我要——订个蛋糕。"

她说得慢吞吞的,有些犹豫。

顾园园微诧:"蛋糕?你生日不是早就过了吗?"

她的生日还特别好记,二月十四日,情人节。不过这么多年也没见过她主动买蛋糕啊。

宋羡说:"不是我生日。"

是江柳依的生日。

下班前她突然想到那次在赵月白的生日宴会上,江柳依问她的话:"生日买过蛋糕吗?"

她没有这个习惯,但料想,江柳依或许有。

顾园园顿时会意:"是江柳依?她生日几号啊?"

"十月二十三日。"宋羡说,"还有几天。"

顾园园笑着说:"行啊,不过她喜欢什么口味、什么样式的?你下班来我这自己选吧。"

宋羡刚想说都行,忍了忍,说:"好。"

她下班之后先去了顾园园那里,顾园园还在蛋糕房里没出来。有员工看到她,不由得脸红红地和她打招呼,宋羡神色平静地走进去,看到顾园园正在做一个很高的蛋糕。

顾园园转过头:"来了,那有本册子,看看要选什么样子的蛋糕。"

宋羡对蛋糕几乎没什么概念,因为她几乎不吃。有次顾园园在她生日时给她送了蛋糕,她直接说:"我不喜欢,下次别浪费了。"

她说不喜欢,那就是真的不喜欢。从那以后,顾园园就真的没再送过，现在看到她来为江柳依选蛋糕，还挺新奇。

宋羡盯着册子上的图案看，款式繁多，六寸、八寸、十寸、十二寸等各种尺寸，她只记得江柳依喜欢弹琴，所以目光落在一款钢琴蛋糕上没挪开。

顾园园问："选好了没？"

宋羡低下头说："就这款。"

顾园园看过去，蛋糕最上方是一个穿着白色礼服的人在弹钢琴。选这款的人可不多，因为价格很贵，不过她不担心宋羡没钱，直接伸出手："先付钱。"

宋羡从包里拿出卡，顾园园拍了一下她的手："算了，不要了，就当给你们的礼物吧。"

寻常人都会客套一句，但宋羡不会。

她说："好。"

顾园园有点牙痒痒，她很想知道平常宋羡和别人是不是也这么说话。

临走前，顾园园问："要带面包吗？"

宋羡偏过头，还是拎了一包带走。

回家后，宋羡没见到熟悉的身影，她顿了顿，转头看，琴房的门是开着的。

江柳依不在家。

她下半年都没有演奏表演，不在家会去哪里？找赵月白吗？

宋羡皱起眉头，把面包放在茶几上，去了一趟卫生间，回来后在沙发上静坐片刻，又去阳台收拾衣服。听着窗外的雨声，忽然她放在茶几上的手机响了。

宋羡快步走过去,低下头看,是江柳依发来的消息:"今晚我不回来了。"

宋羡问:"为什么?"

江柳依说:"我爸在人民医院住院,我今晚要守在这里。"

宋羡看完,回复:"知道了。"

江柳依无奈地摇头,宋羡就是这种性格。

又忙了一会儿,江柳依放下手机,看到她爸打了点滴刚睡着。

虽然是单人病房,但房间里有两张病床,一张是陪护睡的。病房里家电齐全,还有一张沙发。江柳依坐在沙发上抬起头,看到她爸江山苍老了很多,小时候那个爱笑的父亲被眼前的人所取代,她想到那些没日没夜的争吵,不免有些头疼。

江柳依背靠沙发,仰起头,目光落在窗户上,凝视着雨水打在窗沿边,溅起无数水花,水花流淌,仿佛绘出一张哭泣的脸。

不知道过了多久,她听到病房的门口传来动静。

肯定是她妈。都说了不用过来,大晚上还是过来了,江柳依皱起眉头起身,刚走到门口却愣住了。

宋羡拎着果篮站在门口,看到她没动,问:"愣着干什么?"

江柳依说:"你……"刚说第一个字她的声音就哑了。她缓和了一下情绪:"你怎么来了?"

宋羡说:"你不是说你爸病了?"

江柳依哑声。

她知道宋羡的性格,对于麻烦的事情一概不做,所以她真的没想到宋羡会过来。

江山还没醒,睡得很沉。江柳依看了一眼病床上的人,问宋羡:

"等会儿就在这吃晚饭?"

她回家也没人做,肯定得点外卖。

宋羡倒是没感觉,她点头说:"好。"

江柳依点了一份白粥,两份炒面,特别备注了炒面不要加青椒。点好之后她听到宋羡问:"你爸怎么了?"

"高血压。"江柳依说,"老毛病了。"

宋羡"哦"了一声,坐在她的身边。

江柳依端来水果:"吃哪个?"

"苹果。"

江柳依拿起水果刀,削好了递给她。宋羡问:"你不吃吗?"

江柳依有点摸清楚宋羡的逻辑了,比如早上那个饼,她也不喜欢吃,但就是觉得要一人一半,细想一下,刚学做饭的时候,她也问过,我不需要做吗,好像在她这里什么事情都需要平摊似的。

想到这里,江柳依又拿起一个苹果,给自己削。

她不知道为什么宋羡会有这种想法,可能是家庭的关系。

江柳依越来越想见见宋羡的父母了,想看看他们为什么会把宋羡教育成这样。

两个人背对着江山,没注意到江山已经醒了。

江山是被两个人的对话吵醒的。他皱起眉头,刚想说话,瞄到江柳依的侧脸又顿住了,没吭声。

江柳依转头问宋羡:"今天网上的事情,没有影响到你的工作吧?"

宋羡说:"没有。"

她的态度很平静,好似就是稀松平常的一件事。江柳依的苹果削了一半,转头问:"没人私信骂你吗?"

宋羡想起来了，点头说："有。"

江柳依脸色微变，目光陡然冷了些："谁啊？"

"不知道。"宋羡说，"拉黑了。"

江山闻言有些担心，情绪起伏，他忍不住咳嗽起来。声音惊到了江柳依，她放下水果刀和苹果，回头看了一眼："爸，你醒了。"

江山没说话，本就安静的病房里有些沉寂，江柳依的手机铃声突然响起，是外卖打的。

江柳依独自去拿外卖，宋羡把刚刚江柳依没削好的苹果削完，问江山："吃苹果吗？"

江山冷哼一声："不吃。"

宋羡也不强求，把苹果放在旁边的盘子里，神色平静。

看着她这副表情，江山满肚子的火都发不出来。

江柳依拎着外卖回来就看到江山一张脸憋得通红，皱起眉头问："爸，你怎么了？"

"你别问我。"江山的气还没下去。

江柳依只好问宋羡："你刚刚和我爸说什么了？"

宋羡无辜得很："我给他苹果，他不吃，我就放到一边了。"

江柳依看了江山一眼，把白粥放在江山面前的桌子上，说："爸，你需要忌口，今晚就吃这个吧。"

江山本来就没什么胃口，刚刚还被宋羡气到了，连外卖盒子都没打开。江柳依也由着他，拉着宋羡坐到旁边的沙发上吃晚饭。

炒面里有肉丝，很嫩。宋羡刚吃了一口，江柳依便问："味道怎么样？"

宋羡点头说："还行。"

见她又挑了肉丝，江柳依说："喜欢这个？"

宋羡答应了一声。

江山今天难得没有冲江柳依发火，他决定下床走走。江柳依见他下床，吃饭动作一顿，江山说："吃吧，我出去转转。"

江柳依蹙起眉头，没多说，低着头和宋羡继续吃晚饭。

江山出去转了很久，江柳依提着雨伞想出去，又想到江山以前说的那些话，不免有些犹豫。

宋羡问："要去找你爸吗？"

江柳依说："我不知道。"

她也不知道要不要去。

宋羡问："那我陪你去？"

江柳依不置可否，两个人刚准备出去，江山却回来了。他看到江柳依手上握着的那柄伞没说话，而是走到在病床前，打开江柳依之前买的白粥，低下头一口一口地吃起来。

态度和以前迥异。

病房里很安静。宋羡吃完晚饭也要回去了，江柳依说："我送你。"

宋羡点头。

两个人同江山说了一声，江柳依跟在宋羡的身后进了电梯。到负二楼停车位时，宋羡打开车门坐进去，江柳依说："路上小心。"

宋羡点了点头。

江柳依又叮嘱："晚上睡觉前记得喝一杯红糖水。"

宋羡说："知道了。"

江柳依目送宋羡回去，一转身，才发现江山不知道什么时候跟着下楼了，也不知道站了多久，她喊道："爸。"

江山没说话，转身离开了。

江柳依跟上去，两个人回到病房，江山去卫生间了。江柳依坐在沙发上摆弄了一会儿手机，约莫半小时后，她给宋羡发消息，问她到家没有，宋羡回复："到家了。"

回复完信息，宋羡进卫生间冲澡，出来的时候听到了窗外的雨声，感觉这个房子好空旷。

她坐在沙发上，又起身去厨房里泡了一杯红糖水。

等红糖水变温的时候她才注意到群消息，袁红发了通知，明天开始宣传和采访，让宋羡和何小英做好准备。宋羡回复后把手机放下，又把红糖水喝完才进房间休息。

拉上窗帘的房间漆黑一片，没有一丝光亮。宋羡昨晚失眠了，今天很困，按理，应该很容易就睡着的，但她却完全没有睡意。

她在床上翻了个身，半小时后又起身，去卫生间把刚刚换下来的衣服洗了。

十点半，她回到黑漆漆的房间里躺下。

十分钟后，她翻了个身，睁开了眼睛。

二十分钟后，她摸到手机，回想昨天是怎么睡着的。

半小时后，她起身换衣服。

江柳依正在和迟晚照视频，商量给迟慕颜上课的事情。她想了想，还是决定做迟慕颜的钢琴老师。刚商量好时间，江柳依就听到病房门口有声音，她转过头，以为是值班护士。

谁知她挂了电话走过去，一抬头就看到了宋羡的身影，她有些错愕："怎么了？什么东西落下了？"

宋羡说:"没有东西,但是外面下雨了。"

江柳依不是很明白:"下雨怎么了?"

宋羡说:"下雨很吵,我睡不着,干脆来医院陪你吧。"

江山没说话,只是看了一眼宋羡,他浑浊的双眼压着尖锐的光。他转了个身,似乎是默认了这个提议。

江柳依原本也没想征求他的意见,反正病床的空间足够。

宋羡昨天没休息好,再加上下班之后来医院,确实比平时更累了。她觉得躺在病床上听到的窗外的雨声和在家里听到的稍微有些不同。

在家里只觉得烦躁,一点动静都不想听到。但躺在这里,好像就没那么烦躁了。

病房里有一股淡淡的香味,她小声地问江柳依:"你用的什么香水?"

江柳依伸出一只手闻了闻,没什么很浓的香水味。她平时喷得少,估计是衣服上残留的。她说:"你喜欢?"

宋羡低声地回复她:"嗯。"

好像不仅是喜欢,还有点依赖这个味道,譬如现在闻了就很想睡觉。

这就是她接连两天失眠的原因吗?宋羡睡前迷迷糊糊地想。

江柳依说:"家里还有两瓶,你喜欢可以带着。"

宋羡轻轻地"嗯"了一声,似乎快睡着了。江柳依偏过头,走廊的灯照进来,她侧过身体,刚好挡住投射到宋羡身上的灯光。

另一张床上的江山转过头。

他不敢相信,江柳依居然会和宋羡成为好友,她可是艾伦的侄女。

明明是两个世界里永远不可能有交集的人，现在居然成了好友。

江山陡然有一种前所未有的，面对命运无力抵抗的颓然感。这么多年来，他从未体验过如此深刻的无力感。此前，每次他见到江柳依，这种无力感便会被触发，导致他总想说服她放弃弹钢琴，甚至不惜以把她赶出江家作为要挟的手段。

可江柳依就像是一株野草，即使被掐断了所有根系，她也能疯狂地成长。

他其实早就应该想到，江柳依的性格本就随那人，倔强，固执，非要撞个头破血流才行。

江山抬起头看着白色的天花板，耳边似乎有人说："哥，帮我好好照顾这孩子，她以后想做什么就去做吧，就是不要让她弹琴。"

她说："不然我死不瞑目。"

这句话如一根刺，扎在他心里这么多年。每次看到弹琴的江柳依，那根刺就会往里面深入，现在已经深深地扎在他的心里。稍稍一拨，疼得入骨。

所以他始终没办法接受江柳依弹琴。

这么多年了，当他面对江柳依时，已经不知道是因为他妹妹而抗拒她弹琴，还是因为自己良心不安而不准她弹琴。

好似只有吵架，才能纾解良心上的疼痛。

他阻止江柳依，和她争吵，甚至把她赶出江家，但江柳依不听话，不是他的问题。

或许，江柳依不是不听话，她只是面对喜欢的事业，有超乎常人的坚持罢了。她和宋羡的结识，也像是命运安排好的，无法改变。

窗外的风雨声更大了一些，窗户没关严实，有风吹进来，夜里有点冷，江山起身开灯去关窗户，转头时看到了睡在沙发上的江柳依。

江柳依很小的时候，他也帮江柳依盖过被子。可那是很多年前的事了。

江山站了几秒，回到病床上，躺下，睁着眼睛到天亮。

宋羡是被闹钟吵醒的，她伸手关掉闹钟后，睁开眼睛就看到了江柳依的睡颜，两个人隔得不远。

宋羡起身，下床时惊醒了沙发上的江柳依。江柳依问："几点了？"

"六点。"宋羡说。

江柳依问："你起这么早？"

宋羡回复她："要回家拿东西。"

江柳依也起身，拉开帘子，没看到她爸，江柳依脸色微变，踩着拖鞋去门外找。

护士说："人在休息室。"

闻言江柳依放心了，说："谢谢。"

时间尚早，休息室里面没什么人，江柳依进去的时候，里面只坐着江山一个人。江山背对着她，头发斑白，他坐在椅子上看向窗外，格外沉默。

江柳依走过去，喊道："爸。"

江山转过头，深深地看了一眼江柳依，说："醒了？"

这么多年他一直用拔高的声音说话，现在突然平和了。江柳依不禁皱起眉头，"嗯"了一声。江山说："你朋友呢？"

江柳依说："在收拾东西。"

江山说："你也收拾东西回去吧。我这里也不需要你，去忙你的吧。"

见江柳依没动，江山说："爸不是在说气话。"

江柳依垂在身侧的手紧了紧。

很多年前，江山说话时就是这样。

"柳依，爸给你买了糖果，别让你妈知道。"

"柳依，爸明天带你去游乐园。"

"柳依，爸给你讲故事吧。"

江柳依低下头，江山问："柳依，你后悔弹琴吗？"

他难得心平气和。

江柳依没丝毫犹豫，回答他："不后悔。"

江山点头，又问："后悔生在江家吗？"

江柳依沉默了片刻，没立刻回话。

江山自嘲地笑笑，说："回去吧，以后想回家就回家，不想回家自己也要好好地生活。"

至于那根刺，扎进他身体里那么多年了，拔不拔都会疼，他已经疼了半辈子，说出来还会让江柳依疼。已经没必要了。

江柳依不知道江山为什么一夜间态度会发生这么大的变化，她始终很在意一件事，于是她问："爸，当初您为什么不让我弹琴？"

以前，如果她问这个问题，江山一定会暴跳如雷，但现在他却什么回应都没有。

江山转过头看她，回想起江柳依刚出生时他抱着她，她小小的一团，身上还带着些许未洗净的痕迹，那双小手不自觉地蜷缩着，仿佛要寻找安慰似的轻轻触碰着嘴边。他逗江柳依时，江柳依哇的一声哭起来。医生说，这是好事，哭的声音越大，代表肺活量越好。

可是他哪舍得啊！最后还是他把她抱在怀里哄着，江柳依才不哭。

她的名字也是他取的，柳依，希望她少点韧劲，少点倔强，像柳树那般温顺，有家可依。可一切恰恰相反。

江山说："没有为什么，我和你妈都不喜欢你弹琴，弹琴那么苦，有什么前途？不过既然你已经熬出头了，就随你吧。"

依旧是什么都没问出来。

江柳依沉默了两秒，站在休息室门口的黄水琴喊道："你们在这儿干什么？"

江山转过头，对江柳依说："回去吧。"

江柳依没再勉强，回到病房收拾自己的东西，准备和宋羡一道走。黄水琴看着江山，觉得气氛莫名地有点奇怪。

难道真给江柳冰说对了？这一晚上，两个人的关系缓和了？怎么可能？她又不是不知道江山的脾气，不过她想归想，也没多问。

江柳依收拾好东西，和江山、黄水琴说了一声，便和宋羡离开了。车是宋羡开的，她也没问江柳依为什么突然回家。两个人一路无话，江柳依看着车窗外面闪过的风景，突然想到昨天下午的那些事。

关于那些不实的传闻。

原本她不会在意网友的看法，但牵连到宋羡，她就不得不多些关注。昨天登录微博后，她搜宋羡的名字，跳出来一个账号的名字，下面还有一条热门消息。

就是她昨天发的那条微博。

除此之外，这个账号里什么都没有。

江柳依皱起眉头，昨天她搜索的时候，看见有好多关于宋羡的消息，今天居然一条都没了。一夜的时间，消失得干干净净，难道是林秋水处理的？

如果不是林秋水，还能是谁？

江柳依没有问宋羡网上的事情，以宋羡的脾气，她应该并不在意。

她没想错，宋羡压根儿就没注意到网上的那些议论。在她心里，这些事情昨天都已经解决了，没必要再多关注，所以她一直没提过昨天网上的事情。

她不提，江柳依也没有主动说。

两个人进了家门，江柳依问："今天是不是要采访孔小姐？"

宋羡点头："嗯。"

江柳依看了一眼腕表："几点？"

宋羡说："九点多钟过去，在她家里采访。"

江柳依说："那你等我一会儿。"

宋羡偏过头，江柳依说："我先送你上班，等九点和你一起去迟家，我也要去签合同。"

她之前答应了教迟慕颜弹钢琴。

宋羡明白过来，说："好。"

上班不用自己开车，宋羡还有点不习惯。下车时江柳依说："我的车就停在这里，一会儿见。"

宋羡点了点头。

下了车，宋羡遇到了何小英。

何小英看了一眼江柳依的车，问："江老师顺路送你上班啊？"

宋羡点头。

两个人说话间进了公司。

宋羡在工位坐下后开始整理图片，小李问："何小英，几点发宣传？"

　　何小英探出头说："八点半。"

　　正是一早上班族们刚打开电脑的时间，有些人打开微博，就看到孔希颜转发了一条微博：初冬，我们专访见 //@《漫彤》：名人专访第二期嘉宾，孔老师@孔希颜，大家有什么问题想要问的吗？

　　粉丝立马在孔希颜的微博评论区评论，之后又到《漫彤》的官博下面留言。要不是每个人的留言有次数限制，他们恨不得每人问一百个问题！

　　《漫彤》的官博被挤爆了，留言数以百为单位迅速增长。孔希颜的粉丝群体年龄层广泛，而她平时深居简出，除了拍戏很少有其他公开的活动，更不用说参加综艺节目了，顶多只是担任某些产品的形象大使，和粉丝的直接接触并不多。她难得上一次杂志，粉丝能不激动吗？

　　不只是粉丝，就连孔希颜的圈内好友也纷纷来凑热闹，到《漫彤》官微下面问千奇百怪的问题。热度迅速飙升，直接冲到了热搜榜第一。

　　这个位置，不买是不可能的，但是买到第一，大手笔啊！

　　袁红刚进办公室就被人拽住问："袁姐，这个热搜服务花了多少钱？"

　　肯定不便宜！公司可真舍得啊！

　　袁红说："不是公司花的钱。是迟总安排的。"

　　是迟总啊，那就不意外了。于是大家接连看到了有关孔希颜和《漫彤》合作的一个个话题上了热搜第一、第二、第三、第四、第五……

众人满心欢喜，只有孔希颜略有些郁闷地问迟总："你买这么多干什么？"

"我只买了一个。"迟晚照说，"其他不是我买的。"

孔希颜蹙起眉头，注意到热搜榜第二和第三的位置正在"打架"。

热搜第二是关于"柴茵的第一问"。

热搜第三则是关于"曲音的问题"。

这两个人的竞争也不是一天两天了。本来一个是艺人，一个是做节目主持的，按理说不应该有什么摩擦。但偏偏在柴茵录制曲音的节目时，两人闹了点小矛盾。由于误会未能及时解除，日积月累，两人的关系逐渐变得剑拔弩张。

孔希颜又看了一会儿，确定没啥大问题才放下手机。

迟晚照说："等会儿江柳依也会过来，合同在房间里，你直接拿给她。"

孔希颜说："嗯，知道了。"

迟晚照看她吃完早饭，问："和《漫彤》解约的那个艺人，叫什么？"

孔希颜想了一会儿："钱离。怎么了？"

迟晚照说："上面要整顿劣迹艺人，我看她快有麻烦了。"

孔希颜"哦"了一声，迟晚照拎起电脑包说："那我先走了，慕颜呢？"

"还在后面练琴呢。"

自从迟晚照给她买了钢琴，她就兴奋得不行，昨晚还偷偷地溜过去弹，今天一早又乐呵呵地跑了过去。

迟晚照上车了。

身侧的周生说:"迟总,汇星那边问,您等会儿还要去试镜现场吗?"

《为凰》在制作中,景烟是联合出品方之一。

迟晚照说:"第二批试镜的演员名单里,是不是有个艺人叫钱离?"

周生点头:"目前汇星那边比较看好的就是钱离。"

迟晚照随即决定:"把钱离换了。"

闻言周生有些蒙:"换了?"

迟晚照冷淡地"嗯"了一声。她心里清楚钱离存在潜在风险,但显然不打算向周生解释。周生见状也不敢多问,连忙去安排了。很快,这个消息就传到了钱离的耳朵里。

钱离脾气暴躁,听到这个消息就炸了!

原本推掉《漫彤》合作的她刚被公司训斥,但考虑到她有新剧要拍,而且《为凰》算是今年的最强制作班底,如果她能试镜成功,那丢掉一个杂志社的专访也就罢了。公司这次为了让她成功选上,可算拼尽全力了,可谁都没想到,第二轮试镜时她会被筛掉。

钱离打电话四处询问,最后得到消息,是投资方景烟的老总迟晚照要求换人。

钱离听到这个名字忍不住咽口水。

迟晚照?这件事和迟晚照有什么关系?

随后她的经纪人冷着一张脸进了办公室,直接把平板砸在桌子上,冲她喊道:"看看你干的好事!"

钱离抬起头:"可是我和迟总压根儿没过节。"

她都想不到是哪里得罪迟晚照了！

经纪人冷笑："自己看！"

钱离拿起平板，看到热搜排行榜前几名都是孔希颜即将和《漫彤》合作的消息。钱离手一抖，平板就掉在了地上。经纪人说："你是和迟总没过节，你和《漫彤》总有过节吧？你知道《漫彤》里有孔希颜的朋友吗？孔希颜这次接受《漫彤》的专访，如果你的事情曝出来，你觉得你在这个圈子还会有立足之地吗？"

钱离一脸煞白，眼底满是害怕，得罪了孔希颜，就是得罪景烟，得罪景烟，那在这个圈子里，真没人敢用她了！

她看向经纪人："我……我……"

她支支吾吾地说不出话，经纪人说："事已至此，上面决定暂时给你放长假。你的一切行程暂缓，还有《漫彤》那边，你好好地道歉或许还有一线生机。"

钱离的脸色苍白，冷汗从双鬓滴落，她说："我等会儿亲自上门道歉。"

"最好是这样。"经纪人说，"还有，和《漫彤》的解约，是你全责，违约金会从你的通告费里面扣除。"她一副公事公办的样子，钱离彻底慌了。

出道这么久，经纪人待她一直很不错，现在这般冷漠，也许是料到她的结局了吧？她真的没想到，只是给一个杂志社挖坑，居然能把自己埋进去。

钱离又急又气，却又无可奈何，眼睛里满是血丝。

经纪人离开后，她那股无处可发的怒火全部发泄给了钱申，要是钱申现在就在她面前，保不齐她已经上去打人了。

钱申刚接起电话，就听到了耳边的谩骂，最后钱离破声嘶吼，把钱申都吓到了。

钱离发泄完,亲自去《漫彤》杂志社道歉。

《漫彤》办公室里的气氛正喜庆,孔希颜的宣传微博发出来没多久,就传来消息说《美秀》那边找余彩谈话了,余彩被撤掉了主笔职位,调到了某个不知名的边角部门。余彩工作了这么多年,好不容易混到主笔位置,如今却这么硬生生地被踢了下来,《漫彤》的人不知道有多高兴呢。

正高兴庆祝呢,钱离来了。

众人一边偷听钱离和袁红聊天,一边在群里发消息。

很快,何小英也知道这事了,她想同宋羡分享,又瞄了一眼宋羡身边的江柳依,到底憋住了。

到了迟家,何小英先下车,她身后跟着宋羡和江柳依。江柳依接过宋羡肩膀上的电脑包和摄影包,帮她背着。

这时,从迟家小跑出来一个身影。她穿着粉色裙子,像小蝴蝶一样快速地跑了过来,直接往江柳依身上扑。

迟慕颜一边跑一边叫:"江老师!"

江柳依和她撞了个满怀,身体不由自主地往后面退了两步。宋羡怕她摔倒连忙扶住她。

迟慕颜从江柳依的怀里抬起头,奶声奶气地说:"对不起,江老师,我是不是撞到你了?"

江柳依笑了,揉揉她额头的碎发:"没关系。"

她松开迟慕颜后,察觉到宋羡扶她的手有些吃力,自己的脚也不太受力。她转过头对宋羡说:"我的腿好像崴到了,你扶我进去吧。"

宋羡低下头:"崴到脚了?"

说着她弯下腰想帮江柳依看看,江柳依却说:"不太疼,没关系。"

她穿着中跟高跟鞋,刚刚被迟慕颜那一撞,确实有崴脚的可能。

宋羡稍稍点头,站起身,扶着江柳依往里面走,何小英看到也紧张兮兮地问:"江老师怎么了?"

"她崴脚了,我先扶她进去。"

何小英立马说:"要我帮忙吗?"

江柳依一只手扶着宋羡,另一只手拎着包,压根儿不给何小英表现的机会。何小英摸了摸鼻子说:"那你扶江老师进去吧。"

宋羡"嗯"了一声。

孔希颜出来看到江柳依这副样子,皱着眉头问:"怎么了?"

迟慕颜有些歉疚地低下头:"是我撞到江老师了。"

江柳依伸出手揉揉她的头发:"不是你的错。"

迟慕颜漂亮的小脸皱成一团,江柳依说:"真没关系,休息会儿就好了。"

"哦。"迟慕颜嘟着小嘴,"那江老师快进去吧。"

昨天才下了雨,天凉,几个人也没在外面多逗留,宋羡扶着江柳依进了客厅。屋内暖气充足,关上门之后,孔希颜说:"江小姐,我先把合同拿给你。"

江柳依坐在沙发上等时,抬起头对宋羡和何小英说:"你们先去工作吧,我看看合同。"

何小英好奇道:"江老师要和迟总合作吗?"

孔希颜笑了:"是我聘请江小姐做慕颜的老师。"

何小英眼睛一亮："那太好了！"

果然，优秀的人，会吸引优秀的人。

宋羡说："那我们也开始吧，是在工作室，还是会议厅？"

孔希颜说："去我工作室吧。"

孔希颜的工作室不大，一张办公桌上面堆了好些剧本，室内还悬挂着一台八十五英寸液晶电视，此外都是零零散散的东西，比如迟慕颜的玩具木马。地方不大，倒是很温馨。

宋羡说："我先收拾，你们采访。"

江柳依看完合同见迟慕颜还趴在茶几上托着小脑袋看她，于是笑着问："看什么？"

"看江老师好漂亮。"

一张小嘴倒是很甜，江柳依说："你也很漂亮。"

"可是妈咪说漂亮是没有用的，还要很聪明。"

果然是迟晚照会说的话。

江柳依微微点头，听到迟慕颜说："江老师，你签好名字了吗？签完了我带你去看我的钢琴！"

她一副迫不及待想要分享的样子。

江柳依放下笔说："好啊。"

她被迟慕颜带到花房里，这个别墅比她想象中更大，后院有花房、猫房，还有好几个多功能房间。

江柳依问："这是什么房间？"

"妈咪的画室。"迟慕颜出生不久，别墅翻新，迟晚照就把画室搬下来了。

江柳依点了点头，又看到迟慕颜指着钢琴说："那里。"

江柳依淡笑着走过去，坐下后试了两个音。

正在忙碌的宋羡手一顿，抬起眼睛看向孔希颜和何小英，见她们认真投入地采访，便继续低下头整理。布置好房间后，她走出工作室，往传来音乐的那个方向走去。

花房四面是玻璃，她远远地就看到江柳依坐在钢琴旁，身边坐着一个小小的身影。迟慕颜满眼的崇拜，认真地听江柳依弹琴，两只手不时地鼓掌。

宋羡慢步走过去。

她突然想起很久以前，她也这么坐在一个人身边，听着钢琴弹奏声。身旁的人说："新曲子，怎么样？"

她认真地听完，说："还行。"

那人摇头："要求不能太高，我可是业余的。"

她说："那也是还行。"

那人有些无奈："真想知道，你说好听是什么样的？"

宋羡回过神来，觉得江柳依此刻弹奏的曲调悠扬、安静，配合眼前的一幕，令人心安。

江柳依弹完一曲，迟慕颜拍着小手说："好好听！江老师好棒呀！"

江柳依没忍住，伸手捏了捏迟慕颜的脸蛋，满是胶原蛋白，手感好极了。孩子独特的奶气，让江柳依的心也变得软乎乎的。

"喜欢听吗？那老师再弹一首。想听什么曲子？"

迟慕颜说："好啊，我想听《梦想》。"

江柳依在环球巡演上演奏过一次这首曲子。这是由她原创的，调子并不欢快，甚至有些抑郁，没想到迟慕颜居然想听。

她点头说："好。"

说完，她的手指就落在了琴键上。一改刚刚的风格，调子不再宁静,似伤感的人正在悲鸣哭泣。

宋羡站在两个人身后的门口,听到这调子,被勾出早就模糊的回忆。

"宋羡,我不知道你什么时候才能痊愈,眼睛还能不能复明。"
"对不起,我不能再照顾你了。"

宋羡转身,离开门口。江柳依听到动静,转头看到一抹纤细的背影,竟觉得她有些孤单。

音乐戛然而止。

她没多想,站起身喊道:"宋羡。"

宋羡转过头,看到江柳依走过来,听到她问:"结束了?"

"还没。"宋羡说,"正在采访。"

她们计划先采访再拍照。

江柳依说:"过去看看?"

迟慕颜围着两个人,像小蝴蝶似的明媚鲜亮。宋羡刚走出一步,江柳依就拉住她,说:"扶我。"

进工作室后,宋羡放开了江柳依,迟慕颜也跟着进来了。不过她没什么耐心,只是看了一会儿就说:"江老师,我去看看烟烟。"

烟烟是那只大肥猫,江柳依对此印象深刻。

迟慕颜小跑着出去后,采访也告一段落。孔希颜去给三个人倒水,并端来水果。何小英双手接过,小心翼翼地道了谢。宋羡和江柳依坐在一侧,孔希颜刚坐在她们身边,手机铃声响起,是柴茵打来的。

柴茵张口就说:"气死我了!居然趁我拍戏的时候压我一个小时!"

孔希颜皱起眉头："什么一个小时？"

"热搜！"

孔希颜："……"

这幼稚的胜负欲。

孔希颜说："别管了，一会儿热度下去了你再买个热搜服务不就行了？"

柴茵说："你以为我不想？要不是迟总不准，早就有人买了。"

孔希颜："……"

行吧，迟晚照幼稚也不是第一次了。

柴茵问："你接受采访的那个什么杂志，还挺有意思的，还策划和粉丝互动。"

孔希颜说："《漫彤》吗？她们专访的负责人在这里，你亲自问问？"

"行啊。"柴茵顿时乐了，"问问下一期能不能请我，曲音知道会气死吧？"

闻言孔希颜沉默了。

她把手机递给何小英，何小英被水呛到，疑惑地问："我？我接电话？"

孔希颜淡笑："是柴茵，不知道你认不认识？"

柴茵谁不认识啊！刚拿了视后，紧跟孔希颜拿了大满贯，听说两人是特别好的朋友。

时隔几年，她们即将二度合作，粉丝们翘首以盼，何小英想不到这个时候柴茵打电话干什么，她颤颤巍巍地接了电话，听到柴茵的问题，开心地蹦起来："真的吗？真的吗？真的吗？！"

她激动得快要哭了！

柴茵居然主动询问专访的事情，还提出能否把她排在孔希颜之后的那一期。当然可以！即便天王老子来了，也得往后排！

何小英当即应下，立刻与宋羡分享了这件事，兴奋之情难以抑制。她担心自己失态，便拉着宋羡去卫生间平复情绪。卫生间传来一阵奇特的兴奋叫声，孔希颜闻声摇头，心情也不由得愉悦起来。

江柳依慢条斯理地品着茶水，此时孔希颜问道："慕颜呢？怎么没和你在一起？"

"去看猫了。"江柳依说，"这猫可真大。"

孔希颜笑着摇头。

江柳依说："听说孔老师和迟总认识，还多亏了这只猫？"她接着补充，"当然，这也只是一些小道消息。"

孔希颜点头："是的。"

江柳依不禁好奇她们是怎么认识的。孔希颜听到这个问题，笑着说："算是投其所好吧，我很喜欢猫。"

江柳依被这么一点拨，好似有些明白了。

原来孔希颜喜欢猫，而迟晚照刚好养了一只。因为工作忙，迟晚照经常让孔希颜帮忙照顾，两个人的关系也就日渐好起来。

等宋羡和心情已经平复的何小英从卫生间出来，江柳依喊道："宋羡，过来。"

宋羡走过去，江柳依凑到她耳朵边小声地问："你有喜欢的宠物吗？"

宋羡看着她，目光沉静如水地说："没有。"

江柳依："……"

宋羡说完转头看江柳依，有些犹豫地问："你想养狗？"

江柳依前阵子散步时说，她以后想养一只狗，只是没想到来得这么快。

江柳依张口:"也没有,我那天就是说说。"

宋羡点头。何小英那边的采访结束了,叫宋羡过去拍照,宋羡同江柳依说了一声便过去了。江柳依坐在不远处的沙发上,何小英拿着手机,满脸是压不住的笑意,江柳依闲聊似的问:"什么事情这么高兴?"

何小英转过头,正正经经地说:"江老师,你知道柴茵吗?"

江柳依说:"当然知道。"

柴茵也算知名度颇高的艺人,只是和孔希颜走的不是一条路线。何小英用兴奋的语气说:"她约了我们下一期的专访!"

下一期的专访是柴茵啊!可以想象会有什么样的效果!

她刚刚在群里和同事说了这件事,那群人疯了似的,现在还在狂刷屏,和当初知道要采访孔希颜时差不多。

孔希颜和柴茵,这两个即将再度合作的人,一前一后登上同一本杂志。何小英真觉得是天上掉馅饼,直接砸中了杂志社。

可以预见,这两个人的专访过后,后面的档期不再是他们去找人合作,而是别人主动来和他们合作!

这下,何止是打败《美秀》?他们甚至有可能跻身杂志圈前三!

何小英激动坏了,不过她也没忘记大功臣,连忙说:"不过还要多亏宋羡。"

"宋羡?"

何小英点头:"对,宋羡,还有江老师!"

"谢谢你第一期答应我们的专访,果然是开门红!"何小英说,"后面两期多亏了宋羡,没有宋羡,《漫彤》哪能和孔老师合作!"

江柳依与有荣焉,脸上隐隐露出悦色,她点头:"宋羡确实很优秀。"

"何止是优秀！"何小英夸道，"简直是厉害到极点了，专业能力太过硬，我们主编都舍不得让她离开新刊！"

江柳依转头问："离开新刊？"

何小英"啊"了一声："宋羡没和你说吗？主编希望她能留在新刊，她不是从童刊调过来的吗。"

说完她立马表态："我们不是贪图她的人际关系，我们就是觉得宋羡拍照特别好，专业能力又强，都很喜欢和她一起合作。"

闻言江柳依沉默了一会儿。这些事，宋羡倒是没和她说过。

孔希颜留她们吃午饭，三个人谢绝了。何小英要赶着回社里，出门打车走了。宋羡要把受伤的江柳依送回家，没和何小英一路。

回去的路上，宋羡开得比较慢，车上放着舒缓的音乐，江柳依从上车后一直看着车窗外面。快入冬了，枯叶簌簌地掉落，昨天晚上下的雨还没干透，地面湿漉漉的。

江柳依说："先去趟超市，家里没什么菜了。"

宋羡点头，直接将车开到超市的入口。江柳依下车时宋羡已经站在车旁了，做好了扶她的准备，江柳依抿着嘴唇，半靠在宋羡身上。

进超市之后江柳依对着菜谱拿菜，和宋羡说："下午还去杂志社吗？"

宋羡点头说："要去。"

江柳依说："吃完饭再去。"

宋羡说："好。"

从超市出来后，宋羡拎着袋子，江柳依跟在她的身旁，望着宋羡平静的侧脸喊道:"宋羡。"

宋羡转过头,江柳依迟疑了几秒说:"放后备厢吧。"

宋羡将东西放在后备厢,随后同江柳依一道回去。

午饭照旧是江柳依做的,三菜一汤,她炒菜的手法越发娴熟,味道也比之前好多了。宋羡想进厨房帮忙,江柳依就让她洗菜,顺便问:"你最近工作有什么问题吗?"

宋羡低下头洗菜,手上的动作都没停顿,她说:"没问题啊。"

语气如常,平静如水。

江柳依皱起眉头,侧过身问:"真没什么问题?"

宋羡转过头,不是很理解,反而问江柳依:"有什么问题?"

江柳依一口气闷在胸口,宋羡已经洗好青菜了,她问:"还有其他的吗?"

"没了。"江柳依说,"你先出去吧。"

宋羡走出厨房,回到客厅坐在茶几旁,然后打开电脑,开始选要精修的图片。上午拍摄结束后,孔希颜选了几张,剩下几张,她让宋羡自己选。宋羡现在正把要修的图拖拽出来。

江柳依倚在厨房门边,锅里的鸡汤正在翻滚着,香气四溢。她还是走到宋羡身边,坐在对面问:"在选图吗?"

宋羡抬眼看她:"嗯,还要再选两张。"

江柳依沉默了几秒,说:"你是不是要转部门了?"

闻言,宋羡忙碌的手微微一顿,脸上难得浮出犹豫的神色,她看向江柳依说:"还没确定。"

江柳依刚想说什么,转念一想宋羡的性格,改口道:"宋羡,你有和别人分享过你的事情吗?"

宋羡说:"很少。"

果然，江柳依心想，自己猜得没错。

她接着问："你以前在家里，会和父母分享你的事情吗？"

宋羡摇头："不会，他们总有自己的事情要忙。"

江柳依顿时没脾气了，她说："再忙也要沟通啊。"

江柳依继续说："那你的事情，就是朋友的事情，对不对？"

宋羡没说话。

她的父母从小就告诉她，自己的事情自己解决，所以久而久之，她养成了不分享的习惯。

不过江柳依的这个逻辑，似乎也没有问题，宋羡点了点头。

江柳依乘胜追击："所以，以后你有问题，都可以和我说。"

宋羡问："你帮我做决定吗？"

江柳依摇头："当然不是。"

宋羡皱起眉头："那为什么要和你说？"

江柳依："……"

她吸了口气，忍住了。她知道宋羡已经按照这些根深蒂固的想法生活很多年了，不可能马上改变，她可以慢慢来。

江柳依说："宋羡，分享一件事，不是一定要有什么结果。我今天遇到一件很高兴的事情，我回家告诉你，你是不是也会高兴？"

江柳依说完看向宋羡，生怕她嘴里冒出一句"你高兴和我有什么关系？"

好在宋羡没有。宋羡细想之后说："嗯。"

"对啊。"江柳依说，"这就是分享，所以你工作上的事情，高兴的、不高兴的，你都可以和我说，我或许不能帮你做决定，但我可以给你建议，帮你一起承担。"

宋羡偏过头看江柳依，她感觉江柳依正在带她走一条她以前从未走过的也没想过的路。

江柳依见宋羡神色凝重，说："所以你遇到好的、不好的事情，都可以和我说，人和人之间最重要的就是沟通。"

宋羡顿时有些明白过来了。江柳依说："这样，我们分享一件小时候最喜欢做的事情好不好？"

江柳依想慢慢来，得从一些开心的小事入手，让宋羡养成分享的习惯。

这些道理，是她刚从书上学到的。她决定学以致用。

江柳依说："我小时候最喜欢我爸带我去游乐场，一个月会去一次，每次都玩到不想回家。"

宋羡问："玩什么？"

"很多啊，过山车、摩天轮、海底世界……"江柳依回想起来面带悦色，宋羡转过头看她的表情想，看来她是真的很喜欢这些。

江柳依问："你呢？小时候最喜欢做什么事情？"

宋羡想了一会儿，说："学习。"

江柳依："……"

这么一对比，好"惨烈"。

江柳依问："除了学习，你没有其他的爱好吗？"

宋羡说："画画。"

江柳依："……"

她就不是常人。

江柳依没话问了，什么学以致用，行不通！

她起身，说："我去看看鸡汤熬好了没。"

宋羡看着她起身，想到她刚刚说的那些话，也跟着起身问："你现在还喜欢吗？"

江柳依转过头，一时没反应过来："什么？"

　　宋羡语气平静地问："你不是说你喜欢去游乐场吗？现在还喜欢吗？"

　　江柳依有些失笑："怎么？你陪我去吗？"

　　宋羡的目光沉静如水，神色认真地道："我可以陪你去。"

　　江柳依用微哑的声音说："行啊，这个周末去，可以吗？"

　　宋羡点头。

　　江柳依又问："你小时候去过游乐园吗？"

　　宋羡说："去过。"

　　江柳依问："最喜欢哪个项目？"

　　宋羡很认真地想了一会儿，说："摩天轮。"

　　摩天轮？果然很符合宋羡的性格，安静，缓慢，江柳依记在了心里。

　　吃过午饭，宋羡去了杂志社，江柳依一个人在家。她搜了周边的游乐场，小时候经常去的那个早就废弃了，附近倒是有一个，不过她没去过，搜了具体地址，居然离宋羡以前住的地方很近。

　　她记下地址后发给宋羡，问她有没有去过那边，宋羡很快回复她："知道，不算去过。"

　　准确来说，她去过游乐场旁边的公园。她以前住的小区附近就有公园，她经常坐在里面看孩子们玩闹，但是没有再往里面走，所以不算去过。

　　江柳依问："那我们周末过去？"

　　宋羡没意见，说："可以。"

　　江柳依看着这两个字，心情莫名地好了些，她又给宋羡发消息："你转部门的事情，如果没办法做决定，可以和我商量。"

宋羡盯着这条消息看了一会儿，半天没回过神来。

从小到大，她的父母经常对她说的话就是："宋羡，自己的事情自己做决定，不要依赖别人。"

因为她的父母也是这么过来的，只是把相同的教育方法用在了她的身上而已。

所以从小学开始，她上哪个学校、要不要跳级，都是她自己决定的，怎么和同学交流，也是她自己慢慢摸索出来的，从没想过依赖别人。她不觉得这种方式有什么不对，很享受自己做事和做决定的过程。

很多人都说想和她做最好的朋友，但后来又说接受不了她的性格。久而久之，她的身边只剩顾园园这个朋友。

顾园园从不会问东问西，更不会和她说"你如果没办法做决定，可以和我商量"这种话。

宋羡刚想拒绝江柳依的提议，犹豫再三，信息还是没发出去，而是一个字一个字地删掉了。想到江柳依今天中午和她说的"分享"，她回复："好。"

江柳依看到这个字，心情顿时舒坦了一些。

好歹她没有直接拒绝，有进步。她低下头回琴房练习了。

江山出院那天刚好是周六，江柳依得知消息，开车过来接父母回家。江山和黄水琴在病房收拾好东西就听到门口有动静，黄水琴说："马上就好了。"

转过头一看，不是护工。

她愣了几秒，问："你怎么来了？"

江柳依说："小冰上班去了，我来接你们回家。"

黄水琴张口，看了一眼江山，见江山没拒绝才点头："也好。"

黄水琴的态度和先前也大为不同，而是更为缄默了。

回去的路上三个人都没说话，车里异样地安静。搁一个月之前，江柳依怎么也不会想到，有一天她的父母见到她，居然不冲她大吼大叫或者骂她不孝，而是就这么平静地坐着。

她从后视镜里看了一眼后排，江山和黄水琴靠坐在一起，神色各异。江柳依握紧方向盘，心情有些复杂。小时候，江山开车，她和黄水琴坐在后排，黄水琴唱歌很好听，会给她唱很多儿歌。后来她怀孕了，坐在车上，黄水琴会抱着她说："柳依啊，妈妈给你生个弟弟或者妹妹好不好？"

"好啊！"她那时候说，"那我会特别疼弟弟妹妹，像爸爸和妈妈疼我这么疼他。"

黄水琴亲了亲她的脸颊说："柳依真乖。"

思绪回笼，身后的影子消散了。父母现在已是两个年过半百的人，双鬓染白，再也不见当年的风采。江柳依握紧方向盘，眼角发烫。随后她将车直接开到父母家楼下，停稳后打开车门。江山和黄水琴下车后，江柳依把后备厢的东西拎出来，黄水琴说："我来拿。"

江柳依看了她一眼，心想，上次黄水琴这么好声好气地和她说话，是多少年前的事了？她真的快要记不清了。

江山说："她要拿就拿，你上去开门吧。"

黄水琴低下头，上去开门。

江山问："你还上去吗？"

江柳依说："我把东西送上去。"

江山跟在她的身后，看着她单薄纤细的背影，那双逐渐浑浊的眼睛里满是感慨，他双手背在身后，也上了电梯。

江柳依把东西放下之后，黄水琴说："中午留下吃饭吧？"

她的态度转变太大，江柳依居然缓了好几秒才回过神来，她说："不用了，宋羡还在家里等我。"

黄水琴什么都没说，低着头进了厨房，江山也坐在沙发上，没吭声。江柳依同两个人说了声"走了"就下楼了。

上车前她仰起头看了一眼父母住的房子，阳光刺目，她眯了眯眼睛，上车，离开了。

路上她给宋羡打电话，清了清嗓子问："到家了吗？"

宋羡早上去杂志社开会了，说是中午回来，她们约好一起去游乐场。宋羡刚到家，她吃了片面包说："唔，你回来了？"

"刚把我爸妈送回去。"江柳依说，"你十分钟后下楼。"

宋羡说了一句"知道了"挂断了电话。

到了楼下，江柳依打开车内音乐，换了一首舒缓的曲子。

她给宋羡打电话，问宋羡有没有下楼。宋羡刚出电梯，就看到江柳依的车，她走过去，打开门就闻到了淡淡的香水味，熟悉又安心。

江柳依偏过头，看到宋羡坐下后系上安全带。

宋羡往后面靠了靠，江柳依问："要调座椅吗？"

"不用。"宋羡转过头，说，"挺舒服的。"

江柳依点头，发动引擎，开口："我们先去吃饭还是先逛逛？"

宋羡说："先逛逛吧。"

她很久没有回以前的房子了。

江柳依没意见，她把车开到游乐场附近的公园门口，下车后和宋羡一起进了公园。

游乐场就在公园后面，车开不进去，所以她们要走过去。

或许因为是周末，公园里人特别多，孩子们跑来跑去，闹哄哄的。宋羡走到以前很喜欢的一个位置，站定。江柳依看着没人坐的石凳问："怎么了？"

宋羡说："我以前经常来这里，就坐那儿。"

江柳依看向宋羡，突然笑了一下。

她说："你再说一遍。"

宋羡感到有些莫名其妙，但还是重复一遍："我说我以前经常来这里，坐那儿。"

江柳依眼底的笑意加深了，整张脸都明媚了，目光温柔。

宋羡皱起眉头："你笑什么？"

江柳依想，这大概是宋羡第一次主动和自己说以前的事情。

她摇头："没什么，要坐会儿吗？"

反正时间还早，也不着急。

宋羡还没回话，江柳依已经先一步走过去坐下了，她抬起头看宋羡，拍拍身边的石凳："坐。"

她说完从包里拿出保温杯，倒了一杯水给宋羡，对她说："你坐会儿，我去买点吃的。我们午饭就在这边吃？"

宋羡点头："嗯。"

江柳依把包放下，拿着手机去公园门口的美食街。原本她打算和宋羡直接过来吃，既然宋羡更喜欢里面，她也不介意买了拿过去吃。

她点了两份盒饭，都是宋羡爱吃的菜。她没在美食街多逗留，拎着盒饭往回走。进公园时看到很多孩子围在一起，她看了一眼，一个坐轮椅的女人被孩子们围在中间，她面前是画架。看到有人画画,江柳依不由得多看了两眼。

女人偏瘦,戴着口罩,长发披肩,刘海用发卡别在一旁,从露出的半边脸来看,应该长得很好看,明眸善睐眉如画,她笑起来眼眸弯成了月牙状。

孩子们在她身边跑来跑去,她也不恼,看孩子的目光温温柔柔的。有个孩子想碰她的画笔,她淡笑着摇头,从口袋里掏出一颗糖递给那个孩子,那个孩子立刻笑了:"谢谢阿姨!"

其他孩子也眼巴巴地看着,不过也有被家长带走的,还被教育不能随便拿别人的东西。

很快女人的对面走来两个手牵手的女孩。她们走过去问:"可以画我们吗?多少钱?"

"不要钱。"女人说,"免费。"

两个女孩没想到还有这么好的事情,当即面露喜色,忙在女人对面的凳子上坐下。女人一边调色一边观察两个女孩。

江柳依回过神来。

她现在一看到画画的人就会想到宋羡,想到那天她和余白在画室里比赛的样子,认真,严肃,一丝不苟。

江柳依提着盒饭往里面走,路过女人的画架时刚好一阵风袭来,画架上夹着的画纸发出簌簌的翻飞声,很快翻到最后一张画纸。不是空白的,上面画了一个女孩坐在阳台上画画的场景,女孩腿上放着夹板,夹板上还有几张画纸,她正在低头作画。

再细看,画中的女孩,好像宋羡。

江柳依往先前的地方走,从远处看见宋羡很安静地坐着,包放在石桌上,手上拿着一支铅笔和一张画纸。她一边抬起头观察那群玩闹的孩子,一边低下头迅速地画画。

江柳依站在几米远的地方，没有去打扰宋羡，只是拎着盒饭一直站在那里。宋羡画画的表情认真，严谨，在她揉脖子放松时，江柳依走过去，说："画什么呢？"

宋羡偏过头，把画递给她。

画上是一群玩闹的孩子，奔跑，追逐，嬉戏。宋羡把他们细微的表情捕捉得很好，仅凭一支铅笔，就展现出孩子们不同的神色特点。

江柳依虽然不太懂画画，但她觉得这已经很厉害了。

她放下盒饭问："你喜欢在童刊，就是因为喜欢画孩子？"

宋羡点头："差不多。"

这些孩子身上迸发的激情和阳光是成年人无法比拟的，他们恣意又活泼，拥有无限的快乐。白烨以前经常说，闲下来的时候可以多和孩子们相处。

艺术是纯粹的，孩子们也是纯粹的。

所以宋羡一直很喜欢看着他们玩闹。

江柳依推翻之前的观点，她还以为宋羡这么安静的性格，应该不喜欢吵闹的孩子，没想到……倒也不意外，宋羡做什么想什么，她都不意外。

江柳依说："那我们今天就不去游乐场了，坐在这里观察孩子怎么样？"

宋羡偏过头："观察孩子？"

江柳依一本正经地说："对啊，你看那边有一群孩子，我们就观察，哪些是父母带过来的，哪些是爷爷奶奶带过来的，怎么样？赢了的人可以向输了的人提一个要求。"

宋羡挺感兴趣，点头："好。"

江柳依低下头，忍住笑意，说："那我们边吃饭边观察。"

宋羡没意见。

两个人低下头吃午饭，不远处一群孩子正在玩蹦床，高高地抛起，重重地落下，反反复复。公园里的人特别多，多到她们没注意到身后十几米远的地方站了一个人，姚理事推着轮椅说："要上去打招呼吗？"

闻人俞摆手："不要打扰她。"

姚理事有些不解："你们总要见面的。"

闻人俞隐在口罩里的唇角微微地扬起，露出温和的笑容："见面，也是以后。"

姚理事说："年度艺术节我给她发邀请函了，不知道她会不会过来。"

闻人俞摇头，淡淡地笑着说："不会。"

姚理事刚想说话，闻人俞说："不过老师会联系她的。"

姚理事其实和闻人俞更为熟悉，宋羡虽然是她发现并推荐给贺老先生的，但自从宋羡跟着白烨之后，她就很少见到宋羡了，主要是宋家也不是她想去就能去的。

可闻人俞就不同了。闻人俞妈妈就是美院的，所以姚理事经常和闻人俞妈妈碰面，她也对闻人俞了解更多一点。知道闻人俞以后不再画画后姚理事惋惜了很久，甚至跑到闻家和闻人俞妈妈吵了一架，还是闻人俞出来，对她说："阿姨，是我的决定。"

闻言姚理事没说话了。

眼睁睁地看着两个天才陨落，她的内心不知道有多难受，所以也强迫自己不去关注宋羡和闻人俞的事情。直到她看到宋羡在余白的画室里重新拿起画笔，她太欣慰了。

闻人俞回国，她亲自去接机。闻人俞说："阿姨，我以为你还在生气呢。"

刚开始她确实生气，这么好的天赋浪费了，谁不生气？

但她也释然了，终归是她们自己的选择，半点强求不得。

闻人俞说："阿姨，我们回去吧。"

姚理事看了一眼宋羡的方向。

此时，宋羡正在侧头听江柳依说话。她问："你怎么知道的？"

刚刚来领第一个孩子离开的是爷爷奶奶，但宋羡猜成了是孩子的父母。

第一回合，宋羡落败。

江柳依说："就猜的啊。"

方法告诉宋羡了，那还怎么赢？宋羡这个脑瓜子太聪明了，如果告诉她，那就没有赢的希望了。

江柳依说："继续吗？"

宋羡点了点头。

很快孩子们被陆续带走了，宋羡猜对了四次，江柳依猜对了六次。

江柳依说："我赢了。"

宋羡问："要我做什么事？"

江柳依说："容我想想。"

这一想，就想到了晚上。

两个人开车回去，路上宋羡收到了何小英发来的消息。

何小英问："宋羡，有没有听到童刊整改的消息？"

宋羡皱起眉头，回复她："整改？"

何小英发消息："是啊，下半年开始就说整改了，不知道改成什么样了。"

宋羡捏着手机，沉默了。

她点进以前的童刊群，里面悄无声息，没有一个人说话，最后一条消息是四个月之前的。那个时候她刚被调到新刊，有人在群里问她这件事，之后再也没人发过群消息。

江柳依用余光瞄到她的神色，问："怎么了？"

刚想说没什么，宋羡忍住了，改口说："杂志社要整改童刊。"

闻言江柳依蹙起眉头："怎么整改？"

宋羡说："还不清楚。"

江柳依偏过头说："别想太多，明天去杂志社问问。"

宋羡点头，轻轻地"嗯"了一声。

江柳依见宋羡的心情不是很好，就带她去一家中餐厅吃晚饭。宋羡去卫生间没多久手机铃声响起，江柳依看了一眼卫生间的方向，又拿过宋羡的手机，看到闪烁的"老师"两个字，她想了一会儿，没接。

宋羡从卫生间回来后，江柳依说："刚刚有人给你打电话。"

"嗯。"宋羡偏过头，神色自然，划开屏幕看到未接来电是老师的时候手指停顿了，瞳孔微缩，她垂下眼睛。

江柳依问："要回个电话吗？"

宋羡说："回家再回。"

菜很快上了，江柳依给宋羡推荐了几道菜："尝尝，我觉得这几道菜味道都不错。"

宋羡恢复了平时的淡然，拿起筷子夹菜吃，只是余光不经意地瞄到手机时目光微颤。

晚饭后，两个人也没急着回去，江柳依带宋羡在附近的夜市逛了逛。这里她来得很少，摸不清楚方向，她问宋羡："你之前住在那边？"

宋羡摇头，指向旁边的方向："那个小区。"

"现在房子空着？"江柳依问。

她好像去过一次那套房子，是宋羡邀请她上楼喝茶。

江柳依偏过头看宋羡，说："我想再去看看。"

两个人开车直接进小区停车场，下车后宋羡从包里找钥匙，这时手机屏幕亮起，她迟疑了几秒才拿起来，顾园园给她发了消息，告诉她蛋糕已经做好了，并给她拍了图片。

宋羡心情有些浮躁，回复顾园园："知道了。"

江柳依问："谁啊？"

宋羡放下手机："顾园园。"

两个人说完进了电梯。宋羡原来住在十七楼，位置不错。

宋羡打开门，江柳依进去，屋里不是想象中的布满尘灰，反而挺干净的。

江柳依问："你回来打扫过？"

"有家政。"宋羡很久以前请的家政，包一年，今年还没结束。

江柳依会意，进去后看到宋羡开了灯。房屋没有现在住的大，看起来有一百平方米：三个房间，包括两个卧室和一个书房。江柳依走进其中一个卧室。没记错的话，这里应该是宋羡之前住的卧室，另一个是客房。

宋羡跟着她进去。

房间有一个飘窗，江柳依走过去，站在飘窗面前，拉开窗帘。

外面的万家灯火如星星缀满夜空。

宋羡站在门口,目光沉静如水。江柳依松开窗帘,转过头,视线环顾四周,和想象中一样,很简单的房间,一个衣柜,一张床,两个床头柜,一盏床头灯,还有几本杂志,一切看起来温馨自然,又舒适。

她们最终没有回去,就在这里住了一晚。

可能是回到了昔日的老房子,周围的一切都是宋羡熟悉的,这一觉,她直接睡到了中午。

还好是周末,宋羡不用上班,一睁开眼睛就看到阳光透过厚重的窗帘洒落在房间里。

手机没电了,她在家里找到备用充电器。刚把手机放下充电没多久,手机铃声响起,屏幕上闪烁着"老师"两个字。

江柳依打开门就听到了宋羡的手机铃声。

宋羡坐在沙发上,低下头看着手机,好似在犹豫。

她唤道:"宋羡?"

宋羡回过神来,转过头:"你醒了?"

江柳依说:"你手机响了。"

宋羡这才像刚反应过来似的,说:"我去接电话。"

她说完拔掉充电线走到窗边,推开窗户,冷风灌进来,她接了电话,喊道:"老师。"

江柳依抬起眼睛看了看她,随后转身去一旁洗漱。

宋羡拿给她一套新的洗漱用品,毛巾也是新的。她刷牙洗脸后听到了洗衣机的转动声。

等宋羡接完电话,她问:"中午吃什么?要不要点外卖?"

宋羡问她想吃什么,江柳依随便选了几个菜。两个人点好外卖后坐在沙发上，宋羡没有玩手机的习惯，江柳依也不想抱着手机，她坐在宋羡身边，问："刚刚是你老师？"

宋羡转过头，对上那双清亮的眸子，轻轻地"嗯"了一声。

江柳依又问："哪个老师？"

宋羡说："教我画画的老师。"

江柳依问："闹矛盾了？"

宋羡摇头说："不算。"

她的回话越来越短，江柳依蹙起眉头，问："他给你打电话做什么？"

宋羡说："有个年度艺术节，他希望我能去看看。"

江柳依问："你想去吗？"

宋羡垂下眼睛，本来也没有什么想不想去，但既然白烨开口了，她会去的。

宋羡点了点头。江柳依看她兴致不高，说："不想去吗？"

"也不是。"宋羡说，"会去的。"

江柳依说："几号？"

宋羡看她，迟疑了两秒："这个月二十九号。"

江柳依问："可以带我吗？"

宋羡说："应该可以。"

江柳依笑了："那我陪你去？"

宋羡唇角微扬，点头说："好。"

两个人说完没多久就听到了敲门声，外卖到了。宋羡拎着外卖回来，江柳依拨弄手机，好奇地问："是什么艺术节？"

宋羡说："美院的。"

江柳依的手一顿，美院的年度艺术节。她记得这个艺术节邀请的都是国内艺术领域的佼佼者。她虽然和宋羡不是同专业,但也了解一二。

随后她想到宋羡的那些画。她的绘画水准应该在余白之上,说是佼佼者也不过分。

想到这里,她好奇地在微博上搜宋羡的名字,果然还是和上次一样,只出来一个微博账号,什么消息都没有。她仍不死心,又去其他浏览器搜索,都是无关紧要的姓名测字,她疑惑地转过头:"宋羡,你以前改过名字吗?"

宋羡语气平静:"没有啊。"

闻言江柳依抿着嘴唇。

她又在瞎想些什么乱七八糟的?

放下手机,两个人开始吃饭,点的不多,三菜一汤。

饭后,江柳依放在茶几上的手机亮起,是一个专柜的电话,她瞄了一眼宋羡的神色,清了清嗓子接起。

那端最后说:"直接寄给您吗?"

江柳依报了一个地址,那端的人认真地记下,说:"您还有什么问题,可以联系我,随时等您来电。"

"知道了。"

挂了电话之后,江柳依看了一眼宋羡,见她正低着头拨弄手机,神色淡然,她喊道:"宋羡。"

宋羡抬起头看着她,江柳依说:"我……"

江柳依克制住想要分享喜悦的心情,对她说:"我借一下你的充电器。"

宋羡"哦"了一声,把充电器递给她。

江柳依捏着充电器,深呼吸。她心想,不能提前说出来,这是一个惊喜。

她想送给宋羡的，是一个筹划很久的惊喜。

说干就干，江柳依选了几个送礼物的地址，打算直接去实地考察，还把赵月白也带上了。

周一早上，赵月白睡得正香，被江柳依一个电话叫醒，然后打着哈欠来到江柳依的房子这里。刚坐下，江柳依就端来一份早点，赵月白受宠若惊，吃了几口问："真是你做的？"

江柳依点头："怎么样？"

赵月白惊叹："可以啊！哎，柳依，你以后要是失业就去做厨师吧。"

江柳依凝视赵月白，开始怀疑叫她来是不是正确的决定了。

赵月白吃完早点，说："什么时候出发？"

江柳依说："等你吃完。"

赵月白问："去几个地方啊？"

江柳依回复她："三四个吧，上午去看两个，下午去看两个。"

赵月白点头："行啊，反正我最近没工作安排。"她说完神秘兮兮地靠着江柳依说，"听说钱离的事情没？"她已经不想叫她姐了，怎么会有这种人？

钱申拎不清，她怎么也和脑子坏了似的？要不是朋友转述给她，她才不相信这是钱离干出来的事情。

江柳依转过头："什么事？"

赵月白憋了憋，说："你朋友没和你说？"

江柳依蹙起眉头："和宋羡有关？"

"算是有关吧。"赵月白说，"钱离之前答应《漫彤》的专访，后来莫名其妙地毁约,然后换成了孔希颜,这事你不知道?"

闻言江柳依愣了几秒。

她陪宋羡去迟家做专访,宋羡还真没有提到过这件事,难怪何小英在车上几次欲言又止,难道就是想说这件事吗?

赵月白说:"其实她不告诉你也能理解,毕竟钱离是钱申的姐姐,钱申又和我们认识,这不好说啊。"

江柳依睨了一眼赵月白,没说话。

原本的好心情顿时消散,心中像攒了一团火,噼里啪啦地烧着,她有些不高兴地问:"为什么钱离会接受专访?"

她对钱离不陌生,以钱离的性格,怎么会接受《漫彤》这种没什么名气的杂志社的专访?

赵月白摇头:"这个我还真问了,不清楚。"

江柳依的脸冷下来,她隐约觉得这件事和自己有关系,为了证明猜想,江柳依翻到主编袁红的电话,想了一下,还是拨出去了。

赵月白一直在客厅等她打电话,早饭吃完,碗都洗了,江柳依也没出来。她看了一眼腕表,江柳依都进房间大半个小时了,实在着急,她敲门喊道:"柳依?"

江柳依闻言走出来,神色有些颓然。

赵月白问:"你怎么了?"

"没事。"江柳依说,"有点儿累,等会儿你开车行吗?"

赵月白不明所以,直点头:"行啊。"

她说完还不放心地看着江柳依:"真没事?"

江柳依轻轻地"嗯"了一声。

上车之后,赵月白开着车,江柳依轻声地喊:"月白。"

赵月白偏过头,听到江柳依似自问一般念叨:"你会后悔认识秋水她们吗？"

"我……"赵月白无端地觉得嘴唇有些干涩。

她和林秋水、钱申的接触其实比江柳依多——因为大家都爱玩。尤其是钱申，她们以前还挺能玩到一起的，不过那是在余白没出国之前。

后来余白出国，钱申就变了，加上那时候工作不在一起，她们的联系就逐渐少了。再之后余白回国，她觉得钱申简直不可理喻。

明明江柳依什么都没做，怎么到钱申口中，就成了背叛友情？

钱申还骂她偏心江柳依，实际上钱申的心都不知道偏到哪里去了。

她无法理解钱申，但不可否认，以前她们也有过很好的交情。人不应该因为后来的事情，就完全否定以前的快乐。

赵月白说："我没后悔过，不过以后，也不会继续和她们做朋友了。"

江柳依点了点头。

赵月白问："怎么突然这么问？"

"没什么。"江柳依说，"你说得对。"

及时抽身，还能想起来以前的一点美好，不要等到所有的感情都消耗尽了，而反目成仇。

赵月白咬着嘴唇："是不是刚刚有什么事情？"

江柳依说："没事，开车吧。"

她目光幽深，沉静，似乎是做了某个重要的决定。

赵月白也就不再问了，继续开车去第一个场地。地方有点远，而且地方太大，两个人都不是很满意。再次出发是江柳依开的车，赵月白终于忍不住了，她说："礼物是不是到了？"

江柳依点头，抬起下巴示意车座下方，赵月白伸进去拿到一个礼物盒，方方正正的，金色的外壳，最上面绣了一朵绽放的玫瑰花，大气优雅，赵月白掀开盖子，里面静静地躺着漂亮的首饰。

赵月白合上盖子，再一次感叹："真有心，如果宋羡知道肯定得感动死了！"

江柳依原本烦躁的心情被她说得哭笑不得。

宋羡感动不感动，她不在意，只要宋羡能喜欢就好。

赵月白见她没反驳，低下头说："对了，《漫彤》的专访第二期是今天发售吗？"

江柳依点头说："九点吧。"

听宋羡说，这次比上次多印了四万册，是《漫彤》有史以来印数最多的一次。第一期印了将近六万册，不仅是《漫彤》，就是放在圈内都是少有的发售量了。

毕竟专访嘉宾是孔希颜，十万册都不知道能不能在开售后撑住两分钟。

宋羡周六去开会，大家就是在讨论这件事，担心后续加印时间周期长。还有一点，第三期的嘉宾是柴茵。柴茵一向是带货王，而且她最近和王海宁的恋情刚尘埃落定。听说她追爱许多年，一个视后对感情不遮不掩，每次被拍到都大大方方地承认，噱头十足。

这期专访，必然也逃不掉相关内容。

简直就是销量保障啊！

所以这两期的后续工作量都不小，袁红让大家做好忙起来的心理准备。

赵月白点头："那宋羡接下来是不是要忙了？"

江柳依说："应该是。"

赵月白说:"我还以为你最近闲下来会计划出去玩呢,看来是没时间了。"

"过年再说。"江柳依确实制订了旅行计划,想过年和宋羡一起去江城,然后顺路去旅游,不过还没定下,要和宋羡商量。

希望到时候宋羡能抽出时间。

这边,宋羡刚上班就忙起来了。不只是她,办公室的每个人都来回跑动,尤其是何小英,一会儿去找袁红,一会儿看手机回复信息,一会儿去看之前交出去的稿子,核实到底有没有问题,印制部负责人也在忙着和厂里沟通。

办公室里的电话铃声就没停过,从上班开始就不停地响。导致当宋羡听不到电话铃声时,察觉到办公室里诡异的安静。她抬起头,看到好几个人围在何小英的身边,宋羡皱起眉头问:"怎么了?"

"马上九点了。"何小英连说话都不利索了,声音发抖,很明显是紧张的。

宋羡点了点头继续工作。

全办公室,大概只有她一个人还有心情工作。四周寂寂,她按动鼠标,连偶尔敲键盘的声音都格外明显。

倒计时开始,何小英深呼吸倒数:"三,二,一……"

不到两秒,她从座椅上蹦起来,挨个抱周围的人,兴奋的模样和第一期名人专访开售时差不多。

袁红带着笑意走进办公室,拍拍手:"大家辛苦了。"

她说话都压不住笑意:"下一期柴小姐,下下期也是一个重量级人物。"

而且还是人家先联系的杂志社,把袁红吓坏了,反复确认了好几遍是本人才相信,她差点飘起来。她做杂志这么久,第一次在短短几个月之内,见到这么多名人。

何小英按捺不住,连忙问:"谁啊!难道比孔老师还厉害?"

随后何小英摇头:"不可能。"

袁红戳她的脑门:"咱们又不是只做娱乐圈的名人,想想其他的。"

"其他的。"何小英想了半天都没想到,她问,"哪个领域啊?"

袁红说:"和美术相关的。"

"美术?"吴莹站起身。

她们对美术了解得也不多,众人皱起眉头。

袁红叹气:"你们都是傻吗?白烨老师没听过?"

何小英差点又要摔倒了,幸好扶着桌子勉强坐稳,连说话都不利索了:"谁?白烨?白老师?"

袁红摇头说:"当然不是白老师本人。"

"他有两个关门弟子,大家都知道吗?其中一个叫闻人俞。"袁红说,"预定了我们的第四期专访。"

原本嘈杂的办公室有片刻诡异的安静。

众人没注意,刚刚就连期刊发售时都在认真工作的宋羡,此刻却没有发出一丝声音。宋羡的双手放在键盘上,过了好半晌才重新敲下。

第十章

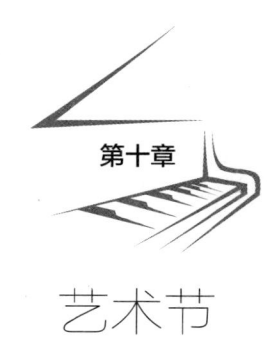

艺术节

"闻人俞啊,你居然不知道?"

"我又不知道她这个名字,她不是一向用英文名吗!"

"也是,毕竟不是我们这个层面能接触到的人。"

"肯定的啊!白烨白老师的徒弟,以前都没有露过面。听说白老师的两个关门弟子都十分神秘,外人不知道他们多大年纪,也不知道长相,白老师说是因为两个人都不喜欢和外界打交道。"

"天才嘛,肯定和寻常人不一样的,能理解。我上次看到新闻,说他其中一个关门弟子的一幅画拍到四千万,比他当年成名之作的拍卖价格还高!"

众人一边忙着孔希颜的杂志相关事项,一边讨论闻人俞,也有两个人提到柴茵,不过柴茵他们都熟悉,聊起来也没有讨论闻人俞那么兴奋。

宋羡听着她们的讨论抿了抿嘴唇，身边的何小英说："真想马上就采访，不过闻人俞的话，话题应该都是和美术相关，这稿子难写啊……"

她说到这里转头问："宋羡，你不就是画画的吗？到时候帮我多参谋参谋。"

宋羡垂下眸子，修图的动作都没有停顿，目光沉静如水，说："好啊。"

"啧啧啧！"吴莹咂嘴，"何小英，你学学人家宋羡，多大气沉稳，你怎么和猴似的，上蹿下跳！"

何小英蹦起来："谁是猴？谁是猴？我挠死你！"

说着两个人又闹一起去了。宋羡沉默了片刻，起身去卫生间。她拨弄手机，想给白烨发消息，最后还是什么都没发。

关掉手机屏幕的时候，顾园园给她发了一条消息，问她晚上几点过去拿蛋糕。

宋羡回复她："五点半。"

顾园园问："今儿不提前下班？"

宋羡说："杂志社忙。"

能准时下班就不错了，就别想提前了。

果然到下班之前，宋羡又接到一份文件，要在下班之前修好给小李。宋羡给顾园园发了消息说推迟时间过去，然后拿着手机想了一会儿，纠结要不要和江柳依说一声。

和顾园园说是因为她要去拿东西，和江柳依说好像没什么理由，她以前很少做这种没理由的事情，只是迟回去一会儿，不算什么大事。可宋羡想了几秒，还是告诉了江柳依，晚上迟点回家。

江柳依回复："知道了。我今天和月白出去了一趟，遇到一家非常好吃的饭店,在半山腰上,风景很好。你哪天有空我们一起去。"

宋羡看着这么长一串的回复,心情没来由地平静下来。

她垂下眼睛打字:"知道了。"

江柳依戳着手机,最后又发消息:"晚上要我去接你吗?"

宋羡说:"不用,我开车了。"

江柳依跑了一天,也着实累了。她冲了个澡,躺在沙发上刷手机上的消息,刷着刷着有点困,手机也没关就睡着了。

江柳依做了一个美梦,梦里的宋羡话特别多。

江柳依醒来不知道是几点,只是察觉身上盖了一条毯子。

"宋羡?"江柳依冲房间里喊,没有回应。她皱起眉头,起身往房间里走,听到卫生间里传来水声。

宋羡什么时候回来的?都没叫醒她。

江柳依放下毯子,准备去做晚饭。穿过餐厅时,她转头看到餐桌上放了一个蛋糕盒,愣了一下。

今天是她的生日没错,白天赵月白还说了这事,问她今年为什么没请朋友吃一顿,是不是要改天补回来?她觉得没必要,而且她也没打算过生日。她知道宋羡这段时间忙,所以也没和宋羡说。她没想到宋羡居然会记得她的生日。

宋羡不知道什么时候洗完澡出来了,看见江柳依在发呆,于是说:"醒了?"

江柳依抬起眼睛看她,眼尾还浮着一抹红色,在白皙的肌肤的衬托下格外明显。

江柳依低下头:"嗯,醒了,你什么时候回来的?"

"刚回来。"宋羡说。

江柳依说:"怎么买蛋糕了?"

宋羡看着她:"你不是过生日吗?"

江柳依张了张口,她没想到平时看起来什么都不关心的宋羡居然会记得。她今天收到了很多生日祝福,本来就开心,宋羡的这句话让她更开心了。

宋羡问:"晚饭吃什么?"

"意面。"江柳依笑了笑,又对宋羡说,"先去把头发吹了。"

宋羡"哦"了一声回到房间,江柳依随后听见了吹风机的声音。

意面不难做,她之前尝试做过两次,所以动作很娴熟。烧开水,下面条,捞出,过一遍冷水,再搁置在一边。之后把切好的西红柿、洋葱,以及肉末搅在一起,加入调料,最后把煮好的意面放进去一起炒,其间她还煎了两块牛排,最后一并盛在盘子里。

做好晚饭,宋羡还在房间里。

江柳依闲着没事便坐在蛋糕旁边,她想了想,还是打开了蛋糕盒。

蛋糕盒里放了蜡烛和蛋糕刀,江柳依刚想去拿蜡烛,手机响了两声。她拿起来看了一眼,是江柳冰给她发的消息:"姐!生日快乐!"

江柳依垂下眸子,思忖了几秒,回复:"谢谢。"

江柳冰得到回复,打字说:"今天爸妈吃饭的时候还提到你生日了。姐,爸上次住院的时候,你们说了什么啊?他们现在好像提到你一点都不生气了。"

这太不可思议了。

从她小时候开始,就记得父母提到她姐必吵架,久而久之,她都习惯了。今天冷不丁听到父母说到她姐,那心平气和的态度,她都蒙了。

江柳依认真地想了想,什么都没说。好像从江山上次住院开始,他的态度和之前就有所不同了。是因为生病想开了,还是其他的原因?她不得而知。相信江山和黄水琴也不会主动说的。

江柳依说:"没什么,好好照顾爸妈。"

江柳冰说:"知道了。"

江柳依放下手机,再看面前的蛋糕,刚想用指尖沾一点奶油,又听到茶几上的手机铃声响起。

是宋羡的手机。

她走过去,拿起手机,看到屏幕上闪烁着"老师"。

江柳依冲房间里喊道:"宋羡!"

房间里吹风机的声音把她的声音淹没了,手机在她手里响了好几声,她一边往房间走一边接起电话:"喂,宋羡她……"

话还没说完,就听到电话那端男人疑惑的声音:"小俞?"

江柳依的脚步顿住了,她没说话,而是握紧了手机:"什么?"

男人问:"是小俞吗?"

小俞,还是小玉?是谁?江柳依心里想着,迟迟没说话。电话还通着,那端的男人皱起眉头。江柳依说:"您认错人了,我不是小俞,我叫江柳依。"

"江柳依?"白烨一顿,"我知道了,你是小羡的那个朋友江小姐吧?"

江柳依"嗯"了一声,竟鬼使神差地问了一句:"小俞是谁?"

白烨淡笑说着:"小俞是宋羡的师姐,她们都是我的学生。"

江柳依攥紧了手机,耳边嗡嗡的,不是吹风机的声音,她只觉得很吵。

她站在宋羡身后问:"原来她们都是您的学生,我和她的声音很像吗?"

白烨说:"是啊,刚刚一听,我都没听出来,抱歉。"

江柳依抓紧了手机,说:"没事,我把电话给宋羡。"

她走进房间,拍了拍宋羡的肩膀,把手机递给她:"你老师。"

宋羡依旧是淡淡的模样,她放下吹风机,接了电话。江柳依坐在床边看着接电话的宋羡,思绪有些混乱。小俞?宋羡的师姐?她们是同学?

江柳依突然想到和宋羡认识的那天,在那个面包店,当时有那么多人,为什么宋羡会注意到她?会愿意和她交朋友?她问过,宋羡回答的是:"因为你的声音很好听。"

恍惚中,她好像明白了什么。

江柳依走进洗手间洗了把脸,门外传来宋羡的声音,唤她:"江柳依?"

她定定神,从一旁拿起干毛巾擦拭脸上的水珠。打开门,她的声音温和:"接完电话了?"

宋羡点头说:"嗯,接完了。"

江柳依清了清嗓子说:"吃晚饭吧,都凉了。"

宋羡说:"好。"

她说完转头看宋羡,宋羡问:"你怎么了?"

江柳依说:"没事。走吧,吃晚饭。"

宋羡"嗯"了一声,跟在她的身后。

回到饭桌前,江柳依坐下说:"今天我过生日,我们可以喝点红酒吗?"

她眉目清明,面带笑容,一双眸子漾着温和。

宋羡说:"可以。"

红酒是很久之前买的,一直没喝过,本来江柳依今晚不打算饮酒的。

她从酒柜里拿出一瓶,顺手带了两个红酒杯,给宋羡和自己各倒了一杯,然后举杯说:"干杯。"

两个人就着一份意面一块牛排,喝了大半瓶的红酒。到点蜡烛的时候,江柳依把剩下的小半瓶一人一半分了。

宋羡看着蜡烛霎时成为星星点点的光。

她想伸手去碰,被江柳依叫住,随后宋羡说:"对,要先许愿。"

看她一本正经的样子,像是没醉,实则已是微醺。江柳依深深地看了她一眼,说:"那我先许愿。"

宋羡点头。

江柳依看着跳跃的火光,又看了一眼坐在桌旁的宋羡,闭上眼睛许愿,再睁开眼睛吹灭蜡烛。宋羡歪着头,目光还直勾勾地看着那个红酒杯,很像要偷喝酒的架势。

江柳依:"还喝吗?"

宋羡点头说:"嗯。"

江柳依又去开了一瓶,陪宋羡干了一杯。宋羡低下头,手上捧着杯子,一小口一小口地抿着,没了就和江柳依要。江柳依也依着她,小半杯小半杯地倒。

直到宋羡呛了一声,江柳依坐在她的身边,拍拍她的后背。宋羡缓过来之后问她:"你怎么不吃蛋糕,你不喜欢吗?"

"没有。"江柳依看向蛋糕,意有所指,"我很喜欢。"她说完从蛋糕最上方挖了一小勺奶油,递给宋羡,"尝尝?"

宋羡没犹豫,吃下后说:"很甜。"

江柳依有心事，问："宋羡，你知道我刚刚许了什么愿望吗？"

宋羡转过身看她，摇了摇头。

江柳依见她认真又严肃的样子，轻笑着说："你说你小时候也收到过蛋糕，那你小时候有什么愿望？"

宋羡有点想不起来了，最后说："好好学习。"

果然是宋羡。

江柳依竟然一点都不觉得奇怪。

她喊道："宋羡。"

宋羡直直地看着她，就在江柳依要说话时她突然站起身，说："我要回家了。"

江柳依没说话，跟着她起身。看她在整个客厅和房间里转了一圈，最后走到沙发边，坐下，说："到家了。"

看着宋羡这样，江柳依有些哭笑不得。

她应该是醉了。

江柳依说："嗯，你到家了。那到家了休息会儿好不好？"

宋羡点头说："好。"

显然她已经醉了。

江柳依一时有些理不清头绪，问："宋羡，我还记得你之前和我说过，你曾经有个很好的朋友，对吗？"

宋羡转过头看她，水晶灯璀璨的光芒落在她喝醉的眼底，折射出奇异的光。她点头说："嗯，有。"

江柳依攥紧双手，说："是叫小俞吗？"

宋羡迟疑了好一会儿后说："嗯。"

江柳依觉得有些头晕，耳边嗡嗡的，耳膜胀得厉害。

饶是如此，她还是坚持问："那人是你师姐？"

宋羡说:"是我师姐。"

江柳依转过头:"我的声音和她很像?"

这句话不知道怎么就冒出来了。

江柳依转过头,看到她点了点头。

她坐在沙发上,仰起头,头顶的水晶灯晃啊晃的,晃得她心情郁闷。

"宋羡。"江柳依骤然问,"你们现在还有联系吗?"

宋羡依旧坐在她的身边,张口说:"我……"

宋羡是被闹钟吵醒的,她按着发疼的头坐起身,难得有些蒙。昨晚红酒喝得太多,后劲大,她只记得让江柳依切蛋糕,后来的事都不记得了。

宋羡越想越头疼,感受到宿醉的滋味,她踩着拖鞋下床,在客厅里环顾一圈,没看到人,不禁皱起眉头。饭桌上有一张便笺:"早餐做好了,你先吃吧,我有事出门。"

宋羡放下便笺,看向电饭煲,里面的米粥正冒着热气。她盛了一碗粥,拿了两个小笼包放在桌上,然后去洗漱。

准备吃早点时,江柳依还没回来。

往常都是两个人一起吃早餐,今天只剩下她一个人,还真是不习惯。

宋羡吃完粥和包子,起身洗碗。拎着包上电梯时,看到电梯正从一楼往上升,她没按,电梯很快就到了她所在的楼层,然后继续上升。

宋羡按了电梯按钮,进去后先看了一眼公司群里的记录,看看有没有人找她。群里一早上就忙得热火朝天,消息非常多。宋羡没有看到关联自己的信息,便放下手机,拎着包走出大门,上车,动作一气呵成。

她没注意到,车刚开走没多远,江柳依的车就停在了她刚才的位置上。

江柳依半夜想出门透透气,但又不放心喝醉的宋羡,于是就来楼下走走。

一方面,她不觉得宋羡有什么错;另一方面,当得知她是因为自己的声音和她曾经最好的朋友相似才和她来往时,她莫名地觉得别扭。

孔希颜打电话过来时江柳依还没有整理好思绪,接起电话没出声。

孔希颜喊道:"江老师?"

江柳依深呼吸,对着手机说:"嗯,是我。"

孔希颜问:"你今天忙吗?"

江柳依压着情绪说:"不忙,怎么了?"

孔希颜说:"是慕颜,想让你过来教她弹琴。"

原本说好是从明天开始,但迟慕颜在家里闹,孔希颜就打电话问问,她接了一句:"没耽误你的事吧?你在干吗呢?"

江柳依看着窗外的骄阳,眯着眼睛,云淡风轻地说:"打架呢。"

孔希颜愣住了:"啊?和谁啊?"

江柳依说:"和自己。"

孔希颜:"啊?"她皱起眉头,看向手机,都要怀疑对方是不是本人了。

江柳依没给她疑惑的时间,说:"我马上过来。"

孔希颜只好说:"行。"

挂了电话，江柳依回家换了一套衣服就直接去了迟家。路上她给孔希颜打电话，问迟晚照在不在家，她有事想商量。

迟晚照看到孔希颜递过来的手机问："谁？"

"江老师。"孔希颜说，"她今天不太对劲。"

迟晚照垂下眼睛看手机，接起。

两个人也不知道在聊什么，聊了很久，最后迟晚照把手机递回给孔希颜的时候，手机都发烫了。

孔希颜问："聊什么了？"

迟晚照说："公司机密。不过，你想知道可以贿赂我。"

孔希颜："……"

孔希颜在心底给迟晚照记上一笔，正想着，门口传来动静，她探出头，发现是江柳依来了。

江柳依冲玻璃花房的方向喊道："慕颜！"

迟慕颜没听到，江柳依便对跟在她身后的孔希颜说："我直接过去吧。"

孔希颜关心地问："江老师，你没事吧？"

江柳依面色微白，能看得出疲倦。孔希颜在圈子里察言观色多年，看出了江柳依情绪不高。

江柳依说："没事。"

孔希颜追问："怎么了？"

江柳依沉默了一会儿，转过头说："我去看看慕颜。"

孔希颜"嗯"了一声，目送她走向琴房。

迟慕颜见到江柳依十分高兴，小脸笑成了花："江老师！你来了！咦，宋阿姨呢？"

江柳依揉揉她的头发："宋阿姨在上班呢。"

江柳依心情有些落寞，转过头对迟慕颜说："老师给你弹几首曲子好不好？"

迟慕颜坐在她的身边，拍手叫好："好啊！"

小孩子一脸阳光，稍微驱散了江柳依心底的阴霾。她的手落在琴键上，琴声飘出了迟家，婉转悠扬。

宋羡听到音乐声抬起头，何小英说："哎，柴茵这歌还挺好听的。"

这是柴茵和孔希颜第二次合作的电影主题曲，网上已经发布了一部分。何小英下一期的采访对象就是柴茵，现在正努力搜索她的消息。刚好搜到这段音乐，就在办公室里放出来了。

宋羡听着调子突然就想到了江柳依。

她早上不在家待着会去哪里呢？去公司吗？还是她爸爸又生病了？

吴莹走进办公室，坐下后说道："哎，你们知道童刊整改的事情吗？"

众人抬起头看向她，小李问："有结果了？"

吴莹点头："听说今天开会就会说这事。"

"不会是要废了童刊吧？"有人问。

吴莹说："当然不可能，《漫彤》就是童刊起家的，怎么也不能忘了老本行啊。我听说童刊那边要和上面合作，出儿童教育相关书籍。"

"儿童教育？"何小英皱起眉头，"哪种类型啊？"

现在市面上的儿童教育类书籍基本已经定型，什么"经典必读""名师推荐"等,这些都是和各大杂志社长期合作的。《漫彤》很久以前也做过,但因为资源问题没能挤过其他杂志社。这次整改也算是翻新了。

吴莹说:"我听着好像是和音乐相关,但还在商量,不清楚。"她说完看向宋羡,"哎,宋羡,你没有听到消息吗?"

宋羡低下头,说:"没有。"

吴莹皱起眉头:"不应该啊。"

宋羡以前就是童刊的,整改这么大的事情,群里或多或少都会讨论。难道她没看群?也是有可能的。

吴莹没放在心上,点头说:"反正动静不小。"

"动静大小无所谓,别把我们宋羡拉回去就好了。"有人说道。

何小英可舍不得宋羡了,眼巴巴地看着她。宋羡没表态,用余光瞄着手机,还在想今天早上江柳依为什么不在家。

她神色平静,手却摸到手机边缘,犹豫了几秒后打开手机,找到微信上江柳依的名字后给她发消息:"你早上出去有什么事吗?"

消息传到江柳依的手机里,她直盯着手机屏幕,沉默了许久,没有回复。

随后她低下头,看到迟慕颜还仰着小脸在看她,问:"江老师,你是要走了吗?"

江柳依垂下眼睛,声音微哑地说:"不走,老师今天都在这里陪你。"

江柳依大半天没有回复宋羡的消息,她待在迟家,从基础知识开始教迟慕颜。迟慕颜年纪尚小,还看不出是否有这方面的天赋,但喜欢便是良好的开端,有兴趣就是好事。

迟慕颜也十分乖巧,练习一会儿就问江柳依累不累,十足的贴心小棉袄,让江柳依原本烦躁的情绪稳定了不少。

孔希颜为两人准备了午餐,她们一大一小几乎没离开过琴房。等迟慕颜睡午觉时,江柳依坐在钢琴旁,手指无意识地落在琴键上,断断续续的音符飘出。孔希颜捧着水果走进去时,便看到了江柳依纤细的背影,竟显得有几分落寞。

她走过去,递上果盘。江柳依听到声音转过头,接过后说:"谢谢孔老师。"

"别客气。"孔希颜说,"都是慕颜任性,没耽误你今天的事吧?"

江柳依摇头:"没有。我还挺感谢慕颜的。"

如果不是来迟家,她现在一个人在家里也不知道要做什么,或许躺着胡思乱想,那还不如来这里做点事情。

孔希颜见状,便坐在一旁的椅子上,叉起苹果边吃边说:"我听小晚说,你要和她合作?"

江柳依微微点头:"迟总先前一直想让我去她公司看看。"

孔希颜问:"要签你吗?我记得你是待在朋友的公司?"

终归是迟慕颜的老师,孔希颜还是调查过她的。

江柳依说:"嗯,最近才想换的。"

孔希颜不知道她和朋友发生了什么事情,便说:"换工作就是换心情,挺好的。"

江柳依转过头,看着孔希颜,这位刚出道就站在巅峰的艺人,后来虽被雪藏几年,但重新复出后,第一部电视剧就大受好评,再后来沉冤昭雪,这样的际遇也是寻常人难以拥有的。

她看着孔希颜慢条斯理地吃着水果,喊道:"孔老师。"

孔希颜抬起眼睛，笑着答应："嗯？"

江柳依问："你是怎么认识宋羡的？"

"宋羡啊，"孔希颜说，"是在一个画展上，不过那时候只是匆匆见了一面。后来因为小晚和宋羡的父亲有合作关系，我们一起吃了饭，之后才逐渐熟悉的。"

大家算得上一个圈子的人，只是孔希颜没想到宋羡会主动联系她，毕竟以宋羡那样的性格，很少会主动请人帮忙。

江柳依点头，此时反扣在钢琴上的手机发出振动，她迟疑了两秒才拿起，看到上面显示的是一串陌生号码。

她冲孔希颜点了点头，走出琴房接电话。

电话是《漫彤》打来的。童刊正在进行整改，决定推出音乐方面的入门书籍，主要销售给对音乐有兴趣的孩子。童刊部打算制作入门曲谱，而江柳依之前创作过几首，版权仍在她手中，因此《漫彤》一方面希望购买这些曲谱的版权，另一方面也想和江柳依再度合作创作新曲。

毕竟在国内谈到钢琴领域，大家自然而然就会想到江柳依。

至于价格方面，先前老板还在犹豫是否请江柳依这样的大咖合作，但现在时尚期刊销售火爆，销量遥遥领先，用这部分的盈利来支持童刊完全没问题。

实际上，在孔希颜这期杂志开售后，不少艺人和知名模特都主动联系了《漫彤》寻求合作，杂志后续的销量十分可观。所以老板大手一挥，直接让人试着联系江柳依。

再者，他们之前和江柳依有过合作经验，而且宋羡还在杂志社呢，所以他们对这次合作是很有信心的。

没想到，江柳依一口回绝了："不用了。"

电话那端的人愣了一下,说:"好的,不好意思,打扰江老师了。"

江柳依听到她这么说又沉默了一会儿,然后说:"这样吧,最近刚好有空,你先把策划案发过来给我看看。"

电话那端的人挠挠头,不明白她怎么就改变了主意,但这是好事。她连忙说:"好的,我知道了,谢谢江老师,我这就安排。"

江柳依挂断了电话。

孔希颜问:"有事?"

江柳依摇头:"没事。"

她不知道,给她打电话的人是《漫肜》童刊的总监,这位总监叫叶隐歌,是江柳依的铁杆粉丝。每次江柳依发微博,她总是第一时间点赞,还抢过几次前排,对江柳依喜欢得不行,简直把她当成偶像来崇拜。得知童刊整改的消息,叶隐歌第一时间就和主编商讨定下了主题,最后联络江柳依也是她的主意。

当初知道江柳依接受了《漫肜》的采访,叶隐歌兴致勃勃地想去新刊看看,结果却得知宋羡是江柳依的好友。

偶像的好友是自己的同事,而且以前还在一个办公室,每天抬头就能看到,这让她既羡慕又嫉妒,心里别提多别扭了。

她悄悄地把所有童刊同事都拉到一个新群,和大家解释说宋羡去了新刊,反正早晚要走的,袁红都来要人了,她不相信还有人明知道可以晋升,还愿意留在原地。

童刊和新刊哪边的待遇更好?一目了然。现在新刊在业界那是遥遥领先,听说下一期也请来了重量级专访对象柴茵。

虽然不知道新刊是怎么在短时间内拉到这么多名人的,但她觉得宋羡若是有机会待在新刊,肯定不会回来。

不回来也好，免得看到心里别扭。

叶隐歌想到这里，吐了一口气，把策划案放进文件袋里，抬起头对主编说："我出去一趟。"

"去哪儿？"主编问。

叶隐歌说："去找江老师。"

她的语气带着愉悦。

主编抬起眼睛："江老师？哪个江老师？"

叶隐歌说："还能是哪个？就是我们之前讨论的江柳依，江老师。"

主编站起身问："她同意了？"

"还没呢。"叶隐歌说，"她想先看看策划案，我准备亲自送给她。"

"这么麻烦干什么？"主编说，"策划案呢？"

叶隐歌皱起眉头，递给主编，主编说："宋羡不就在楼上？等会儿我上去让她带给江柳依，省得你跑一趟。"

"我……"叶隐歌咬着嘴唇。

她愿意跑啊！难得有能见到江柳依的机会，这就没了……

叶隐歌皱起眉头坐下，主编起身，拿着文件袋上楼了。

叶隐歌憋了一口气，低下头工作，把键盘敲得啪啪响。

宋羡正在修图，听到熟悉的声音："宋羡！"

她抬起头，看到童刊主编站在办公室门口。宋羡起身走过去，主编递给她一个文件袋，她问："什么事？"

"童刊整改，这事你知道吗？"主编看向她，目光温和。

宋羡很久以前就给《漫彤》画儿童插画，后来美编辞职，主编就问宋羡有没有兴趣来工作。宋羡来了之后，做事麻利干练，吩咐给她的事情每次都完成得漂漂亮亮，而且，她业余还会画一些插画，既不署名，也不要稿费，纯属义务劳动。主编先前还担心待在童刊会不会亏待了宋羡，后来宋羡去了新刊，主编才松了口气，觉得宋羡终于有了更好的发展。所以，当袁红去要人时，她立刻点头同意了。

瞧她在新刊和同事们处得还不错，听袁红说，宋羡的工资目前都要涨到比总监还高了。一个职员的工资这么高，在社里还是头一回，不过宋羡完全值得。

只要和宋羡一起工作过，就能知道她完全配得上那么高的工资。所以主编也放弃了让宋羡回来的念头。

宋羡点头说："听说了。"

"童刊想推出些音乐入门书籍，所以请了江老师。"她说着把文件袋递给宋羡，"已经和江老师电话联系过了，这是策划案，你晚上回去捎给她？"

宋羡面色平静地接过，说："好，我知道了。"

她说完没吭声，主编忍不住问："宋羡，在这边还好吧？"

宋羡转头看着同事，何小英还给她比了个爱心，似乎生怕她和主编聊着聊着就走了。她说："挺好的。"

"我听袁红说你转部门的事了，你好好考虑，不管是待在这还是想回童刊，我都替你高兴。"

宋羡捏着沉甸甸的文件袋，心情也显得有些沉重。

半晌，她轻轻地说："好。"

主编拍了拍她的肩膀，说："回去工作吧。"

宋羡回到座位就被何小英和吴莹追着问："找你什么事？是不是

要调你回去？"

"没有。"宋羡说，"让我给江柳依带个策划案。"

她说到这里看了一眼手机，发现江柳依今天都没有回过她的消息，心中不禁有些担忧。宋羡的眉头微微皱起，目光紧紧盯在手机上，迟迟没有移开。最后，她还是从桌上拿起手机，拨打了江柳依的号码。

没人接。

她的神色越发凝重，生怕江柳依真的出了什么事情，又连忙给江柳依拨了第二通电话。

响了几秒后，电话被挂断了。

她一愣，看向手机。没几秒，手机上方弹出江柳依的消息："嗓子不舒服，还有事，不方便接听。"

迟慕颜午睡醒来后，揉着眼睛走到江柳依的身边，软软地喊道："江老师。"

"醒了？"江柳依抱着她坐在钢琴旁，抓着她软乎乎的小手放在琴键上。琴房里传出阵阵音乐声，孔希颜立在她们的身后，静静地看了一会儿便离开了。

宋羡直到下班都没有再收到江柳依的消息，心情有些烦躁。下班时，她还不小心修错了一张图。小李站在她的身边，挠挠头干笑着说："宋羡，图给错了。你今天怎么了？"

宋羡来这个部门差不多半年了，还从来没有犯过这种错误。这是她第一次发错图，这种事发生在任何人身上都有可能，但偏偏发生在严谨的宋羡身上，简直不可思议。

宋羡可是公认的完美工作者，很少犯过错，今天她有些不对劲。

宋羡闻言偏过头，想了几秒才神色平静地说："你把正确的图发给我，我重新修。"

小李点头，问她："是不是最近太累了？"

宋羡打开电脑，回答说："没有。"

小李把图重新发给她，转头对何小英说："你有没有觉得宋羡今天和平时哪里不太一样？"

何小英大大咧咧的，喝了一口水，说："哪里不一样？不还是坐那儿上班吗？"

吴莹也参与讨论说："好像下午吧，她有点魂不守舍的，我叫了她两次她才反应过来。我问她问题，她还愣住了。"

何小英没注意到这些细节，她想上前去问，被吴莹拽住了："干吗呢？没准她正心烦，你还是别火上浇油了。"

小李点头附和："还是给人家一点个人空间吧。"

回到位置上，何小英还想问宋羡发生了什么事，但看到宋羡的侧脸，又把话憋了回去。宋羡在众人关心的目光中收拾好电脑包，准备下班。

到家之后，江柳依还没回来。宋羡干坐了几分钟，然后去卫生间洗漱。出来以后她坐在茶几旁打开电脑，鼠标无意识地落在图片上，迟迟没有下一步动作。

她转过头，看向厨房的方向，还在想：江柳依怎么了？是她昨晚做了什么？

想不起来，宿醉后的头还有些疼。宋羡皱起眉头，刚想起身去倒水，这时手机铃声响起。她低下头一看，是孔希颜打来的，邀请她去吃晚饭，还说江柳依在那边做客。

宋羡没有拒绝，回房间换好衣服就开车去了迟家。路上，她想给江柳依打电话，又想到她嗓子不舒服，就放弃了这个念头。

孔希颜挂了电话，迟晚照走过去："谁啊？"

"宋羡。"孔希颜笑道。

孔希颜又问迟晚照："你是想让江柳依去公司吗？"

迟晚照说："她想年后过来，我先准备好合同。"

孔希颜点头，擦了擦手说："去叫慕颜吧，一会儿准备吃饭了。"

迟晚照转过头看向琴房的方向，只见江柳依和迟慕颜一大一小坐在钢琴旁边。迟慕颜在江柳依停下时将小手戳在钢琴上，发出叮叮当当的声音。

江柳依说："又错了。"

迟慕颜垮着一张小脸，听到身后有脚步声，转过头，看到了迟晚照，开心地喊道："妈妈。"

迟晚照走过去："练习得怎么样了？"

迟慕颜人小鬼大，说："江老师说蛮好的。"

江柳依轻轻地笑了，迟慕颜转过头："江老师，我可以休息了吗？"

"去吧。"江柳依揉揉她的头顶，看迟慕颜一溜烟地跑到猫房里，不一会儿里面传来大肥猫的叫声。

迟晚照收回视线，说："你朋友一会儿过来。"

江柳依的脸色微变："宋羡？"

迟晚照"嗯"了一声。

江柳依有些错愕："她怎么来了？"

"蹭饭。"

江柳依："……"

宋羡是蹭饭的性格？不可能吧。

不过她也没反驳。

迟晚照偏过头问:"你俩闹别扭了?"

江柳依迟疑片刻,说:"也不算。"

江柳依说完看向迟晚照,突然有些好奇地问:"迟总,你和朋友吵过架吗?"

迟晚照被她一说勾起了好几年前的回忆,她放低声音问:"吵架?"

随后她又摇头说:"没有。"

江柳依不免有些好奇:"从来没有吗?"

迟晚照说:"没有,从来都是有什么问题直接沟通。再说了,有什么事不能好好说?"

江柳依失笑了:"我也不知道,就是觉得很别扭。"

她们之间算有矛盾吗?她其实都不知道自己在难受什么。

江柳依神色落寞,眉眼稍垂,看起来确有几分悲伤。迟晚照偏过头看她,猜想她和宋羡的这次矛盾闹得还不小。

正想着,门口的孔希颜喊道:"马上吃饭了。"

江柳依起身,去客厅时看到宋羡已经敲门进来了。

孔希颜对迟慕颜说:"洗手吃饭。"

迟慕颜迈着小短腿跑去厨房洗手,江柳依想了想也跟了过去。

孔希颜招呼宋羡:"来坐,刚做好饭。"

宋羡把买的水果放在茶几上,便跟孔希颜去了饭厅。三个人落座后,江柳依回到饭桌,看了一眼宋羡身边的位置,她抿着嘴唇对迟慕颜说:"要坐老师身边吗?"

迟慕颜仰着头说:"要。"

江柳依便直接抱起迟慕颜,让她坐在了宋羡身边。

宋羡偏过头看她，心想：不是说嗓子不好吗？刚刚听着好像也没什么问题。

孔希颜和迟晚照对视了几秒，说："吃吧。"

江柳依直接无视宋羡看过来的视线，低下头吃饭。

饭桌上，孔希颜问宋羡："柴茵和你们定好行程了吗？"

迟晚照偏过头："柴茵？她不是还在国外吗？"

"说是近期回来一趟，顺便做专访。"孔希颜说，柴茵不拍戏就跟着王海宁到处跑。王海宁年后报了国外的摄影深造，她就跟过去了，到现在也没回来。

宋羡说："定好了，下周。"

"定下就行。"孔希颜点了点头。别人都是谈恋爱后性格越来越稳重，柴茵则恰恰相反，谈个恋爱把性格都谈跳脱了。还不能说，一说她就反驳："我有王海宁宠，你嫉妒啊？"

孔希颜直接没话说了。

江柳依听着她们的讨论，没说话，只是低下头吃饭。偶尔孔希颜会问她公司行程的安排，一顿饭吃得还算愉快。

饭后，迟慕颜去喂猫，江柳依不想再打扰了，小坐片刻就说要回去了。

孔希颜说："这就走了？不再吃点水果？"

江柳依摇头："不了，让慕颜晚上不要再弹琴了。"

她一天大部分时间都泡在琴房里，晚上不能继续了，不要一次就把热情都消耗完。

孔希颜点头："行，我看着她。"

宋羡跟在江柳依的身后，两个人离开迟家去开车。她们各自开了一辆车，江柳依也没和宋羡打招呼，径自去找自己的车，打开车门坐上去,动作一气呵成。宋羡站在她的身后拧着眉头,最后也上了自己的车。

路上,宋羡一直跟着江柳依的车,开得倒也不快,两个人晃晃悠悠地到了家门口。江柳依刻意等宋羡下车,等看到她的身影才往家里走。

等电梯时,宋羡歪着头看江柳依,问:"你今天都在那边?"

江柳依点了点头。

宋羡又问:"明天还要过去吗?"

她怎么记得当初合同签的是半天时间,不需要一整天啊。

江柳依又点了点头。

宋羡皱起眉头:"你怎么不说话?"

江柳依转头看她,但她就是不想说话。

她从包里拿出手机,宋羡不知道她想干什么,就听见包里的手机振动了。她拿出来一看,是江柳依发过来的消息:"说不了。"

宋羡有些不解:"为什么说不了?"

江柳依回复:"嗓子疼。"

宋羡有些诧异,转头看着她,疑惑地问:"刚刚在迟总家不是还好好的吗?"

江柳依:"间歇性嗓子疼。"

宋羡:"……"

间歇性嗓子疼?这又是什么毛病?

宋羡回家还认真地去网上搜索了"间歇性嗓子疼"是什么情况,网页结果是:咽喉炎,不容易根治,经常复发,不能吃辛辣刺激的食物。

可是晚上在迟家,江柳依还吃了麻辣鸡丁,难怪一回家就喊嗓子疼。

宋羡放下手机拿起钥匙出了门。江柳依坐在贵妃椅上,用余光瞄着宋羡。

江柳依忍不住起身走到窗边,低着头往下看,没瞧见人。好一会儿才看到宋羡的身影出现,她的身影单薄、纤细,秀发散在身后被风扬起弧度,整个人仿佛和寒风融为一体,清冷孤傲。江柳依看着孑然一身的宋羡心里不自觉地有些难受。

宋羡转身出了小区,消失在夜色中。

宋羡下楼后闪身进了药店,和店主说了要买的药之后,认真地记下了注意事项。怕记不住,还请店主打了一张单子,店主忍不住瞟了她好几眼才点头答应:"哎,好。"

她站在一侧等单子出来。

此时的店门口,有人推着轮椅经过,宋羡低着头,没注意。

助理推着闻人俞走出很远,才低下头小声地问:"闻人小姐,真的不和宋小姐打个招呼吗?"

闻人俞转过头,透过玻璃看到了站在店主旁边的宋羡,她说:"走吧,送我回去。"

助理虽然不懂,还是送闻人俞回了家。她住在宋羡以前的小区,同一层楼,门对门。闻人俞坐在轮椅上,拉开窗帘,对助理说:"帮我放洗澡水。"

"好。"助理点头,去卫生间准备。

闻人俞说:"你先回去吧。"

助理担心地问:"你一个人洗澡行吗?要不我等您洗完再走?"

闻人俞摇头:"不用,我最近累了,想好好泡个澡。你先回去吧。"

助理无奈，走两步回头看一眼，最后离开了房子。

闻人俞在她走后也没进卫生间，而是静静地坐在阳台上，看着外面万家灯火，如星光闪耀。她突然想到有一天晚上，也是在这样的夜里，宋羡叫她出去，说："师姐，我们要不要一起出去旅行？"

她没听清楚，问："什么？"

宋羡平静地说："我们长途旅行吧！"

"为什么？"她笑了。

这是和她一起长大的姑娘，她看着宋羡从五官稚嫩到现在光芒四射，她的优秀都尽收眼底。那时她们比现在年轻，好像全世界都应该围绕着她们转。

对宋羡来说，很多事都很麻烦。她的父母是闪婚，认识没多久就结婚了，她从小耳濡目染，对爱情、友情的认知和旁人不同，或者说，她从小很多地方都和常人有所不同。

宋羡见她没说话，又问："你是不想和我一起去吗？"

她说："那我想想。"

宋羡点头，之后就没再提这件事。

对宋羡来说，她已经提出了提议，剩下的便是他人思考的时间，长短无限。

闻人俞甚至想，如果自己一直不回应，宋羡是否还会再提一次？

闻人俞滑动轮椅到了卫生间，把手放入浴缸里，发现水已经冷了。她的手无意识地晃动，直到水变得冰冷，她才脱了衣服进去。

刚入水，她就被激出一身鸡皮疙瘩。

她咬着牙泡在冷水里，微仰着头，侧头望向窗外天边悬挂的皎月,那已不再是似乎手一伸就能触碰的距离了。

宋羡踏着月光回家,一直留意动静的江柳依连忙装作不在意的样子,继续躺在贵妃椅上玩手机。

宋羡拎着印有药店的标志的包装袋进来。

江柳依抬起眼睛看宋羡。

宋羡把药放在她面前,江柳依刚想说话,想到自己的"人设"便忍住了,转而给宋羡发了消息:"干什么?"

宋羡去厨房倒了一杯温水,看到手机上的消息,回复:"你不是嗓子疼吗?我去药店问了,有可能是咽喉炎。这是药,还有这些注意事项。"

江柳依左手被塞了一盒药,右手被塞了一杯温水。看她抿着嘴唇,宋羡说:"怎么不吃?"

吃什么!她根本没病。

江柳依憋了憋,终于挤出一句话:"我先去洗澡。"

宋羡看着江柳依走进房间里拿了一身睡衣,随后进了卫生间。不一会儿,浴室里传来稀里哗啦的水声。

没一会儿,江柳依洗好澡出来了,宋羡正坐在茶几旁看电脑。

她起身说:"这个是主编让我带给你的。"

江柳依睨了她一眼,问:"什么?"

宋羡回答:"策划案。"

这么一说,江柳依想起来了,下午的时候,她确实接到了《漫彤》的电话,对方当时确实提到了策划案,没想到会这么快送到。她点头接过,匆匆看了两眼,这种合作对她来说不算难。

江柳依坐在沙发上低下头看策划案,这时手机振动,她拿起手机,看到一个微信好友申请——申请人是《漫彤》童刊总监叶隐歌。

下午联系她的好像也是这位叶隐歌。

江柳依通过了好友申请,对方发来一个"开心"的表情包,她简短地回复了。两个人聊到策划案,叶隐歌表示,有什么问题可以随时找她,并对今天不能亲自送上策划案表达了歉意。

江柳依回复:"没事。"

宋羡坐在茶几旁看她低着头发消息,心情却莫名地有些烦躁。

她看了一眼电脑旁边的时间,已经十点过了。右下角有消息闪烁,她点开,是顾园园发来的,问她昨天的蛋糕怎么样,好不好吃。

她吃了吗?怎么没印象了?总不能全被江柳依吃了吧?

宋羡回复:"昨天喝多了,没吃。"

顾园园有些惋惜:"哎呀,居然这个时间回复我了,我还以为你要明天早上才回复我呢。你干吗呢?"

宋羡说:"没干吗。"

顾园园说:"你居然还没睡觉?以前这个点儿你差不多都睡了。"

宋羡关掉了电脑,转头对江柳依说:"我先回房间休息了。"

然而这一夜,宋羡睡得并不安稳,次日醒来,她按着微微发疼的太阳穴,靠着床头小憩了片刻才缓缓起身。

打开房门,她闻到了食物的香味。一抬起头,果然看到在厨房里忙碌的江柳依。

江柳依背对着她,正低着头不知道在做什么,她走过去喊道:"江柳依。"

江柳依转过头,说:"先去洗漱吧。"

宋羡点头:"哦。"

宋羡从卫生间里洗漱出来,看到桌上摆了一个盘子,里面是三明治，旁边还有一杯牛奶。

她注意到，今天的早点只有一份。

宋羡走过去，问："你不吃早饭吗？"

江柳依闻言转过头，说："我还不饿，你吃吧。"

她说完便回房间里，将窗帘合上。房间里稍暗，她又走回窗口，"哗啦"一声拉开了窗帘，任由阳光恣意地洒满房间。接着，她走到衣柜旁，从里面拿出一身休闲服换上。

上午，她不用去迟家，准备去一趟公司和林秋水谈谈解约的事情。这段时间，林秋水也没再和她联系，两人之间的距离感在悄无声息地增加。

江柳依明白，她们再也回不到过去了。

那就早点做个了断吧。

回想起来，她还能清晰地记得昔日的美好时光，虽然并非全然美好。

她不确定林秋水是否会同意解约。

江柳依叹了口气，给林秋水发了条消息，说自己一会儿会来公司。

林秋水接到她的消息时还没吃早饭，顿时就没了胃口。江柳依还没到，但她已经大致猜到江柳依想聊什么了。这段时间，虽然她没和江柳依联系，但她还是关注着江柳依的动向，知道她经常去迟家。

景烟的迟总想要挖人，她之前就知道。

这次，应该是留不住她了。

林秋水走到窗边，想不通事情怎么会发展到现在这样。她还是很后悔的，后悔以前对余白说那些话，如果没有那些误导，或许一切都不是现在这样。

她犹豫了好一会儿，才给江柳依发信息："知道了，等你来了再说。"

江柳依放下了手机。

走出房门时，宋羡还在吃早点，江柳依走到厨房，发现自己还没什么胃口，于是打算煮白粥。宋羡在她出来之后抬起头来看了她一眼。江柳依开始放水淘米，站在电饭煲边设置程序，整个过程她一直背对着宋羡。

宋羡觉得有必要和江柳依谈谈。

她吃完早点后看了一眼时间，发现还早。于是，她将吃完的盘子放在水池里。这时，江柳依说："我来洗吧，你早点去上班。"

宋羡顿了顿，低下头打开水龙头，说："我来洗。"

江柳依偏过头看她的侧脸，没说话，算是默认了。

宋羡洗完盘子后将它们放进消毒柜里。转过头，她看到江柳依正坐在客厅里看电视，播放的是早间的财经新闻，她对这没什么兴趣。擦干净手后，宋羡在江柳依身边坐下。江柳依转过头来问："你不去上班吗？"

"要去。"宋羡点头，没有废话，直接切入主题，"不过有件事想和你说。"

江柳依好奇地问："什么事？"

宋羡说："我想告诉你一声，我最近工作时间可能没办法联系你，尽量不打扰你练琴。"

江柳依听到这句话脸色微沉，她把遥控器放在茶几上，说："知道了。"

宋羡闻言起身，说："那就这样，我先去上班了。"

江柳依没吭声。

杂志社最近实在太忙了,宋羡几乎从早忙到晚。孔希颜接受采访的第二期杂志销量火爆,直接售罄,连第一期的销量也被带动了起来。杂志社的每个人都忙得像陀螺一样。袁红担心大家忙不过来,还准备再招几个职员。整个办公室的氛围和以前截然不同,何小英吃饭都是风风火火的,一边打电话一边匆匆地扒饭。

宋羡这一忙,就直接忙到了美院的年度艺术节,还是美院负责人给她打电话,她才想起来这事。随后,她想到先前江柳依说要陪她一起去,现在也不知道她还愿不愿意一起去。

说起来,江柳依这段时间也挺忙的,整天见不到人影。早上起床,宋羡只能看到一份早点在桌上,而晚上,大多数时候她都睡了才听到开门声。

江柳依说最近在忙和公司解约的事情,年后要去迟晚照的公司。这事她先前就知道,只是没想到一个解约会这么忙,忙得都看不到人影了。

宋羡每晚的睡眠状况依旧是大问题。她觉得,和朋友有矛盾又不知道如何说开的感觉太难受了。现在,她想要不要联系江柳依,问她明天去不去艺术节?

最后她还是给江柳依发了消息。

江柳依坐在卡座里,对面是林秋水,两个人面前各放着一杯红酒。

林秋水端起杯子说:"干?"

两个人端起杯子,碰了杯,水光荡漾,两个人一饮而尽。林秋水看向江柳依。

这半年来她和江柳依接触的时间,还没有这几天多。

她还记得当初刚建公司时,问江柳依要不要入股,江柳依摇头说:"不用了,我现在也没什么钱。"

"没钱怕什么?"她说,"这样吧,这个公司呢,赚到钱了,咱们就平分,我把股份给你一半;如果赚不到钱,损失我一个人承担。"

江柳依那时候看向她,声音微哽:"秋水……"

"停!"她举起杯子打断道,"不要多说什么,柳依,我知道好多公司想挖你过去,你能来我这里一起发展,本来就不容易。就这么说定了。"

话是这么说,可是她做到了吗?并没有。

公司用钱的地方太多了,前期的宣传、关系维护、投资等都需要大量资金来周转。等到公司赢利时,江柳依已经声名鹊起,那些承诺给她的股份却成了空话,除了年底多给了一点分红之外,并未兑现所谓的股份承诺。

想到这里,林秋水端起面前的红酒瓶,又为自己倒了一杯,她仰起头一饮而尽,眼角泛红。前几天江柳依要来公司商量解约的事宜,她没同意,说了很多话,妄图江柳依能改变心意,但那人只是静静地看着她,说:"秋水,好聚好散吧,以后或许我们还能合作。"

她像是被鱼刺卡着,难受得厉害。

林秋水想到这里,又倒了一杯酒。江柳依看到之后,也给自己倒了一杯。自从几年前她进了医院,她就没有再过度饮酒了,每次都是适可而止。但今晚她却不想控制,她想喝醉。

"还喝吗?"林秋水问。

江柳依说:"再来一瓶吧。"

林秋水起身对酒保喊话,随后一道声音响起:"秋水?"

江柳依抬起头,看到余白和钱申站在卡座外面。林秋水一愣,连忙看向江柳依说:"我不知道她们会来。"

这段时间她已经极力地避免见到余白了,万万没想到会在这里碰到。

江柳依没说话。

钱申爱玩,城里的酒吧她几乎都逛过,会遇到也不奇怪。

余白说:"你们怎么喝这么多?"

桌上三三两两地摆了好几个瓶子,余白看向江柳依,问:"你的身体还能喝酒吗?"

江柳依低声说:"没事。"

她起身,身体晃了一下,余白想扶她,江柳依往后退了半步,避开了余白的接触。钱申看到这一幕想说话,被余白拦住了。

江柳依对林秋水说:"我去趟洗手间。"

林秋水也起身:"我陪你去。"

江柳依说:"不用了。"

她说完拿着手机往卫生间走,身后的余白和钱申坐下。她一边走一边约了代驾。进入卫生间后,她打开水龙头,水哗哗地流着。她掬起一捧扑在脸上,冰冰凉凉的触感让她顿时冷静了下来,头也不晕了,视线也变得清晰了许多。

她洗完脸走出去,准备和林秋水道个别,刚走到卡座旁边,就听到了钱申的声音:"哎,余白,明天美院的艺术节,让你去了吧?"

林秋水抬眼看向余白:"艺术节?"

林秋水好歹也涉足了这个圈子，自然知道艺术节所代表的意义，更别提这是美院的年度艺术节了。

林秋水端起杯子说："恭喜。"

余白低下头，举起杯子和她碰了碰："嗯，是明天。"

钱申说："听说明天还有个大佬要来？"

余白点头："是闻人俞。"

闻人俞？江柳依听到这个名字，突然停下来，没再往前半步。

余白科普："闻人俞就是白老师的关门弟子，这次好像是作为美院邀请的特别嘉宾出席艺术节。"

钱申捋着头发问："你以前见过闻人俞吗？"

余白摇头："没有，不过听美院的前辈们说，她很漂亮。"

"说得我也想去看看了。"钱申偏过头，目光落在余白的身上，笑着问，"我能陪你去吗？"

众所周知，美院的艺术节，由于其专业性和特殊性，一般不允许其他人员随意进去。

余白一愣，随后摇头："怕是不行，那边不会同意的。"

钱申"哦"了一声。

江柳依就站在卡座后面，听完她们话后察觉到手机振动，是收到消息的提示。

她低下头看，是宋羡发来的消息，问她："明天艺术节，你还陪我去吗？"

江柳依抿着嘴唇，收起手机快走了两步，站在林秋水面前说："我先走了。"

余白一怔："你要走？你喝酒了，不如我送你。"

江柳依说："不用，我找代驾了。"

她说完冲三个人点了点头转身离开了，钱申睨了她一眼，没吭声。

江柳依出了清吧后，靠坐在车旁等代驾，她今晚喝得委实比较多，刚刚洗完脸清醒了片刻，现在又犯迷糊了，意识里只记得刚刚听到的名字：闻人俞。

白老师的关门弟子。

白老师有两个关门弟子，所以另一个是宋羡吧？

江柳依打开手机，搜到白烨的一段演讲视频，她听着熟悉的声音又懊恼地把手机屏幕关了。代驾到的时候，江柳依还坐在车前边，冷风吹着，代驾裹紧衣服，喊道："是江小姐吗？"

江柳依转过头，把钥匙递给她。

代驾上车后开启了话痨模式："江小姐，您又喝酒了啊？"

江柳依定神看向代驾，觉得有两分熟悉。

代驾笑了："是我啊，我之前给您做过代驾，那天您还帮您朋友买饼。"

真是巧了。

江柳依点了点头，说："开车吧。"

代驾答应了一声，稳稳当当地上路了。江柳依打开手机，把宋羡那句话翻来覆去地看了看，随后，给宋羡回复："我去。"

宋羡收到江柳依的消息还挺高兴。最近江柳依回来得都很晚，她也没有过多地询问。正在噩梦中的她突然听到房门被人敲响，宋羡惊坐起身，喊道："江柳依？"

门外的江柳依说："是我。"

听着语气正常，没想到打开门就是一阵酒气。

江柳依把客厅所有的灯都打开了,灯光炫目。宋羡往后面退了半步:"你喝酒了?"

江柳依说:"嗯,和秋水喝了几杯。"

满身酒气,哪里只是几杯!

宋羡满头大汗,只觉得头顶的光晕晃动,耳边突然响起了汽车的鸣笛声,响亮而清脆,还伴随着急促的刹车声音。她的头快要爆炸了!

江柳依察觉到宋羡的异常,不明白她为什么看见自己会有这样的表情。

宋羡虚弱地扶着身侧的墙壁,耳边回荡着医生的叮嘱:"你这个失眠的状况很大部分是车祸的后遗症。现阶段只能给你开点安眠药。试试晚上睡觉不要让房间里透光,尤其是浮动的光,会对你的眼睛还有心理产生刺激,尤其是心理方面,我还是建议你去看心理医生……"

原来这么久,她还是没有摆脱后遗症。不管白天多正常,一到睡觉就不行。

宋羡大口地喘着气,脸色苍白如纸,双眼发红。四周寂静无声,那些车祸后的喧嚣随之消失,她的世界突然安静下来。

江柳依低下头:"你怎么了?"

宋羡说:"我眼睛疼。"

江柳依不敢置信地看向宋羡,问:"你说什么?"

宋羡面色平静地说:"我说我眼睛疼。"

她白天不是好好的吗?难道是每天面对电脑修图伤到了?江柳依刚想询问,突然想到之前去宋羡以前住的家里时,她站在窗口疑惑宋羡的窗帘为什么那么厚实,一点光都透不进来。

江柳依觉得有一团迷雾被宋羡轻轻地拨开了，她能窥见迷雾里的光影，却不能看清楚。

所以，平常她晚上睡觉时不开灯，是因为她眼睛疼吗？

江柳依问："你眼睛怎么了？受过伤吗？"

宋羡坐在她的身边，说："以前我失明过一段时间。"

闻言，江柳依意外极了，心里五味杂陈，她问："什么时候？"

"几年前。"宋羡说，"出了车祸。"

江柳依已经不敢继续往下听了，她突然觉得自己对宋羡一点都不了解。

她继续问："然后呢？"

宋羡说："然后治了半年，好了。"

半年？所以那半年宋羡都是在黑暗中度过的吗？难怪夜晚宋羡关了灯也能在房间里行走自如，先前她还觉得奇怪，原来是这样。

江柳依懊恼地偏过头，心疼地问："那你白天没事吧？"

"其实早就没事了。"宋羡说，"我的眼睛早就好了。"

只是心理问题。在眼睛快好之前，闻人俞同她说了一些话，导致她原本就略有的失眠症状加重，后来严重到不吃药就没法睡觉。医生也告诉她这种药不能长期吃，会影响记忆力。停药的时候，她的耳边就开始有各种混响，晚上躺下时只要有光就会不由自主地想到那晚车祸的场景，满世界都是刺目的光。

有时候，窗外的车灯都能把她惊醒。

偏偏她平时看起来很正常，医生也束手无策。

好在来这里之后，失眠的症状略有好转，只是偶尔还需要吃药。

江柳依说："我从来没有看见过你吃药……"

所以她一直都不知道宋羡还有这样的过去。

宋羡说:"因为搬来这里之后,我就很少失眠了。"

她说完起身,江柳依问:"你去哪儿?"

宋羡说:"诊断书和药都在我的行李箱里,我给你拿……"

"不用。"江柳依摇头,"不用拿。"

她脑子有点乱,需要时间来消化最近接收到的这些信息。

一段插曲过后,第二天好像又回到了正常的生活。闹钟响起时,宋羡起身换衣服,江柳依洗漱完披着睡衣去厨房做饭。

江柳依看见她,问:"艺术节几点开始?"

宋羡吃着饭说:"下午两点。"

江柳依点头:"那一会儿我们吃完直接过去。"

吃完饭后,是江柳依开的车,她将车停在美院的停车场。宋羡带着江柳依来到美院的展览入口,她递出邀请函。保安看到上面的"特邀嘉宾"愣了愣,忍不住偷偷地多看了她好几眼。

这次特邀嘉宾就两位:一个是闻人俞,白烨的徒弟;另一个听说叫宋羡,姚理事没说来历,也没提过往有什么作品,只是让安保注意,如果宋羡来了直接放行。

保安将邀请函还给宋羡,弯下腰说:"您请。"

宋羡把邀请函放在包里,和江柳依一道进去。

两个人刚进去就吸引了很多人的目光,有人小声地讨论:"这是谁?她身边那个是不是江柳依?"

"这个是宋羡吧?好像在一家杂志社工作。"

余白从卫生间里出来,发现有好几个人的视线落在自己身上,她觉得有些奇怪。平时和她联系颇多的朋友走到她的身边,问:"余白,那是江柳依吗?"

江柳依？她怎么来了？

余白面色一变，随后她就看到了江柳依，还有她身侧的宋羡，两个人穿着同一色系的衣服。余白捏紧了手里的包，身边还有同行在，她点头说："嗯，是江柳依。"

"哎，我听说你的画展和江柳依合作了？"

余白攥包的手更紧了，她的目光落在江柳依身上。不远处的江柳依正在和宋羡说话，宋羡依旧是云淡风轻的表情，江柳依目光温柔。

余白强颜欢笑，对众人说："是，是有合作。"

"她身边的人是谁啊？也是画画的吗？"

余白说："是给一家杂志社画插画的。"

"插画？"众人用狐疑的眼神看向宋羡。

倒不是他们瞧不上插画，只是总感觉宋羡与这里的氛围格格不入。众人没多言，只有靠近余白身侧的一个女孩说："那她怎么来这里的？你们看到她的作品了吗？"

余白摇头："没有，可能邀请的人是江柳依，她只是跟江柳依一起来的。"

这么一说，众人明白了，原来是沾江柳依的光来的。艺术节确实会邀请其他行业的大佬，宋羡这次真是赚大了！余白从包里拿出邀请函："这是画展的邀请函，原本是想挨个请的，不过今天难得聚在一起，希望大家有空都去。"

众人接过邀请函，有人笑着说："那肯定的，听说白老师还去呢。"

余白垂下眼睛，想到白烨的回复，说："白老师只说有可能会来。"

"有可能也好啊！"她身侧的女孩说，"你知道我们连可能的机会都没有，当然要去了，万一能见到白老师，多幸福啊。"

另一个男生也点头："我也觉得去看看更好，听说还有你和白老师共同完成的作品展出，我一直十分期待。"

"哎？还有你和白老师共同完成的作品？"其他人微诧，"真的吗？"

余白点头："不是严格意义上的合作，只是白老师看我太愚钝，帮我修改了两笔。"

"那也很厉害了！"她对面的女孩说，"要是我，白老师想修改都无从下手呢！"

其他人被逗笑了。

原本没想过要去的人也起了心思，默默地收好了邀请函。反正距离画展也没多久了，到时候过去看看也好，没准真能看到白烨呢。

余白的视线一直瞄着江柳依和宋羡，都没注意其他人说什么。直到身边的人提到闻人俞，她才回过神来。

她虽然接受过白老师的指导，但还真没有见过闻人俞，另一个关门弟子也没见过。这两个人深居简出，很少露面，不过偶尔会有作品流出，确实非常有天赋。她的老师家里还挂着一幅闻人俞的作品。

闻人俞在休息室打了几个喷嚏，姚理事走到她的身边，替她冲了一杯感冒药，说："真不会照顾自己，这么容易就感冒了。你要是不能平安地回家，你妈妈保准又要打电话来唠叨了。"

"谢谢阿姨。"闻人俞的嗓子沙哑干涩，一说话就咳嗽。姚理事说："你快别开口了，等会儿到艺术节上能不说话就别说话了。"

闻人俞点头，歉疚地说："对不起，阿姨。"

"是你生病了，对不起什么？"姚理事轻叹一声，"是阿姨没照顾好你。"

闻人俞淡笑着，摇了摇头。

站在一旁的助理也愧疚地低下头。那天晚上她要是在闻人俞身边就好了，说不定她就是在泡澡的时候冻着了，都怪自己。

闻人俞说："走吧，我们去看看。"说完，她又是一阵轻咳，眼底水光滟滟。

姚理事摇头，推着她进了画厅。这是美院最大的画厅，以前经常有人租用来开画展。她推着闻人俞走进去，一旁有人打招呼："理事好。"

姚理事冲她们笑着点头，没有解释坐在轮椅上的人是谁。

闻人俞的目光在画厅巡视一圈，最后落向窗户处。她对姚理事说："在那儿。"

宋羡和江柳依正站在那里，两个人正在讨论一幅画。

江柳依听到周围的骚动转过头，看到姚理事推着一个坐轮椅的女人过来。看眉眼，有两分熟悉。江柳依站定，听到身边有人说："姚理事推的是闻人俞？"

江柳依的脸色微变，是闻人俞吗？她终于要见到这个和她声音相似的人了吗？

不远处的余白也注意着这边，看到姚理事之后，她就注意到了坐在轮椅上的人。

身边的人问："姚理事推着的是闻人俞？"

"闻人俞的腿怎么了？"

"她们去干什么？"

余白攥紧了包包，说："大概是和江柳依打招呼吧。"

众人恍然。

他们的目光仍旧没有从姚理事和闻人俞身上移开。四周寂静无声，整个画厅没有一丝声响，众人不由得屏住了呼吸。宋羡看完画后，察觉到身边过于安静，她转过头看向江柳依，却见江柳依正凝视着她的身后。

宋羡转过头。

骄阳刺目而明朗，闻人俞坐在轮椅上，用沙哑干涩的声音说："宋羡，好久不见。"

第十一章

见一面

宋羡看到坐在轮椅上的闻人俞有片刻失神。

闻人俞淡淡地笑了，轻咳几声，声音沙哑。

她说："这位就是江小姐吧？"

江柳依听到她微带沙哑的嗓音，心头一怔，随后紧绷的身体也放松下来。

江柳依点头说："你好，你是闻人小姐？"

"是我。"闻人俞落落大方，目光沉静。江柳依觉得她不愧和宋羡师出同门，这安静的样子还真有两分相似。

她侧头看宋羡，宋羡则盯着闻人俞，目光落在那双腿上。她失神了片刻，压抑着情绪问："你的腿怎么了？"

闻人俞开口："回头再说吧，一会儿我们吃顿午饭？"

宋羡握紧了蜷在身侧的手，神色略显苍白。

江柳依见状，对闻人俞说："可以。"

闻人俞同身后的姚理事说："阿姨，我们中午在哪里吃饭？"

姚理事对宋羡和江柳依说："美院外面的黄鹤楼。"

江柳依转过头看宋羡，问她："去吗？"

宋羡的目光还没从闻人俞的腿上挪开，她脸色发白，嗓子发紧，说："去。"

江柳依说："那就不打扰两位了，我和宋羡去旁边休息一会儿。"

姚理事点头："请便。"

四周的同行用好奇的目光看向她们，尤其是看着宋羡，偶尔私语。

"还真的是闻人俞啊！"

"不过她的腿怎么了？"

"闻人俞刚刚和宋羡打招呼？"

"不是说宋羡只是陪江柳依来的吗？"

"哎，我刚刚打听了一下，你们知道宋羡是谁吗？艾伦的侄女！"

"艾伦？钢琴大王艾伦？我记得他家里还有个弟弟，是地产大亨……"

众人略惊，看宋羡的眼神陡然和先前有所不同，还有去和宋羡说话认识的冲动。

余白的脸都气白了，她还以为闻人俞和姚理事是去和江柳依打招呼，没想到是和宋羡说话，宋羡是怎么认识闻人俞的？

不只是她一个人有这个疑问，已经有人上去问了。

闻人俞笑道："她是我从小一起长大的妹妹。"

江柳依听到这句话后看向宋羡，发现她的神色已经恢复平静了，只是脸色依旧苍白。

她说:"宋羡,还想继续看吗?"

宋羡轻缓地摇头,在众人的目光下和江柳依离开了画厅。

闻人俞被人围住了。

她今天虽然是特邀嘉宾,但代表的是白烨,因此即便是那些姗姗来迟的老教授都得给她几分薄面,更别说有姚理事全程陪同,并且亲自推着轮椅了,受重视程度可见一斑。

说是艺术节,其实就是同行间的切磋交流,评价自然五花八门,但能来这里的都不是等闲之辈。由于闻人俞生病,去征询她意见的人不多,但站在她身边的同行还是挺多的。

余白就一直站在她的身边,聆听着老教授们点评每幅画。点评自然不可能只是一家之言,所以也会有争议。

在一片吵吵闹闹中,余白说:"闻人小姐,能不能请您帮我看看我那幅画?"

闻人俞转过头,只见余白站在她身边,穿着一身淡白色的衣服,秀发绾起,面容姣好,文静的气质很明显。她点了点头,身后的姚理事介绍道:"这位是余白,我先前和你提过的那位开画展的年轻画家,很有天赋。"

对于余白的作品,闻人俞略有耳闻,还是听白烨说的。

据说她的画和宋羡有两分神似,特别是在色彩运用技法上很像。但余白较为保守,不够大胆创新,不过她这么年轻能有如此成就已经很不错了。

闻人俞并未亲眼看过余白的作品,姚理事于是将她推到一幅山水画面前。

她偏过头问道:"这是你画的吗?"

余白点头:"是我画的。"

闻人俞轻轻地"嗯"了一声,开始认真地看那幅画。画中山峰耸立,云团缭绕,细看之下树影清晰,叶片片片可见,层次分明,构图也很巧妙,神韵十足。只是老毛病依旧,用色过于保守,使得山不够雄伟,少了磅礴的气势;树影虽然清晰,但间隙处理过于追求距离感,不够灵动自然。姚理事看完这幅画问闻人俞:"你觉得如何?"

那些老教授也从上一波的争议中走了过来,纷纷发表自己的看法。

"这幅画还不错。"

"嗯,这个还行,是叫余白吧?"

"但是这个色彩,我觉得还有待突破。"

"色彩怎么了?这个色彩刚刚好!"

"色彩明显过于保守,不够大气,还有这里,处理得不够自然。"

余白听着几位老教授的讨论,内心忐忑不安,其实她自己的问题她心里都清楚,色彩是最大的短板,缺乏冲突感,视觉效果稍逊。她已经在努力改进这个问题了,但无法一蹴而就。

闻人俞听了几位老教授的话点了点头:"我也觉得钱教授说得对,色彩确实不够鲜艳。"

山水画的色彩处理和其他画种略有不同,稍有不慎就会显得灰暗无光,余白显然避开了这个问题,但色彩层次不够丰富,也算是小瑕疵。

余白闻言放下心来,她问:"那其他方面?"

闻人俞说:"其他方面挺好的,刚刚几位教授说的都很有道理,你可以综合大家的意见多做参考。"

余白点头："谢谢闻人小姐，不知道以后能不能再请您多多指教？"

闻人俞说："指教谈不上，我们就是互相交流学习。听说你也是老师的学生？"

余白在众人艳羡的目光中抿着唇笑了："嗯，白老师教过我两年。"

"那我们也算同门。"闻人俞温柔地说，"不过，如果你想在山水画这方面有所突破，我倒是可以推荐一个人给你。"

余白一怔："谁啊？"

其他人纷纷竖起耳朵，都不由自主地侧过身体，生怕听漏了名字，都在猜想是哪位高人。却听到闻人俞用微哑的嗓子说："宋羡。"

"刚刚你们才见过。"闻人俞说，"她的山水画造诣在我之上。"

"不是吧？她不是一个在杂志社画插画的吗？"

"什么画插画的，你也不去打听打听人家的背景？"

"不是吧？在闻人俞之上，这得多厉害啊！以前咋没听说过？"

闻言，余白僵住了，脸色煞白。她捏住衣角的边缘，不敢置信地反问："宋羡？"

"对。"闻人俞说，"她……"

她说到一半顿住了。她现在也摸不清宋羡的想法，还是不要过多干涉的好。

于是她改口："有机会的话，你和她交流交流，我相信在色彩运用上，你一定会有所突破。"

和她交流会有突破？闻人俞这话无异于一记响亮的耳光，狠狠打在余白的脸上！

余白愣在原地,其他人也起了打探的心思。这时,闻人俞猛地咳嗽了好几声,脸色涨红。

姚理事说:"我推你到旁边休息吧。"

闻人俞说:"阿姨,你和教授们再逛一逛吧,我自己出去。"

"可是你……"

闻人俞道:"没关系的。"

姚理事只好点头。轮椅是电动的,闻人俞操控着它驶出了画厅,外面阳光和煦。她仰起头,感受着阳光恣意洒落在身上的温暖。一偏头,就看到不远处坐着两个人。

江柳依递给宋羡一瓶水,贴心地帮她拧开了瓶盖。宋羡拿在手上,却没有喝。

江柳依说:"还想进去吗?"

宋羡摇头:"不进去了。"

骄阳晒在她的脸上,让她的肤色更显白皙,几近透明。

江柳依又问:"你师姐的腿,你也不知道吗?"

江柳依说完才想起来在哪里见过闻人俞。之前和宋羡去过的那个公园,当时在那里画画的人就是闻人俞。难怪她总觉得有两分眼熟,尤其是眉眼。当时闻人俞戴着口罩,所以她只看见了眉眼。

宋羡摇头,说:"不知道。"

至少她离开那里的时候,还不知道闻人俞的腿受伤了。

江柳依的心绪有些复杂,她说:"等会儿问一问,你别多想。"

话音刚落,身后传来稍哑的声音:"宋羡,江小姐。"

宋羡转过头,看到闻人俞孤身坐在轮椅上。江柳依面色微变,她跟着宋羡起身。

闻人俞来到两人身边,说:"这里的空气真不错,环境也很好,难怪你来这边就不肯回去。老师还念叨了好几次呢。"

提到白烨，宋羡的手攥紧了瓶子。她平静的脸上少见地浮现出歉疚的神色。白烨打小就栽培她和闻人俞，不是希望她们以后能有多出息，只是希望她们以后能从事自己喜欢的行业，让艺术代代相传。他把所有学到的都教给了她和闻人俞，然而要出师的时候，她却走了。

宋羡低下头，轻声说："我对不起老师。"

"老师就是怕听到你这话才没联系你。"闻人俞说完，身后传来了嘈杂的声音。刚刚在画厅里的同行们准备去二号展厅，呼啦啦地来了一群人。

闻人俞说："走吧，我们先去酒店，一会儿阿姨就要来了。"

她说着操控轮椅往展厅的门口驶去，身后的宋羡和江柳依跟了上去。

江柳依一直没说话，默默地陪在宋羡身边。

到一个楼梯口，闻人俞停下了，轮椅过不去。她的神色略显尴尬，双手抓紧了轮椅的边缘，内心轻轻地叹了口气。原本这次回来是想告诉宋羡她现在过得还不错，想让宋羡放下过去，却没料到被一个楼梯给难住了，让自己显得如此狼狈难堪。

闻人俞垂下眼睛，偏过头说："你们先过去，我突然想起来还有东西没拿。"

如此不合时宜的时候，宋羡问："什么东西？"

闻人俞张了张口，还没说话，江柳依却在这时插话道："这条路没有遮阳的地方，很晒，我们走那条路吧。"

她说着看向另一边，靠角落还有一条路，是坡路，平时开车才走那边。

闻人俞的脸色顿时恢复如常，她点头说："也好。"

宋羡站在她的身后没动，江柳依说："我来推闻人小姐吧。"

闻人俞看向宋羡和江柳依，微笑着道："麻烦江小姐了。"

江柳依推着闻人俞往另一条路走了几步，转过头看身后的人，喊道："宋羡，走了。"

宋羡回过神来，握了握手上的瓶子，跟在江柳依和闻人俞的身后。

闻人俞问："你什么时候认识宋羡的？"

江柳依恍惚了几秒，说："有一阵子了。"

闻人俞点头："还习惯宋羡的性子吗？"

江柳依偏过头看宋羡，想：没什么习不习惯的。刚认识那会儿就觉得她做事说话一板一眼，很严谨，有条理。后来接触多了，不仅不讨厌她的性格，反而越来越喜欢。

她语气淡淡地道："宋羡的性格，挺好的。"

闻人俞说："你不知道，宋羡刚来老师这里学画的时候，老师是让助理带她的。助理快被她折磨疯了。"

她说完咳嗽了一声，嗓音微哑，丝毫听不出寻常的声色。

江柳依看了一眼宋羡，抿着嘴唇问："宋羡怎么了？"

闻人俞的声音和着风声传来："那时候的宋羡就是十万个为什么，连树上停一只鸟都要问，飞走了也要问……"

她就是在那段时间认识了宋羡，一个文文静静的小女孩，用尚显稚嫩的话问了很多奇奇怪怪的问题。老师和助理都哭笑不得，只有她耐心地给宋羡解释。

"小鸟为什么飞出来，停在树上？""因为小鸟飞着飞着寂寞了，想和大树做朋友。"

"小鸟为什么会飞走?""因为天黑了,小鸟要回家。"

她那时就是这样哄宋羡的。但很快,她就回答不上来宋羡的问题了,因为宋羡成长得比她想象中更快。就连画画也是,她虽然是师姐,但在很多方面都不如宋羡。

宋羡从小独立,和寻常孩子不一样,心性坚定,不黏人。在很多孩子需要父母陪着上街或去游乐场时,她已经独自背着包出门了。她想去什么地方都会提前做好规划,并告知父母。父母同意,她就去;不同意,她就乖乖待在家里,不哭也不闹。

江柳依很久以前就想象过宋羡小时候会是什么样子,现在听闻人俞这么说,发现和她想象中的差不多。

江柳依转过头问宋羡:"你小时候就是这样吗?"

宋羡回过神来,"嗯"了一声:"是这样。"

江柳依垂下眼睛:"挺可爱的。"

宋羡看向闻人俞,眼神不由得瞟向她那双腿。三个人顺着坡路往下走,树叶葱葱郁郁,遮住了阳光。不远处的余白看到她们三个人,抓紧了包包。身侧偶尔有人小声地说:"哎,那个宋羡的画,你们看过吗?"

"没有。"

"我也没有。刚刚上网查了这个名字,竟然一点消息都没有。"

"八成是私学,而且宋羡是艾伦的侄女,你以为能查到什么消息?"

"真想看看她的画。刚刚闻人俞说比她都厉害,也不知道真的假的。"

他们的话被姚理事听见后,姚理事只是笑笑。

这些学生年轻,傲气,心比天高,但这恰恰是他们最大的优势。

姚理事从不干涉这些孩子的交流,所以他们日常说话毫无顾忌,想说什么就说什么。

此刻听到姚理事的笑声,有人不由得问:"理事,她真的比闻人俞还厉害吗?"

姚理事说:"你们记住,艺术因人而异,没有高低之分。宋羨的画,我确实见过一次……"

顿时,众人的好奇心被勾起,纷纷看向姚理事。姚理事接着说:"颇为惊艳。"

这句话让众人怔住了。

虽然姚理事没有明说宋羨比闻人俞厉害,但"颇为惊艳"一词已经足以肯定宋羨的才华。姚理事平常评价他人只会说这个人很优秀,"惊艳"两个字她几乎没有说过。这样高的评价给了宋羨,不禁让众人对她越发好奇。

余白混在人群中,转过头远远地看着那三道越走越远的身影,突然有一种和她们格格不入的错觉。

闻人俞侧头看着阳光下的江柳依和宋羨,沉默了片刻。

江柳依推着她走出展览馆,直至走出美院的大门。宋羨抬起头,看见黄鹤楼就在前方,对江柳依说:"就是那儿。"

江柳依刚要回话,手机铃声响起。她对宋羨说:"我接个电话,你们先进去。"说完,江柳依走到一旁接电话。

闻人俞微仰着头,对宋羨说:"我接受了你们杂志社的专访,主编有提到吗?"

宋羨垂下眼眸,语气平静地说:"说了。"

闻人俞心想,说了都没联系她,宋羨还是和以前一样。

闻人俞轻轻叹气，嘴角勾起一抹淡笑。

宋羡关切地问："你的腿怎么了？"

闻人俞低头看向自己的腿，说："出了点意外。"

闻言，宋羡沉默不语，一时没注意脚下，轮椅的车轮碰到了一块石头，有点倾斜。一旁接电话的江柳依瞥见了这一幕，正想上前帮忙，却见宋羡已经弯下腰，稳稳扶住了轮椅。

江柳依在两个人身后停下了脚步。

手机那端的赵月白还在追问："你说我要不要去啊？"

江柳依说："去吧。"

"可是去了会不会很尴尬？"

江柳依说："那就不去。"

"可是我们好久没见面了。"

赵月白迟迟没有得到回复，于是喊道："柳依？"

随后她又自言自语道："算了，不麻烦你了，我还是自己好好想想，就这样，先挂了。"

江柳依挂断电话后，就听到有人喊道："江小姐？"

她转过头："姚理事。"

"怎么不进去啊？"姚理事笑眯眯地问，"在这里有事吗？"

"没事。"江柳依说，"刚刚接了个电话。"

"那正好，一起进去。"姚理事说。

江柳依转过头："那些教授呢？"

"他们和领导在一起，我还是比较喜欢和你们坐在一起吃吃聊聊。"姚理事说完便往里面走。

江柳依跟上。两个人刚走到大厅门口，就有服务员走过来躬身问："两位吗？"

"我们订好位子了,闻人俞订的。"

"这边请。"

两个人跟在服务员身后进入大厅,随后听到一阵音乐响起。江柳依转过头,看到钢琴师正在弹琴。就在钢琴师身后几步远的地方,闻人俞正坐在那里静静地看着。

身旁的姚理事轻轻地叹气:"可惜了。"

江柳依转过头问:"什么可惜了?"

"可惜小俞了。"姚理事说,"以前这孩子喜欢画画,也喜欢弹琴。她以前啊,还经常说,以后不画画了,要去弹琴。没想到一场事故,却让她什么都做不了了。"

江柳依的耳边突然回响起艾伦的话:"说起来还真有这么回事,羡羡以前过生日都不要我们送礼物,有一年突然和我说要这架钢琴,后来又说,能不能以后再送给她,说明这架钢琴和你有缘……"

江柳依心中不禁泛起一阵涟漪,她忽然意识到,宋羡送给自己的那架钢琴,原本可能是打算送给她的师姐闻人俞的。

点餐的时候姚理事把菜单递给闻人俞:"你嘴挑,你点吧。"

闻人俞又把菜单递给了宋羡:"你来点怎么样?"

江柳依微笑着插话道:"闻人小姐不用这么客气,来者是客,这里又是我们生活的地方,当然该由我们做东。还是你来点吧。"她又偏过头看宋羡,征询她的意见,"你说呢?"

宋羡点头说:"好。"

闻人俞说:"那我就不客气了。"

随后她转头对姚理事说:"阿姨你看,出去吃饭你还让我付钱,这怎么行呢?"

姚理事忙说:"是是是,阿姨的错,阿姨给你赔礼道歉。来,以茶代酒,阿姨自罚一杯。"

闻人俞被姚理事逗笑了,阳光洒在她的身上,她仿佛和阳光融为一体,给人一种温暖而明媚的错觉。宋羡听着她和姚理事说话,端起面前的杯子,喝了一口茶。

很快,闻人俞点好几道菜,把菜单递给了江柳依。江柳依垂下眼眸,看到最下方用清秀的字迹写着:"都不要放青椒。"

她合上菜单递给店员,说:"就这么多。"

服务员点头,又问:"是现在就可以上菜了吗?"

江柳依说:"上吧。"

大家没有等太久,服务员便开始端菜上桌。江柳依提议道:"点饮料吧,红酒就不必了,你们下午还要去展厅。"

姚理事说:"行啊。"她说着向服务员点了两瓶饮料。

随后,江柳依转过头问宋羡:"你下午还去美院吗?"

宋羡摇头说:"不去了。"

她说完看向闻人俞:"吃过饭,我想和你聊聊。"

她丝毫没避讳,还是一如既往地直白。

闻人俞说:"好。"接着转过头对姚理事说,"阿姨,我想去洗手间。"

姚理事接过饮料放在桌上,对她说:"我陪你去。"

闻人俞没推辞,让姚理事推她离开,往卫生间的方向行去。江柳依用余光瞥着两个人的身影在拐角处消失,才低下头轻声喊道:"宋羡。"

宋羡看向她,江柳依犹豫了两秒后问:"你出车祸,你师姐在车上吗?"

宋羡说:"不在。"又补充道,"是我开的车,我一个人。"

"那她是之后受的伤?"

宋羡摇头,说:"我也不知道。"

江柳依这才想起来,在这之前宋羡也不知道闻人俞的腿受伤的事情。

江柳依安抚她:"别乱想了,一会儿吃完饭,你有什么问题,直接问她。"

宋羡平静地点头:"嗯。"

两个人说完话,闻人俞也回来了。姚理事坐下后便说:"你妈妈说你这两年到处飞,是不是去了很多地方?"

闻人俞点头说:"挺多的,有机会和阿姨一起去旅游。"

"好啊。"姚理事说,"我都不知道上次出去旅游是哪一年了,院里的事情啊,总是那么多。"

闻人俞笑了:"阿姨,事情没有忙完的那天,但时间只有那么多。"

姚理事点头:"也是。"

江柳依听到她们聊天的内容,插话道:"闻人小姐这两年经常旅游?"

闻人俞说:"是啊,去了挺多地方。"

"那能不能请教一下,哪些地方适合长途旅行?"

闻人俞怔了几秒,重复地问:"长途旅行?"

"是啊。"江柳依看向宋羡,"我们一直想找个机会出去玩,但一直都没空,现在好不容易休息了,就想着挑个好地方,闻人小姐有推荐吗?"

闻人俞细想,说:"一时半会儿还真想不起来。这样,等我回去好好回想一下,想到了再联系你。"

江柳依点头:"那就先谢谢闻人小姐了。"

宋羡没怎么说话,主要是身边的江柳依在同姚理事、闻人俞聊天。当她们聊到画画方面时,宋羡才偶尔搭话。一顿饭吃得宾主尽欢。饭后,姚理事接到了院里的电话,她出去接电话,江柳依则跟服务员去结账。

饭桌上只剩下宋羡和闻人俞两个人面对面坐着。

两个人都没说话,闻人俞抬起眼睛看宋羡。时隔三年,宋羡越发稳重了。她轻声问道:"你还好吗?"

宋羡点头:"挺好的。"

闻人俞也说:"过得好就行。"

宋羡放下筷子,目光似乎透过桌面看向桌下的那双腿。她关切地问:"你的腿是怎么回事?"

闻人俞沉默了两秒,说:"一场事故导致的。"

宋羡追问:"是什么时候的事?"

闻人俞不答反问:"宋羡,如果我说,在你眼睛好之前,我就已经受伤了,你会怎么想?"

宋羡看向她,失声了几秒,而后低下头沉默了片刻,她深吸一口气说:"你应该清楚的。"

闻人俞点头,语气平静地说:"对,你说得对。"

老师在此之前问过她几次,真的要放弃画画吗?连曾经的搭档都不顾了,说好要一起在这个领域闯出属于她们的时代,现在就放弃,以后会不会后悔?

她不知道会不会后悔,但她清楚,如果不这么做,她肯定会后悔。

宋羡抬起眼眸,眼底水光潋滟,她还是很难接受闻人俞如今的模样。她本以为自己离开那里后，闻人俞会继续画画，或许有一天，她会在老师身后再次看到闻人俞的身影。

或许是在新闻上，或许是在展览会上，但唯独没想过，闻人俞是坐在轮椅上，云淡风轻地对她说："宋羡，好久不见。"

这句"好久不见"，让她仿佛置身于另一个时空。

宋羡愣怔了几秒，看向闻人俞的双腿，问："以后还有治愈的可能吗？"

闻人俞摇头："没有。"

虽然可以装义肢，但她没同意。就如同当初宋羡慢慢习惯了黑暗一样，她也习惯了现在这样的生活。

宋羡低下头，轻声问道："医生是怎么说的？"

闻人俞回答道："保持好心情，保持愉快。"

"宋羡，我知道当初瞒着你是我不对，这是我的选择，你怨我、怪我都是应该的。但木已成舟，事情都过去了。这次能遇到，我还是想说，我希望你能放下车祸那件事，好好地生活。"

提到车祸，宋羡的眼神瑟缩了一下，她低下头，沉默了片刻。

闻人俞见状，欲言又止。不远处，江柳依已经和姚理事一同走了过来了，江柳依手上捏着小票。她走到宋羡和闻人俞身边，姚理事问道："宋羡，真不去展厅再看看吗？"

宋羡抬起眼睛，掩饰好刚刚的不自然，目光平静地说："我不去了。"

姚理事说："那好，我和小俞一会儿过去。你有事电话联系。"

宋羡微微点头。闻人俞说："阿姨，上次让您安排专访的时间，您安排好了吗？"

江柳依听到"专访"两个字，看向闻人俞，下意识地问："什么专访?"

"是宋羡工作的杂志社的名人专访。"闻人俞解释道。

"第一期就是江小姐,"闻人俞继续说,"我看了好几遍你的专访,觉得你的成功不是偶然,而是必然。"

江柳依听到这话,看了一眼闻人俞,沉默了两秒后问:"定好时间了吗?"

"还没呢。"闻人俞说,"听说我是第四期。"

江柳依点了点头。

第三期是柴茵,已经采访过了。那下一期就是闻人俞。

开车回去的路上,江柳依脸色微沉。上车前,她问宋羡:"你之前知道闻人小姐接受杂志社专访的事情吗?"

宋羡偏过头,说:"知道。"

江柳依顿了顿问:"什么时候知道的?"

宋羡说:"一周前。"

江柳依敛起眉目,什么也没说,一路将车开到楼下。

两个人回到家之后,江柳依去换了一身居家服。她从卧室出来,看到宋羡坐在沙发上,很难得的,宋羡在发怔。

江柳依走过去,问:"昨晚没睡好?要不要补个午觉?"

宋羡说:"我不困。"

江柳依说:"那去琴房吧?"

"琴房?"宋羡偏过头,"你要弹琴吗?"

江柳依点头:"走吧,你好像还没听我用新钢琴弹过曲子。"

宋羡跟在江柳依的身后,进了琴房。宋羡站在钢琴面前,江柳依示意她往旁边坐。

宋羡走过去,坐在江柳依的身边。江柳依把一本曲子递给她:"喜欢听哪首?"

宋羡的思绪乱糟糟的,低着头看,还没选出来,江柳依说:"我最近刚作了一首曲子,你听听看?"

"好。"

一个音节落下,江柳依的手放在琴键上,轻缓的音符随之响起,是十分平静的音乐。宋羡很喜欢,她静静地坐在江柳依的身边,认真地听。

一曲结束,江柳依问宋羡:"如何?"

宋羡点头:"很好听,能不能再弹一遍?"

江柳依欣然同意,并再次弹奏起这首曲子。她弹了好几遍,直到手腕感到发酸才停下。

宋羡似乎沉浸在了音乐的世界里,一直低着头。

"宋羡。"江柳依喊道。宋羡回过神来,转头看向江柳依。

江柳依说:"如果我要把这架钢琴送给别人,你同意吗?"

宋羡神色微变:"送给别人?你不是很喜欢吗?"

江柳依点头:"我是很喜欢,但是有人更需要它。"

自从知道了关于这架钢琴的故事后,江柳依怕自己以后不会再使用它,觉得与其让它闲置在家里,不如送给更需要这架钢琴的人。

宋羡思忖了片刻,说:"你真的要送吗?"

江柳依点头:"嗯,可以吗?"

宋羡低下头看着钢琴,起身说:"可以。"

她说得太快,两个字太简短,以至于江柳依没有察觉到她说这两个字时的情绪中带有小小的不高兴。

整个下午,江柳依都没有再进琴房。她坐在客厅沙发上看电视,把玩遥控器良久，一转头，看到宋羡正在看电脑。

她不由得问："在工作？"

宋羡抬起眼睛看她，摇头说："不是。"

江柳依点头，去倒水时无意间瞥见了宋羡的电脑页面，上面显示的是一些医院介绍。她没说话，倒了两杯温水，递给宋羡一杯，然后继续坐在沙发上，只是她再也没心思看电视了。

下午三四点，她起身说："我去趟超市，你去吗？"

宋羡抬起头，合上电脑，拎着包说："一起去吧。"

江柳依同宋羡一起上了电梯，问："和你师姐聊过了？"

宋羡点头："嗯。"

江柳依说："还记得我们去游乐园那天吗？"

宋羡看向江柳依的侧脸，说："记得。"

"那天我看到你师姐了。"江柳依如实说，"她好像在作画。"

宋羡陷入回忆，轻声道："她一直很喜欢在公园里画画。"

闻人俞和她不同，她喜静，而闻人俞偏爱热闹的氛围。闻人俞总说听欢声笑语，看人间百态，才能画出心中所想。所以每到周末，闻人俞就爱背着画架去公园各处采风，偶尔也会拉她一起去。

那段时间，她们走过很多地方。

江柳依转过头问："你呢？你喜欢在公园画画吗？"

宋羡想了一会儿说："我更喜欢在家里。"

她以前画画时总喜欢一个人闷在房间，在平静的世界里，她可以幻想无数瑰丽奇妙的画面，让自己沉溺其中。

所以她一旦开始画画，除非结束，否则很少理会别人。

闻人俞有时候会戏谑说："一画画六亲不认。"

虽然是玩笑话，但她无从反驳。

电梯到了，两个人走出去，迎面走来一家三口，最前面的孩子冲冲撞撞，往电梯里扑过来，身后年轻的父母还在叫她慢一点。孩子刹不住车，眼看就要撞上宋羡，江柳依拉过宋羡，另一只手扶着孩子的肩膀让她站好。身后的小夫妻连忙道谢。

宋羡挨着江柳依。江柳依对孩子说："小心一点。"

"谢谢阿姨。"孩子站好后道谢。江柳依揉揉她的头，对宋羡说："走吧。"

等出了电梯，江柳依说："最近新学了两个菜，回家让你尝尝？"

宋羡点头："好。"

她的语气依旧平静，两个人一路走到超市入口。这时江柳依的手机铃声响起，她看了一眼屏幕，是《漫彤》的叶隐歌。她对宋羡说："你先进去，我接个电话。"

宋羡率先走了进去。江柳依走到旁边接了电话，叶隐歌的声音隐约有些紧张，她问江柳依："江老师，关于那份策划案，您觉得如何？"

江柳依最近太忙了，又是解约的事，又是宋羡这边的私事，所以看完策划案就放一边了，没及时回复《漫彤》。

叶隐歌琢磨了好久，终于鼓起勇气给江柳依打了电话，心里七上八下的。

江柳依说："策划案我看完了，条件还可以。"

叶隐歌松了一口气，现在的条件已经是她能争取到的最好的了，她甚至愿意用下半年一半的工资来加注，就是希望能请到江柳依。

如果能和江柳依签约成功，那她就能和江柳依有一个月做"同事"的机会，还能经常在杂志社看到江柳依，想想都开心！

叶隐歌定了定神，说："江老师，那您看，如果策划案没什么问题，我们可以进行下一步吗？"

她希望尽快把合同给定下来，这样她才能安心。

江柳依说："可以，我最近都有空，你们定好时间，我可以直接去你们杂志社详谈。"

"那太好了！"叶隐歌的心跳加速，她觉得江柳依真是太好了，太体贴了！她激动得都要哭了，对江柳依的好感又加深了许多。她现在就恨不得发朋友圈，把江柳依夸上一百遍！

叶隐歌的好心情太过明显，江柳依也被感染到，笑了笑。

叶隐歌接着说："那好，那我这边一有消息就立刻通知您。"

"还有，为了方便您了解我们童刊部，我们会安排一位同事做您助理，我……"

她的话还没说完，江柳依问："做我助理？"

叶隐歌点了点头，清了清嗓子。这个条件是她特意加上去的，原因不言而喻，当然是她想亲自做这个助理。童刊部现在人不多，工作量也不大，和江柳依签约就是现阶段最重要的工作，而她和江柳依年纪相仿，用这个做理由，应该没什么问题。

她对自己的想法很有信心，刚准备开口，江柳依说："可以，我也觉得自己需要对你们有更全面的了解。"

叶隐歌内心狂喜，她刚想说："那我就……"

"我可以自己选助理吗？"江柳依问。

叶隐歌一愣，随后说："可以，当然可以。"

不过她心里疑惑，江柳依除了选自己还能选谁？她还认识其他人吗？

江柳依说："那我选宋羡吧。"

闻言，叶隐歌愣住了："宋羡？"

宋羡不是都不在童刊部了吗？

江柳依说："对，宋羡。"

叶隐歌忙解释："可是宋羡已经去新刊了。"

"不是还没正式调过去吗？"江柳依说，"她现在仍然是童刊的职员，对吗？"

江柳依的气势陡然增强，叶隐歌有些难以应对，这种隔着手机都能感受到的强势让她倍感压力。

叶隐歌咽了一下口水："也是。"

江柳依语气轻柔："那就宋羡吧，可以吗？"

当然可以！现在童刊最重要的任务就是整改项目，一切当然以江柳依的要求为准，她都点名要宋羡了，谁还敢有意见？叶隐歌这个时候恨不得打自己的嘴，早知道就不提什么助理的事了。

今天不在朋友圈夸江柳依一百遍，只能夸五十遍！

不过能和江柳依确定见面的时间，已经是一个很大的突破了。叶隐歌不敢耽误江柳依的时间，找了个理由匆匆挂断了电话。

江柳依收起手机，往超市里面走去。

以前宋羡进超市总是直奔速食区，所以江柳依直接去那边找她，可是找了两圈也没看到人。超市里人不多，她就没打电话，刚准备四处看看时就看到了宋羡的身影。

宋羡站在卖排骨的摊位前，老板举着刀问："小姑娘，买什么啊？这边是排骨，肋排、脊骨、大排、前排都有，你要哪种？"

宋羡站在那里犹豫，似乎不知道如何回答老板的话。

江柳依抿着嘴唇走过去，问："在买什么？"

"排骨。"宋羡说，"我不会选。"

看她这副样子,江柳依什么脾气都没了,她对老板说:"给我称点筒子骨。"

老板答应了一声,麻利地帮她劈开筒子骨,砧板上发出哐哐的声响,没一会儿就把骨头放进了碎骨的机器里处理。

江柳依问:"还要买什么?"

宋羡摇头,说:"你要买什么?"

江柳依接过老板递来的袋子,放进推车里,随后带着宋羡去了果蔬区,又挑选了一些新鲜的水果和家常菜。回去的路上,宋羡问:"你能不能教我煲汤?"

身侧的人沉默了两秒。冷风吹拂,江柳依偏过头说:"好啊,想学煲汤?"

宋羡低下头:"我住院的时候,师姐每天都给我送汤,我想去看看她现在生活得怎么样。"

宋羡想去看望师姐闻人俞,这是情理之中的事情,毕竟她们相处了十几年,现在闻人俞腿部受伤,不能行走,宋羡自然挂念。

江柳依一边走一边点头说:"好,我回家教你。"

宋羡轻轻应了一声。

两个人回到家后,江柳依一边教宋羡怎么煲汤,一边简单地准备了家常菜。当叫宋羡过来吃饭时,宋羡正在小心地盛汤。江柳依坐下后问:"知道你师姐住在哪里吗?"

"知道。"宋羡说,"姚阿姨把地址发给我了。"

江柳依问:"哪个小区?"

宋羡回答:"我以前住过的那个小区。"

江柳依的神色微滞,给宋羡递上筷子,说:"吃吧,早点吃完早点过去，也能早点回家。"

一顿饭，两个人都没怎么说话。

晚饭后，宋羡提着保温盒走出厨房，江柳依说："等会儿。"

宋羡站在原地，看到江柳依回房间换了一身衣服，还拿了一件外套递给自己。她接过后，见江柳依拎着刚从超市里买的水果，并从茶几上拿了车钥匙，说："我陪你去。"

宋羡愣了几秒："你陪我去？"

江柳依声音温和地道："嗯，晚上你一个人开车我不放心，我和你一起去。"

车是江柳依开的，上车后她打开了暖气，并递给宋羡一条毯子，让她先休息。宋羡转头看着车窗外面，秋风扫过，落叶纷飞，不少叶子贴在车窗边，随风扬起，发出簌簌的声响。

江柳依开车开得稳当，安静的车厢内，宋羡的手机"嘀嘀"响了两声。她低下头查看，居然是童刊的主编给她发的消息，问她最近还忙不忙。

宋羡平时鲜少与人聊天，主编发完消息也不客套，直接问道："刚刚和袁主编说过了，你回童刊一段时间可以吗？"

回童刊？

宋羡先前还没考虑好是留在新刊还是回童刊，现在看到这条消息，犹豫了两秒，没有立即回复。

身侧的江柳依见状，轻声问："怎么了？"

"主编给我发消息。"宋羡说，"让我回童刊一段时间。"

江柳依点头说："那挺好啊，你不是一直犹豫不知道该不该回去吗？"

宋羡转头看着江柳依，车窗外面的路灯光线斜照进来，映照在江柳依的侧脸上，明暗交错。江柳依说："现在不是最好的机会吗？"

"最好的机会？"宋羡定定地看着江柳依。

江柳依的目光越发温和，带着笑意说："对啊，你回童刊待一段时间，两边对比一下，不就清楚自己想待在哪边了吗？"

宋羡觉得她说得很有道理，于是给主编回复："好。"

主编让她先把手上的工作交接好再回去，宋羡发完消息放下手机，江柳依问："你怎么跟主编说的？"

宋羡回答："工作交接完就回去。"

江柳依露出一个淡笑，开车时神色也更为专注了。到楼下时，她将车停入车库，听到宋羡报出楼栋和楼层，只是微怔了几秒，很快便回过神来问："你提前跟你师姐说过我们要来吗？"

宋羡拎着保温盒说："没有。"

江柳依说："走吧，先上去看看，你师姐不一定在家。"

毕竟今天美院那边可能有饭局，但不确定闻人俞有没有参加。

宋羡跟在她的身后上了电梯。

闻人俞刚回来没多久，助理还在帮忙收拾家里。收拾完后，助理问闻人俞："闻人小姐，需要给您准备点吃的吗？今晚您吃得很少。"

"不用了。"闻人俞咳嗽了两声，说，"药呢？"

助理帮忙去倒温水，递给闻人俞，又给她倒好药放在手心。闻人俞仰起头吃下，助理关心地说："您最近身体不好，要不等身体好了再接受专访？"

闻人俞摇头:"来不及了。"

助理问:"为什么来不及?"

闻人俞说:"我已经订了下周的机票,专访结束后,我就要回去了。"

助理有些错愕:"这么快吗?"

闻人俞点头,轻叹道:"不快了。"

其实已经拖延了很久。如果她早点来找宋羡把事情说清楚,或许宋羡早就重新拿起画笔了。是她自己太脆弱,也把宋羡想得太脆弱,但宋羡实际上坚强得很。

闻人俞坐在轮椅上,放下杯子,对助理说:"你先回去吧。"

"您睡了我再回去吧?"助理显然不放心,上次没看着她就感冒了,这次说什么她也不敢先走。

闻人俞笑了:"我没事,你先回去吧,我想一个人待会儿。"

助理咬了下嘴唇说:"那行,有什么事情你给我打电话。"

说着做了个打电话的手势。

闻人俞点头,助理拎着包走了出去。上电梯时,她与从另一部电梯里出来的人擦肩而过。

宋羡和江柳依站在门口,江柳依按下门铃。闻人俞的声音微哑,透过门铃传来:"怎么了?什么东西忘拿了?"

她打开门,看到是宋羡和江柳依,愣了一下,随后让开身子:"你们怎么来了?还以为我助理回来了。"

江柳依和宋羡走进去,两个人打量四周。房间是很寻常的两室一厅,装修简单,有个大阳台。

江柳依问:"房子刚买的?"

闻人俞说:"租的,装修比较简单,随便坐。"

第十一章 见一面

果然，客厅很空旷，除了一个柜式空调和一台电视机，就剩下茶几和沙发了。闻人俞转动轮椅到厨房，声音从里面飘出来："你们喝什么？茶还是咖啡？"

江柳依说："温水吧。"

闻人俞给两个人倒了两杯温水，但她没法一次端两杯水出去。正想着，宋羡走进厨房，放下保温盒。

闻人俞问："这是什么？"

"筒子骨汤。"宋羡回复她，接着说，"还热着。"

说完，她端起两杯温水，走出厨房递了一杯给江柳依。

江柳依接过水后说："这边景色挺好。"

前面不远就是公园，霓虹灯闪烁，还能听到外面的欢声笑语。对于一个独居在这里的人而言，这样的景象带来了一种莫大的温暖。

闻人俞说："是挺不错的，楼下有个公园，要不要去逛逛？"

江柳依看向宋羡，说："好啊。"

随后，江柳依推着闻人俞，宋羡跟在她们身后。人逐渐多了起来，越靠近公园，越能听到人群的喧嚣。孩子们三五成群地玩耍，老年人在跳广场舞，年轻人有的打篮球，有的站在旁边闲聊。她们三个人出现后，有几个人跃跃欲试，都很想来要联系方式。

"哎，旁边那个指定是单身，咱们要不要试试？"

都是刚成年的男孩子，一个个果断又热情，很快便围了过来。

走近后，有人嘀咕："怎么这么眼熟呢？"

"江柳依吧！"其中一个人认出了江柳依，"是不是江柳依？"

"还真是！"

没想到会在这里遇见名人，大家悄悄地偷拍了几张照片就离开了。宋羡看向另一边安静的地方，扯了扯江柳依的衣摆。江柳依垂下眼睛，看到她的小动作，说："我们去那边吧。"

闻人俞也没意见。

她们推着闻人俞走到一个湖边，四周有不少约会的小情侣。凉风习习，由于昼夜温差大，闻人俞被迎面吹来的冷风呛到了，连着咳嗽了好几声。身侧的宋羡偏过头看了一眼，江柳依已经先一步脱下自己的外套，盖在了闻人俞身上。

闻人俞明显一怔，偏过头看江柳依，笑着把衣服还了回去："谢谢，不过我还没那么严重。"

"盖着吧。"江柳依说，"你不是感冒了吗？"

闻人俞想了几秒，点头盖上了外套。

宋羡看向江柳依："你不冷吗？"

江柳依里面穿着保暖效果很好的羊绒高领毛衣，她说："不冷。"

见宋羡皱起眉头，她说："实在担心我冷，你去旁边给我们买两杯热饮吧。"

宋羡顺着她的视线看过去，门口有卖奶茶的，她点头说："好。"说完就过去了。

江柳依推着闻人俞到湖边，她在闻人俞身侧的石凳上坐下。两个人静静地看着湖面良久。

闻人俞转过头问："有话要和我说吗？"

江柳依穿着单薄的羊绒衫，坐得笔直，目光一直看向前面的湖水。偶尔有一阵风，湖上泛起层层波光。她点了点头："是有个问题想问闻人小姐。"

闻人俞说："什么问题？"

江柳依收回视线，转过头，目光清透干净，如同面前的湖水一般，表层看似风平浪静，实则内里风起云涌。她眨了眨眼，开口问道:"听说闻人小姐也喜欢弹琴?"

闻人俞点头:"是的,我确实喜欢。"

江柳依沉默了两秒,接着问:"现在还喜欢吗?"

闻人俞说:"喜欢,包括以后,我都会喜欢。"

她的态度磊落大方,虽然坐在轮椅上,但丝毫不见窘迫。

闻言,江柳依沉默了片刻说:"前阵子我收到一架钢琴,后来才发现它原本并不是属于我的。闻人小姐,你说,要不要物归原主呢?"

闻人俞听到这话想了几秒,看着她回答道:"江小姐,物归原主是指将本属于别人的东西还给别人。但你说的那架钢琴,既然别人从没拥有过,又何来的原主之说?你才是第一个拥有那架钢琴的人。"

江柳依深深地看了她一眼。

闻人俞又说:"江小姐,既然现在钢琴属于你,说明它本就该与你结缘。"

这些话,艾伦也曾经说过。江柳依这时候才明白艾伦说这句话的隐喻。艾伦那么聪明,又是宋羡的亲叔叔,不可能不知道宋羡的事情,更不可能不知道他说那些话可能会让自己多想,但他还是说了。原来他是想告诉她,宋羡与她有缘,就如同这架钢琴一样。

是她当时没有听懂。

江柳依收起思绪,神色坚定地说:"我知道了。"

闻人俞微微一笑,说:"不过那架钢琴毕竟是新的,还需要一段时间的磨合,希望江小姐能多些耐心。"

江柳依转过头看向闻人俞,两个人四目相对,江柳依态度坚定,说:"会的。"

闻人俞看了她一眼，微微一笑。

不远处的宋羡提着热饮走过来，江柳依刚起身，想去迎接宋羡，就听到闻人俞喊道："江小姐。"

江柳依低下头，看到闻人俞偏过头对她说："或许你是时候该问问宋羡，当初她不再画画的原因了。"

宋羡为什么不画画？在推闻人俞回去的路上，江柳依一直在想这个问题。她偏过头看身侧的宋羡，宋羡依旧话不多，闻人俞问一句，她回一句，氛围和她们以前相处时差不多。她原本还以为宋羡在熟悉的人面前话会多一些，现在看来是她想错了。

回去之后，闻人俞进了厨房，将筒子骨汤倒在碗里，将保温盒洗好递给江柳依，说："以后不用过来了。"

江柳依抬起眼睛，听到闻人俞继续说："我再过几天就离开了。下次去我那里，我请客。"

宋羡问："什么时候回去？"

闻人俞说："专访结束就回去。"

宋羡点头，闻人俞来到茶几旁的包里拿出一张便笺，对江柳依说："你让我帮你参考长途旅行的地方，我圈了两处，你再看看？"

江柳依接过便笺，点头说："谢了。"

闻人俞转动轮椅往后面倒退一米，看着宋羡和江柳依。今天她很开心，这是她这几年来最开心的一天了。她说："时候不早了，那我就不多留你们了，回去路上小心。"

宋羡盯着她的腿看，半晌说："我找了几家医院……"

闻人俞笑了："不用费心了。"

她低下头，看着双腿说："国内外我都尝试过了，也许以后会有机会的，况且我现在也习惯了这样的生活，挺好的。"

第十一章 见一面

宋羡沉默着点头。

江柳依说:"那我们先回去了。"

闻人俞目光温和,说:"回头见。"

两个人点头,离开了闻人俞家。上了电梯,江柳依捏着那张小小的便笺,看了几眼,然后塞进口袋里,转过头问宋羡:"你想去哪里旅行?"

宋羡想到先前江柳依说出去旅游,但并未提及具体地点,她鲜少出门,于是摇摇头。

江柳依说:"我选了几个地方,要不要看看?"

她把手机递给宋羡,展示了一些图片和说明,说:"我想从江城出发,这里离江城最近,去过吗?"

宋羡点头:"小时候去过。"

江柳依说:"那这里呢?"

宋羡摇头:"没去过。"

江柳依说:"我去这边开过演奏会,挺适合生活的,那我们就去这边玩一圈怎么样?"

"好。"宋羡说完把手机递还给她。

两个人上车,江柳依开车前行,路上她突然想到了什么,一个刹车将车停在路边。她转过头看宋羡,车内灯未开,车窗外的光照进来,她喊道:"宋羡。"

宋羡转过头,不解地"嗯"了一声。

江柳依说:"有件事,我想问问你。"

宋羡屏住气息,江柳依突然的严肃让她有些紧张,她问:"什么事?"

江柳依问:"你为什么不画画了?"

宋羡似乎没料到江柳依会提出这个问题，一下怔在座椅上，神色微变。江柳依看到她的表情，皱起眉头问："怎么了？"

她的声音温和，但宋羡却握紧手，瞳孔瑟缩，显然在抗拒这个问题。

这还是江柳依第一次看到宋羡露出这样的表情，即便是见到闻人俞时，她都没有如此大的情绪波动。江柳依有些不解，试探地喊道："宋羡？"

宋羡定定地看着她，脸色发白，连嘴唇都失去了血色。江柳依突然想到宋羡不肯再用那个身份，蜗居在杂志社里，会不会就是因为不想让别人向她提出这个问题？

江柳依说："没事。"

她拍了拍宋羡的肩膀："我就是问问，你如果不想说，不用……"

"我可能，撞死过人。"一句突兀的话陡然说出口，车里顿时安静了几秒。江柳依的耳边嗡嗡作响，她看向宋羡，只见宋羡的脸比刚刚更为苍白，额头渗出汗珠，双手紧紧地捏着衣摆。

和那晚看到刺目灯光的宋羡，如出一辙。

江柳依失语了片刻："怎么会……"

她看向宋羡，一时说不出话来。

宋羡低下头，声音颤抖地说："对，就是我出车祸那次。"

先前她提到车祸，都是语气平静，江柳依从未深究，也没问过车祸后的事情，没想到竟然会是这样……

江柳依说："到底怎么回事？"

宋羡抬起眼睛看她，又低下头说："路口的红绿灯坏了，两边都是绿灯，我过路口的时候没有发现，就撞上了。"

所以车祸的发生既不是她的责任，也不是对方的责任，但她当时开车是去院里改画,满脑子都是那幅画。如果她的注意力再集中一点,发现红绿灯的异常,或者车速再慢一点,也许就可以避免那场车祸。

车祸过后,她在床上躺了两个月,后续的事情都是她父母处理的。她醒来就问护士另一辆车的车主情况,护士告诉她人还在抢救,生死未卜,有消息会通知她。但她一直等,都没有等到消息。后来她问父母,父母闭口不谈;问医生,问护士,问警察,都告诉她车祸的事情已经处理了。

可是没有人告诉她车主到底有没有抢救过来。

从那之后她就患上了失眠症,症状逐渐加重。再后来,心理上也出现了问题。那时,她一睡觉就开始做噩梦,那些噩梦让她头痛欲裂,无法休息。后来病情逐渐加重,父母告诉她,那个车主已经没事出院了。她去问车主的消息,父母给了她一个名字。出院前,她悄悄地去查了,那个人根本就没有出过车祸。

之后,她没有再查这件事,眼睛复明后,她就独自搬到这个城市开始了新生活。

她再也没有办法像以前那样画画了,一提起笔就会想到那件事。她能很坦然地提起车祸本身,但无法面对因为想去改画而伤害别人这件事。

江柳依听明白了前因后果,说:"宋羡,这不是你的错。"

宋羡说:"可是我活下来了,对方却离开了。"

江柳依现在才算明白宋羡为什么不画画了。试想,如果她遇到这种情况,能不能撑过来呢?一个活生生的人,也有家人、爱人、事业,有着无限好的明天,可一场车祸,什么都没了。虽然这场车祸不是她直接造成的,但也与她有关,而且她的父母还瞒着她,导致她连亲自去道歉的机会都没有。

这也是最终击溃她心理防线的那根稻草。

见宋羡的脸色依旧苍白,江柳依发动引擎,直接将车开到先前的公园门口。到门口时,江柳依喊道:"宋羡,下来。"

她说着朝宋羡伸出手,宋羡愣了几秒,还是将手递给了她。

宋羡问:"去哪儿?"

江柳依温和地一笑,很快她们就站在了一个石凳旁。这是之前宋羡带江柳依来的地方。石凳旁边是一个小广场,此刻广场上跳完舞的人已经在收拾东西了。江柳依说:"还记得那天在这里,你输了,还欠我一件事。"

宋羡点头:"记得。"

"那好。"江柳依说,"教我画画吧。"

宋羡怔住了:"教你画画?"

江柳依神色认真,路灯照在她深邃的五官上,轮廓清晰。宋羡坐下后觉得很平静,这是她以前很喜欢待的地方,能让她很快静下心来。面对江柳依的要求,宋羡想了几秒说:"好,你要画什么?"

"画什么?"江柳依想了想,"我们画慕颜吧?"

她很有信心地打开手机上的绘画功能,将手机放平,手指点在上面,试图先画一张脸。

宋羡说:"先确定头身比。"

江柳依转过头:"那是什么?"

宋羡低下头解释:"就是比例,要先确定好头部和身体的比例关系。"

江柳依似懂非懂,她在手机上认真摸索,低下头画画。宋羡不好评价她的画作,只是注意到江柳依身后还有很多孩子跑来跑去,精力旺盛,而一些家长跟在他们身后,有的干脆三五成群聚在一起聊天;任由孩子们尽情玩耍。

凉风吹来,宋羡拨了拨秀发,低头看了一眼江柳依,江柳依已经画好了脸部。宋羡说:"太胖了。"

"胖了吗?"江柳依问,"我觉得挺好啊,迟慕颜不是有点婴儿肥吗?"

宋羡说:"那她只是有一点点。"

她觉得画中的脸显得过于臃肿,便忍不住帮江柳依修改了两笔,顿时小脸变得清秀了很多。但五官却因此显得极其不自然,于是宋羡又开始修改刘海、额头、鼻梁、鼻尖……等再抬起头时,她将手机递给江柳依。江柳依低下头一看,画中的形象活脱脱就是迟慕颜。

她接过手机,开始画身体,完成后又问宋羡:"如何?"

宋羡看到画,差点被一口气呛到,眼底浮现笑意,摇头说:"不行。"

江柳依擦掉重画,但越画越离谱。宋羡从未见过这么离谱的画作。江柳依见状偏过头去,也不再画了,只是盯着宋羡看。宋羡察觉到身边的目光,问:"怎么了?"

"你笑了。"江柳依放下手机,心情变得轻松起来。

宋羡闻言眨了眨眼,她刚刚确实是笑了。

到家后,江柳依放下包进了卫生间。出来后看到宋羡正在洗碗。晚上她们出去得匆忙,碗筷还放在水池里没洗。她本想回来再洗,没想到宋羡已经动手了。

她走过去,站在厨房门口,看着低头忙碌的宋羡。

宋羡转过头看到江柳依站在门口,问:"要进来吗?"

江柳依说:"不进去了。"

说完，她看向宋羡，又问："还有吃的吗？我有点饿了。"

宋羡打开电饭煲，发现里面没饭了，便看了一眼冰箱，还有面条。她转过头问江柳依要不要吃面条，江柳依摇头，说："不是还有筒子骨吗？你煲汤给我喝吧。"

她晚上只熬了两根筒子骨，还有两根放在冰箱里。

宋羡点头说："好。"说完，她从冰箱里拿出筒子骨，按照江柳依教她的步骤，洗干净配菜，切好生姜，倒了料酒，先煮沸，捞出浮沫，然后倒在高压锅里，放上所有配料。

江柳依站在她身后，看着她认真地忙碌，偶尔，宋羡抬起头问："这个要放吗？"

"可以放一点。"江柳依走过去，从她背后拿过配料放进锅里，"好了，盖起来吧。"

宋羡盖上盖子，拧上旋钮时，江柳依提醒道："用力一点，会跑气。"

"哦。"宋羡点头，拧紧后往后退了一步，"还要一会儿，我先去洗澡了。"

江柳依坐在沙发上拨弄手机，看到小助理发来的消息。休息了这么久，她只是断断续续地和助理联系，毕竟待在家里，用不上助理。

助理问她是不是要走了，江柳依低下头打字："嗯，年底演出结束就走。"

助理发来几个哭泣的表情包，说舍不得她，还说最近被调去新的部门，恐怕之后的活动都不能跟着江柳依了。

江柳依倒是没在意，之后还有一个与余白的画展合作以及一场演出演奏，结束后，她计划前往景烟，对于助理能提前去其他部门适应,她乐见其成。

这个助理自她进公司起就一直跟着她,所以她还是忍不住多聊了两句。宋羡洗完澡出来,就看到江柳依拿着手机聊天,唇角挂着一抹温柔的笑容。

宋羡低下头走过去,江柳依抬起眼睛说道:"洗好了?"

宋羡点头坐下,随后看到江柳依起身说:"那我去洗漱了。"

宋羡"哦"了一声,继续擦头发,又静坐了几分钟,起身去厨房看煲的汤。时间快到了,她等着。时间一到便放气、开锅,浓郁的香气扑面而来。她用瓷碗盛了一碗汤和筒子骨,放在饭桌上晾着。

江柳依洗完澡出来就闻到了香味,她走到饭厅,看到宋羡正坐在那碗汤前。她笑着走过去:"汤好了?"

宋羡抬起眼睛,把汤递给她,说:"好了。"

江柳依坐在宋羡对面,头上裹着干毛巾,一张脸白白净净的,睫毛又长又密。她垂下眼睛吹了吹勺子边缘,抿了一口,随即抬起头看向宋羡:"很好喝。"

宋羡笑着说:"看来我以后可以经常下厨了。"

次日,宋羡的闹钟响了很久都没被按掉,也没人起床。直到第二次听到闹钟响起,她才爬坐起来。

宋羡踩着拖鞋打开房门,远远地就看到江柳依在厨房里做早饭。她穿着居家服,绾着长发,袖子被撸起,露出白净的手臂。宋羡在原地站了几秒,江柳依转过头看到她,说道:"快去洗漱,你上班要迟到了。"

宋羡这才回过神来,进了卫生间。

早饭江柳依煮的面条,是用昨晚的筒子骨汤煮的,还煎了荷包蛋。

宋羡吃完一碗后,听到江柳依说:"一会儿一起去你的杂志社吧。"

宋羡问:"你也要去?"

江柳依说:"去签合同。"

等江柳依吃完早点,她们一起到车库。江柳依说:"你开车吧,我昨晚有点累,想在车上休息。"

她说完看了一眼宋羡。

宋羡说:"好,那我开。"

上车后,江柳依真的躺着休息,也不和宋羡说话。偶尔手机传来消息提示音,是叶隐歌知道她早上去签合同,高兴得连发了几条消息过来。江柳依开了静音,一直睡到车开到杂志社。

车刚停下,江柳依就醒了。她看宋羡要去上班,说:"我再睡一会儿,你把车钥匙给我吧,我自己锁。"

宋羡从包里拿出钥匙递给江柳依,离开前说:"不要睡太久。"

江柳依笑了:"知道了。"

宋羡去上班了,路上碰到了何小英。何小英看到她就跑过来,风风火火地问:"宋羡,你是不是要回童刊了。"

宋羡说:"是要回去一段时间。"

何小英一副舍不得的样子,拉着她的手不让她走。宋羡问:"怎么了?"

何小英说:"想你了。"

宋羡:"……我还没走呢。"

何小英说:"那我就提前想。"

宋羡抿着嘴唇,两个人一边说话一边进了办公室。刚坐下,小李就说:"吴莹怎么回事?电话都不接。昨天是她恋爱一周年纪念日,她是不是玩疯了?"

何小英笑着说:"应该没有,听说他们快要分了。"

小李八卦地问:"怎么回事?"

何小英神秘兮兮地说:"昨天她不是去过纪念日吗?你知道她去了哪里吗?"

小李摇头:"哪里啊?"

何小英说:"对方竟然带她去了和前任一起吃饭的那家饭馆,老板都认出对方了,还问吴莹是不是人家的新女友!吴莹脸都气绿了!"

小李也绷不住笑了:"这人怎么想的呢?吴莹不闹起来才怪!"

宋羡这时插话问:"不能去吗?"

何小英听到她的话,说:"当然不能去了,和前任去过的地方,带现任去,这不是故意找碴儿吗?怕感情凉得不够快吗?"

"就是。"小李说,"不过说起来我就不喜欢吴莹的对象。你知道他们在一起没多久,他送给吴莹一条项链吗?"

何小英一拍手,说:"我知道那件事,吴莹和我说过,那是他以前送给前任的项链,分手之后前任还回来了,他就送给吴莹了。"

"就是就是,什么人哪!"

宋羡歪头看着何小英和小李,默默听着她们的话。

小李说:"哎,不求独一无二,总得选个和前任没关系的东西送吧。吴莹是真惨!"

小李话音刚落,袁红从门外走进来。何小英坐直身体,给两个人递了眼色:"上班上班!先上班!"

宋羡点头,开始做交接工作。

先前那个生孩子的同事虽然还没有回来上班,但新刊又招了一个摄影师。宋羡把手头的工作和她说了一遍,对方很快会意,是个挺聪明的小姑娘。

"下一期真的采访闻人俞吗?"小姑娘眼底闪烁着兴奋的光芒,"白老师的关门弟子!"

"嗯。"宋羡回答。

小姑娘暗自高兴了一会儿,又问宋羡:"那你还回来吗?"

宋羡想了一会儿,说:"还没定。"

小姑娘说:"希望师父能回来!"

宋羡有些诧异:"师父?"

小姑娘一笑,嘴边还有一颗小虎牙:"是啊,第一个教我工作的师父。"

宋羡闻言看了她一眼,没说话,继续和她交接工作,但一直用余光看向手机。九点半了,江柳依不知道有没有醒。

她对小姑娘说:"你先自己看,我出去一趟。"

小姑娘点头:"哦,好。"

宋羡拿着手机走出去,犹豫了两秒给江柳依发消息:"你下车了吗?"

江柳依被敲窗户的声音吵醒了,她揉揉眼角,打开车窗,看到叶隐歌站在车外。

叶隐歌第一次和江柳依正面对上,激动得有些说不出话。她的车就停在江柳依的车旁边,原本不打算多管闲事,但看到江柳依独自坐在里面睡了好久,担心车里空气不流通,睡久了会头晕,才鼓起勇气敲窗。

第十一章 见一面

江柳依看着她，叶隐歌紧张地说："江老师，我是叶隐歌。"

"叶总监。"江柳依点头说，"稍等。"

她说着借后视镜整理了妆容，又理了理衣摆才下车。江柳依身材高挑，比叶隐歌高出一个头。在车里待了许久，她身上的车载香水味比平时更浓一些。叶隐歌闻到这香水味，觉得有些晕，便往旁边避开了一些距离，对江柳依说："江老师来这么早？"

"嗯。"江柳依淡淡地笑了，"顺便送我朋友上班。"

叶隐歌说："宋羡啊，我都好久没见过她了。"

江柳依点头说："没关系，她马上就要回童刊了。"

叶隐歌说："说得也是。"她侧过身，"江老师，童刊往这边走，这边请。"

江柳依往她指示的方向走去，宋羡下楼后，就看到了两个人的背影。她跟在后面，听到叶隐歌问："江老师昨晚没有休息好吗？"

"还好。"江柳依回答。

叶隐歌又说："我们童刊也有休息室，您要是觉得累，可以在里面睡一会儿。"

江柳依说："谢谢，叶总监想得真周到。"

叶隐歌被夸了，忍不住抿着嘴唇笑了。宋羡看她这副样子，刚想上前打招呼，这时手机铃声响起，是何小英给她打电话，通知她开早会。宋羡只好转身回了办公室。

会上讨论如何采访闻人俞，宋羡听着同事们的谈话，一直低着头。袁红中途点到她："宋羡。"

宋羡抬起眼睛，袁红问："你有什么好的意见吗？"

所有人都看过来。宋羡面色平静地说："没有。"

她在想：江柳依明明醒了，为什么不回复她的消息？

而江柳依还没意识到自己的手机一直静音,也就没有看到宋羡的消息。

主编坐在沙发旁边,茶几上是两份合同。童刊的几个同事都殷切地看着江柳依,谁都没想到叶隐歌这么厉害,真的把江柳依请过来了。最初听到是江柳依,她们还不信呢,现在真人就在眼前,不得不信!

主编说:"那江老师先看合同?"

江柳依点头,接过合同。其他人一起看过来,主编说:"出去吧,该上班上班去。"

都挤在这里,把江柳依惹不高兴就不好了。

其他同事都被撵出去了,就剩叶隐歌没走。她给江柳依倒了一杯咖啡,咖啡香味浓郁。江柳依抿了一口,继续看合同。

身侧的主编咳嗽了一声,喊道:"叶总监。"

叶隐歌抬起头:"嗯?"

主编说:"你是不是该去开早会了?"

叶隐歌看了一眼腕表,说:"今天你去开吧,江老师这边我来招待。"

主编睨了她一眼,语气凶巴巴地说:"去开会。"

叶隐歌依依不舍地看了一眼江柳依,还是去开会了。路上,同事们提到她请江柳依的事情,个个竖起大拇指,叶隐歌心里也颇为得意。

与此同时,新刊办公室里,何小英笑嘻嘻地问宋羡:"江老师今天来杂志社了?"

宋羡转过头,用余光瞄了一眼手机,说:"来了。"

其中一位同事说:"哎哟,你是不知道那个叶隐歌,请到江老师后,尾巴都翘上天了!"

小李听到这话,探出头来说:"叶隐歌?我知道她是江老师的铁粉!"

何小英说:"我也听说了,说江老师每次发微博,她都要抢前排,铁粉都自叹不如。"

微博前排?宋羡捕捉到这几个字,打开手机,点进江柳依的微博。江柳依鲜少发微博,一般都是有演奏才会发,连寻常生活照都寥寥无几,所以很好找。她一眼就看到了叶隐歌的评论,确实十条微博里有九条她都在前排。

就这么一直到中午,何小英叫宋羡去吃饭,她察觉到手机振动,低下头看,江柳依终于回信息了,她说:"我在车里。"

宋羡对何小英说:"你们先去,我一会儿来。"

她快步往停车场走去,快到车旁边时,就看到了坐在车里的江柳依,她正低着头不知道在忙什么。宋羡走过去,打开车门,空调的暖气吹过来,还有淡淡的香味。

江柳依说:"你这个音乐怎么选择的?"

宋羡坐在主驾驶室,低下头挑音乐:"哪个?"

"第三个。"江柳依回答。

宋羡选了第三个,车内随即响起舒缓的钢琴曲。她转过头看江柳依,江柳依说:"刚给你加载进去的,都是舒缓的音乐。"

"哦。"宋羡说,"知道了。"

江柳依打开手机,问:"给我发了挺多消息?"

宋羡点头:"你没回复我,怕你一个人睡在车里不安全。"

江柳依解释:"没看到,手机那会儿静音了,后来去签合同,没来得及看。"

江柳依又问:"你午饭吃了吗?"

宋羡说:"还没有。"

江柳依抬起眼睛:"一会儿我们一起吃,就去你们食堂?"

宋羡点头:"好。"

江柳依抿着嘴唇。宋羡垂下眼睛想了几秒才开口问:"你之前说钢琴要送人,什么时候送?"

她的语气依旧平静,听不出什么起伏。

江柳依看向宋羡,目光澄净,说:"怎么了?"

"没什么。"宋羡说,"你送了之后,我想再送你一架。"

车里有片刻的安静,宋羡又说:"我让大伯单独给你定制。"

江柳依侧过身体:"单独定制?"

宋羡说:"嗯。"

她一本正经,目光清澈。江柳依定了定神,难掩心底的高兴,声音微哑地说:"好。"

第十二章

往前走

午饭时，江柳依要在宋羡单位的食堂吃，但需要职员卡才能进入，于是宋羡带着江柳依回办公室开单子。何小英看到江柳依，喝水的动作一顿，问："江老师怎么来了？"

宋羡说："我去找主编拿张单子，她要在这里吃饭。"

何小英说："不用这么麻烦！"她很爽快地摘下胸前的职员卡，"刷我的就行！"

江柳依接过来，笑道："谢谢。"

何小英忙摆手："不客气，不客气！"

多荣幸的事啊！能让江柳依用她的卡吃饭！如果告诉吴莹，吴莹肯定会嫉妒死的！何小英目送两个人离开办公室，抽出手机在群里发消息："江老师和宋羡去食堂了！"

其实，不用她说，也有人注意到了江柳依和宋羡。

宋羡自然不用说,整个杂志社的同事都认识她,她是最引人注目的那朵花。以前,她有个疯狂的追求者,每天给她送玫瑰花。后来,宋羡亲自把花还给他,对他说:"我不喜欢,不要再送了。"

她就是这么直接坦荡,虽然稍显不给面子,但这样不拖泥带水的态度更容易让人心生好感。就是与人相处有点冷淡,以前想和她做朋友的人不少,但真的能做成朋友的寥寥无几。

当宋羡带着江柳依进食堂后,很多人的视线都扫了过来。

有人交头接耳:"宋羡呃,和江柳依……"

也有人小声议论:"上次微博那事,你们知道不?"

"说的是余白吧。"有人压低声音回答,"知道,上期《美秀》专访不就是她吗?真是个爱作怪的人!"

因为《美秀》专访的事情,众人提到余白时都带着刺,"恨"屋及乌。

宋羡和江柳依没听到这些议论,她们走到窗口打了两份饭。这时,江柳依身后传来声音:"江老师!"

宋羡转过头,看到叶隐歌站在江柳依身后,手里捧着一份饭。

江柳依点头打招呼:"叶总监。"

叶隐歌说:"江老师原来还没走,那边有很多空位,可以坐那边。"

江柳依笑道:"谢谢。"

宋羡已经先一步坐在空位上了,随后江柳依也坐下。叶隐歌也跟着坐了过来,还有一个童刊的同事。那个同事是陪叶隐歌吃饭的,她觉得现在坐在这里有些尴尬,但放叶隐歌一个人在这里更尴尬。于是,她硬着头皮坐下,歉疚地冲江柳依笑笑,和宋羡打招呼:"宋羡,好久不见啊。"

宋羡点头，平静地说："好久不见。"

四个人落座后，那个同事看到主编和几个同事，忙招手："主编，这里！"

她随即对三个人说："我去给大家买点饮料。"

其他人看到也都端着饭过来打招呼，很快，江柳依身边围了一圈童刊的职员。宋羡依旧低着头吃饭，那个买饮料的同事将饮料递给众人后坐下，觉得气氛终于没那么尴尬了。

主编问江柳依是否需要单独为她开一间办公室，毕竟这一个月她肯定得经常来开会。反正童刊的空间大，完全可以收拾出一间办公室给她用。

江柳依想了一会儿，点头说："可以啊。"

叶隐歌说："那好啊，那我等会儿吃完饭就去安排。"

就安排在她隔壁的办公室！叶隐歌一边吃一边看向江柳依，说："江老师，听说您去年去了怀乡，是吗？"

江柳依慢条斯理地吃饭，点头说："是，怎么了？"

"我就是怀乡人！"叶隐歌说，"不知道您有没有去过大佛那边？"

江柳依笑了："没有，我都是跟着团队安排。"

"那下次可以去看看，那边的风景特别有名，尤其适合像您这样随时需要灵感的人，上次……"叶隐歌说起来没完，恨不得不吃饭拉着江柳依聊天。连对面的主编都看不下去了，踢了她小腿肚一下。叶隐歌看了一眼主编，只好闭上嘴巴，低下头吃饭。

宋羡听着两个人的谈话，心里却在想：怀乡是哪里？

饭后，江柳依陪宋羡回去，顺带把卡还给了何小英。何小英正在接电话，对电话那端的人说："后天吗？好，好好好，您说在哪里？我们都可以，棚里也行，或者您定地方。"

"以前的啊,除了孔老师,其他的采访都是在棚里进行的。"

"哎,好咧,那就这么定下,我们回头见。"

何小英挂了电话,一脸喜滋滋,人逢喜事精神爽。她最近的喜事太多了,每天都神采飞扬。江柳依顺口问:"又有采访了吗?是闻人小姐的吗?"

"啊,是的。"

江柳依又问:"是后天的专访吗?"

何小英点头:"嗯。"

江柳依看了她一眼,说:"谢谢你的卡。"

何小英忙摆手:"不用客气!"说完,脸都红了。随后,江柳依同宋羡打了声招呼就离开了。何小英坐在宋羡身边,意犹未尽地说:"江柳依太有魅力了,我听说刚刚食堂都轰动了。"

有吗?宋羡没注意,她只觉得江柳依和叶隐歌的关系还不错。

正想着,江柳依给她发来消息,说一会儿要和赵月白见面。

宋羡回复道:"我知道了,你路上小心。"

下午照旧是做交接工作,宋羡把图拷贝给新来的小姑娘,并坐在旁边指导。小姑娘认真地做笔记,还挺机灵的,一点就通,因此宋羡的交接工作进行得十分顺畅,下班前没多久就全都交接好了。

她看了一眼腕表,发现距离下班还有半个小时。

此时,江柳依也掏出手机看了一眼时间,见只剩下半个小时宋羡就要下班,便也站了起来。赵月白新开了一家店,让江柳依过来帮忙,刚想说一起吃个晚饭,就听到江柳依说:"我先走了,去接宋羡下班。"

赵月白无奈地喊道:"那把宋羡接过来一起吃饭啊!"

江柳依背对着她摇了摇手,没有同意。

赵月白"啧"了一声。

江柳依开车到杂志社门口时恰逢下班高峰,车很多。她将车停在路边,看到宋羡从里面出来,便降下车窗,喊道:"宋羡!"

宋羡看过去,在拥挤的车流中,她一眼就看到了江柳依。她快步走过去,刚坐稳,窗外就有人唤道:"宋羡?"

她转过头,是童刊的主编。宋羡点头同她打招呼,主编问:"你交接工作还需要几天?"

宋羡用余光瞄到主编身后的叶隐歌,说:"我的工作已经交接完了,明天就可以来童刊。"

主编不禁有些惊讶:"这么快?"

宋羡目光平静:"嗯。"

主编笑了:"那好,明天见!"

宋羡点头,等主编离开后合上车窗。却听到江柳依说:"宋羡,其实你不用这么赶,交接的工作可以慢慢来。"尤其宋羡还是摄影的主力,工作肯定很多,再者,关于闻人俞的采访……

宋羡说:"不赶。"

她做事一向利索,手上的工作并不多,再加上交接的那个小姑娘又很机灵,所以在今天下班之前已经全部交接好了。倒是江柳依,一直让她不急着回来,这让宋羡有些不解。

宋羡转过头,问:"你不想让我回童刊吗?"

"我……"闻言,江柳依哑口无言。她不想让宋羡回童刊?这个结论宋羡到底是怎么得出来的?江柳依顿时哭笑不得,解释道:"没有,我就是担心你太累了。"

宋羡恢复了神色,说:"我不累。"

江柳依转过头,提议道:"不累的话,我们晚上去看电影如何?"

江柳依是真的打算去看电影,因为最近新出了几部电影都还不错。吃晚饭的时候,她就和宋羡讨论起了看什么电影。她还记得宋羡比较喜欢恐怖片,找了一圈发现有一部恐怖片风评不错,便指给宋羡看。宋羡偏过头问:"你不害怕了?"

江柳依反问:"又不是真的,怕什么?"

宋羡点头:"好,那就这部。"

两个人吃完饭就往电影院走,打算到了再买票。这时,江柳依的手机铃声响起,居然是钱申。上次和她见面还是在酒吧,那次见面并不愉快。江柳依对宋羡说:"我接个电话。"

电影院门口有些吵,江柳依去偏厅接了电话。钱申张口就说:"年底晚会的那个曲目被毙了,你得过来重新选曲目。"

江柳依皱起眉毛:"我明天过来。"

"现在就过来!"钱申说,"我等着报上去呢!"

江柳依抿着嘴唇,看向另一边等着看电影的宋羡,沉默了两秒,说:"知道了。"

她放下电话,走到宋羡身边,略带歉意地低下头说:"我要去公司一趟,你……"

宋羡抬起头毫不犹豫地说:"我陪你去?"

江柳依笑了,解释道:"要选曲目,可能还要试奏,很费时间的。"

而宋羡却说:"没关系,不费时间。"

江柳依微微点头说:"那走吧。"

宋羡跟着江柳依上车。认识这么久,她好像还是第一次来江柳依工作的地方。大厦灯火通明,虽然是晚上,但加班的人不少。江柳依带着宋羡乘电梯直达办公室,到门口时,发现钱申站在门口,她身边还跟着一个助理。钱申看着她们,不客气地说:"我们公司什么时候不是职员也可以随便进了?"

江柳依走过去,语气冷淡地说:"没那么多规矩。"

钱申被她噎得一口气堵在嗓子里,哼了一声,转过头走进办公室,说:"进来。"

副总办公室就在林秋水的办公室隔壁。林秋水的办公室里没人,黑漆漆的,应该是已经下班了。江柳依跟钱申进去后,看到钱申的茶几上放了一个曲目列表。钱申说:"先选吧。"

钱申身上一股酒气,像是刚从酒桌上下来。江柳依没和她多说,径直坐在沙发上开始选曲目。宋羡坐在她身边。助理给两个人端来茶水后离开,但走之前不放心地看了一眼。刚回到茶水间,她就被人拽了过去。有人问:"听说江柳依过来了?"

助理点头:"过来了。"

"哎,钱总到底什么意思啊?我听说她最近一直很针对江柳依。"

"我也搞不懂,江柳依可是公司的摇钱树,为什么要针对她?"

助理不敢说八卦,但被其他人拉着追问:"是不是有什么内幕啊?"

她干笑了几声,没注意到茶水间最里面坐着喝茶的另一位助理已经走出去了。那位助理一出茶水间就给林秋水打电话。

林秋水听到发生的事,气得头疼:"什么时候的事情?"

助理小声地说:"江小姐现在还在钱总办公室呢。"

林秋水从沙发上猛地起身,由于速度太快,她有瞬间的头晕。恍神片刻,她才说:"我马上到。"

她说完想给钱申发消息,转头看到茶几上的信封,沉默了片刻,拎起风衣走了出去。上车后,她给晚会节目组打了电话,询问改曲目的事情,得到的消息是确实需要改,因为那个曲目不适合过年的场合。

既然不是平白无故折腾,林秋水的脸色缓和了一些。但钱申这大晚上把江柳依叫到公司的做法,说不是故意的,她都不信。

江柳依要转公司的事情,林秋水之前和钱申说过,她还再三叮嘱,在江柳依转公司之前,她的所有事情,钱申都不要过问。买卖不成仁义在,江柳依在公司待的这几年,没有任何要求。于情于理,她们都不应该为难江柳依,而且她们还是朋友,一路相互扶持走过来的朋友!

林秋水想到这里,狠狠地拍了一下方向盘。这个钱申是越来越过分了,钱离那件事,她也无端怪罪在江柳依身上,想法极端又扭曲。林秋水现在突然庆幸江柳依要离开公司,不然钱申还会做出什么事情,还真不好说。

她一路开车到公司,助理在停车场接她:"林总,江小姐还在钱总的办公室。"

江柳依选了几首曲目,但都被钱申否决了,不是曲子太老就是调子不合适。江柳依刚开口喊钱申的名字,就听到办公室的门被敲响了,林秋水的声音随之传来:"钱总,你出来!"

钱申一愣,看向林秋水,记忆中这人从来都是直接叫她的名字。

她走出去,林秋水质问道:"你什么意思?"

钱申站在窗口,被冷风一吹,瞬间清醒了不少。原本晚上出去吃饭时,同桌的有几个互相看不顺眼的人,他们谈论到她姐现在被冷处理的事情,说到最后差点打起来,还是助理拦着她,才回了公司。她越想越气,就借着选曲目的事情把江柳依叫了过来。

还没做什么呢,林秋水就回来了。

钱申说:"我可没刁难她,是节目选曲不行,我赶着要报上去,才把人叫过来。倒是你,急吼吼的,什么意思?"

"我什么意思?"林秋水被气笑了,"钱申,做人坦荡一点比较好,你怀的那些心思,以为我就不知道了?"

"我怀的心思?我怀的什么心思?林秋水,你这话什么意思?合着我以前给你投资开公司,是我的错了?哦,你们用得到我的时候,就好言好语,现在用完了就可以当抹布随便扔了?"

林秋水被气到无语,她深吸一口气,冷声道:"钱申!人的忍耐是有限度的!"

"就你忍?"钱申说,"你有本事别用我的钱开这个公司!"

林秋水深深地看了她一眼,点头说:"好啊。"

钱申怔住了。林秋水继续说道:"你说得对,以后这个公司不是我的,是你的。"

钱申的酒意瞬间消散,整个人仿佛被雷劈中。最近家里本就破事一堆,先是她姐陷入舆论风波,接着是她父母的生意不顺。这个公司好歹还有些名气,但她心底也清楚,这个公司能运营得还不错全靠林秋水,这段时间她也收敛了不少,今晚是喝酒上头,才把话说到这个份儿上。

"什么,我的?"钱申问。

林秋水说:"我的辞呈已经打好了,年底就走。以后我就照股份拿钱,这个公司就归你了。"

钱申的脸顿时煞白:"林秋水……"

林秋水却看都没看她一眼，从她身侧走过。经过办公室时，她对江柳依和宋羡说："我们去钢琴房。"

江柳依看了她一眼，和宋羡一起进了钢琴房。

刚刚林秋水和钱申的吵架内容，江柳依也听到了。两个人的声音都不小，不过听到林秋水的决定，江柳依还是有些诧异。这个公司，差不多是林秋水的心血了。

她没多问，进了琴房后，林秋水说："我去给你们倒杯水。"

江柳依跟过去，问林秋水："你真的要辞职了？"

林秋水点头，倒了两杯水递给她："机票都订好了，年后出国休息半年，然后去HD。"

"HD？"江柳依知道这个公司，规模挺大，这几年一直在扩展国外业务。她没想到林秋水会放下现在这个公司。

林秋水一笑，心情似乎平静了很多，她说："去选曲目吧，我刚刚看了，有几首还不错，你先试一试。"

江柳依抿了一口水，点了点头。

两个人回去后，林秋水把水递给宋羡，对她说："柳依还要选曲子，你稍等一会儿。"

宋羡接过杯子，淡淡地道："好。"

林秋水偏过头看她，犹豫了一会儿，说："以前的事情，对不起。"

宋羡侧目："什么事？"

林秋水有些歉疚地开口："我们以前说过一些不妥当的话。"

宋羡听完平静地回复她："没关系。"

林秋水内心不得不认同赵月白说的，宋羡实在是大气，这份度量没几个人能有。她越发佩服宋羡,对她也更真诚了些。她说:"不过你放心,柳依和我们不一样,她做事一向有分寸,性子又坚定……"

林秋水还对宋羡说了很多关于江柳依的事情。虽然江柳依以前和赵月白她们玩得最好,但工作之后,和林秋水的接触更多一些,关于家庭方面,林秋水也算了解。

宋羡听到江柳依的父母不让她弹琴,甚至有一次闹到公司,要带江柳依回家时,问:"为什么?"

林秋水耸耸肩膀:"没人知道具体原因。"

她们猜想,江柳依的父母一开始不同意,或许是出于对江柳依未来的考虑。毕竟学钢琴费心费力,还不一定能有成绩。可后来,这件事逐渐成了他们的心病,一提就痛,久而久之,就成了禁忌。原本的一点埋怨,也演变成了怨恨,非要争个鱼死网破不可。

宋羡听她说完还是不太明白,不过她没有多问。听到林秋水说:"所以柳依啊,在亲情方面,其实没享受多少。她从小就被迫成长,内心很孤单。你别看她这副沉稳的样子,她其实挺没安全感的。"

宋羡看向一旁正在演奏的江柳依,突然觉得她和平时不太一样。

林秋水说了很多,口都干了。她去泡了杯茶,也给宋羡和江柳依各添了些水。江柳依还没定好曲目,宋羡就坐在旁边安静地等着。

她不和江柳依说话,只是坐在沙发上,不时抿一口茶,偶尔抬起头看一眼江柳依,目光沉静如水。

林秋水陪在宋羡身边,看着宋羡,她打心底为江柳依高兴。

林秋水正想着,听到宋羡问:"这个公司是你的吗?"

林秋水抬起眼睛,点头说:"是吧。"

宋羡又问:"那你打算不要了吗?"

很显然,她听到自己和钱申的谈话了。林秋水也没避讳,说:"柳依有没有和你说过这个公司的事情?"

宋羡摇头。

林秋水简短地介绍了公司的发展,并挑选了几件和江柳依有关的事情讲给宋羡听,最后说道:"最初,这个公司就是我们承载梦想的地方。"

只不过,人都要成长,梦想也可以通过其他方式实现。公司当初确实依赖钱申及其背景,但林秋水认为自己不能做过河拆桥的事情,于是决定把"桥"留给钱申,自己再去找别的出路。这样也不枉朋友一场。

宋羡转头看向林秋水,听她说:"人哪,不可能摔一跤就倒在地上不起来了,总是要爬起来的。"

宋羡点头,神色黯然。

林秋水感慨:"宋羡,你知道我最佩服柳依什么吗?"

宋羡看向江柳依,问:"什么?"

林秋水说:"她现在的成绩没有靠别人,全都是她一步一步走出来的。我一直很佩服她能坚持下来,要是我或者别人,可能早就放弃了。可是她啊,不管面对什么困难,想的永远都是怎么跨过去,而不是退缩、回头或停滞不前。"这就是她最佩服江柳依的地方。

人生最难的不是选择,而是坚持往前走。

宋羡沉静如水的眼底泛起微微的波澜,她看向江柳依,久久没有移开视线。

江柳依选好曲目,走到两个人身边,问:"聊什么呢?"

宋羡回过神来,说:"聊你的事。"

江柳依转过头看林秋水,林秋水说:"聊以前你演奏会的事。"

林秋水问:"曲子选好了?"

江柳依说:"选了两首。"

林秋水起身:"我来看看。"

江柳依冲宋羡微微一笑,随后与林秋水一同走向钢琴旁。林秋水指着谱子低头询问,而江柳依坐在钢琴旁边,仰头耐心解释。林秋水偶尔点头或提出反驳意见。宋羡第一次看到江柳依如此专注工作的模样,此刻的江柳依,仿佛周身散发着光芒。

宋羡静静地坐了良久,直到江柳依和林秋水选好曲目返回。江柳依喊道:"宋羡。"

宋羡看向她,起身问:"结束了?"

"嗯,选好了。"江柳依说,"等秋水报上去。"

林秋水跟在两个人身后说:"这么晚了,我请你们吃夜宵吧?"

江柳依看了一眼宋羡,说:"今天就算了,下次吧。"

宋羡也没有吃夜宵的习惯,于是也应声道:"下次。"

林秋水只好答应。三人离开琴房时,意外发现钱申就站在外面。林秋水一见到她,脸色就沉了下来,她对江柳依说:"你们先回去吧。"

江柳依看了一眼钱申,低着头带着宋羡离开了。

上车后,江柳依问:"无聊吗?"

宋羡摇头说:"还好。"

宋羡觉得不仅不无聊,反而挺有意思的。这应该是她第一次看别人如此专注地工作那么久,有种新奇的感觉。特别是和林秋水聊了那么久,她对江柳依的了解也加深了许多。

江柳依接着问:"那累不累?"

宋羡看向她，说："不累。"

江柳依点头："那我们继续看电影去吧。"

宋羡微微一怔："现在？"

都十二点多了，考虑到宋羡明天还要上班，江柳依转过头对她说："你明天可以不用早起。"

宋羡问："为什么？"

江柳依笑了："明天你就知道了。"

就这样，宋羡被江柳依拽进了电影院。由于是深夜档，电影院都没人，尤其是她们选择的是恐怖电影，除了她俩的座位，其他座位都是空着的。卖爆米花和饮料的摊位也已经下班了，江柳依带着宋羡进去，真有一种包场的感觉。

管理员见没人，就让她们随便坐。宋羡和江柳依选了第三排靠中间的两个位置。电影开场后，随着灯光熄灭，屏幕上突然出现一个人，那人一直奔跑，跑着跑着就被一只突然从地面钻出的手抓住了！紧接着，一声"啊"的尖叫响起！

江柳依听到这声音，一把抓住宋羡的肩膀。

宋羡转过头，轻声问江柳依："害怕了？"

江柳依点头，说："嗯，怕。"

宋羡笑了笑，起身拎起旁边的外套说："那我们走吧。"

以江柳依对恐怖片的接受程度，估计看完这部电影，今晚就别想好好睡觉了。

江柳依拎着外套随她出了放映厅，出门时还碰到了两个工作人员。工作人员嘀咕："哎，电影不是刚放吗？怎么走了？"

"恐怖电影，又是大半夜的。"另一个工作人员说，"看不下去很正常。"

第二天,《漫彤》杂志社,九点多时主编问助理:"宋羡还没来吗?"

不是昨天说好的,已经交接完毕,今天来报到吗?

助理小声地提醒:"主编,她来报到……是做江老师的助理,没准现在宋羡就在催稿呢!"

主编这才想起来,点头说:"你说得对。"

她得帮宋羡申请这个月不用打卡。

宋羡就这么带薪休息到了中午,连闹钟都没叫醒她,还是江柳依的声音吵到了她。宋羡睁开眼睛,问:"几点了?"

江柳依说:"十一点了。"

宋羡迷糊了两秒,然后迅速地清醒,赤脚走出房间,立刻从茶几上拿起手机,准备先给主编打个电话,却看到主编给她发来了好几条消息。

她揉揉眼角,看完消息转过头,问江柳依:"我调到童刊,是要做你的助理?"

江柳依点头:"你们主编和你说了?"

宋羡说:"刚和我说,你怎么没告诉我?"

江柳依笑了:"昨晚就告诉你了。"

宋羡一时语塞。

昨晚,江柳依只说今天不用早起,宋羡摇头,回复完主编的消息后放下手机,洗漱完毕和江柳依一道进了厨房,偏过头问:"所以需要我做什么?"

江柳依正在低着头做早饭,听到这话抬起头说:"先吃饭。"

宋羡陪她吃了午饭,饭后江柳依问:"以前做过助理吗?"

"没有。"宋羡摇摇头,这是她工作以来头一回做助理。江柳依接着问:"你以前在童刊,都做些什么?"

宋羡想了一会儿,说:"排版、修图或者画画。"

以前童刊不忙的时候,宋羡到杂志社时正赶上新刊出来,老板的注意力都在新刊那边,童刊订单又少,利润也低,所以大家的工作量也很少。不忙的时候,宋羡就会画一些插图。

江柳依点头:"做我的助理,主要就是帮我安排好开会的时间,交曲子之前要提醒我。最主要的是,这段时间你得一直跟着我。"

宋羡有些疑惑:"一直跟着你?"

江柳依一本正经地说:"对,做助理期间你得一直跟着我。我会和你们主编说一声的。"

宋羡还在思考助理的具体工作,江柳依已经给童刊的主编打了电话,明确要求这段时间宋羡必须全程跟着她。主编丝毫没有意见,点头说:"当然好!有宋羡跟着您,我们也放心,宋羡做事可认真了!"

主编挂了电话,叶隐歌走进办公室,问她:"主编,江老师的办公室我都收拾好了,她什么时候来社里?"

主编抬起头看她,说:"估计最近她没空。"

叶隐歌不免诧异:"为什么?"

主编解释:"江老师还要写曲子,所以最近不到开会之前,不许打扰她。"

叶隐歌点头说:"知道了。"

她说完准备出去,又转头问:"对了,宋羡……"

主编看向她说:"宋羡的工作由我来安排,你不要插手她的工作。"

叶隐歌心头腾起一股闷气，但又不敢发作，只好闷闷不乐地走出办公室。主编低下头查看行程安排，给宋羡发了一条下期开会的时间，并补充道："趁这段时间，好好休息。"

宋羡看到这两条消息，心里暖暖的，回复主编："知道了。"

她退回微信页面，盯着其中一个名字犹豫了两秒，最终还是没有发消息。转过头，看见江柳依正在晾床单，她便放下手机走过去，想搭把手。

江柳依说："我来就好。"

宋羡低下头，摸着已经半干的床单，瞥了一眼江柳依。

很快，两个人晒好衣服回到客厅。江柳依拿出圆盘吸尘器开始清洁，震动声从宋羡的脚下传来。江柳依把茶几收拾好，宋羡便抱着抱枕坐在沙发上。她突然觉得这气氛很安逸、很舒适。

江柳依说："跟我来。"

宋羡跟着她走进琴房。琴房阳光充足，虽然不是盛夏，但太阳从云缝里投射下来的光还是有些晃眼。宋羡站在琴房里，看到被布盖着的 A2 钢琴。江柳依已经拉着她坐在另一架钢琴旁边了，这架钢琴是江柳依以前用的。

坐下后，江柳依对宋羡说："我给童刊准备了两首新曲子，你先听听？"

宋羡对钢琴不是很懂，无法给出太专业的意见，只能直观地表达好不好听。第一首是稍欢快的调子，非常简单，听得人心情舒畅。她点头说："很好听。"

江柳依拍拍身边的位置："我教你。"

宋羡一怔，随后坐到她的身边，看江柳依按哪个键位，她就跟着按，房间里响起了清脆的钢琴声。教过一遍后，江柳依偏过头笑了:"怎么样?简单吧?"

宋羡点了点头,确实不难。

随后,江柳依又把第二首曲子弹给她听。这首曲子长一些,节奏比刚才那首慢,宋羡听得入神。江柳依见她喜欢,就多弹了两遍。一下午的时间,她们都在琴房里度过。江柳依休息时,宋羡出去切了水果。江柳依盯着那架盖上布的钢琴,目光深沉。

没一会儿,宋羡捧着托盘走进来。江柳依吃了一口水果,听到宋羡叫她:"江柳依。"

江柳依转过头,看到宋羡正看着自己,她垂下眼睛,语气尽量平静地问:"嗯?什么事?"

宋羡犹豫了几秒,放下叉子说:"我想在师姐离开之前,请她吃顿饭。"

江柳依说:"当然可以啊,酒店我来订?"

宋羡的神色放松,点头说:"嗯,好。"

江柳依又喊道:"宋羡。"

宋羡抬起眼皮,江柳依接着说:"时间就定在她采访那天吧,采访过后我们一起吃顿饭。"

"采访那天?"宋羡问。

江柳依点头,挑起一块水果说:"采访那天我们也过去吧,她毕竟不是很方便,我们应该照顾一下。"

宋羡定定地看着她,突然觉得她考虑问题比自己更周到。

这天,江柳依去给迟慕颜上课,宋羡也一同前往。迟慕颜为了吃巧克力,抱着宋羡撒娇,可惜没成功,于是改变策略去跟江柳依撒娇,把江柳依的心都说软了,江柳依偷偷地给她塞了两块巧克力,这一幕被宋羡看个正着。

宋羡看了一眼迟晚照，最后什么都没说，低下头继续看手机，假装没看到。

江柳依瞥了她一眼，走到她身边，低下头问："看什么？"

宋羡说："杂志社的消息。"

话刚说完，她感觉手心被塞了一个东西，低下头看，居然是巧克力。宋羡怔了几秒后抬起眼睛看江柳依，这人居然用哄孩子的方式哄她。

课程快结束时，迟晚照走过来，问宋羡："下午有事吗？"

宋羡点头说："下午要去杂志社。"

迟晚照说："吃过饭再去吗？"

宋羡看了一眼江柳依，说："不用了，我还要去接我师姐。"

迟晚照闻言沉默了两秒，启唇说："那下次吧。"

她们没有在迟家吃午饭，出门后找了家饭馆吃完饭，直接去接闻人俞了。

闻人俞开门后看到她们说："进来喝杯茶？"

几天没见，闻人俞看起来气色很好。助理给江柳依和宋羡端来两杯茶。宋羡抿了一口，看到闻人俞已经收拾好的两个行李箱，问："采访结束就回去吗？"

闻人俞点头说："嗯。"

宋羡便没再多说。江柳依提到了采访结束后一起吃饭的事情，闻人俞笑着说："结束再说吧。"

助理瞧着时间差不多了，就对闻人俞说："闻人小姐，该出发了。"

宋羡起身，却被江柳依抢先一步去推闻人俞，同时对宋羡说："先去按电梯。"

闻人俞偏过头看了一眼江柳依，冲她笑了笑，目光温和。

助理也跟了上来，上车后坐在后排。路上，闻人俞问宋羡："老师联系你了吗？他说好像有事情找你。"

宋羡摇头，问："什么事？"

闻人俞说："好像是白小姐的画展，老师抽不开身，想托你代他去。"

宋羡没回话，沉默了几秒，江柳依看着她，说："到了再聊。"

车上便再没了声音。

到达摄影棚时，何小英一惊一乍的，看到宋羡先是蹦跳起来，随后看到坐在轮椅上的闻人俞才规矩下来。闻人俞坐轮椅这件事，她早前在艺术节之后就已经知道了。媒体虽然没敢大肆报道，但也隐约提到闻人俞的一些事情。白老师的关门弟子坐轮椅，如果不是有人压着消息，只怕早就在画坛掀起巨浪了。

何小英会知道这件事也是因为内部消息。

新摄影师姓蓝，大家都叫她小蓝。小蓝凑到宋羡身边，乖乖地叫了一句："师父！"

宋羡冲她点头，小蓝随后同江柳依和闻人俞打招呼。何小英把宋羡拉到没人的地方，问："你们怎么一起来了？"

她惊讶得嘴都张大了，刚刚差点在闻人俞面前问出来，那实在太失态了！

宋羡想到闻人俞先前的说辞，回答道："我们从小一起长大的。"

何小英夸张地惊呼："谁？"她瞪大了眼睛，"你……你……你和谁一起长大？闻人俞吗？"

宋羡点了点头。

何小英简直不敢相信！她这才明白，闻人俞突然接受杂志社的专访，原来是因为宋羡啊！她问宋羡："袁姐知道吗？"

宋羡想了想："应该不知道。"

何小英又是一声咬牙切齿的"天啊"。她说："我得先和袁姐打个电话。"

宋羡看着她匆匆离开摄影棚。江柳依走过来，低下头问："何小姐怎么了？"

"没事。"宋羡说，"她去打电话了。"

江柳依和宋羡一起回到采访的地方，小蓝正在弄挡光板。没一会儿，何小英回来了，她看上去还是惊讶过度没缓过神的样子，虽然极力调整呼吸，但还是略微急促。她对宋羡说："帮帮忙，小蓝第一次拍，你教教她。"

宋羡看了一眼闻人俞，应下说："好。"

何小英喝了两大口冰水，这个天气喝这个真是透心凉，心一凉情绪就稳定了。她把先前的提问稿拿出来，坐在闻人俞对面，两人平视。她问："闻人小姐，那我们就直接开始吗？——要不要补个妆？"

闻人俞今天化的是淡妆，很适合她，衬得她优雅大气。她穿着淡色的外套，秀发用一根皮绳绾在脑后。打光不能太强，补妆就不需要了，已经是很完美的妆容了。

宋羡上前两步，轻轻地把闻人俞额前的碎发拨了拨。闻人俞神色平静，目光如水。她抬起眼睛，声音依旧沙哑，显然感冒还没好利索，她问："好了吗？"

说完，她咳嗽了两声，对何小英说："抱歉，最近感冒，不会影响到采访吧？"

"不会，不会。"何小英忙摆手，"完全不会。"

她看到宋羡忙好后往后退，便开始采访。

问题大多围绕闻人俞的艺术生涯展开，毕竟她是白老师的关门弟子，以前鲜少露面，能问的问题实在太多了。问到最后不免涉及一些私生活方面的问题，但这些都是先前给闻人俞确认过的。何小英说："闻人小姐，下面就是一些私人话题，当然，您不想回答的话，可以直接跳过。"

闻人俞笑着说："你说吧。"

何小英问："您以前谈过恋爱吗？"

闻人俞开口说："没有，一直单身至今。"

何小英笑着说："能理解，毕竟艺术创作需要时间投入。"

她又问："那您喜欢哪种类型的伴侣呢？"

闻人俞淡淡地笑了："我觉得这个没有什么特别的要求，遇到了就知道了。"

"您说得也是。"何小英低下头，"那我们看下个问题……"

小蓝抱着照相机在旁边找角度，偶尔喊一声宋羡："师父，你觉得这图怎么样？"

宋羡低下头认真地指导："再低一点会更好。"

江柳依始终坐在不远处，看着她们忙忙碌碌，最后转过头对闻人俞的助理说："没事吧？"

助理一怔，忙摇头，说："没事。"

"那等一会儿我们去买点热饮吧。"

助理回过神来，说："我去买就行。"

江柳依说："没关系，一起去，你一个人也拎不回来那么多。"

助理侧头看了她一眼，心想：江小姐不仅温柔体贴，而且大方得体，难怪闻人小姐经常说，江柳依是值得被人喜欢的人。

她跟在江柳依身后走进对面的奶茶店，两个人买了几杯热饮。回去时，在楼下碰到了闻人俞。助理忙走过去，低下头问："闻人小姐，你怎么出来了？"

闻人俞对她说："你先进去吧，我有话和江小姐说。"

助理看了一眼江柳依，接过江柳依手上的热饮袋子，转身先进去了。

闻人俞说："我们去那边好吗？"

那边有湖，挺大的。只是秋风萧瑟，很冷，湖边没人，只剩光秃秃的树枝和残余的叶子在风中飘摇。江柳依推着闻人俞走到湖边，停下。两个人面对被风吹拂的湖面，江柳依问："闻人小姐有什么话想和我说？"

闻人俞仰起头看她，问："江小姐，你有没有想过放弃弹钢琴？"

江柳依没料到是这个问题，她神色一凛，眉头微皱，本就深邃的五官显得更加清冷。半晌后她说："没有。"不管曾经她的父母怎么反对，还是后来遇到了多么大的困难，她从来没有想过放弃弹钢琴。

闻人俞回过神来，点了点头："其实我不止一次想过要放弃画画。"

旁人都说她有天赋，是天生画画的苗子。刚接触画画不久，她就被送到白烨那里，做了白烨最小的徒弟。不可否认，她曾经非常喜欢画画，但长大了，兴趣就没那么强烈了。有时候，她都不知道是自己想画，还是承载着别人的希望在画。

那段时间，她很纠结，也很痛苦，每天需要依靠药物来维持。偏偏很少有人能理解她，认识的人都会说，都有这样的天赋了，还烦恼什么。她无言以对。

江柳依问:"宋羡知道吗?"

闻人俞摇头:"她不知道。"说完,她的神色有些放松,"所以,我的意外,也不全然是坏事。"

至少,她可以名正言顺地退出画坛,能睡个安稳觉,不必每次从梦中惊醒后都纠结到底要不要继续画画,也不必随时处在崩溃的边缘。而且,那场意外,她的责任更大,如果不是她思绪混乱,那场意外本可避免。

江柳依听完沉默了很久,直到寒风吹得两人几乎麻木,她才开口:"既然这样,我也有个问题想问闻人小姐。"

闻人俞说:"你说。"

江柳依问:"你和宋羡说,你是在她眼睛没恢复好之前受伤的,那你是怎么瞒过她的?"

闻人俞笑着问:"宋羡没有告诉你吗?"

江柳依摇摇头。

闻人俞说:"宋羡出事前,我在国外深山里,那里没有信号,我三个月之后才回来。"

事实上,她那段时间处于极度崩溃的状态,没法画画,所以提前回国了,但没告诉宋羡。后来,她怕宋羡去查,还伪造了在国外多生活了三个月的证据。

江柳依问:"宋羡信了?"

闻人俞意味深长地看了她一眼,又瞥了一眼自己的双腿。江柳依点了点头,便没再继续问了。

闻人俞从包里拿出一个黑色的金属 U 盘,递给江柳依。

江柳依微诧:"这是什么?"

"宋羡有个心病。"闻人俞说,"她一直在寻找当初车祸中被撞的那个人，她以为那人已经过世了。"

江柳依捏着手上的U盘，蹙起眉头，深邃的五官稍显凌厉。闻人俞继续说："你告诉她，那天和她相撞的车，是我弟弟的。我弟弟那段时间刚好也出过车祸。"

所以，如果宋羡要查，也可以查得到。如果她追问为什么没有告诉她，可以说是因为闻人俞不希望她愧疚，才选择隐瞒。闻人俞确实是把一切都考虑周全后才回来找宋羡的，她想解开宋羡的心结。

然而，江柳依却捏着U盘，几秒后将其还给了闻人俞。闻人俞抬头望向江柳依，听到她说："抱歉，这个U盘我没办法给宋羡。"

闻人俞定定地看着江柳依。

江柳依低下头，看着闻人俞的眼睛，认真地说："我不会骗她。"

闻人俞一时没说话，湖面吹来冷风，她的掌心发热。江柳依接着说："我知道你没有恶意，这或许也是解开宋羡心结的一个好办法，但谎言终究是谎言。你知道宋羡为什么从来没有怀疑过你的腿伤和她的车祸有关联吗？"

这问题过于直接，闻人俞脸色变得苍白。她听到江柳依说："因为她相信你，相信你说的每一句话。"

闻人俞捏紧手上的U盘，这一刻，她的心口突然涌起铺天盖地的悔意。或许，原本并不复杂的一件事，却被她弄得一团糟。

她淡淡地道："你怎么猜到的？"

江柳依说："世上哪有那么多巧合？宋羡出车祸，你也出意外？宋羡那么聪明，只是她从没怀疑过你罢了。"

所以闻人俞说了"没有"，宋羡就信了她的否认。

当然，这原本都只是江柳依的猜测而已，直到刚刚才得以证实。

闻人俞被寒风吹得心脏紧缩，江柳依继续说："闻人小姐，我知道车祸那件事对宋羡影响很大，我会尽量帮她走出来。如果她不愿意走出来，我也会一直陪着她。"

"谢谢。"闻人俞的声音沙哑，被风一吹，话语便飘散开来。

江柳依低下头，说："是我该谢谢你。还有，我代宋羡说一句，对不起。"

闻人俞背对着她，摇摇头，说："是我欠宋羡一句对不起。"

她一直担心宋羡因为过分自责而不敢说出真相，可事实如何呢？如果宋羡没有复明呢？宋羡所受的伤害，真的比她少吗？

良久之后，闻人俞扬起手上的U盘，狠狠地往前一抛，扔进了湖里，"扑通"一声，U盘消失不见了，就如同那场事故，永远尘封在记忆里。

她相信江柳依会带着宋羡走出来。

第十三章

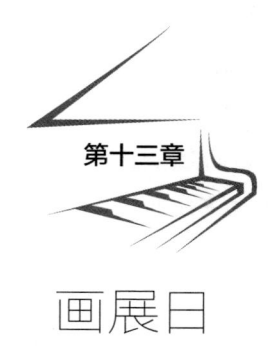

画展日

闻人俞最终没有留下吃晚饭,她让助理改了机票时间,当天接受完采访就离开了。

何小英有些诧异:"这么快,那完稿……"

"发我邮箱里。"闻人俞已经选好了照片,现在就只剩下确认定稿了,况且她们刚刚的采访进行得那么顺利,应该不会有什么大问题。何小英知道她忙,不敢耽误,点头说:"那好,那您慢走。"

闻人俞点头,转动轮椅往前,身后跟着宋羡和江柳依。在出摄影棚大门的时候,闻人俞转身对宋羡说:"老师如果再联系你,你可以和他好好谈谈。"

宋羡这次没有直接回绝,而是"嗯"了一声。

她的态度已经缓和了许多,走出那些阴影是迟早的事,而且还有江柳依陪在她的身边,也确实没有什么好担心的了。

闻人俞对两人说:"那就这样,我走了。"

宋羡说:"送你去机场吧。"

闻人俞摇头,助理连忙上前说:"宋小姐,我已经开车了。"

宋羡看着助理抱着闻人俞上车,车窗降下一些,闻人俞冲她们笑着挥挥手,宋羡也伸出手,挥了挥。车渐行渐远,直到红色的尾灯消失在视线中。

良久,宋羡才回过神来。何小英问道:"你们去社里吗?"

江柳依明天才去开会,今天不用去社里。

宋羡说:"不去。"

江柳依却说:"去。"

宋羡偏过头看她,江柳依解释:"叶总监给我发消息说办公室整理好了,让我去看看。"

宋羡皱起眉头。她和江柳依上车,往杂志社开去。何小英非要先带她们去新刊。新刊办公室里,袁红也在,正给大家分发下午茶,她看到宋羡和江柳依忙打招呼:"江老师也来了!"

新刊的人都看了过来,何小英忙说:"坐坐坐,江老师您先坐,我给您拿下午茶。"

她说着快步跑出去。

袁红走到宋羡身边,说:"小英说,你和闻人俞认识?"

宋羡点头:"认识。"

袁红有些惊诧:"那你之前怎么没说?"

她原本以为是因为杂志的销量上去了,所以闻人俞才选择《漫彤》,没想到其中缘由还是与宋羡有关。

宋羡一脸平静:"你没问。"

袁红:"……"

确实，谁能想得到呢？吴莹和小李溜到她身边，左一句"宋羡，喝奶茶"，右一句"宋羡，吃点心"。现在宋羡就是整个杂志社的大功臣啊！要不是袁红拦着，老板真的可能还会把宋羡当菩萨供起来，每天什么事都不要她干，就坐在社里喝喝茶、上上网。

新刊自从推出名人专访以来，那销量一直遥遥领先。从江老师第一期开门红到现在，期期都破纪录。之后来合作的知名模特和大明星也不少，从前想都不敢想的人物，现在都主动递名片。这些都是宋羡带来的啊！

没有她，就没有江柳依的第一期，就没有孔希颜的第二期……好不容易到第四期，大家都以为这次和宋羡没关系了，结果她和闻人俞是从小一起长大的姐妹！说不定闻人俞接受采访都是看在宋羡的面子上！也不怪老板想把宋羡供起来。

吴莹说："还有吗？宋羡，你还认识哪些人？"

小李掰着手指数："哎，你认识影帝袁修俊吗？"

宋羡摇头："不认识。"

小李拍拍胸口，又问："那你认识新晋小天后于淼吗？"

宋羡还是摇头："不认识。"

吴莹打小李的头："你傻啊，宋羡又不混娱乐圈，怎么认识那么多明星？你还不如问她认不认识白烨呢？"

话刚说完，办公室瞬间安静下来，众人看过来，目光炯炯，就连袁红都盯着她。只见宋羡点了点头。

吴莹一脸尴尬，她不过是随便说说而已。不过也能理解，毕竟宋羡认识闻人俞嘛。

小李似乎突然开窍，开始在网上搜索和白烨关系密切的一众名人，都是传说中的业界大佬。宋羡轻轻点头，喝了一口奶茶，语气平静地说:"都认识。"

吴莹从座椅上跳起来,仿佛被弹簧弹起似的。何小英回到办公室,看到众人都张大了嘴,一脸惊愕,仿佛能生吞鸡蛋。她有些不解地问:"聊什么呢?"

江柳依起身说:"宋羡,跟我去办公室吧。"

身后的何小英说:"江老师,您的下午茶。"

江柳依转身接过,拎在手上,对何小英说:"谢谢。"

何小英笑着说:"不客气。"还冲江柳依和宋羡挥了挥手。

江柳依把下午茶放在宋羡手上,然后转身回到童刊办公室。叶隐歌已经等候在门口,看到江柳依出现,忙迎上去:"江老师!"

宋羡瞥了她一眼。

叶隐歌说:"江老师,这边办公室都给您收拾好了,您看看还有什么需要的?"

说着,她推开了办公室的门。江柳依走进去,看到一张红木色的办公桌,很大气,黑色座椅旁,茶几上放了两盆绿植,整体环境不错。

江柳依点头说:"挺好的,谢谢叶总监。"

叶隐歌笑了:"应该的。"

她说完后站在原地,几秒后没听到江柳依说话,才又说:"哦,那我先出去了,您有事随时叫我,我就在隔壁。"

江柳依"嗯"了一声。

宋羡坐在茶几旁,江柳依坐在她旁边,环视一周,问宋羡:"这绿植放右边好还是左边好?"

宋羡左右看看,又参考了整个办公室的布局,说:"右边。"

但江柳依点了点头,却起身把绿植移到了左边。

宋羡："……"

她转过头看向江柳依，听到江柳依问："下午茶是什么？"

宋羡低下头打开袋子："奶茶和红豆糕，奶茶比较甜，你可以吃红豆糕。"

"好的。"江柳依伸出手，"奶茶。"

宋羡眉头轻皱，感觉今天的江柳依有些奇怪，但她还是把奶茶递给了江柳依。江柳依抿了一口奶茶，确实甜得发腻，只喝了小半杯就放在茶几上。宋羡问："你今天来杂志社干什么？"

其实来了也没事做，第一场会明天才开。江柳依心里明白，但她当时没忍住就来了，现在总不能说自己闲得慌。于是，江柳依在四周看看，说："先熟悉工作环境。"

宋羡点头，问："要带你去其他地方看看吗？"

江柳依坐在沙发上，闷头说："不去。"

宋羡说："那你现在打算干什么？"

江柳依左右看看，最后看到办公桌后面的大书柜，里面有很多童书。她问宋羡："这办公室以前是谁的？"

宋羡回想了一下，说："副主编的。"

后来那位副主编辞职了，杂志社也没再招新的副主编，所以办公室就一直空着。江柳依指着书架上的其中一本图画书说："那个。"

宋羡走过去，拿出一本书："这个？"

江柳依摇头："旁边那个。"

宋羡又抽出旁边的一本书，扉页上印着绿油油的大字：小马过河。她转过头看向江柳依，实在难以想象，江柳依会喜欢这种类型的图书。她走到江柳依面前，把书递给她，江柳依下巴一抬："打开。"

宋羡低下头,翻开图画书,江柳依说:"读出来。"

"我?"宋羡一怔,"让我读?"

江柳依点头:"我想听故事,找找灵感。"

宋羡张了张嘴,抬起眼睛看江柳依,她实在没办法对一个成年人读童话故事。江柳依看向她,宋羡无奈地把书递给她:"自己看吧。"

说完,她起身要走。江柳依抬起头:"你干吗去?"

"倒水。"宋羡说着走出办公室,前往茶水间。还没走进去,手机铃声响起。她拿起来,显示的是熟悉的号码。宋羡走到旁边的窗口接听:"老师。"

白烨笑道:"在工作呢?"

宋羡低下头:"嗯,在工作。"

白烨说:"听说小俞离开了?"

宋羡说:"嗯,师姐下午刚走。"

白烨问:"你呢?"

宋羡顿时语塞。白烨问:"最近忙不忙?"

她说:"不忙。"

白烨说:"那有没有空,代老师去趟画展?"

宋羡沉默了几秒,说:"我考虑考虑。"

白烨笑出了声:"好,老师等你消息。"

宋羡挂了电话,去茶水间倒了一杯水,顺便也给江柳依带了一杯。回办公室时,江柳依正低着头看那本图画书。她神色专注,嘴唇轻动,似在默念,这样的场景竟也不显得突兀。宋羡看到这一幕,蓦然想起了林秋水说过的江柳依。

她说最佩服江柳依的一点就是那份坚持,不管遇到什么事情,江柳依都会坚持下去。

或许，她应该向江柳依学习，坚持一次，即使真的不能再继续创作，她也应该先试着把自己的名字找回来。

江柳依听到开门声抬起头，看到宋羡后坐直了身体。宋羡将一杯水放在她面前，然后坐在她身边。

江柳依原本有些郁闷的心情顿时舒畅了不少。她端起茶几上的杯子，抿了一口温水，冲淡了之前喝奶茶留下的甜腻感。

宋羡握着纸杯，等江柳依放下杯子后，转头问道："余小姐的画展，是在哪一天？"

余白的画展定于十二月的第一个星期日。她为此忙碌了半年，极尽宣传之能事，在圈子里已是无人不知。上次来参加艺术节的很多新秀画家都没有离开，想参加完余白的画展再回去。这段时间余白一直和这些画家待在一起。虽然她不是第一个开画展的新秀，但作为第一个和白烨合作的新秀，业界对她的关注度颇高。

美院也来了几个教授，正逢假期，余白又是美院毕业的佼佼者，大家都来给她捧场。一时间，余白的这个画展成了年底业界最受瞩目的活动，规模堪比上次美院举办的艺术节。

不过，画展要比艺术节更为热闹。因为人多，画坛新秀几乎都来了，还有一些老艺术家也前来捧场。

江柳冰刚休息下来，看到余白在招呼那些老前辈，心中有些羡慕，说道："不知道我什么时候能开一次画展。"

她的身侧是余白工作室的职员，平时和她的关系不错，闻言笑道："你姐不是江老师吗？让江老师给你策划一个不就得了。"

"我姐？"江柳冰摇头，"我可不敢找她。"

虽然这段时间她姐和家里的关系缓和了不少，但对她还是一如既往地严厉。而且自从那次她让她姐送她来这里之后，她姐对她的态度更冷淡了。

虽然她事后解释了好几次，那天真的没有其他意思，就是单纯没开车，想让姐姐送一送，但她姐还是冷着一张脸。

江柳冰摇摇头，她身边的助理说："哎，江老师什么时候来？"

画展开幕后就是她姐的演奏，按时间也快到了。江柳冰看向门口，人挺多的，就是看不到几个眼熟的。

她说："快了吧。"话音刚落，就看到好几个同事挤过来，一脸的喜色，她还隐约听到了白老师的名字。

江柳冰一把拉住其中一个同事，问："白老师要来了？"

那个同事喜上眉梢："不是白老师。"

江柳冰有些不解："不是白老师你这么高兴干吗？"

同事凑到她耳边，小声地说了一个名字。江柳冰愣在原地。随后几个同事走了，她身边的人拍了拍她的肩头："什么啊？是白老师要来了？"

大家看起来神神秘秘的，像是有好事要发生。

江柳冰消化完这个惊人的消息后，侧头说："不是白老师。"随后她又说，"不过和白老师差不多重要。"

同事嘀咕："什么差不多？"

江柳冰激动地说："是莎尼娅！"

同事愣住了，随后忍不住也感叹了一声！

白烨让莎尼娅代表自己出席余白的画展，这个消息很快就在画展上传开了，众人纷纷和余白打招呼并询问此事。余白淡淡地笑了："白老师是这么说的，说莎尼娅有空会过来。"

那肯定就是了!

原本,来参加画展的一部分人就是冲着能见到白老师而来的,虽然当天得知白老师不来了,但是他的关门弟子莎尼娅能露面,大家同样很期待。

先前的艺术节,光是闻人俞的露面就让那些不能参加的人心生遗憾。后来听说闻人俞可能退出画坛,大家更是扼腕叹息。还没欣赏到这位一代天才的新作品就听到了这个消息,谁能不唏嘘?

现在,莎尼娅可能会成为白烨的"独苗",那身份自然和以往不同,况且她现在又要代表白烨来参加画展,其意图不言而喻。

所有人都因为这个消息而高兴,但余白的心里却始终像有一座钟悬着,钟摆时不时地晃动一下,让她感到不安。

她在众人面前笑得很愉悦,背后却紧皱眉头,钱申靠坐在她身边,见状问:"余白,你怎么了?"

余白没法对钱申说实话,只是拍拍胸口,说:"很闷。"

她的心底盘旋着一个念头,但她不敢去细想,只希望自己的猜测是错的。钱申给她端来一杯水,说:"忙了一上午,肯定又累又闷,先喝口水。"

余白点头,抿了一口水,压下心底的不舒服,她问:"江柳依来了吗?"

钱申听到江柳依的名字眸光一暗,语气有些冷:"没看到。"

就是因为江柳依,林秋水也和她们生了气,今天甚至不愿意来参加余白的画展。当初说好一起来参加的那些人,现在都各奔东西了。偏偏余白还一个劲地提江柳依。

钱申的心底蹿起一股火,余白却没察觉,她说:"那我去找找她。"

"你找什么！"钱申没忍住，吼了出来，"你看她现在注意你吗？还找？找什么？"

余白一时怔住了，呆呆地看向钱申。两个人的争执引来其他人的目光，余白的脸上一阵红一阵白。她瞪了一眼钱申，转头离开了。

钱申看着她离开的背影，心里的火越烧越旺。想到等会儿开幕就是江柳依的演奏，她直接拎着包走了。结果刚出门就和刚到的江柳依撞了个正着。

江柳依看到她，没有停顿，连一个多余的眼神都没给她，钱申也冷哼一声，转身就走。

身后的余白喊道："江柳依。"

钱申咬着牙，头一扭，拎着包快步走出了画展。

江柳依走过去，余白刚想与她攀谈几句，几个职员就小跑过来："江老师，您来了，您这边请，先换衣服准备一下。"

余白准备跟上去，江柳冰却拽住她："余白姐，姚理事她们来了。"

姚理事是带着美院的领导一起过来的，余白只好去招呼他们。画展还没全部开放，众人先看了外厅的展览。姚理事看到余白后给众人介绍："我和你们提过的，这位是余白，很有潜力。"

余白站在众人面前，挨个和大家握手，态度恭敬。

姚理事身边的人赞叹道："这画展办得真不错。"

姚理事点头："随便看看。余白，你先陪大家四处转转。"

余白应下。

姚理事走出大厅，到旁边的休息室，给白烨打电话，问他到底来不来。听到白烨说莎尼娅会来，她吃了一惊："莎尼娅？真的吗？"

因为宋羡一直没用回莎尼娅这个名字，姚理事感到有些意外。

白烨显然也很高兴，他说："她去了，你多照顾一下。"

"肯定啊！"姚理事放下手机，心还在怦怦跳。当初听到那两个孩子都不愿意再画画，她真的一个月暴瘦，不知道的同事还以为她家里出了什么大事。或许别人不会懂这种感觉，但她相信白烨肯定懂，因为他们都是惜才的人。

姚理事收起手机，听到外面有音乐声，她走出休息室，看到江柳依坐在钢琴前，手指翻飞，动作流畅自然。仅仅是观看她弹奏，场面就堪称艺术享受。

众人沉浸在音乐中，整个外厅难得没有一丝杂音。姚理事放轻步子走到前面，身侧有人跟她打招呼，她抬手示意，那人微微点头，视线再度回到了江柳依身上。

江柳依有半年没有开演奏会了，听说正在和老东家商量解约的事情，即将被景烟高薪聘请。也有人说江柳依做了迟晚照的女儿迟慕颜的老师，所以顺势去了景烟；还有人说江柳依的好友和迟家有关系，所以才想改签景烟。

但不可否认的是，江柳依的身价已今非昔比，以后要想看她现场演奏，怕是要比以前更难了。今天确实是为数不多的好机会。

这大半个月里，江柳依每天都和宋羡沉浸在音乐和绘画中，她教宋羡弹琴，宋羡教她画画。除了去杂志社开会的时间，她们都在学习彼此擅长的技艺。江柳依从没觉得生活可以如此简单平淡。

可能受近期的生活状态影响，她演奏出来的曲子都让人觉得舒畅无比。

钱申还是不放心余白，决定返回来看看。刚进门，她就听到了江柳依的钢琴声，她用力地咬着嘴唇，唇舌间隐约有血腥味。

安静的音乐飘出大厅，宋羡刚下车就听到这声音了。她抬起头看向展厅的方向，细碎的阳光落在她的肩头，仿佛在跳跃。

宋羡走到展厅门口，还没进去就被人叫住了："宋羡？"

她转过头，看到了钱申。

钱申问："你来干什么？"随后她嗤笑一声，"沾你朋友的光也不能这么明显吧？"

她说完话，音乐声也刚好停下，一曲结束。宋羡站在门口，刚准备从包里拿出邀请函，就听到了姚理事的声音。

"宋羡！"姚理事快走过来，厅内其他人纷纷望过来。江柳依也往宋羡的方向走过去，余白跟在姚理事身后，脸色越发苍白。

有人小声地问："这谁？"

"江老师的好友，宋羡。"

"听说也是画画的，艺术节她还去了。"

众人看宋羡的眼神微变。

姚理事走到宋羡面前，说："等半天你没来，还以为你不来了。"

宋羡说："对不起，我来迟了。"

姚理事摇头："来了就好，你老师刚刚给我打电话，我还不敢相信呢。"

她说完转身，看到余白的身影，说："余白，过来，我给你正式介绍一下。"

余白作为画展的主人，避无可避。她低着头，面带微笑走过去，但脸色苍白。

姚理事说："这位就是白老师的关门弟子，莎尼娅，她今天代表白老师过来参观你的画展。"

众人听后有些错愕。

第十三章 画展日

站在宋羡身旁的钱申僵硬地转过头，看了一眼余白，又看了一眼宋羡，手机没抓稳，啪的一声掉在了地上，屏幕摔得粉碎！

宋羡居然是白烨的关门弟子！居然是闻人俞的师妹！居然是画坛新秀里最神秘的莎尼娅！

如果不是因为姚理事正站在宋羡身边，肯定了她的身份，钱申肯定会觉得这一切荒谬至极，甚至是滑稽可笑。怎么可能呢？宋羡怎么可能是莎尼娅？

她难以置信地看着宋羡，忘了捡起地上的手机。宋羡转过头和姚理事说话时，钱申往前走去，尖细的高跟鞋好像踩在了什么东西上，她这才低下头发现了自己的手机。

手机的屏幕已经裂开，上面倒映出她支离破碎的身影。

宋羡被人围着，先前有几个观众在艺术节上就见过宋羡，此时他们小声地讨论："我就说那个宋羡肯定很厉害。"

"这气质也没谁了，那时候还有人和我说她只是在杂志社画插画的无名之辈呢！"

"我也觉得奇怪啊，闻人俞对她评价那么高，怎么可能是泛泛之辈？"

讨论声此起彼伏，宋羡淡然地站在姚理事身边。

江柳依走到她面前，说："来了？"

她们是一起来画展的，江柳依之前问她要不要一起进去，她当时有些犹豫。

江柳依说："开幕演出还没开始，我先去弹一首开场曲，你想过来就过来。"

姚理事说："都进来吧，进来里面说。"

宋羡跟在她身后，有工作人员小跑到江柳依身边，低声在她耳边说了两句话。江柳依点头,冲宋羡笑了笑,说:"我去台上了。"

宋羡抬眼望去,只见江柳依穿着礼服从人群里穿过,显得既优雅又大气。

姚理事问余白:"没人了吧?"

余白如白纸一般的脸色缓了缓,过了好一会儿才找回了声音。她看向宋羡,停顿了两秒,说:"没人了。"

"那画展就开始吧。"姚理事比她更有经验,转过头和几个老教授交流起来。

余白脑袋还蒙蒙的,有些昏昏沉沉。她对助理说:"开始吧。"

助理比她更茫然,一双眼睛盯着宋羡看,根本转不开视线。余白非常不高兴地咬着牙,低下头叫了一声助理的名字。助理一愣,连忙低下头说:"好。"

她转身去准备,刚走出人群就被人拽住了!

江柳冰问:"宋羡真是莎尼娅?"

余白的助理听到江柳冰的问话,顿感好笑:"那是你姐的朋友,你还问我?"

江柳冰顿时噎住了。她现在很想去问她姐,但她不敢,回想自己以前是怎么说宋羡的——"就一杂志社画插画的",江柳冰恨不得抽自己嘴巴子。

余白的助理有些奇怪:"你干吗?你姐的朋友是白老师的徒弟,你不是应该高兴吗?"

江柳冰顿时欲哭无泪。高兴?她也很想高兴,但是她怎么高兴得起来啊?想死的心都有了!不知道现在能不能祈求宋羡原谅她!

江柳冰深吸一口气,朝后台跑去。

前台的江柳依已经重新坐在钢琴旁,她的手轻轻落在琴键上,几秒后偏头看向宋羡。

宋羡也在注视着她，两个人的目光交汇，江柳依垂下眼帘，低下头，手指流畅地落在琴键上，音乐随之悠扬响起。画展，正式开始。

宋羡在音乐声里听到姚理事叫她的名字，姚理事正在为给她介绍美院的老教授。

"这娃我见过一次。"老教授头发花白，但精神抖擞地说，"那时候她刚到我的腰这里，我去找白烨时，就看到她在院子里画画。"

虽然时间已经过去了多年，但老教授每每回想起来，都会说："天赋极佳。"

"宋羡"这个名字在美院或许无人知晓，但是"莎尼娅"这个名字却是如雷贯耳，没有人不知道。

余白只觉得心脏越来越冷。她明明是这场画展的主人，站在宋羡身边，却像是配角。宋羡一句话都没有多说，始终平静地站在那里，却让余白的心底掀起狂风巨浪。

余白进修之后，最喜欢的画家就是莎尼娅，甚至比对白烨的喜欢还多。莎尼娅的色彩，她第一眼就深深爱上了。

教授们偶尔会用莎尼娅的画给大家上课。不止一次有人对她说，别模仿莎尼娅的画风了，莎尼娅是难得一见的天才，配色无人能及，模仿只会显得不伦不类。但她偏不听，她以为能通过模仿缩短与莎尼娅的差距。

她一直都是这样想的，直到艺术节那天。

闻人俞的出现让事情朝着不可预估的方向发展，她不敢深想，却又不得不面对现实。她祈求莎尼娅千万不要是宋羡。然而她的祈求似乎并未被老天爷听见。

当姚理事站在宋羡身边并向她招手时,她一时之间竟不知道该作何表情。她喜欢了许久的偶像,竟会以这种方式出现在她面前。

余白有些措手不及。等她回过神来,江柳依的演奏已经结束。她定了定神,立刻打电话给助理,让她收起那幅白烨改过的画。

助理皱起眉头:"收起来?"

今天最大的亮点就是那幅画,由于白老师没有到场,大家对那幅画的好奇程度更甚。而且,在宣传时,那幅画也被提及了多次。现在要收起来?

余白心中明白,这些参观画展的同行里有一小部分人是冲着那幅画来的。但她实在不想让宋羡站在所有人面前,尤其站在那幅画面前,对画品头论足。光是想象这样的场景,她就已经感到腿软了,仿佛自己已经满身狼狈。

助理还想再劝,余白却咬牙道:"让你收就收!"

她语气严厉,因为着急带着几分暴躁。助理见状也不敢多言,只得跑进最里面的展厅,把那幅画收了起来。

余白刚挂电话,就听到姚理事叫她:"余白。"

她走过去,捏着手机的指腹有些发疼。

姚理事说:"来给我们介绍介绍这些画吧。"

老教授们都站在姚理事身后,宋羡站在姚理事左侧,目光平静淡然。余白满腹的话语卡在嗓子眼儿里,难以言说。姚理事走到她身边,笑着拍拍她的肩膀:"别紧张。"

那只手温和有力,缓解了余白的紧张情绪。她低下头对众人道歉,随后开始认真地介绍自己的作品。江柳依演奏结束后,也站到宋羡身边,低下头和她小声地讨论。

姚理事转过头询问宋羡的意见:"怎么样?这幅画是不是很有

意境?"

余白的一颗心悬着,她已经能猜到宋羡可能的回答了,肯定是"一般",甚至可能会更直白地批评。在众目睽睽之下,她准备接受即将到来的挑剔。

然而,宋羡并没有这样做。

她看着那幅画,那是一幅晨曦图,色调讲究。

她点头说:"嗯,意境不错。"

余白垂在身侧的手握紧了,全身紧绷到发疼。她不敢置信地转头看向宋羡,好像听到了她的声音,却又有些恍惚。

姚理事说:"我也觉得这幅作品不错,你看这里,层次分明,视觉效果非常棒!"

她希望余白不要浪费了自己的天赋,并希望经过这次画展,余白能明白每个人都有个性,没必要追逐别人的道理。

余白的视线还落在宋羡身上,宋羡听完姚理事的话只是"嗯"了一声。余白悬着的心稍微放松了些,但又因为其他原因开始杂乱跳动。

前面两个展厅看完,越往里面走,越是有人提及余白和白烨合作的那幅画,都说想一饱眼福。余白的脸色十分不好看,正在想推脱之词,她的助理小跑过来,凑到她耳边嘀咕了一番。余白一脸惊讶,随后斥责道:"怎么回事?不是让你们小心一点吗?"

助理理亏地低下头,余白刚想继续指责,姚理事便问:"怎么了?"

余白欲言又止,助理小声解释:"理事,余小姐和白老师合作的那幅画刚刚被工作人员不小心碰倒,刮坏了一点……"

姚理事先是一惊,随后看向余白,说:"既然是意外,那也不好过多苛责。把那幅画先收起来吧。"

其他人纷纷表示不满,姚理事站出来打圆场。大家或许不给余白面子,但不可能不给姚理事面子,很快周围就安静了下来。

姚理事说:"参观了这么久,大家也累了,休息会儿我们再继续吧。大家先随便看看。"

她说完带着老教授和美院里的领导继续去看刚刚觉得不错的作品,其他人见状只好散开。余白站在原地,竟莫名地松了口气。

江柳依和宋羡也没在意,转过头往展厅里侧走。余白快走两步跟了上去,看着两个人的背影,她脱口而出:"莎尼娅!"

宋羡愣了两秒,她已经有三年多没有听到这个名字了,乍一听还有些恍惚。宋羡和江柳依一起转头,看向余白。

余白张了张嘴,下意识地叫出了这个名字,却不知该说什么。好在助理非常适时地站出来:"余小姐,麻烦您去一趟后台。"

面对宋羡,她的心情很复杂。最后,她对宋羡和江柳依说:"抱歉。"

这两个字,不知道是为从前的事情道歉,还是因为叫住她们又突然要离开而道歉。宋羡冲她点了下头,看到余白双手攥紧礼服的边缘,最后转身去了后台。

江柳依看着她离开的背影,沉默了两秒,目光沉沉。

等余白从后台回来,展厅又开放了两个区域,除她和白烨老师的那幅画因故未能展出外,其他作品都已经展出完毕。其中,颇受好评的两幅画之一,竟是余白还没去进修之前创作的。姚理事评价:"虽然笔触稍显稚嫩,但灵气逼人。"

她当初就是看了余白早期的作品,才觉得这是一个可塑之才,因此推荐她去了纽斯深造。姚理事希望经过这次画展,余白能够沉下心继续创作，画出一些具有她个人特色的作品。

由于缺少了一幅最受瞩目的画作，众人对这次画展的评价褒贬不一。不过，姚理事一直在打圆场，众人也就没有过于计较。

画展结束后，姚理事要陪院里的那些老教授和领导吃饭，她看向宋羡，问：“一起吗？”

宋羡摇头：“不用，我要陪江柳依回家一趟。”

姚理事没有勉强：“那好，你先去忙吧。”

她说完看向余白：“你结束画展后是过来还是……”

如果是从前的余白，能有机会和这么多老前辈、老教授们还有美院领导坐在一起吃饭，她是万万不可能推辞的。但余白思忖了片刻后说：“姚理事，晚上我不过去了，你们去吧。”

姚理事侧头看了她一眼，露出欣慰的笑容：“行，那我们先走了。”

余白看着姚理事带着美院的人离开后，转过头，宋羡和江柳依的身影也消失在停车场出口处。她低下头，往回走，进了展厅。

与此同时，江柳依向宋羡伸手，同时问道：“车钥匙呢？”

宋羡递给她。

江柳依已经提前和父母说好晚上要回去吃饭了。这次，江山和黄水琴的态度和之前稍微有些不同，但也没多说，只是在挂电话之前说了一句：“知道了。”

听不出什么情绪，江柳依心里也没底。开车时，她转过头看向宋羡。宋羡发完消息抬起眼睛，不经意间与江柳依的目光相碰，她问：“怎么了？”

江柳依说：“宋羡，你愿意去我家吗？”

宋羡点头回应:"愿意啊。"

昏黄的光照在宋羡的身上,江柳依顿了顿,犹豫道:"可是我父母……你会不会觉得委屈?"

宋羡摇头说:"不会。"

江柳依说:"可是他们的态度不是很好。"

宋羡说:"是有点不好。"

只是"有点"吗?江柳依心里清楚,她和宋羡回去过,还不是没吃饭就摔门而出?

她为此感到歉疚,宋羡看出她的情绪,问:"你很介意吗?"

"我?"江柳依说,"我是怕你介意。"

宋羡语气平静:"我不介意啊。"

江柳依稍沉的心情得到一些缓解,她说:"那我们回家吧。"

宋羡坐在她的身侧,点了点头。

到家之后,江柳冰先迎了上来。她听江山说晚上她姐要回家吃饭,于是下班后也赶了回来。她蹲在楼底下,看到江柳依和宋羡下车后,立马走了过去,笑着喊道:"姐!"

江柳依看到她便停下,问:"才下班?"

江柳冰点头:"对啊。"

画展过后本来还要收拾场地,但余白突然让她们全部下班,说自己想一个人待在展厅里,于是所有人就这么提前下班了,江柳冰也提前到家。

她说完看到江柳依手上拎着水果,说:"我来拎吧。"

她的态度殷勤又积极,江柳依睨了她一眼,江柳冰尴尬地笑了笑,自始至终没敢和宋羡搭话。

到江家之后,江柳冰把水果放在茶几上,然后冲厨房里喊道:

"爸！妈！姐和她朋友来了！"

黄水琴从厨房里走出来，擦了擦手说："先坐吧，晚饭还要一会儿才好。"

江山也跟着走出来，他手上端着两个杯子，里面已经泡好了茶。江柳依看到这一幕，心中微怔。

江山把杯子放到江柳依手上，说："坐吧。"

江柳依盯着江山发白的双鬓和满是皱纹的脸庞，嗓子有些发紧。她转过头和宋羡说："坐。"

宋羡坐在沙发上，江柳依挨着她坐下。江山和黄水琴又进厨房里忙活了，江柳冰想进去帮忙，却被赶了出来。她讪讪地回到客厅里，把遥控器递给宋羡："你看电视吧。"

宋羡接过后淡淡地道了声："谢谢。"

江柳冰坐在贵妃椅上摆手："没事，不用客气。"

江柳依看了一眼两人，然后对宋羡说："我进去帮忙。"

宋羡看着江柳依进了厨房，没一会儿，厨房里传来稍低的谈话声，被电视的声音略微掩盖，听得不是很真切。

厨房里，江柳依说："爸，妈，下周我准备去趟江城。"

江山的手一哆嗦，土豆从手里滑落，在瓷砖地面上滚动，最终停在了江柳依的脚下。她低下身捡起土豆，递给江山，同时听到江山问："去那儿干什么？"

江柳依回答："宋羡的父母回来了，我们认识了这么久，我也一直受到她的关照，所以我想去拜访一下。"

江山听后，脸色顿时变得难看了许多。

江柳依看了一眼江山和黄水琴，不再多说什么，低下头走出了厨房。

晚饭就是在这样诡异的气氛中结束的。宋羡有心理准备，她看了一眼江柳依，又看了看江柳依的父母，然后继续低下头吃饭。

饭桌上，只有江柳冰一个人在说话，她试图调节气氛，但无奈失败了，没人附和她。晚饭后，江柳冰溜到厨房，百思不得其解地拉着黄水琴问："不是啊，妈，你和爸又怎么了？姐要回来的时候你们不是挺高兴的吗？怎么现在又是这副样子？"

最近黄水琴和江山提到她姐的次数都多了，而且在她的劝说下，他们表示下次要一起去听演奏会。她还以为今天她姐回来，一家人能快快乐乐地吃顿饭，结果气氛还是这么沉闷压抑。

她压抑得都快要喘不上气了。

黄水琴说："大人的事情你别管。"

"什么大人不大人……"江柳冰无力地吐槽，"我早就成年了！"

黄水琴没理她。江柳冰没从母亲这里得到任何线索，转过头想去问江山，但一看到江山那冷冰冰的眼神，她就不敢说话了。索性，她就坐在客厅里陪江柳依和宋羡吃水果。

水果吃完后，江柳依就打算带宋羡回去了。这时，江山走出房间，听到江柳依问："听柳冰说，你们准备出去旅游，什么时候？"

江山说："后天下午。"

江柳依犹豫了一下，很难得地请求："能推迟几天吗？"

江山刚要开口，黄水琴往前走了一步，打断了他的话："旅游我们先不去了，看你和宋羡关系这么好，我也想见见她的家人，看看有没有机会蹭一下你的'热度'。"

江山转过头看向她，黄水琴瞪了他一眼。

宋羡很吃惊，未承想黄水琴转变这样快。

江柳依点头："好啊，应该约得成吧。"

她说完看了一眼黄水琴，说："谢谢妈。"

江山还想说话，被黄水琴拉住了。江柳依看到两个人的小动作，垂下眼睛，带着宋羡回去了。

回去之后，宋羡先去冲澡，穿着浴袍出来时看到江柳依还坐在沙发上。她走过去，江柳依看着她说："我和爸妈说过了，等你爸妈过来看你，我们就可以约到一起吃顿饭。"

宋羡点头说："好啊。"

江柳依问："你要不要和你父母说一声？"

宋羡低下头找手机，给她妈妈发了消息，说了一起吃饭的事情。没一会儿，手机响了两声，宋羡看完消息对江柳依说："他们同意了。"

江柳依看向她，没说话。

为什么所有的事情，在宋羡这里，都是如此简单？反观她的父母，不允许她弹琴，不允许她随便交朋友，她的所有决定，他们都不乐意。

江柳依的心情有些郁闷，眉眼间褪去了往日的精气神。

她对宋羡说："对不起。"

宋羡一时没反应过来，转过头问："嗯？"

江柳依说："关于我父母的事情，对不起。"

宋羡说："没关系。"

她是真的没有放在心上。从小父母就培养她独立，结果她太过独立了。从上幼儿园开始，就没有让父母操过心。当然，她和父母的关系也没有那么亲近。所以她不理解：为什么上幼儿园时，会有那么多孩子跟在父母的车后面跑，还有的趴在地上哭；开家长会时，如果父母没有来，那些同学就又哭又闹不肯回家。她好像从来没有这样的情绪,更像是自己给自己调好了钟表,按照固定的时间上学、放学、回家、写作业。课余的时候,她最喜欢画画,父母在家和不在家对她而言,并没有很大的影响。

久而久之,她也习惯了和别人保持这样的距离,不用那么亲近。

所以她真觉得没关系,因为她并没有把朋友和父母对她的态度放在心上。但看到江柳依难受,她也很难受。

江柳依说:"宋羡,你真好啊。"

宋羡转过身,说:"你可以不要不高兴吗?"

江柳依失笑了:"怎么了?"

宋羡说:"我实在不知道该怎么安慰你。"

江柳依被彻底逗笑了,她问:"宋羡,你安慰过别人吗?"

宋羡摇头。江柳依有些诧异:"一次都没有吗?"

宋羡说:"有过一次。"

江柳依不免好奇:"后来呢?"

宋羡想了一会儿:"后来她说再也不要和我做朋友了。"

那还是很小的时候,她什么都不懂,可能说错了话,她也不记得了。只记得从那之后,她就不喜欢安慰别人了。

宋羡又说:"刚认识你的时候,你不是经常心情不好吗?"

江柳依想了想,那时因为父母的关系,他们经常吵架,她又有世界巡演,所以私事公事比较多,心情也是一团乱麻。

宋羡说:"但每次安慰安慰你,你的心情就很好。"

江柳依点头:"这就是沟通,沟通是一种很有效的安慰方式。"

宋羡明白了:"你认同这种方式?"

江柳依说:"我觉得这是必要的,特别是在和朋友相处的过程中。宋羡,以后不管是你还是我,如果我们不高兴了,就告诉对方,千万不能憋着，你觉得怎么样？"

宋羡思忖了几秒，回复她："我知道了。"

江柳依又问她："我们下周去江城，你的工作都安排妥当了吗？"

听到江柳依的问话，宋羡低声回应道："安排好了。"

《漫彤》新刊经过前四次专访，已在业界声名鹊起，现在已经成功跻身国内前三。除了新刊备受瞩目，童刊也频频有人寻求合作，众所周知，童刊即将和江柳依联手推出入门曲谱，业内人士都想要参与其中分一杯羹。但《漫彤》在征询了江柳依的意见之后，将这些合作意向都婉拒了。

此外，江柳依还明确提出要求，入门曲谱里的所有插图都要由宋羡来绘制。原本杂志社打算邀请著名童话插画大师，一来是担心怠慢了江柳依，二来是想借此机会强强联合进行更好的宣传。但没想到江柳依却执意要宋羡来绘制插图。对此，《漫彤》的人都没什么意见，但论坛里其他杂志社却都在故意挑刺。

"不是吧？虽然宋羡画得很好，但是能和魏老师比吗？"

"江柳依这是想要提升自己朋友的身价吗？"

"不得不说，江柳依这一举动，确实让她朋友的身价提升了不少。"

"这就是攀关系的好处吗？我要是魏老师，估计得被气到吐血！《漫彤》也是，不敢得罪江柳依，只能舍弃魏老师了。"

"什么舍弃魏老师！太过分了！"童刊部有人在讨论这件事，说话的是个老职员，她愤愤不平地说，"我们根本就没有和魏老师联系过呢，只是开会的时候提了一下合作建议，这消息到底是谁传出去的？"

另一个人也气呼呼地说:"鬼知道?我们都没有和魏老师联系过,就被传成我们抛弃了魏老师!"

主编走进办公室,看见众人这副神色,还有几个人匿名在论坛里和那些负面评论争吵。

她问:"怎么了?"

"有人在论坛黑我们!"

这次童刊整改,能请到江柳依加盟,本就可以让童刊起死回生。谁知道这个时候却被人抹黑,利用魏老师来指责《漫彤》巴结江柳依,说谁有身份就巴结谁。这事如果传出去,以后还有谁敢和《漫彤》合作?

"是不是《美秀》放的消息?"

这种事《美秀》以前经常做,大家都习惯了,和《美秀》积的恩怨也不是一件两件了。

主编说:"不要妄下结论,我……"

她还没说完,就听到刚刚还在抱怨的同事惊呼了一声!

"天啊!这不是宋羡吗?"她惊愕地从椅子上站起来,一脸错愕。众人凑过去,在她的电脑页面上看到一张图,宋羡穿着礼服,站在一个展厅门口。她们有些不解:"这是哪儿?"

"这是余白昨天的画展。"

"余白?"众人问,"和余白有什么关系?"

"看标题啊!"同事指着标题说,"余白画展,白老师的徒弟莎尼娅露面。"

"莎尼娅?"终于有人发现了重点,却又不敢相信地问,"和宋羡是有什么关系吗?"

那同事翻了一个白眼:"宋羡就是莎尼娅!"

第十四章

旧照片

本来喧闹的办公室顿时安静下来,就连一向成熟稳重的主编都露出了惊愕的神色。她转过头看向办公室的其他人,只见大家目瞪口呆。

刚从外面回来的叶隐歌走了进来,看到众人这副神色,不解地问:"怎么了?"

随后,她就被人拉到了一边:"叶总监,你知道宋羡就是莎尼娅吗?"

叶隐歌惊讶地喊道:"什么?!"

声音之大,差点要把天花板震翻!

众人回过神来,连忙挤到一台电脑前。主编强压狂跳的心,忍不住给宋羡打电话,询问她今天还来不来杂志社。

原本定于早上九点举行会议,当宋羡到达《漫彤》门口时接到了主编的电话。她说:"我已经到了。"

主编转过头，看到了熟悉的身影，其他同事也都纷纷看了过去。前一秒还在屏幕里的人，现在出现在大家面前。众人还没从刚刚的消息中回过神来，一个个直勾勾地看着宋羡。宋羡走进去，和主编打了招呼。随后，江柳依跟了进来，看到众人的神色，不由得笑着问："怎么了？"

"啊，没事。"主编拍手说道，"大家开始工作吧！"

她说完，对宋羡说："你来我办公室一趟。"

宋羡跟主编过去了，其他人也不敢多言。叶隐歌顺势跟在江柳依身后，在江柳依进办公室之前，她喊道："江老师。"

江柳依转过头，听到叶隐歌问："宋羡昨天是不是去参加了一个画展？"

"嗯。"江柳依淡淡地笑了，随即打开办公室的门走进去。叶隐歌跟在后面问："那她真的是白老师的徒弟吗？"

江柳依再次转过头，笑着说："你们也知道了？"

难怪刚刚大家都那副表情。还真是啊！叶隐歌一时不知道该做出什么反应。

江柳依进了办公室，看到办公桌上放着一杯咖啡，还是热的。叶隐歌看到江柳依端起咖啡，回过神来说："这是给您准备的。"

"谢谢。"江柳依抬起头，"下次不用了。"

"您不喜欢吗？"叶隐歌说，"那我给您换其他的。"

江柳依说："不用太照顾我，会议几点开始？"

叶隐歌看了一眼腕表："马上就要开始了，我先带您去会议室吧。"

原本是宋羡负责带江柳依去的，但宋羡刚刚被主编叫走了，不知道什么时候回来。于是，江柳依只好跟在叶隐歌后面离开办公室。

宋羡从主编办公室出来时，看到两个人正往会议室的方向走。

第十四章　旧照片

这段时间，因为经常来童刊开会，她和叶隐歌见面的次数也多起来了。

宋羡前往江柳依的办公室，放下包后，带上笔记本，随后也去了会议室。

会议室里已经坐了好些同事，不仅有童刊的，还有宣传部、策划部的同事。这段时间因为业务而频繁交流，大家渐渐地熟悉起来。江柳依进入会议室后，依旧被安排在主位，宋羡去得最迟，就坐在靠外侧的位置，和江柳依稍隔了些距离。

江柳依右边坐的是叶隐歌。

叶隐歌低下头似乎在询问什么，江柳依一边垂眸解释，一边点头。宋羡坐在位置上，用笔尖戳着纸张。

很快，江柳依就看到宋羡了，便给宋羡发消息："过来。"

宋羡低头回复："你那边没位置了。"

江柳依四周看看，确实都坐满了，于是回复："我让其他人和你换个位置。"

宋羡打字："不用。"

江柳依有些心不在焉，还好这次会议的主题是宣传，她只需要旁听。

自宋羡进了会议室，消息就没断过，尤其是来自新刊那边的何小英，接连发来了多条消息还有链接。

何小英收到宋羡的消息后，从椅子上蹦了起来："回我了！"

小李眼巴巴地凑过来："怎么说的？"

何小英说："她在开会呢。"

吴莹拍了拍她的肩膀："不是问你这个！是问那个！"

何小英看向众人，沉默了几秒之后点了点头。吴莹咽了咽口水，众人虽然已经做好了心理准备，但心脏还是怦怦直跳，尤其是何小英，手机差点没握住摔在地上。

"所以，宋羡真的是白老师的徒弟啊？"

"难怪上次闻人俞说她和宋羡一起长大的，还说宋羡是她的妹妹。"

"我居然和莎尼娅在一起工作？"

何小英惊叹完，想到前两天论坛里有人黑《漫彤》的事，立马操起键盘准备反击。没想到论坛先他们一步，把宋羡参加画展的照片发了出来。这些人刚开始还在带节奏说《漫彤》对不起魏老师，现在已经无人敢多说什么了。

有人看不下去，在论坛留言："哎呀，不是说宋羡要靠江柳依的资源才能给杂志画插画吗？这到底是谁靠谁啊？"

"真有趣，还说魏老师被《漫彤》气死了，就问问魏老师会生气吗？"

"为什么我的重点和你们不一样？我的重点是宋羡真的是莎尼娅吗？我听说宋羡是钢琴大师艾伦的亲侄女！你们知道艾伦只有一个兄弟，还是个地产大亨。所以这个宋羡……"

没人敢往下深想了。难怪《漫彤》邀请的人一个比一个厉害，什么大腕都能请过来。从不接受采访的江柳依为她破例，影坛巨星孔希颜、和孔希颜二度合作的柴茵，还有白烨的关门弟子闻人俞都纷纷应邀。

先前大家还在疑惑：《漫彤》既然有这个实力，为什么不早点发挥出来？何必和《美秀》斗这么多年？原来都是因为宋羡的关系！这才是"得宋羡者得天下"啊！

《漫彤》新刊蒸蒸日上，童刊正在整改，江柳依和莎尼娅合作，

第十四章 旧照片

即将掀起什么样的巨浪，大家心知肚明。

宋羡的手机都要被消息淹没了，她关掉好友申请，索性退出了微信，因此没看到江柳依最后给她回复的那条消息。

江柳依用余光瞄到宋羡的动作，听到身侧的叶隐歌问："江老师，您觉得这套方案怎么样？"

其他人也看了过来，江柳依凝神看方案，最后和大家一致选择了第二套方案。结束后，江柳依都没来得及和宋羡说话，宋羡就被其他人叫走了。她抿着嘴唇，先回了办公室。

办公室里比先前多了一些书。江柳依坐下后听到手机振动，她以为是宋羡，看了一眼屏幕，却发现是赵月白打来的电话。

赵月白问她家里的密码，江柳依起身："你到了？"

"最近不是没事吗。"赵月白说，"我就亲自来'监工'了。记得给我开工资啊。"

江柳依笑着说："好，知道了。"

赵月白又说："让你朋友最近不要进琴房，还要几天才能弄好。"

江柳依说："嗯，这几天她应该会很忙，要办交接手续。"

"交接？"赵月白皱起眉头，"她辞职啦？"

"不是。"江柳依说，"我们下周去江城，她提前交接工作。"

赵月白"啧"了一声："你知道你朋友现在在网上有多火吗？"

她昨天晚上知道这个消息，是一个去参加画展的朋友回来告诉她的。对方没有直说，而是问她想不想知道画展上的八卦。她原本以为和余白有关，刚想拒绝，就听到了宋羡的名字。那人语气夸张地说："她居然是白老师的徒弟啊！"

赵月白惊呆了。刚开始她就觉得宋羡是个宝，冷静的样子碾压众人。没想到，还有这样的身份背景加持，简直是无价之宝！

原本朋友圈里还有酸宋羡的，尤其是在余白开画展之前，都觉得宋羡是为借助江柳依的资源，故意巴结。而现在呢，都被打脸了吧？

她昨晚还特地在朋友圈里发了一条状态："有些人怎么就能如此低调又厉害？"

以前那些酸宋羡的朋友，一个个都安静了。

赵月白想到这场面就想笑，她说："现在总算扬眉吐气了。"

江柳依交代："行了，家里帮我多看着点。"

赵月白笑着说："知道。"

江柳依挂了电话，这时，办公室的门被敲响了。叶隐歌探头进来，喊："江老师。"

她抬起眼睛："有事吗？"

叶隐歌说："是主编中午请大家出去吃饭，就在对面酒楼，想问您有没有空一起过去？"

江柳依这段时间虽然经常来这里开会，但很少在这里吃饭。今天肯定是不能早回去了。

她说："可以。"

叶隐歌笑了："那我记一下您的口味。"

她走进办公室，手上拿着笔记本，正低着头写字。宋羡回到办公室，就听到了里面的谈话声。她转过头，看到办公室的门没关好，从缝隙里看到江柳依坐在办公桌前，对面站着叶隐歌。叶隐歌弯着腰，伸手指着桌上的笔记本。宋羡听到她问："这个可以吗？"

江柳依说："可以。对了，能不能麻烦你备注一下？"

叶隐歌说："备注什么？"

第十四章 旧照片

江柳依说:"我刚刚点的那几道菜,都不要放青椒。"

叶隐歌低下头写备注:"原来江老师不爱吃青椒?"

江柳依说:"不是,是宋羡不喜欢吃。"

叶隐歌的手一顿,很快写好:"哦。"

直到这时,站在门外的宋羡才推门走进去。

江柳依面带微笑:"谈好了?"

宋羡点头。叶隐歌见宋羡回来了,说:"那我先出去了。"说完,她出去后顺便把门也带上了。

江柳依说:"中午我们不回去吃饭了。"

宋羡看向她:"你还有其他事?"

江柳依点头:"下午去电视台排练,你和我一起去。"

宋羡"嗯"了一声,坐在沙发上。

江柳依起身,走到她身边问:"刚刚去楼上谈什么了?"

宋羡说:"谈和童刊合作的事情。"

老板其实是想问她这次合作能不能署莎尼娅的名字,当然也会签合同并支付相应的稿费。

江柳依问:"你同意了?"

宋羡摇头,说:"没有。"

江柳依说:"接下来,你有什么安排?"

宋羡问:"你下午不是还要排练吗?"

经她提醒,江柳依这才想起来下午不仅有排练,还有她的琴房改造。她计划把琴房分出一半,改成宋羡的画室,但又怕自己练琴影响到宋羡画画,所以联系了赵月白。赵月白的一个朋友是专门做隔音装修的,她想等改造好再带宋羡看,所以这几天白天都打算以排练的名义把她带出来。

这时，办公室的门被敲响了，传来主编助理的声音："江老师，我们一会儿可以先去酒楼了。"

江柳依点头："知道了。"

两个人到酒店时，童刊的同事已经来了一小半。叶隐歌看到江柳依，眼前一亮，刚想去招呼，就看到江柳依和宋羡坐在一个新来的同事身边。

她走过去，说："江老师，您坐这边吧。"

江柳依说："都是吃饭，不用那么讲究。"

她身边的同事开心极了，一个是江柳依，一个是宋羡，就坐在她旁边，她今天的运气太好了！这位新同事在众人羡慕的眼神下吃了一顿午饭，至于具体上了什么菜，她都没太注意。

饭后，江柳依和宋羡没待多久就走了。留下的同事问主编："宋羡以后就是江老师的助理吗？"

主编说："当然不是。"

他们和江柳依约定的交稿时间没剩几天了，江柳依已经把创作的新谱子都发给他们了，预计年前就能结束这次合作。

那个同事又问："那宋羡回童刊吗？"

叶隐歌听到这个问题也侧头看主编。宋羡的部门归属问题一直都是大家关注的。新刊想要她，童刊也不想放人，尤其是现在，宋羡又被曝出莎尼娅这个身份，童刊就更想把人留住了，但苦于没有留她的好理由。主编说："还得看宋羡的意思。"

现在就连老板都得询问宋羡的想法，其他人又怎么能左右呢？

同事听到后说："那我还是希望宋羡能回来。"

主编感叹："谁不想呢？"

就算没有莎尼娅的那层身份，宋羡本身也是非常优秀的员工，否则怎么可能在身份曝光之前，就有好几个部门都想要她呢？

《漫彤》内部，新刊、童刊都在忧愁，只有宋羡没受到什么影响。她下午跟江柳依去了电视台。前不久她和江柳依来过一次，那时江柳依是为了过一遍曲目，没有正式排练，见到的人也不多。今天一路走来，倒是见到了挺多人，虽然宋羡都不认识。

江柳依和众人打招呼。好不容易，宋羡瞧见一个熟人。

孔希颜化好妆站在两个人面前："才来？"

江柳依点头："孔老师结束了吗？"

"我刚排练结束。"孔希颜说，"对了，我先前和你说的合作，你考虑好了吗？"

江柳依说："我已经和迟总说过了。"

孔希颜点头："那行，先进去吧。"

宋羡看向江柳依，没等她问出口，江柳依主动说："景烟有专门做慈善的部门，你知道吗？"

宋羡说："知道。"

这几乎是尽人皆知的事情，景烟之所以做慈善，是因为孔希颜当初遇到泥石流那件事。从那之后，景烟就开始积极筹办慈善活动了。江柳依最近和《漫彤》的童刊合作，孔希颜觉得时机很好，就找她合作义演。江柳依当然没有拒绝的理由。

她说完看向宋羡："你不是喜欢小孩子吗？下次我带你过去。"

两个人说着话时，有工作人员迎上来，带江柳依进了一个化妆室，里面还有造型师在等着。江柳依试了几身衣服后，宋羡就坐在旁边等着。好不容易定下衣服了，又开始定妆，等到江柳依可以上台时,宋羡的眼皮子都要耷下来了。江柳依见状,给她端了一杯温水,说:"要不要在这里睡一会儿?"

考虑到等会儿还要排练,至少两个小时才能结束,宋羡这么困,江柳依也不好意思让她一直等。

宋羡说:"不用。"

她想过去看看江柳依在台上弹琴的样子。

江柳依点头:"那走吧。"

宋羡抿了一口温水,放下杯子便跟着江柳依来到前台。此时所有灯光都暗着,宋羡被安排坐在第一排,身边是电视台的工作人员,她也不熟,和人家点了点头算是打招呼。众人坐下后,四周一片漆黑。当灯光再次亮起时,宋羡抬眼望去,只见江柳依已坐在舞台中间的钢琴前。

她曾无数次看过江柳依弹琴的样子,有时江柳依还会秀琴技,但无论哪一次都没有眼前这次震撼。台上的江柳依一身礼服,秀发绾起,露出漂亮的天鹅颈。她低着头,纤细的手臂如蝴蝶翩翩起舞,在琴键上尽情跳跃,已然和钢琴融为一体。

宋羡上次看到江柳依在众人面前弹琴是在画展上,但和现在的表演相比又有所不同。

现在的江柳依给她的感觉就像是为钢琴而生,那种和钢琴浑然天成的融合感,很难用语言来表达。

宋羡不自觉地跟上她的节奏,手指轻敲着腿,闭上眼睛聆听,似乎真的被江柳依带入一个只有音乐的世界,周围鸟语花香,乐声悠扬。

她身侧的几个工作人员也都没吭声。在江柳依弹完半首曲子后,有人走到台上为她调整了钢琴的位置,灯光也随之移动,但始终聚焦在江柳依的身上。

江柳依的目光沉静如水，配合着工作人员的安排，交流时认真又严肃。宋羡突然想到江柳依经常说她严谨得过分。此刻的江柳依不就是这样？

前排灯光昏暗，宋羡在包里翻了翻，没找到随身带的笔记本。她注意到身边的工作人员怀里揣着一个本子，便低下头和她商量，问能不能给她两页纸用。工作人员自然认识她，询问宋羡做什么用后，小声地说："宋小姐稍等，我去后台给您拿。"

宋羡坐在椅子上，没一会儿，工作人员小跑着回来，手上拿着一叠A4纸。她询问宋羡："这个可以吗？"

"谢谢。"宋羡点头，"可以了。"

工作人员坐在她身边，好奇地看她的架势，问："宋小姐是要画画吗？"

宋羡偏过头，工作人员小声地说："我在网上看到过宋小姐的事情，您画画特别厉害。"

说完，她腼腆地笑了笑，宋羡也朝她笑了笑。

宋羡回过神来，坐正身体。台上，工作人员已经调整好角度和灯光，江柳依轻轻拨了拨耳麦，和工作人员确认无误后，重新开始弹琴。

宋羡没动笔，只定定地看着江柳依。舞台还没有装饰好，台下无人，可宋羡已经可以想象到正式演奏那天，灯光将如何绚烂，观众将如何人山人海。她已经很久没有如此生动地联想过一个场景了。

江柳依练习了大半个小时，休息时工作人员递上矿泉水。她拧开喝了一口，然后低下头看向台下的宋羡。工作人员在一旁说："宋小姐在画画呢。"

她先前还问宋羡要不要把灯全部打开，现在只开了两盏，光线不是很明亮。宋羡摇头说这样挺好，于是她就没敢再多问。

江柳依淡笑着走过去，站在不挡光的那侧，低下头看到宋羡正在画一个舞台。寥寥几笔，舞台的雏形已现。江柳依这段时间和宋羡在一起，见她画得最多的就是儿童插画，这还是她第一次见她画其他类型的画。江柳依没有出声，而是静静地站在宋羡身边，看着她下笔。虽然只是一支铅笔，但在宋羡手里宛如有了魔法。

舞台上逐渐呈现出一架钢琴、一个凳子以及钢琴前面坐着的人。那人绾着长发，身穿礼服，戴着长耳链。江柳依还是头一回看到自己在别人的笔触下一点一点成型，很奇妙的感觉。

有工作人员走过来，江柳依抬起手，示意他们先出去。排练告一段落，这些工作人员冲她点了点头后离开了。

短短一周的时间，江柳依完成了《漫彤》的谱子，并与林秋水那边办完了离职手续。她去公司那天，林秋水站在办公室的窗边往下看，觉得人生真是荒诞。

她付出全部心血、一手创办的公司，现在要转让给钱申，而她竟然内心平静无比。

钱申最近过得并不好，每天不是和家里人吵架就是和余白闹矛盾，已经很久没来公司了。林秋水也不管她，交接的所有工作都做完了，她等着江柳依过来签最后的解约合同。江柳依是她进公司签的第一个艺人，没想到也是她离开公司之前解约的最后一个人。

她心中几番感慨，但在看到江柳依时释然了。

签完合同，她约江柳依去喝一杯，两个人已经好久都没有坐下来吃饭了。她以为江柳依不会同意,没想到江柳依很爽快地点头答应了,说:"把月白也叫上。"

林秋水问:"宋羡呢?要叫她一起来吗?"

"她被同事叫走了。"江柳依说,"就我们三个人吧。"

两人随后给赵月白打电话,让她来附近的清吧。清吧刚到营业时间,没什么人。三个人坐在里面,有一搭没一搭地闲聊着。

"你真的要走啊?"赵月白看向林秋水。在她们这群朋友里,就剩林秋水与她、江柳依的联系比较多,这次林秋水出国,也不知道什么时候才能再碰到。

林秋水举起杯子,今天她的妆容淡雅,长发披肩,整个人看起来温和了很多。她笑道:"不走还能干什么?等着你来骂我啊?"

赵月白翻了个白眼:"我什么时候骂过你了?"

"少来!"林秋水继续笑道,"你以为我不知道?你经常背着我在柳依面前说我坏话。"

赵月白也不否认,说:"那不是因为你有时候做事不地道?"

林秋水点头说:"以前我确实有些荒唐。"

说着,她冲江柳依举杯:"代我向宋羡说声抱歉。"

江柳依和她碰了杯,声音清脆响亮。赵月白也端起酒杯对江柳依说:"琴房弄好了。"

"嗯。"江柳依应了一声,她还没告诉宋羡这件事。不过最近宋羡的画都被她搬到了新琴房,宋羡有时候还会奇怪之前的废稿怎么都不见了。

饭局结束后,三个人各自离开了清吧。

赵月白问:"你明天去拜访宋羡的父母?"

"嗯。我很感谢宋羡,她在我低谷期出现,拉了我一把。前不久她又送了我一架钢琴,那钢琴很贵重。我想既然去江城旅游,还是拜访一下她的家人。"

赵月白点头:"也对。"

宋盈时到家后,照例先去书房打开电脑。刚坐下,就听到了敲门声。管家对他说:"宋先生,夫人让您下去一趟。"

宋盈时皱皱眉头,随管家下楼。才到楼梯口,就听到了熟悉的笑声。他看到沙发上坐着的人,惊讶地问:"什么时候回来的?"

宋澜说:"刚到家,宅子里一个人都没有,我就过来蹭饭了。"

临近年关,宋羡也说会回来过年。宋澜比这对夫妻还积极,每天都要打电话问问。宋盈时让他直接联系宋羡,但宋澜说:"那多不好,孩子会觉得不自在。"

对于这个大哥的想法,宋盈时从未理解过。

宋澜比宋盈时大十岁。宋盈时刚出生,宋澜就已经开始到处跑了,自然也就不喜欢和刚出生的弟弟在一起玩。两个人的性格更是大相径庭。宋澜喜欢热闹,而宋盈时喜欢安静;宋澜的朋友遍布城里,宋盈时的朋友寥寥无几。尽管两个人的性格迥异,但在经商这方面,两个人却一拍即合。

宋家本就是做房地产生意的,天时地利人和,宋盈时又这么聪明,想成功就容易多了。

不过,后来听说宋盈时要结婚的消息时,宋家还是吃了一惊。据说新娘是他相亲认识的,是一位生物学家。他们都不知道这个平时不爱说话的弟弟是怎么把人"骗"来闪婚的。随后两个人很快便有了孩子,就是宋羡。

那段时间,宋澜在国外做生意。等回国时,他才惊觉不对劲:

这两口子带出来的孩子，怎么身上没有一点孩子气？他有意纠正，但奈何宋羡太有主见了。才几岁，就伶牙俐齿地知道反驳自己了。宋澜无奈，只好看着一个"小一号的宋盈时"每天晃荡在自己眼前，心里无比郁闷。

他觉得宋盈时剥夺了宋羡的童真，因此对宋羡格外好，加上他至今未婚，也没孩子，就把宋羡当成了自己的孩子。

现在孩子要回来了，他能不高兴吗？去年宋羡就没回来过年，他都快有两年没见过宋羡了。

宋澜想到这里，问宋盈时："羡羡什么时候回来？"

冉间雪平静地说："明天。"

"明天什么时候？怎么过来？开车吗？还是坐飞机？要不要去接她？"宋澜发出了一连串的疑问。

宋盈时没回话。宋澜察觉到不对劲，抬起头问："这些都没问？"

冉间雪说："为什么要问？"

宋澜顿时无语。心想，好歹是你们亲女儿要回来！这对夫妻能不能上点心啊？连他这个做大伯的都快要看不下去了。

宋盈时说："明天我会让助理去接机。"

"算了，算了。"宋澜说，"明天我亲自去。"

他说完看向宋盈时："真不知道你怎么想的。"

宋澜也没心思吃饭了，他给宋羡打了电话，询问明天的飞机到达时间。

宋羡刚到家，就接到宋澜的电话，一边开门一边说："上午十点。"

"那好。"宋澜说，"十点我们在机场见。"

江柳依刚回来，就看到宋羡站在门口换鞋，同时对电话那端的人说："知道了。"

她喊道："宋羡。"

宋羡转过头，看到江柳依回来，嗅了嗅，问："你喝酒了？"

江柳依点头，对她说："刚刚碰到秋水和月白，喝了两杯。"

说着话，两个人走进客厅。外面天气渐冷，屋内暖气开着。江柳依脱下外套，看到宋羡进了厨房。这段时间，宋羡跟着她居然也学会了煲汤。她学什么都快，厨艺也不例外，做的菜色香味俱全。

江柳依说："晚饭我吃过了。"

宋羡说："不是晚饭。"

江柳依转过身，看到宋羡给她递来一杯水。

"这是什么？"她问。

宋羡说："蜂蜜水，解酒的。"

其实林秋水和赵月白根本就没跟她喝什么酒，只是一点果酒而已。不过看到宋羡这么好心，江柳依便接了过来。

第二天还要坐飞机，她们早早地洗漱休息，但次日还是差点迟到。

庆幸的是，到机场后飞机居然因为天气原因延误了。江柳依轻舒一口气，转头看宋羡，见她神色也是少见地紧张，不由得想笑。

宋羡和江柳依坐在候机室，手上拿着登机牌。江柳依问："你要不要和你爸妈打个电话？"

"我爸妈？"宋羡问，"为什么？"

江柳依说："你昨晚不是说，他们会接机吗？"

宋羡说："我大伯来。"

江柳依一怔："艾伦？"

宋羡点头。

江柳依没想到会先见到艾伦。很小的时候她就听过艾伦的名字了，赵月明经常念叨，说这世上弹钢琴最厉害的就是艾伦。

那时候的艾伦颇负盛名，家喻户晓。不过后来不知道为什么不弹钢琴了，很多人扼腕叹息，觉得十分可惜。再后来，他就开了琴行，去大学做了客座教授，培养出了很多优秀的学生，赵月明就是其中之一，且属于最后一批学生。江柳依记得赵月明那时候特别想介绍她去艾伦那里学习，但她的父母几次阻拦，她最终也就没去。

如果当初能去学习，现在又会是什么样呢？

江柳依摇头，打断了自己的胡思乱想。宋羡看向她，江柳依对上宋羡的视线，说："宋羡，你有没有什么特别想做，又没有做的事情？"

宋羡凝神了几秒，摇头说："没有。"

江柳依失笑了。心想，有就不是宋羡的风格了。

广播里传来登机提示，江柳依同宋羡起身，登机前她的手机振动了一下，江柳依低下头看，是黄水琴给她发的消息："今天去江城？"

那晚她说去江城之后，江山和黄水琴都没有联系过她，不过她也没有隐瞒行程，也告诉了江柳冰，所以黄水琴会知道，也不意外。

意外的是，她会主动发消息给自己。江柳依沉默了两秒才回复："嗯。"

消息发过去后，她的心情一直紧绷着，总觉得下一秒黄水琴的指责就会从手机里蹦出来。还好，这次没有。黄水琴回复："路上小心，早点回来。"

江柳依把这句话反复看了好几遍，甚至荒唐地想要打个电话确认对方是不是黄水琴。

宋羡转过头:"怎么不走了?"

她回过神来,把手机收起来,说:"走吧。"

两个人找到位置坐下后,江柳依又把手机拿出来,看着黄水琴的那条消息,她手指轻点在屏幕上,良久才回复:"知道了,妈。"

到江城时,已经过了十一点。

宋澜频频地看腕表,九点多的时候他收到了宋羡的消息,说是飞机会晚点到,于是他就推迟一点来接机,谁知道还是早到了许久。江城偏冷,一到冬天就下雪,宋澜下车之后,雪花落在脸上,久违的寒冷席卷而来。

他突然想到很多年前,有个人从机场里走出来,看到他就开始抱怨:"怎么这么冷啊?你们江城比我们那里冷多了。"

随后抱怨的人伸出手,接住雪花,冲他笑:"不过这雪还挺好看的。"

他问:"你们那里没下雪吗?"

"没有。"寒冬腊月,那人笑得如春风拂面,她说,"你说怎么这么奇怪,我们离得也不远,为什么我那里就不下雪呢?"

他说:"你喜欢下雪?"

她点头:"挺好看的。"

宋澜下车后看向机场里走动的人群,这段突然涌上来的回忆让他有些恍神。刚准备上车,助理说:"宋先生,宋小姐出来了。"

宋羡抬眼望去,看到宋澜的车后对江柳依说:"那边。"

江柳依看过去,远远地看到两个人站在车旁。大雪纷飞,她拢了拢衣服。果然听宋羡的话没错,江城很冷,迎面吹来的冷风呛得她咳嗽了两声。

第十四章　旧照片

宋澜站在原地，助理已经先一步小跑到宋羡和江柳依身边接过行李箱了。宋澜看到江柳依低下头和助理说话，侧脸竟莫名地和记忆中的那个人有几分相似，他一愣，下意识地往前走了两步。

宋羡走到他面前叫他："大伯。"

江柳依也跟着喊了一句："大伯。"

宋澜对上江柳依的正脸，缓了缓神色，点头说："上车吧。"

宋澜知道宋羡的朋友江柳依也是钢琴演奏的佼佼者后，就去搜了江柳依的资料。寻常家庭，父母健在，还有个妹妹。她是很有艺术天赋的一个孩子。听说她的父母不是很看好她弹琴，所以她和家里有点小矛盾，但终归还是站在了台上。

这就是宋澜对江柳依的全部了解。他和宋盈时不同，宋盈时和冉间雪对宋羡就是放养式培养，从小到大也没怎么管过她。只有她毕业那年，宋盈时问宋羡要不要进公司，宋羡拒绝了，还说以后把公司交给经理人打理。

宋羡一向是非常有主见的孩子，宋澜有时候觉得她比宋盈时年轻时候还有主见。鲜少有人能面对宋家这么大的家业而无动于衷。

宋羡沉浸在艺术里，偶尔传来的消息就是又有什么新作品，她的脾气和作风跟她妈妈越来越像。宋澜不是没有试图影响过宋羡，想让她多一些这个年纪该有的快乐，但奈何宋羡不需要。

所以这么有主见的人选择去其他城市生活，他一点都不意外。因为她父母就是这样的人。不过，他还是背着宋盈时把宋羡身边的朋友，包括江柳依，调查得很清楚。

应该只是错觉，江柳依和那人没有一点联系。宋澜轻轻地摇头，问宋羡："这次回来待几天？"

宋羡说:"三天吧。"

之后她还要和江柳依去旅行,连机票都订好了。宋澜说:"三天啊,还没到过年呢,你们这么急着回去吗?"

宋羡摇头:"去旅行。"

宋澜看向宋羡,发现她和她爸爸还是有些不一样的,至少这孩子知道张弛有度,不是一味紧绷着。宋澜很欣慰,他说:"那行,有什么需要帮忙的,你们尽管找大伯。"

江柳依笑了:"谢谢大伯。"

她的五官显出深邃的气息,不笑时显得有些严肃,但笑起来立刻冲淡了面上的冷淡。宋澜一时有些恍神,她喊道:"江小姐……"

江柳依抬起眼睛,宋澜欲言又止:"你……"

但他还是把话吞了回去,转而说:"你们今天想在哪里吃饭?"

江柳依说:"都行,听您安排。"

宋澜点头:"那就去淮阳楼,我给宋羡的爸妈打个电话,我们午饭就在那里吃,好吗?"

江柳依没意见。三个人率先到了淮阳楼。淮阳楼有三层楼高,是仿古建筑风格,招牌闪亮,里面的一切都照古代风格装修,从亭台到包厢,还有屏风,都透着古色古香的韵味。宋澜带江柳依和宋羡先进了包厢,宋羡的父母还没来,江柳依拘谨地坐在沙发上。宋澜把遥控器递给她,说:"盈时他们还要一会儿才到,你和宋羡先看电视吧。"

江柳依接过遥控器,也没什么想看的,就随意放了一档综艺节目。临近过年,节目里都透着喜气洋洋的氛围,大红色的背景,挂着灯笼。宋澜看了一眼屏幕问江柳依:"听说今年你会参加春节晚会?"

这不是小道消息,江柳依已经上过两年春晚了,今年是第三次。网上消息一搜一大把,江柳依也没扭捏,点头说:"嗯,今年会上。"

宋澜说:"挺好的。"他说完又道,"我以前也被邀请上过春晚。"

江柳依转过头:"您去了吗?"

宋澜笑笑,说:"没有,我让给别人了。"

后来他不止一次地想,那么做到底是对是错?或许从一开始,他就错了。宋澜低下头,掩饰眼底的黯淡,对江柳依说:"我听过你的演奏,非常棒!你以后会有更好的发展。"

这句话若是从旁人嘴里说出来,或许会带点恭维,但宋澜不需要这样,他是实话实说。江柳依确实是不可多得的好苗子。

江柳依点头:"谢谢大伯。"

宋澜看着她的侧脸,回过神来,走到窗口。外面大雪纷飞,他隐约看到两个身影越走越近,便转头说:"他们来了。"

包厢门被敲响了,宋澜走过去开门,宋盈时和冉间雪走进来。两个人穿着大衣,身上沾着雪花,被空调暖气一吹,很快就融化了。江柳依看过去,发现宋羡和冉间雪有三分相像,尤其是眉眼,神似。宋盈时还是电视里看到的那样,高大挺拔,内里穿着一身西装,笔挺有型,处处透着成功人士的气息。

两个人看起来都不是话很多的样子。

宋羡走过去,喊道:"爸,妈。"

宋盈时点头:"回来了。"

语调平静得好像他们天天见面,可江柳依记得她问过宋羡,宋羡说她已经两年没回家了。两年没见,都这么冷静吗?

她看向冉间雪,冉间雪比宋盈时更没什么表情变化。江柳依喊道:"叔叔,阿姨。"

冉间雪看了她一眼:"江小姐?"

江柳依说:"您叫我名字吧。"

冉间雪点头:"江柳依,名字不错。"

宋盈时附和着点头:"是不错。"

江柳依:"……"

她有一种奇怪的感觉,好像是来测字的。

宋盈时和冉间雪什么都没问,两个人落座之后把菜单递给江柳依,说:"点菜吧。"

江柳依有些蒙,把菜单递给宋羡。在宋盈时和宋澜说话间,江柳依问宋羡:"你平时和你父母相处,就是这样吗?"

宋羡对上她的双眼,点头:"嗯,怎么了?"

江柳依算是明白了两分,和宋盈时跟冉间雪对比,她突然觉得宋羡有人情味多了。两个人点了几道菜,把菜单递给宋澜。宋澜问:"下午都没事,要不要喝一杯?"

宋盈时看向冉间雪,冉间雪看向宋羡,宋羡看向江柳依,气氛有些诡异。江柳依眨眨眼睛:"可以。"

宋澜招来服务员,点了一瓶红酒,他对宋盈时说:"孩子难得回来,这两天多陪陪她们,别整天忙着工作。"

宋盈时点头"嗯"了一声。

冉间雪问宋羡:"在那边生活还习惯吗?"

宋羡说:"挺好的。"

冉间雪问:"以后就待在那边吗?"

宋羡还是点头。

冉间雪再没有其他问题了。

第十四章　旧照片

江柳依听完,感觉这对母女好像交流了,又好像什么都没交流。

她一时无言,都不知道该说什么。好在宋盈时和冉间雪也不需要她说什么,他们对她的态度和对宋羡没差别,只是问了几个关于她工作方面的问题。江柳依来之前准备了一肚子的话,结果一句都没用上。

饭吃到一半,宋澜说:"你们去哪儿旅行?"

江柳依说了个地方,宋澜问:"那里有什么好玩的吗?"

"风景还不错。"江柳依说,"而且那里比较暖和,我俩怕冷,就选了那里。"

宋澜明白过来,不由得多看了一眼江柳依。

宋羡的性格和她妈妈很相似,一般人相处不来。宋澜还记得宋盈时和冉间雪刚结婚那会儿,他时刻都在想这两个人什么时候会吵架,结果两个人相处得意外和谐,就如结婚时说的那般,非常合适。

一顿饭吃得还算愉快。午饭快结束时,江柳依邀请叔叔阿姨过年与自己家人一起吃饭。宋澜生怕弟弟和弟妹这两张"冷脸"吓着人家,便主动说:"我也去吧。"

江柳依点头说:"当然好。"

宋盈时和冉间雪话不多,她的父母也话少,有宋澜做调和,应该不至于那么尴尬。见江柳依同意了,宋澜便说:"那就这么定了,等你们回来我们一起过去。"

江柳依没意见。

午饭过后,江柳依和宋羡要去结账,却发现宋澜已经先一步买单了。他因为高兴,多喝了两杯,脸色发红,看到江柳依和宋羡站在一起,便说:"先回去吧,我去趟洗手间。"

江柳依和宋羡只好往回走,刚到门口被服务员叫住了。服务员问:"这是宋澜先生的包厢吗?"

江柳依点头,服务员说:"这是宋澜先生刚刚落下的钱包,他人在吗?"

宋羡说:"给我吧。"

服务员笑笑,将钱包递给宋羡。

宋羡想确认一下,便打开钱包。里面有一张照片,是年轻时的宋澜,宋澜身边还依偎着一个女孩,两人冲着镜头笑得很开心。

宋羡确认好后刚想收起钱包,身侧的江柳依不经意地瞥了一眼,问宋羡:"这是谁?"她指着照片里的女孩。

宋羡摇头,江柳依问:"能不能给我看看?"

宋羡把钱包递给了江柳依。

"在看什么?"一道声音从两个人身后响起。江柳依转过头,看到宋澜站在身后。她合上钱包,说:"您的钱包。"

宋澜一愣,低下头,失笑地说:"喝了点酒就糊涂了,谢谢。"

他说完接过钱包,打开,摸了一下照片边缘。江柳依看到他的动作,问:"照片上,是您的朋友?"

众所周知,宋澜未婚,所以她并未提及"夫人"。

宋澜点头:"是我前女友。"

江柳依惊讶:"前女友?"

宋澜的思绪不是很清晰,听到江柳依这么问就顺势说:"是啊,不过是好多年前的事了。她也是弹钢琴的。"

他说完看向江柳依,说:"她弹得比我好多了。"

江柳依问:"比您还好?"

她心中疑惑：那怎么从来没有听人提过？同时期出来的钢琴师，最有名气的就是宋澜了吧？

宋澜点头说："确实比我好。"

他之所以有名气，不过是后来开了琴行有所加成，且后期又不弹琴了，大家给他加上了滤镜，自然觉得他是天才陨落。其实不然。

在时缘面前，他都不愿承认自己是有天赋的人。

"你也是弹琴的，应该知道在艺术上能有一点天赋，就意味着在起跑线上领先别人很多。"

宋澜说的人，就是时缘，虽然年纪最小，但领悟最快。他们一起学习时，他年长几岁，对刚来的时缘颇为照顾，老师也经常夸她。那时候他们有外出演奏的机会，他总会带着时缘一起去。久而久之，他们就在一起了，没什么特别的桥段，但每一件事回忆起来都历历在目。

时缘第一次登台就备受瞩目。他看她那么热爱舞台，就不停地给她创造机会，把所有好的机会都让给了她，甚至是春晚。他没有考虑过她的接受能力。

那时候他不知道，一个人的精力是有限的，他不停地给她机会，她就不停地练习，逼自己往上爬。她怕给他丢脸，所以每次都要做到尽善尽美，后来把自己越逼越紧。等到他发现不对劲时，她已经生病了。

她患上了严重的心理疾病，但她还是坚持四处演奏。那时候的她就像是把弹琴刻入了灵魂，弹琴成了她不可或缺的存在，如果有一天不弹琴，她就会发病。

分手是时缘提的，她说在一起太累了，想要过不一样的生活。她接受了当时一个朋友的追求，很快就结婚了。

江柳依下意识地问:"那她现在还好吗?"

宋澜摇头,眼底满是自责和痛苦。时缘结婚之后,他不愿意再待在国内,远走他乡,也切断了和时缘以及往日朋友的所有联系。

他害怕听到她过得很好,更怕听到她过得不好。

因为好不好,他都没有资格再去干涉。

可他没想到……

宋澜喟叹:"一年后,她举办了最后一场演奏会,结束之后不久便病重过世了。"

她说她这一生仿佛为钢琴而生,仅有的喜怒哀乐,都和钢琴紧密相连,如果有下辈子,她再也不会碰钢琴了。

后来,宋澜不止一次地想,把她推向钢琴"深渊"的,或许是他。在时缘生命最后那段难熬的时光里,他却什么都没做。

以至于这么多年,时缘成了他心底的一道疤,永远抹不去,一碰就疼。

江柳依低下头,看向那张照片,照片里的两个人笑颜灿烂。她问:"她叫什么?"

宋澜说:"时缘,听说过吗?"

江柳依摇头:"没有。"

宋澜说:"好多年了,没听过也很正常。"

江柳依的目光又落在那张照片上。这时,包厢里的宋盈时和冉间雪走出来,问他们站在门口干什么。宋澜侧身让开路:"准备回去了?"

宋盈时点头:"你呢?"

宋澜说:"你们先回去吧,我出去一趟。"

宋盈时没多问。宋澜和宋羡、江柳依打完招呼就离开了。

第十四章 旧照片

　　回去的路上，车里很安静。宋羡看向车窗外面，江城一入冬就会下雪，特别冷，所以她从小就不是很喜欢这里。后来她随大伯出国待了一段时间，之后她父母也过去了，她就一直在国外生活，鲜少回来。

　　到宋家时刚过下午一点，宋盈时问宋羡要不要午休，宋羡点了点头。昨晚没休息好，吃过午饭她就犯困了。冉间雪说："你的房间收拾过了，你们去休息吧。"

　　宋羡带着江柳依回了房间。

　　江柳依不知道为什么，始终心神不宁。虽然宋澜说的是他和前女友的事情，但她总有一种说不出的感觉。回房间后，她问宋羡："你知道你大伯和前女友的事情吗？"

　　宋羡坐在梳妆台前卸妆，听到这话偏了偏头，想了一会儿说："不太知道，我爸妈应该知道得多一些。"

　　她问江柳依："怎么了？"

　　江柳依说："没事。"

　　她只是对照片上的女人和那段故事有一种难以言说的感受。

　　宋羡见她皱着眉头，说："你等我一下。"

　　江柳依看着她穿着拖鞋走出房间，也跟了上去。她看到宋羡打开最里侧的门，从半开的门缝看过去，应该是一间书房。她看到宋羡站在书房的架子上抬起头看了一会儿，抽出一本相册。

　　她拿着相册转头，江柳依问："这是什么？"

　　"这是大伯以前的照片。"宋羡说，"可能也有他和前女友的合照。"

　　虽然她不知道江柳依为什么对大伯的事感兴趣，但她还是把这些都找出来了。

江柳依接过相册,站在架子前翻阅。相册里都是很久以前的照片了,照片上的宋澜非常年轻,正是意气风发的年纪。前几页都是单人照,后面才多了一些合照。

宋羡说:"都是大伯和朋友的照片。"她之前无意间翻到过。

宋澜特别爱交朋友,那时候流行拍照,就拍了好几本相册。后来去了国外也拍了不少,但其中几本落在了这边。

江柳依低着头往下看,照片中都是她不认识的面孔,还有两张是宋羡的父母,他们特别年轻,尤其是冉间雪,宋羡和她年轻的时候真的很像。

往后翻,就没剩几页了。江柳依打开最后一页,看到了两张照片,其中一张是宋澜和一个女人,而这个女人就是他钱包里照片上的那个。和钱包里的照片不同,相册里的这张更为清晰,女人的眉目清晰可辨,温和优雅。江柳依的视线往下,看到女人脖子上戴着银色的项链。

那款式,她好像很熟悉。

江柳依神情有些恍惚,拿出照片,凑近一点看,项链的样式看得更为清楚。她的脸色瞬间发白,恍惚间想到有一年她过生日,江山就送了她这条项链。

江柳冰说:"姐,你的项链真好看。爸,你在哪里买的?我也要!"

江山怒瞪她一眼:"什么都要!"

江柳冰撒娇问:"在哪儿买的嘛?"

"不是买的。"江山说,"定制的,只有这一款。"

闻言江柳冰有些不高兴,说:"姐,我和你换!我有很多项链可以……"

"不可以!"江山一声呵斥,威严尽显。

想到这里,江柳依的手一抖,相册掉在了地上,发出一声响动。

宋羡低下身子捡起相册,看向江柳依,问:"怎么了?"

内心掀起风浪的江柳依努力维持镇静,她的嘴唇忍不住哆嗦起来,过了两秒才开口:"没事,我们回去吧。"

宋羡狐疑地看着她,回房间后还是不放心:"江柳依,你怎么了?"

江柳依的唇色发白,耳膜嗡嗡作响,思绪乱糟糟的,好像千丝万缕间终于有根线露出了端倪。从前她最想知道的理由也随之浮现,但她不敢顺着那根线探究下去,不敢相信那个理由。

不可能。绝对不可能!

这只是巧合而已,只是巧合。

江柳依紧张得胃痉挛,疼到脸色发白,她试图冷静,却怎么也冷静不下来。

宋羡坐在她身边,担心地喊道:"江柳依?"

江柳依压低声音,尽量平静地开口:"我没事,就是胃有点疼,你先休息,我去倒杯水。"

宋羡说:"我帮你吧……"

江柳依按住她的肩膀:"宋羡,让我自己去。"

她想找个安静的地方,一个人静一静。

宋羡没说话,看着江柳依离开了房间。门合上后,江柳依深呼吸,腿软到没法正常走路,她倚靠在门框旁,心跳骤然加快,眼角发红,内心酸楚,做了好几个深呼吸才勉强平稳下来。她踉跄着下楼,环顾四周,感到天旋地转。

江柳依从大衣口袋里掏出手机,握在手心,试图给江山或者黄水琴打电话，但眼前却很模糊，什么都看不清，最终跌坐在沙发上。

宋羡下楼就看到她这副失魂落魄的样子，她喊道："江柳依？"

声音虽轻，却唤回了江柳依的一丝理智。

宋羡到底不放心江柳依，跟了下来。

江柳依转过头看宋羡，宋羡满眼担忧。江柳依张了张嘴，说："我想喝水。"

宋羡快步走到厨房，只是人还没走进厨房就听到了里面宋盈时的声音。

他问冉间雪："这孩子怎么样？"

冉间雪低下头："挺好的，看起来和羡羡挺投缘的。"

她正在泡牛奶，她习惯午睡前喝一杯。宋盈时看她忙碌的动作，点头说："是还不错。"

冉间雪抿了一口牛奶，宋盈时问她："味道如何？"

冉间雪喝完说："比家里的甜，下次不要买这个牌子了。"

宋盈时皱起眉头："很甜吗？"

冉间雪点了点头，一脸平静。宋盈时靠近她说："我尝尝。"他说着就要凑过来，这时冉间雪用余光瞄到宋羡，立马推开宋盈时，淡淡地说："等回房间再尝。"

宋盈时站直了身体。宋羡走进厨房，看到两个人站在一起，顿了顿。冉间雪问："要什么？"

宋羡说："要一杯水。"

冉间雪转身给她倒了一杯水。宋羡没多看两人，就回到了客厅。江柳依的脸色比刚刚好一些了，只是还有点不自然。她接过宋羡递来的杯子说："谢谢。"

宋羡坐在她身边，低下头问："你怎么了？"

江柳依还没法和宋羡解释那么多，或许这只是巧合，只是她不切实际的假想，但看到那条熟悉的项链，江柳依又觉得她在自欺欺人。她将水喝完，对宋羡说："我还想再要一杯。"

宋羡看了她一眼，点了点头，又去厨房里给她倒水。这次，她的父母已经不在厨房了。

宋羡倒了水，站在进客厅的走廊上，往里面看，江柳依正拨弄着手机。她走过去，将水递给江柳依。江柳依关掉手机，接过水杯后对宋羡微微一笑。

两个人静坐良久，江柳依说："宋羡，如果我们现在回去，你父母会介意吗？"

宋羡微诧："回哪里？"

江柳依答："回家。"

宋羡摇头："不介意。"

江柳依伸出手，递向宋羡，并对宋羡说："那我们回家吧。"

宋羡只是看了她几秒，然后说："好。"

第十五章

迎新年

突然听到江柳依和宋羡说她们要回家，冉间雪没有多问，只是问要不要送她们去机场。江柳依摇头说："不用了，我们要先去其他地方。"

冉间雪和宋盈时也就没有多问她们要去哪里，只是说有什么事给他们打电话。

两个人的行李箱都没打开，又已经买了返程的机票。宋羡问江柳依要去哪里，江柳依反问她："你大伯现在在哪里？"

宋羡摇头，说："我给你打电话问问。"

原来宋澜正在朋友家做客。他鲜少回来，每次回来都要先拜访一圈以前的好友。看到江柳依和宋羡来告别，他惊讶地问："怎么就要走了？不是说还要去旅行吗？"

江柳依说："家里突然出了点事。"

宋澜脸色微变："什么事啊？要不要我帮忙？"

江柳依说："不用了。"她说着给宋澜递了杯花茶，"刚来的路上买的，味道不错，给您带了一杯，解解酒。"

宋澜笑了："宋羡有你一半贴心我就满足了。"

他接过来喝了两口。江柳依盯着他的杯子看，找了个与钢琴有关的话题请教他。宋澜认真地给她讲解，因为喝过酒嘴巴干，所以一杯花茶很快就喝完了。

问题也问完了，茶也喝了，江柳依说："那我们先走了，您也注意身体。"

宋澜点头说："行，要不要我送你们？"

江柳依说："不用了。"

宋澜还想再说什么，这时朋友叫他，他转过头和朋友说话。江柳依看着他的侧脸，说："您居然也有白头发了。"

"哪里？"宋澜笑了笑，"人老了，不得不服老。"

江柳依靠近他半步，问："要不要给您拔了？"

宋澜侧头看着江柳依，迟疑了两秒，说："好啊。"

江柳依伸出手，不知道是因为天冷还是其他什么原因，她的手一直在发抖。宋羡看她情绪不对，快速上前一步，越过江柳依，拔了那两根头发。

宋澜问："拔掉了？"

宋羡点了点头。

江柳依说："那我们回去了。"

宋澜目送两个人离开，他没察觉到江柳依离开前还顺手把他用过的那只杯子带走了。

江柳依直到上了车，身体都在发抖。宋羡转过头看她，不放心地喊道:"江柳依。"

她的声音在江柳依耳中仿佛忽远忽近,江柳依的心跳骤然加快。宋羡看江柳依这副样子,便没有多问,只是静静地陪着她。

黑色的轿车缓缓地驶离。隔着一扇窗子,宋澜抬起手摸了摸鬓边,目光沉沉。

她们突然要走,宋澜觉得不对劲。

他想了想,还是给助理打了电话。

江柳依和宋羡很快就到了机场,回去时飞机没有延误,但时间也不早了。

江柳依下了飞机直奔家里,江山和黄水琴看到她和宋羡都愣了一下,还没反应过来,江柳依就已经进了自己的房间。

宋羡站在客厅里,江山和黄水琴有心想问些什么,但面对宋羡也不知道如何开口。这时,江柳冰从房间里走出来,诧异地问:"你怎么在这儿?你不是和我姐去江城了吗?"

宋羡说:"回来拿东西。"

江柳冰有些不解:"什么东西?我姐呢?"

江山说:"她在房间里,回来就怪怪的,你去看看她在干什么?"

江柳冰"哦"了一声,探头向江柳依的房间看了看,只见江柳依坐在梳妆台前,手里紧攥着项链坠子,因为太过用力,坠子末端的尖锐部分已经扎进了肉里。她喊了一声:"姐?"

这条项链和照片上的一模一样。

为什么时缘的项链会在她爸江山手里?又为什么送给她?不是说这是定制的吗?

江柳依觉得既荒谬又好笑,她设想过千万种可能,唯独没有想过这个。怎么可能呢?她怎么可能是那样的人?可她现在连质问江山和黄水琴的勇气都没有,她害怕听到她不想听的答案。

江柳冰从她身后走过去,还没靠近,江柳依就起身走进了卫生间。

房间外面,江山和黄水琴面面相觑,也都沉默下来。

等江柳依从卫生间走出来,大家看到她脸色苍白。她看了一眼江山和黄水琴,几次想说话,最终什么都没说,又带着宋羡离开了。

等人走了,江柳冰才问:"我姐怎么了?去江城受气了?"

江山看向窗外,并未回答。这次江柳依回来后,没有叫他"爸",也没有叫黄水琴一声"妈"。虽然从前她和他们生气时也不打招呼,但刚刚看她的神情,分明不是在和他们生气。

是不是她在江城看到了什么?又知道了什么?江山一直以来都惧怕她去江城,也始终不愿意她和宋羡交朋友,可他挡不住命运的安排。偏偏江柳依又是那么聪明的孩子。

他把那条项链送给江柳依的时候,从没想过有朝一日江柳依会和宋澜见面。他只是觉得那条项链是那个人留给江柳依唯一的东西……

江山叹了口气。

黄水琴说:"我去收拾一下她的房间。"

江柳冰百思不得其解,也跟着黄水琴进了房间,但她什么都没问出来。

楼下,江柳依和宋羡上了车。江柳依坐在副驾驶位上,看着外面逐渐暗下来的天色,说:"从小我爸妈就特别疼我,什么事都依着我,除了弹琴。"

宋羡转过头看江柳依,窗外的夜色仿佛笼罩在她身上,车灯闪烁将她的侧脸衬得忽明忽暗。江柳依闭了闭眼睛,说:"后来我偏要弹琴,家里开始没日没夜地争吵,提什么都可以,就是不能提弹琴。我以为是他们不喜欢我弹琴……"

"可是我真的不明白,他们为什么不让我弹琴?为什么柳冰学画画,他们就那么支持?为什么就不能支持我?是我做得不够好吗?"江柳依看向宋羡,"宋羡,我以前一直都是这么想的。"

宋羡看着江柳依苍白的脸,不知道该说些什么安慰的话。

江柳依说:"所以我不停地努力,不停地弹琴,我以为他们看到了我的成就,就能支持我了。原来不是这样,他们不喜欢我弹琴,不是因为我不够优秀。"

宋羡心疼地看着她。

江柳依轻轻地笑了笑:"有一年过生日,他们把我叫回家,给了我一份生日礼物。"她拿出手心的项链,"你看,多眼熟。"

她曾经以为这只是一条普通的项链,从未想过背后的意义,更没想过父母那么强烈地反对她弹钢琴的原因会和这条项链有关系。

所以,当初他们把项链交给她,是什么心情呢?

宋羡攥住江柳依的手,江柳依转过头说:"走吧,陪我去个地方。"

车是宋羡开的,江柳依一直沉默地看着车窗外面,风景依旧,却又好像一切都变了。她想到以前的那些争吵,强烈的撕扯感从心底蔓延开来,又疼又令人窒息。她把头靠在车窗上,眼前一片模糊。

宋羡知道她难过,开到一半,便把车靠在路边停了下来。她看了一眼江柳依,推开车门下车,江柳依转过头,看见宋羡跑进一家药店，没几分钟又跑了回来。上车后，宋羡掰开她的手，江柳依这才发现自己的手心被项链划伤了。宋羡小心地帮她消毒、清理伤口，动作轻柔，最后帮她贴上了创可贴。

江柳依喃喃地问："宋羡，我爸到底是谁呢？"

宋羡说："不要胡思乱想。"

时间仿佛过了一个世纪那么久，江柳依才恢复了些许理智。

她说："宋羡，开车吧。"

江柳依这次突然回来，不仅江山和黄水琴惊讶，赵月白也很感意外。赵月白是在三天后才知道江柳依回来的消息的，她连忙给江柳依打电话询问。电话却始终打不通。江柳依的手机关机了，这个连半夜睡觉都不会关机的人，居然把手机关机了！

赵月白没办法了，只好给宋羡打电话，宋羡说没事。

赵月白还是不放心，问："真没事？"

宋羡说："嗯。"

赵月白没话说了，只好挂了电话。

宋羡走进房间，江柳依坐在飘窗上，双腿并拢，下巴搁在膝盖上。听到开门声，她转过头，看到是宋羡，神情立刻放松了许多。

宋羡问："中午你想吃什么？"

江柳依说："街头那家米粥吧，你能不能帮我买一份？"

宋羡点头说："好。"

她没合上房门，转身拿了钥匙和钱包就下楼了。刚走没几分钟，门铃响起，江柳依还以为是宋羡忘了带钥匙，便赤脚走出来。地板温热，但她的手脚却冰凉。她打开门，发现门外的人不是宋羡。

"是江小姐吗？"快递员说，"您的快递。"

第十五章 迎新年

江柳依接过快递打开，里面是两份文件。她犹豫着不知道该先打开哪一份，就坐在沙发上。良久，她终于决定先打开右边的那份。文件一点点抽出，她整个人都在发抖，直至看到上面显示的匹配结果：无血缘关系。

江柳依瞬间松了口气，随后自嘲地笑笑，直至泪水在眼底打转。她把头埋在文件里，连笑声都变了调，最终化作痛苦的呜咽。

良久，她起身走进厨房，打开火，直接将那份文件扔进了火里。随后，她找到手机，开机后给江山打了电话。

江山的声音比以前更沉，江柳依喊了一声："爸。"

江山一愣，心底发酸，眼眶刹那间就湿润了。他走到窗口，抹了一把鼻子，声音粗哑地问："嗯，什么事？"

江柳依看着面前跳跃的火光，问："爸，你认识时缘吗？"

电话那端的人顿时哑口无言。江山不知道是不是错觉，他好像听见耳边有风声，如狰狞的哭泣。他压着情绪说："不认识。"

他嘴上说不认识，思绪却飘回了很多年前。他很小的时候就知道，他有个妹妹被过继给了时家。但他妹妹在时家过得并不好，因为时家没过几年就有了自己的孩子，自然把她当外人对待。他求父母把妹妹要回来，但时家却说他们能给妹妹提供更好的条件，妹妹也会有更好的发展，而且妹妹也不愿意回来。

他知道他妹妹的名字，叫时缘。

他去找时缘，问她为什么不回家。时缘痛苦地冲他喊道："当初是他们抛弃我的，为什么现在要我回去？为什么？"

他那时候年纪也不大，完全不知道该怎么解释。父母理亏，更没法面对时缘。只有他还愿意和时缘来往，保持联系。但时缘从没原谅过他的父母，所以他们都是背着家里人联系。

时缘成名那几年,他是替她高兴的。时缘在电话里也会跟他分享:"哥!我上台了!你看到了吗?"

他看到了,看到无限风光的时缘,他想父母是对的,时缘现在的成就,是他们家给不了的。

后来,时缘也会跟他分享心事了。有一天,她说:"哥,我有喜欢的人了。哥,他和我表白了,我们在一起了!"

那是多么欢快的语气,他至今难忘。他以为时缘会永远这么幸福下去,可天妒英才,没过多久时缘就生病了。他偷偷去看时缘时,时缘已经瘦得不成样子了。她看着自己,痛苦地说:"哥,我不想上台了,我不想弹钢琴了。"

可她还是会选择上台演奏。他听说那个一直给她机会让她上台的人就是时缘喜欢的人,叫宋澜。他想去找宋澜,但被时缘拦下了。时缘说:"我和他分手了,以后我不想再这么累了。"

他抱着时缘说:"好,以后哥养你。"

时缘笑了:"不要哥养我,我要结婚了。"

就是这么仓促,她居然眨眼间就结婚了,他甚至连结婚对象都没有真正看过,只是看到了照片。短短两个月,因为戒药,时缘的病情反复,男方终于受不了提出了离婚。

才结婚就离婚,时家觉得丢人,就把时缘赶了出来,也不再认她这个女儿。

他把时缘接回了家。巧的是,时缘这时发现自己怀孕了,并且非常坚持要留下这个孩子。她那时候的精神状态非常糟糕,她说或许有了孩子,生活就会有所不同。

他心软了,准许她留下这个孩子。

黄水琴担心她情绪不稳定,辞去了工作,留在家里陪她。时缘不想出门，也不愿意听到外界的声音，黄水琴就一直陪着她。

所以，后来江柳依出生，过继到江山名下，没有人怀疑过。亲戚们都以为那段时间是黄水琴在家里养胎。

可是谁都没想到，时缘生下孩子后，病情反而更严重了，已经到了心理承受不住的阶段。有一天她跪在他面前，说："哥，我对不起你，也对不起这个孩子。我不想让她知道，她的母亲是这样的人。我求求你，不要告诉她，能不能把她当成你的孩子，永远不要告诉她关于我的事情？"

他沉默着，没法回答。

时缘又说："我这辈子最喜欢的就是弹琴，但最恨的也是弹琴。不要让她走我的路，不要让她碰钢琴，可以吗？"

他看向跪地不起的时缘，只有哽咽。

时缘最后开了一场演奏会，结束之后因为病重，在后台过世了。离世前，她给他留了一封遗书，还有那条项链。他知道那条项链是宋澜送的定制款，她收到的那天高兴极了，给他发了很多消息。可是他却高兴不起来，觉得如果没有宋澜的步步紧逼，时缘或许不会走到这一步。

所以他恨宋澜，那条项链他几次想扔了，可最后还是没舍得，并借着机会送给了江柳依。这是时缘留给江柳依唯一的东西。

可他没想到，有一天江柳依会问自己认识时缘吗？

江山如鲠在喉，反复念叨："我不认识，不认识。"

江柳依点头，拿起另一份文件，又问："我是你的女儿吗？"

耳边风声呼啸，江山回过神来，语气坚定了很多。

他说："柳依，你和柳冰永远都是我的女儿。"

那就够了，足够了。

江柳依闭了闭眼睛，将文件放进火里，然后挂了电话。

　　宋羡回到家就闻到一股烧焦味，她脸色微变，连鞋都没换就往里面跑。看到站在厨房里的江柳依，她一惊，喊出了声："江柳依！"

　　江柳依转过头，眼睛不知道是不是被烟熏的，眼尾都泛起了猩红。她冲宋羡笑，那笑容比哭都难看。宋羡走上前，也没问江柳依在烧什么，只是说："米粥买回来了，趁热吃。"

　　她将米粥装进瓷碗，准备拿勺子时，身后突然传来哭声。她没吭声，直到身后再没了动静，她才转身把粥端上桌。

　　江柳依在家里休息了很久。宋羡偶尔陪她出去逛逛，附近的公园她们都去过了，还去了上次没去的游乐场。恰逢寒假，游乐场到处都是小孩子，江柳依和宋羡站在一群孩子中间，心情都好转了很多。

　　这段时间来找江柳依合作的人都被她推给了迟晚照。迟晚照在年前给她安排了经纪人，也是孔希颜的经纪人——童悦。

　　童悦在景烟一直专带孔希颜，奈何孔希颜经常不拍戏，她也没事做，就把这个活给揽下来了。

　　江柳依没什么意见，年前又去了一趟景烟，和经纪人把合同签了。童悦问她晚会的演奏该如何安排，江柳依说："宋羡会陪我去的。"

　　她为宋羡安排了观看位置，没让助理陪同。童悦给她找了优秀的造型师。年前那几天，她一直都在电视台排练，宋羡也没去杂志社，全程陪着江柳依。

　　因为年二十九要上台，所以二十八那天黄水琴给她打了电话，让她回家吃顿团圆饭。

现在站在楼下，江柳依的内心很复杂。宋羡站在江柳依身边，偏头说："进去吧。"

不知道什么时候下了雪，雪花洋洋洒洒地飘落，落在宋羡的肩头。江柳依伸手掸掉雪花，和宋羡一起上了楼。

黄水琴和江山正在厨房忙碌着年夜饭，听到开门声，黄水琴转过头来。江柳依喊了声"妈"。

黄水琴笑着说："回来了。"

她的双鬓已经发白，额头的皱纹很深。从前她总是愁眉苦脸，现在却笑得愈发温和。

江柳依点头说："嗯，回来了。"

黄水琴说："坐吧，你爸还在做饭。他都多少年没下过厨了，今年倒是想起来做饭了。"

的确是好多年了，但江柳依还记得小时候江山经常给她做饭。那时候她到时间不肯吃饭，黄水琴生气，干脆什么东西都不给她吃。所以她每次饿了，都是江山偷偷地给她炒饭吃。

她还记得那味道，特别香。

江柳依回过神来，带着宋羡坐在沙发上。家里一看便是刻意布置过的，满是喜气。大红色的"福"字贴在门上，阳台两边挂着小灯笼。江柳冰从房间里走出来，看到宋羡眼前一亮，率先打了声招呼。

江柳冰问江柳依："能不能借宋羡几分钟啊？"

江柳依看向宋羡，说："去看看画？"

宋羡点了点头，跟着江柳冰去了她的房间。

江柳依静坐几秒后起身，目光看向厨房。江山和黄水琴正在炒菜，两个人忙起来还是一贯地吵吵闹闹。江柳依走进自己的房间，看见床单被褥整整齐齐的，还能闻到洗衣液的香味。再看旁边江柳冰的房间，门开着，江柳冰不知道问了宋羡什么问题，宋羡冷静地摇了摇头，江柳冰的小脸立刻垮了下来。

江柳依笑了笑，走进了厨房。

江山看到她进来，皱着眉头说："你进来干什么？等会儿就吃饭了，出去看电视吧。"

江柳依说："我来帮忙。"

黄水琴把碗筷递给她："那你先去放碗筷。"

这桌提前准备的年夜饭很丰盛。宋羡和江柳依都是不太喜欢过节的人，今年却和大家一起吃了顿团圆饭。

饭后她们要回去了，黄水琴问："不住在家里吗？"

江柳依想了一会儿，说："下次吧。"

江山点头："那就下次，回去路上小心。"

回去的路上，江柳依问宋羡："过年了，我们要不要也把住处布置一下？"

她们的住处连一个红"福"字都没有贴。

宋羡看向她，说："好啊。"

江柳依说干就干，带着宋羡去超市买了些福字和小灯笼，还买了一些年货。两个人在超市还碰到了赵月白，赵月白穿着羽绒服，裹得严严实实的。她冲江柳依挥手："柳依！"

江柳依抬起头，看到赵月白跑过来。

宋羡冲赵月白点了点头，去旁边看灯笼了。

赵月白说："哎呀，你终于出关了，这段时间忙什么呢？连电话都不接！"

江柳依说："家里有点事。"

"什么事啊？"赵月白问。

江柳依说："一点私事。"

赵月白被她的回答搞得没话说，但还是关心地问："现在没事了？"

江柳依点头："没事了。"

"没事就好。"赵月白说，"哎，你朋友有没有看到改过的琴房呢？是不是很高兴？"

江柳依这才想起来前阵子让赵月白帮忙改琴房的事情。这么多天，她竟是没进去看过。宋羡平时也不会主动去她的琴房。这段时间，她们早上出门，晚上才回家，又要紧张排练，所以琴房也好久没用过了。

江柳依说："还没告诉她。"

"还没？"赵月白皱起眉头，"不告诉她吗？"

江柳依摇头说："今晚告诉她。"

赵月白笑了："行，还有什么事尽管给我打电话，明天上台加油。"

和赵月白分开后，江柳依找到宋羡，看她站在一排灯笼旁边。她走过去，问："喜欢这个？"

宋羡点头，江柳依便挑了一些去结账。

两个人回去后，江柳依开始整理房间，宋羡则把福字贴在门上，在客厅挂上灯笼，顿时整个房子就有了喜庆的氛围。

她正忙着，听到江柳依叫她："宋羡！"

她看过去，只见江柳依推开琴房的门，站在门口，示意宋羡过去。

江柳依打开琴房的灯，宋羡眯了眯眼睛，几秒后才适应室内的光线。里面和先前稍有不同，琴房被巧妙地隔开了，内里隔成了一个四四方方的工作室。江柳依牵着宋羡的手走进去，工作室虽小，但有窗有门，里面放了一张红木桌，桌上有笔墨纸砚，还有很多绘画用的工具。

宋羡转过头问："你什么时候弄的？"

江柳依说："去江城之前。"

本来她早就打算告诉宋羡了，只是这段时间太忙给忘了。

宋羡走进去，看到画架旁边还放了一个很大的藏画盒，她好奇地打开，最上面居然是她第一次画的江柳依。

记忆瞬间回放，连带那天江柳依穿的衣服，说的话都清晰起来。宋羡低下头，看到这幅画下面还有好些废稿，都是她前段时间的废稿，她还以为都扔了。正低着头看，窗外的烟花砰的一声升起，炫彩夺目。

江柳依和宋羡同时转过头，看向窗外。画室和琴房的窗户都不是很大，江柳依打开窗户，任凭风声呼啸着吹进来，扬起她的秀发。她倏地转头，在画室里环顾了几眼，最后对宋羡说："我们去搬个沙发进来吧。"

"沙发？"宋羡觉得有些不可思议，"这里好像放不下。"

书房里有一张黄色的懒人沙发，买回来后还没怎么使用过，因为她们鲜少进书房。宋羡看着江柳依将懒人沙发放在靠窗口的位置，这样坐下后一抬头就能看到窗外的烟花。

江柳依坐在沙发上，旁边还留了一半的位置，她拍拍身边的位置，说："来坐。"

宋羡走过去，挨着江柳依坐下，两个人一起抬起头看着天上绽放的烟花。江柳依又起身去酒柜里拿了一瓶红酒，坐在宋羡身边时给她递了一杯。宋羡抿了一口，感受到红酒苦涩中带着一丝甘甜。

　　江柳依望着烟花，问："好看吗？"

　　宋羡抬起眼睛看向窗外，点头说："好看。"

　　接着，江柳依从身后拿出一个盒子，递给宋羡："早就做好了，一直想找个机会送给你，谢谢你陪我度过最艰难的时光。"

　　宋羡低下头，打开盒子，看到江柳依送她的手链，觉得心里很温暖。

　　她抬起头，真诚地说："江柳依，我很喜欢。"

第十六章

家属区

第二天,江柳依仍然比宋羡起得早。

她给宋羡兑了蜂蜜水,看宋羡小口地抿着,便问:"是不是太甜了?"

因为她刚才放了挺多蜂蜜。宋羡点头,江柳依说:"那再兑一点温水。"

宋羡看向她手中的杯子:"你那杯呢?"

江柳依说:"我还没喝。"

宋羡便拿过江柳依的杯子,抿了一口,说:"我喝这个。"

江柳依看着她笑了:"好啊。"

吃过早餐后,江柳依对宋羡说:"我一会儿要去台里了,你还去吗?"

她其实是想让宋羡多休息一下。宋羡却说:"我和你一起去。"

"你不困吗?"江柳依问。

宋羡点头:"困。"

江柳依刚想说那你还是在家休息,宋羡又说:"那我也要一起去。"毕竟能现场观看新年晚会的机会难得。

江柳依没辙了,只好带着宋羡一起去。宋羡刚上车就睡着了,到了电视台才被叫醒。江柳依要去换衣服化妆,宋羡也随她下了车。一路上很多人跟她们打招呼,宋羡不认识这些人,但能看出来江柳依在台里人缘挺好。

也有几个歌手主动走过来跟江柳依攀谈,说期待下次合作,江柳依都礼貌地一一加了他们的联系方式。

很快有工作人员迎上来:"江老师!"

江柳依看过去,工作人员说:"您的化妆间在这边。"

其他人顺着工作人员手指的方向看去,小声地说:"那不是孔希颜的化妆间吗?"

"听说她和江柳依共用一个化妆间。"

有人羡慕地说:"江柳依的运气真好。"

旁人笑着解释:"什么运气真好?她现在签给景烟了,你们不知道?而且她还是迟总女儿的老师。"

"我听说了,没想到是真的!"

这些窃窃私语传不进化妆间,更进不了江柳依的耳朵。

她进门后,看到孔希颜已经化完妆了,身边坐着迟晚照。江柳依同两个人打招呼,问:"慕颜呢?"

迟晚照说:"去她奶奶那边了。"

每逢过年她都要把女儿送去奶奶那边。江柳依点头,造型师走过来,开始给她上妆。孔希颜问:"你是开场的表演吗?"

江柳依说:"是,比较早,一会儿就上。孔老师是第几场?"

"我靠后一些。"孔希颜说,"童姐一会儿过来,你见过她了吗?"

江柳依已经见过童悦了,那是一个十分干练的经纪人,与林秋水截然不同。

孔希颜说:"她面冷心热,有什么事你都可以找她。"

江柳依点头,说起来她还真有件事准备和经纪人商量。

新年晚会一直都是直播,江柳依很快就要上场了。她为宋羡安排的是观众席第一排的位置,身边坐的都是老板或知名导演,宋羡坐在其中稍显年轻,甚至还有点格格不入。好在她一向安静,不说话也没什么人注意到她。

很快,灯光暗下来,主持人的声音响起。宋羡还是第一次在现场看晚会,和在家里用电视看的感觉确实不同。主持人只说了几句简短的开场白,但她觉得特别有感染力。她看着红布缓缓地拉开,主持人站在台中央,再往里面看,舞台最后面的阴影处放了一架钢琴,钢琴前坐着演奏者。

只是看身影,宋羡就认出了江柳依。

主持人讲完了开场白,一束灯光落在江柳依身上。她坐在那里,乐曲从她的指尖流淌而出,直到一曲结束,现场爆发出热烈的掌声,宋羡才回过神来。

江柳依结束了表演,回到后台刚好看到了童悦。

童悦恭喜道:"江老师,您很棒。"

江柳依已经演奏过无数次了,在这样的场合从未出过差错。她点头,接受童悦的赞赏,并对童悦说:"童姐,有点事想和你说,能不能等我一会儿?"

童悦点头:"可以啊。"

江柳依闻言说:"我马上回来。"

她先去换了衣服,又卸掉了妆,然后舒舒服服地坐在童悦身边的沙发上。

童悦问:"什么事啊?"

江柳依说:"我想年后开一场演奏会。"

"年后?"童悦问,"具体几月份?"

"三月份。"江柳依回答,"有一首新曲子,我想推一推。"

童悦点头说:"好啊,那你先把新曲子发给我,我和策划部商量方案。"

她没想到江柳依这么快就要开演奏会了,毕竟去年江柳依才办了世界巡演。往常像她这样的艺术家,每次巡演后都要休息很久,而江柳依这才休息了半年。

不过既然她本人想开演奏会,那肯定是没问题的。

童悦想到几个备选城市,说给江柳依听,又说:"不过这些是我初步想到的城市,具体去哪一个,我们可以再商量。"

江柳依点了点头,说:"麻烦了。"

童悦又问:"对了,演奏会的主题,你定还是我们定?"

"我定吧。"江柳依说。

童悦问:"那主题定什么?"

江柳依说:"星河入盏。"

"星河入盏?"

她转头看向童悦,点头说:"《合适》是新曲子的名字。"

江柳依原本想等演奏会的事情定下来再告诉大家,没想到童悦办事速度奇快,年后初八就给了她策划案。江柳依看了初步定下的城市名单,里面居然有江城。

江城,一座娱乐化大都市,偏偏她没去过几次。说来也奇怪,每次定好去江城演奏,到最后定方案的时候总会临时改地方,所以她一次都没有在江城演奏过。

童悦问江柳依:"可以吗?"

江柳依过了好一会儿才回复她:"可以。"

童悦敏锐地察觉到了江柳依的异常,她问江柳依:"江老师,是不是有什么问题?"

江柳依摇头:"没有,大概今天有点紧张吧。"

童悦说:"明白了。"

宋羡的父母来看自家女儿,顺便看望女儿好友的家人,今天来的第一站就是江柳依家。原本定好了去饭店,但黄水琴说,宋羡的父母什么酒店的饭菜没吃过!难得来一次,还是尝尝家里做的饭菜。江柳依询问了宋盈时和冉间雪的意见后,决定带他们来家里。

知道江柳依还有其他事,童悦把策划案递给她:"那江老师回去再看,有问题联系我。"

江柳依接过策划案,离开景烟时给宋羡打了电话,问她有没有下班。

江柳依想路过杂志社时顺便把她捎上,正好宋羡刚走出大门就接到了江柳依的电话。同事还在问她聚餐的事情,宋羡摆摆手,对手机那边的人说:"刚下班。"

"那我过来接你。"江柳依说,"你在大厅等我。"

宋羡挂了电话,坐在《漫彤》杂志社的门口。不时地有人看到她,小声地说:"那不是宋羡吗?"

"哎!真的是宋羡,听说她就是莎尼娅!"

"想和她说句话。"

"不敢,哈哈。"

…………

宋羡低下头看了一眼手机屏幕,恰巧童刊的主编给她打来电话,询问聚餐的事情。

宋羡说:"今天不行,我要回家,我父母过来了。"

主编只好说:"那行,那等下次。"

宋羡还没挂断电话,就看到了江柳依,于是挂了电话朝她挥了挥手。

江柳依转过头:"不是让你在大厅等吗?"

宋羡说:"大厅人多。"

江柳依问:"冷不冷?"

"还行。"

江柳依问:"今天干什么了?"

宋羡说:"还没具体的工作安排。"

江柳依转过头:"在童刊还是新刊?"

宋羡说:"童刊,我的工作还没结束。"

原本和江柳依合作的入门曲谱已经到了版式设计阶段,本来过年前她就可以推进的,但那段时间事情太多就耽搁了。

江柳依给宋羡开车门,问她:"这个做完,还打算回新刊吗?"

新刊的同事每天都在群里聊天,其实那个生产的同事已经休完产假回来了,现在也不缺摄影师,不过大家都念着宋羡,都希望她能回去。

袁红也想念宋羡,今天在社里见面时,袁红还说:"想回来随时回来。"

不只是新刊,现在宋羡要去哪个部门老板都随便她。

不过宋羡有其他的打算,她摇了摇头。

江柳依问:"不回新刊了?"

宋羡说:"我还在考虑。"

江柳依问:"考虑什么?"

宋羡偏过头看了她两眼,没有直说,只是唇边漾着笑意。

她说:"先开车,之后再说。"

江柳依回过神来,发动引擎,往机场开去。

路上,她和宋羡说:"我准备开演奏会了。"

宋羡转过头:"演奏会?在哪儿?"

江柳依说:"江城,三月份开,不过具体日期还没完全定下。"

宋羡问:"要去几天啊?"

"最少半个月吧。"江柳依说,"预计三月下旬第一场演奏会,你要不要一起来?"

宋羡毫不犹豫地答应:"好啊。"

江柳依安心开车,到机场的时间比原计划的早了一些。宋盈时和冉间雪还没到,宋羡低下头看手机上的消息,这时听到江柳依问:"你大伯会过来吗?"

宋羡转过头看江柳依,发觉她的神色略微有些紧张。

宋羡说:"不来。"

她给宋盈时打了电话,托她爸让宋澜不要过来。宋盈时也没问原因,只说:"好,我会和他说的。"

江柳依顿时松了口气,点头表示明白。刚想和宋羡说话,就瞧见了熟悉的身影,她说:"他们到了。"

宋羡转过头,看到她的爸妈站在机场出口处。她打开车门下车,喊道:"爸,妈。"

宋盈时和冉间雪穿着同一色系的风衣,站在人群里特别显眼,尤其是两人都带着一种生人勿近的冷淡气质。江柳依走过去,同他们打招呼,问:"你们没带行李吗?"

冉间雪说:"行李在助理那边,她先去酒店了。"

江柳依点头说:"那上车吧。"

冉间雪说:"等会儿。"

江柳依看着她拨了一个电话,没一会儿,一辆车停在她们的车后面。车上跑下来一个助理,给冉间雪提了很多东西,都是营养品。

冉间雪说:"不知道你的父母身体如何,这些都是常见的营养品。"

江柳依没推辞,点头说:"我父母身体挺好的。"

她帮忙把东西放在后备厢,才开车带两个人去江家。

江山早早地就坐在家里等了,不时地看向窗外。江柳冰一会儿出来问:"来了吗?来了吗?"

本来不紧张都被她问紧张了,黄水琴说:"去去去,先回房间,来了再叫你。"

江柳冰就趴在窗户边往下看。正逢过年,每个群都聊得火热,江柳冰的名字也被提到了很多次。自从知道她认识莎尼娅之后,这些同学就羡慕极了,还有几个想托她让莎尼娅帮忙改画。江柳冰无奈,她自己的画都不好意思让宋羡指点,别说给这些同学改画了。她心里明白,这些同学哪里是真的想请教,就是想和宋羡攀关系,沾一点名气。

正胡思乱想间,楼下有动静,江柳冰的眼前一亮:"来了,来了!"

她冲到客厅:"爸!妈!他们来了!"

江山怒瞪她一眼:"吵什么吵!"

江柳冰撇了撇嘴。江山扯了扯衣摆,拍了拍外套,刚收拾好就听到了开门声,黄水琴已经迎了过去。

江柳依打开门,给双方做了介绍,也没多说什么。宋盈时和冉间雪的话很少,但该有的礼节都有。江山因过去的事对他们的态度不冷不热,但两方竟异常和谐。

吃晚饭时窗外放着烟花,饭桌上却很安静。

黄水琴问冉间雪:"你们一年回来一次吗?"

冉间雪点头:"差不多,没有特别的事情,过年回来一次。"

饭后,宋盈时和冉间雪没有久待,吃了水果后江柳依就送他们回酒店了。

宋羡的父母去了宋羡现在住的地方,冉间雪环视一周,看到琴房里还隔出一间画室。她转过头看了一眼江柳依和宋羡,点头说:"布置得不错,就是地方不大。"

宋羡说:"我觉得挺好的。"

她和江柳依谁也没请家政,平时都是自己打扫,所以不需要特别大的房子。

冉间雪说:"喜欢就好。"

他们今年在这边待的时间很长,甚至比在江城待的时间都要长。宋盈时拜访了几个合作伙伴,而冉间雪无事可做,所以这几天宋羡去杂志社上班后,都是江柳依陪着她。

在城里逛过几次后，冉间雪说："你们这里的气候不错。"

寒冬腊月，居然也不会让人觉得特别冷，尤其是午后，风吹在身上暖暖的。

江柳依点头，说："宋羡也喜欢这里。"

"她喜欢暖和的地方。"

江柳依说："您要是喜欢，可以多住些日子。"

"不用了，回去的机票我们已经订好了。"

就在今天下午三点。

冉间雪和宋盈时吃完午饭就要走。宋羡坐在沙发上，听到宋盈时说："知道你在这里生活得挺好我们就放心了，之后有什么事情就给我和你妈打电话。"

宋羡点了点头："嗯。"

宋盈时说："那就这样，我们还要提前去机场。"

江柳依起身："我和宋羡送你们过去。"

宋盈时摇头："不用太麻烦。"

他说着看向冉间雪，冉间雪已经拎着包走到门口换鞋了。江柳依已经摸清两个人的脾气了，也没有坚持要送他们去机场，只是把两个人送到楼下，看着他们上车之后才回到家里。

这之后，宋羡照旧去杂志社工作。景烟为江柳依重金打造了一个工作室。江柳依没事就泡在工作室里，宋羡偶尔下班也会过去看看。

二月底，《漫彤》和江柳依合作的入门曲谱开始预售。沾了江柳依和宋羡的光，很多培训班都来订购，网上也开始陆续有了宣传。中小学都有音乐课，所以部分学校也开始采购。学校这条路一打通，后续的销量就没什么问题了。

江柳依当初签的是稿费加分成的合同,她没有选择高价的买断制,所以这次分成赚了不少,后续收益也很可观。

曲谱的销售几乎不需要她操心,最近她就专心忙演奏会的事情。最后定下的演出城市还是江城,微博也发了宣传。三月初,她跟着童悦来到江城筹备。出发前她把消息分享给宋羡,宋羡说:"挺好的。"

江柳依沉思了几秒,说:"是挺好的。"

"江老师?"童悦喊道。

江柳依转过头,看到童悦,她说:"别弹了,休息一会儿,大家在那边喝下午茶,您也来吧?"

"好。"江柳依起身合上琴盖,跟着童悦往舞台那边去了。

舞台刚开始搭建,还没成型,旁边挺多工作人员坐在一起。刚过完年不久,江城已能看到春意,到处都是喜庆的颜色。江柳依坐下后,童悦给她递了一杯咖啡。这时,童悦的助理凑过来,笑眯眯地打招呼:"江老师。"

江柳依点了点头。她昨天刚来这里,一天的时间其实也没有和大家太熟悉,但大家都很热情,所以处起来不算尴尬。

众人喝着下午茶聊八卦,江柳依坐在人群里,听着他们闲聊,她给宋羡发了一条消息,问她有没有在工作。

宋羡在开车,听到手机振动便看了一眼,但没有马上回复。

下午茶过后,江柳依又回去练习。临近傍晚,童悦召集大家开会。江柳依拨弄着手机,发现宋羡一直都没回复她的消息。

宋羡最近确实挺忙的,有几天还加班到八点多。因为入门曲谱的带动,来找童刊合作的人多了很多。江柳依还笑着打趣宋羡:"你怎么走到哪儿旺到哪儿?"

以前她在新刊,新刊蒸蒸日上,远远地甩开了同类期刊。现在她回到童刊,童刊也逐步成长,真是旺气十足。

宋羡当时说:"不是我旺。"她认真地看着江柳依,"是你旺。"

新刊第一期嘉宾就是江柳依,童刊枯木逢春也是因为和江柳依合作的曲谱,所以论起来,是江柳依更旺。

晚上,江柳依拒绝了童悦聚餐的提议,想回酒店随便吃两口。

她吃饭的时候还给宋羡打了电话,但宋羡居然关机了。她又给童刊的主编打了电话,也是没人接,最后她只好打给何小英。

何小英第一次接到江柳依的主动来电,连说话都不利索了。她说:"宋羡啊?我下午看到她了。"

何小英又去问其他人,吴莹说:"刚刚看到他们都去会议室了。"

那就是去开会了,估计手机没电,也没来得及充电。

江柳依和何小英道谢后挂断了电话。晚饭她匆匆地吃了几口,也不是很饿。回房间后,她干坐在沙发上,仰躺着看头顶的水晶灯,光晕一圈圈的,瑰丽炫目。

她看了一会儿有些困,就从行李箱里拿了换洗衣服去卫生间冲澡。出来时正好听到有人敲门,她一边擦头发一边去开门。门打开的那一刻,她却愣住了。

宋羡?

江柳依有些惊讶:"你什么时候来的?"

"下午。"她昨天夜里在网上订了机票,今天去杂志社请了假,下午就赶过来了。

不愧是宋羡，还是她一贯的作风，干脆又果断。

江柳依问："请了几天假？"

宋羡说："半个月。"

"这么久吗？"江柳依皱起眉头，"那你的工作怎么办？"

宋羡抬起头说："我已经做好交接了。"

上个星期她就和同事们做好了交接工作，那段时间之所以忙，也是因为交接的事情。

江柳依又问："暂时不回去了？"

宋羡说："我和杂志社重新签了合同。"

她没有选择新刊，也没有留在童刊，而是和老板重新签了一份合同，恢复了自由身份。在没去《漫彤》之前，她就是给童刊画插画的。她原本是想直接辞职的，但老板舍不得放人。其实他甚至想让宋羡做投资人，但宋羡并没有这个打算。于是老板干脆让她恢复了以前的状态，有灵感就给童刊画插画，但价格肯定比以前高得多，他给了业界最高价。

宋羡没拒绝，交接好工作就直接过来找江柳依了。

江柳依说："所以你不用回去了？"

宋羡"嗯"了一声。江柳依笑着说："这就是你之前不肯告诉我的计划？"

宋羡说："不是计划，是惊喜。"

或许对其他人来说更像是惊吓。

次日，宋羡接到了顾园园的电话，顾园园问："宋羡，你跑江城去了？"

宋羡应了一声，说了自己接下来的安排。

顾园园惊讶地说:"你竟然还把工作辞了?!"

宋羡说:"没有辞职。"

"你这和辞职有啥区别?"顾园园毫不留情地指出。

顾园园问:"江柳依开演奏会,你去凑热闹,不会影响她吗?"

宋羡闻言沉默了,这是她之前没想到的。

和顾园园挂断电话后,宋羡一直坐在沙发上思考这件事。过了一会儿,她收到了江柳依的来电,问她要不要去看自己练习。

宋羡待在酒店也没事,就答应了江柳依。

这次演奏的地点是在江城最大的体育馆,馆外封闭管理,只准许工作人员进出。宋羡到门口时,江柳依出来接她,工作人员看到江柳依,忙打招呼,一口一个"江老师"。

童悦等江柳依回来,便过去找她们:"等会儿午饭,一起吧?"

江柳依问宋羡:"要一起吗?"

宋羡正在想事情,听到这话一怔,抬起头问:"什么?"

江柳依说:"童姐问你午饭要不要一起?"

宋羡说:"都行。"

童悦笑了笑:"那就这么定下了。"

练习室只剩下宋羡和江柳依了,还有偶尔进出的助理。

宋羡抿了一口咖啡,觉得有点苦,便把杯子放在旁边,见江柳依没弹琴,便问:"今天不练习吗?"

"练习。"江柳依坐在凳子上,看向她,"你想听什么?"

宋羡说:"你的新曲子。"

江柳依笑着答应:"好。"

她的手落在琴键上,音乐缓缓地响起,四周安静得只剩下音乐声。童悦的助理从门口经过,看到宋羡坐在窗边。窗户半开,江柳依坐在宋羡不远处，正低着头认真地演奏。

一时间，不知道是风景更美，还是人更美。

助理没走进去，悄悄地合上了门。

江柳依把新曲子弹了好几遍，问宋羡："怎么样？"

宋羡肯定地点头，目光清亮。

门被敲响了，江柳依看过去，是童悦叫她们去吃午饭，地点在对面的酒楼。童悦订了一张圆桌和几张四人桌，童悦顾及宋羡的口味，就安排她坐了四人桌。席间还有一个监制，监制是一个长得挺胖的男人，笑起来暖暖的，他坐下后对着宋羡笑道："宋老师？"

宋羡不是很习惯别人这么称呼她，但还是点头回应："你好。"

童悦偏过头对服务员说："可以上菜了。"

没一会儿，服务员给每桌都上了菜。因为下午还要工作，所以大家没喝酒，只喝了饮料。江柳依给宋羡拿了牛奶。宋羡坐在里侧，喝着牛奶，听到对面的监制拉住服务员询问："这是什么菜？"

服务员低下头，笑着解释："回锅肉。"

"咋没有辣椒啊？"监制有些好奇，他还是头一回吃到没有青椒的回锅肉。服务员说："这桌单独备注了，所有菜品都不放青椒。"

"啊？"监制还想问。江柳依说："是我备注的。"

监制看向江柳依，宋羡也转过头看她。江柳依说："抱歉，我不喜欢吃青椒。"

"哦。"监制愣了愣，回想第一天和江柳依吃饭时，怎么没听说这事，助理也没告诉他，现在感觉有些尴尬。童悦从卫生间回来，见气氛不对，便侧头问监制："怎么回事？"

监制低声地说："怎么没和我说江老师不吃青椒啊？"

闻言，童悦脸色微变，尴尬地说："吃饭，吃饭。"

宋羡坐在江柳依身边,低下头时突然想到顾园园的话,心想自己是不是给江柳依添麻烦了?顿时,宋羡的心情有些低落。

江柳依敏感地察觉到了她的异样,等宋羡去卫生间时,也一起跟了上去。宋羡洗完手出来,就被江柳依拉到了窗户边。江柳依问:"怎么了?心情不好?"

宋羡点头说:"是有点不好。"

江柳依问:"为什么?是因为刚刚吃饭的事情吗?"

宋羡说:"不是。"

她看向江柳依,问:"我是不是打扰你工作了?"

江柳依笑了:"当然没有。"

不过,宋羡也不是会突然这么想的人,江柳依问:"是你同事说的吗?"

宋羡摇摇头。

江柳依又问:"是顾园园说的?"

宋羡看向她,说:"园园觉得我来会影响你工作。"

江柳依顿时哭笑不得,但也能理解。她解释道:"真不会,我们的工作和旁人不一样,再说我哪里会那么容易被影响?"

一晃就是半个月。体育馆已全部准备妥当,舞台宽敞,下面的座位也很多。江柳依问宋羡要坐在哪边,有前排和嘉宾席,她可以挑。嘉宾席分在舞台两侧,一边是领导,一边是邀请的亲人、朋友。原本江柳依想让宋羡坐嘉宾席,但她每次开演奏会,家属区的嘉宾席一向没人坐,以前赵月白和林秋水倒是会来看,但也显得寂寥,而她的父母一次都没有来过。

宋羡说:"嘉宾席吧。"

江柳依说："也行，我已经联系月白了，她会过来。"

宋羡问："那我能叫园园过来吗？"

江柳依说："当然好啊，你想叫谁都可以。"

宋羡点头，深思了几秒："谁都可以吗？"

江柳依笑了："谁都可以。"

宋羡没再问了，转过头去打电话。江柳依被童悦叫过去讨论设计造型的问题，正听着造型师和童悦讨论，这时她的手机铃声响起，江柳依不好意思地向两个人示意一下，出了化妆室。

没想到，居然是闻人俞的来电。

她还是第一次从手机里听到这个声音，江柳依有些恍惚。

她听到闻人俞问："听说你开演奏会了？"

听说？听谁说？江柳依并没有多问，她低下头回答："嗯。"

闻人俞说："恭喜。"

江柳依说："谢谢。"

闻人俞问："行程排到几月份了？"

江柳依这才听出闻人俞的言外之意，她站在窗前问："闻人小姐是有事情吗？"

"是有一点。"闻人俞说，"我年中有个特展，想和你合作。"

江柳依有些诧异："特展？"

闻人俞笑着说："速写特展。"

她这次回来，整个人都放松了，也许是放下了心事，所以对人对事都有了不一样的感觉。她总说宋羡有心病，其实那也曾是她的心病。

不过她的心病已经随着那个U盘一起沉入了湖底，再也掀不起波澜了。回去后，她接受了一个同学的邀请，去外地散心。也许是风景太好，也许是她的心境有了变化，她爱上了风景速写。

这一次，她放下了所有的光环，放下了所有人对她的期待，只是单纯地提起画笔，描绘内心的世界。简单的黑白成了她的热爱，所以才会有这次的特展。

江柳依说："你先把时间发给我，我定好行程再联系你。"

闻人俞说："好。"

挂了电话，江柳依低下头看手机，这时童悦走过来问："江老师，您好了吗？"

江柳依转过头说："好了。"

童悦带她进了化妆室，宋羡也在。江柳依看了她一眼，唇角动了动，但最后还是什么话都没说。她把手机递过去，说："我先去试礼服。"

江柳依进了更衣室，造型师为她选了三款礼服：深红色、黑色和白色，都非常契合她的舞台视觉效果。江柳依低下头穿衣服时，造型师帮她整理了衣摆，说："江老师的身材真好。"

江柳依听到夸赞后笑了笑。

造型师问："听说江老师还会跳舞？"

江柳依回复："跳舞算不上，只是练体型，上台之前也需要训练。"

她最近都拉着宋羡一起练，而宋羡从没练过，连基础的动作学下来都一身汗。

造型师低下头："不跳舞气质也这么好，很难得。"

江柳依闻言不禁失笑。

造型师给她整理好衣摆，说："可以出去了。"

第十六章 家属区

江柳依掀开帘子走出来。宋羡坐在休息椅上，一抬头，她就看到江柳依穿着礼服走了出来。灯光明亮，她身形摇曳。江柳依穿的是曳地长裙，深红色，无袖裸肩设计。她的皮肤白皙，与深红色礼服形成了强烈的对比，视觉效果拉满，刚出现就让人眼前一亮。

造型师随后走出，和童悦讨论这件礼服的优缺点，还说如果穿这套，哪里需要改动。

童悦转过头，喊道："宋老师。"

宋羡转过头，童悦问："宋老师觉得这套如何？"

宋羡说："挺好的。"

童悦提议："那再试试那两套，对比一下看看？"

或许是第一套太过惊艳，后面两套虽然也很好看，但宋羡还是觉得少了点感觉。童悦也说："后面两套不太行。"于是她对造型师说："就第一套吧，按你说的那些改。"

造型师点头，扶着江柳依进入更衣室换衣服。

礼服定下后，接下来就是妆容的打造，江柳依一下午忙得连口水都没时间喝。吃晚饭的时候，她终于休息了半小时，随后又被拉过去开会，直到星星挂满天空才从椅子上起身。

童悦说："今天就到这儿吧，剩下的我们明天开会再讨论。"

江柳依没异议，和宋羡起身准备离开时，童悦问她们要不要一起吃夜宵。

两个人都没吃夜宵的习惯，尤其是宋羡，她的生活一向很有规律，不过自从来这边后，规律都被打破了。江柳依说："不去了吧，童姐你们去吧。"

作为负责人，童悦需要照顾其他人，请吃夜宵是最基本的。不过江柳依很少参加这样的活动，童悦也习惯了。她点头说："那你们回去早点休息，明天还要早起，演奏会没几天了，再辛苦一下。"

江柳依说："童姐最辛苦。"

童悦笑着回应："行了，咱们俩就别客套了，你带宋老师回去吧。"

宋羡站在江柳依身后，低着头。江柳依带她出了体育馆，天色暗沉，使得星星更加闪亮。江柳依抬起头无意间看了一眼，随后又仔细看了看，说："还挺好看。"

宋羡顺着她的视线也抬起头，没想到在江城这座高楼林立的城市中，还能看到这么多星星。江柳依见她仰起头，便拉着她坐在体育馆的花圃旁边。路灯昏黄，照在她们的身上，江柳依喊道："宋羡。"

"嗯？"宋羡转过头。江柳依试完妆后没卸妆，所以脸部轮廓显出非常深邃的气息，尤其是鼻梁，又挺又高，江柳依说："今天下午，我接到了一个电话。"

宋羡看向她的侧脸，问："什么电话？"

江柳依思忖了几秒，还是诚实地说："是你师姐的。"

宋羡神色一顿，很快便回过神来，问："她怎么了？"

"她想开特展。"江柳依说，"想和我合作。"

"特展？"

江柳依把闻人俞的话重复了一遍，宋羡点头说："她以前就很喜欢风景。"

"我还没看行程，不知道会不会合作。"江柳依说。

宋羡目光平静地"嗯"了一声。

江柳依见状，提起一直记挂的事："宋羡，我和她的声音是不是很相似？"

宋羡没有否认，大方地点头说："是相似。"

江柳依说："你当初想和我认识，是不是就因为我的声音？"

宋羡说："嗯，一开始确实是因为这个原因，但后来发现我跟你确实比较投缘。"

演奏会当天一早，童悦打电话提醒江柳依："江老师，您起床了吗？"

江柳依说："起了。"

童悦放心了，说："那就好，我在大厅等您。"

江柳依挂了手机，进洗手间刷牙。等洗漱完毕走出房间，童悦已经在楼下等着了。

童悦安排得很妥当，等宋羡和江柳依吃过早点，就一道前往体育馆了。江柳依进去后就开始忙碌，她把手机递给宋羡，说："月白到了会打电话给我，你让助理到门口去接一下。"

宋羡说："知道了。"

赵月白也是早起，原本她想提前一天过来的，但家里亲戚过生日，她脱不开身，只能订上午的飞机赶到江城。

排队拿登机牌时，她觉得有些不对劲，身后的人离她太近了。或许是因为最近去江城的人很多，排队的人也多，江柳依说附近的酒店全满员了，已经提前给她安排了房间。赵月白刚准备给江柳依发消息，就被身后的人贴近了。

她转过头，发现是个男人，长得不高，偏瘦，或许是因为刚刚的举动，赵月白怎么看他都觉得他贼眉鼠眼的，很不舒服。她瞪了一眼身后的男人，往前走了半步，刻意拉开了一些距离。男人见状也跟了上去,赵月白忍不住再次转过头,这时听到一个女人说:"先生,可以和您换个位置吗?"

男人刚想发脾气,看到女人漂亮的脸蛋后忍了忍,反问:"我为什么要和你换?"

女人一笑,拿出手机,声音柔和地说:"没关系,您不和我换,可以让工作人员帮忙协调。"

她拿着手机,把刚才拍摄到的画面举到他面前,男人的脸色一沉,刚想破口大骂,工作人员已经走过来了。男人忍住,冷哼了一声。

顾园园就站在赵月白身后不远的位置,一抬头就看到男人在骚扰赵月白。她先和工作人员说明了情况,然后才过来和男人沟通。还好没有引起什么骚动。

赵月白感激地说:"谢谢。"

"不客气。"顾园园说,"你也去江城?"

赵月白点头:"嗯,你也是?"

这句话其实有些多余,毕竟她们都在这里排队了,显然都是去江城的。但赵月白突然脑子一空,不知道说什么好。

顾园园沉默下来,赵月白也不好意思再说什么,淡然地拿起手机给江柳依发信息:"柳依,我遇到一个超级飒的姐妹!"

宋羡低下头看到这条消息,不太清楚该怎么回复。她和赵月白的接触不是很多,于是顺着消息问:"很飒吗?"

赵月白噼里啪啦地回复:"飒啊!本人还特别漂亮!"

宋羡不知道该回复什么。

赵月白见她没回复,又说:"你不信啊?我拍张侧脸给你看看。"

她偷偷地拍了一张侧脸,虽然不是很清晰,但五官能辨认出来。

看到照片后,宋羡吓了一跳。赵月白问:"是不是很好看?"

宋羡终于回复了:"你怎么和园园在一起?"

赵月白:"谁?"

赵月白:"园园是谁?"

赵月白:"你别说你认识她?"

宋羡拿着江柳依的手机发语音消息回复:"认识,她叫顾园园,是我的朋友。"

赵月白:"你是宋羡?"

宋羡回复:"嗯。"

赵月白:"……"

居然是宋羡的朋友!

赵月白转头看向身后的女人,尴尬地笑笑,说:"顾园园?"

顾园园抬起眼睛,疑惑地看着她。赵月白伸出手:"我姓赵,赵月白。"

"赵月白?"顾园园皱起眉头,心想这是她之前认识的客户吗?但她怎么不记得有这号人了?

赵月白解释道:"江柳依的朋友。"

顾园园顿时恍然大悟:"你好。"

两人顺利会面,还握了手,之后在飞机上进行了友好亲切的交流。下飞机后,她们迅速建立了友谊,一同前往体育馆。

宋羡在门口接到两个人,顾园园说:"你怎么出来了?江柳依呢?"

"江柳依在里面。"宋羡说,"你们先进去,我还要等人。"

赵月白问:"谁啊?"

宋羡说:"江柳依家里人。"

赵月白一愣。江柳依开演奏会,她的家里人从未参加过。别说参加,不砸台子都是万幸了。其实她们到现在都不知道江山和黄水琴为什么会反对江柳依弹琴,虽然私下也讨论过,但也只是猜测。

赵月白有些诧异,不确定地问:"家里人,是指?"

宋羡说:"江柳依的父母。"

赵月白问:"他们会来吗?"

真的不是来砸场子的吗?赵月白突然忧心忡忡,她问宋羡:"你告诉柳依了吗?"

宋羡摇头:"还没。"

赵月白急切地说:"你得告诉她啊!宋羡,你知道她的父母……"

话还没说完,一辆车停在体育馆门口。江柳冰率先下车,身后的江山坐在车里,抬起头望着江城的体育馆,从前的记忆如潮水般涌来。

他还记得,时缘第一次演奏,就是在江城的体育馆。那时候的体育馆规模还小,容纳不了太多观众。时缘没告诉时家人,也没告诉江家人,只偷偷地告诉他:"哥,我要上台了,我想让你看到。"

他第一次看演奏会,就是因为时缘。听过万人鼎沸的喧嚣后,往后的漫长岁月就格外寂寥。在时缘过世后的那段时间,他听不得钢琴声,每个音符都像是一把刀,将他的身体割裂成一片一片。所以,当听到江柳依要弹琴的决定时,他没能压住自己的情绪。

但那都是过去的事了,却伤害了现在的人。

江山闭了闭眼睛,江柳冰说:"爸,下车吧。"

他点头,江柳冰扶着他和黄水琴下车。宋羡也迎了上来。

赵月白紧随其后,心里生怕看到一头蛮牛似的江山。但意外的是,江山和从前完全不一样了。赵月白先前在电话里听江柳依说江山现在不排斥她弹琴了,但当时还没有实感。此刻看到江山才发现,这是真的。

江山问:"柳依呢?"

宋羡说:"在里面化妆,我带你们进去。"

由于父母的原因,这也是江柳冰第一次来参加江柳依的演奏会。现场的氛围比电视上看到的更令人心潮澎湃、热血沸腾。她跟着众人往后台走去。

后台更加忙碌,工作人员都是小跑着,耳边戴着耳麦,不停地沟通着相关事宜。童悦正在和造型师讨论眼妆的问题,江柳依坐在椅子上,问助理:"宋羡还没回来吗?"

助理说:"还没呢,我去门口看看。"

江柳依刚点头,就听到宋羡叫她:"江柳依。"

她的声音穿过嘈杂的人群,清晰地传入江柳依耳中。她起身,转过头,看到宋羡身后的两个人,顿时愣住了。

工作人员仍在忙碌地穿梭,江柳依愣在原地,远远地看着那几个人,舍不得眨眼睛。她无数次幻想过这个画面,却又无数次地失望。而现在,他们突然出现在眼前,她觉得耳边所有的声音都消失了。

江柳依看向江山和黄水琴,一眨眼,眼角发红,热泪盈眶。

江山和黄水琴被安排在家属区的嘉宾席,那个以前除了赵月白和林秋水就没有人坐的地方,现在坐上了江柳依的家人。

江柳依上台之后,冲那个方向看了一眼,宋羡正在对她微笑。

上台前,江柳依问宋羡:"你怎么把他们叫来了?"

宋羡反问她:"你不是说我请谁都行吗?"

"是。"她确实说过,但她真的没想到宋羡会联系江山和黄水琴。

她问宋羡:"你怎么和他们说的?"

宋羡说:"我打电话给他们,说你想让他们过来。"

江柳依笑了:"就这样?"

宋羡点头:"就这样。"

江柳依笑得眼角泪光闪耀,她没说话,只是垂下眼睛回忆起从前的事。她还记得第一次上台时,林秋水问她要不要请江山和黄水琴,她回答说:"随便吧。"

虽然说随便,但她还是悄悄地把酒店和机票都安排好了。演出那天,林秋水没有告诉她,江山把票撕了,扬言他这辈子都不会来。

但这件事她后来还是知道了。

从那之后,她就没有再邀请过江山和黄水琴,也没想过有一天自己会坐在舞台上,抬起头就能看到他们。

宋羡坐在人群中,目光专注地看着台上万众瞩目的江柳依。

而她,没注意到台下第三排有个熟悉的人——叶隐歌。叶隐歌下午就到了,入门曲谱加印了,做了一些细节调整。原本是主编来这里和江柳依现场确认,但她却把这个任务揽下了,因为她早就订了来江城的机票,准备来听这场演奏会。

台上的江柳依还是和以前一样,一束光落在她的身上,她气质卓然,姿态优雅。她微低着头,用侧脸面对众人,面部线条清晰,整个人,连同头发丝都透着精致,无一不展现出完美。

叶隐歌很喜欢她今天的造型,一袭深红色的长裙,衬得她的肌肤如玉般白皙,天鹅颈修长,佩戴的项链也恰到好处。她的双手如蝶翻飞,演奏动作一气呵成。唯独江柳依手腕上的手链与她这身造型不太搭。

听说这手链是新刊的主编袁红送的，叶隐歌摇摇头，觉得这条手链简直就是败笔。她这么想，旁边的粉丝却不这么认为。她们的眼睛就像放大镜，把江柳依的全身扫描了一遍，看到这款手链觉得分外好看。演出结束之后她们就开始寻找同款。

"绝对是这款！"

"我也搜到了一款！是这款吧？"

"我也买一个，四舍五入我和女神有了同款首饰！"

"你要不要脸！"

一群女孩子嘻嘻哈哈地走了出去，叶隐歌站在门口，不时地看着腕表，等后台演职人员都忙完了，才拨通了江柳依助理的电话。助理说："稍等，我帮您问一下。"

叶隐歌站得笔直，没一会儿，助理回电："江老师在化妆室，您可以过去了。"

挂了电话，叶隐歌舒了一口气，到车里拿出买好的花束捧在手上，往化妆室走去。走廊的两侧有很多人来来回回，叶隐歌护着花往前走，到门口时她站定，深呼吸了几秒后才敲门。

"进来。"江柳依的声音随之响起。

叶隐歌推开门走进去，里面只有江柳依独自坐在化妆台前。江柳依说："叶总监，坐。"

"啊，好的。"叶隐歌坐在沙发上，江柳依穿着礼服起身给她倒了一杯茶，叶隐歌受宠若惊，连忙双手接过。近距离看江柳依，和台上的感觉不太一样，五官更加清晰，更添了几分英气。江柳依说："修改了哪些内容？"

叶隐歌回过神来，说："差点忘了，送给您。"说着递上了进门时捧着的花，刚刚接茶时就放在了身边，差点忘记送给江柳依。江柳依笑着说:"谢谢。"

"您今天的表演很精彩。"叶隐歌夸赞完后,从包里拿了样刊递给江柳依。

江柳依低下头接过样刊。

这时,门口有动静,宋羡站在门外,问助理:"江柳依在里面吗?"

助理说:"江老师在里面接待叶总监。"

"叶总监?"宋羡皱起眉头,"叶隐歌?"

助理点了点头。

宋羡没说话,助理问:"您要进去吗?"

话音刚落,门开了,叶隐歌从里面走出来,看到宋羡,她先是一愣,随即低下头和宋羡打了招呼,然后擦肩而过。宋羡看了一眼她的背影,随后进了化妆室。

江柳依看到她,眼神陡然一亮,显然很高兴:"你来了。"

宋羡走过去说:"嗯,还没卸妆呢?"

江柳依说:"没呢,刚刚和叶总监谈了点事,你坐会儿,我卸个妆。"

宋羡看她走到梳妆台前坐下,也走过去,说:"我帮你。"

江柳依抬起眼睛:"好啊。"

宋羡手法熟练地帮她卸妆,这时听到江柳依问:"小冰他们去酒店了吗?"

"去了。"宋羡回答。

赵月白说江柳依卸妆比较慢,所以先带江山和黄水琴去了酒店,免得一会儿人多不好离场,很麻烦。

江柳依下台时没看到他们,因为先被一群粉丝围堵了,化妆室现在堆满了粉丝送的花。

宋羡卸妆的手速很快,帮江柳依卸好妆后,看着她进去换衣服。由于外面还有粉丝守着,她们只能从后门离开。走出体育馆后,江柳依转头看了一眼,一种复杂的滋味萦绕心头。

宋羡顺着她的视线转头,问:"看什么呢?"

江柳依说:"宋羡,这是我家里人第一次来听我的演奏会。"

宋羡神色平静。

江柳依转过身,看向宋羡,语气温和地道:"谢谢。"

宋羡有些不好意思:"没事。"声音却不复往日的平静。

这时,手机铃声响起,赵月白的声音从江柳依的手机里传来:"人呢?还没出来吗?被粉丝堵着了?"

江柳依笑着说:"没有,我马上过来。"

她刚挂了电话,又接到了童悦的电话,说马上到酒店了。江柳依和宋羡于是忙往酒店赶去,到门口刚好碰到童悦。童悦晚上还需陪领导,原本打电话就是想让江柳依吃过饭后来和大家打招呼,没想到在门口就碰上了。

江柳依和大家打完招呼后走进了包厢里。

包厢里居然多了一个人——林秋水。

江柳依一愣:"秋水?"

林秋水因在附近出差,被赵月白拉了过来,赶不及听演奏会,却刚好赶上一起吃饭。

赵月白说:"愣着干什么?坐啊!"

江柳依回过神来,和宋羡坐在了空位上。江柳冰竖起大拇指说:"姐,你真厉害。"

她第一次感受到现场演奏的魅力,真的无法言喻,此刻心还怦怦直跳。江柳依看了她一眼,没说话。

赵月白负责调节气氛,今天难得高兴,她开了一瓶红酒,说:"庆祝一下。"

其他人没意见,江柳依刚想说话,手机铃声响起,是童悦打来的。

童悦说:"江老师,我把图片和文案发给你了,你稍后发个微博吧。"

江柳依答应着:"好,我知道了。"

挂了电话,江柳依收到童悦发来的文案和精修过的图片。文案其实和江柳依想说的话差不多,主要是感谢观众和感谢体育馆的工作人员,还有一些其他的内容,并预祝明天的演奏会也能顺利。

宋羡看到江柳依忙着发微博,没一会儿,微博就提示有了新动态。

熟悉的头像映入眼帘,是江柳依的Q版小人物。

叶隐歌和往常一样,稳稳占据了评论区第一位,发了三个撒花的表情包,并在这条微博下面又发了一条:预祝江老师演奏会圆满成功。

没一会儿,这条评论下面就增加了好多留言。

"叶姐姐还是这么快。"

"叶姐姐,我辈楷模!"

"叶姐姐又是第一个啊,蝉联冠军!"

江柳依点开了最新的那条微博,看到总是抢首评的熟悉头像,又点进了那个ID的主页,看到《漫彤》的宣传和背景图。这时她才发现,原来这个人就是叶隐歌。江柳依和叶隐歌并没有微博互关,也不知道她的昵称没有带"漫彤"的字样,所以直到现在才发现这个秘密。

江柳冰带着江山和黄水琴从卫生间回来，赵月白说："OK！人齐了！咱们可以开动了吗？"

顾园园刚才被赵月白和林秋水拉着聊了一会儿，彼此也算熟悉了。她配合着站起身说："先干一杯？"

江柳依也举起杯子，林秋水皱起眉头提醒："柳依，你明天不是还有演奏吗？你就别喝了。"

她已经习惯了关注江柳依演奏前的饮食。江柳依一愣，说："明天下午才有演奏。"

赵月白说："对对对，下午演奏也不行。既然你不能喝，那就宋羡代喝吧，有没有问题？"

宋羡说："没问题。"

"爽快！"赵月白笑眯眯地走到江柳依身边，端走她的杯子，将红酒倒进宋羡的杯子里，又回到自己的位置上，举杯说道，"干了，干了！"

江柳依只好无奈地端起一杯茶。

她对宋羡说："随意点，不用喝那么多。"

在座的都是熟人，大家并不是想闹腾，只是想庆祝一下。

宋羡明白这一点，点了点头说："知道了。"

因为有长辈在，大家多少有点拘谨，毕竟林秋水和赵月白都被江山和黄水琴批评过，江山总说是她们带坏了江柳依。

尤其是赵月白，以前江柳依离开江家时就是去找的她。现在大家坐在一张桌上，气氛确实有些不自然。赵月白自己倒不怕尴尬，她就怕江山和黄水琴尴尬。

谁知江山主动站起身,他已经老去,头发花白,满脸皱纹,眼眸也不复往日的清亮,对待人的态度和从前截然不同。

"月白。"江山喊道,"叔叔敬你一杯。"

赵月白受宠若惊,立马端着杯子和江山碰了碰。黄水琴也跟着站起身,想要敬赵月白,赵月白忙说:"您二老先坐,要敬酒也该是我敬你们。"

江山点了点头,坐下后,对赵月白和林秋水说:"叔叔和阿姨以前对不起你们,希望你们不要放在心上。"

闻言,赵月白都愣住了。

还是林秋水反应比较快,她说:"叔叔说的哪里话?我们和柳依一起长大,本来就应该互帮互助。虽然不知道两位以前为什么不同意柳依弹琴,但过去的事情都过去了,现在我们能在这里一起坐下吃饭,说明那些事大家都已经释怀了。"

赵月白点头附和道:"对对对,叔叔、阿姨不要觉得我们以前不懂规矩就好。"

江山抬起头看着这群孩子,她们都是他看着长大的,现在也都事业有成。

他放下杯子,声音微颤:"谢谢。"

林秋水和赵月白对视了两秒,心中有些感慨。顾园园捧着杯子也不插话,只是偶尔抿一口,饭桌上的气氛比刚刚稍稍严肃了一些。黄水琴和江山也知道有他们在,这些孩子可能会放不开,于是吃完饭就让江柳冰送他们先回酒店了。

赵月白起身:"这么快就要走啊?"

江柳依说:"我送你们回酒店吧。"

"不用。"江山对江柳依说,"你陪陪她们,都是你的朋友。我和你妈想去体育馆逛一逛。"

他拍了拍江柳依的肩膀，示意她听话。很小的时候，江山就会这样做，那时候她犯了错，江山会帮她扛着，然后黄水琴问起来，江山也会拍拍她的肩膀，示意她安心。

现在江柳依突然被他拍了拍，有些恍惚。

江山和黄水琴让江柳冰带他们回去，江柳依想跟上，江柳冰说："姐，你陪她们吧，我一会儿就把爸妈带回酒店。"

江柳依只好停下脚步，点头说："那你照顾好爸妈。"

看着三个人离开后，包厢里的赵月白才活跃起来，她一拍手，说："来来来，我们喝酒！玩个游戏怎么样？"

江柳依摇了摇头，看着赵月白拉着顾园园、林秋水和宋羡玩点数游戏。她不能喝酒，就被撇在了一旁，负责给四个人倒酒。

宋羡不知道是不是喝多了反应慢，输了好几把，连喝了几杯后，俏脸变得红扑扑的，眼睛很亮。江柳依记得宋羡醉酒时就会这样。她运气不好，总是被点到，每轮都输。一瓶红酒很快喝完了，赵月白觉得不尽兴又开了一瓶。

江柳依劝道："好了，都喝不少了。"

其实大部分酒都进了宋羡的肚子。

赵月白举起手："好好好，咱们再玩几把就撤，好吧？"

其他人没意见。等报点数时，宋羡愣了一下，怎么又输了？

顾园园说："宋羡，今天晚上怎么回事，反应这么慢？"

宋羡转过头看她，脸色更红了，一双眼睛亮晶晶的。

江柳依觉得她们都喝得有点多，便禁止她们继续玩，说要回去了。

赵月白没办法了，转过头问顾园园："我们回去继续，怎么样？"

顾园园难得出来，碰上赵月白这个对胃口的性格，点头说："好啊，来我房间玩！"

赵月白笑着答应，又问林秋水："你来不来？"

林秋水摇头："不了，我和你们不住一个酒店。"

那就没办法了。虽然林秋水和她们不住在一起，但还是先送她们回去了。江柳依刷卡进房间，同时收到江柳冰的消息，告诉她已经把父母都安顿好了。江柳依放下心来，让林秋水也早点回去休息。

送宋羡回房间后，江柳依扶她坐在沙发上。窗外正在放烟花，可能是谁过生日，烟花十分喜庆。宋羡听到声音转过头，江柳依问："想不想看？"

宋羡点了点头。江柳依打开阳台的门，和宋羡走出去。阳台上有一个白色的小圆桌，两边放着躺椅，圆桌旁还有阳伞。江柳依合上伞，和宋羡并排坐在躺椅上。夜风徐徐，不冷不热，吹在身上很舒服。

今天真是值得纪念的一天。

与此同时，隔壁的房间，赵月白和顾园园也在欣赏窗外的烟花。

赵月白拎着啤酒说："好久没喝得这么爽快了，你酒量真好。"

烟花的声音太大，顾园园问："你说什么？"

赵月白提高音量："我夸你酒量真好！"

顾园园笑了一声："你也不赖。"

赵月白说："好久没这么爽地喝过酒了，咱们要不要再喝几罐？"

顾园园点头："行啊！"

赵月白走到客厅又拿了几罐啤酒回来。顾园园躺在椅子上，昏昏欲睡，好不惬意。夜风徐徐，吹得赵月白的心情舒畅，她把酒放在顾园园面前的桌上，两个人各开了一罐，开始玩游戏。

顾园园的运气不好，喝多了就容易蒙。有好几次跟不上赵月白的节奏，要喝酒时赵月白拦住她："好了，开玩笑的，喝不下就不喝了。"

顾园园仰起头看着她，放下手里的罐子，舒舒服服地窝在了躺椅上。

两个人就这么看着月亮，赵月白问："你和宋羡是不是认识挺久了？"

顾园园点头说："蛮久的，好多年了。"

赵月白说："我第一次见到宋羡就觉得她不一般。"

这倒不是拍马屁，而是从心底里觉得宋羡的气质和寻常人不一样，稳重又冷静，不骄不躁。那时候钱申她们对宋羡有偏见，所以不肯正眼看宋羡，才闹出了那么多糟心事。

顾园园说："我觉得江柳依那些朋友有问题！"

赵月白看过来。

顾园园立刻改口："不包括你。"

闻言，赵月白满意地点了点头。

第十七章

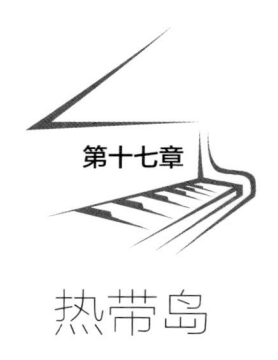

热带岛

第二天,江柳依是和父母一起吃的早餐。

她已经很多年没有和父母一起吃早餐了,因此还有些恍神。

有一次,宋羡问她:"你不生他们的气吗?"

生气?她怎么可能不生气?她无数次想要和家里脱离关系,无数次在争吵后摔门而出。可她也记得,在最开始的争吵中,她经常会看见母亲黄水琴偷偷地哭。

黄水琴那痛苦、自责又无法宣泄的眼神,她忘不了。

所以在得知真相的那一刻,她突然什么都明白了 —— 关于江山的固执,关于母亲的那个眼神。可是这么多年,争吵在他们之间还是划下了一道难以跨越的鸿沟。在以后的时间里,能不能把这条鸿沟补上,江柳依其实并不知道。

黄水琴叫她:"柳依。"

江柳依回过神来:"妈,早。"

黄水琴点头:"吃早饭吧。"

宋羡给她递了一碗粥,转盘里有各种点心和小菜。顾园园姗姗来迟,坐下后众人便开始吃早餐。

饭后,江柳依要去体育馆准备,其他人则选择回去休息。演奏会下午才开始,大家都想回去补个觉。江山和黄水琴也表示要回去休息,但实际上他们早早地进了演奏现场,提前坐在了嘉宾席上。

江柳冰说:"不用这么早去啊,现在去也没人在。"

江山转过头看她,说:"小冰,你不懂。"

江柳冰转过头,阳光下,江山双鬓已花白。她刚想说什么,又听见江山自言自语:"爸也不懂。"

黄水琴陪在江山身边,三个人一起进了演奏厅。

另一边的江柳依从后门进了体育馆,宋羡陪着她。造型师还没到,江柳依便坐在化妆室的椅子上看接下来的演出策划案。

童悦带着造型师走进来:"江老师,我们先去换衣服吧。"

江柳依冲宋羡笑笑,便跟在造型师后面进了更衣室。

过了一会儿,她掀开帘子走了出来。

她今天换了一身礼服,淡白色的,和昨天的风格截然不同。

江柳依问:"怎么样?"

宋羡点头:"好看。"

江柳依身材高挑,穿什么都显得亭亭玉立,尤其这些礼服还都是量身定做的,更能凸显她的身材优点。今天这身礼服胸前别着一朵淡粉色的花,花的边缘点缀着亮晶晶的闪片,衬得她的肤色更显白皙。

第十七章 热带岛

下午的演奏依旧顺利。江柳依在江城的演奏会连开三天，场场座无虚席。黄牛票甚至卖到了两千元一张，还只是靠后排的位置，所以这次演奏会可谓相当成功。

演奏会圆满结束后，江柳依跟公司请了大半年的假。童悦感到很为难，原本她接手江柳依的工作就是因为暂时没其他任务，现在江柳依也请了长假，这让她有些措手不及。后来她旁敲侧击才知道，江柳依要把搁置已久的长途旅行提上日程。

她和宋羡开始天南地北地飞，跑遍了全世界各个想去的地方。有时候她们会去一些语言不通的地方，还好一直带着翻译，不然真是寸步难行。

她们对外说是旅行，实际是另有目的。她们每天奔波，休息时间寥寥无几。但只要闲下来，江柳依就会拉着宋羡聊以前的事情，比如她刚学会弹琴时的情景，刚知道怎么弹曲子时的喜悦，以及那时候激动的心情。

宋羡偶尔也会分享自己的经历，但多数时间还是江柳依提问。

比如——第一次画画是什么时候？为什么想要画画？画画的时候在想些什么？

有一天，江柳依问："宋羡，以后你还会画画吗？"

宋羡沉默地看着她，轻声地回答："我也不知道。"

"不着急。"江柳依说，"未来还长，不着急。"

两个人频繁的旅行之后，最终选择在一座热带岛屿上落脚。

这是江柳依朋友所拥有的小岛，环境优美宜人。在这里，她们为宋羡庆祝了生日。

小岛上有很多别墅，她们选了靠中间位置的一栋，一推开门就能看到海上的风景，偶尔还能看到海豚跳跃，水花四溅，美不胜收。

进入八月，江柳依没办法再继续旅行了，她和闻人俞的合作即将展开。闻人俞的特展定于八月中旬，曲子也已选定，所以江柳依需要留下来专心练习。

等到八月中旬，宋羡陪她去 H 国出席特展。刚下飞机，一股热浪便扑面而来。

江柳依转过头问宋羡："这里一直都这么热吗？"

宋羡说："冬天会凉快一点。"

江柳依似乎不太适应。她和宋羡下车后先前往酒店安顿好行李，然后才去特展现场。

她们到时，远远地就看到了闻人俞。

闻人俞正在给别人介绍画展，态度十分温和。宋羡看到这一幕，显得有些犹豫。

江柳依轻声说："进去吧。"

于是，宋羡被江柳依带着走了进去。

闻人俞见到两人来了，并没感到意外，笑着打招呼："还不让我安排人去接你们，我都怕你们找不到地方。"

江柳依说："不会的，这里宋羡很熟悉。"

闻人俞一愣，随即笑着说："是啊，我倒给忘了。"

宋羡站在她面前，眼神复杂，轻声喊了一声："师姐。"

闻人俞的神色僵住了，双手紧攥着轮椅的边缘，点头说："你先去看画吧，我和江柳依聊聊合作的事情。"

江柳依推着闻人俞来到一处僻静的地方。

宋羡看着她们离去的背影，转过头继续看画，这时耳边却突然响起熟悉的声音:"有没有看出和以前不同的地方?"

男人熟悉的嗓音让宋羡愣住了,她随后转过头,讷讷地道:"老师……"

白烨站在宋羡的背后,他张开双臂,说:"这半年你像兔子似的到处跑,我去找你几次都没找到。"

宋羡往前走了两步,和白烨抱了一下。她从小和父母就不是很亲热,和白烨的关系倒是很好,小时候摔倒了白烨也会抱起她,安慰她。

对宋羡而言,白烨就是亦兄亦父的存在。她的眼圈微红,问:"老师怎么来了?"

白烨说:"能不来吗?看过这些画了吗?"

宋羡摇头:"还没。"

白烨松开她,语气温和地说:"来看看,几年过去了,也让我看看你对画还有没有基本的判断力。"

宋羡闻言点头,侧过身仔细观看速写画。速写对闻人俞而言并非难事,她从小就练习,但宋羡还是从中捕捉到了微妙的不同。

白烨问:"哪里不一样?"

"更宽阔了。"宋羡回答得很笼统。

白烨却瞬间明白了她的意思,笑着说:"没错,更宽阔了。"

以前的闻人俞局限在她自己的世界里,又有那么大的压力,所以作品多带了一些压抑的感觉。

作品是最能体现一个人内心世界的,现在的闻人俞和以前截然不同。她的心胸和视角更加广阔,笔触更流畅。仅是速写作品,就让人捕捉到了从前没有的大气和雄伟。

白烨说:"看这里。"

宋羡顺着他的目光看去。闻人俞作画一向有一个特点，她画建筑时总喜欢把云画在很高的位置，白烨曾无数次指出这个问题，以至于宋羡都知道了，但闻人俞始终未改。

可是，眼前的这幅速写作品里，建筑高耸入云，如尖刺般刺破云层，和阳光紧紧相拥。

这便是闻人俞最大的改变。

江柳依也发现了闻人俞和之前的不同，她似乎更从容了。

她还记得在艺术节上见到的闻人俞，当时她面对一个台阶都略显窘迫，现在却能泰然处之。

闻人俞说："路不好走，江小姐，你推我从那边下去吧。"

"好。"江柳依点头，推着闻人俞从旁边下去。

两个人坐在一棵树下，阳光炙热，树影斑驳。

闻人俞问江柳依："策划案你都看过了？"

"都看了，曲子也选好了，等会儿我们进去试一遍。"

闻人俞点头，看向江柳依，突然说道："其实我以为，你一开始不会接的。"

江柳依说："我没那么小气。"

闻人俞说："是我以己度人了。"她转过头，"谢谢你和宋羡能过来。"

江柳依坐在她的身侧，定定地看着闻人俞的双腿，冷不丁地问了一句："真的不能站起来了吗？"

闻人俞没料到她会提及这个话题，低下头看向自己的双腿，垂在身侧的手慢慢蜷缩起来："我……"

"闻人小姐。"江柳依看向她，"你觉得宋羡知道这件事吗？"

闻人俞一怔,迅速地抬起头看向江柳依。

她因为震惊而面色发白:"你告诉她了?"

阳光刺目,空气中卷起火热的风,江柳依摇头说:"没有。"

她看向闻人俞,缓缓说道:"我很小的时候,父母特别疼我。我爸曾说,哪怕我要天上的星星,他也会想办法帮我摘下来。可是后来,他们不要我了。"

闻人俞沉默了几秒。

江柳依继续说:"因为我开始弹琴了。"

闻人俞问:"有什么关系吗?"

"是啊。"江柳依说,"我也不懂,这有什么关系呢?为什么我弹琴就不行呢?他们百般阻挠,甚至把我赶出江家。后来我才知道,原来我不是他们的孩子,我的亲生母亲因为钢琴过世了。"

闻人俞的脸色微变。

江柳依神色平静,接着说:"我那天给我爸打电话,问他,我到底是不是他的孩子?他说是。那我这辈子都是。"

闻人俞攥紧轮椅的边缘,想起了自己当初对宋羡说的话。

她说什么,宋羡就信什么。她说车祸和她没关系,宋羡也就信了。不是因为宋羡笨,而是因为宋羡相信她,就如同江柳依相信父亲江山一样。

江柳依从包里拿出一沓厚厚的资料,说:"这是宋羡跑了十几个国家做的调查,里面有四百三十二个和你相似的病例,还有二十六位医生的访谈记录……"

闻人俞低下头,声音微哑地说:"她怎么知道我的病历?"

江柳依说:"她联系了你的家人。"

闻人俞脸色微白。其实一开始,她真的以为自己能站起来,所以没想告诉宋羡，怕她自责，担心。那时候宋羡的眼睛不见好，她想等宋羡的病情稳定了再告诉她实情。可等到的结果却是她的腿很难痊愈，而宋羡的眼睛却快好了。

她其实一直不够勇敢，所以下意识地选择了逃避。她将自己封闭起来，以为这样就能避免一切伤害。

宋羡走后，她也曾积极地配合治疗，甚至连偏方都试了，但没有效果。一次、两次、三次……无数次的失望累积，让她的脾气变得越来越差。她听不得有关于腿的问题，甚至不愿意听到"腿"这个字。她时常感到恶心、想吐，控制不住地发脾气，甚至有时还会自残。她时常觉得自己是个废人。家里人不敢再提她的腿伤，便让她在别院休息。这一休息，就是两年。

在这段时间里，她的情绪慢慢地稳定下来，学会了自我安慰，学会了接受现实，不再纠结画还是不画，不再靠药物入眠。她甚至觉得腿伤也没什么不好。

后来从白烨那里听说了宋羡的事，她才想去解开宋羡的心结。然而，谁知道，宋羡的心结没解开，反而让她自己的心结解开了。

闻人俞低下头，开口说："江柳依，你知道我最羡慕你什么吗？"

江柳依垂下眼睛，闻人俞说："我最羡慕你，永远都是那么无畏。"

在去找宋羡之前，闻人俞就了解过江柳依了。

她在那样的家庭条件下，即使被父母阻拦，也能将钢琴弹得那么好，成为那么出色的人，这让她真的很羡慕。她羡慕江柳依身上的勇气，那是她从未拥有过的东西。

如果当初她勇敢一点，直接告诉宋羡真相，一场普通的车祸也不会演变成现在这样复杂的局面。

办法有很多种,但她偏偏选择了逃避。是她的懦弱,让她和宋羡受尽了伤害,背道而驰。

闻人俞接过江柳依手上的文件袋,问:"有治愈的可能吗?"

江柳依说:"有。"

闻人俞转过轮椅,面对江柳依。阳光从树叶的缝隙间洒落,她点了点头,说:"谢谢,我会去的。"

闻人俞的特展没邀请太多人,只邀请了一些相熟的朋友,还有白烨。

特展结束之后,江柳依告诉了宋羡闻人俞决定去治疗的消息,宋羡听后松了一口气。

她们没有在H国久待,离开前和闻人俞一起吃了顿饭。

闻人俞说:"期待下次见面。"

江柳依垂下眼睛,看她坐在轮椅上的样子,说:"期待下次见面。"

希望那时候她已是不一样的闻人俞了。

宋羡没说话,一直低着头看着闻人俞。

闻人俞说:"路上小心,我也该收拾东西准备启程了。"

宋羡和闻人俞乘坐了不同的飞机,一个往南飞,一个往西飞。闻人俞落地后给父母打了电话,她的父母激动得泪水涟涟,一直在说等忙完手头的工作就来陪她。

这次闻人俞没再抗拒父母的关心,而是说:"好。"

其实这两年间,她的父母总是有意无意地在她面前说治疗的事情。由于她一直带着抵触的消极情绪,所以什么都听不进去。后来,父母见她反应激烈,也就不敢再提了。

挂了电话,闻人俞松了口气,她抬起头看向骄阳,觉得温暖无比。

宋羡和江柳依回到了小岛,两个人忙碌了大半年,决定好好地休息一下。

她们轻松愉快地休息了半个月,其间顾园园和赵月白也来玩过几天。

顾园园感慨:"厉害啊!小岛布置得像城堡一样,也太美了吧!"

赵月白很难不赞同。

晚上,月色朗朗,月亮皎洁明亮,四个人坐在一起喝酒赏月。赵月白问江柳依:"你爸妈来过这里吗?"

江柳依说:"最近会接他们过来放松一下,宋羡的爸妈也说要来玩。"

夜深了,宋羡看大家都懒洋洋的,便转过头对江柳依说:"我带你去个地方。"

江柳依偏过头问:"什么地方?"

宋羡把她带到海边。

江柳依问:"怎么大晚上来这里?"

海面上波光粼粼,宋羡坐在沙滩上,拍了拍身边的位置:"你也坐。"

江柳依于是坐了下来。

皎月清明,月光洒在两个人身上。不远处的别墅偶尔传来笑闹声,使这里显得更寂静了。

第十七章 热带岛

良久，一阵风吹来，宋羡问江柳依："这里好看吗？"

江柳依随着她的声音看过去，这里的风景是小岛上最迷人的，山清水秀。虽然是晚上，但四处点缀的彩灯映照在水面上，波光粼粼，美不胜收。

过了一段时间，江柳依听宋羡说，宋澜找律师修改了遗嘱，将他名下所有财产都留给宋羡和江柳依。他以前拟定过遗嘱，百分之五十留给宋羡，剩下的捐给慈善机构。没想到有一天他会修改遗嘱。

宋澜只知道时缘嫁人了，但真的没想到时缘还有孩子。以前的调查资料里也没有提到过这个孩子，所以他见到江柳依时心情难以平静。

不过，能看到时缘的孩子有如此成就，宋澜很高兴。

江山和黄水琴来小岛住了一个星期，这也是江柳依成年以后和他们相处最久的一段时间。

陪他们待了一个星期之后，江柳依和宋羡终于踏上了期待已久的长途旅行。

上次去了那么多国家，目的是帮闻人俞寻找医生，其实她们根本没怎么玩。这次就不一样了，她们精心挑选了目的地，期待这次旅行能给她们带来不一样的灵感。谁知次日差点迟到，赶上飞机后宋羡才松了口气。江柳依说："睡会儿吧，到了我叫你。"

宋羡戴上眼罩，沉沉地睡去。

到达目的地时，宋羡被广播声吵醒。她摘掉眼罩，听到江柳依说："到了。"

下飞机，一阵暖风迎面吹来。这里的气候偏暖，但又不会过分炎热，很适合居住和旅游。江柳依提前安排好了车，直接将她们送到了度假村。

老板娘四十多岁，说的是方言，宋羡不太能听懂，但江柳依可以听懂一些。这次她们是出来旅游，没带翻译，好不容易才和老板娘沟通好，进了房间。

她们入住的是一个三层楼的小别墅，里面有阳光房，屋外种了不少花草。坐在阳台上向外看，风景秀丽，鸟语花香。

江柳依说：“等会儿我们去吃午饭。”

来之前她和宋羡都做了功课，把附近的景点和美食都列了出来，决定午饭就去好评颇多的那家饭馆。

刚到这里时还没觉得闷热，现在倒是感觉热了不少。那是一家西餐厅，牛排做得很出名。江柳依和宋羡排着队。两个人穿着休闲装，江柳依穿的是奶白色的衣服，看起来非常有朝气。刚站进队伍里，就有人看了过来。她们气质出众，身材高挑，主要是都长得那么好看，很是吸引人。

很快就轮到她们了，江柳依和宋羡坐在靠窗的位置，风景还不错。店员推荐了两个套餐，她们一人选了一个。四周坐满了人，应该都是来旅游的，还有好些人带着孩子。江柳依看到有两个小女孩在店里跑动，又被家长拉回去坐在位置上，她笑了："皮得很，我小时候也很皮。"

她看向宋羡："你应该不皮吧？"

宋羡摇头。

她从小就跟在父母身边，学会的第一件事就是独立，然后是安静。宋澜经常说宋盈时和冉间雪剥夺了她童年的快乐，但她没觉得自己小时候有什么不好。她挺喜欢安安静静地坐在家里学画画或者看故事书。

江柳依说："我小时候静不下来，每天就想着出去玩。我妈不让，然后我爸每次都偷偷地带我出去，他说带我去工作，其实是带我去游乐园。"

宋羡听江柳依说过，小时候江山经常带她去游乐园，没想到是偷偷去的。江柳依又说："有一次被我妈发现了，她生气要打我，可最后还是舍不得。"

宋羡听了忍不住想笑。

饭吃得差不多了，江柳依说："你先去付账吧，我听说街口的咖啡挺有名的，我去买两杯带回来，你付完账在门口等我。"

"嗯。"宋羡起身去付账。

排队的人不少，这里没国内方便，没法用手机直接支付。宋羡付了钱，收了零钱从店里走出来。阳光刺目，她眯着眼睛看向街头，却没看到咖啡店的影子。路上人来人往，江柳依已经去了好久了。

又过了几分钟，宋羡从包里拿出手机给江柳依打电话，却发现江柳依的手机没带，还在她的包里。宋羡挂了电话，刚想找个阴凉的地方躲躲阳光，就看到好些人推推搡搡地从街口跑过来。那些人神色慌张，嘴里喊着："杀人啦，杀人啦！"

宋羡脸色骤变，立马走过去，却听到跑在前面的男人气喘吁吁地说："卖奶茶的地方，有个女人被捅了⋯⋯"

余下的话她没听清楚，耳边嗡嗡作响，脑子一瞬间蒙了。

宋羡想都没想，直接往街口跑去，耳边风声呼啸。

奶茶店门口站着一个男人，四周有保安，保安手上拿着棍子。男人双眼猩红，手上的刀滴着鲜红的血。在他身后不远处的花池里躺着一个人，花丛鲜艳茂盛，只能看到一抹奶白色的衣服。宋羡眼前一黑，没站稳，差点摔倒。保安见人员疏散了，立马对男人发动攻击，率先打掉了男人手上的水果刀，随后把男人制服。其他人立马去花丛里查看情况。宋羡的耳边嗡嗡作响，不敢上前半步，她攥紧衣服下摆，手指关节用力到发白。身后突然传来声音："宋羡？"

宋羡转过头，看到江柳依安然无恙地站在她的身后，这才松了口气。

江柳依问："你怎么来了？"

宋羡没回复她，她想上前一步，却突然哭了起来。

江柳依愣住了，在陌生的国度，人来人往的街头，宋羡哭成了一个孩子。

等宋羡的情绪稳定下来，江柳依带她去了旁边的树下。

先前那个受伤的女人和凶手是情侣关系，两个人来这边度假，买奶茶时不知怎么就吵起来了，男人冲进奶茶店抽出一把水果刀将女人刺伤了。好在保安及时将男人制服，女人也被迅速送到了医院，没什么大事。

江柳依问道："你以为是我？"

宋羡说："你们衣服颜色一样。"

刚刚江柳依确实没注意到这一点，她只是从咖啡店出来看到一群人围在这里，再一看就看到了宋羡。现在宋羡说话的声音还是哑的，江柳依便提议道："回去吧。"

原本她们说好下午去附近的景点玩，不过有了刚才惊心动魄的经历，也没什么心情再玩了。

江柳依说："先回去，回去再说。"

回去之后，宋羡想先睡一会儿。拉上窗帘后，房间里黑漆漆的，可是她睡不着。

江柳依说："那我陪你聊天？"

宋羡的声音微哑，自有记忆以来，她就很少哭泣。小时候她也哭过，摔倒了，疼了，想要父母抱，但冉间雪总是让她自己爬起来。从刚学会走路开始，她摔倒就是自己爬起来。在没有受到伤害的情况下，冉间雪不会管她摔了几次，疼不疼。所以她从小就知道，哭是没有用的。

江柳依同她分享了一些小时候的事情，原以为早就忘记的小事，现在也能清晰地想起来。她挑了几件好玩的事情讲给宋羡听，还没说完，宋羡已经睡着了。

她睡到晚上七点多才醒，顾园园给宋羡打了电话，让她帮忙带一个牌子的化妆品回去。宋羡打着哈欠说："知道了。"

挂了电话她又睡下了，这一睡，就睡到了半夜。

江柳依说："我饿了，我们等会儿出去吃夜宵吧？"

宋羡显得有些紧张，但江柳依说："没事的。"

她可不希望宋羡因为下午的事情抗拒出门，好在宋羡想了一会儿就换衣服和江柳依出去了。不愧是旅游胜地，晚上十一点多还有很多人，路边摊、街边店鳞次栉比，灯火通明，这里宛如一座不夜城。

江柳依带着宋羡走进了一家特色饭馆。这家店人少，原因是食物价格比较贵，但味道还算不错。江柳依刚要点餐，服务员就端来两杯饮料，笑着对她们说："老板送给两位的。"

老板是一位挺年轻的女人，看到宋羡和江柳依看过来，举起了手里的杯子。

江柳依笑道："谢谢。"

服务员低头打量了两个人一番，心想难怪老板要送她们饮料。

江柳依问宋羡："吃什么？"

宋羡说："都行。"

江柳依最后选了两道招牌菜。等菜的时候，老板端着饮料过来搭话："两位是从 G 国来的吧？"

江柳依点头："你也是？"

老板笑了："我是来这里留学的，后来就留下开店了。G 国来这儿旅游的人可不少。"

老板又问："你是江柳依吧？"

宋羡看向江柳依，江柳依微怔："你认识我？"

"果然是你，我听过你的演奏会。"老板的一双眼睛盯着江柳依，转而问宋羡，"这是？"

"这是我朋友。"

老板又跟她们聊了几句，便不打扰她们用餐，点头离开了。因为老板送的饮料，宋羡还没吃就已经有了饱腹感，等特色菜上来后反而没了胃口。江柳依有些奇怪地问："刚刚不是还饿吗？"

宋羡说："刚刚是刚刚。"

江柳依又问："那你现在不饿？"

宋羡低下头戳了两叉子菜，说："不饿了。"

江柳依笑了，说："那我们打包回去吃吧。"

宋羡没意见，江柳依招来服务员打包，随后和宋羡一道往回走。在路上她们见到了不少杂耍表演，在国内很少见到这样的场景，而在这里却随处可见。宋羡站在一个变戏法的人面前，看那个人手一晃变出一张牌，再一晃又变出一朵玫瑰。宋羡站在前面，那人直接将玫瑰送给了她。

宋羡愣了愣，接住，然后一块黑布盖在她的手上，再打开时，

第十七章 热带岛

一只白鸽飞了出去。

宋羡忍不住跟着鼓掌，江柳依站在她身边，问："以前没看过吗？"

"很少。"她不经常出来玩，以前上学时生活三点一线：家里、学校、画画的公馆。其他同学假期都有夏令营和冬令营，而她都没有参加过。

江柳依闻言点头，也不急着回去了，带着宋羡在街上四处逛逛。这里有各种各样的小摊子，还有卖首饰的，都很有本地特色。宋羡和江柳依以前没见过这些东西，两个人站在饰品摊旁边选了半天。最后，江柳依挑了一对耳环，宋羡买了一条手链，手链上点缀着铃铛，一抬手便叮叮当当作响，悦耳动听。

再往里面走，还有人在表演。乐器很齐全，有古筝、钢琴、吉他，还有一些宋羡说不上名字的乐器。她们到的时候，一个表演的男孩子正在弹吉他。他坐在凳子上，面前放着麦克风。男孩一边唱着婉转的情歌一边弹吉他，吸引了不少人围观。有人挤在男孩身后，他们是一个团队，有男有女，年纪都不大，刚成年的样子。看到人多了，他们高兴得满脸通红。男孩唱完后还低下头，腼腆地笑了笑。

一首歌唱完后，其他人鼓掌，让他再来一首。男孩看了一眼四周的人，又看了一眼同伴，见同伴笑着给他竖了个大拇指，便继续坐在麦克风面前，一边弹吉他一边唱歌。

宋羡听得入神。江柳依转过头，看见宋羡的眼睛亮晶晶的，她瞥了一眼旁边的钢琴，对宋羡说："帮我拎着。"

宋羡回过神来，低下头帮江柳依拎着包装袋。随后，她看到江柳依走到那个团队里，和其中一个女孩子攀谈起来。

没一会儿，江柳依坐在了钢琴前。

先前弹吉他的男孩子也结束了表演。众人鼓掌后，把目光落在了江柳依的身上。麦克风被移到钢琴上方，宋羡有些惊讶，难道江柳依要唱歌？

她已经听过很多次江柳依的演奏了，但还没听过她唱歌。人群因为江柳依的出现而引起骚动，一些 G 国来的人已经认出她了，都在小声地说："江柳依！是江柳依！"

江柳依的手落在钢琴键上，音乐声压下了议论声。越来越多的人举起手机对着她拍摄和录像。江柳依的神色自然，说："这首曲子，我想送给宋羡。"

人群哗然。

宋羡站在原地，突然想到某一天，烟花绽放的一刹那，江柳依转过头对她说："宋羡，谢谢你。"

第十八章

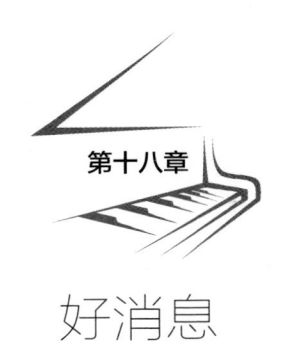

好消息

四年后,江柳依又开展了一场国内巡演,覆盖了十三座城市,最后一场在本市。

宋羡有时候会陪她去巡演城市,顺便去当地游玩。她现在的工作主要是偶尔向杂志社交稿,稿件多为色彩鲜艳的插画。其余时间,她就在家里画一画她喜欢的静物。

江柳依比较忙碌,除了巡演的事情,还要教迟慕颜弹琴。随着迟慕颜日渐长大,她对钢琴的喜欢也日益加深。孔希颜说:"天赋一说不要紧,重要的是慕颜喜欢。"

兴趣是最好的老师。

江柳依十分赞同这句话。在教迟慕颜弹琴时,宋羡就在猫房和那只大白猫玩。久而久之,有一天,宋羡突然说:"我也想养一只猫。"

她的时间很充裕,完全可以照顾得过来。

既然有了想法,她立马让江柳依陪她去宠物店选猫。种类太多,最后她选了一只加菲猫,它的脸很大,圆圆的,十分可爱。离开前,宋羡说:"再选一只金毛吧?"

她记得江柳依想养狗,大家既然同住一个屋檐下,总得公平一些。

江柳依怔了怔,笑着说:"好啊。"

最后两个人带着一猫一狗回去了。她们没有喂养宠物的经验,但好在猫和狗是从同一个宠物店买的,可能气息相投,相处得十分融洽,经常坐在一起互相舔毛。

江柳依喜欢吃完晚饭后去遛狗。广场上都是人,她们就走在路边,防止狗碰到别人。狗狗十分聪慧,出门从来不吵不叫,也不乱跑,十分乖巧。

一年前,江柳依送江柳冰出国深造了,所以江家只剩下老两口。有时候,江柳依也会带着狗回家热闹一下。

金毛最喜欢去的地方就是宋羡以前住的家附近的公园,每次它跑进公园都非常兴奋,总是摇头摆尾。

这次江柳依的演奏场馆就选在了公园附近,所以近期她就住了过来。

被绳子拴着的金毛在公园里东看看西闻闻,好不快活。江柳依刚刚出来得急也没注意,身上沾了好多猫毛和狗毛。她正坐在花坛旁边整理衣服,突然察觉到金毛似乎想要去找宋羡,奈何它被拴着过不去。

江柳依听到声音转过头,看到金毛这副姿态,说:"不行哦,她在画画,你不能去打扰她。"

宋羡正在练速写,画架旁有好些已经画完的作品。她画画十分快,又投入,没注意到江柳依这边的动静。江柳依见金毛还在折腾,便说:"带你去别处逛逛。"

她看了一眼宋羡的方向,决定不去打扰她。

江柳依带着金毛往公园里面走,金毛走得快,绳子绷得紧,江柳依跟在后面,不知道在嘀咕什么。宋羡抬头望去,只见一人一狗走进林子里,夕阳的光落在江柳依和狗狗身上,为他们增添了几分柔色。

这情景给了宋羡灵感,她手上的动作更快了。

江柳依还不知道自己已经成了画中的风景。她走进林子,碰到一群养狗的人,还和他们交流了几句。大家都是住在这附近的熟人,也都认识江柳依,逐渐围了过来。有人看到毛色顺滑的金毛,不由羡慕地说:"吃的什么狗粮啊,毛色这么好?"

江柳依低下头笑笑。狗粮都是店家推荐的,她平时也会自己做一些。现在听别人问,她就介绍了几种。

其中一位主人有些烦恼地说:"我家的不吃,嘴挑!"

另有人高兴地说:"回去我就买!"

聊着聊着,大家聊到了最近的新闻。

其中一人说:"你们看新闻了吗?彗星公司倒闭了!"

闻言,江柳依牵狗绳的手一顿,看向那群闲聊的人。

"怎么不知道?"另一人说,"那个老板叫什么来着?钱申是吧?听说里面乱得很呢!"

这是江柳依的老东家,但因为她离开好几年了,所以也没人第一时间想到她和彗星有关联。

"我搞不懂,以前彗星还挺有名的,怎么说倒就倒了。"

"这有什么搞不懂的？以前那个老板还挺好的，后来这个钱申逼合伙人离开了公司，只手遮天。现在彗星成了这副样子，一点都不奇怪。"

没想到传到最后，竟是这个版本。江柳依也不意外，钱申本来就不会管理公司，能撑几年完全是因为林秋水打下的坚实基础。公司虽稳固，却也禁不住钱申瞎折腾。

离开人群，江柳依找了一处地方坐下，拿起手机就看到了消息。

赵月白在群里说："真破产了，林秋水，你有什么感觉？"

这个群只有她们几个熟悉的人，林秋水也在其中。

林秋水回复："没有什么感觉，这是意料之中的事。"

赵月白又问："那钱申找你们借钱没有？"

林秋水反问："找你借了？"

赵月白说："她有脸来找我借吗？不过我听说她找很多人借了钱。你们俩注意一下，她以前就喜欢挟恩要求你们做事，别傻乎乎的上当。"

江柳依和钱申的关系早在离开公司前就断了，所以钱申也不会找她借钱。只是想到以前待过的公司倒闭了，她多少还是有点感慨。

赵月白还在群里说话，江柳依已经关闭了群聊界面。就在这时，她收到了一条新消息。

江柳依点开消息，看到对方说："江小姐，闻人小姐的腿开始有知觉了。"

有知觉？

江柳依不敢置信地看着这条消息，立马拨打电话过去询问情况。

这几年，闻人俞一直没有放弃治疗。当初她和宋羡找了许多医生，闻人俞挨个去咨询了，但一直都没有什么好消息传来。江柳依和宋羡没放弃，鼓励闻人俞继续治疗。闻人俞的家人也陪在她身边，她的心态和从前也大不相同，不再回避治疗这个话题。

没想到，经过这么长时间的努力，闻人俞的腿终于有知觉了！

很快，电话接通了，主治医生认识江柳依，向她讲了一堆专业术语，但江柳依都没有听懂，只是问："能站起来吗？"

主治医生笑着说："依照目前的情况，是可以的。"

江柳依连续说了三个"好"后才挂了电话，她立刻牵着金毛回去找宋羡。远远地，她看到宋羡的身边围了一群人，那些人看起来像是附近的学生，都背着画架，似乎是来公园写生的。

"这怎么画的？"

"这也太厉害了吧？"

"这里，看这里！快看这里！"

学生们小声地议论着。不远处，一个老师走了过来，江柳依便停下脚步，和金毛站在原地。老师看到学生们都围在宋羡那里不走，也跟着走了过来。宋羡下笔如行云流水，笔触又稳，一幅速写自然而然地呈现在了大家的面前。即便是见多识广的老师，也被宋羡画画的速度惊到了。

一个学生凑到老师身边，小声地说："祁老师，厉不厉害？"

被称作祁老师的人点了点头，竖起食指放在唇边，说："安静，都安静地看。"

学生们安静下来，四周只能听到风吹过树叶的微弱声响。宋羡依旧沉浸在画画的世界里，连续画了四五张速写。当她一转头，被周围的学生们吓了一跳。

祁老师连忙道歉："不好意思，我们看得太入迷了。"

"小姐姐画得真好看！"

"小姐姐真厉害！"

学生们一个个小嘴像抹了蜜似的，说话特别讨人喜欢。

宋羡淡淡地笑了："没……"

人群中有人认出了她："你是莎尼娅？！"

众人都是一愣，尤其是祁老师，她看了一眼宋羡，再回想关于莎尼娅的新闻，讷讷地问道："真的是你吗？"

宋羡点头："对，我是。"

学生们爆发出尖叫声，宋羡则很平静地起身。祁老师有些控制不住局面了，她大声说："安静！都安静！"

学生们这才冷静下来，但看向宋羡的崇拜目光丝毫不减。其中一个学生鼓起勇气说："莎尼娅，我姐姐特别特别喜欢您！您的画卖吗？我可以买一幅送给她吗？"

宋羡低下头，笑着说："不卖。"

学生的眼神顿时黯淡了下来，宋羡又开口："但我可以送给你。"

那个学生还没来得及掩饰失落的情绪，就又兴奋起来了，她跳起来想抱宋羡，伸出手却又不敢，最后只好抱住身边的同学！

很快，其他人也蠢蠢欲动。宋羡说："你们自己选吧。"她从速写中抽出一张，"不过这张不行。"

其他速写都是风景，唯独这张速写多了两个人和一只狗。

人影细长苗条，狗依偎在她们身边，夕阳将她们的身影拉长，构成一幅温馨的画面，美好而平静，永远镌刻在画面上。

永远镌刻在她们心里。

——正文完——

番外

璀璨繁星

深秋,一下雨天气就转凉了。江柳依从琴房出来,看到宋羡正在低着头撸猫。她的膝盖上趴着一只猫,脚边睡着两只。原本只养了一只,但年后宋羡又在路边捡了一只怀孕的母猫。现在家里已经有六只猫了——两只大猫,四只小猫崽。猫崽特别喜欢宋羡,看到她画画或摆弄画笔都要凑过去,把她的铅笔也当成了玩具。此时两只大猫慵懒地躺在阳光下,暖气呼呼地吹着,气氛惬意又美好。

江柳依走过去,喊道:"阿羡。"

宋羡抬起头,怀里的猫崽也仰起头,奶声奶气地叫了一声。

宋羡问她:"练习完了?"

江柳依端着牛奶和甜点,问她:"要不要去画室待一会儿?"

因为怕小猫影响宋羡画画,所以她平时都建议宋羡去画室。

宋羡摇头:"今天不画。"

小猫看到江柳依走过来，把她们两个人当猫架子，开始奋力地往上爬。宋羡穿得薄，可禁不住小猫的重量，于是温柔地把它抱了下来。

这时，电话响了，是赵月白打来的，想约她们一起吃晚饭。

江柳依看向宋羡，宋羡表示没意见。江柳依说："在哪儿？……好，我知道了。"

电话那端的赵月白不知道又说了什么，江柳依回应道："明白。"

挂了电话，江柳依才对宋羡说："顾园园有空吗？月白想叫她一起吃饭。"

江柳依知道赵月白和顾园园投缘，但顾园园总是太忙，好几次聚餐都没能来。今天她倒是有空，四个人难得能聚在一起。

赵月白对江柳依说："我下个月要出国了，趁没出国前我们好好地聚一聚。"

顾园园笑着说："你不出国我也来，免费的饭为什么不吃？"

赵月白乘胜追击："免费的电影看不看？"

顾园园侧过头看她，赵月白拿出手机，说："我选了几部，还不错，你看……"

两个人正低着头讨论，江柳依问宋羡要吃什么菜，宋羡一直在拨弄手机，似乎在回消息，她打字速度很快。江柳依好奇地问："谁啊？又是邀请你去工作的吗？"

宋羡摇头说："不是。"

自从宋羡辞职后，各种工作邀请都来了。江柳依曾问她想不想出去工作，或者自己开个工作室，但宋羡对此没什么兴趣，每天就是逗逗猫、遛遛狗，然后画一下午画。江柳依觉得这样也挺自由的。

宋羡回完消息，转过头看江柳依，说："是老师。"

江柳依问:"白老师?"

"嗯。"宋羡说,"他下个月有画展,想请我过去。"

江柳依问:"去吗?"

宋羡说:"不去。"

江柳依又问:"怎么了?跟其他行程冲突了?"

宋羡说:"其实想去也来得及,就是比较赶。"

江柳依说:"那就赶一赶,也很久没见白老师了。"

宋羡说:"好,那就去。"

白烨的画展暂定在十月中旬,为期四天。这是他在"怦然心动"画展后,再一次举办画展。美术协会的理事早早地联系到了他,想和他的助理商量具体细节。白烨在圈子里的地位也越来越高,开一次画展就会引起一场轰动,所以画展的保密工作一向做得非常好。

因此,宋羡是第一个知道的,江柳依是第二个。

两个人商量好等演奏会结束就直接飞去白烨那边。白烨收到宋羡会参加的消息后,还有些诧异。

宋羡挂了电话,江柳依抬起头:"谈好了?"

"嗯。"宋羡放下手机,发现赵月白已经准备和顾园园去看电影,又转过头问宋羡和江柳依要不要一起去。

江柳依说:"不去了,今天想回去早点休息,你们去吧。"

晚饭过后,江柳依和宋羡在附近逛了逛。街头嘈杂,灯红酒绿。两个人逛到以前买大饼的店铺前,宋羡买了一个,和江柳依一起撕开吃。

月光难得清朗,路灯明亮。

到家后，宋羡进了画室。她平时在家里很少进画室，大多数时候她喜欢在飘窗或者客厅的某个地方，盘腿而坐，然后一画就是一下午，有时候连江柳依从琴房出来她都浑然未觉。

看宋羡进了画室，江柳依闲着无聊，便上网刷了一会儿八卦。看到孔希颜的新剧在宣传，她顺手转发了微博。微博下很快多了很多留言，都是她的粉丝预祝她下个月演奏会成功，江柳依挑了几条回复。

实在无聊，她放下怀里的猫，走到画室门口，往里面看。透明玻璃后是宋羡坐在画架前的身影，旁边摆放着各种颜料，种类多到她完全认不全。宋羡抬起头，笔在她的手中似乎有了灵魂，画面一点点地铺展开来：喧嚣的公园，人潮拥挤，石道上有奔跑的孩子，还有追在孩子身后的家长，有出双入对的情侣一路走来说说笑笑……阳光充足，色彩饱满。画面中一个躺在绿茵上的女人穿着洁白的长裙，脸颊边凑过来六只猫，两只大的，四只小的，它们靠在她的脸颊边；女人脚边还有一只狗。

和远处的拥挤、忙碌相比，女人显得惬意舒适。他们似乎是置身于两个世界，但又奇妙地和谐共存。

动与静、喧闹与平和都完美地呈现在同一幅画上。骄阳似火，给女人的身上又添了一抹柔光，像幻想和现实的碰撞。

宋羡像不知疲倦似的，一直在认真地作画，直到画完衣角的部分，她才放下画笔，动了动酸涩的脖颈。她偏过头，看到江柳依已经坐在自己的身边了。

"你怎么进来了？"宋羡有些好奇。

江柳依惯来怕打扰她，所以很少进她的画室。

江柳依笑了："画完了？"

她说:"还没。"

江柳依说:"不着急。"

宋羡说:"不行,我这几天要画完。"

江柳依有些不解:"为什么?"

宋羡说:"这幅画要送到老师那边,他希望画展上有我的作品。"

白烨是那种办一次画展就少一次的人。他曾说这辈子没什么遗憾,唯独在画展上没有展示过两个关门弟子的作品。当初闻人俞的腿受伤,导致她情绪崩溃,不想画画,他没多说什么。可是后来宋羡也……

说遗憾,肯定是有的。这两个弟子是他最宝贝的,他也把毕生所学倾囊相授。他当然希望有机会让她们的画出现在同一个画展上。

这些事,都是姚理事告诉宋羡的。

她原本没想到这么快就有机会,但这次机会难得,她也就有了参展的打算。

江柳依闻言一时有些惊讶。宋羡辞职后,前来邀请她办画展的主办方不少,但宋羡都婉拒了。江柳依这次想宋羡去白老师画展的初衷也是希望宋羡去看看,感受一下氛围,或许宋羡看完也就愿意开画展了。她能感觉到宋羡现在的心境和从前有很大的不同,但对画画这个话题,她们聊得不多,江柳依也不想勉强她。

现在宋羡主动说要去参展,江柳依无比激动,有一种自己时隔多年重新登台的同感,那种澎湃的心情怎么都抑制不住。

她说:"宋羡,我很高兴。"

宋羡笑了:"高兴什么?"

江柳依对着她笑。

她高兴的是,宋羡并没有因此一蹶不振,还愿意画画。

她高兴的是,这次,她有幸能亲眼看到这颗星星,再次发光。

——全文完——

图书在版编目（CIP）数据

全世界都知道 / 鱼霜著. -- 成都：天地出版社,
2025.5. -- ISBN 978-7-5455-8193-5
Ⅰ．I247.5
中国国家版本馆CIP数据核字第20256XB427号

QUAN SHIJIE DOU ZHIDAO
全世界都知道

出 品 人	杨　政
作　　者	鱼　霜
责任编辑	杨　露
责任校对	梁续红
特邀编辑	马思瑶　徐晨晓
封面设计	安柒然
责任印制	白　雪

出版发行	天地出版社
	（成都市锦江区三色路238号　邮政编码：610023）
	（北京市方庄芳群园3区3号　邮政编码：100078）
网　　址	http://www.tiandiph.com
电子邮箱	tianditg@163.com
经　　销	新华文轩出版传媒股份有限公司

印　　刷	天津旭丰源印刷有限公司
版　　次	2025年5月第1版
印　　次	2025年5月第1次印刷
开　　本	880mm×1230mm　1/32
印　　张	19.75
字　　数	477千字
定　　价	69.80元（全二册）
书　　号	ISBN 978-7-5455-8193-5

版权所有◆违者必究

咨询电话：（028）86361282（总编室）
购书热线：（010）67693207（营销中心）

如有印装错误，请与本社联系调换。